Cornelia Haller

Der Geschmack von Schmerz

Historischer Roman

Deutsche Erstveröffentlichung bei
Tinte & Feder, Amazon Media EU S.à r.l.
38, avenue John F. Kennedy, L-1855 Luxembourg
August 2019

Umschlaggestaltung: semper smile, München, www.sempersmile.de
Umschlagmotiv: © Elina Leonova / Shutterstock; © white snow / Shutterstock;
© javarman / Shutterstock; © Augustin Lazaroiu / Shutterstock
1. Lektorat: Hilke Bemm
2. Lektorat: Diana Schaumlöffel
Korrektorat: Manuela Tiller/DRSVS
Gedruckt durch:
Amazon Distribution GmbH, Amazonstraße 1, 04347 Leipzig /
Canon Deutschland Business Services GmbH, Ferdinand-Jühlke-Str. 7, 99095 Erfurt /
CPI books GmbH, Birkstraße 10, 25917 Leck

ISBN: 978-2-91980-865-6

www.tinte-feder.de

Für meine Familie

Nicht die Tugend fordert man von uns, sondern nur ihre Maske. Wenn wir uns zu verstellen wissen, so ist man zufrieden!
Marquis de Sade

Tagebucheintrag, 1. Februar 1763

Sades Berührung glich einer unerhörten Liebkosung. Seine Lippen berührten für einen winzigen Moment die Haut meiner Hand. Warm und feucht glitt seine Zunge über eine Stelle auf meinem Handrücken, welcher ich noch nie zuvor Beachtung geschenkt hatte. Ein verbotenes, auf die nackte Haut gehauchtes Versprechen. Die feine Nahtstelle, welche uns für die Dauer einiger Herzschläge verband, glich einer einzigen Provokation. Und dann biss er mich – er hatte in die zarte, durchscheinende Haut meiner Hand gebissen! Der Schmerz, den er damit auslöste, war kurz und scharf, wie ein scharfkantiger Salzkristall, welcher über den wunden Gaumen kratzt. Aber ist es nicht das Salz, das jeder noch so langweiligen Speise erst zu seiner Würze verhilft?

Das tiefste Glück des Menschen liegt in seiner Einbildungskraft.
Marquis de Sade

Großer Gott!, dachte Isabeau. Nun sind die Einbrecher auch zu uns gekommen! Rasch setzte sie sich in ihrem Bett auf, zog die weiche Daunendecke bis über die Nasenspitze und starrte wie gebannt in die Dunkelheit. Die aufkommende Furcht lähmte sie, denn nur zwei Häuser weiter, bei den Oberhubers, waren in einer ebenso mondlosen Nacht Diebe eingebrochen. Das Haus hatten sie ausgeraubt, den armen Hans erschlagen und seine Tochter zu einem gefallenen Mädchen gemacht …

Mit kerzengeradem Rücken saß Isabeau nun in ihrem Bett und lauschte auf die unheimlichen Geräusche der Nacht. Doch jetzt gerade war alles wieder still. Nur ihr Herz klopfte wild gegen ihre Rippen. Auf der Suche nach Feuerschläger und Zunderschwamm tastete sie einen Augenblick blind über die Nachtkommode. Als die Kerzenflamme wenig später ihr tröstliches Licht in die Kammer schickte, atmete Isabeau hörbar aus. Doch gleich darauf vernahm sie wieder Schritte vor dem Fenster, und als ein paar Kiesel mit lautem Klacken die Fensterscheibe ihrer Kammer trafen, wagte sie kaum noch zu atmen.

»Isa!«, drang eine gedämpfte Stimme durch das kleine Sprossenfenster in den ersten Stock hinauf. »Isabeau, bist du noch wach?«

Als Isabeau in dem leisen Flüstern Annas Stimme erkannte, sprang sie rasch aus dem Bett und eilte barfuß die steilen Stiegen hinunter. Innerhalb eines einzigen Herzschlags hatte sie die lähmende Angst vergessen. Sie spürte nicht einmal die beißende Kälte, welche ihr in der klammen Novembernacht in die Waden biss. Noch während sie die schwere Eichentür öffnete, fiel ihr die Freundin schluchzend um den Hals.

»Kann ich … kann ich heute Nacht bei dir bleiben?«, presste Anna zwischen ein paar Schluchzern hervor.

»Ja, natürlich …« Isabeau nickte. »Aber was ist denn nur geschehen?« Anna entließ weiße Atemwölkchen aus ihrem Mund und verschränkte die Arme nun wie zum Schutz vor ihrer Brust. Die Freundin wirkte völlig aufgelöst, während sie sie aus verquollenen Augen ansah.

»Komm schnell, sonst erfrierst du mir noch!«, flüsterte Isabeau und zog Anna rasch ins Haus und schloss die Tür. »Wieso ist dein Haar so zerzaust?« Annas Antwort war ein leises Weinen. Wortlos glättete Isabeau Annas Haar und nahm sie bei der Hand. Die anderen Bewohner im Haus an der Schiffswerfte zu Lindau schliefen noch tief und fest. Und so sollte es nach Isabeaus Dafürhalten auch noch eine Weile bleiben. Nicht einmal Vreni hatte sich schon von ihrer Bettstatt in der Gesindestube erhoben. Zumindest drang nicht der geringste Laut aus der Küche, und die Ofentür in der Diele strahlte noch immer die Kälte der Nacht ab.

»Kannst du die Stiegen gehen, oder hast du Schmerzen?« Wortlos folgte ihr Anna die Stufen in die Mädchenkammer hinauf. Als wenig später endlich die weiß getünchte Tür ins Schloss gefallen war, zog Isabeau die Freundin unter die Decke, wo sie noch eine ganze Weile weinte, bis sie sich langsam beruhigte.

»Großer Gott, was ist denn nur geschehen?« Im Kerzenlicht schimmerten ein paar goldene Strohhalme in Annas kastanienbraunem Haar. Während Isabeau der Freundin das Stroh aus dem Haar pflückte, sah Anna sie aus müden, glanzlosen Augen an. Jegliches Leben war aus dem Antlitz der sonst so lebenslustigen jungen Frau gewichen. »Bitte sag nicht, dass du schon wieder mit Emmerat im Heuschober warst, oder doch?«

»Wir waren … ich habe«, hörte Isabeau die Freundin sagen. »Ich bin … aber er will nicht …« Ein heftiges Schluchzen beendete Annas Stammeln.

»Er hat dir aber nicht etwa wehgetan?«, fragte Isabeau vorsichtig und legte schützend den Arm um sie. Anna schüttelte kaum merklich den Kopf, aber sie weinte noch immer. Isabeau wusste, dass sich Anna schon seit geraumer Zeit mit dem Sohn des Schifffahrtsunternehmers traf. Heiraten wollte er Anna angeblich. Möglichst bald, wenn man seinen Worten Glauben schenken wollte. Doch genau damit tat sich Isabeau zunehmend schwer. Unzählige Male hatte sie Anna in den letzten Monaten gefragt, weshalb Emmerat nicht schon lange bei ihrem Vater vorgesprochen und ganz offiziell um ihre Hand angehalten hatte. Anna fand stets eine neue, bessere und noch fadenscheinigere Ausrede. Beim diesjährigen Maibaumstellen hatte er Anna dann nicht ein einziges Mal zum Tanz aufgefordert. Dabei galt der Tanz um den Maien auf hiesigem Boden als ein erstes offizielles *Anbandeln*. Besser als jedes Ausschellen und Verlesen durch den Gemeindediener verkündete der Tanz die Absichten eines jeden heiratswilligen Paares. Selbst diese unglaubliche Verfehlung sah Anna Emmerat großzügig nach.

»Wir haben uns doch schon so oft zu einem Spaziergang getroffen«, sagte Anna mit leiser Stimme. Wenn man gern in der Nacht spazieren geht, dachte Isabeau finster und presste die Lippen aufeinander. Aber sie wollte mit Anna nicht schon wieder in den gleichen Streit geraten wie immer, wenn es um Emmerat ging. Letztlich war es Annas Entscheidung. Aber wenn er ihr etwas angetan hatte, würde er dafür bezahlen, versprach sich Isabeau voller Ingrimm.

»Ich, ich bin …« Anna atmete schwer. »Ich … erwarte ein Kind von Emmerat!« Isabeau vernahm Annas Stimme nur als ein Flüstern neben ihrem Ohr, und doch hatte sie richtig gehört. »Ein Kind? Großer Gott, Anna!« Isabeau schlug die Hand vor den Mund. Stets hatte sie sich gefragt, was Anna an diesem Langweiler fand, und insgeheim gehofft, dass sie irgendwann genug von ihm haben würde. Dass Anna sich tatsächlich so weit auf diesen Kerl eingelassen hatte, war gelinde gesagt eine Katastrophe! Isabeau spürte, wie ihr das Blut aus dem Gesicht wich. Ein lediges Mädchen durfte kein Kind bekommen – genau genommen durfte es sich nicht einmal mit einem Mann treffen. Lediglich in der Öffentlichkeit der Kirche und während einer Gaudi, wie dem Maibaumstellen oder dem Kinderfest, wurden diese strengen Regeln etwas gelockert. Eine *Gfallene* wollte niemand vor den Traualtar führen.

»Was soll ich denn jetzt nur tun?«, flüsterte Anna kaum hörbar und richtete sich im Bett auf. »Er will mich nicht mehr! Einfach stehen lassen hat er mich, nachdem ich es ihm heute endlich gesagt habe. Ein jeder könnte der Vater von diesem Balg sein, hat er gemeint. Ein jeder!« Anna ballte die Hände zu Fäusten. »Stell dir das nur einmal vor! Vom Heiraten wollte er überhaupt nichts mehr wissen. Ganz im Gegenteil – er ist einfach gegangen und hat mich allein im Heuschober der Braunwarts zurückgelassen.« Isabeau konnte kaum fassen, was Anna ihr da erzählte. Ein solcher Mistkerl konnte doch nicht ungeschoren davonkommen! Andererseits, überlegte Isabeau, würde sie selbst eine Ehe mit so einem wollen?

»Meinst du, es gibt eine Möglichkeit, das Kind … ich meine … glaubst du, wir finden irgendwo Hilfe?«

Isabeau nahm Annas Hände. »Seit wann weißt du es denn schon?«

»Zuerst habe ich mir gar keine Gedanken gemacht. Tag für Tag muss ich die dicken Stoffballen durch den Laden der Eltern schleppen. Da zwickt es schon mal im Bauch. Als dann der vierte Mond auch wieder schwarz wurde und kein Blut kam, habe ich es gewusst. Plötzlich war mir auch klar, weshalb ich den Geruch von Fettgebackenem und Bier nicht mehr ertrage.« Isabeau nickte. »Wir finden eine Lösung, das verspreche ich dir!« Gedankenverloren schob sie sich ein Kissen in den Rücken und lehnte sich zurück. »Vielleicht sollten wir zur Ausbäuerin gehen, die betet sogar die Warzen weg und bespricht allerlei Leiden. Ich kenne allerhand Lindauer, die sich bei ihr schon Hilfe erbeten haben. Sie scheint Erfolg zu haben mit dem, was sie dort draußen tut.«

Anna hob die Schultern. »Meinst du? Ich bekomme schon beim bloßen Gedanken an das alte Weib ein mulmiges Gefühl. Aber vielleicht hast du recht!«

»Einen Versuch ist es allemal wert, wenn du es wirklich nicht bekommen möchtest …«, überlegte Isabeau laut.

»Möchten würde ich schon, aber ohne Kindsvater, ohne Mann? Der Vater schlägt mich tot.« Annas Worte klangen hart, aber Isabeau wusste, dass sie recht hatte.

»Und was sollen wir sagen? Dass ich ein Kind von Emmerat Lorentz erwarte? Dass der mich jetzt aber doch nicht heiraten will? Und das, obwohl er es mir hoch und heilig versprochen hat?« Eine ganze Weile wogen die Freundinnen die Vor- und Nachteile ab, die Kräuterbäuerin zu fragen. Letztlich wollten sie es versuchen. Auch wenn vielleicht eine junge Frau in Umständen nicht zu den üblichen Kunden der Alten zählte.

»Begleitest du mich?«, fragte Anna zögernd. Isabeau sah, dass Anna noch immer Tränen in den Augen hatte.

Eilig zog sie die Freundin in die Arme. »Glaubst du denn, ich lasse dich jetzt im Stich?«

Sie spürte, wie Anna den Kopf schüttelte. »Lass uns gleich morgen hingehen, ja?«, flüsterte Anna in ihre Halsbeuge.

Während sie nun nebeneinander in ihrem Bett lagen, dachte Isabeau noch einmal über Annas Misere nach. Beim bloßen Gedanken an diesen Emmerat schauderte sie. Nie im Leben hätte sie sich auf diesen Gecken eingelassen! Genau genommen konnte sich Isabeau überhaupt keinen Mann vorstellen, auf den sie sich gern einlassen würde. Geküsst hatte sie selbst auch schon ein paarmal. Mehr aber nicht. Sie erinnerte sich noch gut an die feuchten Lippen und die viel zu große Zunge, die sich in ihren Mund gedrängt hatte, bis sie beinahe daran erstickt wäre …

»Ach Isabeau!«, flüsterte Anna plötzlich im Halbdunkel der Mädchenkammer. Ihre Stimme klang traurig. »Dabei war Emmerat immer so höflich und … so nett … Selbst du hättest ihn gemocht, wenn du ihn erst richtig gekannt hättest.«

»Kein Wunder!«, entgegnete Isabeau trocken. »Schließlich wollte er dir nicht nur ein paar Küsse rauben!« Anna schüttelte neben ihr den Kopf. »Anna«, sagte Isabeau vorsichtig, »er hat dich ins Verderben gestürzt, und nun will er nichts mehr von dir wissen. Du wirst doch diesem Schuft nicht etwa auch noch nachtrauern?«

Anna winkte ab. »Du verstehst das einfach nicht! Schließlich wärst du lieber ein Junge.« Zum ersten Mal tanzte wieder ein winziges Lächeln über Annas Lippen. »Dann müsstest du die Hose, die du heimlich trägst, nicht in der untersten Schublade deiner Kommode verstecken.«

»Du weißt davon?«, fragte Isabeau erstaunt und schluckte.

Anna nickte schwach und versank sofort wieder in ihre gedrückte Stimmung. »Oh Isa«, schluchzte sie, »er hat mir sogar schon einen Ring geschenkt.« Stolz drehte Anna den kleinen Stein, dessen Mitte ein Loch aufwies, das gerade groß genug war, um ihn über den Ringfinger zu streifen. »Es sollte ein Verlobungsring sein. Aber nachdem er von dem Kind erfahren hat …« Schluchzend betrachtete Anna ihre Hand im Kerzenlicht. »Könnte ich doch nur die Zeit zurückdrehen«, seufzte sie schwer. »Was soll ich nur machen, wenn uns die Ausbäuerin nicht anhört?«, überlegte sie laut.

»Morgen gehen wir gleich in der Früh zum Aussiedlerhof hinaus, und dann werden wir ja sehen. Die Alte wird uns schon helfen können«, tröstete Isabeau ihre Freundin. »Ich fürchte aber, nach dieser Aufregung kann ich ohnehin nicht mehr schlafen.«

»Hast du nicht gesagt, dein Bruder hat dir neuen Tee aus Hamburg geschickt, der mit einem großen Schiff über den Ozean gekommen ist?«

»Vielleicht ein andermal«, entgegnete Isabeau rasch und sprang vom Bett. »Alberts Tee reicht jetzt einfach nicht. Wir brauchen etwas Stärkeres.« Mit flinken Fingern raffte sie ihr Nachthemd, öffnete die Tür einen Spaltbreit und spähte hinaus. »Ich zapfe ein wenig Wein aus Vaters Sonntagsfass. Er darf es nur nicht merken«, kicherte Isabeau und senkte ihre Stimme, bis sie wie ein tiefer Bass klang. »Frauen, die sich den alkoholischen Genüssen hingeben, benehmen sich mitunter höchst merkwürdig. Besonders dann, wenn sie zu tief ins Glas gesehen haben.« Anna antwortete mit einem leisen Lachen. In Isabeaus Ohren klang es wie Musik. Nichts lag ihr im Augenblick mehr am Herzen, als Anna ein wenig aufzuheitern.

Der Wein glitzerte im Kerzenlicht wie funkelnde Rubine. Vorsichtig nippten sie daran. Der schwere Duft von späten Kirschen und Schwarzen Johannisbeeren stieg ihnen verführerisch in die Nase und spielte mit ihren Sinnen. Rasch legte sich der Rote warm und schwer auf den Gaumen. Nach einem weiteren Schluck wärmte er ihnen den Magen und machte sie leicht schwindelig. Die jungen Frauen streckten die Beine aus, zogen die dicke weiche Decke heran und lagen sich still in den Armen. Seit ihrer Kindheit waren Isabeau und Anna schon Freundinnen. Die kleine zierliche Isabeau und Anna, die sie um Haupteslänge überragte. In Kindertagen hatte Isabeau auf jedem Schulweg ein Wettrennen gegen die Buben angezettelt und oft genug den Sieg davongetragen. Kein Baum war ihr zu hoch und kein Abhang zu steil! Wie gern sie in die Fußstapfen ihres Vaters treten und das Handwerk des Schiffstischlers erlernen würde, wusste allein Anna. Anna, die stets gutmütig und liebenswürdig war – sie wünschte sich nichts mehr, als geheiratet zu werden und Kinder um sich zu scharen. Isabeau war es, die Anna aufrichtete und sie zum Lachen brachte. Schon früher hatte sie Anna gegen jeden Grobian verteidigt, der sie in den Matsch gestoßen hatte. Jahrelang hatten sie sich ein Pult in der Lateinschule geteilt. Und auch heute noch teilten sie die knapp bemessene freie Zeit miteinander.

In weinseliger Laune erweckten sie die vielen gemeinsam verbrachten Mädchenjahre wieder zum Leben. Als sie ein weiteres Mal ihre Gläser füllten, glänzten ihre Augen bereits feucht. »Auf dein Wohl!«, flüsterte Isabeau leise und hob ihr Glas. Das flackernde Kerzenlicht brach sich an den weiß getünchten Wänden der Mädchenkammer und malte geheimnisvolle Schatten auf die helle Kommode.

»Ich verspreche dir die Freundschaft bis in den Tod!«, flüsterte Anna ebenso leise zurück und nahm einen großen Schluck Wein. Die Schwere des edlen Getränks verlieh ihren Worten Gewicht.

Isabeau drückte die Freundin fest. »Ich hoffe, dass ich dir für alle Zeiten eine gute Freundin sein werde und dass uns nichts trennt!« Mit Schwüren und Versprechen ging es noch eine ganze

Weile weiter. Hätte Isabeau nicht irgendwann mit einer wilden Kissenschlacht begonnen, wären ihnen zum Schluss wohl noch die Tränen gekommen. Doch nun bewarfen sie sich ohne Rücksicht auf die Nachtruhe der Eltern mit all den fein bestickten Federkissen, die tagsüber auf Isabeaus Himmelbett ruhten.

»Schh!« Anna legte den Zeigefinger über ihre Lippen und lauschte in die plötzliche Stille. »Ich glaube, ich habe deinen Vater vor der Tür gehört.«

»Mach dir keine Sorgen, Vater schläft wie ein Bär«, entgegnete Isabeau lachend. Froh, dass es Anna für den Augenblick besser ging. Der schwere Wein war ihnen bereits in den Kopf gestiegen, und das leichte Schwindelgefühl war wunderbar. Das nächste Kissen aus Isabeaus Hand landete auf dem weißen Toilettentisch. Haarbürsten und Kämme fielen zu Boden. Mit wildem Kichern jagte Isabeau die Freundin quer durch die Mädchenkammer, bis sie sich laut lachend in den Armen lagen und vor Erschöpfung auf die Matratze sanken.

»Ich denke gerade an die alten Piratengeschichten, die du mir schon so oft erzählt hast«, sagte Anna plötzlich. Mit Vergnügen und zur Belustigung aller erzählte Isabeau gern die abenteuerlichsten Geschichten ihres Großvaters.

»Komm schon, erzähl mir noch einmal eine!«, bat Anna und gab der Freundin einen Kuss auf die Wange. »Erzähl mir meine Lieblingsgeschichte. Du weißt schon, die mit dem Schatz«, flüsterte sie und bettete ihren Kopf in Isabeaus Schoß. Isabeau kicherte voller Vorfreude und räusperte sich: »Sicher hast auch du schon einmal von der *Blutsbraut* gehört«, begann sie mit tiefer Stimme. »Jedes Kind kennt die Geschichte vom einäugigen Veit und seiner grausigen Mannschaft. Das Drama ereignete sich genau am 20. des Oktobermonats, im Jahre des Herrn 1648. Also genau vier Tage, bevor der Schwedenkrieg endete. Für die Menschen hier war die *Blutsbraut* das gefürchtetste Schiff auf dem gesamten Bodensee. Der einäugige Veit und seine Männer hatten bereits unzählige Lädinen und Segmer gekapert und dabei kein einziges Menschenleben verschont. Doch dann fingen sie sich hier, direkt vor Lindau, eine Kanonenkugel ein.« Isabeau deutete mit ernster Miene auf den Bodensee hinaus. »Die Lindauer zitterten und verfolgten atemlos vor Angst, wie das Schiff langsam in den grauen Fluten versank. In der Minute ihres Todes, bevor die Mannschaft der *Blutsbraut* elendig ersaufen musste, schwor der einäugige Veit Rache. Niemand, kein einziger Lindauer, hatte ihnen auch nur ein einziges Boot zur Rettung hinausgeschickt oder für ihre schwarzen Seelen gebetet. Die Leute erinnerten sich bald nicht mehr an den einäugigen Veit. Aber er ist noch immer hier«, flüsterte Isabeau geheimnisvoll und machte eine Pause. »Wenn heute von Westen her ein besonders wütender Sturm aufzieht, erscheint die *Blutsbraut* am Horizont. Unter blutroten Segeln reitet sie dann böse über die Wellenkämme und zieht jeden ins Verderben, der ihren Weg kreuzt. ›Es ist Teufelswerk‹, sagen die einen. ›Es ist Zufall‹, sagen die anderen. Sicher ist, dass ein Fluch auf der *Blutsbraut* liegt. Wie sonst könntest du bis auf den heutigen Tag im Jammern des Sturms das grausig-höhnische Gelächter ihrer Mannschaft hören?«

Anna gluckste, als Isabeau ein schauriges Lachen anstimmte und sie kitzelte. Isabeau kicherte und wand eine dicke blonde Strähne ihres Haares um ihren Zeigefinger. »Die Zeit konnte der *Blutsbraut* nichts anhaben. Und weißt du auch, warum das so ist?«

Anna lachte. »Du hast es vielleicht schon ein- oder zweimal erwähnt. Aber gerade jetzt ist es mir entfallen.«

Isabeau verdrehte die Augen und fiel in ihr Lachen ein. »Nun, es war mein Ururgroßvater, der einst die Ehre hatte, dieses einzigartige Schiff zu bauen. Woraufhin der einäugige Veit seine Bringschuld mit einem wertvollen Schatz bezahlte. Und Großvater hat ihn dort draußen irgendwo vergraben.«

Isabeau nahm einen Schluck Wasser. Es schmeckte abgestanden und schal, aber es befeuchtete ihre trockene Kehle. »Und den Rest kennst du ja«, endete sie rasch und zog sich lachend die Decke über den Kopf. Isabeau überlegte, wie oft sie früher mit Anna schon nach diesem wundersamen Schatz gegraben hatte. Manchmal war ihnen das Glück sogar gewogen gewesen, und sie hatten ein paar hohle kleine Kupfermünzen gefunden. Heute fragte sich Isabeau freilich, ob die Haller Pfennige nicht aus Vaters Geldkatze stammten und er sie mit blanker Absicht *verloren* hatte …

»Gib zu, dass du selbst gern eine Piratenbraut wärst und jederzeit den Rock gegen die Hose aus deiner Kommode tauschen würdest«, kicherte Anna und zog Isabeau die Decke vom Gesicht.

»Freilich!«, gab Isabeau lachend zurück. In Windeseile sprang sie aus dem Bett, raffte ihr langes Nachthemd aus weißem Batist und ergriff die hölzerne Elle, die neben ihrer Kommode an der Wand lehnte. »En garde! Verteidigt Euch, Beutelschneider, wenn Ihr könnt!«, intonierte sie mit tiefer Stimme, presste das Kinn auf die Brust und ließ den Zollstock durch die Luft sausen. Beide brachen in ein schallendes Gelächter aus und verfolgten sich in wilder Jagd durch die große Mädchenkammer. Dabei rissen sie zwei Stühle um und stießen beinahe den Waschkrug von der Kommode.

Abrupt blieb Anna stehen. »Versprich mir, dass du Lindau wirklich nie ohne mich verlässt!«, verlangte sie plötzlich. Isabeau schüttelte den Kopf und gab ihr einen Kuss auf die Wange.

»Nie! Versprochen!«, entgegnete sie und zog die Freundin in die Arme. »Glaubst du, ich lasse dich jetzt allein?« Stumm hob Anna die Schultern.

»Dummerle«, flüsterte Isabeau sanft und streichelte ihre Wange.

In der Stille hörten sie den Regen, der in einem gleichförmigen Lied gegen die Sprossenfenster tropfte und ihnen ein Schlaflied sang. Die silbrigen Tropfen glichen einem endlosen Bach, der beständig abwärtsfloss. Bald gaben sich die Freundinnen der trägen Mattigkeit hin, die der Wein und das schwere Federbett über sie breitete. Als Isabeau schließlich nur noch Annas gleichförmigen Atem in ihrer Halsbeuge spürte, fielen auch ihr die Augen zu.

»Mein Kopf fühlt sich an, als hätte ich die Nacht in einem Bienenstock verbracht«, jammerte Isabeau und rieb sich das Gesicht. Obwohl es sicher noch eine Weile dauern würde, bis es dämmerte, beschirmte sie ob des Kerzenlichts ihre Augen. Sie hatte das Gefühl, als wäre sie gegen eine Wand gelaufen. Selbst die Haarwurzeln schmerzten bei jeder ihrer Bewegungen. Nach der kurzen Nacht wirkte ihr langes Haar wirr und ungekämmt, und ihre Wangen wiesen eine leichte Röte auf. Die Freundinnen lagen still nebeneinander und lauschten dem klagenden Wind. Ungebremst, wie er jetzt über die Alpenkämme blies, verwandelte er das Wasser des Bodensees in einen brodelnden Waschkessel. Die Kirchturmuhr schlug viermal. Aber sie hatten es sicher Vrenis Lärm zu verdanken, dass sie schon vor dem Morgengrauen erwacht waren. Die Magd klapperte mit der Ofentür, während sie das Feuer in den Wohnräumen entfachte.

»Komm!«, sagte Isabeau. »Wir gehen jetzt gleich zur Ausbäuerin hinaus. Um diese Zeit ist auf dem Brücklein zum Festland noch nicht so viel los.« Rasch streiften die jungen Frauen die Kleider über das Hemd und schlüpften in ihre Schuhe. Dann kämmten sie das wirre Haar nachlässig mit den Fingern und schlichen die Treppe hinunter. Vreni klapperte bereits mit den Töpfen für das Morgenmahl. Sie mussten sich also beeilen. Viel Zeit blieb ihnen nicht, bis die Mutter nach Isabeau rufen würde.

Auf leisen Sohlen schlichen sie zur Hintertür hinaus, die sie zu ihrer Erleichterung schon unverschlossen vorfanden. Von dort aus rannten sie von der Schiffswerft über den Brettermarkt, durchs Mautgässele und durch die Fischergasse aus der Stadt. Atemlos erreichten sie die Holzbrücke, welche die Insel mit dem Festland verband.

»Ich kann nicht mehr!«, stöhnte Anna und ließ sich auf einen der großen Steine nieder. Ihr Gesicht war krebsrot, und sie schwitzte vom vielen Laufen. Isabeau ging es nicht viel besser. Aber bis zum Aussiedlerhof in einem Weiler außerhalb von Lindau war es noch ein beträchtliches Stück. In der Nacht hatte es zum ersten Mal geschneit, und nun war der Weg von einer dünnen Schneeschicht überzogen. Im Stechschritt marschierten sie an brachliegenden Feldern vorbei. Die mit Schnee bedeckten Stoppeln wirkten wie Zähne. Schließlich kam das kleine Waldstück, vor dem sie sich immer ein wenig fürchteten. Sie fassten sich bei den Händen und schritten mutig weiter in die Dunkelheit hinein.

»War das nicht ein Wolf?«

»Lauf!«, rief Isabeau und zog Anna mit sich. Hand in Hand hasteten sie an alten Fichten, Tannen und Kiefern vorbei. Sie alle wirkten im letzten fahlen Mondlicht kalkweiß und gespenstisch. Irgendwann spürten sie ihre Füße nicht mehr, und ihre Hände waren wie Eiszapfen, als sie in der Morgendämmerung endlich eine Gruppe uralter Bäume entdeckten. Dort neben dem Teich, der wie ein schwarzer Spiegel vor ihnen lag, befand sich der Eingang zu dem kleinen Weiler. Fast war ihnen, als hätten sich die Bäume hinter ihnen wieder geschlossen, um den Weg unter ihren knorrigen Ästen zu verbergen. Es roch nach Pilzen, Schnee und feuchter Walderde. Und ein wenig auch nach Fäulnis. Das trübe, graue Licht war innerhalb des Weilers ein anderes. Hier schimmerte es fast grünlich. Gerade so, als säßen die Waldgeister in den Zweigen der Bäume und folgten ihnen mit ihren Blicken. Doch für Angst blieb ihnen jetzt keine Zeit. Und dann stand es plötzlich vor ihnen: Windschief und halb verfallen hob sich das Bauernhaus wie ein uralter Riese von den dahinterliegenden Bäumen ab. Ein einzelnes trübes Licht erhellte das winzige Fenster neben der Tür. Hinter den anderen herrschte tiefe Nacht.

Isabeau spürte, wie Anna ihre Hand umklammerte, als sie vorsichtig gegen die ausgeblichene Tür klopfte. Lange Zeit geschah nichts. Isabeau schlug das Herz bis zum Hals. Über die Ausbäuerin erzählte man sich allerhand. So sollte sie etwa das zweite Gesicht haben und allein durch ihre Gebete die Gebrechen der Menschen kurieren. Nicht wenigen hatte sie Liebestränke oder Amulette gegen den bösen Blick verkauft. Wer sich in ihren Weiler wagte, durfte auf Hilfe hoffen.

Das verwitterte Türblatt gab ein lautes Knarren von sich, als es langsam aufschwang und eine dürre Alte erschien. Das Tranlicht in ihrer Hand flackerte, als sie kaum hörbar nach ihrem Begehr fragte. Zahlreiche Falten gaben ihrem Gesicht das Aussehen einer Hundertjährigen. Isabeau fühlte sich an die Rinde eines uralten Baumes erinnert. Allein die Augen der Ausbäuerin wirkten klar und alterslos.

Im Inneren des großen Bauernhauses roch es ungewöhnlich scharf. Nach Kräutern und Essig. Wortlos bedeutete ihnen die Ausbäuerin, dass sie neben der gemauerten Feuerstelle auf der Bank Platz nehmen sollten. Zahlreiche Kräuterbündel hingen kopfüber von der Decke. Isabeau entdeckte neben Frauenmantel, Schafgarbe und Zinnkraut andere Kräuter, die sie aber alle nicht kannte. Entlang der Wand reihten sich auf einem Regal zahlreiche Flaschen aus Steingut und Tiegel aus Holz. In der Ecke lehnte ein Stecken, der unheimlich anmutende Schnitzereien aufwies, die sie noch nie gesehen hatte.

Isabeau erkannte Kreise, Sterne und kleine Symbole, die vielleicht für den Mond standen. Messer, die mit ihrer geschwungenen Klinge an eine Sichel erinnerten, hingen der Größe nach geordnet unter den Regalbrettern. Während ihnen die Ausbäuerin mit undurchdringlicher Miene zwei Tassen hinschob und aus einer Kanne eingoss, fiel Isabeaus Blick auf den Griff. Der Henkel war mit einer Kette aus Zähnen, Haaren und winzigen Knochen verziert.

»So, ihr wollt also die Leibesfrucht vor ihrer Zeit austreiben«, sagte sie nach einer Weile und lächelte zahnlos. »Trinkt ruhig! Ich werde euch schon nicht vergiften.« Anna nickte schüchtern.

»Es ist«, stotterte sie, bevor sie zu weinen begann, »es ist von einem, der mir die Ehe versprochen hat.«

»Brauchst dich nicht zu erklären, es ist immer dasselbe mit den Weibsleuten und den Mannsbildern. Die Lust ist groß und der Verstand klein.« Mit einem einzigen Griff fasste die Ausbäuerin über den Tisch hinweg nach Anna und presste ihre Hand auf deren Leib. Isabeau roch Pfefferminze und Anis in ihrem Atem. So nah war ihnen die Alte gekommen. Ein kalter Schauder durchzuckte sie, während die Ausbäuerin Annas Brust betastete.

»Du bist schon viel zu weit. Ich geb dir nichts. Schließlich will ich kein Blut an meinen Fingern haben. Das hätte ich gewiss, weil du zusammen mit deinem Kind sterben würdest. Eine solche Prozedur kann man nur während der allerersten Wochen überleben, und jetzt geht dahin, wo ihr hergekommen seid. Meine Bäume und ich, wir fühlen uns durch Fremde gestört.«

»Aber Ihr könnt uns doch nicht einfach wegschicken!«, rief Isabeau. »Ich habe schon so viel Gutes von Euch gehört, Ihr müsst uns einfach helfen.« Die Alte schüttelte den Kopf und schob die beiden Richtung Tür. »Du«, sagte sie ohne jede

Regung und setzte Isabeau den Finger auf die Brust. »Spar dir deine Kraft! Du wirst sie schon bald brauchen! Und deine Tage«, wandte sich die Ausbäuerin nun an Anna und berührte sie leicht an der Schulter, »sind ohnehin gezählt!«

Wenige Augenblicke später standen sie schon wieder vor der geschlossenen Tür. Anna wirkte wie versteinert. Rasch hakte sich Isabeau bei ihr unter und zog sie aus der Sichtweite des unheimlichen Hauses. Mittlerweile war es Tag geworden. Doch hier im Weiler wirkte das Licht noch immer trüb und milchig.

»Du brauchst den Mist nicht zu glauben, den dir die Alte mit auf den Weg gegeben hat«, sagte Isabeau nach einer Weile. Irgendetwas musste sie ja sagen, Anna wirkte noch immer in sich gekehrt und abwesend. Freilich, ganz wohl war Isabeau auch nicht. Jetzt wollte sie das Gefasel der Alten einfach schnell vergessen. Letztlich war es nur Geschwätz gewesen!

»Sollen wir bei deiner Mutter vorbeischauen und ihr sagen, dass du noch auf eine Stunde zu mir mitkommst?«, fragte Isabeau, als sie nach einer halben Ewigkeit die Insel wieder erreicht hatten. Anna schüttelte den Kopf. Isabeau wusste, dass die Mutter Anna bereits vermisste. »Ich muss heim, lass uns später reden.« Isabeau hätte gern etwas erwidert, doch inzwischen waren sie in der Cramergasse angekommen, und Anna drückte ihre Hände kurz. »Auf bald!«, hörte Isabeau noch, bevor die Freundin in der Tür verschwand.

»Isabeau, die Morgensuppe ist fertig!«, drang die volle Altstimme ihrer Mutter durch die Kammertür. Isabeaus Herz schlug bis zum Hals. Wie durch ein Wunder war es ihr tatsächlich gelungen, wieder ungesehen in die Mädchenkammer zu schlüpfen, bevor Maman ihr Fehlen bemerkt hatte. Ein kurzer Blick sagte ihr, dass noch überall die Unordnung der Nacht zu sehen war. Dabei hasste Maman nichts mehr als Unpünktlichkeit und jede Art von Schlamperei. Dazu zählte in jedem Fall, wenn Decken,

Kissen und Kleidungsstücke grundlos auf dem Boden lagen. Oder wenn das Bett lange nach Sonnenaufgang noch nicht gemacht war. Während Maman allergrößten Wert auf ein tadelloses Benehmen legte, war Isabeau von eher praktischer Natur. Wie oft schon hatte Maman händeringend gesagt, dass an ihr ein Junge verloren gegangen sei? Aber es stimmte schon. Jeden Tag hatte Isabeau den Heimweg von der Lateinschule zu einer Art Wettrennen gemacht. Wenn es darum ging, schneller zu sein als die Buben, hatte sie ohne zu zögern ihre Röcke gerafft und ihre Knöchel entblößt. Während Maman ihre Späße mit einer Strafpredigt quittierte, heckte Isabeau bereits den nächsten Streich aus.

»Isabeau, wenn du nicht augenblicklich herunterkommst, fällt das Morgenmahl für dich heute aus! Und überhaupt, was ist das denn schon für ein Lärm dort oben?«, hörte sie Maman erneut rufen. Diesmal trat der französische Akzent deutlich hervor. Obwohl sie bereits seit vielen Jahren in Lindau lebte, konnte ihre Maman den weichen Ton ihrer Muttersprache bis heute nicht völlig ablegen. Und wenn sie sich echauffierte, trat der nasale Klang im besonderen Maße zutage.

Isabeau beschloss, nicht zu antworten, sich aber vorsichtshalber zu beeilen. Rasch füllte sie die Waschschüssel mit dem Wasser aus dem Krug. »Ist das kalt!«, stieß sie hervor, als sie den rauen Leinenlappen auswrang und Gesicht und Körper mit kraftvollen Strichen bearbeitete. Isabeau besaß den glatten, fast olivfarbenen Teint ihres Vaters. Dieser entsprach leider ganz und gar nicht dem gängigen Schönheitsideal. Wie gut war es da, dass sie wenigstens die großen hellgrauen Augen und das kräftige blonde Haar von der Mutter geerbt hatte. Selbst wenn die Flechten jetzt wild und zerzaust wirkten, fiel es ihr nach dem Kämmen in weichen Wellen über den Rücken und schimmerte wie satter, reifer Sommerweizen.

»Guten Morgen, Mademoiselle! Ich hoffe, wohl geruht zu haben.« Mamans Stimme klang spitz, während sie in der Tür stand und ihren Blick über die Unordnung der letzten Nacht schweifen ließ. Aber Isabeau wusste, dass sie nicht ernsthaft Mutters Zorn auf sich gezogen hatte. Zumindest solange diese nicht ahnte, wo sie heute Morgen schon in aller Herrgottsfrühe gewesen war.

»Allez, allez, oder bist du etwa nicht hungrig? Vreni hat sich mit dem Morgenmahl schon so viel Mühe gegeben. Es gibt frisches Brot, braune Nussbutter und Honig.« Rasch griff Maman nach der Bürste aus Wildschweinborsten und kämmte Isabeaus Haar, bis es glänzte. »Eine Dame sollte stets ordentlich frisiert sein, wenn sie ihr Boudoir verlässt«, belehrte sie ihre Tochter. Dann begann sie, das dichte lange Haar Strähne für Strähne mit Haarnadeln aufzustecken. Noch während sie ihr Werk begutachtete, zupfte sie einzelne Strähnchen neben den Ohren zurecht. »Und nun beeil dich, ich bin hungrig und habe keine Lust, noch lange zu warten.«

Nur wenig ist anregender als die erste gelungene Missetat.
Marquis de Sade

Isabeau wusste, dass es die Mutter nicht gern sah, wenn sie zu viel Zeit bei Vater in der Werft verbrachte. Heute hatte sie ihr dennoch gestattet, den Korb selbst in die große Bootshalle hinüberzubringen. Wohl wissend, dass ein paar Engel weinten, pfiff sie ein Liedchen, während sie mit dem Henkelkorb am Arm die Küche verließ. Zumindest behauptete das Herr Eggenweiler und untersagte ihr das Pfeifen. Ein Lächeln umspielte Isabeaus Lippen, als sie an den ältlichen Hauslehrer dachte. Die Eltern hatten ihn mit dem Ende der Lateinschule eingestellt. Seither kam er dreimal in der Woche ins Haus der Berspergers. Heute litt er allerdings an einem fiebrigen Katarrh und musste das Bett hüten. Ohne schlechtes Gewissen gestand sich Isabeau ein, dass ihr die Erkrankung des hageren Junggesellen nicht ungelegen kam. Seine eintönigen Unterweisungen im Rechenwesen und die Vorschläge zur Führung des Kontors fand sie sterbenslangweilig und die unterkühlte spröde Art des Herrn Eggenweiler schlichtweg eine Zumutung. Rasch nahm sie den kurzen Weg vom Wohnhaus zum Werftgelände. Das

Blau des Himmels wirkte in der klaren kühlen Dezemberluft beinahe überirdisch schön. Unter den Bäumen lag noch das letzte Herbstlaub, den Rest hatte Vater bereits in einem seiner Holzfeuer verbrannt. Über den Flammen erhielten die Planken, welche später den Schiffsrumpf bildeten, ihre sanft geschwungene Form. Gemächlich schlenderte Isabeau über das weitläufige Werftgelände mit den alten Tannen und trat ein paar Tannenzapfen beiseite. Nach der großen Werfthalle kam die Seilwinde mit ihrem Holzaufbau in Sicht. Hier oben auf dem Turm hatte sich Isabeau schon als kleines Mädchen versteckt. Isabeau zögerte nur einen Augenblick, dann stellte sie den Korb ab und sah sich um. Die Mutter musste sie um diese Zeit höchstwahrscheinlich nicht fürchten, sie ging sicher mit Vreni das Mittagessen durch. Rasch raffte sie ihre Röcke und erklomm die ersten Sprossen der Leiter. Sie ließ ihren Blick schweifen. Alles war still, denn der Wind lag bereits in seinem Winterschlaf. Dennoch war es der Sonne so spät im Jahr noch einmal gelungen, den Nebel zu besiegen. Leichtfüßig nahm sie die restlichen Sprossen der Leiter und wurde mit einer atemberaubenden Aussicht belohnt. Hier oben verlor alles an Bedeutung. Isabeau spürte das Leben, wie es einem wilden unbezähmbaren Strom gleich durch ihre Adern floss. Nun stand sie einfach nur da und atmete den Duft von Tang und Wasser ein. Der Bodensee zu ihren Füßen glitzerte in der klaren Luft tiefblau, während die nahen Alpen bereits die ersten weißen Schneehauben trugen. Da über Lindau stets der Lärm einer geschäftigen Stadt hing, schien die winterliche Stille hier fast unheimlich. Erst der laute Schrei einer Möwe erinnerte sie wieder an ihre Aufgabe.

Mit dem Korb voller Köstlichkeiten am Arm öffnete Isabeau schließlich die wuchtige Tür, welche die großräumige Werft vom Rest der Welt trennte. Früher hatte sie mit Vorliebe zwischen den hölzernen Stützgestellen gespielt, auf welchen das

Schiff ruhte, bevor es zu Wasser gelassen wurde. Hinter dem Tor fand sich Isabeau in einer anderen, fast magischen Welt wieder. Die stattliche Halle aus Holz und Stein reichte viele Meter in die Höhe. Hier im Inneren der Halle gedachte Isabeau der zahlreichen Geschichten, welche ihr der Vater schon so oft erzählt hatte. In Isabeaus Erinnerung tauchten Mären von der Weißen Frau und bedrohlichen Wassergeistern auf.

»Wenn du die Ohren spitzt, kannst du das Wasservolk hören. Seine uralten Seelen reiten auf den Wellen und segeln mit der Zeit, die sich dem Wind entgegenwirft.« Selbst jetzt vernahm Isabeau ein geheimnisvolles Gluckern, welches gegen die Rampe klopfte, die bis unter die Wasseroberfläche ragte. Der schräge Steg bereitete jedem jungfräulichen Schiff einen letzten Landweg, bevor es vom Wasser in die Arme geschlossen wurde. Nachdem es in einer feierlichen Taufe einen würdigen Namen erhalten hatte, sprach der Pfarrer noch seinen Segen über das Boot, und dann konnte die Jungfernfahrt beginnen. Freilich wusste jeder, der sich auf den See begab, um die kurzen Wellen und den tückischen Nebel, der einen unachtsamen Schiffsführer in höchste Seenot bringen konnte. Und doch hoffte ein jeder, das Wasservolk möge es gut mit ihm meinen. Niemand wollte zu den Bedauernswerten gehören, deren ruhelose Seelen bis in alle Ewigkeit über das Wasser geisterten, während ihre Leiber tief unten auf dem Grund blieben und nie in geweihter Erde ruhen durften. Isabeau liebte das alte Seemannsgarn ihres Vaters und wurde nicht müde, seinen Geschichten zu lauschen. Als sie den hinteren Teil der Werft erreichte, sah sie sich sogleich nach den hungrigen Mäulern um. Schließlich hatte sie getrödelt, und die Männer warteten sicher bereits auf die verdiente Neunuhrvesper. Wider Erwarten waren Lehrburschen wie Gesellen noch immer in ihre Arbeit vertieft. Während die Gesellen zu zweit dicke Eichenplanken aus der Trockenkammer schleppten, fand sie den Vater von seinen vier

Lehrbuben umringt. Seine volle Bassstimme dröhnte durch den hohen Raum, während die Lehrlinge an seinen Lippen hingen. Im hellen Leinenhemd, mit den zurückgeschobenen Ärmeln und der ledernen Schürze, wirkte der Vater sehr viel eher wie ein einfacher Arbeiter und nicht wie der Mann von Stand und Ansehen, der er in Lindau war. Über die Jahre hatte er einen kleinen Bauch bekommen, und sein kurzes graues Haar zeigte einen recht breiten Scheitel. Wie die französische Mode es wollte, verschwand es zu besonderen Gelegenheiten unter einer weißen Perücke. Weil Vater dieses »Affentheater« nicht sonderlich mochte, trug er die gepuderten Löckchen nur zu den Ratssitzungen, denen er als Zunftmeister der Schiffsbauer vorsaß.

Neben den stark rußenden Fackeln, die überall an den Wänden schmauchten, fiel ein wenig Licht durch die hohen schmalen Fenster. In den flirrenden Sonnenstrahlen drehte sich feiner Holzstaub im Kreis, als tanze er zu einer lautlosen Weise. Am liebsten wäre Isabeau den ganzen Tag hier unten geblieben. Wie öde und langweilig war es dagegen, im Kontor zu sitzen und die benötigte Menge Holz für jedes Schiff zu berechnen? Daneben galt es, die Ausgaben und Einnahmen zu erfassen, die Korrespondenz zu erledigen und das Archiv zu verwalten. Dazu kamen noch Mamans Unterweisungen in gänzlich unnötigen Hausarbeiten, die Isabeau sterbenslangweilig fand und doch stets verrichten musste.

Für einen köstlichen Moment schloss Isabeau ihre Augen und atmete den Duft der vielen unterschiedlichen Hölzer. Lärche, Fichte und Kiefer verströmten mit ihrem Harz eine warme, weiche, fast balsamische Note, welche die Lungen weitete, als stünde man hoch oben auf einem Berg. Diese Hölzer kündeten von Freiheit und Weite. Im Gegensatz dazu roch die Eiche, welche sich ebenfalls für den Schiffsbau eignete, tief und schwer. Nach saftigem Moos und sonnenwarmen Steinen.

Nach Sommerregen und feuchten Blättern. Wenn die schweren Eichenplanken allerdings zu frisch in die Werft kamen, rochen sie mitunter grün und sauer. Säuerlich war dann auch die Laune des Vaters, der den Holzkutschern die Leviten las, bis ihnen Hören und Sehen verging. Aber was verstanden diese schon von einem Schiff? Wie es mit geblähtem Tuch scheinbar schwerelos das Wasser teilte …

»Isabeau!«, rief der Vater erfreut und kam ihr mit großen Schritten entgegen. »Wir sind am Verhungern! Oder bist du etwa anderer Meinung?«, wandte er sich lachend an Augustin. Der Bursche mit dem kurzen braunen Haar und den Sommersprossen nickte eifrig und folgte seinem Lehrmeister humpelnd die Stiegen hinauf in die Vesperstube. Dort warteten ein großer, grob gezimmerter Tisch und eine solide Bank.

In Windeseile packte Isabeau neben der Dinkelgrütze, die jeder in unbegrenzter Menge verspeisen durfte, einen großen Laib Brot, geräucherten Fisch, drei gepökelte Schweinsfüße und Ohren des Borstentiers auf den Tisch. Daneben förderte sie aus den Tiefen ihres Korbes noch ein ordentliches Stück Käse aus dem nahen Vorarlberg zutage. Der Duft von Wacholderrauch und geröstetem Dinkel lag in der Luft und ließ den Männern das Wasser im Munde zusammenlaufen. Dem Vater brachte Isabeau ein Krüglein Most, den die junge Schar der Burschen mit Wasser verdünnen musste. Schließlich wollte niemand riskieren, dass sich einer der jungen Hirsche im Rausch den Stechbeitel oder das Ziehmesser in die Glieder rammte.

Angesichts der vielen Leckerbissen kam Leben in die Männer. Jeder holte sich neben seiner Schüssel einen Löffel und ein Essmesser aus dem offenen Regal neben dem Tisch und setzte sich.

»Schaut an!«, spottete Michel Renzinger, als sich Augustin seine Schale zum zweiten Mal füllte. »Der Kleine kriegt wieder einmal seinen Hals nicht voll.« Als sich die Schamesröte auf Augustins schmalem Gesicht ausbreitete, ließ er den großen Löffel sinken und verzichtete auf eine weitere Portion. Isabeau schüttelte angesichts der unverschämten Bemerkung nur den Kopf. Michel war ein Schwätzer, aber dass er angesichts von Augustins Schicksal so gemein sein konnte, entfachte Isabeaus Zorn. Ihr tat der Junge mit den Sommersprossen leid. Weil es dem Herrgott gefallen hatte, dem Buben des Dorfschulzen ein zu kurzes Bein mit auf den Lebensweg zu geben, hänselten ihn die anderen Lehrbuben und die Gesellen. Dass er seine Mahlzeiten mit elf älteren Geschwistern teilen musste, besserte sein Los nicht unbedingt. Als Krüppel stand man meistens hungrig vom Tisch auf, da sollte er sich wenigstens bei ihnen den Bauch füllen dürfen.

»Michel!«, schimpfte Meister Bersperger laut. Isabeau fuhr zusammen, und den jungen Männern am Tisch erging es nicht besser. Der Vater bedachte den vorlauten Gesellen mit einem zornigen Blick. »Lass den Augustin in Ruhe essen, und geh mir aus den Augen. Deine Mahlzeit ist beendet, und für den Rest des Tages wirst du die Werfthalle kehren und den Boden der Vesperstube schrubben!«

Auch Augustin war erschrocken aufgesprungen und sah nun Hilfe suchend zu Isabeau hinüber. Dann setzte er sich rasch wieder und duckte sich tief über seine Schale, als hoffte er, in einer Ritze zu verschwinden.

»Aber habt Ihr mir nicht aufgetragen …«, presste Michel trotzig hervor. Auch wenn er der älteste Geselle in der Bersperger-Werft war und sich nicht mehr alles gefallen lassen musste, würde Vater hier gewiss nicht nachgeben. Und schon gar nicht, wenn Augustin der Anlass war.

»Es gibt kein Aber!«, entgegnete der Meister entschieden und zeigte auf die schmale kleine Stiege, die in die Werft hinunterführte. »Geh und vergiss nicht, den Mund zuzumachen, sonst fliegen am Ende noch ein paar Schnaken hinein!«

Ständig musste er Michel zurechtweisen, und doch fiel es nie auf fruchtbaren Boden. »Herrschaftszeiten!«, rief Friedrich Bersperger wütend. Hätte er eine andere Wahl, wäre der ungehobelte Bursche sicher schon lange wieder auf der Straße! Aber ohne seine Arbeitskraft war es ihm unmöglich, all den Bestellungen des Schifffahrtsunternehmers Lorentz nachzukommen. Und dieser verfügte nun einmal über das ausgedehnteste Transportnetz im gesamten Bodenseeraum. Dabei verschiffte der alte Fuchs die Waren nicht nur von Lindau nach Buchhorn, Überlingen und Konstanz, sondern belieferte daneben auch noch Bregenz und die Eidgenossen.

Kaum hatte sich Meister Bersperger wieder seiner Mahlzeit zugewandt, stapfte Michel aufrechten Hauptes davon. Im Vorbeigehen boxte er Augustin grob in den Rücken. Und bevor er endgültig über die Treppe nach unten verschwand, vollführte er eine unflätige Geste und zog mit einem breiten Grinsen das Bein nach.

Ohne zu überlegen, ließ Isabeau den Korb stehen und rannte die Stiege hinunter. »Michel!«, rief sie scharf. »Michel, du wirst dich jetzt bei Augustin entschuldigen, und zukünftig bist du ein wenig höflicher.« Freilich stand es ihr als Frau nicht zu, einen Mann in die Schranken zu weisen. Aber zu manchen Zeiten fühlte sie das Blut ihres Vaters und dessen Vaters in ihren Adern fließen. Und im Moment kochte es! Als Michel abrupt stehen blieb, wäre Isabeau um ein Haar mit ihm zusammengestoßen. Isabeaus Grimm wuchs, als er sich breitbeinig vor ihr aufbaute und sie mit einem unverschämten Grinsen bedachte.

»Große Worte für ein kleines Weib!«, zischte er und maß Isabeau mit einem scharfen Blick. »Ja, jetzt, wenn du den Vater dort oben weißt, kannst du das Maul ordentlich voll nehmen. Aber das wird nicht immer so sein!«, drohte er. Seine braunen Augen wirkten nun dunkel und verschlagen. Einmal mehr fragte sich Isabeau, was die Frauen an diesem rothaarigen Wichtigtuer fanden. Unverschämt war er, und sonderlich hübsch fand sie ihn auch nicht. Dafür besaß er wohl ein besonderes Händchen für die Arbeit mit den Lädinen. Michel lachte laut, als sein Blick sie traf. »Für dich wird es Zeit, dass dir endlich einer zeigt, wer das Sagen hat! Wenn es um dich geht, ist der Meister ja ein rechter Schlappschwanz.«

»Spar dir deine unflätige Rede, oder willst du mir am Ende etwa drohen?«, fauchte Isabeau und funkelte ihn streitlustig an. Sie hatte den Sohn des Stadtschreibers noch nie sonderlich gemocht. Anstatt Augustin ständig zu piesacken, hätte es ihm besser zu Gesicht gestanden, den jüngsten und schwächsten Lehrburschen zu unterstützen.

»Vielleicht werde ich es ja sein, der dir eines Tages unter den Rock greift und einen Bastard andreht, genau wie es der Emmerat bei Anna, der dummen Gans, getan hat!«, feixte er plötzlich. »Aber nein, du bist nicht so einfältig wie deine Freundin. Dennoch nimmst du dich besser in Acht, schließlich gibt es hier unten allerhand dunkle Winkel!«

Alles Blut wich Isabeau aus dem Gesicht. Michel wusste auch, dass Anna in Umständen war! Krank sei sie, sagten die Truchners noch immer, wann immer sie nach ihr fragte. Zur Genesung habe der Medicus ihr Höhenluft verordnet. Diese inhaliere sie nun im Bregenzerwald, in einem kleinen Ort am Fuße des Diedamskopfes. Isabeau spürte, wie erneut Wut in ihr aufstieg. Laut und rot schwoll sie in ihrem Kopf an, bis ihr das Blut in den Ohren rauschte. Als sie plötzlich Michels klebrigen Mund auf ihren Lippen spürte, wurde Zorn daraus. Dann ging alles ganz schnell, und Michel hatte den Abdruck ihrer fünf Finger auf der Wange.

»Du bist ein elender Schuft!«, rief sie. »Aber ich werde dafür sorgen, dass alle Welt erfährt, wie Emmerat Anna getäuscht hat. Er wird sich zu diesem Kind bekennen, und wenn Anna ihn noch will, wird er sie heiraten. Und Vater wird es gleich heute Abend als Erster erfahren!«

»Die Spucke kannst du dir sparen. Wer weiß schon, mit wem sich Anna sonst noch eingelassen hat. Jeder könnte ihr den Braten in die Röhre geschoben haben! Ein gefallenes Mädchen ist im eigentlichen Sinn bereits tot, und wer weiß, vielleicht geht sie ja in die Bregenzer Ache und ersäuft …«

Alle Moralideen sind eigenmächtig, und der ist ein großer Narr, der sich durch sie fesseln lässt.

Marquis de Sade

Die Dämmerung lag bereits über den schmalen Gässchen von Lindau, als Isabeau endlich das Haus an der Schiffswerfte verließ. Als hätte die Mutter schon in den Morgenstunden Isabeaus Absicht gekannt, war ihr stets noch eine weitere Arbeit eingefallen. Rasch legte sie sich nun den Kragen aus Fuchsfell um den Hals und schloss den Mantel. Kühler, feuchter Nebel zog vom See her auf und machte das Pflaster rutschig. Die Gassen hatten sich bereits geleert, nur hier und da begegneten ihr auf dem Weg zum Brettermarkt ein paar Leute, die mit eingezogenen Köpfen vorübereilten. Ein kleiner zottiger Hund rannte neben ihr durch die Gasse. Er gehörte dem alten Leuchtturmwärter, der draußen an der Hafeneinfahrt sein Leitfeuer entzündete. Das weithin sichtbare Signal leitete die Lädinen in der Dunkelheit sicher nach Lindau und kennzeichnete einen der größten Häfen des Bodensees. Isabeau musste sich sputen, denn im Dezember schlossen die allermeisten Läden bereits mit Einbruch der Dunkelheit. Das Haus der Truchners in der Cramergasse wirkte wie ein fauler Zahn in einem strahlend weißen Gebiss. Klein und einfach gearbeitet, machte es umgeben von den anderen noblen Geschäftshäusern einen nahezu ärmlichen Eindruck. Isabeau spürte, wie ihr vor Aufregung das Blut in die Wangen schoss. Anna bekam ein Kind, und ganz offensichtlich stellte das für die Truchners eine Schande dar. Aber wo um Gottes willen hatten sie Anna nur hingebracht, um diesen Makel zu vertuschen? Isabeaus Gedanken überschlugen sich. Um zur Ruhe zu kommen, blieb sie für einen Augenblick vor dem Haus der Truchners stehen und sah in den Himmel. Es roch nach Schnee, und die kalte Dezemberluft strich eisig durch die verwinkelten Gassen. Das aus unregelmäßigem Sandstein erbaute Haus des Tuchhändlers zeigte im Gegensatz zu den anderen Häusern sein Fachwerk offen. Verwitterte Sprossenfenster wurden von roten Läden beschützt, als wollten auch sie nichts über Annas Verbleib preisgeben. Unter der niedrigen Tür des kleinen Ladens ordnete Isabeau rasch ihr Haar und strich Kleid und Mantel glatt. Die Klinke gab ein schabendes Geräusch von sich, als Isabeau sie herunterdrückte und die Tür öffnete. Als sie eintrat, schlug ihr trockene Wärme entgegen. Ihre Zunge klebte am Gaumen, und ihre Wangen glühten. Ihr Blick fiel auf den Ofen aus schwerem Gusseisen, der schon seit ihren Kindertagen in derselben Ecke stand. Isabeaus Herz klopfte so laut, dass sie befürchtete, es spränge ihr augenblicklich aus der Brust. Aber sie hatte keine Wahl, sie musste Annas Eltern erzählen, dass Anna nicht gelogen hatte. Und die Truchners mussten ihr einfach Glauben schenken und sie ausreden lassen! Wie erwartet, war der kleine Laden um diese Zeit völlig leer. Isabeau atmete auf. Obwohl das Glöckchen über der Eingangstür ihren Besuch laut ankündigte, blieb sie noch eine Weile allein. Isabeau sollte es recht sein, so hatte sie noch ein wenig Zeit, um sich zu sammeln. Als Kinder hatten sie oft hier gespielt. Während sich Isabeau jetzt umsah, kitzelte der zarte Duft von Bienenwachs und Stoff ihre

Nase. Die feinen Wollstoffe aus Brügge und Antwerpen dufteten immer nach einer Spur Lanolin, während der Memminger Leinwand stets ein steifer und kühler Duft entströmte. Dagegen roch Brokat geradezu schwer und warm und erinnerte immer ein wenig an Kaminfeuer. Bei Seide fiel Isabeau jedes Mal ein junger frischer Sommermorgen ein, wenn die Tränen der Nacht die Spitzen der Grashalme zum Glitzern brachten. Aber den mit Abstand sinnlichsten Duft besaß Samt. Mollig und weich, fast fleischig, erinnerte er Isabeau an schweren alten Wein und auch ein wenig an Blut. Sanft ließ sie ihre Fingerspitzen über den nachtblauen Stoff gleiten.

»Gott zum Gruße!« Isabeau fuhr herum. Sie hatte Annas Mutter gar nicht kommen hören. Nun stand sie vor ihr und wirkte abweisend und kühl.

»Grüß Gott, Frau Truchner«, erwiderte Isabeau und knickste.

»Was führt dich hierher und dazu noch um diese Zeit?« So unfreundlich hatte Isabeau Annas Mutter noch nie erlebt. Ihr Gesicht wirkte müde und verhärmt, und das Leben in ihren Augen schien erloschen. Schließlich fasste sich Isabeau ein Herz und trat mutig auf die ältere Frau mit dem grauen Haar zu. Sie musste ihr einfach Gehör schenken! Vorsichtig umfasste Isabeau die Hände der Truchnerin und sah ihr fest in die Augen. »Frau Truchner«, begann sie zögernd und räusperte sich, »ich weiß, es ist sehr unangebracht, dass ich einfach so bei Euch hereinschneie. Aber ich muss unbedingt mit Euch sprechen. Bitte, Ihr kennt mich schon ewig, und Ihr wisst ja, dass Anna und ich die besten Freundinnen sind. Deshalb bitte ich Euch, hört mich an!« Sie spürte den umherirrenden Blick der Truchnerin. Gram lag darin. Aber war nicht auch jene Sorge dabei, die ein Mutterherz ein Leben lang begleitet?

»Anna ist fort! Weshalb bist du um diese Zeit noch hergekommen? Wir schließen jeden Augenblick, also fass dich kurz!«

»Nun, ich wollte …« Isabeau geriet unter dem ungeduldigen Blick ins Stocken. Schließlich atmete sie tief ein. Sie musste sich zusammenreißen! Gleichgültig, was Annas Mutter von ihr dachte. Schließlich war Anna ihre Freundin! »Frau Truchner, ich weiß, wie es um Anna bestellt ist. Aber ich … ich wollte Euch sagen … Anna trifft keine Schuld! Zumindest nicht allein, denn Emmerat hat sie belogen! Er ist ein Schuft! Anna hat ihn geliebt! Sie dachte, er bittet um ihre Hand. Bei Euch und bei Meister Truchner. Schon bald.« Jetzt war alles gesagt, dachte Isabeau und atmete geräuschvoll aus. Annas Mutter sah sie lange an, dann schüttelte sie mit ausdrucksloser Miene den Kopf.

»Ist dir nicht gut, Kind?« Ihre Stimme zitterte ein wenig. Sie wirkte unzugänglich und kühl, und in diesem Augenblick wusste Isabeau, dass es ein Fehler war, hergekommen zu sein. Annas Mutter wollte nichts von dem hören, was sie zu sagen hatte. Schlimmer noch, sie hatte Anna selbst fortgeschickt. Isabeau spürte die Kälte der Truchnerin wie winzige Eiskristalle, die sich unter ihre Haut schoben und sie frieren ließen.

»Anna hat es mit der Lunge. Sie leidet an der Schwindsucht. Vielleicht stirbt sie sogar, und wir alle werden sie nie wiedersehen«, flüsterte Annas Mutter mehr zu sich selbst, bevor sie Isabeau nachdrücklich ansah. »Du musst sie vergessen. Glaub mir, es ist besser so.«

Isabeau schüttelte den Kopf. »Nein, das dürft Ihr nicht sagen! Anna … sie ist doch Eure Tochter!« Der Blick der Truchnerin schnitt ihr ins Herz.

»Lasst sie wieder herkommen. In der Nacht. Die alte Minna vom Festland ist eine gute Hebamme. Und das Kind …« Isabeau suchte händeringend nach ein paar Worten, mit denen sie das Schicksal abwenden konnte, welches hier gerade in Stein gemeißelt wurde. »Ihr könntet es doch nehmen. Ein Findelkind, das in der Nacht vor Eurer Tür abgelegt wurde. Anna könnte es lieben, ohne selbst Mutter zu sein. Ihr seid doch noch so …«

»Es ist besser, du hältst jetzt den Mund!«, schnitt ihr die Truchnerin das Wort ab. Isabeau fühlte die Ablehnung, die Annas Mutter umgab wie eine eiskalte Welle, die ihr entgegenschlug.

»Ich glaube, es ist das Beste, wenn du jetzt nach Hause gehst. Es ist ohnehin schon spät«, sagte Annas Mutter entschieden und schob Isabeau ohne ein weiteres Wort zur Tür hinaus.

»Bitte!«, flüsterte Isabeau. Tränen traten ihr in die Augen. »Anna und ich – wir sind doch Freundinnen! Wo genau habt Ihr sie hingebracht? Der Bregenzerwald ist groß. Vielleicht könnte ich ihr bald einmal schreiben. Sie fühlt sich doch sicher einsam, so allein in den Bergen.«

»Vergiss Anna! Sie kommt nicht mehr.«

»Aber …«

»Es gibt kein Aber!«, entgegnete die Truchnerin unnachgiebig und schloss die Tür von innen zu. Isabeau fühlte sich wie mit Eiswasser begossen. Aufgebracht ballte sie die Hände zu Fäusten, bis ihr die Nägel schmerzhaft ins Fleisch schnitten. Wo genau versteckten sie Anna nur? Am Ende saß Anna dort oben, und die Truchners hielten sie in ihrer eigenen Kammer gefangen! »Anna! Bist du dort oben? Kannst du mich hören?«, rief Isabeau laut in die Nacht hinein. Aber hinter dem Fenster im Obergeschoss blieb es dunkel und still.

Es dämmerte bereits, als Isabeau völlig außer Atem auf der alten Holzbrücke ankam. Schließlich war sie den ganzen Weg gerannt. Rasch stellte sie die Angel, die Würmer und den Eimer ab und blies sich in die Hände. Kalt war es geworden. Bevor sie nun einen Wurm auf den Angelhaken zog, sah sie sich noch einmal um, obwohl sie jetzt am Abend keine Zuschauer fürchten musste. Aber schließlich konnte man nie wissen. Als sie wenig später weit ausholte und die Schnur ins Wasser warf, ließ sie ihre Gedanken fliegen. Hier auf der kleinen Brücke kamen ihr meistens die besten Einfälle. Hier konnte sie in aller Ruhe über

Anna nachdenken. Wieso hütete Annas Mutter das Geheimnis um den Ort ihres Aufenthalts so sehr? Anna sei krank, hieß es nun in der Stadt. Sie habe es wie jeden Winter mit der Lunge. Der viele Nebel mache den Husten auch nicht gerade besser ... Ein Zucken an der Schnur riss Isabeau aus ihren Gedanken. Rasch holte sie die Angel ein und zog einen großen Brachsen über das Geländer. Der Fisch zappelte und rang um sein Leben. Isabeau tötete ihn rasch mit einem einzigen Schlag und legte ihn beinahe liebevoll in den Ledereimer. Die Dankbarkeit, welche sie stets empfand, wenn sie einen Fisch gefangen hatte, erfüllte sie auch jetzt. Still betrachtete sie die klaren Augen des Seebewohners, bevor sie ein Kreuzzeichen über die glitzernden Schuppen zog. So hielt es auch die Mutter immer, bevor sie einen Laib Brot anschnitt, oder der Vater, wenn er den Sonntagsbraten zerteilte. Isabeau nickte im Stillen. Nach kurzer Überlegung zog sie einen weiteren Wurm auf den Haken und warf die Angel ein weiteres Mal aus. Wieder kehrten ihre Gedanken zu Anna zurück. Und als wenig später ein Fuhrwerk neben Isabeau zum Stehen kam, bemerkte sie es erst, als der Schifffahrtsunternehmer Lorentz das Wort an sie richtete. »Ein Mädchen sollte nicht zur Angelrute greifen«, mahnte der korpulente Mann und stieg vom Kutschbock. Isabeau mochte den alten Lorentz nicht sonderlich. In ganz Lindau war er für seinen Eigensinn bekannt. Für ihn gab es stets nur eine Meinung, und das schien immer seine eigene zu sein. Der Alte nahm seinen Biberhut vom Kopf und nickte zum Gruß. Sie knickste. »Auch für Euch einen guten Abend, Meister Lorentz.«

»Ob der Abend gut wird, werden wir noch sehen.« Er setzte den Hut wieder auf den Kopf, und Isabeau fand, dass er ihm ein wenig das Aussehen einer Kröte verlieh. »Was sagt denn dein Vater, wenn du noch so spät am Abend allein auf die Brücke kommst und ...« Isabeau sah, wie sehr er nach Worten suchte, weil er ihr Tun ganz offensichtlich missbilligte.

»Nun, er …«, entgegnete Isabeau kecker, als sie sich fühlte, und lächelte. »Vater hofft sicher, dass ich uns ein Abendessen fange.« Sie fühlte seinen Blick unerträglich auf sich ruhen und hoffte, er möge bald wieder in seine Kutsche steigen und davonfahren.

»Sieh nur dein Kleid! Es ist nass und starrt vor Dreck, und erst deine Hände.« Er musterte sie eingehend. Doch Isabeau hielt seinen Blicken stand. »Hoffentlich weiß er überhaupt, wo du dich herumtreibst!«

»Freilich weiß er es!«, gab Isabeau schärfer als beabsichtigt zurück. »Und Mutter auch.«

»Sonst werden sie es von mir erfahren«, erwiderte er leise und stieg wieder auf den Kutschbock. Isabeau vernahm beinahe so etwas wie eine Drohung in seiner Stimme und überlegte, wann sie Bertram Lorentz zum letzten Mal in der Bersperger-Werft gesehen hatte. Schließlich kam sie zu dem Entschluss, dass es lange her sein musste, und verabschiedete sich mit einem Knicks, bevor sie sich wieder ihrer Angel zuwandte.

»Für eine Frau schickt sich die Anglerei trotzdem nicht!«, rief er im Davonfahren. »Und wärst du eine Lorentz, wüsste ich derartiges Vergnügen mit Sicherheit zu verhindern. Darauf kannst du dich verlassen, Mädchen!« Isabeau schenkte seinen Worten kein Gehör mehr, denn ein erneutes Zucken der Angelschnur verriet ihr, dass sich ein weiterer kapitaler Bursche an ihrem Haken verfangen hatte. Schmunzelnd dachte sie an Vreni, die gleich ihre Hände über dem Kopf zusammenschlagen würde, weil sie die beiden Fische schuppen musste.

Als Isabeau mit Eimer und Angel daheim ankam, hatte die Nacht Lindaus Gassen endgültig verschluckt. Völlig außer Atem nahm sie den Hintereingang und stellte nur rasch die Angelrute und den Eimer in die Ecke. Sie atmete auf. Zumindest hatte sie in diesem Aufzug noch niemand gesehen.

Ihr Kleid zeigte einen riesigen Fleck, der grünlich schimmerte und nach Schlamm roch. Daneben klaffte ein großer Riss, der den hellblauen Wollstoff bis in die Höhe ihrer Knie teilte. Sie nahm eine der weichen Kleiderbürsten, die neben einer Schere, einigen Lappen und der groben Schuhbürste in einem Korb lagen, und rieb energisch über das Grün. Doch der Fleck blieb, wie er war, und auch den Riss konnte sie in der gebotenen Eile nicht nähen. Gerade als sie im Begriff war, es auch noch mit der Schuhbürste zu versuchen, kam Vreni mit Zunderschwamm und Funkenschläger um die Ecke.

»Wo in aller Welt bist du gewesen? Du bist ja schmutzig wie ein Pferdeknecht und …«, sie neigte den Kopf zu ihr, »… du stinkst auch so.« Isabeau spürte den tadelnden Blick der Magd und versuchte ein Lächeln. »Ich habe das Abendessen gefangen«, entgegnete sie kleinlaut und zeigte auf den Fisch. Vreni warf einen Blick über den Rand des Ledereimers und verdrehte die Augen. »Die müssen bis morgen warten. Und nun rasch hinauf mit dir. Zieh dein Kleid aus, und leg es über das Geländer!« Vreni schenkte ihr ein aufmunterndes Lächeln, legte ihren Finger über die Lippen und bedeutete ihr, leise zu sein. »Ich werde sehen, was ich tun kann.«

»Danke!«, flüsterte Isabeau und gab Vreni einen Kuss auf die Wange.

»Deine Mutter sucht dich auch schon überall.« Erst jetzt fiel Isabeau auf, dass Vreni ihr gutes Sonntagskleid, eine frisch gestärkte Schürze und eine neue, blütenweiße Haube trug. »Gibt es etwas zu feiern, oder weshalb hast du dich fein gemacht?« Isabeau folgte Vreni missmutig, während die Magd sie im Stechschritt durch den Flur lenkte. »Echte Wachskerzen?«, fragte Isabeau, als sie durch die Wohnhalle gingen, und runzelte die Stirn. Vreni zog die Schultern hoch und zwinkerte. »So möchte es deine Frau Mama.«

»Und Gänseterrine und Feigenmus?«, wunderte sich Isabeau. Maman servierte das Mus aus getrockneten Feigen, welches jetzt neben geröstetem Brot und allerlei anderen Leckereien auf der großen Anrichte arrangiert war, lediglich an ausgewählten Festtagen. Genau wie die Gänseterrine machte das mit Nelkenpfeffer und Himbeeressig gewürzte Mus sehr viel Arbeit. Das feine Gewürz kitzelte Isabeaus Nase, als Vreni zum Kamin ging, um das Feuer zu schüren. Isabeau hatte das Gefühl, als erstrahlten die Wollteppiche, welche für einen weichen Gang über den dunklen Eichenboden sorgten, in frischeren Farben. Vor ein paar Tagen hatte Vreni die Teppiche geklopft und mit Essigwasser gebürstet. Selbst jetzt lag noch der leicht säuerliche Geruch in der Luft. Sogar die dunklen, solide gearbeiteten Sitzmöbel und die vielen gut gefüllten Bücherregale schienen mit Leinöl poliert und schimmerten in seidenmattem Glanz. Vreni schüttelte die Brokatkissen auf und ordnete sie locker auf der Chaiselongue.

»Die Kissenbezüge sind ebenfalls neu, oder?«, erkundigte sich Isabeau. Vreni nickte und zog die schweren Samtvorhänge zu. Erst jetzt erinnerte sich Isabeau, dass der diesjährige Adventsputz wesentlich gründlicher ausgefallen war als in all den anderen Jahren. Maman hatte sich sogar zwei Frauen zur Hilfe einbestellt. Vom Festland waren sie über die Brücke gekommen, um die Vorhänge zu waschen, zu plätten, den Boden zu bohnern und das Silberbesteck zu polieren. Das ruhte nun neben dem guten Porzellan und feinen Mundservietten aus Atlas-Damast auf der Anrichte. Es schien, als liege ein großes Geheimnis über dem ganzen Bersperger-Haus. Dabei wurde das nächste Fest erst in ein paar Tagen an ihrem einundzwanzigsten Geburtstag gefeiert.

»Oder ist das etwa schon alles für meinen Geburtstag?« Isabeau kicherte leise. Freilich wusste sie, dass etwas weitaus Größeres anstehen musste als ihr Wiegenfest in drei Tagen oder das Weihnachtsfest in der nächsten Woche. »Einundzwanzig Jahre!«, flüsterte Vreni und schob sie weiter. »Herrje!« Vreni schien ganz wehmütig zu werden. »Dabei glaube ich beinahe, es wäre erst gestern gewesen, als ich deiner Mama beigestanden habe, während du in der heiligen Thomasnacht zur Welt gekommen bist.«

»Ja, ja, in der längsten Nacht des Jahres!«, flüsterte Isabeau und drehte sich im Kreis. Vreni nickte. »Ja, die Hebamme, die über die hölzerne Seebrücke vom Festland herkommen wollte, ist in einer Schneewehe stecken geblieben. Als sie schließlich viele Stunden später halb erfroren hier im Haus ankam, warst du bereits auf der Welt. Wohl deshalb bleibst du auch immer ein klein wenig mein Kind.«

»Und das ist schön!«, entgegnete Isabeau lachend. »Außerdem bin ich einfach auch unwiderstehlich, nicht wahr?«

»Lausemädchen!«, sagte Vreni und gab ihr einen Klaps. »Selbst deinen Vater hast du von Anfang an um den Finger gewickelt. Aber nun mach, dass du endlich hinaufkommst, sonst treffen die Gäste ein und sehen dich in diesem verdreckten Kleid. Und was wird erst deine Mutter sagen«, jammerte Vreni und schlug die Hände über dem Kopf zusammen. »Du hast doch noch immer nichts als Grillen im Kopf!«

Unentschlossen ließ sich Sophie Bersperger vor ihrer Frisierkommode nieder und legte die tropfenförmigen Ohrringe an. Sie dachte an die beiden Töchter und den Sohn, die der Herrgott ihnen bereits aus der Wiege genommen hatte. Drei Gräber, die sie nach jeder Seelenmesse auf dem Friedhof besuchten. Letztlich waren ihnen nur Albert und Isabeau geblieben. Um Albert machte sie sich keine Sorgen. Er weilte hoch oben im Norden, dort wo das Land platt und die Leute bleich vom vielen Regen waren. Er würde seinen Weg machen und bald in der Bersperger-Werft mitarbeiten. Ihre Sorge galt Isabeau, die schon bald eine Lorentz werden würde. Sophie schluckte. Sorgfältig kämmte sie ein paar Haarsträhnen und legte sie in das Brenneisen. Leicht würde es gewiss nicht werden, ihre eigenwillige Tochter in das Haus Lorentz zu entlassen. Aber Wehklagen hilft nicht, sagte sich Sophie im Stillen und legte das Brenneisen in die Glut zurück. Im Gegensatz zu den allermeisten Mädchen in Isabeaus Alter besaß sie wenigstens den unschätzbaren Vorteil, dass sie eine ausgezeichnete Erziehung genossen hatte. Selbst wenn ihr Benehmen manchmal zu wünschen ließ. Isabeau konnte nicht nur lesen und schreiben. Sie beherrschte auch das Rechnen. Darüber hinaus war sie des Lateinischen mächtig und sprach Französisch. Und nicht zuletzt hatte sie, wenn auch widerstrebend, ein wenig Handarbeiten gelernt. Selbstredend war Isabeau eigentlich für eine Ehe bereit. »Glaubst du wirklich, dass wir das Richtige tun?«, hörte Sophie sich selbst sagen. Ihre Stimme klang fast ein wenig fremd. Friedrich, der im Begriff war, die Doppelreihe seiner seidenen Weste zu schließen, hielt inne und trat hinter seine Frau. Im Spiegel trafen sich ihre Blicke, als ihr Friedrich die Hände auf die Schultern legte.

»Mach dir keine Sorgen, wir tun das Beste.«

Sophie nickte schwach. Friedrichs Miene schien ihr steinern. Um seinen Mund hatte sich eine harte Linie gebildet, wie immer, wenn er sich um Fassung bemühte. »Isabeau ist eine junge Frau im besten Heiratsalter.«

»Aber das ist noch nicht alles, oder?«, entgegnete Sophie schärfer als beabsichtigt.

»Du weißt genauso gut wie ich, dass die Bersperger-Werft schon bessere Tage gesehen hat. Als der Lorentzsche dann eine Frau für seinen Sohn suchte und vorab gleich einmal Lädinen und Segmer für Jahre im Voraus bestellt hat …« Friedrich hob hilflos die Schultern. Sophie wusste, dass Bertram Lorentz ein alter Fuchs war, der genau wie Friedrich eine Nase dafür hatte, wann man ein gewinnbringendes Geschäft zum Abschluss bringen musste.

»Eine solche Offerte ist für unser Unternehmen wie ein sicherer Hafen«, fuhr Friedrich fort. »Auf dieses Geschäft können wir beim besten Willen nicht verzichten. Schließlich lässt sich nicht sagen, welchen Zeiten wir noch entgegensehen. Seit sechs Jahren führt Friedrich II. nun schon einen Krieg, in welchen beinahe die ganze Welt verstrickt ist. Selbst das Bündnis zwischen Russland und Preußen täuscht nicht darüber hinweg, dass wir nicht wissen, wie lange der Waffenstillstand zwischen Spanien, Portugal und Großbritannien dauern wird. Niemand kann sagen, was dem Preußenkönig noch alles einfällt. Er ist ein Draufgänger, der den Feind selbst dann noch auf offenem Feld empfängt, wenn er und seine vielfach dezimierten Truppen bereits mit dem Rücken zur Wand stehen«, erklärte Friedrich geduldig, während sein Haar unter der ungeliebten Lockenperücke verschwand. »Eine Eheschließung muss Sicherheit und Wachstum für die nächste Generation bringen. Das Blut muss zusammenpassen. Was soll der Metzger mit einem Sesselfurzer? Und der Schreiber mit einem Schwiegersohn, der nicht einmal den eigenen Namen fehlerfrei unter einen Vertrag setzen kann? So ist das schon immer gewesen. Emmerat ist eine ausgezeichnete Partie, und für das Schifffahrtsunternehmen Lorentz ist unsere Tochter ebenfalls ein Glücksgriff.«

Sophie nickte. Sie wusste, dass die Verträge zwischen der Schifffahrtsgesellschaft Lorentz und der Bersperger-Werft für dreißig Jahre im Voraus unterzeichnet worden waren. Jedes Jahr drei Lädinen und einige Segmer noch dazu. Und sie wusste um die politischen Ränkeschmiede von Europas Großmächten. Aber was hatte der Frieden, welchen Peter III. von Russland nach dem Tod von Zarin Elisabeth mit den Preußen geschlossen hatte, mit der Heirat ihrer Tochter zu tun? In ihren Augen hatte Friedrich seine Tochter verschachert.

»Isabeau ist alt genug für die Ehe!«, sprach Friedrich weiter. »Um den Rest mache ich mir keine Sorgen. Und nun ist es gut!«

Sophie war klar, dass Friedrichs Entscheidung schon lange feststand und sie nun zum Schweigen verdammt war.

»Und auch noch Milchreis mit Vanille und Aprikosen und Madeleines!«, entfuhr es Isabeau begeistert, als sie wenig später wieder auf nackten Füßen durch die große Wohnhalle lief. »Komm, Bartholomäus!«, rief sie dem großen Jagdhund zu, der neben ihr die Treppe heruntergekommen war und nun auf einen Leckerbissen aus ihrer Hand hoffte. Vreni, die gerade einen Krug des guten Sonntagsweins neben einen weiteren Krug mit Bier stellte, zog eine Grimasse, während Isabeau ein Stückchen geröstetes Brot mit Ententerrine bestrich und dem Hund gab. »Das ist gut, Barthel, nicht wahr?« Mit großem Appetit bestrich sie ein weiteres Brot und biss selbst hinein.

»Nun mach schon, und hilf mir!«, sagte Vreni und hielt ihr einen Teller hin. Isabeau bestrich noch weitere Scheiben und legte sie auf den Teller. Dann schnitt sie eine dicke Scheibe Käse ab, steckte ihren Finger in den Milchreis und leckte ihn genüsslich ab.

»Wo ist das Kleid?«

»Es hängt oben, genau wie du es mir aufgetragen hast«, sagte Isabeau kauend. Ihr langes blondes Haar trug sie nun offen, und das Mieder hatte sie so weit gelockert, dass die Schnürung hinfällig geworden war.

»Und dein Haar? Und erst das Korsett?« Vreni schüttelte vorwurfsvoll den Kopf. »Mädle, Mädle«, sagte sie schulmeisterlich. »Dabei hat Madame Bersperger das wertvolle Mieder eigens von einer Korsettschneiderin anfertigen lassen.«

»Das ändert nichts daran, dass mir das enge Ungetüm die Luft abschnürt und mich in jeglicher Bewegung behindert. Nicht wahr, Barthel?« Der hochbeinige Jagdhund gab einen einzigen bellenden Laut von sich und stieß Isabeau mit der Schnauze an. »Wenn du Bartholomäus mit Entenfleisch fütterst, ist er selbstredend deiner Meinung«, entgegnete Vreni.

»Solange die Gäste noch nicht da sind …«

»Aber die werden jeden Augenblick da sein!«, fiel ihr Vreni ins Wort. Ihre Wangen glühten bereits, was bei der korpulenten Frau stets auf Ungeduld schließen ließ. Rasch nahm Isabeau den Teller und ein Schälchen Milchreis entgegen, welches Vreni ihr gefüllt hatte, als ihr Blick auf die Schüssel mit Wildragout und in Sirup eingelegte Birnen fiel. »So viele gute Sachen!«

»Aber all das gibt es jetzt nicht auch noch für dich, mein Herz, und für den Hund schon gar nicht. Du wirst noch das Weihnachtsgeschenk für deinen Bruder fertigstellen. Sonst wirst du dir Ärger einhandeln!« Ehe Isabeau ihren Finger in dem Feigenmus versenken konnte, schüttelte Vreni den Kopf. »Aber du weißt doch, wie furchtbar meine Schals immer werden und wie wenig ich das Stricken mag!«, entgegnete Isabeau und schob die Unterlippe vor. »Und ob Albert zu Weihnachten überhaupt nach Haus kommt, ist ohnehin fraglich.«

»Freilich kommt Albert über die Weihnachtstage heim, oder meinst du, dort oben im fernen Hamburg gibt es kein Weihnachten?« Isabeau zog die Schultern hoch.

»Und wen erwartet ihr denn nun?«, wollte Isabeau wissen. Doch Vreni hob die Schultern und schob sie zur Tür hinaus. Auch wenn Isabeau wenig Lust verspürte, den Schal fertigzustellen, welchen sie für ihren älteren Bruder strickte, hoffte sie doch auf Alberts Rückkehr. Nach der Lateinschule hatte der Vater ihn weit hinauf ins platte Land geschickt. Dort lernte er in einer Werft, wie man Fregatten baut. Schließlich wurde von Albert erwartet, dass er später einmal den väterlichen Betrieb übernahm, und da konnte eine Lehre im Schiffsbau oben an der See nur recht sein. Außerdem fiel es Isabeau außerordentlich schwer, an etwas anderes zu denken als an Anna, von welcher sie noch immer kein Lebenszeichen erhalten hatte. Lungenkrank sei sie, hieß es noch immer. Mittlerweile tratschte ganz Lindau, dass sie ein Kind erwarte. Die Eltern hatten Isabeau strengstens verboten, darüber zu sprechen, und hier im Haus lag ein seltsames Schweigen über Annas Verbleib. Als es endlich an der großen Vordertür klopfte, stieß sie die Tür zur Vorratskammer auf und schlüpfte hinein. »Komm, Barthel, und sei still!« Von ihrem Platz hinter der Tür hatte sie einen guten Blick auf den Flur, den Vorraum und die Garderobe.

»Ah, der Herr Lorentz und seine Gemahlin. Einen recht schönen Abend und Gottes Gruß für Euch! Tretet doch ein. Die Herrschaften werden jeden Augenblick herunterkommen,«, hörte sie Vreni sagen. Nachdem sie ihnen die Mäntel abgenommen hatte, führte sie die Lorentzschen in die große Wohnhalle und schloss die Tür hinter ihnen. Während Isabeau auf Zehenspitzen die Treppe hinaufschlich, erstarrte sie. »Und diesen Leuten wollen sie Isabeau geben. Ich fasse es nicht! Da hätte sich doch wahrlich auch noch ein anderer Heiratskandidat gefunden als dieser Emmerat!« Isabeau fühlte ihre Beine nicht mehr. Die Treppe unter ihren Füßen geriet ins Wanken. Unmöglich konnte stimmen, was Vreni da gerade gesagt hatte! Eine Lorentz sollte sie demnach werden? Emmerat und sie? Sie schüttelte den Kopf und spürte den Tränen nach, die über ihre Wangen rollten. Nie und nimmer taten die Eltern ihr das an. Es musste sich um ein Missverständnis handeln – eine Verwechslung, mehr nicht! Sie krallte ihre Finger um das harte Holz des Geländers, bis es schmerzte. Andererseits – Isabeau spürte Barthels feuchte Nase auf ihrem Handrücken. Wellen der Übelkeit drangen aus der Tiefe ihres Magens empor und überzogen ihren Gaumen mit Bitternis. Bertram Lorentz hatte sich noch niemals vorher die Mühe gemacht, mit ihr zu sprechen. Bisweilen hatte er nicht einmal ihren Gruß erwidert. Doch als er noch vor ein paar Stunden zum ersten Mal das Wort an sie gerichtet hatte, hatte Isabeau das Gefühl gehabt, er mustere sie eingehend. Diese Erkenntnis raubte ihr fast die Sinne. Emmerat konnte sie auf keinen Fall heiraten … Als plötzlich die Tür zur Schlafkammer ihrer Eltern aufschwang und die beiden heraustraten, glaubte Isabeau in einem Meer aus Eis zu versinken. Sahen so Eltern aus, die ihre Tochter dem Nächstbesten zur Frau gaben?

»Ist dir nicht gut, Kind? Du bist ja ganz blass um die Nase!« Die besorgte Stimme ihrer Mutter drang aus unendlicher Ferne an ihr Ohr. Isabeau fühlte Mamans Hand auf ihrem Arm. Sie wollte sie abschütteln, als Maman sie die restlichen Stiegen hinaufführte. Doch ohne Mamans Hilfe hätten wohl ihre Beine versagt. »Hast du etwas Verdorbenes gegessen? Oder ist es schon wieder wegen Anna?« Isabeau schüttelte den Kopf. »Die Truchners finden eine Lösung! Mach dir keine Sorgen! Dort im Bregenzerwald hat es Anna gut. Und wenn es ihr in ein paar Monaten wieder besser geht, kommt sie an den Bodensee zurück …«

»Weshalb ist Bertram Lorentz hier?« Isabeau fragte sich, wie sie die Frage hatte stellen können. Aber sie wusste es nicht. Die Worte waren ihr einfach entschlüpft. Einfach aus dem Mund gefahren.

»Das sollte dich nicht kümmern«, versuchte die Mutter sie zu beruhigen und streichelte ihr Haar. Mittlerweile saß sie neben ihr auf dem Bett und hatte den Arm um sie gelegt. Doch ihre Stimme klang schrill. Viel zu schrill, wie Isabeau fand. »Es ist nur … sie waren noch nie auf einen Besuch hier.« Isabeau biss sich auf die Unterlippe. »Und wann immer Vater etwas Geschäftliches mit Bertram Lorentz zu besprechen hatte, traf er ihn stets im Kontor und nicht zum Nachtessen.«

»Vielleicht ist es besser, wenn du dich jetzt ein wenig ausruhst. Und zum Reden bleibt morgen noch ausreichend Zeit.«

»Morgen? Wenn ihr mir mitteilen werdet, dass ich Emmerat heiraten muss, oder?« Isabeau sah, wie der Mutter die Farbe aus dem Gesicht wich. Obgleich sie bereits stand, ließ sie sich erneut auf ihr Bett fallen. Isabeau fürchtete sogar eine Ohnmacht. Tränen traten in ihre Augen, als sie die Hand der Mutter nahm. »Bitte sag mir, dass es nicht wahr ist! Bitte, Maman!« Doch die Mutter musste nichts mehr sagen. Isabeau las es in ihren Augen, die ebenfalls in Tränen schwammen. »Ihr werdet euch aneinander gewöhnen, wie all die anderen jungen Eheleute auch. Und dann wird er dir ein guter Ehemann werden. Papa hat an alles gedacht …«

»Und mich dabei hinter meinem Rücken verschachert!« Isabeaus Stimme überschlug sich in ihrer Hilflosigkeit. »Nicht einmal gefragt habt ihr mich!« Wütend streifte sie die Hand der Mutter ab und sprang aus dem Bett. Als sie aus dem Fenster sah, lag die Gasse finster unter ihr. Sollte sie springen? »Isabeau, nun nimm doch Vernunft an! Niemand wird gefragt, wen er heiraten möchte. Bei einer Eheschließung geht es immer nur ums Geschäft. Die Zuneigung kommt dann von ganz allein. Ein paar Jahre. Ein paar Kinder. Danach gehört dein Körper wieder dir allein. Alles wird gut!« Isabeau fühlte wieder die Hand der Mutter, die hinter sie getreten war. Ihr Bild spiegelte sich in der Fensterscheibe. Das Fenster, es schien so nah! Die Mutter verließ das Zimmer und kam wenig später mit einem Fläschchen Laudanum zurück. »Hier, trink das!«, sagte sie sanft und reichte ihr ein dickwandiges Trinkgefäß mit Wasser, in welchem sie die Medizin gelöst hatte. Isabeau nahm einen winzigen Schluck, verzog das Gesicht und stellte den Rest auf ihren Nachtkasten neben dem Bett. »Trink es!«, sagte Maman noch einmal. »Und morgen sprechen wir in aller Ruhe.«

»Wenn alles unter Dach und Fach ist, nicht wahr? Wenn es ohnehin kein Zurück mehr für mich gibt!« Isabeau fasste die Hände der Mutter. »Maman, ich kann Emmerat nicht heiraten!

Er und Anna bekommen ein Kind! Annas Lungenleiden ist lediglich ein Vorwand. Und Emmerat hat ihr, Anna, bereits die Ehe versprochen.« Maman schüttelte den Kopf.

»Ach Isabeau«, betonte sie liebevoll ihren Namen. »Das ist vielleicht Annas Geschichte.« Sie machte eine Pause. »Niemand weiß davon.«

»Davon, dass er sie viele Male getroffen hat? Dass er Anna nicht nur Küsse, sondern nach seinem Versprechen, sie zur Frau zu nehmen, auch mehr abgerungen hat?«

»Isabeau, nun ist es aber gut! Du weißt genauso gut wie ich und wie wir alle, mit welch blühender Fantasie Anna gesegnet ist. Und wie leichtfertig sie mit ihrem Ruf umgegangen ist. Und nun tust du gut daran, deine Zunge zu hüten, denn der Wille deines Vaters ist Gesetz!« Mit diesen Worten verließ die Mutter ihr Zimmer und ließ sie allein zurück.

»Schön, schön!«, sagte Bertram Lorentz zufrieden und lehnte sich mit gelöster Miene in seinem Stuhl zurück. Nach einem kräftigen Schluck Wein drehte er das fein geschliffene Glas im Kerzenlicht hin und her. Einen feinen Tropfen hatte Friedrich da auftragen lassen. In Gedanken beglückwünschte sich Bertram zu seinem Verhandlungsgeschick. Das Einseifen seiner Geschäftspartner, die Kunst, sie dazu zu bringen, alles mit seinen Augen zu betrachten, hatte er von der Pike auf gelernt. Er war es gewohnt, ein großes Rad zu drehen, und die Lindauer sahen in ihm den vermögendsten Mann der Insel. Endlich legte er eine Hand auf seinen üppigen Bauch und räusperte sich. »Dann ist für die Zukunft unserer beider Familien also alles geklärt und beschlossen.« Friedrich Bersperger hatte sich wieder einmal als zäher Knochen erwiesen, dem niemand etwas vormachte. Hatte er doch selbst bis zum Schluss hart verhandelt. Aber letztlich wusste Bertram Lorentz, dass ein großer Brand fast Berspergers gesamten Jahresvorrat an Trockenholz vernichtet hatte. Die

Bersperger-Werft hatte in jedem Fall schon bessere Tage gesehen. Dennoch hatte sein eigenes Schifffahrtsunternehmen wohl noch niemals ein so außerordentlich gutes Geschäft abgeschlossen – einwandfreie Segler und eine hübsche Braut, die darüber hinaus eine ansehnliche Mitgift in die Ehe brachte.

»Auf die glückliche Ehe unserer Kinder!«, prostete Bertram in die Runde. »Und auf ein fruchtbares Zusammensein, in jeder Hinsicht.« Ein bedeutsames Lächeln glitt über sein Gesicht.

»Auf eine gute Verwandtschaft!«, hörte er nun auch seine Frau sagen, die ihre zaghaften Worte mit einem Lächeln unterstrich.

»Die Brautleute sollen also mit dem Beginn des Sommers vor den Traualtar treten?« Seine Frau nickte und wandte sich Sophie zu. »Die Hochzeitsvorbereitungen werden ohnehin bis zum Sommer dauern. Schließlich soll ja alles recht festlich werden, nicht wahr?«

»Und jeder, der auf der Insel einen Namen trägt, muss sich selbstverständlich auf der Gästeliste finden.« Diesen Punkt hatte Bertram als besonders wichtig erachtet. Deshalb hatte er ihn gleich oben auf die Liste der Vorbereitungen gestellt. »Isabeau wird einen achtbaren Ehemann bekommen. Immerhin ist aus Emmerat ein prächtiger Bursche geworden«, bekundete Bertram, steckte sich ein Springerle in den Mund und leckte sich die Lippen. Das Anisgebäck schmeckte vorzüglich. »Nur mit dem Gehorsam hat es deine Tochter noch nicht so, oder?«, fragte er kauend. »Du hättest gut daran getan, öfter einmal vom Rohrstock Gebrauch zu machen und ihr vor allem den Umgang mit der Angel zu verbieten. Es schickt sich für ein Mädchen nicht, wenn es sich nachts herumtreibt. Weiber gehören ins Haus.« Er räusperte sich umständlich und blickte in die Runde. »Aber das wird sich mit der Zeit schon geben. Freilich müssen sich die jungen Leute erst noch annähern, aber wenn sie erst Bett und Tisch miteinander teilen, werden sie sich schon aneinander gewöhnen.« Lachend schob er sich noch ein Springerle zwischen die fleischigen Lippen und angelte nach einem weiteren. In Lindau wusste jeder, dass die Tochter des Bootsbauers Bersperger überaus klug und fleißig war. Als faul konnte man Emmerat auch nicht gerade bezeichnen, aber er war von schwachem Blute. Dass dieser Hornochse ausgerechnet der kleinen Truchnerin ein Kind hatte machen müssen, brachte Bertram bisweilen an den Rand des Wahnsinns! Emmerat musste nun die kleine Bersperger heiraten! Wenn diese dann hoffentlich schon bald einen Buben bekam, würde sich das Geschwätz der Lindauer ebenso schnell erschöpfen, wie es aufgekommen war. Zu Bertrams Missfallen verfügte sein Sohn nicht gerade über besonders viel Autorität. Das würde sich hoffentlich im Laufe der Zeit noch ändern. Ein Eheweib musste sich fügen. Nicht nur im Bett, auch im täglichen Leben. Einer Frau stand es gut zu Gesicht, stets präsent zu sein, aber den Mund zu halten. Und für die Störrischen gab es schließlich immer noch den Stock.

»Ich bin froh, wenn Isabeau mich schon bald in der Haushaltsführung ein wenig entlastet«, hörte Bertram seine Frau plappern. Nach einem Blick auf ihre Hände flüsterte sie: »Mit Sicherheit wird ihr auch die Arbeit im Kontor nicht schwerfallen. Besonders die Korrespondenz wird ihr obliegen, denn Emmerat hatte nie Gelegenheit, die Lateinschule zu besuchen.«

»Papperlapapp! Was rechtfertigst du dich? Derlei Unfug war schon immer Zeitverschwendung!«, fuhr der alte Lorenz seiner Frau ins Wort. »Letztlich zählen bei einem Mann andere Werte. Schließlich wird ihm als Oberhaupt der Familie nur wenig Zeit bleiben, und Geschäfte schließt man nun einmal nicht ab, indem man seinem Gegenüber etwas Geistvolles vorträgt. Lesen und schreiben kann er in ausreichendem Maße. Weitaus wichtiger ist das Rechnen«, bekundete Bertram und schob sich wieder ein Springerle in den Mund. »Und in diesem Punkt kommt Emmerat ganz nach mir.« Die Berspergers warfen sich vielsagende Blicke zu, blieben ihm die Antwort aber schuldig. Friedrich zeigte nur andeutungsweise ein Nicken und brummte etwas Unverständliches vor sich hin, während Sophie ihn mit einem kühlen Lächeln maß.

»Einem ordentlichen Beruf geht er ja immerhin nach.«

Bertram nickte, obgleich er Sophies Äußerung ein wenig unverschämt fand. »Und vergesst nicht, er wird einmal das gesamte Schifffahrtsunternehmen erben«, gab Bertram leicht verschnupft zurück. »So bleibt alles hübsch in der Familie! Und um die Lastensegler muss ich mir ja nun keine Sorgen mehr machen, die kommen bis in die nächste Generation von der Bersperger-Werft.«

Es ist die Natur, von der ich meine Neigung empfangen habe.
Marquis de Sade

Sorgfältig faltete Anna das dicke Briefpapier zusammen und lehnte sich in ihrem Stuhl zurück. Wie naiv ich doch gewesen bin!, dachte sie bitter und nahm einen Schluck Tee. Wie so oft hatte Isabeau mit ihren Zweifeln recht behalten. Anna hoffte inständig, Isabeau möge das Schreiben erreichen, ohne dass ihre Eltern etwas davon erfuhren. Eilends verschloss sie den Brief mit einem winzigen Tupfen Siegellack. Als der zarte Duft von Lärchenharz den Raum erfüllte, schloss sie für einen Moment ihre Augen, bevor sie das Siegel in den heißen Schellack presste. Morgen würde sie den Brief, wie sie es mit einer der Waschfrauen vereinbart hatte, unter der Wäsche verstecken und darauf hoffen, dass sie das Schreiben auch wirklich dem Boten übergab. Schließlich verkehrte der Corriere di Lindo zweimal in der Woche zwischen Mailand und Lindau. Seit Mitte des 14. Jahrhunderts transportierte der Lindauer Bote Post, Waren, aber auch Reisende von Mailand über den Comer See, den Splügenpass und die Via Mala bis ins Rheintal hinein. Dort angekommen, gelangte ihr Brief mit einer Lädine geradewegs nach Lindau, wo man die Schiffswerfte und das Anwesen der Berspergers ganz genau kannte. Anna war sicher, die Zeilen würden Isabeau finden!

Schwer und rot schwoll der Blutstropfen an, bis er endlich über die Wange rollte und in einer breiten Spur im Hemdkragen verschwand. Zum Teufel!, dachte Emmerat und warf das Rasiermesser gereizt in die Waschschüssel. Während das Seifenwasser seine Hose bespritzte, spürte er die Hitze des Wassers durch den Stoff hindurch. »Verdammt noch mal!«, schimpfte er leise. Nun war auch noch die Hose ruiniert. Rasch entledigte er sich der beschmutzten Kleidung, schabte den restlichen Seifenschaum von den Wangen und zog eine saubere Kniehose und ein frisches Hemd an. Als er sich abschließend im Spiegel betrachtete, schloss er die seidene Weste, fuhr in den Rock, der ihm bis zur Mitte der Oberschenkel reichte, und schloss die aufwendig gearbeiteten Schnallenschuhe. Einigermaßen zufrieden nickte er seinem Spiegelbild entgegen und verließ das Haus Richtung Brettermarkt. Schließlich hätte es ihn schlechter treffen können. Freilich konnte man Isabeau Bersperger nicht gerade als Schönheit bezeichnen, dafür war ihre Haut einfach zu dunkel. Er hätte lieber eine Elfe zum Traualtar geführt. Eine Elfe wie Anna, deren Haut ihn an Porzellan erinnerte. Vater wollte es letztlich anders, und er hatte sich gefügt. Schließlich wollte auch er kein Weib, welches nichts in die Ehe brachte außer ein Kind, das von ihm sein sollte. Was aus Anna wurde, hatte er ohnehin nicht mehr in der Hand. Der Vater hatte ihm gehörig die Leviten gelesen und ihn einen Schwachkopf genannt. Von der Idee mit der Eheschließung wollte er sowieso nichts wissen. Was also sollte er noch tun? Wieso hatte sie sich überhaupt auf ihn eingelassen, fragte er sich ärgerlich. Am Ende hatte Vater doch recht, und Anna war nicht nur bei ihm gelegen. Wenn man es so sah, konnte wirklich jeder

der Vater dieses Kindes sein. Krampfhaft hielt er sich an den Pralinen fest, die Vater eigens aus einer Confiserie in Paris geordert hatte. Eine Schachtel war für Isabeau bestimmt und die andere für deren Mutter. In der anderen Hand lag eine prachtvolle Helleborus niger. Die zarte Schneerose mit den seidig weißen Blättern war die Idee seiner Mutter gewesen. Und Vater hatte die Pflanze bei einem Bergläufer im nahen Vorarlberg bestellt. Zu seinem Glück war der irdene Topf heute Morgen mit einer Lädine aus Bregenz gekommen. Manchmal war es eben doch nicht schlecht, das größte Schifffahrtsunternehmen am Bodensee zu betreiben.

Die Werft der Berspergers befand sich mit all ihren Hallen und dem weitläufigen Gelände dort, wo der Brettermarkt einen kleinen Bogen beschrieb und zum Ufer des Bodensees auf die Schiffswerfte hinabführte. Fast konnte man ihre beiden Familien als Nachbarn bezeichnen. Selbstredend thronte das Unternehmen seines Vaters ebenfalls am Hafen. Ländereien besaßen sie zwar weniger – aber an Geld mangelte es ihnen gewiss nicht. Während er nun den Uferweg nahm, begegneten ihm ein paar vollbepackte Karren. Mit tief in die Stirn gezogenen Kappen und Hüten fuhren die Kutscher durch die Gassen. Der Westwind blies ein paar Schneeflocken vor sich her, die sich in den Winkeln und Ecken bereits zu Häufchen gesammelt hatten. Über den schmalen, von Haselbüschen umstandenen Weg dauerte es nicht lange, bis er zum Brettermarkt hinübergelangte. Im Gegensatz zur Inselmitte wurden der Brettermarkt und die Schiffswerfte nur von einzelnen, mehrgeschossigen Häusern gesäumt, die in der hereinbrechenden Dämmerung übergroß und rabenschwarz wirkten. Vereinzelt flackerte bereits ein Licht hinter den Fenstern. Der milchige Schimmer verlieh den dunklen Mauern ein paar neugierige Augen. Dazwischen reckten riesenhafte Pappeln ihre Äste in den Himmel, nur der Wegabschnitt zum Ufer wurde von Weiden gesäumt. Im Zwielicht wirkten die Bäume allesamt gespenstisch und nackt.

»Grüß Euch Gott!«, sagte der junge Windhagner und zog trotz der beißenden Kälte seinen Hut vom Kopf. Obwohl der Goldschmied ihn um Haupteslänge überragte, hatte Emmerat ihn nicht kommen sehen, so sehr war er in seine Gedanken an seinen Besuch bei den Berspergers vertieft.

»Gott zum Gruße, Herr Windhagner!«, entgegnete er ergeben und ging weiter. Weitere Lindauer begegneten ihm auf dem kurzen Weg. Er grüßte jeden fast unterwürfig und nickte.

»Vergiss nie, du bist der Sohn des mächtigsten Schifffahrtsunternehmers am gesamten Bodensee, und damit das so bleibt, musst du zu jeder Zeit ans Geschäft denken! Ein jeder, der dir begegnet, könnte dein nächster Kunde sein, Junge!«, vernahm Emmerat die belehrenden Worte des Vaters in den Ohren.

Erst ein paar Hunde, die ihm laut kläffend nachstellten, rissen ihn aus seinen Überlegungen. Emmerat benötigte einen Augenblick, um seine Gedanken abermals zu ordnen. Vor dem Haus mit den prächtigen Sandsteinbogen angekommen, rief er sich noch einmal ins Gedächtnis, was der Vater ihm eingebläut hatte. Genau genommen war es völlig egal, wie er sich gleich anstellte. Isabeau würde in jedem Fall seine Frau werden – Vater hatte bereits bei den Berspergers vorgesprochen und in seinem Namen um Isabeaus Hand angehalten. Alles, was jetzt noch von ihm verlangt wurde, waren ein paar gesäuselte Worte, ein freundliches Lächeln und die üblichen Versprechungen. Hierbei konnte er eigentlich nichts falsch machen. Emmerat nickte, er würde den Vater nicht enttäuschen!

Emmerat hatte das Gefühl, dass ihn der bronzene Löwenkopf, der als Türklopfer diente, mahnend anglotzte. Schließlich gab er dann aber doch ein krachendes Geräusch von sich, als Emmerat ihn mit kräftigen Schlägen betätigte. Eine

Weile tat sich gar nichts, und ihm blieb nichts anderes übrig, als in der stetig zunehmenden Dunkelheit auf Einlass zu warten. Dabei tropfte die Zeit wie zäher zuckriger Honig dahin. Zum Nachtmahl hatten die Berspergers ihn geladen. Emmerat hoffte inständig, dass die Hausherrin nichts aus dem Frankenland auftischte. Beim *Sternenwirt* in der Metzgergasse hatte es vor Jahren schon einmal Schnecken und Frösche gegeben. Unwillig kratzte er sich am Kopf. Danach stand ihm beim besten Willen nicht der Sinn.

»Grüß Euch Gott, Emmerat«, begrüßte ihn Frau Bersperger freundlich und nahm ihm den Mantel ab, bevor sie ihn in die gemütliche Wohnhalle führte. Schwerer Bratenduft lag in der Luft, und zahlreiche Kerzen warfen ihr Licht auf den mit Damasttuch gedeckten Tisch und die samtbezogenen Stühle. Der ganze Raum strahlte Wärme und Gastlichkeit aus. Friedrich Bersperger kam mit großen Schritten auf ihn zu und schüttelte ihm freudig die Hand. Er umarmte ihn sogar wie einen Sohn. Lediglich Isabeau wirkte, als wäre sie ganz und gar aus Eis. Ihr Gesicht kam ihm eigensinnig und abweisend vor, und während ihre Augen irgendwo ins Leere blickten, hatte sie es nicht für nötig gehalten, ihm ein winziges Lächeln zu schenken. Mehr als ein Nicken und ein kurzer Dank für das Naschwerk hatte sie nicht erübrigt, bevor sie mit einer gemurmelten Entschuldigung in der Küche verschwand. Aber die gute Wahl eines Weibes zeigte sich ohnehin in ihrem Vermögen, den Mund zu halten, und den Söhnen, die sie ihm gebar. Alles andere ist lediglich Beiwerk, behauptete der Vater immer. Leider sagte man der kleinen Bersperger aber nicht gerade Zurückhaltung nach, und sicher war sie alles andere als ein stilles Frauenzimmer. Emmerat hatte sie schon mehrfach auf dem Marktplatz gesehen und sie während des Gottesdienstes beobachtet. Nicht einmal in der Kirche senkte sie ihre Stimme merklich. Dazu gesellte sich ihre ungestüme Art zu lachen. Beschämt kam ihm das diesjährige Kinderfest in den Sinn, welches die Stadt seit dem 17. Jahrhundert in jedem Jahr feierte. Dort, auf offener Gasse, hatte die kleine Bersperger in so anstößigster Weise ihre Röcke gerafft, um ein paar albernen Rotzlöffeln nachzusetzen, dass ihm jetzt noch das Blut in den Kopf schoss, wenn er daran dachte. Dabei hätte sie den Burschen lieber eine saftige Ohrfeige verpassen sollen, anstatt sich selbst wie eine ungezogene Göre aufzuführen.

Mit steinerner Miene folgte Isabeau der Anweisung des Vaters, der sie an diesem Abend nicht an ihrem angestammten Platz an der Längsseite des Esstisches haben wollte. Sie fühlte ihre Beine steif und hölzern, als sie zögernd den Platz neben Emmerat einnahm.

»Künftige Eheleute sollten nebeneinandersitzen!«, hatte der Vater gesagt. »Schließlich seid ihr nun verlobt und solltet euch schon einmal daran gewöhnen, den Tisch miteinander zu teilen.« Genau das waren seine Worte gewesen. Worte, die Isabeau wie Säure anmuteten, als sie sie schluckte.

»Wie du meinst, Vater«, entgegnete Isabeau kühl und gehorchte. Fortan suchten die Eltern ständig das Gespräch mit Emmerat. Fragten ihn dies und das, während sie selbst Löcher in die Luft starrte. Die Zeit schien zäh und unbeweglich, als weigerte selbst sie sich, in eine Zukunft voranzuschreiten, welche Isabeau trist und farblos wie ein regnerischer Wintertag anmutete. Zahlreiche Gedanken wirbelten durch Isabeaus Kopf, und gleichzeitig fühlte sie eine eigentümliche Leere. Schließlich hatte sie erst vor wenigen Tagen erfahren, dass sie Emmerat Lorentz heiraten musste. Musste sie? Leider gab es keinen Grund, weshalb sie ihn nicht nehmen sollte. Von den Gerüchten einmal abgesehen und der unumstößlichen Tatsache, dass sie ihn nicht liebte! Genau genommen mochte sie ihn nicht einmal. Nein, sie hegte sogar ein paar böse Gedanken gegen ihn. Nie würde sie ihm verzeihen, was er Anna angetan hatte. Doch darauf kam es in einer Ehe schließlich nicht an! Freilich kannte sie den jungen Lorentz nur flüchtig, und gesprochen hatte sie bislang noch nie ein Wort mit ihm. Als Isabeau ihm nun unauffällig ins Gesicht sah, stellte sie fest, dass seine Freundlichkeit zwar gefällig, aber einstudiert wirkte. Und ständig sprach er von seinem Vater. In Gedanken hatte sie mitgezählt: Allein in der halben Stunde, die Emmerat nun schon neben ihr am Tisch saß, hatte er seinen Vater zehnmal erwähnt.

»Für gewöhnlich ist Isabeau weitaus gesprächiger, als es heute den Anschein macht«, hörte sie die Mutter sagen. Mamans entschuldigendes Lächeln ärgerte sie. Schämte sie sich etwa für ihre Einsilbigkeit? Ihrem mahnenden Blick schenkte sie ebenso wenig Aufmerksamkeit wie dem leichten Fußtritt unter dem Tisch hinweg. Als die Magd nacheinander die dampfenden Schüsseln auftrug, atmete Isabeau auf und nutzte die Gelegenheit, ihren Stuhl aus Emmerats unmittelbarer Nähe zu rücken. Dabei ertrug sie die Pfeile, welche ihr Mamans Augen über den Tisch hinweg schickten, mühelos.

Ein paar Mal streifte Emmerat wie zufällig ihre Hand. Rasch zog sie sie jedes Mal ein klein wenig zurück. Isabeau mochte gar nicht daran denken, dass Emmerat schon sehr bald über Orte und Winkel gebot, die sie selbst kaum zu berühren wagte. Sie dachte an Emmerats schwerfälligen Händedruck. Kalt und feucht hatten seine Finger fast leblos nach ihrer Hand getastet. Noch jetzt fühlte Isabeau den kühlen Schauer. Wie ein bleigraues Tuch, welches das Bunt der Welt auf alle Zeiten freudlos werden ließ.

»Ich hoffe, das Essen mundet Euch?«, fragte Friedrich Bersperger an Emmerat gewandt. »Wisst Ihr, es gibt nichts, was Leib und Seele besser zusammenhält als ein gutes Mahl im Kreise der Lieben.«

Emmerat nickte zögernd. »Ja, nun«, stotterte er mühsam. »Das Essen ist … ein wenig ungewohnt, aber es ist … insgesamt betrachtet … ganz vorzüglich«, presste er umständlich hervor und schob seinen Teller ein wenig in die Mitte des Tisches.

»Mein lieber Emmerat, mit Isabeau werdet Ihr eine hervorragende Köchin an Eurer Seite haben.« Emmerat wischte sich mit einem Taschentuch den Schweiß von der Stirn.

»Dann hast du also dieses … besondere Mahl zubereitet?

Schwer und feucht fand seine Hand ihren Unterarm. Obwohl Isabeau an nichts anderes denken konnte als an Emmerats Berührung, die sie unangenehm durch den Seidenstoff ihres Kleides wahrnahm, nickte sie knapp. Bei der erstbesten Gelegenheit entwand sie sich aber sogleich seinem Griff. Emmerat schien es nicht zu stören. Als Vreni endlich das Geschirr abräumte, sprang Isabeau erleichtert auf. Und nachdem später dann auch das Dessert beendet und die Tafel aufgehoben war, lenkte Vater das Gespräch auf das Geschäftliche. »Dann wollt Ihr die Routen auf dem Bodensee in den kommenden Jahren also weiter ausbauen?« Emmerat erklärte, dass neben Lindau, Bregenz, Rorschach, Konstanz und Überlingen künftig vielleicht noch Langenargen und Immenstaad angefahren werden sollten.

»Vater hält es für klug, Sankt Gallen ebenfalls zu bedienen. Außerdem meint er, daneben sei auch Meersburg eine Überlegung wert.« Inzwischen hatten sie in einem Halbkreis vor dem mannshohen Kamin Platz genommen und genossen Mokka aus hübschen kleinen Tassen. Dazu servierte Vreni Gebäck. Vorsichtig biss Emmerat in einen Zimtstern. Den Rest zerkrümelte er auf der Untertasse und stellte alles auf den kleinen Tisch aus poliertem Nussbaum.

»Sind die Zimtsterne nicht nach Eurem Geschmack?«, wollte Sophie Bersperger wissen. Emmerat zog die Schultern hoch. »Wisst Ihr, ich mache mir im Allgemeinen nicht besonders viel aus einer Mahlzeit. Ich esse, um bei Kräften zu bleiben. Ansonsten halte ich Tafelfreuden für etwas Überflüssiges.« Isabeau war, als spüre sie Mamans Empörung bis in die Knochen. Aber ihre Mutter hielt sich vornehm zurück. Von Zeit zu Zeit wanderte Isabeaus Blick wieder unauffällig zu Emmerat hinüber. Eigentlich hatte der junge Lorentz nichts, was besonders abstoßend oder gar hässlich gewesen wäre. Haar und Augen waren vom gleichen nichtssagend braunen Farbton. Während er Ersteres ein wenig nachlässig unter einer gepuderten Perücke trug, blieb sein Blick bis zum Schluss völlig teilnahmslos. Emmerat war weder sehr groß noch augenfällig klein gewachsen. Und seine Körpersprache spiegelte die Empfindung eines jungen Mannes, der weder Leidenschaft noch Begeisterung für etwas empfand. Dessen Herz stets im selben Takt schlug. Obgleich sie nicht besonders viel über den Sohn des Schifffahrtsunternehmers wusste, vermochte sie das Naturell ihres künftigen Ehemanns einzuschätzen. Und beim Herrgott im Himmel – sie zog den Tod mit all seinen Konsequenzen vor, als sich dieser immerwährenden Dürftigkeit der lauen Gefühle hinzugeben.

»Wenn wir erst verheiratet sind, werden wir uns schon aneinander gewöhnen. Wir werden mit meinen Eltern im großen Haus der Lorentz wohnen. Dort kannst du dann auch von unserer Köchin lernen, was im Hause Lorentz geschätzt wird«, hörte sie Emmerat sagen, während sein kühles Lächeln an ihr abperlte wie Wasser auf Wachspapier. »Hin und wieder empfangen wir Gäste. Kunden aus allen Teilen des Bodenseegebiets. Vater pflegt zu sagen, dass sie uns ihr Wertvollstes, ihre Fracht, anvertrauen. Es ihnen in unserem Haus so angenehm wie möglich zu machen, gehört dann ebenfalls zu deinen Pflichten.« Isabeau wusste, Emmerats Worte waren eigentlich die seines Vaters. »Als Hausherrin und Mutter meiner Kinder trägst du künftig eine große Verantwortung für das Unternehmen.« Er geriet ins Stocken, und Isabeau überlegte, ob sich Emmerat erst die Worte seines Vaters ins Gedächtnis rufen musste, ehe er weitersprach.

»Wie auch immer«, hob er erneut an. »Fortan wirst du, mit der Unterstützung meiner Mutter, bis Kinder kommen die Rolle der Gastgeberin übernehmen. Zumindest hat es Vater fürs Erste so vorgesehen.«

Isabeau krallte ihre Finger in den Sessel und schluckte die aufsteigende Wut hinunter. Wie gern sie Emmerat einfach die Meinung gesagt hätte! Jetzt, in diesem Augenblick. Am liebsten hätte sie ihm ins Gesicht geschleudert, dass er, wenn er nur wollte, schon bald ein Kind haben konnte. Selbst wenn es Isabeau völlig abwegig erschien, liebte Anna diesen Blödian noch immer. Einen winzigen Moment zog Isabeau diese Möglichkeit tatsächlich in Erwägung. Was sie letztlich davon abhielt, war die Brüskierung ihrer Eltern, die sich für ein solch ungebührliches Benehmen gewiss schämen würden. Allein ein Blick in Vaters Gesicht genügte, um zu wissen, was er von ihrem abweisenden Verhalten hielt. Dachte Emmerat am Ende, dass sie vollkommen ahnungslos in die Ehe ging? Dass Anna ihr nichts von seinem schändlichen Verhalten erzählt hatte? Was bildete sich dieser Sohn eines Schifffahrtsunternehmers eigentlich ein? Emmerat hatte nicht einmal selbst um ihre Hand angehalten. Eigentlich hatte sie überhaupt niemand gefragt. Isabeau schluckte, und schließlich fasste sie sich ein Herz.

»Nun, Emmerat, jetzt habt Ihr mir ausführlich erzählt, wie die Wünsche und Pläne Eures Vaters aussehen.« Isabeau setzte sich auf die vorderste Kante ihres Sessels und schenkte Emmerat ein herausforderndes Lächeln. »Vielleicht ist es nun an der Zeit, mir die Euren zu verraten?«

Emmerat riss die Augen auf und richtete sich in seinem Stuhl auf, bis Isabeau das Gefühl hatte, er gleiche einem salutierenden Soldaten. »Die Meinungen meines Vaters decken sich in jeder Hinsicht mit den meinen! Freilich ist das immer auch ein wenig Ansichtssache.« Obgleich sich Isabeau alle Mühe gab, ihre Abneigung zu verbergen, gelang ihr das nur unzureichend. »Auch Ihr werdet schon bald einsehen, dass Vater in den meisten Fällen recht behält und man sich seiner Meinung getrost anschließen darf …«

»Und Ihr solltet vielleicht einmal darüber nachdenken, ob es klug ist, wenn sich Männer bis in alle Zeiten von ihren Vätern gängeln lassen! Zumindest, wenn sie sich mit der Absicht tragen, eine eigene Familie zu gründen …«

»Isabeau! Wo, um Himmels willen, bleibt deine Kinderstube?«, schimpfte Friedrich Bersperger außer sich und sprang von seinem Sessel auf. Seine Wangen glühten vor Erregung, und die dicke Ader über seiner Stirn pulsierte auffällig.

Isabeau tat es ihm gleich. Und während sie aufsprang, kippte ihr Sessel mit einem lauten Krachen nach hinten um. »Bitte, Vater«, beschwor sie ihn. »Was ich sage, ist nichts als die Wahrheit! Das weißt du ganz genau.« Friedrich Berspergers Gesicht glich einem unbeweglichen grauen Stein.

»Dennoch solltest du dich deinem Mann mit einer etwas freundlicheren Miene zuwenden!«, entgegnete er fest.

»Emmerat ist nicht mein Mann, und wenn sich sein Verhalten nicht grundlegend ändert, wird er es auch niemals werden!« Isabeau spürte, wie ihr die Tränen in die Augen schossen. Auf keinen Fall wollte sie, dass Emmerat sah, wie sie weinte. »Setz dich wieder, und sei still!«, befahl der Vater und stellte den Sessel wieder auf. Dabei klang seine Stimme so hart, dass es wehtat.

»Nein, gewiss nicht!« Die Tränen brannten bereits in ihren Augen, deshalb eilte sie rasch zur Tür. Doch der Vater hatte sie schon eingeholt. Zuerst vernahm Isabeau nur das Krachen des Holzes, als die Tür ins Schloss fiel. Doch dann spürte sie

Vaters Hand heiß und brennend auf ihrer Wange. Nie zuvor hatte ihr Vater sie geohrfeigt! Weinend entwand sich Isabeau seinem Griff und rannte die Treppe hinauf. Als sie der Tür einen harschen Stoß versetzte, war der Krach im gesamten Haus zu hören.

Mit zitternden Fingern schob Isabeau ein Stück Holz in den glühenden Rachen des eisernen Öfchens, wo es sogleich in den wärmenden Flammen verschwand. Doch nicht einmal das Öfchen konnte verhindern, dass ihre Zähne aufeinanderschlugen. Sie fror entsetzlich, rieb die Hände aneinander und blies hinein. Nie zuvor hatte sie so sehr gefroren, wie sie es nun tat. Und sie hatte sich auch noch niemals so einsam gefühlt. In der letzten Nacht hatte sie ihr Tagebuch und ein paar Sachen zusammengepackt und hielt sich seither in einer verlassenen Fischerhütte versteckt. Mitten in der Nacht hatte sie die Flucht ergriffen. Die Flucht vor einer Ehe, die sie unter keinen Umständen eingehen konnte! Als im Hause Bersperger alles still geworden war, hatte sie sich durch die Hintertür ins Freie geschlichen. Doch die Freude über den geglückten Fluchtplan währte nicht lange. An die beißende Kälte hatte sie einfach nicht gedacht. Freilich hatte sie schon oft gefroren. Doch diese Kälte war eine andere: Mit reißenden Zähnen schlug sie sich in ihren zitternden Leib und machte neben ihrem Körper auch ihr Herz wund und weh. Frierend kauerte sie hier in dieser Hütte, die am Ortsende Lindaus lag, dort, wo der Wald mit seinem undurchdringlichen Grün an Wasserburg grenzte. Mehr als eine löchrige Decke hatte Isabeau in der Hütte nicht gefunden. Sicher gehörte sie dem Fischer. Die Wolle fühlte sich kalt und feucht an, und doch war es das Einzige, was es dort in der Einsamkeit gab. Fast bereute Isabeau ihre Flucht bereits, aber wenn sie jetzt nach Hause ging, wenn sie aufgab, musste sie in diese Ehe einwilligen! Mit klammen Fingern zog sie die muffige

Decke bis zum Hals und rollte sich ein. Lange schon war der Tag wieder der Nacht gewichen, und mittlerweile war es in der Hütte finster. Nur ein wenig Mondlicht fiel durch das einzige Fensterchen und malte mit silbernen Fingern ein gespenstisches Muster auf den Boden. Eine Mischung aus der Furcht, entdeckt zu werden, und der Angst vor den Wölfen, die heulend durch den Wald streiften, drückte sie nieder. Außerdem knurrte ihr Magen, denn in der gebotenen Eile hatte sie lediglich ein wenig Brot eingepackt. Aber das hatte sie lange schon restlos verspeist. Mittlerweile brannte ein glühendes Feuer in ihrer Brust, und das Schlucken tat ihr weh. Kraftlos reckte sie ihren Hals, um durch das winzige Fenster zu spähen. Von ihrem Platz hinter der kleinen Fensterluke sah sie, dass die Pappeln allesamt weiße Mäntel trugen. Als die lichte Wolkendecke weiter aufriss und einen bleichen vollen Mond freigab, erklang wieder ein nahes Heulen durch die Nacht. Die Männer aus der Stadt hatten erst vor ein paar Tagen ein Rudel Wölfe entdeckt. Vater selbst war den Männern mit seinem Gewehr in die Wälder hinaus gefolgt und hatte einen Wolf geschossen. Und seitdem der Wind auf der Suche nach einer verirrten Seele um die Hütte schlich, weinte Isabeau leise in die raue Decke. In der Dunkelheit wirkte das Innere der Hütte unheimlich. Was sich dort in den Winkeln und Ecken wohl alles verbarg? Das Mondlicht wanderte langsam, und irgendwann fiel es auf die Netze. Offenbar hatte sie der Fischer mit einem Haken an die Decke gehängt. Isabeau lief es eiskalt über den Rücken, denn im fahlen Mondlicht schimmerten die feinen Fäden unheimlich und fremd. Lichtweiß und nebelgrau erinnerten die Netze an das altersweiße Haar einer Zauberin. Gab es die Weiße Frau am Ende doch? Hier am Bodensee erzählte man sich allerlei schaurige Geschichten über die weiße Nebelgestalt. Und in Vaters Erzählungen entstieg sie in der Nacht den Fluten des Sees und schlich um die

Häuser. Nebelbleich und fein wie Spinnenseide suchte sie nach den Seelen all jener, die ungetauft verstorben waren.

In drei Tagen war schon Heiligabend. Und allein der Gedanke, mithilfe des Corriere di Lindo nach Mailand zu gelangen, bewahrte Isabeau davor, ihr Versteck zu verlassen und heimzugehen. Die Tage vor Heiligabend waren stets von eifriger Geschäftigkeit geprägt. Ein einzelner Reisender, so hoffte sie, würde unentdeckt bleiben. Rasch zog sie den alten Hut tiefer ins Gesicht. Morgen würde sie ihn tragen und einen alten, abgetragenen Mantel noch dazu. Beides verlieh ihr das Aussehen eines Hausierers, der vor den Feiertagen noch auf ein passables Geschäft hoffte. Und oberhalb von Mailand wartete Anna sicher schon auf sie. Isabeau öffnete die Ofentür, hielt einen Span in die tanzenden Flämmchen und entzündete den winzigen Kerzenstummel, den sie in der Hütte gefunden hatte. Mit steifen Händen zog sie Annas Brief aus der Tasche. Zigmal hatte sie die Zeilen bereits gelesen, die ihr der Briefbote vor drei Tagen gebracht hatte. Wie sehr sie die Freundin vermisste! Anna weilte in einem Kloster im fernen Italien, wohin ihr Vater sie verbannt hatte, um ihre Schande im Verborgenen zu wissen. Wieder strich sie das Papier glatt und las:

> *Liebste Isabeau,*
> *ich muss darauf hoffen, dass dich diese Zeilen erreichen. Ich sitze hier in Santa Maria di Rovegnano, ein wenig oberhalb von Mailand, und es geht mir sehr schlecht. Die Zisterzienserinnen sind weder nett noch freundlich, und doch muss ich hierbleiben, bis mein Kind geboren ist. Das Kleine wird seine Eltern wohl niemals kennenlernen, denn Vater hat bereits verfügt, dass es bei den Schwestern bleibt, während ich in das Kanonissenstift zu Lindau eintreten*

muss. Vater hat mich zu einem Leben in Abgeschiedenheit und Einkehr verdammt. Ach Isabeau, ich sehne mich so sehr nach Emmerat. In der Nacht träume ich manchmal davon, dass er mich abholt, wenn alle schlafen, und mich von diesem Ort wegbringt …

Die Trauer macht mein Herz so schwer, und ich bin müde. Liebste Freundin, was soll das Leben für einen Sinn haben, wenn mich Emmerat nicht mehr liebt und er sein Kind nie sehen darf?

In ewiger Freundschaft
Deine Anna

»Anna, wie sehr ich dich vermisse!«, flüsterte Isabeau in die Kälte hinein und schluckte den Schmerz hinunter. Das letzte Holzscheit war bereits im Schlund des kleinen Öfchens verschwunden. Kälte und Einsamkeit umkreisten sie wie ein wildes Tier. Einzig Annas Zeilen und ihr Tagebuch schienen ihr noch etwas Halt zu geben.

Liebes Tagebuch, schrieb Isabeau. Dabei waren ihre Hände so klamm, dass ihr der Bleistift mehrfach aus den Fingern glitt. *Ich bin so verzweifelt! Was soll ich nur tun? Wieso ist das Leben nur so ungerecht? Weshalb sind die Väter so stur? Wie einfach alles sein könnte, wenn Emmerat und Anna ein Paar würden. Und Anna, wie soll ich ihr nur sagen, was die Väter verlangen? Dass sie beschlossen haben, dass ich Emmerats Frau werden soll? Ihren Emmerat heiraten soll! Ich kann ihr doch so nicht unter die Augen treten! Und doch zähle ich bereits die Stunden, bis wir uns endlich wiedersehen. Aber vielleicht sterbe ich ja auch hier in der Einsamkeit dieser elenden Hütte, und dann wird es keine Hochzeit, sondern ein Begräbnis geben! Was hat Vater sich nur dabei gedacht? Er hat mich im Stich gelassen, und Mutter hat mich ebenfalls verraten!*

Wie können die beiden von mir verlangen, dass ich den Vater von Annas Kind nehme? Aber davon möchte niemand etwas wissen. Niemand spricht darüber! Doch wenn ich erst bei Anna im Kloster bin, werde ich dort bleiben, bis Vater seine Meinung ändert! So wahr mir Gott helfe, werde ich niemals eine Lorentz …

Ein atemraubender Hustenanfall beendete den Tagebucheintrag. Immer öfter überfielen sie nun diese Anfälle und brachten sie dem Ersticken nahe. Mittlerweile schmerzte jeder Atemzug und erfüllte ihre Brust mit einem brennenden Feuer. Mit letzter Kraft klappte sie das ledergebundene Buch zu, rollte sich unter der alten Decke des Fischers zusammen und hieß die Schwärze willkommen, die sie gütig in die Arme schloss.

Wo der Verstand anfängt, hört der Mensch auf, Mensch zu sein.
Marquis de Sade

Lange bevor Isabeau ihre Augen zum ersten Mal öffnete, ertasteten ihre Finger weichen Stoff, der sich wunderbar anfühlte. Wolkengleich, sinnlich und warm fand sie sich von den Zehenspitzen bis zum Hals in einen Mantel aus Schutz und Geborgenheit eingehüllt. Ob sie am Ende doch in der kleinen Fischerhütte erfroren war? Solange sie dadurch der Ehe mit Emmerat entging, war ihr der Tod mehr als recht. Dann war da der fremde Geruch, der sich bitter und trocken über ihren Gaumen legte, und ein pfeffriger Kräuterduft. Dazu verspürte Isabeau eine bleierne Müdigkeit, die sie auf die Matratze presste. Jeder einzelne Knochen schmerzte. Bis in die Haarspitzen hatte sich die eigentümliche Mattigkeit ausgebreitet, die sie immer wieder in tiefes Vergessen zog. Wären da nicht die erstickenden Hustenanfälle gewesen, hätte sie sich beinahe wie im Himmel gefühlt. Irgendwann hörte sie neben dem Bass ihres Vaters die schöne, volle Altstimme ihrer Mutter.

»Deine Heiratspläne in allen Ehren, Friedrich, aber um ein Haar hätten wir unsere einzige Tochter verloren, die uns der Herrgott noch gelassen hat. Stell dir nur einmal vor, Bartholomäus hätte Isabeau nicht gefunden! Ohne ihn wäre unsere Tochter vermutlich erfroren.« In der anschließenden Stille döste Isabeau wieder ein.

»… vielleicht hast du recht!«, sagte der Vater leise. »Paris ist eine ganz ausgezeichnete Wahl. Wenn die störrische junge Dame erst eine Weile bei Louise und Gustave lebt, wird sich ihre Einstellung, was Emmerat betrifft, hoffentlich ändern.« Isabeau spürte die Hand ihres Vaters auf der ihren. Als wollte er seinen Worten Nachdruck verleihen, drückte er sie leicht.

»Zumindest bleibt ihr so noch eine Weile, sich an den Gedanken zu gewöhnen. Und dann werden wir weitersehen. Wenn sie Emmerat überhaupt nicht will …«

»Es gibt keinen anderen Weg! Und seit wann werden die jungen Leute gefragt, wen sie heiraten möchten?«

»Bitte, Friedrich, du hast ja recht. Und im Haushalt meiner Schwester wird Isabeau nicht nur die französische Sprache verbessern, sie wird auch zur Dame erzogen. Sie wird die Oper kennenlernen und das Theater besuchen. Wenn sie dann in einem Jahr nach Lindau zurückkommt, ist sie gereift«, flüsterte die Mutter. »Vielleicht war es ein Fehler von mir, ihr so viele Freiheiten einzuräumen. Wenn man bedenkt, was Anna widerfahren ist …«

»Papperlapapp! Nichts als üble Nachrede!«, hörte Isabeau ihren Vater sagen. »Es spielt keine Rolle, wer Anna in diese Situation gebracht hat. Das Mädchen hätte sich nicht auf das Drängen des jungen Mannes einlassen dürfen …«

Isabeaus Hustenanfall beendete Friedrich Berspergers Rede abrupt.

»Rasch, Vreni, schick nach Doktor Beck, Isabeau erstickt!«

Als Isabeau Stunden später blinzelte, sah sie neben ihren Eltern, die mit bleichen Gesichtern an ihrem Bett saßen, den Priester von Sankt Stephan. Er stand reglos neben dem kleinen Tisch in der Ecke.

Seine Hände waren zum Gebet gefaltet, und sein Gesicht wirkte andächtig und still. Mit ernster Miene setzte der Stadtphysikus Cornelius Beck das Hörrohr auf ihre Brust, während Mutter und Vater besorgte Blicke wechselten. Die Stimme des Arztes klang mahnend, als er Maman und Papa darauf hinwies, wie viel Glück ihre Tochter gehabt habe. »Nur wenige Stunden später …«, vernahm Isabeau. »Ihr solltet jetzt mit Bedacht handeln.«

Isabeau erkannte die steile Sorgenfalte, welche die buschigen Augenbrauen auf Vaters Stirn teilte und ihm den Ausdruck von Kümmernis verlieh. Ein Jahr in Paris!, dachte sie. Ihr Herz klopfte vor Aufregung. Paris könnte wunderbar werden! Aber was sollte sie in Paris? Sie wollte doch zu Anna nach Mailand! Und was die Vermählung mit Emmerat betraf, hatte der Vater seine Meinung nicht geändert. Trotz der Besorgnis um ihr Leben klang seine Stimme fest und entschlossen.

»Wird das Fieber denn noch einmal steigen?«

Cornelius Beck hob langsam die Schultern. Sein unbewegtes Gesicht verriet nichts Gutes. Der hagere Arzt stellte die dickwandige Glasflasche auf den Tisch und rückte seinen Zwicker zurecht. Nach den durchwachten Nächten wirkte auch er übermüdet und blass.

»Wir werden sehen.« Seine Stimme klang ruhiger, als er seine Hand mit einem prüfenden Blick auf ihre Stirn legte. »Fiebrige Brustentzündungen gehen stets mit hohem bis sehr hohem Fieber einher. Das beste Heilmittel war schon immer der Schlaf. Aus diesem Grund versuchen wir es mit Laudanum und Weidenrinde. Das Laudanum sorgt für ruhigen Schlaf und was die Weidenrinde betrifft, so hat sich bereits Hippokrates zur Fiebersenkung auf sie verlassen.«

Ächzend schleppte Vreni zwei glühende Kohlepfannen herein, die sie in der Nähe des Bettes abstellte.

»Damit es unser Mädchen schön warm hat und bald wieder gesund wird.« Isabeau spürte, wie ihre Unterschenkel mit nassen, kühlen Tüchern bedeckt wurden. Wenn sie ihre Augen öffnete, sah sie die Welt wie durch einen Nebel. Zeitweilig war ihr, als befände sich der Tisch nicht mehr auf dem Boden, sondern schwebe einige Handbreit darüber. Das Kerzenlicht wechselte die Farbe, bis die Flammen in samtigem Rot glühten, und noch immer marterten schmerzhafte Stiche ihre Brust und den Rücken. Tage und Nächte wechselten und fühlten sich doch an, als wären sie eins. Isabeau schluckte die Suppe, mit welcher sie Maman mehrmals am Tag fütterte. Sie würgte die Medizin hinunter, die bitterer schmeckte als die Galle, die sie manchmal erbrach. Manchmal war ihr, als schwebe sie fast äthergleich durch den Raum, um kurz darauf beinahe von der Schwere ihres eigenen Leibes erdrückt zu werden. Über vierzehn Tage lang hielt sich dieser äußerst kritische Zustand. Erst mit dem Dreikönigstag ging das Fieber zurück, und Isabeau durfte zum ersten Mal das Bett verlassen. Obwohl sie beinahe stündlich auf Vaters Standpauke wartete, waren ihr bislang sämtliche Vorwürfe erspart geblieben. Selbst wenn der Vater die Mädchenkammer betrat, erkundigte er sich lediglich nach ihrem Zustand. Manchmal berichtete er ihr vom niedrigen Wasserstand, dem Wintersturm oder der Arbeit in der Werft. Oder er erzählte ihr die uralte Sage von den Inselwächtern.

In der letzten Januarwoche war Isabeaus Genesung so weit vorangeschritten, dass der Hauslehrer den Unterricht zu Lichtmess wieder aufnehmen konnte. Allerdings fand der Unterricht nun nicht mehr in der hellen luftigen Kammer neben der Mädchenkammer statt, sondern in dem kleinen Studierzimmer, welches der Familie Bersperger als Bibliothek diente. Eine Verbindungstür führte in die große Wohnhalle hinüber, und dort wachte Frau Bersperger wie ein Adler über das Wohlergehen ihrer Tochter. Der kleine Raum wirkte mit all den Büchern, die sich dicht an dicht in Regalen drängten und bis unter die hohe Zimmerdecke reichten, überfüllt und eng. Allein der Duft von Bienenwachs, Terpentin und Leder verlieh dem Raum etwas Heimeliges. Er vermischte sich mit dem feinen Geruch von Papier. Neben zwei einfachen Stühlen und dem zierlichen Pult, welches Isabeau als Schreibunterlage diente, hatte der Hauslehrer auf die kleine fahrbare Schiefertafel bestanden. Dafür hatte er den großen Globus entfernen lassen. Das runde Monstrum hatte allein einen beträchtlichen Teil des Kämmerchens eingenommen.

Als Isabeau ihre letzten Aufzeichnungen hervorkramte, erblickte sie durch das Sprossenfenster ein paar Spatzen. Plötzlich freute sich Isabeau wieder ein klein wenig über das Leben, das sie dort draußen entdeckte. Obwohl die Welt noch immer unter einer stillen weißen Decke schlief, die jeden Laut in einen glitzernden Mantel aus Schweigen hüllte, fühlte sie sich endlich wieder lebendig. Cornelius Beck hatte ihr lange genug die unsinnigsten Vorschriften gemacht und bei jedem noch so winzigen Hustenanfall zu Schonung und Ruhe gemahnt. Mit dem sollte nun endgültig Schluss sein, entschied Isabeau, und nahm sich vor, schon am Nachmittag nach dem Corriere di Lindo Ausschau zu halten. Schließlich hatte sie nicht vor, nach Paris zu reisen! Obgleich sie heute Morgen ein Brief aus Paris erreicht hatte. Als Herr Eggenweiler endlich die ärztlich verordnete Pause einleitete, holte Isabeau den Umschlag hervor und entfaltete das feine Papier.

Liebe Isabeau,
wir kennen uns noch nicht, aber das wird sich hoffentlich schon bald ändern! Deine Maman hat uns viel von dir erzählt, und ich glaube, es wird dir hier bei uns sehr gut gefallen. Deine Tante Luise freut sich schon darauf, dir die Stadt zu zeigen und ein wenig mit dir zu flanieren. Meine Zeit ist zwar sehr begrenzt, doch samstagabends besuche ich gern die Oper. Ich würde mich

freuen, wenn du mich und Luise begleitest. Alles andere wird sich finden, wenn du erst hier bist.

Mit den allerbesten Grüßen aus der Lichterstadt

Onkel Gustave

Selbst wenn die Zeilen ihres Onkels vielversprechend klangen, änderten sie Isabeaus Meinung nicht. Ein Lächeln umspielte ihre Lippen. Wenn sie erst im Besitz einer Passage für den Lindauer Boten war, würde sie schon in wenigen Tagen Italien erreichen. Mit Vrenis Hilfe hatte sie der Freundin erst vor Kurzem eine Nachricht zukommen lassen.

»Wie schön, dass Ihr Euch ebenfalls auf die nächste Unterrichtsstunde freut«, stellte der Hauslehrer spröde fest und löste die Buchdeckel eines dicken Bandes. »Das Rechnungswesen hat Euch wieder, meine Liebe.« In Gedanken schnitt Isabeau eine Grimasse. Vorsichtig schob sie Onkel Gustaves Brief unter ihre Unterlagen. Darunter hielt sie *Yvain ou Le Chevalier au lion* versteckt. Sie liebte den Artus-Roman, der Hartmann von Aue zu seinem *Iwein* inspiriert hatte. Das Rechnungswesen dagegen war ihr, gelinde gesagt, völlig gleichgültig. Hatte sie den Artus-Roman erst gelesen, würde sich gewiss etwas anderes finden, um den staubigen Unterricht zu verkürzen. Wie gern ich einmal *La Princesse de Clèves* von Madame de La Fayette lesen würde, dachte Isabeau. Sie hatte von dem Roman gehört und hätte alles gegeben, ihn zu besitzen. Der bloße Gedanke daran, dass sich der mürrische Hauslehrer mit Sicherheit die wenigen Haare raufte, wenn er sie wieder beim Lesen erwischte, verlieh dem Verbotenen eine höchst interessante Note. Isabeau lachte still in sich hinein.

»Ja, Mutter«, entgegnete Isabeau und straffte ihren Rücken. Mit Widerwillen dachte sie an das steife Mieder, welches seit ihrem Krankenlager ein tristes Dasein in der untersten Schublade ihrer

Kommode fristete. Wäre es nach ihr gegangen, würde es auch dauerhaft so bleiben. Doch Maman hatte freilich längst entdeckt, dass sie die mit Fischbein versteifte Schnürbrust nicht mehr trug.

»Isabeau, träumst du, oder weshalb kommst du meinen Forderungen nicht nach?«

»Nein, Maman! Selbstverständlich habe ich dich gehört.« Langsam ließ die Mutter das Kleid aus schwerer zimtbrauner Seide sinken und sah misstrauisch von dem großen Koffer auf. Schließlich nickte sie aber. »Dann sei so gut, und beeil dich ein wenig! Die Postkutsche wartet nicht auf dich. Wenn du den Postillion verpasst, wirst du Paris wohl niemals erreichen.« Nichts wäre Isabeau lieber gewesen! Mit gleichgültiger Miene öffnete sie die Kommode, zog die Schürbrust heraus und stopfte das Monstrum ohne besondere Vorsicht in den Reisekorb. Eine fertig gepackte Reisetasche stand bereits zur Abholung an der Wand. Ein Jahr in Paris erforderte ihre gesamte Garderobe.

»Und weshalb schickt ihr nun auch noch eine Anstandsdame mit nach Paris?«, schnaubte Isabeau leise.

»Frau Eisenhut hat lediglich den gleichen Weg wie du, und da bietet es sich doch an, in Gesellschaft zu reisen. Immerhin wirst du tagelang unterwegs sein.« Isabeau hob die Schultern. Ihr war es einerlei, ob sie in Begleitung reiste, denn letztlich war alles ganz anders gekommen, als sie es vorgesehen hatte. Gleich nach dem Morgenmahl würde sie eine Lädine besteigen, die sie nach Überlingen brachte. Danach ging es mit der Postkutsche Richtung Schwarzwald. Dann weiter über Freiburg bis nach Straßburg. Ohne Zwischenfälle würde sie Paris in acht Tagen erreichen. Isabeau schnaubte. Tränen der Enttäuschung brannten hinter ihren Lidern. Dabei hatte sie Vreni immer vertraut. Doch die Magd hatte den Brief an Anna, den Isabeau ihr mitgegeben hatte, keinesfalls wie versprochen dem Lindauer Boten ausgehändigt. Stattdessen war sie mit den Zeilen geradewegs zu Maman gelaufen.

Dein Körper ist der Tempel, darin die Natur verlangt, ihn anzubeten.
Marquis de Sade

Nach zahlreichen Ermahnungen von Papa und einer Aufmunterung von Maman hatte Isabeau an der Seite von Frau Eisenhut Lindau noch vor dem Morgengrauen verlassen. Nebeneinander saßen sie nun an Deck des ersten Lastenseglers, der Lindau an diesem Morgen in Richtung Überlingen verließ, und schwiegen. Entgegen Isabeaus Befürchtungen schien Hiltrud Eisenhut eine recht stille Reisebegleiterin zu sein. Verstohlen blies Isabeau in die Hände, bevor sie die klammen Finger in den Muff aus Fuchspelz schob. Trotz des Bodenseegrogs fror sie ein wenig. Aber selbst bei schönem Wetter herrschte im Februar tiefster Winter auf dem See. Der bitterkalte Fahrtwind traf wie kleine Nadelstiche auf Isabeaus Haut. Ihr Atem bildete kleine weiße Wölkchen, und mit jedem Fuß, den sie auf dem stillen Wasser zurücklegten, wurde ihr Herz schwerer. Im heller werdenden Osten verblassten langsam die letzten Sterne, und das dunkle Morgenblau bereitete dem Sonnenaufgang eine würdige Bühne. Bald glühte der Horizont hinter den schneebedeckten

Alpenkämmen in allen Rottönen. Beim Anblick der majestätischen Gipfel verspürte Isabeau plötzlich Heimweh. Dort oben verlor jede Zeit ihre Bedeutung – was bedeutete im ewigen Schnee schon ein Jahr? Weiß und unberührt glitzerte er in der aufgehenden Wintersonne und schickte ihr einen stillen Abschiedsgruß.

Mit dem Umsteigen in die Postkutsche fror Isabeau zwar nicht mehr, aber die Bequemlichkeit ließ doch sehr zu wünschen übrig. Bereits auf der Höhe von Villingen taten ihr alle Knochen weh. Die Kutsche rumpelte über Stock und Stein, und die Fahrt glich bald mehr einem Höllenritt denn einer Reise. Überdies begegnete ihr der Postillion nicht gerade mit Freundlichkeit, was mit Sicherheit an der Zahl ihrer Gepäckstücke lag. Umso mehr schätzte Isabeau, dass Frau Eisenhut und sie bisher die einzigen Fahrgäste blieben.

»Freut Ihr Euch auf das Jahr in Paris? Schließlich ist so ein Abenteuer nicht jeder jungen Frau vergönnt«, hörte Isabeau Frau Eisenhut sagen.

»Oh, ich glaube nicht, dass Mutter mich nach Paris schicken würde, wenn sie nur im Ansatz den Verdacht hegte, dieses Jahr könnte ein Abenteuer werden«, entgegnete Isabeau aufrichtig.

Hiltrud Eisenhut hob die Schultern und lächelte zum ersten Mal, seit sie Lindau verlassen hatten. »Lasst Euch überraschen. Immerhin ist Paris neben London die mit Abstand größte Stadt Europas.« Lächelnd fuhr sie fort. »Und schließlich weiß man nie, was das Leben für Überraschungen bereithält.« Könnte sie Frau Eisenhut nur Glauben schenken!

Als ein paar knorrige Zweige gegen das Fenster des Wagenaufbaus schlugen, schreckten die Frauen zusammen. Hiltrud Eisenhut sah mit furchtsamer Miene hinaus. Niemand nahm gern die Route durch das Höllental. Der ganze Schwarzwald schien aus dichten, dunklen Nadelbäumen zu bestehen, die finster und unheimlich wirkten.

Nach einem undefinierbaren Abendessen und einer mehr oder minder bequemen Nacht im *Schwarzen Adler* zu Freiburg ging die Reise am nächsten Tag Richtung Straßburg weiter.

Einen Augenblick lang überlegte Isabeau, ob sie beim nächsten Halt in Straßburg nicht einfach fliehen sollte, denn ihre Gedanken weilten schon lange wieder bei Anna. Sicher würde sich bald eine Postkutsche in Richtung Bodensee finden. Außerdem verfügte sie über eine beträchtliche Summe an Münzen. Aber zum Schluss tat ihr Frau Eisenhut einfach leid.

Isabeau zog indessen ein Päckchen aus ihrer Tasche. »Hier«, sagte sie und reichte ihrer Begleiterin eine dicke mit Butter bestrichene Brotscheibe. »Das Brot habe ich beim Morgenmahl in meiner Tasche versteckt«, erklärte sie kichernd und biss selbst in ein Stück mit knuspriger Rinde. »Ich konnte diesen grauen Morgenbrei nicht mehr länger sehen.« Kauend entfaltete Isabeau eine einfache Federzeichnung. Onkel Gustave hatte ihr den Plan vorab geschickt. Nachdenklich drehte Isabeau das schwere Papier in unterschiedliche Richtungen. Als sie endlich den Eindruck bekam, der Norden zeige nach oben, suchte sie die Brücke, welche die Île de la Cité, also die Stadtinsel, mit den beiden Seine-Ufern verband.

»Seht zuerst einmal nach der Pont Neuf. Ihr findet die Brücke ganz im Westen der Insel.«

»Oh ja, hier ist sie«, freute sich Isabeau und reichte Hiltrud Eisenhut die Zeichnung.

»Wo liegt Eure Unterkunft?«, erkundigte sich Frau Eisenhut interessiert und studierte die wenigen Straßen, Brücken und Plätze auf der recht übersichtlich gestalteten Skizze.

»Onkel Gustave und Tante Luise bewohnen ein Haus auf der anderen Flussseite mit Blick auf die Seine.«

Inzwischen konnte es bis Paris nicht mehr allzu weit sein, denn mit jeder Meile, welche die Postkutsche zurücklegte, mehrten sich die hoch beladenen Fuhrwerke und Lastkarren. Auf ihnen wurden Berge von Kohl, Zwiebeln und Rüben in die Stadt gefahren. Hirten trieben ganze Herden von Schweinen, Schafen und Rindern hinter die Stadttore von Paris. Im vorabendlichen Dunst erspähten sie bereits aus der Ferne die beiden hoch aufragenden stumpfen Türme der Kathedrale Notre-Dame. Daneben erblickten sie eine prachtvoll glänzende Kuppel. Golden, fast märchenhaft erhob sie sich über die rauchgeschwängerte Luft, die den zahlreichen Kaminen entstieg.

»Seht nur!«, rief Isabeau begeistert und zeigte auf das Bauwerk in der Ferne. Den ganzen Tag über hatte sich die Sonne hinter einer dichten Wolkendecke versteckt, und nun brachen sich die allerletzten Strahlen auf dem glänzenden Dach und erweckten es zum Leben. Vielleicht wird die Zeit in Paris doch nicht ganz so schlimm, dachte sie.

Etliche Reisende warteten bereits vor dem großen Jakobustor. Sie alle wollten genau wie sie selbst über die Rue Saint-Jacques in die Stadt einfahren. Isabeau entdeckte feine Equipagen, welche von livrierten Kutschern chauffiert wurden. Während die Herren Kniehose, Weste und Rock trugen, waren die Damen in kostbare Mäntel und kunstvoll gearbeitete Capes gehüllt. Edle, bodenlange Roben wurden von meisterhaft geschneiderten Pelzkrägen verziert. Neben zahlreichen Ein- und Zweispännern entdeckte Isabeau einige Vierspänner und sogar einen Wildgang mit sechs vorgespannten Rappen. Als auch sie aussteigen wollte, um sich die Füße zu vertreten und die nachtschwarzen Tiere aus der Nähe zu betrachten, pfiff sie der Postillion unfreundlich zurück.

»Sitzen bleiben! Noch ist die Fahrt nicht zu Ende!«, vernahm Isabeau. Sie schnaubte. Schließlich schloss sie aber die Türe wieder und verschränkte die Arme schmollend vor der Brust. Seit Lindau hatten sie nicht einen freundlichen Postillion erlebt!

»Schaut nur, der Sechsspänner mit den Rappen«, rief Frau Eisenhut aufgeregt.

Isabeau nickte. »Ja, ich habe ihn bereits gesehen. Eine prachtvolle Kutsche, wem sie wohl gehört?«

»Nun, wem sie gehört, kann ich Euch nicht sagen. Aber der Fahrgast, der ihr soeben entstiegen und hinter der Equipage verschwunden ist, war mindestens genauso adrett wie das Gespann selbst.«

Isabeau rutschte bis zur vordersten Kante ihrer Sitzbank und sah hinaus. »Mir war es leider bislang nicht vergönnt, irgendjemanden aus diesem Fuhrwerk zu Gesicht zu bekommen, denn unser Kutscher hat das Aussteigen ja verboten!« Die letzten Worte rief Isabeau so laut, dass sie dem dunkel gekleideten Postillion sicher nicht entgangen waren. Nach kurzer Überlegung fackelte sie nicht lange. Schließlich hatte ihr Vater einen hohen Preis für die Reise entrichtet.

»Frau Eisenhut, würdet Ihr mich wohl auf einen kurzen Spaziergang begleiten? Mir ist nicht wohl, und bevor ich mich in der Kutsche übergebe, möchte ich ein wenig frische Luft schnappen.«

Mit einem schüchternen Blick auf den grimmig dreinblickenden Postillion folgte ihr Hiltrud Eisenhut ins Freie hinaus. Dort empfingen sie, neben einem vielstimmigen Durcheinander, Schmutz und Berge von Unrat. In der Luft lag ein süßlich-feuchter Gestank, der an eine übervolle Sickergrube erinnerte. Aber der Gestank war schon bald vergessen, denn oh, wie herrlich war es, endlich wieder festen Boden unter den Füßen zu spüren! Nicht einmal der von braunen Schlieren durchzogene Schneematsch konnte ihre Freude über die neu gewonnene Freiheit schmälern. Ihre Schritte wirkten noch ein wenig eingerostet und hölzern, während sie den weitläufigen Torplatz überquerten und vor dem bulligen Stadttor zum Stehen kamen. Allein durch seine monumentale Größe vermittelte es ein Gefühl von Macht und Würde. Nie zuvor hatte sie ein Portal solchen Ausmaßes gesehen. Hohe Bäume säumten die gesamte Breite des Vorplatzes. Dazwischen hatte ein berufener Bildhauer den Königen von Frankreich ein Monument gesetzt. Angefangen mit Karl II., der von 843 bis 877 das Westfrankenreich regierte, endete das marmorne Standbild vorläufig mit einem Bildnis von Ludwig XV., der im Jahr 1715 den Thron bestiegen hatte.

Am Rande des Torplatzes entdeckte Isabeau mehrere bedauernswerte Gestalten, deren Elend angesichts all der Pracht umso deutlicher hervorstach. Trotz der Kälte trugen die meisten nicht mehr als einen zerrissenen Kittel auf dem Leib. Ein mageres Mädchen mit filzigem Haar und leeren Augen hatte nicht einmal Schuhe an den nackten Füßen. Isabeau schluckte schwer. Freilich gab es auch in Lindau Bedürftige, die auf die Almosen ihrer Mitmenschen angewiesen waren. Mit solch einem Elend hatte sie jedoch nicht gerechnet. Unweit eines Kindes, das wie eine Klette an der Hand seiner Mutter hing, entdeckte sie eine hochschwangere Frau. Ihr Anblick rührte sie. Neben dem Kind, das sie im Leib trug, klammerten sich drei weitere an ihre mit Schlamm verkrusteten Röcke. Sie alle trugen ebenfalls weder Schuhe noch Mäntel. Von Mitgefühl erfasst, eilte Isabeau auf die Mittellosen zu. Noch im Gehen öffnete sie einen Lederbeutel und entnahm ihm ein paar kleine Münzen. Im Bruchteil eines Atemzugs fühlte sie sich von unzähligen Menschen in Lumpen umringt. Sie alle stießen begehrliche Laute aus. Unzählige Finger griffen nach dem kleinen braunen Beutel in ihrer Hand. Den sie bestürmenden Menschen ausgeliefert, geriet Isabeau ins Wanken. Unter ihren Füßen schmatzte bereits feucht und schwer der Morast.

»Auseinander! Lasst der Dame Platz zum Atmen, oder soll ich euch etwa Beine machen?«

Isabeaus Herz klopfte bis zum Hals. Obwohl sie nur mit knapper Not einem Sturz entging, war es nicht aus Furcht, im

Schlamm zu landen. Es war die Stimme des Fremden. Etwas Endgültiges schwang darin. Ein dichter, voller Unterton, der zwar wohlwollend, aber nichtsdestoweniger bedrohlich wirkte und sich mühelos über das vielstimmige Gezeter der Masse erhob. Noch bevor sie ein weiteres Mal Atem schöpfte, wichen die armen Teufel endgültig zurück und postierten sich abermals in kleinen Grüppchen am Rande des Platzes. Zwar drohten einige von ihnen mit geballter Faust und beschimpften den Unbekannten mit unflätigen Flüchen. Die allermeisten aber sahen zu Boden und verstummten.

»Wenn Euch Euer Leben etwas wert ist, solltet Ihr besser darauf achtgeben und es nicht so freigiebig verschenken.« Erst jetzt fiel Isabeau auf, dass sich das Geld nicht mehr in ihrem Besitz befand. Befangen nahm sie den Lederbeutel aus der Hand des Unbekannten entgegen. Der Fremde reichte ihr die Hand. »Kommt, ich bringe Euch in Sicherheit!« Als sich seine Hand warm und schützend um die ihre schloss, spürte Isabeau das intensive Blau seiner Augen fast körperlich. Etwas Achtung Gebietendes lag darin, und Isabeau fühlte, wie ihr die Röte in die Wangen schoss. Während Hiltrud Eisenhut mit schnellen Schritten herbeieilte, ließ sich Isabeau ohne Widerrede auf die andere Seite des Getümmels begleiten. Ganz entgegen der Pariser Gepflogenheiten trug der Unbekannte weder eine Perücke noch Mouches. Die seidenen Schönheitspflästerchen in Form eines Ovals, eines Halbmondes oder anderer Ornamente wurden von vielen Damen und Herren der Pariser Gesellschaft getragen. Aber sehr wahrscheinlich hätten weder solche Neckereien noch weiß gepuderte Löckchen zu ihm gepasst. Für die momentane Mode etwas zu kurz, trug der Fremde sein Haar ohne jeden Firlefanz bis zur Mitte der Ohren. Sein ebenmäßiges Gesicht strahlte eine wilde Entschlossenheit aus. Und der Unbeugsamkeit seines Blickes konnte sich Isabeau nur schwer entziehen. Das intensive Blau erinnerte an Saphir, an Lapislazuli oder an das kalte blaue Eis eines

Gletschers. Sie biss sich auf die Lippen. Erst durch den leichten Schmerz kam sie wieder zur Besinnung. In Lindau gehörte es zur Christenpflicht, dass sich die wohlhabenden Bürger der mittellosen und hilfsbedürftigen Bettler annahmen. Ihr Räuspern wirkte eine Spur energischer als beabsichtigt.

»Ganz offensichtlich herrschen in Paris andere Sitten als in meiner Heimat.« Isabeau reckte ihr Kinn. »Deshalb danke ich Euch für Eure heldenhafte Rettung. Bleibt allerdings zu bemerken, dass die Bedürftigen noch immer ohne Zuwendung sind.« Der Unbekannte schüttelte den Kopf und lächelte. »Ich bitte Euch, seht mir meine Unaufmerksamkeit nach.« Er verbeugte sich tief. »Selbstredend solltet Ihr wissen, mit wem Ihr es zu tun habt. Gewissermaßen dürft Ihr auch mir nur in eingeschränktem Maße trauen.« Das Blau seiner Augen blitzte, doch in seiner Stimme vernahm Isabeau nicht den Hauch eines Scherzes.

»Donatien-Alphonse-François Marquis de Sade, stets zu Euren Diensten, und was das Pack dort betrifft, so sind die meisten von ihnen einfach arbeitsscheu oder bequem. Ohne Zweifel ist es weitaus einträglicher, auf die Freigiebigkeit einer mitfühlenden Dame zu hoffen. Noch dazu, wenn sie so zauberhaft ist, wie Ihr es seid, Mademoiselle. Gebt ihnen Eure Münzen, aber Ihr werdet sehen, sie kaufen nicht das Brot, welches jeder vernünftige Mensch damit erwerben würde.« Sade machte eine lange Pause. Isabeau fühlte die vage Gefahr als ein intensives Prickeln, welches sein stechender Blick hervorrief. »Noch bevor Euer Herz den nächsten Schlag vollendet, besaufen sie sich bis zu Besinnungslosigkeit oder wechseln die Münzen in Tabak!«

»Weiß Gott!«, entgegnete Isabeau und wandte sich zum Gehen. »Ihr seid ohne Mitgefühl und kaltblütig wie ein Frosch!« Sade lächelte, was Isabeau noch mehr verunsicherte.

»Nun, wer ich bin, wisst Ihr ja nun, aber ist es nicht ein Grundrecht meinerseits, Euren werten Namen zu erfahren? Schließlich habt Ihr mich als kaltblütigen Frosch betitelt.«

Isabeau blieb ihm die Antwort schuldig, denn Hiltrud Eisenhut erreichte sie mit besorgter Miene. »Fräulein Bersperger, bitte nehmt Euch in Acht. Am Ende hat der Herr doch recht.« Isabeau machte keine Anstalten, ihrem Rat zu folgen, sondern ging in großen Schritten davon. Sie wollte auf keinen Fall, dass dieser Marquis de Sade etwas von ihrer Verwirrung bemerkte. Aber aus dem Augenwinkel sah sie, wie sich Frau Eisenhut mit Sade unterhielt.

»... Isabeau Bersperger ... nein, für ein Jahr ...«, drangen die einzelnen Wortfetzen an ihr Ohr. Rasch entnahm Isabeau ihrem Lederbeutel eine Münze und schob sie der schwangeren Frau in die Hand. Augenblicklich drängten sich die bedauernswerten Gestalten erneut um sie und streckten Isabeau ihre geöffneten Hände entgegen. Ohne zu zögern, verteilte sie weitere Münzen. Obwohl es sich dabei zumeist nur um ein paar hohle Haller Pfennige handelte, schlossen sich die Hände begierig um das glänzende Metall. Schließlich tat ihr der Verlust der kleinen Münzen nicht weh, während sie für all die hungrigen Menschen eine Mahlzeit bedeuteten. Niemand sprach ein Wort. Ein verhärmt aussehender Mann mit trüben Augen und gelblicher Haut nickte linkisch, bevor er wie ein Schatten davonschlich. Isabeau schüttelte den Kopf und seufzte, als sie sah, dass er genau wie der Rest der Bedürftigen auf einen ungepflegt wirkenden Burschen zusteuerte. Sein dunkles Haar hing in langen Strähnen bis auf die Schulter hinab. Daneben fehlte ihm das linke Auge. Dort, wo der Glaskörper einmal gewesen war, klaffte ein tiefes schwarzes Loch, welches Isabeau anglotzte. Obgleich ihr ein eisiger Schauer über den Rücken lief, konnte sie nicht umhin, Mitleid für den Fremden zu empfinden. Der Einäugige hatte seinen Karren sehr bewusst auf den Vorplatz des Stadttores gestellt. Inzwischen drängten sich die armen Teufel um das wackelige Gefährt und tauschten ihre Münzen gegen Anisschnaps, den der Einäugige aus einem Fass ausschenkte. Selbst die schwangere Frau stellte sich in die Reihe der Wartenden und würdigte Isabeau keines Blickes mehr. Zu ihrem Entsetzen kam es genau, wie Sade es vorausgesagt hatte. Kein Wunder, dass sein Lachen in ihren Ohren nach purer Schadenfreude klang.

»Glaubt Ihr mir nun?« Seine Augen blitzten herausfordernd, als er Isabeau die Hand reichte und sie zu ihrer Postkutsche begleitete. Während sich Isabeau ihre Niederlage nicht anmerken ließ, folgte ihnen Hiltrud Eisenhut betreten.

Isabeau straffte den Rücken. »Eins zu null für Euch. Doch merkt Euch, ein Spiel zu verlieren, bedeutet keinesfalls, dass die gesamte Partie an Euch geht!«

»Wir werden sehen! Madame Eisenhut war so freundlich, mir zu verraten, dass Ihr noch geraume Zeit in Paris zubringen werdet. Für eine Revanche werdet Ihr also alle Zeit der Welt haben.«

»Ich glaube, wir sollten nun rasch einsteigen! Der Postillion macht nicht gerade den Eindruck, als warte er noch ewig.« Monsieur de Sade zerstreute Frau Eisenhuts Bedenken kurzerhand mit einem Louis d'or, den er dem Kutscher in den Fußraum der Kutsche warf. »Mesdames, dann sind Sie also zum ersten Mal in Paris?« Frau Eisenhut nickte verlegen, während Isabeau die Antwort schuldig blieb. »Nun, dann wird Euch Paris im gleichen Maße faszinieren wie abstoßen. An keinem Ort der Erde sind die Besitzlosen bedürftiger als in unseren Armenvierteln.« Sade hob die Arme wie ein Prediger und deutete zum Stadttor. »Gleichzeitig findet Ihr wahrscheinlich nirgends eine so schamlos zur Schau getragene Dekadenz, wie es die Vermögenden in Paris mit ihrem Reichtum tun. Es ist«, er überlegte, »als schwanke die Stadt beständig zwischen Extremen: Es gibt stinkende Kloaken, aber auch die Kuppel der Chapelle royale des Invalides, die mit purem Gold verziert wurde. Um nur eines der monumentalen Bauwerke zu nennen. Mit Vergnügen würde ich den Damen die Stadt zeigen, wie sie nur wenige kennen. Hier gibt es Flunkereien wie Wahrheiten und eine unmoralische Mischung aus beidem. Und erst die Etablissements … Da hätten wir etwa die Bar von Rahul, die im eigentlichen Sinn ein Rauchsalon ist. Selbst der Genuss von Opium ist dort möglich. Bisweilen verkehren dort auch die Dichter unserer Stadt und lesen aus ihren neuesten Werken vor.«

»Genug!«, wehrte sich Frau Eisenhut entschlossen und hob mit einer energischen Geste ihre Hände über den Kopf. »Wir haben genug gehört! Ihr ängstigt das Fräulein Bersperger. Da, wo wir daheim sind, besteht das Leben aus Arbeit und nicht aus Vergnügen. Bei uns gibt es diese … diese verdorbenen und lasterhaften Höhlen nicht!«, stellte Frau Eisenhut entschieden fest und zog Isabeau mit sich. Oh, wie gern würde ich wissen, was sich sonst noch in diesen Etablissements abspielt!, dachte Isabeau und schämte sich nicht einmal dafür. Schließlich hatte Maman sie nach Paris geschickt, und nun wollte sie auch ein Abenteuer erleben …

»Auf bald, Madame!«, flüsterte Sade, nachdem er Frau Eisenhut beim Einsteigen in die Kutsche geholfen und trotz ihres Protests die Tür geschlossen hatte. Während die Melodie seiner Stimme bei Isabeau eine Gänsehaut hinterließ, klang der Inhalt seiner Worte wie ein Versprechen. Sades Stimme war dunkel. Vielleicht sogar bedrohlich. Vieles lag darin. Isabeau fühlte sich wie beim Anblick des Tigers, den sie bei einer Truppe Schausteller in Augsburg gesehen hatte. Ohne die Augen von ihr abzuwenden, senkte Sade seinen Mund auf ihre Hand. Ein eigentümlicher Schauer erfasste sie, als sich ihre Blicke trafen. Isabeau zitterte ein wenig, als Sade einen Kuss auf ihre nackte Haut hauchte. Und dann spürte sie, wie der Marquis in die zarte Haut ihres Handrückens biss. Zugegeben, es war nur ein leichter Biss. Aber er bewirkte, dass ihr das Blut abermals in die Wangen schoss, und hinterließ eine kleine pulsierende Stelle.

In Kleinigkeiten wundern wir uns nicht über Geschmacksunterschiede, sobald es sich aber um die Wollust handelt, geht der Lärm los.
Marquis de Sade

Sade vernahm das Klopfen nur am Rande. Sicher war es Latour, der mit dem Kaffee vor der Tür stand und nun auf ein einfaches »Oui« wartete. Sade nahm ein neues, noch unbeschriebenes Blatt Papier aus der Schublade und ließ mit geschlossenen Augen seine Finger darübergleiten. Bevor er die Feder erneut in blutrote Tinte tauchte, schob er alle Versuche, welche nun zusammengeknüllt auf dem Schreibtisch lagen, auf den Boden. *Chère Mademoiselle Bersperger*, schrieb er oben in die Mitte. *Ihr seid eine Zauberin! Euch ist gelungen, was noch niemand zuvor vollbracht hat. Ihr habt etwas in mir zum Klingen gebracht. Ein feiner, delikater Klang …* Ach, zum Teufel!, dachte er und sann über die nächsten Worte nach. Hatte es zwischenzeitlich nicht erneut geklopft? Ihm stand der Sinn jetzt nicht nach Kaffee! Als er erneut auf den Brief hinabblickte, erschienen ihm die wenigen Sätze beinahe wie ein Gelübde. Niedergeschrieben mit feiner karmesinroter Tinte, wirkten sie wie ein Schwur. Und genauso sollte es auch sein! Rot wie Blut zogen seine fein geschwungenen

Lettern über das jungfräuliche Papier und erzählten von der Liebe und dem Leben und an manchen Stellen auch vom Tod.

»Monsieur le Marquis, ist Euch nicht wohl?« Die Stimme seines Dieners troff vor Sorge, nachdem er leise eingetreten war. »Latour, mein Lieber, ich habe Euch gar nicht gehört.« Der Diener hob entschuldigend die Schultern. »Euch zu stören, war nicht meine Absicht.« Er goss dampfenden Kaffee in eine Tasse aus feinstem Porzellan und stellte sie neben Salzbutterkaramell und kandierter Angelika auf den kleinen Tisch.

»Nun, ich sorgte mich, als ich Euch vornübergebeugt am Sekretär sitzend vorfand. Umgeben von zerknülltem Papier. Dazu die rote Tinte. Für gewöhnlich pflegt Ihr Eure Briefe mit gewöhnlicher Tinte zu verfassen.« Latour räusperte sich. »Dann wollte ich Euch noch darüber informieren, dass Madame Gourdan eingetroffen ist. Die Kupplerin lässt ausrichten, dass die Mädchen, welche Ihr bestellt hattet, erst bei Einbruch der Dunkelheit kommen werden. Schließlich befinden sich noch blutjunge unter ihnen, und die Augen von Inspektor Marais sind erfahrungsgemäß überall. Freilich lässt sich Marguerite die Jungfräulichkeit ein hübsches Sümmchen kost…«

»Findet Ihr nicht auch, dass Mademoiselle Isabeau beinahe etwas Übernatürliches besitzt? Etwas ganz Außergewöhnliches?« Sade lehnte sich in seinem Stuhl zurück und verschränkte die Arme hinter seinem Kopf. Er wusste, dass sein Diener es fühlen konnte. Das Verhältnis zu Latour gestaltete sich in vieler Hinsicht leicht. Sie standen sich nahe, sogar sehr nahe. Und Latour ertrug seine häufigen Wutausbrüche und seine exzessiven Launen mühelos. »Ich will ihr etwas schreiben, aber seit Stunden kann ich keinen klaren Gedanken fassen«, seufzte Sade und erhob sich von seinem Schreibplatz am Fenster. Er ging zu der kleinen Tischgruppe hinüber und nahm einen Schluck Kaffee.

»Isa … beau«, flüsterte er leise und nahm einen weiteren Schluck Kaffee. »Ich kann Euch nicht sagen, was es ist. Doch ihre Schönheit allein hätte niemals die Macht, mir den Kopf auf diese Weise zu verdrehen.« Latour räusperte sich umständlich und legte die Hände auf den Rücken. »Bitte verzeiht, aber die bestellten Mädchen werden erst mit Einbruch der Dunkelheit hier eintreffen«, begann Latour ein zweites Mal.

»Ich will sie nicht mehr!«, rief Sade und fuhr herum. »Nicht heute!«, fügte er versöhnlicher hinzu. »Heute verlangt es mich nicht nach Liebesspielen dieser äußerst pikanten Art. Am Ende verlangt es mich nie mehr danach.«

»Und Ihr seid gewiss nicht krank?«

»Nein, Latour. Außer vielleicht … liebeskrank!« Latour nickte. »Entlohnt die Damen großzügig, wenn sie eintreffen. Und versichert Euch, dass sie, wenn ich wieder einmal nach ihnen verlange, den Weg erneut in die Rue de Condé finden.« Sade trank den Kaffee in einem Zug. Dann durchmaß er den Raum mit langen Schritten. Während des Gehens warf er seinen Rock auf die mit schimmerndem Brokat bezogene Chaiselongue, knöpfte seine seidene Weste auf und hängte diese achtlos über einen Stuhl. Gereizt wandte er sich dem Bücherregal zu, wo er einen Roman von Denis Diderot herauszog. Er blätterte darin und warf ihn schließlich auf den Tisch. Sein nächster Griff galt der Märchenübersetzung *Tausendundeine Nacht* von Antoine Galland. Für kurze Zeit überließ er sich *Sindbads siebenter Reise*, in welcher der Seefahrer nur mit knapper Not den Sirenen entging. Letztlich half ihm aber auch diese Erzählung nicht weiter, und er schleuderte das Buch ebenfalls auf den Tisch. Sade fühlte die Leere in seinem Kopf als eine Bedrohung von gewaltigem Ausmaß. Keinen klaren Gedanken fassen zu können, war ihm furchtbar und versetzte ihn stets in helle Panik. Die Furcht, nie wieder auch nur einen einzigen sinnvollen Satz zustande zu bringen, überschattete jetzt alles und schürte zur gleichen Zeit den Unmut über sich selbst.

Lediglich in Hemd und Kniehose gekleidet, trat Sade zum übergroßen Kamin, nahm den Schürhaken vom Ständer und stocherte in der Glut, bis der rote Funkenregen in alle Richtungen stob. Ein paar glühende Kohlenstückchen landeten auf der dicken Marmorplatte, welche den Parkettboden vor dem Feuerraum bedeckte. Der helle Boden aus Birnbaum zeigte in einer aufwendigen Intarsienarbeit das Wappen der Familie de Sade: ein schwarzer Doppeladler, der auf einem achtstrahligen Stern prangte, welcher wiederum von Blutrot unterlegt wurde. Angeblich sollte das Wappen seiner Familie bis auf die Heiligen Drei Könige zurückzuführen sein. Ihm war dieser Umstand völlig gleichgültig. Obwohl in seiner weitverzweigten Familie ausnehmend viele Kaspars und zahlreiche Balthasars vorkamen, hielt er die Geschichte gelinde gesagt für einen verlogenen Dreck. Schon die unumstößliche Tatsache, dass es keinen Gott gab, war der Beleg für die Lüge, mit welcher sich seine Familie seit Jahrhunderten schmückte. Jeder, der an den Glauben an das Göttliche nur einen einzigen Gedanken verschwendete, war in seinen Augen ein unvorstellbarer Narr! Selbst wenn es doch so gewesen sein sollte, war ihm diese Herkunft vollkommen gleichgültig. In dieser Stunde wollte er lediglich die rechten Worte finden, um Mademoiselle Isabeau seine aufrichtige Bewunderung mitzuteilen. Seit er sie heute am späten Nachmittag zum ersten Mal gesehen hatte, schlug sein Herz in einem anderen Takt. Allein diese Tatsache kam einem Wunder gleich, weil Donatien davon überzeugt war, er besitze überhaupt kein Herz. Freilich zweifelte er nicht an der Pumpe, welche das Blut noch in die entlegensten Winkel des Leibes schickte. Ihm ging es eher um die edlen Regungen, welche Mitgefühl oder Verständnis empfinden ließen. All diese Gefühle waren ihm bis zum heutigen Tag vollkommen fremd gewesen. Mehr noch – er brachte diese neue und völlig verstörende Anwandlung lediglich mit Mademoiselle Bersperger in Verbindung. Ihr allein war es gelungen, ihm in dreiundzwanzig Jahren zum allerersten Mal einen Funken Herzlichkeit in die Brust zu pflanzen. Wie sie das bewerkstelligt hatte, wusste der Teufel allein! Aber beim Höllenfürsten – es war ihr geglückt, und das beunruhigte ihn so sehr, dass er Mademoiselle Isabeau unter allen Umständen wiedersehen musste!

Das große sandsteinfarbene Haus von Gustave und Luise Lambert fügte sich nahtlos in die imposante Reihe der prächtigen Herrenhäuser am linken Ufer der Seine. Wie zu Stein gewordene Riesen ragten die drei- und vierstöckigen Prachtbauten in den Himmel von Paris. Bereits die Außentreppe, welche zu beiden Seiten von grimmig aussehenden Löwen bewacht wurde, flößte dem Besucher des Quai des Grands Augustins Nummer sieben großen Respekt ein. Eine ältere Frau mit gerundeten Wangen und ergrautem Haar öffnete Isabeau die Tür, nachdem sie bereits zum wiederholten Male die Glocke betätigt hatte. »Bonsoir, Madame!« Isabeau knickste. »Je suis Isabeau Bersperger.«

»Ah, oui, oui, Mademoiselle Bersperger, bienvenue!«, entgegnete die mütterlich wirkende Dame überaus freundlich. Isabeau atmete geräuschvoll aus. »Ich begrüße Euch sehr herzlich im Haus Eurer Tante. Bitte tretet näher! Hattet Ihr eine angenehme Reise?« Isabeau nickte. »Ihr müsst müde und erschöpft sein! Kommt, ruht Euch ein wenig aus!« Isabeaus Beklommenheit wich. Die hilfsbereite Dame mit den gütigen Augen stellte sich ihr als Camille vor.

»Eigentlich bin ich die Köchin des Hauses. Aber niemand sonst scheint Euer Läuten gehört zu haben«, erklärte Camille entschuldigend. »Aber macht es Euch doch erst einmal bequem! Ich sehe derweil nach Eurer Tante.« Isabeau mochte Camille auf

Anhieb. Und am liebsten wäre sie ihr um den Hals gefallen, so erleichternd empfand sie diese erste Begegnung im Haus am Quai des Grands Augustins Nummer sieben. Allzu mürrisch konnte Tante Luise dann wohl auch nicht sein! Als Isabeau wenig später dann aber allein in der hohen und weitläufigen Eingangshalle stand, fühlte sie, wie doch die Unsicherheit an ihr zerrte. Fast ehrfurchtsvoll betrachtete sie den hellen Boden aus Marmor. Überwältigt von der Größe, der Weite und der Pracht, welche ihr bereits auf dem Weg durch die Stadt begegnet war, kam sich Isabeau hier in diesen Mauern mit einem Mal klein und unbedeutend vor. Während ihr Blick an unzähligen Gemälden hängen blieb, schien die Stille in der hohen Halle geradezu Furcht einflößend. Wie Fenster, die in eine andere Welt wiesen, kamen ihr die Abbildungen vor. Einige maßen etliche Meter Höhe und Breite. Andere wirkten eher bescheiden. Auf einigen der zahlreichen Porträts erkannte Isabeau eine Frau, die ihrer Mutter sehr ähnlich sah. Das musste dann wohl Tante Luise sein. Und der Mann an ihrer Seite schien zweifellos Onkel Gustave zu sein. Ein schönes Paar, wie Isabeau fand. Leider waren die beiden kinderlos geblieben. Beinahe kam es Isabeau so vor, als würde sie von den zahlreichen Augenpaaren, welche von all den Kunstwerken auf sie herabblickten, beobachtet. Zwischen den zierlichen Möbelstücken, die Isabeau an eine Puppenstube erinnerten, erhob sich eine geschwungene Freitreppe, welche in eine Galerie führte. Sie spürte, wie der Boden unter ihren Füßen schwankte, während sie ihren Blick über das glänzende Holz bis zur Decke gleiten ließ, von der ein mächtiger Kronleuchter herabhing. Unzählige Kerzen waren nötig, um den geschliffenen Tropfen aus Kristall ein funkelndes Leben einzuhauchen. Isabeau drehte sich ein paarmal um ihre eigene Achse. Eigentlich fühlte sie sich weit mehr an ein verstaubtes Museum erinnert als an ein Haus, in welchem Menschen daheim waren. Deshalb erschrak sie wohl auch, als sie Tante Luise entdeckte. Zweifellos stand sie schon eine ganze Weile vor ihrem eigenen lebensgroßen Gemälde und beobachtete sie wortlos.

»Bonsoir, Tante Luise!«, sagte Isabeau mit dünner Stimme und räusperte sich. »Ich hoffe, mein Aufenthalt in eurem Haus bereitet dir und Onkel Gustave nicht allzu große Umstände.« Rasch versuchte Isabeau ein Lächeln und knickste. Luise Lambert reichte ihrer Nichte die Hand. Isabeau fühlte, wie sie sich kühl und trocken um die ihre schloss. Kälte prickelte über ihren Nacken und ließ sie schaudern.

»Soso, du bist also Isabeau«, murmelte Tante Luise ausdruckslos. Ihre Augen blieben hart und erinnerten Isabeau an mandelförmige Knöpfe aus Stein. Mühelos hätten sie Glas geschnitten, dessen war sie sich in diesem Augenblick sicher. Unter dem strengen Blick der Tante fühlte sich Isabeau augenblicklich unwohl. Nichts deutete auf eine freudige Begrüßung, und ihr sank der Mut. Dabei wirkte Tante Luise in ihrem lindgrünen Kleid beinahe engelsgleich. Das Gewand war aufwendig gearbeitet und mit kostbarer Spitze besetzt. Daheim am Bodensee hätte man es allenfalls zu einer feinen Hochzeit getragen. Mit einem Mal fühlte sich Isabeau in ihrem praktischen, einfachen Reisekleid in gedeckter Farbe plump und unbeholfen. Aber erst Luises Haar! Isabeau konnte kaum die Augen abwenden. War es doch gänzlich unter einer gepuderten Perücke versteckt, welche kunstvoll aufgetürmt und mit einem Bukett aus lindgrünen Rosen auf dem Kopf der Tante thronte. Und erst die neckische Mouche! Das Schönheitspflästerchen saß etwa einen Fingerbreit über der rechten Braue auf Tante Luises Stirn. Isabeau zuckte zusammen, als Luise ihren Finger unter ihr Kinn legte und ihren Kopf hob. Wie ein Eishauch fühlte sie die Hand der Tante unter ihrem Kinn. Als sich endlich ihre Blicke trafen, wusste Isabeau, weshalb sie sich gesträubt hatte herzukommen. Sie sog scharf die Luft ein. Freilich wollte sie unter keinen Umständen Emmerats Frau werden, doch nun fragte sie sich ernsthaft, ob Emmerat nicht das kleinere Übel gewesen wäre.

»Zuerst einmal möchte ich dich bitten, deinen Onkel und mich nicht mit einem einfachen Du anzusprechen. Diese plumpe Anrede wirkt ganz und gar ungeschliffen und schickt sich nicht.« Isabeaus Mundwinkel zuckten, weil sie nur mühsam ein Lachen bezwang. »Was ist so amüsant?«, wollte Luise wissen. Ihre Stimme klang spitz.

Isabeau zog die Schultern hoch. »Nun, ich dachte, du bist die Schwester meiner Mutter, also meine Tante. Und Gustave, nun …«, Isabeau wusste nicht recht, wie sie es sagen sollte, »er ist dann doch wohl mein Onkel …«

»Das entspricht durchaus den Tatsachen«, schnitt Luise ihr das Wort ab. Isabeau fühlte die kühle Strenge, die ihre Tante umgab, und schluckte. »Auf dem Lande mag das zwar Sitte sein, doch hier in der Stadt zeugt ein solches Verhalten von mangelnder Bildung und wenig Anstand. Allem voran wirst du dein vorlautes Mundwerk zügeln und dein burschikoses Wesen ablegen müssen. Du wirst dich überhaupt an einiges gewöhnen müssen, wenn du hier in Paris bleiben möchtest.«

»Aber das will ich doch gar nicht!«, sprudelte es aus Isabeau hervor. »Am liebsten würde ich gleich morgen wieder heimfahren.«

»Dann willst du also lieber diesen … diesen Schiffsbauern heiraten?« Wollte sie das? Nun war die Zeit, sich zu entscheiden. Schließlich schüttelte sie den Kopf und sah zu Boden.

»Dann sei froh, wenn du hierbleiben darfst.«

Bei einer Tasse englischem Tee machte Tante Luise sie mit den anstrengenden Regeln des Hauses Lambert vertraut. Sie saßen sich im Blauen Salon gegenüber, und Luise nippte geziert an der

Tasse aus feinstem Porzellan, bevor sie sie ohne den geringsten Laut wieder abstellte. Der Blaue Salon erschien Isabeau noch weitaus eleganter als die Halle mit all ihren Gemälden. Wie es sich vom Namen ableiten ließ, wurde der hohe Raum von einem intensiven Royalblau beherrscht. Es fand sich sowohl in dem kostbaren Teppich aus dem fernen Orient als auch in den deckenhohen Samtvorhängen. Selbst der Brokat, welcher die Polster der Stühle überspannte, enthielt neben Gold und Weiß jenes lebhafte Königsblau, welches bisweilen die Krönungsmäntel der Monarchen zierte. Isabeaus Tasse klapperte leise, als sie das Porzellan in die Untertasse zurückstellte. Im Blick der Tante las sie, was diese davon hielt. »Ich fürchte, wir werden noch sehr viel Arbeit haben, bevor Gustave dich in die Gesellschaft einführen kann und du eine Dame wirst.«

Isabeau verschränkte die Arme vor der Brust. »Nun, ich fürchte, dass ich gar keine Dame werden möchte. Damen machen auf mich, bitte erlaubt mir die Bemerkung, immer einen recht gelangweilten Eindruck. Sie gehen nicht angeln. Sie lachen nicht und essen wie ein Spatz.« Isabeau schob die Unterlippe vor und winkte ab. »Ich glaube, das ist nichts für mich. Und im Übrigen ist auch Maman keine Dame.« Vornehm bedeckte Tante Luise ihren Mund mit einem Spitzentaschentuch und räusperte sich mehrfach.

»Nun, wer einen Ochsen zum Mann nimmt, darf nicht erwarten, eine leichtfüßige Gazelle zu werden.« Isabeau schluckte.

»Papa ist alles andere als ein Ochse!«, entgegnete sie schärfer als beabsichtigt. »In der Regel ist er warmherzig und gütig und …«

»Und an dieser Stelle ist es jetzt erst einmal genug!«, fiel ihr Tante Luise ins Wort.

Nach der Teestunde führte Luise sie in den zweiten Stock hinauf, wo sie irgendwann vor einer hohen Tür stehen blieb.

»Für die Dauer deines Aufenthalts wird das dein Zimmer sein.« Als die Tür leise aufschwang, fiel Isabeaus Blick zuerst auf ein großes Himmelbett mit grünen Vorhängen. Unzählige Kissen in puderfarbenem Brokat ruhten darauf. Die hellen Möbel wirkten allesamt zierlich und fein gearbeitet. Und während der Schrank mit einem filigranen Rosenmuster bemalt war, wies der Sekretär schimmernde Intarsien aus vergoldetem Holz auf. Als sie sich das Gesicht des Vaters beim Anblick dieses Raums vorstellte, musste sie lachen. Er hätte diesem Museum den Kampf angesagt und die Hälfte des Mobiliars im Feuer in seiner Werfthalle verbrannt. Sie selbst fand die Einrichtung nicht unbedingt praktisch, aber sehr hübsch. Und als Isabeau erst an die hohen Fenster trat, weiteten sich ihre Augen. Die ungewöhnliche Aussicht gefiel ihr sofort. Sie gab den Blick frei auf die Seine, die träge als ein breites, graues Band dahinfloss. Die Boote und Lastkähne, welche hochbeladen vorüberfuhren, wirkten wie bunte Farbtupfer. Das mit Abstand Schönste aber schien Isabeau die Rosette der Kathedrale Notre-Dame. Das im Durchmesser mehrere Meter große, bunte Glasfenster glühte förmlich im letzten Abendlicht. Die Farben wirkten so lebendig und frisch, als hätte der Baumeister das Fensterglas erst gestern eingesetzt.

»Schön, wenn es dir gefällt«, hörte Isabeau die Tante sagen. Vielleicht würde das Jahr in Paris doch nicht so schrecklich werden?

»Das ist Nanette«, stellte Tante Luise ihr eine zierliche Frau mit dunklem Haar und forschen Augen vor. Isabeau schätzte sie wenig älter als sie selbst. Nanette knickste und nickte knapp. In ihrem blauen bodenlangen Kleid, der weißen Schürze und der gestärkten, blütenweißen Haube wirkte das Zimmermädchen fast so streng wie Luise. Isabeau merkte sofort, dass sich die beiden nahestanden.

»Nun packen wir erst einmal deine Koffer aus und sehen, was zu gebrauchen ist.« Was zu gebrauchen ist?, dachte Isabeau. Wieso sollte ihre Kleidung nicht zu gebrauchen sein? Selbst Maman war zufrieden gewesen. Darüber hinaus hatte sie eigentlich wenig Lust, dass die Tante ihre Romane entdeckte. Schließlich wusste sie nicht, was diese etwa von *Julie ou la Nouvelle Héloïse* aus der Feder von Jean-Jacques Rousseau hielt.

»Bitte, Tante Luise, bemüht Euch nicht! Die vielen Kleidungsstücke kann ich durchaus selbst in Truhen und Schränke räumen. Sicher habt Ihr Besseres zu tun, als mir beim Auspacken behilflich zu sein.«

Luise schüttelte den Kopf. »Nun, das glaube ich dir gern, doch ich kenne meine Schwester. Allein schon aus diesem Grund möchte ich einen Blick auf die Kleidung werfen.« Während Nanette die sorgsam zusammengelegten Kleidungsstücke entfaltete und in die Höhe hob, saß Tante Luise auf einem der beiden samtbezogenen Sessel. Wortlos kommentierte sie, was sie sah, mit wegwerfenden Handbewegungen. »Ich fürchte, wir müssen ohnehin den Schneider bestellen«, seufzte Luise. »Wer sich entschlossen hat, dem Königreich Frankreich den Rücken zu kehren, um im Heiligen Römischen Reich zu leben …«

»Maman ist ein wunderbarer Mensch und Papa im Übrigen auch! Ihr kennt sie nicht, wenn Eure Meinung derart schlecht von ihnen ist …« Luise maß sie mit versteinerter Miene. »Solange du in unserem Hause weilst, solltest du nicht vergessen, dass du nicht mehr in einem Dorf am Lac de Constance bist!« Mühsam schluckte Isabeau eine weitere hitzige Erwiderung hinunter. Aber sie konnte nicht verhindern, dass der Zorn ihr die Tränen in die Augen trieb. Was wusste diese Frau überhaupt von Lindau und dem Bodensee? Letztlich durfte Isabeau dann aber wirklich lediglich zusehen, wie Nanette den Großteil der mitgebrachten Kleidungsstücke unachtsam aussortierte und auf einen Haufen warf.

»Das geht nicht!«, sagte Luise wohl mehr zu sich selbst, als die Zofe ein Kleid ums andere präsentierte. »Und das schon gar nicht! Damit würdest du uns am Ende zum Gespött der Leute machen!«

»Halt!«, schrie Isabeau, als Tante Luise das Kleid aus nachtblauem Samt kritisch betrachtete. »Bitte nicht das Samtkleid! Bitte, Tante Luise!«, flehte Isabeau und umfasste Luises Hände. »Meinetwegen dieses.« Mit nachdenklicher Miene ließ sich Luise das Samtkleid reichen und zog den schweren blauen Stoff prüfend auseinander. Als der Saum einen Riss bekam, wusste Isabeau nicht mehr, wie sie ihre Tränen zurückhalten sollte. Noch einmal zog ihre Tante den Saum auseinander. Isabeau sah, wie viel Kraft es sie kostete, denn die Knöchel ihrer Hand traten weiß hervor. Diesmal vernahm Isabeau das Reißen des feinen Stoffes wie ein trauriges Lied. Ein Lied, das ihr in der Seele wehtat.

»Wie ich vermutet habe«, bemerkte Luise ausdruckslos. »Schlechte Qualität! Ein Kleid wie dieses ist in der Stadt völlig ungeeignet. Das ist allenfalls ein einfaches Gewand, wie es für die Landarbeit taugt.« Isabeau ballte die Hände zu Fäusten, bis sich ihre Nägel schmerzhaft ins Fleisch bohrten. »Maman hat es beim Schneider herrichten lassen! Und ich liebe dieses Kleid! Der Stoff ist weich und fein, und es ist gewiss kein Bauernkittel!«

Isabeau versteifte sich wie ein trotziges Kind, als Luise sie vor den großen Spiegel zerrte, der in der Ecke stand. Dort bog sie ihr die Schultern zurück und umfasste Isabeaus Taille.

»Aua! Was soll das? Ihr tut mir weh!«, protestierte sie entrüstet und suchte sich dem Griff der Tante zu entziehen. »Sieh dich an! Deine Figur gleicht einem unförmigen Mehlsack, weil du kein Korsett trägst. Wir werden Madame Blanche bemühen müssen.«

Isabeau stemmte die Hände in die Hüften. Sie spürte, wie ihr das Blut in die Wangen stieg. Auf keinen Fall wollte sie den Tränen nachgeben, die sich bereits in ihre Augen drängten.

»Diese Mühe könnt Ihr Euch getrost sparen. Ich werde auch die Schnürbrust Eurer Korsettschneiderin nicht tragen.« Isabeaus Stimme klang längst nicht so selbstsicher, wie sie es sich gewünscht hätte. Aber kampflos würde sie sich Luises Forderungen gewiss nicht ergeben.

»Oh, Madame Blanche ist keine einfache Korsettschneiderin! Sie fertigt für keine Geringere als für die Marquise de Pompadour.«

»Ihr braucht diese Madame Blanche nicht zu bemühen. Mir ist es einerlei, ob sie auch für die Mätresse des Königs schneidert! Ihre Schnürbrüste werde ich trotzdem nicht anziehen! Ein Korsett ist nun einmal über alle Maßen unbequem und darüber hinaus völlig unpraktisch.« Isabeau sah aus dem Augenwinkel, wie Nanette die Hand vor den Mund schlug.

Tante Luise stieß den Atem aus. »Ein wenig Demut würde dir weitaus besser zu Gesicht stehen als dein überaus freches Mundwerk!« Luise schloss ihre Augen und fächelte sich in theatralischer Weise Luft zu.

»Benötigt Ihr das Riechsalz, Madame?«, wollte Nanette wissen und sprang hilfsbereit an Luises Seite. »Ruht Euch einen Augenblick aus, dann wird Euch gleich wieder wohler.« Luise schüttelte abwehrend den Kopf. »Danke, Nanette, aber diese Arbeit hier macht sich auch nicht von allein.« Bereits im nächsten Augenblick rauschte sie an Isabeau vorbei, auf den zweiten Koffer zu. Für die Dauer eines Herzschlags kreuzten sich ihre Blicke wie Klingen. In diesem Augenblick wusste Isabeau, dass Tante Luise sie niemals auch nur ein klein wenig mögen würde.

»In Bälde wird im Palais des Tuileries ein ganz besonderes Konzert stattfinden. Bei dieser Gelegenheit wird dich dein Onkel dann auch ein paar wirklich wichtigen Leuten der

Pariser Gesellschaft vorstellen. Bis dahin solltest du dich in Zurückhaltung üben.«

Ein Konzert im Palais des Tuileries, dachte Isabeau. War das Palais nicht auf Betreiben der Katharina von Medici auf dem Gebiet einer ehemaligen Töpferei ab der Mitte des 16. Jahrhunderts errichtet worden?

»In den Tuilerien werden wir etwas von Haydn hören. Haydn – du wirst doch Haydn kennen?«

»Freilich kenne ich Joseph Haydn«, gab Isabeau betont bissig zurück und drehte sich rasch weg. Sie wollte nicht, dass Luise sah, wie nahe sie daran war, jeden Moment ihre Fassung zu verlieren.

»Dann haben wir uns ja verstanden!«

Als Isabeau endlich allein war, fühlte sie keine Erleichterung, sondern tiefe Trauer. Wie sehr sie sich gerade jetzt nach zu Hause sehnte. Daheim in Lindau knisterte um diese Zeit bereits ein behagliches Feuer im Kamin. Und Bartholomäus, der nur darauf wartete, dass Isabeau ihm das Fell kraulte, hatte sich schon immer als dankbarer Zuhörer erwiesen. Hier am Quai des Grands Augustins dagegen gab es nur Einsamkeit und Stille. Selbst in ihrem Zimmer atmeten die Mauern das Gefühl von Verlassenheit geradezu aus. Es legte sich wie ein schwerer grauer Umhang auf ihre Schultern und drückte sie nieder. Traurig nahm sie ihr Tagebuch aus dem Koffer, setzte sich an den Sekretär und schrieb:

Mein liebes Tagebuch,

nun bin ich also in Paris und nach endlosen Stunden endlich allein! Für die nächsten Stunden muss ich Tante Luise hoffentlich nicht mehr ertragen! Obwohl mein Magen furchtbar knurrt, werde ich wohl zum Dîner nicht hinuntergehen! Ich habe genug von ihr! Vielleicht sollte ich Maman bitten, dass ich wieder heimkommen darf? Nie hätte ich gedacht, dass ich einmal Heimweh haben würde, und nun fühle ich doch, wie es mir ein Loch in die

Brust reißt! Aber weinend, nein, weinend soll Tante Luise mich nicht sehen! Niemand soll mich so sehen! Luise macht es mir so schwer. Sie mag mich wohl einfach nicht. Sicher mag sie nicht einmal sich selbst. Wohl deshalb stellt sie all diese sinnlosen Regeln und Gebote hier im Haus auf. Die sinnloseste Regel ist sicherlich das Gebot der Stille! Ich habe sie gefragt, ob wir hier denn in der Kirche sind. Ihre Blicke waren vernichtend. Wie sehr ich Lindau und die Umtriebigkeit bei uns daheim vermisse! Aber ich hoffe schon heute auf den Tag, an welchem Tante Luise das Haus für irgendeine Teegesellschaft für ein paar Stunden verlässt. Und dann, ich schwöre feierlich, spätestens dann werde ich den gesamten ersten Stock inspizieren! Unter anderem befindet sich dort angeblich das Laboratorium von Onkel Gustave. Selbstredend ist für mich der Zutritt unter schwerster Strafe verboten! Geduldet, so empfinde ich es zumindest, werde ich in der großen Bibliothek. Im Blauen und im Großen Salon. Natürlich darf ich auch das Speisezimmer, die Küche mitsamt den Vorratsräumen, die Waschküche und die Kellerräume betreten. Und Onkel Gustave? Ich habe ihn auf zahlreichen Ölgemälden gesehen. Mit seinen gepuderten Löckchen und den vollen Wangen wirkt er freundlich. Aber ist es nicht seltsam, dass ich ihm bislang noch immer nicht persönlich begegnet bin? Ob er überhaupt hier wohnt? Maman sagte mir, dass er seiner Arbeit als Stadtphysikus und Anatom im Hôtel-Dieu, dem ältesten Krankenhaus von Paris, nachgeht.

Und wie es Anna wohl ergeht? Gleich werde ich ihr einen Brief schreiben und dann auf baldige Antwort hoffen – etwas anderes bleibt mir ja nicht!

Es dämmerte bereits, als Emmerat sein Elternhaus am Hafen verließ und auf die schmale Gasse trat. Sein Weg führte ihn über den Inselgraben, durch die Metzgergasse, am Rathaus vorbei, in die Salzgasse. Der eisige Westwind blies ihm ein paar Schneeflocken ins Gesicht. Frierend zog er den Rock über der

Brust zusammen und schloss alle drei Knöpfe. Im *Wirtshaus zum Goldenen Löwen* wollte er sich auf die Nacht noch einen Schoppen genehmigen. Eigentlich war ihm alles andere als nach einem Umtrunk zumute. Doch der Vater hatte ihm keine Wahl gelassen. Und bei genauerer Überlegung gab Emmerat ihm recht. Wenn er sich jetzt aus dem Leben der Lindauer zurückzog, wurde jedem in der Stadt augenfällig, welch ein Tiefschlag die geplatzte Hochzeit für die Familie Lorentz bedeutete. Ach, zum Teufel! Den unmäßigen Wutausbruch des Alten würde Emmerat wohl nie mehr vergessen. Jetzt tratschten die Lindauer darüber, dass die kleine Bersperger den Erfrierungstod einer Ehe mit ihm, einem Sohn des wohlhabendsten Lindauer Bürgertums, vorgezogen hatte. Zum Teufel mit dem Weib! Er spuckte geräuschvoll aus und schritt noch kräftiger über das Pflaster davon. Niemand hält einen Lorentz ungestraft zum Narren!, dachte er wütend und verscheuchte einen streunenden Hund, der in den Ecken nach etwas Fressbarem suchte. Isabeau hat mich und die Eltern dem Spott der ganzen Stadt preisgegeben!, dachte er und versetzte dem Stein vor seinen Füßen einen Tritt, sodass der quer über das Kopfsteinpflaster schoss.

»Ihr hättet Eurem Mädel beizeiten gehörig die Leviten lesen und ihrem Eigensinn ein Ende setzen sollen!« Vaters Stimme hatte vor Zorn gebebt, als Friedrich Bersperger ihm mit ruhigen Worten erklärte, seine Tochter sei derzeit leider nicht fähig, eine Ehe einzugehen. Und der Stadtphysikus, dieser Cornelius Beck, bekräftigte diesen Unsinn auch noch. Isabeau müsse ein paar Monate bei einer Tante in Paris zubringen, wo sie sich für die anspruchsvolle Aufgabe einer guten Ehefrau zur Gänze erhole. Nie hätte Vater erlaubt, von dem Eheversprechen zurückzutreten, denn der Vertrag für Lädinen und Segmer belief sich auf dreißig Jahre im Voraus. Dazu schätzte er das Anwesen der Berspergers, die Werft und die Hallen zum Trockenlegen der Hölzer auf ein ganzes Tagwerk. Und immerhin zählten die

Schiffe der Bersperger-Werft zu den hochwertigsten am gesamten Bodensee. Mit einem leisen Fluch vergrub Emmerat die Hände in den Rocktaschen. Vater hatte sicher recht, die Monate vergingen wie im Fluge. Wenn dann erst die Hochzeitsglocken läuteten und die prunkvollste Hochzeit gefeiert wurde, welche Lindau je gesehen hatte, würde keiner mehr von diesen ärgerlichen Vorkommnissen reden.

»Einen schönen Abend wünsche ich Euch«, grüßte Moritz Hausmann. Der schmale, hoch aufgeschossene Mann betrieb eine Seilerei in der Inselmitte. Die Herstellung von Seilen und Tauen schien einträglich zu sein, denn bisweilen verschiffte er seine Waren auch in andere Städte am Bodensee. »Herr Lorentz, einen guten Abend für Euch«, wiederholte Hausmann lauter. Emmerat fuhr zusammen. Er wirkte verdutzt, als er endlich den Kopf hob.

»Ja …«, begann er stockend. »Herr Hausmann, ich wünsche Euch ebenfalls einen angenehmen Abend. Und seht mir meine Unaufmerksamkeit nach.« Der ältere Herr, dessen Gesicht Festigkeit und Ernst ausstrahlte, schenkte Emmerat ein nachsichtiges Nicken. »Nun ja«, begann er nachdenklich. »Schließlich geschieht es nicht alle Tage, dass einem die Braut kurz vor der Hochzeit davonläuft, nicht wahr?« Hausmann tippte an seinen Hut. »Aber seht es einmal so: Zumindest ist sie Euch nicht mit einem anderen durchgebrannt.«

Emmerat spürte die Belustigung des Seilers deutlich. So weit war es also gekommen! Nun spien sie ihm schon ins Gesicht, dass sie ihn für einen Narren hielten! Nach Hausmanns Unverschämtheit achtete er noch weniger auf die Gasse. Mehr als ein flüchtiges Nicken hielt er nicht mehr für die Entgegenkommenden bereit. Der scharfe Wind lud auch nicht unbedingt zu einem Abendspaziergang ein. Die Gassen leerten sich merklich, und nach einem kurzen Fußmarsch erreichte auch Emmerat sein Ziel. Der einstöckige Fachwerkbau duckte sich neben seinen hoch aufgeschossenen Brüdern und wirkte in der herannahenden Dunkelheit wie ein schmutzig grauer Zwerg. Die niedrige Schankstube, welche von umlaufenden Bänken und mehreren kleinen Tischen beherrscht wurde, war für einen Abend unter der Woche ausnehmend gut besucht. Sehr zu Emmerats Leidwesen kannte er annähernd alle Gäste, die sich mit dickwandigen Weinbechern oder Bierhumpen an den Tischen zusammengefunden hatten und sich lautstark unterhielten. Etliche verstummten, als er auf dem Weg zum Stammtisch an ihnen vorüberging. Er fühlte förmlich, wie sie sich das Maul über ihn zerrissen. Dazu hing der dumpfe Geruch von feuchter Kleidung und ungewaschenen Menschen wie eine Glocke über der Schankstube. Als Emmerat geradewegs den runden Tisch in der hintersten Ecke ansteuerte, drehte es ihm beinahe den Magen um. Er schluckte schwer und bestellte bei der blassen Wirtstochter einen Schoppen Bodenseewein.

»He, geht das nicht auch ein wenig schneller? Oder wirst du etwa fürs Schlafen bezahlt?«, bellte er unfreundlich, als er das Gewünschte nicht augenblicklich bekam.

»Gleich, bitte seht es mir nach! Aber die Stube ist bis auf den letzten Platz gefüllt.« Die scheue Frau senkte schüchtern ihren Blick und eilte davon. Als Michel Renzinger die Gaststube betrat, kam er direkt auf Emmerat zu und klopfte ihm kameradschaftlich auf den Rücken.

»Na, du Bräutigam, wie fühlt man sich, wenn einem die Braut durchgegangen ist, bevor sie Ja gesagt hat?« Der Geselle der Bersperger-Werft lachte frech und setzte sich zu Emmerat auf die Bank. »Du hättest die Trauben pflücken sollen, solange sie noch süß waren.«

»Ach, halt's Maul!«, entgegnete Emmerat und wandte sich beleidigt dem Wein zu, welchen die Schankmagd vor ihn auf den Tisch stellte. »Die Hochzeit findet ja statt«, erklärte er schnell, trank die Hälfte des Bechers auf einen Zug und schlug mit der flachen Hand auf den Tisch. »Noch einen Schoppen!«, wies er die Magd an.

»Wer's glaubt«, lachte Michel und prostete seinem Freund zu.

»Mit was kann ich Euch dienen?«

»Da würde mir schon etwas einfallen«, entgegnete Renzinger und kniff der Magd in den Hintern. Sein Lachen dröhnte durch den niederen Raum. Er bestellte einen Schoppen Wein und drehte sich zu Emmerat. »Mach dir nichts draus! Bis zur Hochzeit vergnügen wir uns mit den anderen Weibern. Etwa mit diesem schönen Kind«, sagte er zur Schankmagd gewandt, die mit glühenden Wangen davonging.

Michel hatte gut reden. Renzinger tanzte wie der Lumpen am Stecken und hatte immer ein paar freche Worte auf den Lippen. Bisweilen tranken die beiden Männer ein paar Schoppen Wein miteinander. Dann redeten sie über die Mädchen aus dem Ort und über das Geschäft mit den Lädinen. Wenn man es genau nahm, fühlte sich Emmerat in der Gesellschaft des jungen Bootstischlers recht wohl. Im Gegensatz zu ihm war es Michel völlig gleichgültig, was die Leute über ihn redeten. Zwar war dem alten Renzinger Michels vorlautes Mundwerk bisweilen ein Dorn im Auge. Doch anstatt sich wie Emmerat selbst um die Belange seines Vaters zu kümmern, richtete sich Michel nicht allzu sehr nach den Wünschen des Alten. Zugegebenermaßen gab es bei den Renzingers auch kein einträgliches Geschäft zu erben, tröstete sich Emmerat dann immer. Doch im Stillen bewunderte Emmerat seinen Kameraden oft.

Auch die nächsten Tage im Haus am Quai des Grands Augustins schienen kein Ende zu nehmen. In ihrer Zähigkeit glichen sie alten Schuhsohlen. Die Zeit schien stillzustehen, und die bleierne Stimmung der Tante hing wie eine dunkle Wolke über dem Haus. Mit Ausnahme von Nanette schlich das gesamte

Personal mit eingezogenen Köpfen durch das Haus. Um jeglichen Lärm zu vermeiden, verlegte Camille sogar das Zerlegen mehrerer Hähne hinter das Haus. Das Zerhacken der Knochen bereite der Dame des Hauses Kopfschmerzen, hieß es. Camille war es dann auch, die Isabeau erzählte, dass Tante Luise von Zeit zu Zeit an Unpässlichkeiten litt. »Sie äußern sich in rasenden Kopfschmerzen und führen dazu, dass sich Madame für ein paar Tage vollkommen zurückzieht und noch weitaus unverträglicher wird.« Camille zuckte mit den Schultern. »Das Wichtigste an solchen Tagen ist immer, dass das ganze Haus in völliger Stille versinkt.«

Dafür hatte Onkel Gustave sie mittlerweile begrüßt. Isabeau dufte wieder hoffen, denn das Gemälde im Großen Salon hatte sie nicht getäuscht – Gustave schien weitaus liebenswerter als Tante Luise. Zumindest glaubte Isabeau, eine gewisse Freude in seinen Augen entdeckt zu haben. Er habe viel zu arbeiten. Zumindest waren das seine Worte gewesen. Ganz offensichtlich verließ er das Haus lange, bevor sie herunterkam, und kehrte erst spät in der Nacht wieder zurück. Isabeau konnte ihn gut verstehen. Auch sie würde ihren Tag lieber fern von Luise außer Haus verbringen. Wäre nur nicht diese furchtbare Langeweile gewesen. Weder in der Küche noch im Keller durfte sie Hand anlegen. Nicht die einfachsten Arbeiten ließ Luise sie zur Zerstreuung verrichten. Die meiste Zeit des Tages brachte Isabeau damit zu, sich mit Sticken abzumühen. Als hätte Tante Luise ihre Abneigung gegen die Nadelarbeiten gerochen, verging kein Tag, an welchem sie nicht unter den Augen der Tante das steife Altartuch mit Goldstickerei verzieren musste. Die Finger brachen ihr dabei fast ab.

Ein paar Tage später rieb sich Isabeau die Augen. Sie hatte kaum geschlafen, weil sie in der Nacht ein seltsames Geräusch vernommen hatte. Gähnend setzte sie sich an ihren Sekretär, schlug die Beine unter und holte das Tagebuch hervor.

Liebes Tagebuch,

als ich Tante Luise zur Sonntagsmesse in die Kathedrale Notre-Dame begleiten musste, habe ich sie gesehen, die gefallenen Mädchen von Paris, die dort im gegenüberliegenden Hôtel-Dieu ihre unehelichen Kinder zur Welt bringen. Dann habe ich an Anna gedacht! Hier hätte man ihr helfen können! Oh Anna, wie es dir wohl geht? Ich denke jeden Tag und jede Stunde an dich. Ich habe dir gestern schon wieder einen Brief geschrieben und hoffe, dass du mir irgendwann antwortest.

Außerdem darf man in diesem Haus nicht einmal genug essen! Tante Luise sieht mich strafend an, wenn ich mir nachlegen lasse. Bisweilen lässt sie meinen Teller sogar abräumen, bevor die Tafel aufgehoben ist. Inzwischen schleiche ich mich jede Nacht in die Küche hinunter. Die gute Camille, sie legt mir jeden Abend einen Rest des Dîners hinter die Tür, die zum Kühlkeller hinunterführt. Wäre Camille nicht, wäre ich wohl schon lange verhungert. Aber irgendetwas stimmt in diesem Haus nicht! Seltsame Dinge gehen vor. Während meiner nächtlichen Wanderung habe ich ein stilles Weinen vernommen. Es kam aus Onkel Gustaves Laboratorium. Ein wenig ist mir bange, wenn ich daran denke. Manchmal frage ich mich, ob Luise schon immer von so freudloser Natur war. Sicher nicht. Maman hätte mich nicht hergeschickt, wenn dem so wäre. Zumindest möchte ich das glauben, weil alles andere viel zu grausam wäre.

Im Gegensatz zu Lindau gibt es hier nur die Seine und Häuserschluchten, in welche sich das Licht nur selten verirrt. Von der Stadt habe ich noch immer nicht viel gesehen. Die Messe bleibt eine Ausnahme! Sie zu versäumen, käme einer schweren Sünde gleich. Darüber hinaus weigert sich Tante Luise, eine Kutschfahrt mit mir zu unternehmen – es sei zu kalt und müsse vorerst warten! Sicher eine Ausrede. Dafür hat sie mir gestattet, dass ich Camille begleiten darf, und nun bin ich sehr gespannt! Von Anna habe ich leider noch immer keine Nachricht! Ich habe furchtbare Angst um sie!

»Kommt, Kindchen, bevor es sich Eure Tante doch noch anders überlegt!« Isabeau erschrak, als sie Camilles Stimme auf der Treppe hörte. Rasch klappte sie ihr Tagebuch zu, legte es in die Schublade zurück und eilte die Treppe hinunter. Heute schien ein Festtag zu sein, denn sie durfte die Köchin auf den Markt begleiten! Rasch fuhr sie in Schuhe und Mantel, stülpte die Pelzmütze auf ihren Kopf und nahm den Muff aus Fuchsfell vom Haken an der Garderobe.

»Eine kleine Stadtrundfahrt ist wohl auch noch drin«, erklärte Camille mit einem verschmitzten Lächeln und schob Isabeau durch die Hintertür zur Kutsche. »Wir sollten Madame also nicht enttäuschen!« Die Köchin bewirkte mit ihrer humorvollen Art, dass sie in diesen tristen Mauern nicht vollends den Verstand verlor. Isabeau nahm sich fest vor, Camilles Stadtführung auszudehnen, solange es ihr möglich war. Und so ging es gleich darauf in der einfachen Kutsche über die Pont au Double auf die Stadtinsel hinüber. Das Holz der alten Brücke knarrte, während ihr Einspänner im leichten Trab die Seine überquerte. In den letzten Tagen hatte es immer wieder geschneit. Auch jetzt hingen die dicken Schneewolken tief und bedeckten die Stadt mit ihrem fahlen Grau. Überall stand der Matsch knöcheltief in den Gassen und die tiefen Fahrspuren der Karren und Fuhrwerke waren gefüllt mit Abfall und Kot. Obwohl Camille behauptete, die Luft habe sich verbessert, hing, wie Isabeau fand, noch immer eine Übelkeit erregende Mischung aus Verwesung, Mist und Ruß in den Straßen – genau wie bei ihrer Ankunft in Paris. Dem Gefühl von Freiheit tat der Gestank aber dennoch keinen Abbruch. Im Gegenteil, Isabeau genoss die Kälte in ihrem Gesicht. Sie breitete ihre Arme aus und fühlte sich zum ersten Mal, seitdem sie in Paris angekommen war, ein kleines bisschen leichter. Oh, wie weit und groß Paris doch war! Isabeau kam es vor, als fuhren sie schon eine Ewigkeit, und noch immer sah sie nichts als Häuser und Straßen und Plätze.

»Seht Euch vor! Wenn Ihr Euch verkühlt, haben die Ausfahrten gleich wieder ein Ende!« Widerstrebend schloss Isabeau den pelzverbrämten Kragen ihres Reisemantels und steckte ihre Hände zurück in den Fuchsmuff. Sie sah, wie Camille lachte. »Wenn Ihr noch länger mit ausgebreiteten Armen in der Kutsche fahrt und jauchzt, müsst Ihr achtgeben, dass Ihr nicht gleich in die Salpêtrière eingewiesen werdet.« Isabeau sah sie fragend an. »Das ist die Irrenanstalt, Kindchen. Und es war lediglich ein Scherz.« Isabeau zog eine Grimasse und breitete die Arme erneut aus. Camille tat ihr gut. Neben Cédric, dem Kutscher, war sie der einzige Mensch, den sie seit ihrer Ankunft wirklich ins Herz geschlossen hatte. »Dann werdet Ihr beide allerdings mitkommen müssen!«, neckte sie und lachte, bis sich Cédric auf seinem Bock umdrehte.

»Den Damen scheint es zu gefallen!«

»Davon kannst du ausgehen!«, gab Camille zurück. Ihre klaren, hellen Augen wirkten offen und klug. Sie beherrschten das von kleinen Falten durchwirkte Gesicht. Camille machte auf Isabeau den Eindruck einer Frau, die viel erlebt hatte und im Grunde ihres Herzens doch jung geblieben war.

Leise pfeifend lenkte Cédric den Einspänner durch die engen Gassen. Dabei wich er den entgegenkommenden Fuhrwerken geschickt aus. Grüßte hier und zog die Kappe dort vom Kopf. Ihr Weg führte sie vorbei an der Kathedrale Notre-Dame und dem gegenüberliegenden Hôtel-Dieu. Trotz der Kälte wimmelte es überall von Menschen. Sie drängten sich zu kleinen Gruppen zusammen und schimpften über die hohen Brotpreise oder eilten die Gassen hinunter. Der Matsch unter ihren Sohlen schmatzte laut, und die Räder sämtlicher Karren und Fuhrwerke bespritzte sie mit Schlamm. Plötzlich stieß Isabeau einen spitzen Schrei aus und deutete auf ein paar sehr große Ratten. Freilich gab es die daheim am Bodensee auch. Aber ein solches Ausmaß hatten sie bislang nie erreicht.

»Keine Angst!«, tröstete Camille. »Das sind nur ein paar Ratten. Sie sind nicht sonderlich gefährlich. Sie haben Hunger wie wir«, sagte sie und lächelte. »Ihr werdet Euch an sie gewöhnen, sie sind überall. In ein paar Wochen beachtet Ihr sie gar nicht mehr, wenn sie den Unrat nach etwas Essbarem durchwühlen. Aber nun fahren wir erst einmal auf die andere Seite von Paris.« In der Ferne tauchte die Pont Neuf aus dem nebligen Dunst auf. Während sie die Stadtinsel wieder verließen und die Seine zum zweiten Mal überquerten, um auf die rechte Seite von Paris zu gelangen, entdeckte Isabeau kleine, mit Korn beladene Lastschiffe. Obwohl die Seine trübes, nach allerlei Unrat stinkendes Wasser führte und ganz und gar nicht mit dem Bodensee zu vergleichen war, transportierten die Schiffe auch hier Fässer, Wolle oder Bauholz. Die zumeist grobschlächtigen Schiffer grüßten sich über die Boote hinweg mit zotigen Rufen und albernem Gelächter. Nachdem sie die rechte Seite des Flusses erreicht hatten, folgten sie der Seine in den Westen von Paris. Wie bei ihrer Ankunft bestaunte Isabeau auch jetzt all die monumentalen Prachtbauten, die ihnen auf ihrer Fahrt begegneten. Wie eine Streitmacht aus einer Vielzahl Landser bestehend, die den Lauf des Flusses bewachten, erhoben sich die Häuserreihen in beiden Richtungen entlang der Seine. Meterhohe Schlote, die wegen des Windes zumeist an den Stirnseiten der Häuser hochgezogen worden waren, blickten über das unendliche Meer der Dächer. Zwischen all den mehrstöckigen Gebäuden ragte ab und an irgendwo ein Kirchturm heraus. Gerade so, als berühre er mit seiner Spitze den Himmel.

»Seht dort!«, rief Camille und zeigte zur linken Seite, wo sich ein Gebäude monumentalen Ausmaßes erhob. »Das dort ist das Palais du Louvre, die ehemalige Residenz des Königs.«

Vier eindrucksvolle Flügel der Residenz schlossen sich um einen quadratischen Hof. »Und im Anschluss seht Ihr das Palais des Tuileries. Dort werden die wunderbarsten Darbietungen gegeben, die Euch die Seele rauben, wenn Ihr Euch nicht in Acht nehmt. Oh, was wird geklatscht und getratscht, wie wundervoll der Konzertsaal sein soll! Schon bald werdet Ihr ihn mit eigenen Augen sehen, und sicher werdet auch Ihr begeistert sein.« Während Camille auf die imposanten Bauwerke zeigte, welche durch eine lang gestreckte Galerie miteinander verbunden waren, fühlte Isabeau ein neugieriges Kribbeln. Auch das war Paris – das Konzert würde eine äußerst willkommene Abwechslung bilden. Wie aufregend Paris doch war! Und wie unvorstellbar groß!

»Und dieses bescheidene Häuschen diente einst den Königen von Frankreich als Wohnsitz, während das Volk in zugigen Bretterbuden haust und nichts zu beißen hat. Eine Schande ist das!« Isabeau entgingen weder der spitze Ton noch die Sorgenfalten, die das Gesicht der liebenswerten Frau zerfurchten. Aber schon bald erreichten sie den größten und prächtigsten Markt von ganz Paris. Unzählige Markthallen, die zu allen Seiten hin offen waren, wuchsen auf gewaltigen Kalksteinsäulen in die Höhe. Dabei überspannten ihre großflächigen Dächer unvorstellbare Distanzen. Hinter der nächsten Ecke brachte Cédric die Kutsche dann vor der ersten Markthalle zum Stehen. Er stieg vom Bock und reichte Isabeau mit einem freundlichen Lächeln die Hand. Der große schlanke Mann, dessen fortgeschrittenes Alter einzig am ergrauten Haar festzumachen war, besaß wache Augen, denen anscheinend nichts entging.

»Ich warte hier, bis die Damen zurück sind«, erklärte er mit einem Lächeln und stieg auf den Kutschbock zurück.

»Was solltest du auch sonst tun?«, meinte Camille und wies Isabeau den Weg. Obwohl noch immer ein eigentümlicher Verwesungsgeruch in der Luft hing, achtete niemand darauf. Hier kauften die Frauen von Paris für ihre Familien ein. Mägde drängten sich mit übervollen Körben an den Ständen vorbei. Knechte schimpften, weil sie mit ihrem Handkarren nicht weiterkamen. Es wimmelte von Menschen. Soldaten der königlichen Garde schritten in ihren roten Röcken die Gassen ab. Bunt gekleidete Taschenspieler, Sänger und Musikanten mit Fiedeln und Pfeifen säumten ihren Weg. Komödianten und Schauspieler umschmeichelten ihr Publikum mit geschliffenen Worten.

»Achtet auf Eure Taschen!«, riet Camille mit einem Zwinkern. »Hier auf dem Markt sind die Diebe das ganze Jahr über unterwegs.« Isabeau nickte dankbar und schob die kleine Geldkatze vorsichtshalber weit unter ihre Röcke.

In den großen, lauten Markthallen wurde nicht nur das Korn abgewogen und verkauft. Unweit befanden sich auch ein weitläufiger Fischmarkt und der wohl reichhaltigste Gemüsemarkt, den Isabeau jemals gesehen hatte. Neben Stoffen, Garnen und Wolle kauften die Frauen in den Hallen auch bunte Litzen, Borten aus Brokat und Knöpfe aus Schildpatt oder Horn. »Ja, Kindchen, auf der Stadtinsel ist der Herzschlag von Paris zu hören, aber die Markthallen mit der Schranne, die sind der Bauch unserer Stadt. Denkt Euch nur, siebenhunderttausend hungrige Mäuler brauchen tagtäglich ungeheure Mengen Brot und Fleisch. Und die meisten werden doch nicht satt. Der Löwenanteil muss von weither auf der Seine bis zu den Markthallen geschifft werden. Den ganzen Rest müssen die Bauern aus umliegenden Gehöften herankarren.«

Isabeau nickte und gab sich alle Mühe, mit Camille Schritt zu halten. Die Köchin kannte sich hier in den Markthallen bestens aus und dirigierte sie geschickt durch den Strom aus Mensch und Tier. Ständig mussten sie den Entgegenkommenden ausweichen, um nicht mit schwer beladenen Lastträgern zusammenzustoßen. Isabeau fiel es schwer, ihre Augen von den überwältigenden Auslagen zu wenden. Ein paarmal stolperte sie sogar und wäre beinahe gefallen.

»Er ist unglaublich! Ich habe noch nie eine ähnlich große Ansammlung von Waren gesehen«, bekundete sie mit leuchtenden Augen. Bald folgte sie Camille in die unterschiedlichsten Ecken und Winkel. Meist gab die Köchin lediglich ihre Bestellung auf und vereinbarte eine Lieferung zum Hause der Lamberts. Camille handelte und feilschte so geschickt, wie es Isabeau nie von der mütterlichen Frau gedacht hätte.

»Jetzt kennt Ihr den größten Futtertrog und das geballte Leben unserer Stadt«, verkündete Camille und nahm Isabeau an ihre Seite. »Und nun zeige ich Euch noch das Gegenteil. Hinter diesen Mauern liegt der Cimetière des Innocents. Der Friedhof der Unschuldigen«, erklärte Camille und deutete auf eine ausgedehnte Umzäunung, deren Ende in weiter Ferne lag. »Ein Friedhof direkt neben den Markthallen?« Camille nickte. Isabeau überlegte, wie groß dieser Gottesacker sein musste, wenn sich sein Ende im Dunst verlor. Neugierig warf sie einen ersten Blick durch das schwarze Eisengitter. So viele Gräber auf einem Haufen! Wenn sie dagegen an den Friedhof in Lindau dachte, schwindelte ihr bei diesem Ausmaß.

»In einer großen Stadt wird auch viel gestorben«, erklärte Camille schulterzuckend. »Und je nachdem, aus welcher Richtung der Wind weht, kann man die Anwesenheit des Todes in der gesamten Stadt riechen. Der süßliche Verwesungsgestank ist überall präsent und setzt sich in Gassen und Winkeln fest. Selbst die Kleidung bleibt davon nicht verschont. Ihr habt es sicher schon bemerkt, nicht wahr?« Isabeau nickte. Nun wusste sie also, woher der üble Geruch rührte. »Vom armseligsten Bettler bis hin zu den wohlhabendsten Familien von Paris – ein jeder, der in dieser Stadt das Licht der Welt erblickt, findet irgendwann seine letzte Ruhestätte auf diesem Gottesacker. Dem Cimetière des Innocents ist es einerlei, ob die Verstorbenen aus der Seine gezogen wurden, ob die Pest sie dahingerafft hat oder ob sie als unverheiratetes Mädchen im Hôtel-Dieu niedergekommen und gestorben sind. Wie ein gütiger Vater nimmt er alle bei sich auf. Ihr müsst wissen, dass Paris in den letzten zwei Jahrhunderten rasch gewachsen ist. So rasch, dass die städtischen Totengräber die Totenruhe stets noch ein wenig früher beenden müssen. Eine Schande ist das! Und Ludwig schaut seelenruhig dabei zu. Ihm kann es freilich einerlei sein. Denn er findet seine letzte Ruhe irgendwann in der eigenen Familiengruft.« Hier war es wieder – das andere Gesicht von Paris! Direkt neben dem wundervollsten Markt, über welchen sie je spaziert war, lag der wohl größte Friedhof der Welt!

Die verrostete Eisentür gab ein knarrendes Geräusch von sich, als Camille sie öffnete. Wie ein schauriges Lied drang es an Isabeaus Ohr und bereitete ihr eine leichte Gänsehaut. Bereits nach wenigen Schritten fand sie sich inmitten einer anderen Welt. Isabeau fühlte sich von einer eigentümlichen Stille umgeben, die sie zutiefst berührte. Anders als in den Markthallen nebenan hatte das Leben im Inneren des Friedhofs keinen Zutritt, das spürte Isabeau sehr deutlich. Die vielen Gräber erzählten die unterschiedlichsten Geschichten. Sie berichteten von vergeblicher Hoffnung. Waren Zeugen kummervollster Zeiten. Glichen stummen Mahnmalen, die für Krankheit, Hunger, Elend und Not standen. Wäre Isabeau allein hier gewesen, hätte sie sich vielleicht gefürchtet, auf jeden Fall aber verlaufen. Doch Camille kannte sich aus. Zumindest steuerte die Köchin zielsicher in den südlichen Teil des ungeordneten Gottesackers. Zumeist erhoben sich die Gräber völlig planlos aus der Erde. Andere bildeten kleine Grüppchen und schienen auf eine gute Seele zu warten, die der Verstorbenen in einem stillen Gebet gedachte. Bisweilen ragten verwitterte Grabsteine aus dem Boden und verrieten dem Besucher, wer hier seine letzte Ruhe gefunden hatte. Aber nicht einmal die monumentalen Grabmäler, welche an den Glanz vergangener Tage erinnerten, täuschten über den bejammernswerten Zustand des Friedhofs hinweg. Eine Reihe Zypressen ragte wie Himmelszeiger in die Höhe. Als wollten sie den Hinterbliebenen Trost spenden, wiesen sie in Richtung Schöpfer.

Das Grab von Camilles Mutter hatte sich weit in die Erde abgesenkt. Einen Grabstein suchte man vergeblich. Isabeau senkte neben Camille ihren Kopf und faltete die Hände zu einem kurzen Gebet.

»Irgendwann kommt es noch so weit, dass die Totengräber die Verstorbenen bereits nach zwei Jahren wieder ausgraben, um sie in eines der Beinhäuser zu werfen«, schimpfte Camille in die Stille hinein. »Ich brauche noch ein bisschen. Ihr könnt Euch gern ein wenig umsehen. Weiter hinten stehen ein paar Steinbänkchen. Dort in der zweiten Zypressenreihe. Keine Angst, ich finde Euch wieder.« Isabeau nickte und schlenderte zögernd davon. Ganz offensichtlich wollte Camille einen Augenblick allein sein. Erst jetzt bemerkte sie, dass sich entlang der Friedhofsmauer unzählige Ossarien befanden. Niedrige Türen hinter Arkaden führten ins Innere der düsteren Kammern. Eine der Türen stand weit offen. Isabeau ging ein paar Schritte, bevor sie durch die Gitterstäbe einen schwarzen Sechsspänner erblickte. Außer den sechs tiefschwarzen Pferden konnte sie niemanden entdecken. Dabei war sie sicher, dass es sich um denselben Wildgang handelte, welchen sie bereits bei ihrer Ankunft in Paris gesehen hatte. Der Wildgang des Marquis de Sade! Mit glühenden Wangen dachte Isabeau an ihre erste Begegnung. Nie zuvor hatte ihr ein Mann die Hand geküsst! In den vergangenen Wochen hatte sie weitaus öfter an ihn gedacht, als es schicklich war. Obgleich sein Verhalten sie verstört hatte, erinnerte sie sich gut an seinen durchdringenden Blick und an die tiefe, volle Stimme, welche in ihren Ohren beinahe wie ein Gebot geklungen hatte. Ein prickelndes Gefühl stieg in ihr auf …

Obwohl Isabeau dem Weg gefolgt war, wie Camille ihn beschrieben hatte, fand sie die Steinbänke nicht. Mittlerweile irrte sie schon eine gefühlte Ewigkeit über den Gottesacker und suchte nach Camille.

»Habt Ihr Euch verlaufen, Mademoiselle?« Isabeau hatte den spindeldürren Totengräber nicht kommen sehen. Mit einem Mal stand er neben ihr und musterte sie aus wachen Augen. »Wen sucht Ihr denn? Vielleicht kann ich Euch helfen. Ich kenne den Namen eines jeden, der hier liegt.«

Isabeau blieb stehen und drehte sich einmal im Kreis. Von Camille fehlte noch immer jede Spur.

Vielleicht könnte mir der Totengräber doch helfen, überlegte sie rasch. »Ich suche …« Erst da fiel ihr ein, dass sie nicht einmal den Namen von Camilles Mutter kannte. »Gut, dann wisst Ihr vielleicht auch, ob die Rappen vor dem Eingang dem Marquis de Sade gehören? Vielleicht ist er ja auch gerade hier, um eines der Gräber zu besuchen?« Der Totengräber schüttelte den Kopf.

»Das Beinhaus der de Sades ist dort drüben.« Er zeigte in die Ferne. »Kennt Ihr Monsieur le Marquis persönlich?«

Isabeau sah zu Boden. Schwang in der Frage nicht ein Hauch von Strenge?

»Nehmt Euch in Acht vor den de Sades!«, flüsterte der alte Totengräber beschwörend, dann zog der Mann die Schultern hoch, nahm seine Schaufel und ging davon.

Isabeau fröstelte. Sie hatte sich nicht getäuscht. Die Warnung war deutlich zu hören gewesen.

Eine leichte Böe wirbelte ein paar vergilbte Stofffetzen auf und trieb sie mit leichter Hand vor sich her. Der Wind hatte gedreht, und nun war der süßliche Gestank wieder allgegenwärtig. Isabeau presste ihr Taschentuch vor Mund und Nase und sah sich noch einmal nach Camille um. Selbst von dem alten Totengräber fehlte nun jede Spur. Nur der Karren, mit dem er seine schaurige Ernte zum Beinhaus fuhr, stand noch immer in der Gräberreihe. Mit einem Mal fürchtete sie sich. Der ganze Friedhof schien ihr plötzlich ein einsamer und unheimlicher Ort zu sein. Selbst die Stille wirkte in diesem Moment nicht mehr andächtig, sondern beunruhigend. Mit klopfendem Herzen sah sie sich nach den Zypressen um, als ein leises Wiehern an ihr Ohr drang. Ansonsten war es noch immer totenstill. Zogen die Rappen am Ende eine Totenkutsche? Und der Totengräber, wieso hatte er sie vor Sade gewarnt? Isabeau spürte, wie ihr nun trotz der Kälte mit einem Mal der Schweiß ausbrach. In einer kitzelnden Spur suchte er sich einen Weg zwischen ihre Brüste. Keinen Augenblick länger wollte sie an diesem beklemmenden Ort zubringen!

»Ihr seid ja ganz blass, Kindchen. Gerade, als wäre Euch der Tod selbst begegnet«, ertönte da plötzlich Camilles Stimme neben ihr. Isabeau spürte die Erleichterung wie eine warme Welle durch ihren Leib strömen. Sie folgte Camille, und schon nach wenigen Augenblicken tauchte eine der alten Steinbänke vor ihr auf. Still und moosbewachsen duckte sie sich unter einer alten Trauerweide. Im Gehen warf Isabeau einen flüchtigen Blick zurück. War das nicht der Marquis de Sade, der dort hinten neben dem Totengräber stand und sich mit ihm unterhielt?

»Kommt, wir müssen noch einmal zurück zur Markthalle. Ich habe etwas vergessen«, riss sie Camille aus ihren Gedanken. Als sie wenig später die Straße überquerten, donnerte der schwarze Wildgang mit seinen sechs Rappen an ihnen vorüber.

Schließlich fasste sich Isabeau ein Herz und fragte Camille nach der Kutsche.

»Der Sechsspänner?«, entgegnete Camille mit einem Mal schroff. So kühl hatte Isabeau die Köchin noch nie erlebt. Lag nicht sogar leichtes Entsetzen in der Stimme der sonst so gut gelaunten Frau?

»Ihr habt mich ernsthaft nach dieser Teufelskutsche dort drüben gefragt?«, wollte sie ungläubig wissen und blieb abrupt stehen. »Es stimmt, sie gehört dem Marquis de Sade. Kennt Ihr ihn etwa schon?« Isabeau fühlte Camilles prüfenden Blick auf sich ruhen. Es erschloss sich ihr nicht, weshalb Camille sie genau wie der Totengräber vor Sade warnte. Beide verhielten sich so, als kannten sie ein dunkles, ja sogar ein furchtbares Geheimnis von ihm!

»Nein«, log Isabeau und sah rasch zu Boden. Sie wagte nicht mehr, über den Marquis zu sprechen. Doch sie fühlte jene Stelle auf ihrem Handrücken deutlich. Die winzige Nahtstelle, welche sie für die Dauer einiger Herzschläge mit Sade verbunden hatte. Eine auf die nackte Haut gehauchte Provokation. Bei dem Gedanken an ihn brannte sie.

»Ihr werdet ihn noch früh genug kennenlernen, aber vielleicht ist Euer Onkel auch klug genug …«, überlegte Camille laut.

»Wie, was meint Ihr damit?«

»Nichts, Kindchen, nichts!«, versicherte ihr Camille versöhnlicher und versuchte ein Lächeln. »Es ist nur so«, begann sie zögernd. »Seitdem Monsieur de Sade vor einem Monat aus dem Krieg heimgekehrt ist, erzählt man sich so mancherlei über ihn. Und es sind nicht die besten Dinge, das könnt Ihr mir glauben.«

Isabeau fühlte, wie ihr eine Gänsehaut wuchs. »So, was erzählt man sich denn so Furchtbares? Ist er am Ende mit dem Totengräber bekannt?«, fragte sie und presste die Hand über ihre Lippen, um ein Kichern zu unterdrücken. Augenblicklich bereute sie aber ihren gedankenlosen Scherz, denn Camilles Gesicht verdüsterte sich zusehends. Unter dem mahnenden Blick der Köchin fühlte sich Isabeau mit einem Mal unbehaglich.

»Glaubt mir, es ist besser, wenn Ihr Euch von ihm fernhaltet!«, flüsterte sie beschwörend und griff nach ihren Händen. In ihrem Verhalten lag eine unausgesprochene Warnung, dessen war sich Isabeau in diesem Augenblick sicher.

Toleranz ist die Tugend der schwachen Menschen.
Marquis de Sade

Im Kloster Santa Maria di Rovegnano, oberhalb von Mailand in einem Wald gelegen, schien bereits alles zu schlafen. Nur hier und da bewegte sich ein einsames Licht hinter den dunklen Fenstern, die wie leere Augen in die Nacht hinaussahen. Leichter Wind war vom Apennin her aufgekommen. Er sang mit leiser Stimme. Sein Lied erzählte vom Schmerz einer viel zu frühen Geburt.

Ein Großteil der Schwestern hatte sich bereits in ihre Zellen begeben. Nun zog auch Schwester Maria Benedict die Tür der letzten Zelle im Flur leise hinter sich ins Schloss. »Ave Maria, gratia plena, Dominus tecum …«, die Worte, welche aus dem Inneren in den Flur drangen, wurden immer leiser, bis sie sich schließlich ganz verloren. Mit zügigen Schritten gelangte Schwester Maria Benedict in die große Klosterküche hinunter, wo das Wasser für die Hebamme schon bereitstand. Vor ein paar Stunden hatte sie die alte Nonna Antonia selbst über die kleine Pforte am Nordtor hereingelassen. Eine ihrer Mitschwestern hatte Anna blutend aufgefunden. Seither ging das Gerücht, das Mädchen habe ihrer Leibesfrucht selbst geschadet. Eibenspitzen und die giftigen, blutroten Beeren soll sie gekaut haben. Schwester Maria Benedict kannte die Wahrheit nicht. Sie wusste nur, dass Anna große Schuld auf sich geladen hatte. Und wenn es stimmte, dass sie selbst Hand an sich gelegt hatte und der Allmächtige ihr Kind noch in dieser Nacht heimholte, würde sie im Höllenfeuer brennen.

Schattenlicht erfüllte die kleine Kammer, als die Schwester mit der Schüssel in den Händen sie wieder betrat. In ihrem Schmerz zog Anna die Beine an und drehte sich auf die Seite. Sie spürte die prüfenden Blicke der Schwestern. Wie das Feuer der Sünde brannten sie sich durch ihr Hemd in ihre Haut. Sie biss sich auf die Unterlippe, um ein Stöhnen zu unterdrücken. Die Umrisse der wenigen Möbelstücke, welche die kahlen Wände ihrer Zelle säumten, flimmerten vor ihren Augen. Im Licht der einzigen Kerzenflamme wirkte der kleine Tisch beinahe lebendig. Wie ein Raubtier, welches seine Zähne mit mörderischer Absicht in seine Beute schlug, tobte der Schmerz in ihrem Unterleib. Die Schwester hatte nach der Hebamme geschickt, die ihr braune, bittere Medizin auf einem Löffel gab und mit den Schwestern betete. Anna war keines ihrer Gebete geläufig. Die Lindauer waren seit der Reformation evangelischen Glaubens. Doch der Corriere di Lindo verkehrte nun einmal zwischen Lindau und Mailand. Mit dessen Hilfe hatte der Vater sie selbst zum Kloster Santa Maria di Rovegnano begleitet. Eine Spende, die ihn fast in den Ruin trieb, war vonnöten gewesen, damit die ehrwürdigen Schwestern sie in ihrer Mitte aufnahmen. Nun hüllte sie das monotone Murmeln von Zeit zu Zeit in einen Mantel aus fremden Worten. Wenn der Schmerz seine Klauen vorübergehend einzog, dachte Anna an Emmerat. Sie vermisste ihn so sehr. Bis zum Schluss hatte sie gehofft, er würde mit ihr fortgehen … weit weg von Lindau … dahin, wo niemand sie kannte …

»Dein Leib ist schwach, das Kind wird wohl nicht halten«, sagte die Hebamme leise, als Anna wieder einmal aus ihrem Schmerz auftauchte. Sie blickte in ein von zahlreichen Falten durchzogenes Gesicht und fühlte die graue Schwere, die ihren Leib umfing. Sie weigerte sich, die Worte der alten Hebamme zu glauben. In manchem ihrer Träume hatte Emmerat seinen Sohn auf den Knien geschaukelt. Die Hebamme gab ihr zu trinken. Es schmeckte so bitter wie Galle. Sie trat zu Schwester Maria Benedict und senkte ihre Stimme.

»Das Kind ist viel zu klein. Es wird nicht überleben. Und auch um Euren Schützling steht es schlecht. Ihr solltet nach einem Pfarrer schicken.«

Als sich Tante Luise völlig unpässlich fühlte und das Bett eines Morgens nicht verlassen konnte, schämte sich Isabeau nicht eine Sekunde für ihre gehässigen Gedanken. Ein paar Stunden, in welchen sie die Tante nicht sehen musste – diese Aussicht schien ihr wunderbar. Endlich wollte sie die Gelegenheit nutzen und das Haus der Lamberts etwas genauer erkunden. Und was bot sich zu Beginn besser an als das Laboratorium von Onkel Gustave? Doch zuvor wollte sie sich einmal ganz in Ruhe und ohne Tante Luise das Morgenmahl schmecken lassen. Während sie genüsslich einen Löffel mit süßem Milchreis zum Mund führte, zog sie den *Mercure de France* heran. Onkel Gustave hatte ihn achtlos auf dem Tisch gelassen. Bereits der Leitartikel weckte Isabeaus Interesse. **UND WIEDER HAT DAS MONSTER VON PARIS ZUGESCHLAGEN!** stand dort in fetten, schwarzen Lettern. Mit Schaudern las sie den ganzen Artikel und schob die Milchreisschale von sich. Bei der Vorstellung, dass ein grausamer Frauenmörder umging, war ihr der Appetit vergangen. Sie faltete die Zeitung zusammen und verließ den Blauen Salon in Richtung Laboratorium.

Als Isabeau wenig später vorsichtig die Klinke drückte, schwang die Tür zum Reich ihres Onkels mit einem leisen Ächzen auf. Zuerst fielen ihr die weißen Tücher auf, welche sorgfältig vor die Fenster gespannt waren. Als sie eintrat, roch die Luft eigentümlich scharf und erinnerte sie ein wenig an Bleichmittel. Als irgendwo in der Wand eine Maus raschelte, erschrak sie und stieß ein Gefäß zu Boden. Der Krach des zerspringenden Porzellans riss ein ohrenbetäubendes Loch in die Stille. Betroffen blickte Isabeau auf die getrockneten Pflanzenteile, die auf dem Boden verstreut lagen. Schließlich hätte sie nicht hier sein dürfen! Rasch eilte sie zur Tür und horchte gebannt ins Treppenhaus. Bis auf das Klopfen ihres eigenen Herzens blieb alles still. Mit weichen Knien schloss sie die Tür. Von ihrem Platz an der Wand konnte sie die beiden ineinander übergehenden Räume einsehen. Das erste Zimmer wurde von einem großen Schreibtisch beherrscht, auf dem sich Berge von Papier und unzählige Bücher stapelten. Mit schlechtem Gewissen, aber voller Neugierde beugte sie sich über ein geöffnetes Buch, welches auf dem Schreibtisch lag. Sie blätterte ein wenig darin, bis eine handschriftliche Randbemerkung ihr Interesse weckte. Ganz offensichtlich handelte es sich bei dieser Schrift um eine Unterweisung oder ein Rezept, denn Isabeau las: *Visita interiora terrae, rectificando invenies occultum lapidem, veram medicinam – Suche das Innere der Erde auf; indem du dich läuterst, wirst du den verborgenen Stein, das wahre Heilmittel, finden*, übersetzte Isabeau im Stillen. Dann fuhr sie mit der Lektüre fort:

Man spricht auch viel von jenen Mitteln, welche imstande sind, eine verlorene Jungfernschaft wiederherzustellen. Jenen Weibern, die sich überaus leichtsinnig zu einer vorehelichen Copulation haben hinreißen lassen, kann mit einer Medizin aus flos cupri, dem blauen Vitriol, und rohem Alaun geholfen werden. Die Mischung, die auch unter der Bezeichnung Eau de Pucelle bekannt ist, vermag die Vagina zu verengen, wie man es allenfalls bei einer Jungfrau antrifft. Zu diesem Zwecke spült man die Vagina kurz vor der Eheschließung mithilfe eines sauberen Klistierapparates. Gleichwohl es das Hymen nicht wiederherstellt, kommt es bei der nächsten Copulation zu einer Blutung … Isabeau spürte, wie ihr das Blut in die Wangen schoss. Von derartigen Rezepturen hatte sie noch nie gehört. Selbst wenn sie sich nur mühsam vom Schreibtisch lösen konnte, ahnte sie, dass es hier in diesen Räumen noch viel zu entdecken gab. Während ihr Blick an den offenen Schränken hängen blieb, kam ihr das zerbrochene Gefäß wieder in den Sinn. Sicher hätte es hier zwischen all den anderen Behältnissen auf den Einlegebrettern stehen sollen. Wie eine Reihe Soldaten standen die Porzellanbehälter dort in Reih und Glied. *Taxus baccata – Eibe, Digitalis purpurea – Roter Fingerhut, Convallaria majalis – Maiglöckchen, Juniperus sabina – Sadebaum, Urginea maritima – Meerzwiebel.* Und ein paar weitere Namen in lateinischer Sprache las sie auf den Etiketten. Mit flinken Fingern sammelte Isabeau die beiden großen Scherben zusammen, in welche das Gefäß zersprungen war. *Cimicifuga racemosa – Schwarze Schlangenwurzel* stand auf dem heil gebliebenen Rest der Dose. Die verstreuten Pflanzenteile sammelte sie mit beiden Händen vom Boden und verteilte sie in zwei weitere Gefäße, die mit *Adonis vernalis – Frühlings-Adonisröschen* beschriftet waren. Hoffentlich würde Onkel Gustave nichts bemerken! Schließlich wurde ihre Aufmerksamkeit von mehreren schlichten Büchern geweckt. Das braune, abgegriffene Leder schimmerte im milchigen Licht seidig und glatt. Mit allergrößter Vorsicht zog sie einen Oktavband unter einem hohen Bücherstapel hervor und begann langsam zu blättern. Die Seiten waren allesamt mit lateinischem Text gefüllt. Und in der Mitte des Buches stieß Isabeau auf zahlreiche Abbildungen. Zumeist handelte es sich bei den Drucken um die Schemen von Menschen. Sie alle waren bis auf ein Tuch um die Lende völlig nackt. Auf einigen Illustrationen wurde der Mensch als Knochenmann dargestellt. Andere Skizzen zeigten den Menschen ohne Haut. Einzig die Muskulatur war zu sehen. Als Isabeau umblätterte, starrte sie wie gebannt auf eine Zeichnung, welche den geöffneten Leib darstellte. Onkel Gustave hatte das sich im Brustkorb befindende Herz mehrfach nachgezeichnet und verwies mit einem Pfeil an den Rand. Dort gab es eine weitere von Hand gefertigte Zeichnung, welche ebenfalls das Herz darstellte. Etwas Ähnliches hatte Isabeau noch nie gesehen. Darstellungen von nahezu unbekleideten Menschen und einen Blick in den geöffneten Brustkorb hätte mit Sicherheit ein jeder als Teufelszeug bezeichnet. Wusste die Tante am Ende von diesen Heimlichkeiten und hatte sie das Betreten des Laboratoriums deshalb unter schwere Strafe gestellt?

Ein wenig mulmig wurde ihr schon, als sie eine Reihe weiterer Zeichnungen und Schriften fand, die ganz offensichtlich erklärten, wie eine Schwangerschaft beendet wurde. Augenblicklich musste sie an Anna denken. Nicht einmal die Ausbäuerin hatte ihr helfen wollen. In Lindau hatte man sich von einem Mädchen erzählt, welches ihre Leibesfrucht mithilfe eines Eisendrahtes getötet hatte. Isabeau schauderte bei dem bloßen Gedanken daran. Die Abbildungen zeigten etwas Ähnliches.

Im angrenzenden Zimmer fiel ihr Blick auf einen bleichen Schädel, der neben den Büchern im Regal lag. Der Knochenkopf glotzte ihr aus finsteren Augenhöhlen entgegen. Isabeau lief es kalt den Rücken hinunter. Erst jetzt bemerkte sie den Knochenmann, der neben dem Regal an einem Gestell von der Decke hing. Sie spürte, wie sich jedes ihrer Härchen aufrichtete und ihr eine Gänsehaut vom Nacken bis zu den Zehen wuchs. Oft wurde der Tod so dargestellt. Wächsern und bleich. Ob er tatsächlich so aussah? In Straßburg hatte sie den *Danse macabre* als Wandgemälde in der Predigerkirche gesehen.

Dort hatte der Künstler den Tod als tanzendes Skelett festgehalten. Während ihr Blick auf einen hohen Schrank fiel, fragte sie sich, ob die Türen verschlossen waren. Vorsichtig versuchte sie ihr Glück. Doch die erste Tür, auf deren Blatt eine geschnitzte Apothekerwaage prangte, schien verschlossen. Auch bei der nächsten Tür hatte sie kein Glück. Erst die dritte Lade, auf welcher sich die Äskulapschlange wand, ließ sich öffnen. Mit leisem Quietschen sprang sie auf. Isabeau bückte sich, um einen Blick in die schwarze Tiefe des Schranks zu tun. Dabei stießen ihre Finger auf etwas Festes. Achtsam zog sie es heraus und betrachtete den fremden Gegenstand. Die Farbe des mit Blei abgeschlossenen Glaszylinders erinnerte an Bernstein. Als sich das Tageslicht in der glatten Oberfläche spiegelte, erkannte sie einen zarten Schimmer darin. Ein glitzerndes Band schlang sich um das ovale, etwa faustgroße Gebilde. Isabeau dachte augenblicklich an ein Netz aus Silberfäden. Nach und nach förderte sie zwei weitere Gefäße zutage. In jedem befand sich ein ähnlich faustgroßes Oval, dessen Form sie beinahe an ein Schweineherz erinnerte. Unsicher trat sie ein paar Schritte zurück. Dabei stieß sie gegen einen Tisch. Vorsichtig hob sie das weiße Tuch. Blut! Das Gefäß auf dem Tisch war voller Blut! Mit einem leisen Schrei ließ Isabeau das Tuch wieder fallen. Sie spürte, wie ihr der Schweiß ausbrach und ihre Knie zitterten – war Gustave am Ende ein Mörder? Rasch kam Isabeau zu dem Entschluss, dass sie für heute genug gesehen hatte, und eilte zur Tür. Noch während sie die Tür einen Spalt öffnete, vernahm sie Onkel Gustaves Stimme. Wie ihr schien, war er in Begleitung eines Besuchers nach Hause gekommen, und sein Ziel schien das Laboratorium zu sein!

»Es ehrt Euch, dass Ihr Emily nicht sich selbst überlassen habt. Wenngleich eine Hure freilich selbst hätte Vorsorge treffen müssen. Doch Ihr habt recht getan, Euch gleich an mich zu wenden. So, nun kommt erst einmal herein. In meinem

Laboratorium sind wir ungestört, und dann werden wir sehen, was zu tun ist.«

Isabeau schob die Tür rasch wieder zu. Inzwischen trennten sie von Onkel Gustave und seinem Besucher nur noch ein paar Stufen, und ihr Herz klopfte bis zum Hals. Was sollte sie jetzt tun? Den Weg über die Treppe konnte sie nicht mehr nehmen. Noch hatte sie die Tür nicht eingeklinkt, denn sie fürchtete sich vor dem Geräusch, das sie endgültig verraten könnte. Während sie durch den winzigen Spalt spähte, erkannte sie endlich auch Onkel Gustaves Besucher – es war Sade! Mein Gott, Sade! Isabeau überlegte, wo sie sich verstecken konnte. Die Furcht, entdeckt zu werden, ließ ihr Blut durch die Adern rauschen. Übelkeit stieg in ihr auf. Als ihr Blick das Skelett streifte, fiel ihr die kleine Nische dahinter auf. Hinter dem Knochenmann, der wie ein Erhängter von der Decke baumelte, fehlten ein paar Regalbretter. Bangend schlüpfte sie hinter das Skelett, das noch eine ganze Weile hin und her pendelte, als tanze es. Gerade so, als wollte der Tod ihr Versteck unter allen Umständen verraten. Vielleicht weil sie dabei war, seine Arglist zu entdecken?

In diesem Augenblick erblickte Isabeau die Scherben, welche sie auf dem Schreibtisch vergessen hatte! Onkel Gustave drehte sie in den Händen und sah sich im Raum um.

»Wo waren wir stehen geblieben? … Also, wie lange, sagtet Ihr, hatte sie schon keine Mens mehr?«

Isabeau vernahm die ungeduldigen Schritte Sades. Nun erkannte sie auch sein Gesicht. Es wirkte ärgerlich.

»Seit ein paar Wochen eben. So genau weiß sie das wohl selbst nicht. Diese dumme Gans!«, schimpfte Sade ungehalten. »Dabei hat sie mir ausdrücklich versichert, dass sich das Essigschwämmchen an seinem Bestimmungsort befindet.«

»Ihr habt Eurer Gespielin aber schon verdeutlicht, dass der Essig im Anus nichts verloren hat, oder?« Onkel Gustaves Stimme klang amüsiert.

»Aber ja doch!«

»Ich dachte nur gerade an Eure Vorlieben.«

»Mein lieber Monsieur le Docteur, was den Besuch des Hintertürchens betrifft, so handelt es sich dabei lediglich um eine Neigung, welche ich mit zahlreichen Männern teile. Für diese Passion benötigt man außer einer halben Unze Mohnöl lediglich ein wenig Überredungskunst und eine geschickte Hand.«

Onkel Gustave lachte und ging zu dem offenen Schrank. Er wählte drei Behältnisse und entnahm ihnen jeweils eine Handvoll der getrockneten Pflanzenteile. Isabeau spürte, wie sein Blick suchend durch den Raum wanderte. Ob er sie bereits entdeckt hatte?

»Eibe und Sadebaum sind seit jeher ein Freund der Weiber. Wenn wir dann noch ein wenig von der Schwarzen Schlangenwurzel hinzufügen könnten. Doch zu meinem Bedauern ist das Gefäß zersprungen und der Inhalt verschwunden.« Isabeau biss sich auf die Unterlippe. Sie schämte sich für ihre Schnüffelei. Und sorgte sich, dass diese Emily nun einzig durch ihr selbstsüchtiges Verhalten zu Schaden kommen könnte. Anna kam ihr in den Sinn.

»Seltsam ist das schon! Jemand muss verbotenerweise hier eingedrungen sein. Und ich habe bereits eine Ahnung, wer sich Zutritt zum Laboratorium verschafft haben könnte. Aber die Verordnung sollte auch ohne Schlangenwurzel innerhalb weniger Tage zum gewünschten Ergebnis führen. Außerdem ist es empfehlenswert, wenn sich die Dame ausgiebig purgieren lässt. Der Bademeister soll dem Klistier einen Kaffeelöffel gedörrtes Salz zugeben.«

»Ich wusste, dass ich mich auf Euch verlassen kann. Was bin ich schuldig?«

»Lasst es gut sein«, entgegnete Onkel Gustave und reichte Sade das verschnürte Päckchen.

»Ihr wisst, dass auch Ihr jederzeit auf mich und meinen Vater zählen könnt«, entgegnete Sade und schlüpfte in den Mantel, den Onkel Gustave ihm bereithielt.

»Spätestens, wenn ich die Dienste der Kupplerin benötige, weil sie mir wieder einmal ein paar zarte Lämmchen zähmen muss, komme ich auf Euer Angebot zurück. Ihr wisst ja, wie verbittert Luise ist. Ihr Herz ist schon lange erkaltet. Und sie wittert den Brand, lange bevor der erste Funke glimmt. Sollte sie jemals erfahren, dass mir ein Lämmchen bisweilen das Bett wärmt, lässt sie mich wohl öffentlich köpfen.«

»Lieber Freund, dies ist in der Tat ein Los, um welches ich Euch gewiss nicht beneide. Aber das ist eine andere Geschichte. Verratet mir lieber, was Ihr von den grausigen Morden haltet, die Paris in den letzten Wochen erschüttern. Das jüngste Opfer, welches die königlichen Reiter erst heute im Morgengrauen aus der Seine gefischt haben, soll wieder ein bezauberndes junges Ding gewesen sein. Das Herz soll dem schönen Kind gefehlt haben. Gerade das Herz. Weiß Gott, da würde mir doch weitaus Besseres in den Sinn kommen, als einem schönen Mädchen das Herz aus dem Leibe zu reißen.«

»Es wurde in feinster und höchst aufwendiger Kleinarbeit herausgeschnitten.«

»Ihr habt den Leichnam gesehen?«

»Marais hat mich gebeten, die Leichenschau vorzunehmen.«

»Der Inspektor?« Gustave nickte und hielt Sade die Tür auf.

Endlich verließen die Männer das Laboratorium, und Isabeau blieb mit klopfendem Herzen allein zurück. Es dauerte eine ganze Weile, bis sie sich endlich aus ihrer Mauernische wagte und mit zitternden Händen die Tür öffnete. Onkel Gustaves Worte kamen ihr in den Sinn. *Es wurde in feinster und höchst aufwendiger Kleinarbeit herausgeschnitten.*

Die Kleidung einer Frau kann sie mehr in Verruf bringen als zwanzig Liebhaber.

Marquis de Sade

Das Morgenlicht wirkte trüb und grau. Dichte Nebelschwaden zogen wie verirrte Wanderer über die Insel, als Anna auf wackeligen Beinen durch die engen Gassen von Lindau ging. Obwohl die Plätze und Straßen noch menschenleer waren, wirkte ihre Gestalt zusammengesunken und scheu. Den Korb trug sie dicht an den Leib gepresst, und ihr Blick war zu Boden gerichtet. Niemand hatte ihr gesagt, wie sehr ihr Leben in Lindau fortan einem Spießrutenlauf gleichen würde. Sie spürte förmlich, dass die Leute hinter ihrem Rücken tratschten, sobald sie auf die Gasse trat. Die Eltern hatten sich während all der Monate, die Anna in Mailand ausharren musste, strikt an die bereitgelegte Geschichte gehalten. Der Arzt habe ihr wegen ihres schweren Lungenleidens Höhenluft im Örtchen Schoppernau im Bregenzerwald verordnet. Nicht wenige hatten diese Lüge wohl gern geglaubt, bis der Renzinger Michel und Emmerat zu tief ins Glas geschaut hatten. Seit diesem Abend wusste die ganze Insel von ihrer Schande. Von der Cramergasse kommend, hatte Anna inzwischen das Färbergässle hinter sich gelassen und schritt nun durch die Grub bis zur Schafgasse. In dem schmalen Gässchen, das parallel zum Schrannenplatz verlief, musste sie dem Schneider ein paar Ellen Stoff vorbeibringen. Der Schrannenplatz wurde von seinem Kornspeicher überschattet, aber am schaurigsten fanden die Lindauer wohl den Pulverturm. Als Anna die roten Ziegel des Türmchens sah, musste sie an Isabeau denken, die ihr oft die Geschichte der Inselwächter erzählt hatte. Finstere, groß gewachsene Burschen, welche die Insel während des Dreißigjährigen Kriegs vor umherziehenden Dieben beschützt hatten und die nach dem Krieg von den Herren zu Lindau in den Tod getrieben wurden. Anna dachte an den Fluch, den sie ausstießen, bevor sie in den düsteren, eiskalten Fluten des Bodensees ertranken. Schaudernd dachte sie an den grausamen Tod im Wasser.

Die Zeiger der großen Ratsuhr rückten gegen acht Uhr, als Anna am Rathaus vorbeikam. Den Samtballen hatte sie lediglich der Hausmagd in die Hand gedrückt. Anna war froh, dass die Ehefrau des Schneiders nicht selbst zur Tür gekommen war. Nun wollte sie nur noch rasch einen Laib Brot kaufen und die große Stoffschere zum Scherenschleifer bringen, bevor sie endlich wieder den Weg in die Cramergasse einschlagen konnte.

Emmerat nahm gerade die letzten Stufen der Ratstreppe, bevor er neben Anna stand. Das Blut schoss ihr in die Wangen. Anna spürte die Hitze. Vor Schreck wäre ihr beinahe der Korb aus den Händen geglitten.

»Es stimmt also, was die Leute erzählen«, hörte sie Emmerat leise sagen. Obwohl Anna wusste, dass es das Beste wäre, einfach weiterzugehen, verlangsamte sie ihren Schritt und blieb schließlich stehen. Sie spürte, wie ihre Handflächen feucht wurden. Sie nickte nur. Anna wusste, dass sie kein Wort über die Lippen bringen würde. So oft schon hatte sie diesen Augenblick herbeigesehnt und sich gleichsam davor gefürchtet. Wie gern sie

Emmerat um den Hals fallen und endlich weinen würde. Um das Kind, das sie verloren hatte, und um die vergebliche Liebe zu ihm.

»Seit wann bist du denn wieder daheim?« Anna fürchtete sich, ihm in die Augen zu sehen. Doch sie spürte seinen Blick auf ihre Mitte gerichtet. Schließlich hatten sie sich seit jenem unseligen Tag vor etlichen Monaten nicht mehr gesehen.

»Vielleicht … ich meine«, begann Anna leise und sah ihm ins Gesicht. Am liebsten hätte sie sich auf die Zunge gebissen. Sie ließ es geschehen, dass Emmerat ihre Hand nahm.

»Anna, du musst wissen, dass mir die Hände gebunden sind«, flüsterte er und sah zu Boden. »Du weißt doch … der Vater.« Anna wusste, dass es das Klügste wäre, jetzt einfach weiterzugehen, aber ihre Füße klebten auf dem Boden, als würden sie im Pech feststecken. Sie brachte es nicht fertig, ihn einfach stehen zu lassen.

»Dein Vater braucht sich nicht mehr zu schämen! Ich habe das Kind verloren!«, platzte es aus ihr heraus. »Jetzt kann er dich in Ruhe gewinnbringend verheiraten.«

»Psst! So sei doch still! Die Leute könnten uns hören. Pass auf, Anna«, begann er vorsichtig. Anna fühlte den leichten Druck seiner Hände. Die Wärme seiner Handflächen durchflutete sie von den Schultern abwärts bis in die Zehenspitzen.

»Wenn wir nur recht vorsichtig sind, können wir uns ja vielleicht trotzdem sehen?« Anna zog die Schultern hoch.

»Du wolltest mich ja nicht.« Ihr Herz tat weh, als Emmerat ihrem Blick auswich.

»Nie! Nie hätte Vater sein Einverständnis gegeben, das weißt du ganz genau. Geld muss eben zu Geld. Das Blut muss zusammenpassen. Deshalb hat Vater bestimmt, dass ich Isabeau heiraten werde.« Anna taumelte ein paar Schritte rückwärts. Jedes Gefühl wich aus ihrem Leib und hinterließ eine leere tote Hülle. Sie spürte, wie ein tiefer Riss durch ihr Herz ging. Der

Schmerz fegte es fort, wie der Wintersturm es mit einem vertrockneten Blatt tat. »Isa…? Meine Isa… beau?«

Emmerat nickte schwach. Ihre Isabeau! Übelkeit stieg in ihr auf. Sie schluckte den sauren Mageninhalt rasch hinunter. Weshalb hatte sie im Kloster Santa Maria di Rovegnano nicht den Tod gefunden? Weshalb ließ sie der Allmächtige diesen furchtbaren Schmerz leiden? Anna schüttelte den Kopf. Sie wollte nur noch fort von hier! Fort von Emmerat! Und Isabeau, sie wollte sie niemals wiedersehen!

Obwohl der Morgen klamm und grau durch die Fenster schlüpfte, verspürte Isabeau beinahe Erleichterung, dass die ewig scheinende Nacht ein Ende hatte. Nach den Eindrücken des vergangenen Tages hatte sie nur wenig Schlaf gefunden, und nun fühlte sie sich zerschlagen und müde. Onkel Gustave hatte ihr im besten Sinn die Nachtruhe geraubt. Deuteten die Abbildungen etwa darauf hin, dass ihr Onkel eigentlich ein Engelmacher war? Und dieser Marquis de Sade? Musste sie sich am Ende doch vor ihm in Acht nehmen? Camille hatte sie nun schon mehrfach gewarnt. Obgleich Isabeau sie schon häufig gefragt hatte, blieb die Köchin jedoch nur bei vagen Berichten aus Sades Leben. Isabeau zog die Decke bis unter die Nasenspitze. Höchst seltsame Dinge geschahen in diesen Mauern, dessen war sich Isabeau mittlerweile sicher.

Als es draußen an der Tür klopfte, fuhr sie zusammen. War es am Ende Onkel Gustave, der vor ihrer Tür stand? Zumindest ahnte er sicher, dass sie das Gefäß zerbrochen hatte. Isabeaus Herz klopfte laut, und das Blut rauschte ihr in den Ohren. Was, wenn sie einem verbotenen Treiben auf die Spur gekommen war? Das viele Blut kam ihr wieder in den Sinn.

Schließlich war es aber nur Flora, die ihr beim Ankleiden helfen wollte. »Mademoiselle Isabeau, seid Ihr schon wach?«, flötete sie mit ihrer glockenhellen Stimme. Flora war die neue

Kammerjungfer, welche Onkel Gustave eingestellt hatte, weil Nanette die Arbeit zu viel geworden war. Isabeau fragte sich, was nur in sie gefahren war. Hatte sie den Verstand verloren? Plötzlich kam sie sich furchtbar lächerlich vor und schalt sich eine Närrin. Sie durfte sich nicht verrückt machen, sicher gab es für alles eine gute Erklärung.

»Guten Morgen, Mademoiselle. Ich hoffe, Ihr habt gut geschlafen?« Die Kammerzofe lächelte, während sie das Feuer im Kamin zu neuem Leben erweckte. Bald tanzten die Flammen munter vor sich hin und zauberten einen warmen Schimmer auf den Boden.

»Möchtet Ihr nicht aufstehen?« Isabeau schüttelte den Kopf.

»Vielleicht ändert Ihr Eure Meinung ja doch?«, neckte Flora gut gelaunt und hob einen Umschlag in die Höhe. »Der Bote hat ihn für Euch gebracht.« Flora legte das gesiegelte Schreiben auf Isabeaus Nachtkommode. »Ich glaube, er ist von Eurer Mutter. Zumindest ist er aus Lindau. Ich lasse Euch noch ein wenig Zeit, bevor ich Wasser bringe.« Isabeau bedankte sich mit einem Lächeln und brach das glänzende Siegel entzwei.

Isabeau, liebste Tochter,
dein langer und ausführlicher Brief hat uns erreicht. Und dein Vater und ich haben alles noch einmal in Ruhe überdacht. Allerdings sind wir zu dem Schluss gekommen, dass wir deinem Wunsch nicht nachkommen können. Du wirst dich, wie andere junge Frauen auch, damit abfinden müssen, dass wir, deine Eltern, einen geeigneten Ehemann für dich wählen. Sei sicher, du kannst unserem Urteil vertrauen! Du bist noch jung und weißt nicht, wie das Leben so spielt. Welche Bürden es uns auferlegt und welche Wendungen wir alle zu meistern haben. Doch

wir kennen dich und wissen, was das Beste für dich ist. Bertram Lorentz war sehr verärgert, dass die Hochzeit nicht wie vereinbart im Sommer stattfinden wird. Dein Vater konnte ihn erst durch die Zusicherung einer weiteren Lädine beruhigen …

Isabeau schluckte. Tränen brannten in ihren Augen. Allein der Gedanke an eine Ehe mit Emmerat schnürte ihr die Luft ab. Dass Maman und Papa sie einfach nicht verstehen wollten! Ausführlich hatte sie den Eltern geschrieben, weshalb sie Emmerat einfach nicht heiraten konnte. Jetzt rollte sie sich schluchzend unter ihrer Decke zusammen und ließ den Tränen freien Lauf.

»Mon dieu! Was ist mit Euch? Warum weint Ihr?«, wollte Flora wissen, als sie mit einem Krug warmen Wassers zurückkam.

Obgleich Isabeau versuchte, ihre Tränen zu trocknen, schienen sie kein Ende nehmen zu wollen. Sie fühlte, wie Flora, die kaum älter war als sie selbst, ihren Arm berührte.

»Nun, das ist wirklich traurig!«, bekundete sie, nachdem Isabeau ihr erzählt hatte, dass Anna den Mann liebte, den sie, Isabeau, heiraten musste. Und dass Anna zu allem Überfluss auch noch ein Kind von Emmerat bekam.

»Ihr solltet ihn zu Ende lesen. Sicher hat Eure Mutter noch etwas anderes geschrieben. Vielleicht etwas, das Euch doch noch ein wenig versöhnt.« Isabeau hob ihre Schultern.

Isabeau, vergiss nie, ein Mädchen sollte stets aufpassen und auf seinen Ruf achtgeben.

Dein Vater und Bertram Lorentz haben die Hochzeit übrigens auf die erste Dezemberwoche gelegt. Ja, und dann war ich bereits bei Schneider Ziebartel wegen des Hochzeitskleids …

»Pfh, wegen des Hochzeitskleids! Soll dieser Emmerat doch zur Hölle fahren!«, stieß Isabeau zornig hervor und beförderte den Brief auf den Boden, wo er Flora geradewegs vor die Füße fiel. Sie spürte Floras mitfühlenden Blick, während die Zofe das dampfende Wasser in das Lavoir goss.

Schließlich schwang Isabeau ihre Füße aus dem Bett und trat an den Waschtisch. Mamans Zeilen hatten sie entsetzt.

»Welches Kleid möchtet Ihr heute tragen?«, fragte Flora, während sie in Isabeaus Kleiderschrank sah.

»Das ist mir völlig gleichgültig!«, entgegnete Isabeau leise.

»Wie Ihr meint, aber Euer Onkel möchte, dass Ihr in einer halben Stunde zum Morgenmahl hinunterkommt.«

»Onkel Gustave?« Isabeau erschrak. Über Mamans Brief hatte sie alles andere vergessen. Furcht stieg in ihr auf, die ihr nun wie eine eiskalte Schlange über den Rücken kroch. Eigentlich hatte sie Onkel Gustave schon längst im Hospital vermutet. Für gewöhnlich nahm er das Morgenmahl lange vor Tante Luise und ihr ein. Wollte er sie nun zur Rede stellen? Wie sollte sie sich erklären? Für Isabeau war es freilich nicht das erste Mal, dass sie für ihre Neugierde bezahlen musste. Lediglich der Preis war diesmal wohl unverhandelbar.

Gustave saß am runden Tisch im Kleinen Salon und blätterte im *Mercure de France*, als er sich über den Leitartikel ärgerte. **UND WIEDER HAT DAS MONSTER VON PARIS ZUGESCHLAGEN!** Missmutig vertiefte er sich in den Artikel und schüttelte den Kopf. »Diese Schmierfinken!« Ganz offensichtlich verdächtigten sie mittlerweile die halbe Stadt. Dazu kam, dass ein paar hysterische Weiber einen Wolf gesehen haben wollten. Einen Wolf mitten in Paris!, dachte Gustave. So einen Unsinn hatte er wahrlich noch nicht gehört! Für gewöhnlich weilte er zu dieser Zeit bereits im Hôtel-Dieu. Aber die anfängliche Erregung über Isabeaus Schnüffeleien war einer vagen Unruhe gewichen. Bevor er das Haus verlassen konnte, musste er herausfinden, wie viel sie wirklich gesehen hatte. Allein seine

Aufzeichnungen mussten bei einem Laien Verwirrung zurücklassen. Nicht zu reden vom Inhalt des Schrankes. Ausgerechnet die wichtigste der Laden hatte er unverschlossen vorgefunden. Freilich hatte er seine Kostbarkeiten geprüft und bis auf das zerbrochene Gefäß nichts Ungewöhnliches entdeckt. Letztlich konnte er seine Nichte aber nicht einfach zur Rede stellen. Hier schien Fingerspitzengefühl gefragt. Er atmete ein paarmal tief durch und widmete sich erneut seiner Zeitung. Auch heute, mit der letzten Märzausgabe, trug Marmontel, welcher als enger Freund und Verbündeter der Madame de Pompadour galt, mit skandalträchtigen Geschichten zur Unterhaltung seiner geschätzten Leserschaft bei. DER WERWOLF VON PARIS! lautete der Titel eines seiner weiteren Artikel. Gustave blätterte um und studierte die Vorankündigung des Concert spirituel. Er freute sich auf das Konzert und fragte sich, ob seiner Nichte die Musik von Haydn ebenfalls gefallen würde.

»Bonjour, Onkel Gustave.« Isabeau ärgerte sich über die Befangenheit, die in ihrer Stimme lag. Sie knickste rasch und hoffte, Onkel Gustave habe es nicht bemerkt.

»Bonjour, Isabeau!«, entgegnete er ihren Morgengruß freundlich. Vielleicht eine Spur zu freundlich? Er lehnte sich in seinem Stuhl zurück und sah sie über seine Zeitung hinweg an. »Ich hoffe, du hattest eine geruhsame Nacht?« Ein knappes Nicken, mehr wagte Isabeau nicht. Schließlich konnte sie ihrem Onkel schlecht vorwerfen, dass der Grund für ihr übernächtigtes Aussehen bei ihm lag. »Iss etwas, und leiste mir ein wenig Gesellschaft«, bedeutete Gustave. Er erhob sich und rückte einen der Stühle für sie zurecht. Dicke Teppiche aus Seide und Wolle spiegelten die zarten Töne der Polster wider, während in der Ecke ein weißer Kachelofen glühte und behagliche Wärme spendete. Der Kleine Salon wirkte mit seinen silbernen Kandelabern und den Kerzen, die ihr warmes Licht verbreiteten, eigentlich heimelig. Nur jetzt lag eine seltsame Spannung in der Luft, die Isabeau beinahe greifen konnte. Sie spürte, wie sehr sie auf eine Strafpredigt wartete. Dazu musste sie ständig an das viele Blut denken. Sie hoffte fast, Onkel Gustave möge beginnen. Alles schien ihr besser als diese Anspannung. Doch wider Erwarten machte ihr Onkel keinerlei Anstalten, ihr eine Standpauke oder Schlimmeres zu halten. Hatte er ihr Eindringen am Ende doch nicht bemerkt?

»Ich weiß, es ist ein wenig kurzfristig«, unterbrach er ihre Gedanken. »Dennoch würde ich mich sehr freuen, wenn ich dich heute Abend in unserer kleinen Runde als meine Nichte begrüßen dürfte. Lediglich ein paar gute Freunde, mehr nicht«, fügte er rasch hinzu, als hätte er ihre Gedanken gelesen, welche sich augenblicklich um die letzte Abendunterhaltung drehten. Nicht ohne Schrecken dachte Isabeau an die Auseinandersetzung mit ihrer Tante, die sie im Beisein von Madame Bernarde und deren Tochter Paulette gemaßregelt hatte. Als ungläubige Lutheranerin hatte Tante Luise sie bezeichnet. »Und stellt Euch nur einmal vor, sie weigert sich, das Korsett zu tragen, welches ich eigens bei Madame Blanche für sie anfertigen ließ. Und den Perückenmacher empfängt sie erst gar nicht … Nun, ich denke, wir sollten es ihr nachsehen, schließlich ist sie ein einfaches Mädchen vom Lande …« Unschöne Szenen hatten sich vor Kurzem ereignet, bis Onkel Gustave für sie eingetreten war. Isabeau rieb sich die Stirn, als könne sie die demütigenden Erinnerungen einfach abstreifen. Allein wenn sie daran dachte, zog sich ihr Magen in schmerzhafter Weise zusammen. Freilich war sie Madame Bernarde und Paulette zwischenzeitlich schon häufig begegnet. Madeleine Bernarde war schon seit jeher eine enge Vertraute von Tante Luise. Auch Paulette und sie, Isabeau, wurden langsam Freundinnen.

»Darf ich fragen, was der Anlass für Eure heutige Festlichkeit ist?«, fragte Isabeau vorsichtig. Sie hätte sich nicht gewundert, wenn Onkel Gustave genau wie sie selbst Tante Luises Abwesenheit bejubeln wollte. Die Bewohner am Quai des Grands Augustins Nummer sieben wirkten weitaus lebendiger, wenn die Tante das Bett hütete. Wie das grüne Leben in das Sommergras zurückkehrte, wenn es sich nach langer Dürre endlich am Regen satt trinken durfte, so blühte das Haus auf und versprühte einen Hauch von Frohsinn und Leichtigkeit.

»Oh, ein Fest wird es kaum werden, dafür ist die Zahl der Gäste wohl zu gering.« Gustave legte die Stirn in Falten. »Wir nutzen die Gelegenheit für einen Tarotabend.«

»Tarot?«, wiederholte Isabeau ein wenig misstrauisch und schob eine freche Strähne ihres Haars aus dem Gesicht.

Gustave lächelte bedeutungsvoll. »Tarot«, wiederholte er langsam. »Nun, für die einen ist es lediglich ein Spiel – für die anderen …« Er hob die Schultern und bedachte sie mit einem vielsagenden Blick. »Eigentlich befragen wir die Karten nur zum Vergnügen. Es sei denn, jemand hat einen besonderen Herzenswunsch oder möchte etwas über die Zukunft erfahren. Du brauchst dich nicht zu fürchten«, erklärte Onkel Gustave beruhigend.

Als habe er ihre Gedanken gelesen, fuhr er fort: »Um deine Erscheinung solltest du dir heute aber nicht den Kopf zerbrechen. Kleide dich, wie es dir beliebt. Die Hausmädchen werden eine Kleinigkeit servieren, und wir werden sehr viel Spaß haben, das verspreche ich dir. Es wird dir sicherlich gefallen! Aber jetzt sollten wir erst einmal unser Morgenmahl genießen.« Er legte die Zeitung zur Seite, während das Hausmädchen warmen Getreidebrei auftrug, der intensiv nach Aprikosen und Vanille duftete. Statt für das Morgenmahl interessierte sich Isabeau weitaus mehr für den *Mercure*.

»Ist es nicht schrecklich, dass die Gendarmerie den Mörder dieser Frauen noch immer nicht gefangen hat?« Gustave nickte. »Solange sie hinter dem Mörder einen Mann vermuten, der in

Vollmondnächten zum Wolf wird, werden sie den Schuldigen wohl niemals fassen! In ihrer Hilflosigkeit verdächtigen sie mittlerweile mehrere Unschuldige. Insbesondere Sade!«

Isabeau riss die Augen auf und überflog die Zeilen, bis sie die entsprechende Stelle fand: SUCHEN WIR AM ENDE MÄNNER IN DEN HÖCHSTEN ADELSKREISEN? MANCH EIN EDLER MONSIEUR MARQUIS DE S. ZIEHT ALS SOLDAT IN DEN KRIEG UND KEHRT ALS BESTIE ZURÜCK! ODER MUSS PARIS DEN BARON DE C. FÜRCHTEN?

Als Isabeau viele Stunden später aus ihrer Tür trat, empfing sie das Gemurmel, welches aus dem Blauen Salon drang, bereits am Fuß des Treppenhauses. Leises Lachen wechselte mit der gedämpften Erzählung einzelner Gäste. Lediglich eine Stimme vernahm Isabeau weitaus klarer. Sie wusste, irgendwo war ihr die klangvolle Stimme schon einmal begegnet. Der volle Fluss der Worte und die dunkle Stimmlage. Eine leichte Gänsehaut prickelte über ihren Nacken. Nun war sie noch neugieriger auf den bevorstehenden Abend.

Nachdem sie bis zum Schluss unentschlossen geblieben war, welches Kleid dem Anlass gerecht werden würde, hatte sie sich letztlich einfach für das schlichte nachtblaue Samtkleid entschieden. Obwohl Tante Luise beinahe ihre gesamte Garderobe der Armenfürsorge überlassen hatte, war es Isabeau gelungen, ihr liebstes Kleid wieder aus dem grauen Sack zu befreien. Mit Nadel und Faden war auch die Naht schon bald wieder ausgebessert. Zu guter Letzt war es ihr gelungen, Flora davon abzuhalten, ihr Haar mit einem künstlichen Haarteil zu versehen und es zu einem *Vogelnest* aufzustecken. Ganz entgegen der Mode trug Isabeau ihr langes blondes Haar heute offen. In weichen Wellen floss es ihr über den Rücken, und nur zwei fein gearbeitete Spangen aus schimmerndem Silber sorgten dafür, dass es ihr nicht die Sicht nahm. Der Reifrock knisterte leise, während sie langsam die Stufen hinabstieg und den Blauen Salon betrat. Im Raum war es fast dunkel. Während der schmeichelnde Kerzenschein mit dem Blau der Seidentapete verschmolz, schickte der große begehbare Kamin an der Stirnseite des Raums sein warmes rotes Licht bis auf das dunkle Parkett hinaus. Neben Onkel Gustave zählte Isabeau sechs Gäste. Zwei Damen, vier Herren, einer davon war Sade! Sade, es war seine Stimme gewesen, die sich dunkel von den anderen abgehoben hatte. Als Isabeau leise die Türe schloss, maßen sich Onkel Gustave und ein ihr unbekannter Herr gerade in einer Partie Schach. Diese Gesellschaft schien sich hier völlig ungezwungen zusammengefunden zu haben, denn die übrigen Gäste folgten dem Krieg der polierten Marmorfiguren stehend mit einem Glas in der Hand. Die anwesenden Damen unterhielten sich unbefangen und lachten, während die Herren ungeniert das Spiel kommentierten.

»Monsieur de Gébelin, Ihr tätet gut daran, den nächsten Zug genau zu überdenken.« Obwohl Isabeau gern noch ein Weilchen dort im Schatten an der Tür gestanden hätte, wurde Onkel Gustave rasch auf sie aufmerksam. »Lieber Gébelin, lasst uns die Partie zu einem späteren Zeitpunkt beenden. Wie es aussieht, werde ich ohnehin gewinnen.« Der Ältere nickte mit bedauerndem Schulterzucken. Gustave reichte Isabeau seinen Arm und führte sie zum Spieltisch. »Meine lieben Freunde!«, begann Gustave mit vielsagender Stimme. »Ich bitte um Eure Aufmerksamkeit für den strahlenden Stern des heutigen Abends.« Augenblicklich fühlte Isabeau die erwartungsvollen Blicke sämtlicher Gäste auf sich ruhen. Ein eigentümliches Knistern lag in der Luft.

»Gustave, Ihr alter Filou!«, flötete die ältere der beiden Damen und klatschte in die Hände. Isabeau schätzte sie etwa im Alter von Luise, während die jüngere kaum älter als sie selbst war. Beide trugen erlesene Roben mit einem beinahe anstößig tiefen Dekolleté. Hoch aufgetürmte Perücken, welche in pudrig zartem Rosé schimmerten, verliehen ihnen das Aussehen von Puppen. Mit Perlen und Federn geschmückt, wirkte das Kunsthaar aufwendig und überaus kostspielig. Während die Damen sie recht ungeniert musterten, schenkte ihr die Jüngere zumindest ein winziges Lächeln. Die andere wirkte leicht verkniffen, als ihr Blick über Isabeaus Haar und ihr Kleid glitt. Keine Perücke?, schien sie so laut zu denken, dass Isabeau es fast vernahm. Schließlich rang sich auch diese ein gekünsteltes Lächeln ab. Isabeau entging nicht, dass es ihre Augen nicht erreichte. Trotz ihrer aufgesetzten Freundlichkeit wirkte sie taxierend und zänkisch.

»Oh, keine Sorge, es ist nicht, wie es scheint«, gab Gustave mit entschuldigender Miene zurück. »Isabeau ist meine Nichte aus dem Heiligen Römischen Reich. Genauer vom Lac de Constance.«

Als sich ihre Blicke trafen, schien die Erde für die Dauer eines Atemzugs stillzustehen. Obwohl Sade sie mit einem verbindlichen Nicken bedachte, erfasste sie ein Gefühl irgendwo zwischen Himmel und Hölle. Zwischen dem Allmächtigen und dem Teufel. Sade füllte den Raum, nahm ihn völlig ein, wie er bisweilen die Frauen für sich einnahm, wenn man den Gerüchten Glauben schenken durfte, welche allesamt nicht gerade schmeichelhaft ausfielen. Selbst die Presse hielt ihn mittlerweile für einen Höllenhund. Rasch schob Isabeau den furchtbaren Gedanken beiseite und versenkte sich in das Blau seiner Augen. Sie fragte sich, was in ihm vorging. Selbst jetzt, wenn sie sich abwandte und zu Boden sah, um sich dem unverschämten Kobaltblau zu entziehen, fühlte sie ihn. Er lächelte, und es füllte sie aus. Es schickte sich nicht, einer Dame derart bedeutungsvolle Blicke zuzuwerfen.

Während Isabeau an Onkel Gustaves Seite über den dicken Orientteppich auf den Tisch zuging, kam sie sich vor wie auf einer Bühne. Ihr Herz hämmerte gegen die Rippen, und sie bemerkte, wie sich ein zarter Schweißfilm über ihre Haut legte. Sie konnte das glühende Rot, mit welchem der Blick Sades ihre Wangen bemalte, deutlich fühlen. Und wenn sie jenen frechen Zug, der seine vollen Lippen kräuselte, richtig deutete, war er sich dessen durchaus bewusst.

Sei verbrecherisch in der Tugend und tugendhaft im Verbrechen.
Marquis de Sade

»Aber Gustave, das Vögelchen ist ja kaum aus dem Nest gefallen. Na, ich sag's ja. Kaum, dass die Herrin den Raum verlässt, der Kater schon die Sahne aus dem Topfe schleckt«, bemerkte der Comte de Sade und lachte.

»Jean-Baptiste!«, entgegnete Gustave voller Entrüstung. »Wenn ich Euch daran erinnern darf – Isabeau ist meine Nichte. Darüber hinaus ist sie sicher das tugendhafteste Geschöpf, welches derzeit unter dem Himmel von Paris weilt.« Gustave wandte sich mit einem Lächeln an Isabeau. »Das, meine Liebe, ist also der Comte de Sade.«

Isabeau knickste vor dem älteren Mann mit der gepuderten Perücke und den leuchtend blauen Augen. »Monsieur le Comte unterhält als französischer Gesandter diplomatische Beziehungen zu Großbritannien und Russland. Darüber hinaus bekleidet er das Amt des Statthalters von Bresse, Bugey, Valromey und Gex und erfreut uns bisweilen mit einem Theaterstück oder einem Gedicht, welches den Salon besser niemals verlassen sollte.«

»Mademoiselle, ich bin hocherfreut, endlich Eure Bekanntschaft zu machen.« Obwohl der Comte in Onkel Gustaves Alter war, blitzten seine Augen bedeutsam. Allein in ihnen erkannte Isabeau die enge Verwandtschaft zum Marquis.

»Mon dieu!«, stieß der Comte hervor und lächelte verschwörerisch. »Mein Sohn hat bei Weitem noch untertrieben! Wahrlich, Ihr gleicht einer besonderen Rose.« Isabeau spürte, wie sie errötete. Bevor Onkel Gustave sie dem nächsten Gast in der Runde vorstellte, spürte sie den amüsierten Blick des jungen Marquis auf ihrer Haut. Antoine Court de Gébelin erinnerte Isabeau an einen ergrauten Vogel, der schon bessere Tage gesehen hatte. Sein ausgezehrtes Gesicht wurde von einer dominanten Nase beherrscht, neben welcher die tief liegenden Augen beinahe verschwanden. Genau wie Onkel Gustave und der Comte de Sade trug Monsieur de Gébelin eine weiße Perücke, deren Haar im Nacken mit einer Schleife zusammengehalten wurde.

»Mit Monsieur de Gébelin wirst du dich sicher ausgezeichnet verstehen. Ihr beide teilt den gleichen Glauben, auch er ist Protestant.« Nach und nach stellte Gustave sie jedem vor und sagte ein paar Worte über seine Gäste. Madame Valérie Legrande, die Dame in Lindgrün, stellte Onkel Gustave als die Ehefrau des verstorbenen Leutnants Legrande vor. Neben der Witwe des verstorbenen Freundes reichte sie ihre Hand auch deren viel jüngeren Schwester, Lisanne Fournier. »Kommen wir zum kühnsten Gast unserer heutigen Runde. Was wir alte Knaben ihm an Jahren voraushaben, macht er durch seinen Hang zur Gefahr und durch seine Freude an der Provokation spielend wett.«

Sades Erheiterung entging Isabeau nicht. Obgleich das stille Lachen, welches seiner Kehle entstieg, amüsiert klang, fühlte sie sich in diesem Augenblick an ein Raubtier erinnert. Sie dachte an die Behauptungen des *Mercure* …

»Aber was sage ich alter Narr!«, erklärte Onkel Gustave mit einer entschuldigenden Geste. »Ihr seid euch ja bereits vor den Toren von Paris begegnet.« Isabeau nickte abwesend.

»Während eurer ersten Begegnung hat dir Donatien aber sicher verschwiegen, dass er als Offizier sogar eine Weile im Heiligen Römischen Reich gedient hat und deine Muttersprache spricht.« Isabeau zuckte zusammen, als sie Onkel Gustaves Hand wieder deutlich auf ihrem Arm spürte. Hoffentlich hatte er ihre Unaufmerksamkeit nicht bemerkt! Isabeau erinnerte sich nicht an Gustaves letzte Worte. Sie grübelte, ob die Gerüchte von den unzähligen Frauengeschichten de Sades, die Camille ihr zugetragen hatte, tatsächlich der Wahrheit entsprachen. Oder hatte die Köchin überwiegend Geschwätz wiedergegeben, das sie auf dem Markt aufgeschnappt hatte? Wer war dieser Marquis de Sade wirklich? Isabeau wusste es nicht. Aber ganz offensichtlich schien auch er den lästigen Perücken den Kampf anzusagen. Denn auch heute trug der Marquis sein eigenes Haar offen zur Schau. Zugegeben, es wirkte wie bei ihrer ersten Begegnung etwas ungekämmt und wirr. Doch was jedem anderen einen Beigeschmack von Nachlässigkeit beschert hätte, wirkte bei Sade bestenfalls gewagt. Genau wie seine Kleidung, die wider die Mode aus einem einfachen weißen Hemd, dunklen Kniehosen, einer dunklen Weste aus bester Seide und einem ebensolchen Rock bestand. Umringt von den prächtigsten Farben, erschien sein gesamtes Auftreten noch ungekünstelter und beinahe nackt.

»… die Frauen haben meinen Sohn schon immer geliebt«, sagte der Comte nicht ohne Stolz. »Schon als Donatien noch ein kleiner Bursche war, haben ihn die Frauen auf der Straße mit ihren Blicken verfolgt. Verwöhnt und verführt haben sie ihn bisweilen …«

»Oh, er ist ja auch ein Filou, welchem kaum eine Frau zu widerstehen vermag, oder bist du etwa anderer Meinung, Lisanne?«

»Details sollten wir besser aussparen«, unterbrach Onkel Gustave die Unterhaltung der beiden Damen bestimmt. Isabeau bedachte ihn mit einem enttäuschten Blick.

»Als Offizier des Karabinerregiments lehrte er nicht nur die Engländer das Fürchten, Donatien hat auch ausnehmend tapfer gegen die Preußen gekämpft«, schilderte Onkel Gustave und klopfte dem viel jüngeren Donatien anerkennend auf die Schulter.

»Doch nicht einmal der Krieg konnte den jungen Hitzkopf von den Lastern des Glückspiels und zahlreichen Weibergeschichten abbringen!«, mischte sich der Comte de Sade wieder ein.

Kommentarlos steuerte Donatien geradewegs auf Isabeau zu und begrüßte sie mit einer vollkommenen Verbeugung.

»Unser Wiedersehen ist mir eine große Freude, Mademoiselle Bersperger.«

»Isabeau«, entgegnete sie leise und biss sich auf die Unterlippe.

»Isabeau«, erwiderte er mit einem einnehmenden Lächeln. »Ihr habt recht, wenn Euch Eure Mutter schon mit einem solch besonderen Vornamen bedachte, sollte man diesen so oft es nur geht zum Klingen bringen.«

Isabeau schüttelte den Kopf. »Oh, es ist nicht, dass ich den Namen meiner Familie nicht mag …«

»Ihr müsst Euch nicht erklären. Aber vielleicht erweist Ihr mir die Ehre und verfolgt das Spiel an meiner Seite.« Er neigte seinen Kopf zu ihrem Ohr. »Dann weihe ich Euch nicht nur in die Geheimnisse des Tarotspiels ein.« Sein Lachen verwirrte sie noch mehr, als es seine Nähe ohnehin schon tat. Bevor sie auch nur ein einziges Wort des Protests äußern konnte, bot ihr Sade seinen Arm und führte sie neben den Spieltisch.

»Monsieur le Marquis, glaubt Ihr nicht, dass Mademoiselle Isabeau an der Seite ihres Onkels besser aufgehoben wäre?«, flötete Valérie Legrande. Sie entfaltete ihren Fächer mit einem koketten Augenaufschlag. »Außerdem werdet Ihr mich nicht aus einer etwaigen Ohnmacht retten können, wenn Ihr nicht den Platz mit mir teilt.« Sade lächelte.

»Madame, mein Herr Vater wird diese Aufgabe mit Freuden übernehmen. Was einen drohenden Schwächeanfall betrifft, habt Ihr nichts zu befürchten. Der Raum ist gut gelüftet, und es brennen nicht allzu viele Kerzen.« Obwohl Sade die Dame ganz offensichtlich enttäuscht hatte, bedachte sie ihn weiterhin mit schmachtenden Blicken.

»Vielleicht solltet Ihr uns einmal in Rahuls Rauchsalon begleiten.« Madame Legrande schien sich nicht mit dem zweiten Platz zufriedenzugeben.

»Wie meint Ihr?«, fragte Isabeau.

»Nun«, begann Valérie Legrande und lächelte spöttisch. »Bei Rahul wird der Rauchgenuss zu einem wahren Sinnesrausch.« Gekonnt leckte sie sich über die Lippen, bevor sie mit ihren Händen einen Trichter formte. »Opium, wenn Ihr versteht, was ich meine. Aber dafür seid Ihr aller Wahrscheinlichkeit nach noch viel zu jung. Dort könntet Ihr sogar einen Neger sehen.« Rasch suchte sie Unterstützung bei den anderen Gästen. »Es stimmt doch, dass Rahul einen Neger beschäftigt, dessen Haut so schwarz ist, dass er in der Dunkelheit verschwindet. Habt Ihr schon einmal einen richtigen Neger gesehen?«, wandte sie sich abermals an Isabeau.

Monsieur de Gébelin ergriff das rettende Wort und schlug vor, wenn sich nun alle setzten, für Madame Valérie Legrande die Karten zu legen. Isabeau atmete erleichtert auf. Ihretwegen hätte Sade liebend gern inmitten der Frauen Platz nehmen dürfen, solange sie dadurch ihren feindseligen Angriffen entging. Sade schüttelte den Kopf, als sich Isabeau an den runden Tarottisch, der sich in der Mitte des Salons befand, setzen wollte. Bewusst hatte sie den Stuhl neben ihrem Onkel gewählt, der bereits neben Monsieur de Gébelin saß. »Lasst uns das Spiel ein Weilchen im Stehen verfolgen. Auf diese Art bekommt Ihr einen ganz anderen Blick dafür. Seht Ihr«, verdeutlichte Sade und ging ein paar Schritte weiter, bis er hinter Madame Fourniers Stuhl stand, die ebenfalls bereits saß. »Das Spiel ist aus dieser Perspektive weitaus aufschlussreicher.«

»Ihr benötigt einfach immer Eure Bühne, nicht wahr?«, warf Madame Legrande ein, während Isabeau bereits verfolgte, wie Gébelin nun endlich die bebilderten Karten mischte und einen Teil davon verdeckt auf den Tisch legte. Stetig fühlte sie Valérie Legrandes Blicke auf sich gerichtet. Und Sade? Isabeau spürte die Wärme seines Körpers. Denn inzwischen hatte er etwas abseits des Spieltisches einen Platz dicht neben ihr bezogen. Gerade so, dass ihr von Zeit zu Zeit ein feinherber Duft von Verbene in die Nase stieg.

Genussvoll bemerkte Sade die leichte Gänsehaut, welche sich auf Isabeaus Dekolleté bildete, während er den Kopf zu ihrem Ohr neigte. Ihr Haar duftete nach Mandarinen und Sonne. Und in ihrer Unschuld wirkte sie nicht etwa hilflos und schwach, wie es die Damen der Pariser Gesellschaft zu tun pflegten. Wann immer er sie aus einem Augenwinkel betrachtete, erschien sie ihm couragiert, ja fast kampflustig. Zum ersten Mal in seinem Leben glaubte Donatien fast an einen Gott. Dieses furchtlose Mädchen reckte ihm in kämpferischer Weise das Kinn entgegen und zeigte von Ohnmacht keine Spur. Ganz im Gegenteil – er hätte sich nicht gewundert, wenn sie einen Dolch aus ihrem Strumpfband zutage gefördert hätte. Jetzt legte sie ihre Hände ineinander und atmete tief. Das Spiel schien sie zu langweilen. Also musste er sich etwas anderes einfallen lassen. Die Vorstellung, dass sie sich vom Spiel abwenden könnte, schien ihm in diesem Augenblick unerträglich. Er betrachtete ihre Haut. Sie schimmerte in jenem Oliventon, der die Menschen im Luberon oder noch weiter im Süden prägte. Donatien liebte diesen warmen Ton, weil er ihn an die Sonne erinnerte, die mit fiebriger Hitze die schwere rotbraune Erde wärmte. Selbst der feine Schweißfilm, welcher den zarten Ansatz ihrer Brüste bedeckte, entging ihm nicht. Um ihn zu schmecken und das Salz ihrer Erregung auf der Zunge zu spüren, hätte er dieses Haus in Brand gesteckt.

»Ich dachte, Ihr wolltet mir die Regeln des Spiels erläutern!«

»Kommt darauf an, welches Spiel Ihr meint, Mademoiselle. Wenn es aber um die Regeln dieses Spiels hier geht, so will ich sie Euch gern ein wenig näherbringen. Monsieur de Gébelin selbst hat das hier verwendete Legesystem erarbeitet«, flüsterte Sade in Isabeaus Ohr. »Ich kann Euch verraten, dass es keiner besonderen Kenntnisse bedarf, um das Spiel zu spielen. Monsieur de Gébelin liest in jeder Karte wie in einem Buch, und Ihr werdet gleich selbst erleben, was er anhand einer einzigen Karte über Madame Legrande erzählen kann.«

Isabeau nickte, und obwohl sie ein wenig von Sade abrückte, spürte sie noch immer die Hitze. Heiß und sinnlich schlüpfte sie unter ihren Rock und leckte genussvoll über ihre Beine. Isabeau nahm wahr, wie Sades Gedanken ihre Fesseln umkreisten, bevor sie in qualvoller Langsamkeit stetig höherstiegen. Die Haut um ihre Knie prickelte bereits, und sie spürte, wie ihre seidenen Strümpfe verrutschten. Dort in der Abgeschiedenheit unter ihren Röcken vermutete er jene Stelle zwischen Schenkel und Schoß …

Sades Blick traf sie flammend, beinahe als hätten seine Augen die Macht, den Stoff ihres Kleides zu durchdringen, streiften sie ihren Körper. Liebkosten jede Rundung und bemalten ihre Wangen mit der Farbe der Lust. Obwohl sie noch einmal von ihm abrückte, blieb das Brennen wie eine verbotene Verlockung. Sie hoffte nur, niemand sonst würde ihre Erregung bemerken. Doch ihre Befürchtung schien umsonst, denn die anderen Gäste unterhielten sich bereits angeregt über das Spiel.

»Vielleicht war es Schicksal, manche sagen, es sei Fügung gewesen«, hörte Isabeau Sades Worte; er sprach, ohne den Blick von ihr zu wenden, »als sich der Ta Ro Eurem Onkel und Monsieur de Gébelin im vergangenen Jahr offenbarte. Gemeinsam verbrachten sie die blaue Stunde beim Tee in diesem Salon. Eine Dame aus dem Land der Eidgenossen, die ebenfalls Gast dieser Teestunde war, brachte zur Überraschung aller ein eigenartiges und fremd anmutendes Kartenspiel mit. Am Ende war es wohl eine Verkettung von Zufällen, dass sich den beiden Herren der Ta Ro – der königliche Weg – offenbarte.«

»Ihr glaubt also nicht an die Bestimmung Gottes?«, wollte Isabeau wissen, als sie ihre Sprache wiedergefunden hatte. Ihre Stimme klang weitaus herausfordernder als beabsichtigt. Sades Augen blitzten, bevor sie sich für die Dauer einiger Herzschläge verdunkelten.

»Ich glaube an keinen Gott!«, rief er und trat einen Schritt zurück. Seine Stimme bebte vor dunkler Leidenschaft. »Mein Glaube beruht auf dem uralten Gesetz des Stärkeren. Würde es einen Gott geben, so wäre er ein Gott der Rache. Doch glaubt mir, gäbe es ihn tatsächlich, hätte er mich schon lange in Stücke gerissen! So oft habe ich seinen Namen schon mit Flüchen geschmäht. Aber wie Ihr seht«, Sade breitete die Arme aus, »erfreue ich mich bester Gesundheit. Während des Krieges gegen die Preußen hätte dieser Gott wahrlich ausreichend Gelegenheiten gefunden, mich einfach auszulöschen.«

»Das ist Unsinn! Vielleicht hat er einfach andere Pläne mit Euch«, widersprach Isabeau. Hitzig rieb sie die Finger ihrer Hand und sah wieder auf die Karten, welche in Blau, Gelb und Rot gehalten waren. Selbst wenn sich die Gesellschaft zunehmend den Wissenschaften hinwandte, konnten derartige Reden gefährlich sein. Hochgefährlich sogar! Wer im streng katholischen Frankreich eine derart lästerliche Meinung von Gott hatte und diese zu allem Überfluss auch noch schamlos laut verkündete, musste im schlimmsten Fall mit der Todesstrafe rechnen. Isabeau dachte an Tante Luise, die ihr das Versprechen abgenommen hatte, Stillschweigen über ihren lutherischen Glauben zu bewahren. Weil sie sich ganz offensichtlich der Protestanten in ihrer Familie schämte und die Lutheraner noch immer mit Verfolgung rechnen mussten.

»Euer Onkel und Monsieur de Gébelin wollen in den zweiundzwanzig Karten der Großen Arkana eine verborgene, tiefgründige Symbolik erkennen. Sie sind davon überzeugt, dass sich hinter den Tarotkarten eine uralte Weisheit verbirgt. Priester sollen diese Geheimschriften ganz bewusst in Bildern versteckt haben. Während sich das uralte Wissen über die Welt all jenen offenbart, welche die Symbolik erkennen, bleibt es den Uneingeweihten für alle Zeiten ein Mysterium.«

Isabeau spürte beinahe den kühlen Luftzug, als sie auf die Karten blickte. Ihr war, als streifte die Kühle ihre Wangen und spielte für einen Augenblick mit den Kerzenflammen. War es möglich, dass derartige Schlüssel tatsächlich existierten? Trotz des Vormarschs der Naturwissenschaften schien Isabeau das Leben in Paris von Mystizismen geprägt. Der Unterschied zu Lindau bestand eindeutig darin, dass in Paris in beinahe jedem Salon Wahrsagerei und jegliche Art der Geisterbeschwörung veranstaltet wurden. Während sich die einfachen Leute um ihr tägliches Brot sorgten, gaben sich gerade Bürger von hohem Rang und Mitglieder des Adels diesem Zeitvertreib hin. Und freilich musste sie sich eingestehen, dass auch jetzt eine nicht zu leugnende Spannung über dem Blauen Salon lag.

»Was hat das Geheimwissen mit unserem Leben gemein?«

Monsieur le Marquis lehnte sich zu Isabeau hinüber und senkte seine Stimme. »Nun, *Les amis de la science* – die Freunde der Wissenschaft …«

»Sagt nicht, dass Onkel Gustave diesem Geheimbund angehört!« Sade nickte und bedeutete Isabeau, still zu sein. Isabeau hatte früher schon einmal etwas von geheimen Treffen gehört. Zusammenkünfte, die ausschließlich Männern vorbehalten waren, die ihr Leben der Suche nach dem Heiligen Gral oder anderen Mysterien widmeten. Isabeau fand die Geschichten darüber ausgesprochen spannend.

»Schh!«, machte er, führte sie neben die kleine Anrichte unweit des Tarottisches und reichte ihr kandierte Angelika. Isabeau schüttelte den Kopf. »Erzählt mir lieber, was es mit diesem Geheimbund auf sich hat.« Sade lachte leise.

»Nicht nur Euer Onkel, auch Monsieur de Gébelin ist Mitglied der ältesten Loge von Paris. Nun, *Les amis de la science* sehen in den uralten Mysterien das Geheimnis der unsterblichen Seele. Mit dem Verstehen der Mysterien wird den Eingeweihten die Gewissheit der Unsterblichkeit zuteil. Dort vermuten sie die Wiege des Lebens.«

»Und Ihr, was glaubt Ihr?«, wandte sie sich wieder dem Marquis zu. De Sade sah sie lange an, bevor er ihre Hand nahm und an seine Lippen führte. Isabeau hielt den Atem an. Erst vor ein paar Wochen hatte er das schon einmal getan. Und er hatte die Verwirrung, in welche er sie gestürzt hatte, zutiefst genossen. Genau wie er jetzt ihre Verlegenheit genoss. Eine wilde Mischung aus Entrüstung und Neugierde stieg in ihr auf. Isabeau fühlte ihr Herz, wie es bis zum Hals schlug. Sie ahnte den folgenden Kuss nur. Ohne ihre Haut zu streifen, legte sich die gehauchte Berührung wie eine Feder über ihren Handrücken. »Ich glaube weder an ein Weiterleben nach dem Tode noch an eine Wiedergeburt. Ich glaube lediglich an das Jetzt. An den Augenblick, an die Lust – und an Euch. Wenn es eine Art der Sünde gibt, dann besteht sie zweifelsohne darin, seinem Begehren nicht nachzugeben. Das, meine liebe Isabeau, ist die einzige Verfehlung, die es in unserem Leben gibt. Noch mit unserem allerletzten Atemzug werden wir bereuen, dass wir die Lust nicht ausgekostet haben. Dass wir all die Früchte haben verfaulen lassen, die sich uns süß und saftig dargeboten haben.«

Isabeau schluckte. Sie wusste nicht, was sie von Sades Meinungen halten sollte. Allein eine Äußerung wie diese kam einer blasphemischen Rede gleich! Dennoch konnte sie nicht leugnen, dass ihr Sades Unerschrockenheit gefiel. Und dass ihr seine Worte auch ein wenig schmeichelten.

»Und welch lustvollem Begehren sollte man Eurer Meinung nach nachgeben?«, fragte sie keck, obgleich sie spürte, wie sich ihre Wangen bei dieser Frage röteten. Sade legte den Kopf in den Nacken und lachte. Dann trat er wieder dicht neben sie und sah sie lange an.

»Welch eine ungewöhnliche Frau Ihr doch seid. Frei von Angst und ohne zu zögern, lasst Ihr Euch auf ein gefährliches Spiel mit dem Feuer ein. Dabei könnte ich schwören, dass Euch die Flammen der Lust noch niemals zu nah gekommen sind, oder täusche ich mich?« Isabeau wich seinem glühenden Blick aus und sah zu Boden. »Eure Haut wurde noch nie von jenem Feuer berührt, nach welchem Ihr Euch schon bald verzehren werdet. Nie habt Ihr die sündige Lust gekostet, die Euch verbrennen kann. Doch Ihr ahnt bereits, wie die Flammen über die zarte Haut Eurer Schenkel lecken, bevor sie den verbotenen Ort kosten. Ist es nicht so?«

»Welch unerhörte Rede!«, entgegnete Isabeau und verschränkte die Arme vor der Brust. »Vielleicht verratet Ihr mir wenigstens, wie Ihr zu der Annahme kommt?« Sade lachte leise. »Ich sehe es in Euren Augen, Demoiselle.« Isabeau schluckte und fühlte, wie ihr der Schweiß ausbrach. »Seid Euch Eurer seherischen Gabe nur nicht allzu sicher«, flüsterte sie schließlich und nahm eine der Süßigkeiten. Würzig, mit leichtem Bitterton schmeckte sie die Engelwurz auf ihrer Zunge.

»Selbst mit geschlossenen Augen spüre ich Eure Unschuld. Es ist jene zarte Versuchung, welche allein die Rosenknospe hervorbringt. Doch den betörendsten Duft erlangt die Rose erst mit ihrem völligen Erblühen. Nie ist eine Frau schöner, nie ist ihr Zauber größer als in ihrer leidenschaftlichen Glut.«

»Schämt Ihr Euch eigentlich nie?« Isabeau glaubte, in Flammen zu stehen. Die Reden dieses … dieses Schelms brachten sie völlig aus dem Gleichgewicht. Und doch wollte sie nicht, dass er schwieg.

»Scham ist wahrlich ein vollkommen sinnfreies Gefühl. Es hindert Euch am Leben und beschneidet jegliche Freiheit, mit Ausnahme jener zu beten. Das Gefühl der Scham wurde allein von unseren Kirchenfürsten geschaffen. Genau wie die Erfindung der Hölle, verleiht ihnen das Schüren von Angst und Scham ein außerordentliches Gefühl der Macht. Ohne diese Macht würde niemand das Haupt senken, weil es keine Sünde mehr gäbe. Und ohne Sünde gäbe es keine Verdammnis und keine Vergebung.« Seine Augen verhärteten sich unmerklich. »Scham sollten allenfalls jene Männer verspüren, welche sich in Weiberkleidung hüllen und ihre Lehren auf diese Lügen bauen.« Sein Blick wirkte hart und kalt. »Wenn ich Euch einen guten Rat geben darf – hütet Euch vor jedem Mann, der seine Männlichkeit unter der Weite eines Weiberkleides verbirgt!«

Sades ketzerische Gedanken kannten offensichtlich ebenso wenig Grenzen wie seine spitze Zunge. Für den Moment wollte Isabeau lieber nichts mehr davon hören. Und solange sie Onkel Gustave mit seinen Gästen in einer solch leidenschaftlichen Unterhaltung wusste, wie es jetzt gerade der Fall war, schien ihr jeder Gedanke, seine Aufmerksamkeit zu erregen, völlig überflüssig. Also reckte sie ihr Kinn und kehrte Sade den Rücken. Scheinbar desinteressiert schlenderte Isabeau durch den Salon auf die Schachpartie zu. Die Figuren schimmerten im Licht einer einzelnen Kerze fast gespenstisch. Onkel Gustave hatte sich ganz offensichtlich auf der Siegerstraße befunden. Isabeau bewegte seinen König in Richtung der gegnerischen Dame, die nun keinen Rückzug mehr hatte. »Gardez!«, sagte sie gerade so laut, dass Sade sie hören konnte, weil er nun wieder unmittelbar neben ihr stand. »Schützt Eure Dame, sonst werdet Ihr verlieren!«

»Demoiselle, es war nicht meine Absicht, Euch zu erzürnen. Obgleich Ihr in Eurer Überreizung noch weitaus verführerischer seid. Ihr sollt wissen, wie sehr ich Eure Natürlichkeit liebe«, flüsterte Sade nach einer Weile und griff im Schatten des Salons nach ihrer Hand. »Sie ist neben diesem ganzen gekünstelten Mist von Paris, neben all den Lügen, den Intrigen und diesen zerbrechlich wirkenden Damen geradezu erfrischend anders. Doch zurück zu Eurer Frage. Ich glaube, dass jeder lustvolle Gedanke einem kostbaren Geschenk gleichkommt. Ihm nachzugeben, ist der eigentliche Grund, weshalb wir überhaupt geboren wurden. Kasteit Euch, und Ihr werdet am Tage Eures Todes mit leerem Herzen sterben. Räumt Ihr aber den Genüssen einen Platz ein, gebt Ihr all den sündhaft bösen Lastern nach, die sich zwischen Wach und Traum in Eure Sinne schleichen und Euch zu verführen suchen, werdet Ihr, wenn Eure Zeit gekommen ist, erfüllt sterben.«

Es dämmerte schon, als Anna über die Seebrücke dem Festland entgegeneilte. Sie hatte die Haube tief ins Gesicht gezogen und hielt sich dicht am Rand der Holzbrücke. Anna hoffte, dass niemand sie sah. Mit schnellen Schritten bog sie in den kleinen Feldweg ein und lief weiter. In der Ferne hörte sie ein lang gezogenes Heulen. Sie hatte Angst und schalt sich eine Närrin. Überall hieß es, die Männer hätten ein Rudel Wölfe gesehen. Und doch begab sie sich aus freien Stücken in diese Gefahr.

Mittlerweile war es Nacht geworden. Nur der halbe Mond schickte ihr ein trübes Licht auf den Weg. Aus der Stille erhob sich der Schrei eines Nachtvogels, und neben ihr raschelte es im Gras. Furchtsam sah sie sich nach allen Seiten um. Dort drüben unter der alten Linde – hatte sich dort nicht gerade etwas bewegt? Sie war sich sicher, dass sie dort eine dunkle Gestalt gesehen hatte. Einen Augenblick lang starrte sie in die Finsternis, doch alles blieb still. Alle Härchen richteten sich auf und bescherten ihr das unbehagliche Gefühl, verfolgt zu werden. Sie zögerte, doch dort vorne kam bereits die alte Scheune in Sicht.

Wenig später suchte sie den Riegel, fand aber das Scheunentor lediglich angelehnt. Sie hielt noch einmal den Atem an. Was, wenn ein Fremder dort im Heu lag? Am Ende der Fremde, den sie hinter der alten Linde gesehen hatte? Landstreicher, Bibelforscher und Hausierer durchstreiften auch Lindau von Zeit zu Zeit. Das Herz klopfte ihr bis zum Hals, als sie leise eintrat. Vielleicht war es ein Fehler, schon wieder herzukommen. Einerlei!, dachte sie. Nun hatte sie den weiten Weg schon auf sich genommen!

»Emmerat?«, flüsterte sie vorsichtig in die Stille hinein und spähte in die Schwärze.

»Da bist ja endlich! Ich dachte schon, du kommst nicht mehr!« Es raschelte im Heu, und Emmerat zog sie in seine Arme. Anna fühlte seinen warmen Atem in ihrer Halsbeuge und erwiderte den Kuss. Emmerats Lippen schmeckten nach Pfefferminze. Sicher hatte er ein Blatt gekaut, bevor er hier in die Scheune gekommen war. Anna lächelte in die Dunkelheit und überließ sich seinen Händen, die sie ins Heu zogen und ihr die Röcke hochschoben.

»Ich muss gleich zurück!«, keuchte er zwischen zwei hastigen Küssen. »Der Vater schlägt mich tot, wenn er heute auf die Nacht noch ein paar Gäste verabschiedet und ich nicht daheim bin.« Anna fühlte, wie die Niedergeschlagenheit über sie kam. Wie ein kalter, nasser Mantel legte sich das Gefühl über ihr Denken. Eigentlich hatte sie gehofft, Emmerat würde sich heute einmal Zeit für sie nehmen. Für einen Spaziergang im Mondschein etwa. Sie hätte sich auch über einen Becher Wein und eine Leckerei im Schein einer Kerze gefreut.

»Vielleicht ist es doch ein Fehler, wenn ich immer wieder herkomme. Schließlich wird es schon bald Isabeau sein, auf die du in der Nacht wartest.«

»Unsinn!«, flüsterte Emmerat und schob sich zwischen ihre Schenkel. »Im Heu werde ich nur auf dich warten.« Obwohl Anna nicht sicher war, schob sie alle Bedenken beiseite. Letztlich ist er ja gekommen!, dachte sie. Und nur das zählte. Und Isabeau wollte sie ohnehin nie wiedersehen!

Das Hausmädchen servierte Wein und überreichte jedem Gast eine weiße Mundserviette. Der Wein funkelte golden in den geschliffenen Gläsern, und die Foie gras, welche auf Brotscheiben serviert wurde, duftete verführerisch. Bereits nach einem einzigen Schluck des süßen Weins, der aus dem Süden des Landes kam, stieg Isabeau die schwere Trägheit in den Kopf und machte sie schwindeln. Das weiche Aroma von reifen Aprikosen und frisch gemähtem Gras tauchte ihre Sinne in Sonnenlicht. Geschmeidig wie Öl schmiegte sich der Wein an ihren Gaumen und benetzte ihn mit warmer Saftigkeit.

»Für wen sollen die nächsten Karten sein?«, unterbrach Monsieur de Gébelin Isabeaus Gedanken nach dem Imbiss. Zu ihrer Schande musste sie sich eingestehen, dass sie der Deutung der Karten nicht besonders viel Beachtung geschenkt hatte.

»Vielleicht setzen wir uns diesmal alle an den Tarottisch«, schlug Onkel Gustave vor. Sade rückte Isabeau einen Stuhl am Tarottisch zurecht und ließ sie Platz nehmen, bevor er sich selbst setzte.

»Monsieur le Marquis?«, fragte Monsieur de Gébelin schließlich und spitzte die Lippen. »Möchtet Ihr der Nächste sein, für den die Karten sprechen?«

Sade lehnte sich in seinem Stuhl zurück und nickte. Das Lächeln, welches er dabei an den Tag legte, gehörte eigentlich verboten, dachte Isabeau. Sie rutschte voller Unruhe auf ihrem Stuhl herum. Unter keinen Umständen wollte sie verpassen, was Monsieur de Gébelin über Sade erzählte. Nie zuvor war sie einem Mann begegnet, dem es gelungen war, sie derart zu verwirren. Freilich hatte sie daheim in Lindau mit dem Sohn des Fischers schon ein paar Küsse getauscht. Den seltenen Treffen hatte Isabeau allerdings nicht viel abgewinnen können und sie eher für trivial gehalten. Für einen unwichtigen Spaß vielleicht. Doch in Sades Gegenwart verlor scheinbar alles an Bedeutung! Dass es ihr beinahe unmöglich war, in seinem Beisein einen klaren Gedanken zu fassen, ärgerte sie ein wenig. Doch im Gegensatz zu Madame Legrande sah Monsieur le Marquis den Ausführungen Gébelins völlig gelassen entgegen.

»Seht an … *le diable* – der Teufel!«, sagte Gébelin mit einem wissenden Lächeln und hob die Karte in die Höhe, damit alle am Tisch sie sehen konnten. Ein verzücktes Lächeln lag auf den Lippen der beiden Schwestern. Sie kicherten und entfalteten ihre Fächer.

Der Satan – halb Mensch, halb Tier, auf einer Erhöhung sitzend – so zeigte ihn die Karte. Während der Kopf mit Widdergehörn und dem Drudenfuß auf der Stirn ausgesprochen schaurig wirkte, schien Isabeau das Fell, welches seine Beine bedeckte, fast wärmend – ein Schaffell eben. Wobei es sich dabei sicherlich nicht um das Goldene Vlies handelte, denn der dichte Pelz trug die Farbe der Nacht. Für einen Moment spiegelte sich das Licht der Kerzenflamme auf der Spielkarte in Monsieur de Gébelins Hand. Fast war Isabeau, als hörte sie des Teufels leises Lachen. In ihren Ohren klang es dunkel und verschlagen, aber auch süß und verlockend.

»Nun, der Teufel ist ein recht komplexes Wesen. Alles verstehen heißt nicht weniger, als alles verzeihen. Diese besondere Eigenschaft besitzt ausschließlich *le diable.*« Da war es wieder – dieses seltsame Knistern, das sogar die Kerzenflammen zucken ließ. Isabeau fühlte die Atmosphäre aufgeladen. Die unruhige Erwartung erinnerte Isabeau an die Stimmung am Bodensee, wenn ein Gewitter nahte – die spiegelglatte Oberfläche des Wassers, die Ruhe vor dem Sturm. Immer ist es die völlige Stille, die dem aufziehenden Unwetter eine würdige Bühne bereitet. Sades Gesicht lag im Schatten. Isabeau konnte sein Mienenspiel nicht erkennen. Ihre Hände umfassten die Armlehnen des Stuhls, bis sich das Holz schmerzhaft in ihre Unterarme bohrte.

»Und, was hat uns der Teufel nun zu sagen?«

»Genau wie Luzifer – der Lichtbringer – einst ein Engel war und erst von Gott in die Unterwelt gestoßen wurde, ist *le diable* nicht ausschließlich von dunkler Natur.« Monsieur de Gébelin senkte seine Stimme. »Erkennen wir das Licht nicht erst in der Dunkelheit? Halb abgestoßen, halb angezogen, empfinden wir doch für alles, was die Farbe der Nacht trägt, eine gewisse Faszination. Das Dunkle, das im Verborgenen Lebende. Geheimnisse werden im Schutz der Dunkelheit weitergegeben. Und Sünden nicht bei Tageslicht begangen. Selbst die wahrhaft großen Dramen des Menschseins – die Geburt und der Tod – finden zumeist in der Abgeschiedenheit der Nacht statt.«

Die Anwesenden nickten. Selbst Isabeau nickte, obgleich sie sich schon immer in der Dunkelheit gefürchtet hatte.

»Das Gegenteil des Tages ist die Nacht – die Finsternis«, fuhr Monsieur de Gébelin fort. »Wo der Fürst der Finsternis auftaucht, sind Begierde und Verlockung im Spiel. Der Teufel schert sich nicht um Moral und Sittlichkeit. Er will verführen und reizen. Er ist der Freund einer jeden Missetat.« Isabeaus

Hand lag im Schatten, als sie plötzlich spürte, wie Sade seine Hand auf die ihre legte. Beinahe wäre ihr ein Schrei entschlüpft.

»Fürchtet Ihr Euch am Ende vor mir?«, flüsterte er und lachte leise. Isabeau fühlte ihr Herz. Dessen Schläge nahmen die gesamte Brust ein, sodass sie fürchtete, selbst Monsieur de Sade könne es hören.

»Nun, Monsieur le Marquis, seid Ihr der geborene Verführer?«, wollte Gébelin wissen.

»Vielleicht«, sagte Sade und sah zu Isabeau. »Es kommt immer auf die Art der Verführung an …«

»Bitte, Monsieur de Gébelin«, bat Onkel Gustave. Doch seine Worte klangen nicht unbedingt nach einer Bitte. »Ihr ängstigt meine Nichte. Bedenkt, sie ist eine tugendhafte junge Frau aus ehrbarem Hause und noch ohne jede Erfahrung.«

Er wirkte, als schlucke er seinen aufkeimenden Ärger hinunter. Isabeau spürte deutlich, dass Gébelin in den Augen ihres Onkels eine Grenze überschritten hatte. Wenn es stimmte, dass diese Art des Tarots lediglich Eingeweihten vorbehalten war, empfand Isabeau die Grenzüberschreitung noch weitaus verlockender. Sicher wusste nicht einmal Luise um die Macht der Karten.

»Kommt, Gustave, seid kein Spielverderber!«, neckte Madame Lisanne Fournier. »Irgendwann muss die Kleine doch erfahren, für was der Name Sade steht …«

»Genug jetzt!«, zischte Gustave voller Ungeduld. »Isabeau wird sich jetzt in ihr Zimmer zurückziehen. Für sie ist das Spiel hier zu Ende!«

»Warum gönnt Ihr Eurer Nichte nicht wenigstens ein wenig Zerstreuung?«, wollte Valérie Legrande wissen.

Gustave vollführte eine abfällige Handbewegung und wandte sich dann an Isabeau. »Du hast gehört, was ich gesagt habe. Also bitte!« Er deutete zur Tür. Isabeau erhob sich nur zögernd von ihrem Stuhl.

»Aber wieso verlangt Ihr von mir …«

»Bitte, Isabeau!« Isabeau merkte, dass die Aufforderung ihres Onkels nicht verhandelbar war. Enttäuscht erhob sie sich und verließ den Blauen Salon mit einem letzten Blick auf Monsieur le Marquis.

Das Zartgefühl ist der Schatten, die Wollust der Körper und die Grausamkeit der Geist der Liebe.
Marquis de Sade

Vor der Tür war es dämmerig und still. Die wenigen Kerzen, welche die Treppen erhellten, tanzten noch im Luftzug der Tür. Dunkle Schatten bemalten die in Ochsenblutrot gehaltenen Wände mit einem unwirklichen Muster. Isabeaus Gang wirkte unsicher, und vor Aufregung und Wut schwindelte ihr. Rasch setzte sie sich auf die unterste Stufe der Treppe und wartete, bis sich ihre ungestümen Gedanken ein wenig legten. Was war dort drinnen mit ihr geschehen? Und wieso wollte Onkel Gustave um jeden Preis verhindern, dass sie den weiteren Ausführungen lauschte? Fürchtete er am Ende, dass Monsieur de Gébelin ein paar äußerst pikante Details verraten könnte? So musste es sein, dachte Isabeau. Noch immer fühlte sie ihre Hände feucht und ihren Mund trocken. Sie war außerstande, die Treppe hinaufzugehen. Isabeau erschrak, als die Tür zum Blauen Salon plötzlich aufschwang. Schon vermutete sie Onkel Gustave, der sich vergewissern wollte, ob sie seinen Anweisungen auch nachgekommen sei.

»Ich habe gewusst, dass Ihr den Wünschen Eures Onkels nicht entsprechen würdet«, flüsterte Sade. Seine Stimme klang dunkel und gefährlich nah.

Isabeau räusperte sich. »Und Ihr?«, fragte sie streitbarer, als ihr zumute war.

Ohne den Blick von ihr zu wenden, nahm Sade ihre Hand und hauchte einen leichten Kuss darauf. »Nun, schließlich kann mir Euer Onkel nicht verwehren, den Abort aufzusuchen, nicht wahr? Obgleich er das sicher gern getan hätte.«

Isabeau gelang es nur mühsam, ihre Verwirrung zu verbergen. Der frische Duft von Verbene kitzelte ihre Nase. Sades Finger hinterließen eine glühende Spur, als sie von ihrer Hand über den weichen Stoff ihren Arm hinaufwanderten. Aufreibend gemächlich tastete er sich bis zu der kleinen Vertiefung unterhalb ihres Schlüsselbeins. Isabeau erschauderte, als seine Hand in quälender Langsamkeit die nackte Haut ihres Dekolletés berührte und schließlich ihren Hals erreichte. Ein zarter Schweißfilm bedeckte die Haut ihrer Oberlippe und kitzelte zwischen ihren Brüsten. Sie fühlte jeden Widerstand erlahmen, als er ihren Nacken umfasste und seinen Mund auf ihre Lippen presste. Isabeau empfand seine Hitze wie ein Feuer, das sie verzehrte und dem sie doch nicht entkommen wollte. Selbst der Boden unter ihren Füßen geriet ins Wanken.

Der scharfe und völlig unerwartete Schmerz ließ sie aufschreien. Dick und schwer wie eine Perle quoll das Blut aus ihrer Unterlippe. Sie schmeckte es warm und metallisch in ihrem Mund. Als ihre Hand auf Sades Wange landete, erschrak sie selbst über die Heftigkeit. Schmerz und Entrüstung hatten sich in einer Ohrfeige entladen.

Sein leises Lachen schürte Isabeaus Zorn nur noch mehr, und der herausfordernde Blick ärgerte sie maßlos. Schließlich war es lediglich die Sorge, Onkel Gustave könne jeden Augenblick aus der Tür treten, welche sie an einem Wutausbruch hinderte.

»Ihr seid ein unverschämter Rüpel! Und Ihr überschätzt Euch maßlos!«, fauchte sie und tastete nach der kleinen Wunde auf ihrer Unterlippe.

»Wir sehen uns bald«, flüsterte Sade und leckte das Blut von ihrer Fingerkuppe. »Ihr schmeckt köstlich«, raunte er und streifte ihre Wange. »Auf bald, *ma chérie!*«

Isabeau schlug die Tür ihres Zimmers zu und warf sich aufs Bett. Tränen strömten über ihre Wangen und kühlten die Hitze in ihrem Gesicht. Lange Zeit lag sie nur da und lauschte ihrem eigenen Schluchzen. Noch immer konnte sie nicht glauben, dass Sade sie tatsächlich gebissen hatte. Doch das Blut und der pulsierende Schmerz auf ihrer Unterlippe sagten ihr, dass sie sich nicht getäuscht hatte. Und ihre Hand brannte noch immer von dem Hieb, den sie ihm versetzt hatte. Grimmige Freude floss durch ihre Adern, und während sie ihren Kopf auf das dicke Daunenkissen bettete, fühlte sie so etwas wie Genugtuung. Isabeau hoffte, seine Wange möge auch am morgigen Tag noch schmerzen. Genau, wie ihre Lippe noch tagelang wehtun würde. Ein Blick in den Spiegel bestätigte ihre Befürchtungen. Die Wunde auf ihrer Lippe war klein, aber stark gerötet und leicht geschwollen.

Nachdem sie eine Weile am Fenster gestanden und den letzten Lastkähnen nachgesehen hatte, öffnete sie die oberste Schublade ihres Sekretärs, förderte Tagebuch, Tinte und Feder zutage und begann zu schreiben.

Sade hat mich gebissen! Wie konnte er nur? Oh, wie gern ich ihn dort draußen vor der Tür lauthals beschimpft hätte! Er ist ein ungehobelter Flegel, dem man beim Militär offensichtlich keine Manieren beigebracht hat! Wie sehr ich mich über mich selbst ärgere! Weshalb nur konnte ich zulassen, dass er diese Macht über mich erlangt? Künftig werde ich mich von ihm fernhalten und ihm die kalte Schulter zeigen!

Sie legte die Feder weg und rieb sich die Augen. Isabeau wollte nicht mehr an ihn denken! Ach Anna, dachte sie. Wie gern ich mit dir über das Erlebte sprechen würde! Wie von selbst fanden ihre Gedanken den Weg aufs Papier.

Ist es nicht seltsam, dass Anna noch immer nicht geantwortet hat? Unzählige Briefe habe ich nach Mailand geschickt, und nicht ein einziges Wort kam zurück. Es macht mich traurig, und ich komme vor Sorge fast um. Auch Maman will mir keine Antworten geben und hüllt sich in Schweigen. Was mich nicht weiter verwundert. Weil Anna sicher noch in Mailand ausharren muss, bis das Kind auf der Welt ist. Oh, wie gern ich ihr von Sade erzählen würde! Er ist ein Teufel! Er hat mich allein durch seine Worte verführt! Und Camille hat mir ein paar Geheimnisse verraten. Anstößiges! Freilich weiß ich nicht, ob es nicht nur Geschwätz ist. Aber wenn es stimmt, ist er ganz offensichtlich verrückt! Zügellosen Ausschweifungen soll er sich hingeben und Orgien feiern. Camille hat es mir erzählt.

Die Tür schwang auf, und ein später Gast trat in den *Löwen* zu Lindau. Bis auf ein paar wenige Öllampen lag die Wirtsstube schon in völliger Dunkelheit.

»Wir machen gleich zu. Komm morgen wieder. Jetzt gibt es nichts mehr!«, rief der Wirt und stellte ein paar Steinkrüge zurück in die Regale.

»Bin … au auch … nicht zum Sau… Saufen hier!« Michel Renzinger torkelte in den Lichtkegel und zog den Hut vom Kopf, bevor er langsam auf den Tresen zuwankte. Der Wirt schob gerade Emmerat und dem alten Lorentz ein letztes Krüglein Wein hin und sah mürrisch zu Michel. »Bist du taub?«, fuhr ihn der behäbige Mann hinter der Theke an. Schwungvoll warf er das Leinentuch über die Schulter und stemmte die Hände in die Hüften. »Du kannst morgen wiederkommen! Für heute hast du ohnehin schon genug! Geh nach Hause!«

Der Fausthieb kam so plötzlich, dass Emmerat mitsamt dem Stuhl, auf dem er saß, zu Boden stürzte.

»A… Anna, s… sage ich nur! Anna, verste… verstehst du?«, lallte Michel zornig. »Selbst je… jetzt ka… kannst du … ddeine dreckigen Fi… Finger nich vo… von ihr la… lalassen!«

Der Schmerz raste wie ein wild gewordener Stier durch seinen Kopf, und Emmerat spürte, wie das Blut aus seiner Nase schoss. Tränen nahmen ihm die Sicht. Nur mühsam konnte sich Emmerat wieder aufrichten. Er taumelte rückwärts und suchte Deckung hinter dem Rücken des Vaters. »Bist du verrückt geworden?« Er betastete seine Nase und spuckte zu Boden.

Der alte Lorentz packte Michel am Kragen. »Du hältst jetzt dein verlogenes Maul! Verschwinde, bevor ich nach dem Dorfschulzen schicken lasse und du eine Nacht im Gefängnisturm zubringen kannst!« Dann wandte sich der alte Lorentz Emmerat zu. »Und du machst, dass du nach Hause kommst! Für einen Hosenscheißer wie dich ist hier Feierabend!«

Emmerat spürte, wie ihm der Zorn durch die Glieder fuhr. Was fiel dem Vater nur ein, vor dem geschwätzigen *Löwen*-Wirt und Michel so mit ihm zu reden?

»Du … du Hu… Hurensohn!«, stammelte Michel. Mit rollenden Augen schwang er abermals die Faust und setzte zu einem weiteren Schlag an. Einzig seinem Vater hatte es Emmerat zu verdanken, dass er dem nächsten Hieb entging. Der alte Lorentz fing Michels Faust ab und versetzte ihm einen groben Stoß vor die Brust. »Verschwinde gefälligst, und halt dein versoffenes Maul!«

Wie vom Donner gerührt starrte Emmerat in Michels zorngeweitete Augen. Zum Henker!, dachte er. Woher wusste der Hundsfott, dass Anna seinem Werben nachgegeben hatte? Er sah zum Vater hinüber. Seine Wut bohrte sich tief in seinen Magen. Langsam zog Emmerat seine Jacke an und nahm den Hut vom Haken an der Wand. Hier konnte er nichts mehr ausrichten, und mit dem Vater wollte er lieber keinen Händel beginnen. Dessen Wut würde er ohnehin noch zu spüren kriegen.

Nachdem die Tür ins Schloss gefallen war, verschluckte ihn die Nacht mit schwarzen Fingern. Nur hier und da schmauchte eine Pechfackel und warf ihren trüben Schein auf das Katzenkopfsteinpflaster. Aber schließlich hatte sowohl der Vater als auch der *Löwen*-Wirt gesehen, dass der Renzinger nur auf eine Keilerei aus war. Und was einer im Rausch sagte, konnte man ohnehin nicht für bare Münze nehmen! Genau das würde er morgen früh dem Vater erklären.

Er war noch nicht weit gekommen, als er aus dem Augenwinkel sah, wie die Tür zum *Löwen* ein weiteres Mal aufschwang. Der Wirt schob Michel auf die Gasse. »Geh und schlaf erst einmal deinen Rausch aus!«, rief er ihm nach.

»Aaber Aanna … Emmerat ddarf … iihr nich nicht scho… schon w… wieder …« Emmerat sah, wie der Vater aus der Schenke stob und Michel am Kragen packte. »Verschwinde, du Maulheld! Hättest du, wie verabredet, der Anna einen Antrag gemacht, gäbe es nun zwei Hochzeiten, und alle wären zufrieden. Den Batzen Geld, den du dafür eingesteckt hast, wirst du zurückzahlen! Sonst, das schwöre ich, gnade dir Gott! Und vergiss nicht, du warst es, der mir über die miserable Finanzlage der Bersperger-Werft berichtet hat. Wenn Bersperger davon erfährt, bist du deine Arbeit los. Einen Judas möchte niemand unter seinen Leuten wissen. Weder hier in Lindau noch sonst irgendwo.«

Emmerat presste sich unter das ausladende Vordach eines Schuppens und wartete, bis Michel an ihm vorbeiwankte. »Wwenn die Aanna ssich was aantut, iist dein Sohn der Schschuldige!«

Emmerat konnte kaum glauben, was er gehört hatte. Er spie aus. Der Vater widerte ihn an wie selten zuvor, und doch wusste er, dass er nichts gegen ihn unternehmen würde. Noch eine ganze Weile stand der Vater neben dem Wirt auf der Gasse. Emmerat schlich erst weiter, als Stille einkehrte und die beiden im Inneren des dunklen *Löwen*-Baus verschwanden.

Die Stimmen der Nacht lagen schon seit vielen Stunden über Paris. Der Kutscher schnalzte leise mit der Zunge und lenkte den dunklen Reisewagen über holprige Wege und ausgetretene Pfade, bis in das dunkle Sumpfviertel hinaus. Einzig das ferne Leuchten aus Richtung der Île de la Cité erinnerte noch an die Helligkeit der dicken Unschlittfackeln, welche Paris bereits seit Mitte des 17. Jahrhunderts Nacht für Nacht in ein Lichtermeer verwandelten. Freilich trugen auch die Kerzen in Fenstern, an Türen und in gemauerten Vorsprüngen dazu bei, dass die Verbrechen in der Stadt merklich nachließen. Nur der bestialische Mörder, welcher den Frauen das Herz aus der Brust riss, schien sich von der Helligkeit nicht abhalten zu lassen. Hier draußen musste der Kutscher den Weg kennen, sonst drohte der Tod! Niemand verirrte sich in das Sumpfviertel, weil sich dort Gesindel aller Art herumtrieb. Hier wechselte Hehlerware ihre Besitzer, und düstere Kaschemmen lockten all jene, die nicht gesehen werden wollten. Wahrsagereien und verbotene Glückspiele fanden sich an jeder Ecke. Auch die Rue des Treize machte hier keine Ausnahme. Als die Kutsche schließlich vor einem halb verfallenen Gebäude hielt, stoben ein paar Ratten auseinander. Gestört vom Hufgetrampel, leuchteten ihre Augen im milchigen Schein der Kutschlaterne auf, bevor sie in der Dunkelheit verschwanden.

Sade verließ die Kutsche als Erster. Der Sumpf schmatzte unter seinen Sohlen, während er, gefolgt von der übrigen Tarotgesellschaft, die wenigen Schritte bis zur Tür des abbruchreifen Hauses balancierte. Er klopfte rasch, dann zählte er langsam bis zehn und klopfte weitere dreimal. Diesmal langsam. So wollte es Rahul von seinen Gästen.

Als das geheime Klopfzeichen in der dunklen Gasse verhallte, öffnete ein kleiner spindeldürrer Mann mit dunkler Haut und schneeweißen Zähnen. »Bonsoir, Mesdames et Messieurs. Bitte treten Sie ein.« Schwüle Hitze waberte ihnen entgegen. Rasch durchquerte die kleine Gesellschaft das gut besuchte Nachtcafé. Sade sog den Atem ein. Er liebte die von Rauch, Branntwein und Schweiß geschwängerte Luft, die wie eine Glocke über den Räumen hing. Im schummrigen Licht einiger weniger Öllampen gaben sich mehrere Männer einem Spiel mit Würfeln hin. Sie lachten laut und leerten ihre Gläser. Kleine Tische luden in Nischen zum Plaudern und Trinken ein. Die meisten waren bereits besetzt, und im Vorbeigehen vernahmen die Gäste der Tarotgesellschaft lediglich ihre leisen Unterhaltungen. Schimmernde Louis d'or wechselten ihre Besitzer, und Karten wurden in einer Séance gelegt. Selbst im Russischen Roulette konnten die Spieler ein Vermögen gewinnen oder ihr Leben verlieren. Rahul führte sie hinter einen Paravent, wo er einen Knopf neben dem Bücherschrank drückte. Die Bücher schwenkten zur Seite und gaben den Weg in das angrenzende Zimmer frei. Schwerer Opiumduft lag in der schwülen Luft, was die beiden Damen mit albernem Kichern quittierten. Leicht bitter, mit pfeffrigen Noten waberte der Rauch in dichten Schwaden über dem Boden. Dicke Teppiche dämpften ihre Schritte, während sich das Licht einiger weniger Kerzen in den prachtvollen Wandspiegeln brach. Niemand, der es nicht mit eigenen Augen gesehen hatte, vermutete hinter den verfallenen Mauern diesen prachtvollen Luxus. Rahul las seinen Gästen jeden Wunsch von den Augen ab. Während sie ihm nun durch den ersten Raum folgten, führte er sie entlang der mit Tüchern bespannten Wand. Etliche der sternförmig aufgestellten Chaiselongues waren bereits besetzt. Nur um die Mitte, die ein dampfender Samowar bildete, standen noch ein paar

Gäste. Sie genossen russischen Tee, der in kleinen Tassen serviert wurde. Sade fragte Rahul nach der heutigen Reservierung.

»Monsieur, bitte Euren Besuch ungestört genießen und keine Sorgen machen! Ich den Salon rouge bis Hahnenschrei für Monsieur belegt.« Sade bedankte sich, drückte Rahul einen Louis d'or in die Hand und folgte ihm mit seinen Gästen in den Roten Salon. Der kleine, ausnahmslos in Rot gehaltene Raum strahlte eine besondere Intimität aus. Nur ein paar wenige Liegebetten und ein Meer von Polstern mit orientalischen Mustern warteten auf ihre Gäste. Bereitwillig ließen sich Sade und seine Begleiter in die Kissen sinken und nahmen die langstieligen Opiumpfeifen entgegen. Die Unterhaltung der Herren wurde rasch einsilbiger. Leises Gelächter folgte, bis sich watteweiche Stille über die Rauchenden legte. Nur Sade machte hier und da noch einen makabren Scherz auf Kosten der beiden anderen Herren. Die Damen äußerten ein paar Neckereien in seine Richtung, bevor sie nur noch kicherten und endlich in ihrem Rausch verstummten.

Bald schien ihm, als neigten sich die Wände herunter. Er inhalierte den Rauch tief, und mit jedem weiteren Zug aus der zierlichen Pfeife fühlte er mehr und mehr ein Verschmelzen mit dem schweren Rot des Raums. Ihm war, als pulsierten die Wände. Sie wirkten wie in Blut getaucht. Rot und schwer stieg es vom Boden aufwärts durch die Decke und wieder zurück. Bald flutete es den gesamten Raum und ergoss sich rot und warm über seinen Leib. Pfeffrige Wärme hüllte ihn in seliges Vergessen. In einer Ecke seines Seins regte sich schon bald ein anderes Verlangen. Unstillbar hatte es seine Lenden erfüllt und zwang ihn hinter den raschelnden Perlenvorhang, der wie eine Rettung im Meer der Begierde leuchtete. Er genoss das Beben. Das stete Auf und Ab seines Atems. Die winzigen Schweißtropfen der schwarzäugigen Schönheit, welche er in die Arme zog. Ihr glänzendes Haar schimmerte wie geöltes Holz.

Obwohl er sich schon kurze Zeit später der Kunst ihrer Hände und Lippen überließ, spürte er keine Erfüllung. Das Aufstehen fiel ihm schwer, und der Boden wankte gefährlich, während er der Schwarzäugigen das seidene Kleid vom Leib streifte. Der Drache in seinem Inneren war erwacht und verlangte nach mehr. Er begehrte Schmerz, Blut und das Überschreiten einer Grenze, die es für Sade nicht gab. Nach kurzer Überlegung entschied er sich für einen biegsamen Stock, der zusammen mit einer Lederpeitsche auf einem kleinen Tisch lag. Glatt und kühl lag der Bambus in seiner Hand, während er den Stock über die üppigen und weit ausladenden Gesäßbacken der dunkelhaarigen Schönheit tanzen ließ. Noch gurrte die Schöne wie ein Täubchen und lockte ihn mit ihrem glatt rasierten Geschlecht. Zuerst rötete sich die Haut, dann hinterließ der Stock bläuliche Striemen. Ihre flehenden Schreie verhallten ungehört. Erste Blutstropfen rannen der Schwerkraft folgend Richtung Boden. Gierig leckte er das Blut ab und spürte dem Geschmack in seinem Mund nach. Er liebte die Vermischung der Säfte. Blut und Speichel. Samen und … Er nahm sie von hinten und stieß sie mit aller Kraft, während seine Finger ihren Anus fanden. Wie immer hatte er auf dem Tisch ein Fläschchen Öl gefunden, welches, mit Opium und Cantharis versetzt, noch den rigidesten Körperöffnungen zu Geschmeidigkeit verhalf. Den Schreien der Schönen begegnete er mit weiteren Hieben. Im raschen Wechsel kam er endlich dem kleinen Tod näher. Er sehnte es herbei … das krampfhafte Ringen … wie eine Wand, die unter dem stetigen Beben der Erde nachgab und mit ohrenbetäubendem Krachen zu Staub zerfiel … Schwer atmend sank er, bereits halb im Land des Vergessens, in die Kissen. Opium!, dachte er. Hier an dieser Schwelle möchte ich sterben …

Mit kleinen Schritten durchquerte Jean-Baptiste Comte de Sade den Salon in der Rue de Condé. Obgleich der Salon geheizt war, tat ihm jeder Knochen weh. Dieser elende Winter!, dachte er kurz und hoffte, der März möge bald mit steigenden Temperaturen das Frühjahr bringen. Bislang fror es noch in manchen Nächten, und selbst die Tage waren nicht mild. Erst vor einer Woche hatte er die Sterbesakramente empfangen, weil er nach dem Besuch in Rahuls Rauchsalon Furcht hatte, dass es mit ihm zu Ende gehe. Inzwischen fühlte er sich schon etwas kräftiger und konnte das Bett wieder verlassen. Wäre da nicht die Sorge um seinen unbelehrbaren Sohn gewesen, hätte sich der Comte seines Daseins erfreut. Das Kreuz mit diesem Windhund schien ihm ein einziges Kümmernis und überschattete jeden Tag und jede Stunde seines Lebens. Obgleich er ihn ausdrücklich vor Louis Marais gewarnt hatte, schlug Donatien bislang jeden gut gemeinten Rat in den Wind und genoss das Leben in vollen Zügen. Freilich taten das alle, die es sich leisten konnten – doch diese blieben mit ihren Ausschweifungen wenigstens im Verborgenen. Obgleich der Comte froh war, dass Gott ihn an keinem anderen Fleckchen Erde haben wollte, wusste er, dass Paris einer Hure glich. Im hellen Licht des Tages zeigte sich die Stadt in einem schillernden Kleid aus Frömmelei und Blendwerk. Doch sobald die Stadt von der Nacht geküsst wurde, trug sie nur noch Rot. Rote Lippen, rote Spitze, roten Wein und bisweilen auch Blut! Gedankenverloren nahm er einen Schluck Kaffee und spürte der bitteren Hitze nach, die sich über seinen Gaumen legte. Natürlich konnte er seinen Sohn nicht einsperren, obwohl ihm manchmal danach war. Immerhin hatte der junge Mann unzählige Jahre des Krieges durchlebt. Und der Krieg hatte die Menschen schon zu allen Zeiten verändert. Zu seiner Freude hatten die Schlachten und Metzeleien Donatiens Seele aber heil gelassen – zumindest soweit er das beurteilen konnte. Dennoch verspürte er weder allzu große Lust noch hatte er die entsprechenden Mittel, die Eskapaden seines Sohns weiterhin zu dulden. Donatiens Erziehung hatte fast das gesamte Vermögen der Familie Sade verschlungen. Nicht zum ersten Mal fragte sich Jean-Baptiste, ob es nicht ein gehöriger Fehler gewesen war, Donatiens Bildung aus der Hand zu geben. Immerhin hatte er seine weitere Erziehung nach den strengen Jahren im Jesuitenkolleg seinem Bruder, dem Abbé de Sade, auf Schloss Saumane übertragen. Was dort zwischen Marseille, Aix-en-Provence und Avignon am Rande des Luberongebirges in der Gemeinde Lacoste geschehen war, wusste der Herrgott allein. Mit dem Studium der Bibel hatten die beiden ihre Zeit mit Sicherheit nicht zugebracht, obgleich der Abbé das Amt eines Bischofs bekleidete. Der Comte schüttelte den Kopf. Sein Bruder führte das ausschweifende Leben eines mehr als weltlichen Mannes. Daran hinderte ihn weder die Position eines Generalvikars von Toulouse noch das Amt des Zisterzienserabtes zu Ébreuil. Letztlich bedeuteten beide Ämter lediglich, dass er viel Geld für seine Ernennungen bezahlt hatte.

Seit Stunden wartete der Comte nun schon auf die Rückkehr seines Sohnes, der bereits in der Frühe auf die Polizeiwache bestellt worden war. Nicht, dass er um Donatien fürchtete! Ganz im Gegenteil – ein klein wenig Respekt konnte nie verkehrt sein, zumal der Heißsporn selbst nach ein paar Tagen Haft sein Haupt nicht neigen wollte. Beim letzten Mal konnte Donatien Inspektor Louis Marais noch entkommen. Ob es diesmal ebenso glimpflich ablaufen würde, stand in den Sternen. Der Comte wusste um den fanatischen Staatsdiener. Marais verachtete jedes Vergnügen und stellte den Gehorsam an erste Stelle. Als Sittenwächter hatte er sicher schon hinter manchen Vorhang gesehen, und selbstverständlich kannte Marais die Hure, welche Paris im eigentlichen Sinne war. Donatiens Mangel an Königstreue und Gottesglauben und seine Neigung, allen davon zu erzählen, trugen nicht unbedingt zu einem besseren Verhältnis zwischen dem Polizeiapparat und seinem Sohn bei. Daneben forderte die Stadt von Marais, dass er ihnen endlich den Mörder präsentierte, der des Nachts Mädchen und Frauen tötete, ihnen das Herz herausriss und sie anschließend in die Seine warf. Mit sorgenvollen Gedanken ließ sich der Comte heißen Türkentrank aus einer Silberkanne nachschenken. Ein paar Schlucke des bitteren Gebräus und er konnte wieder klarer denken. Dass sich die jungen Hirsche noch das Geweih abstoßen mussten, stand ja außer Frage. Zu diesem Zweck unterhielt Madame Gourdan ein paar Straßenzüge mit Hurenhäusern. Wie die Kosten für die Dienste der Frauen von einigen wenigen Sols bis zu mehreren Louis d'or reichten, so unterschieden sie sich auch, was ihre Schönheit und ihre Gewandtheit betraf. Das Spiel mit der Peitsche, der Gerte oder dem Stock wurde dort nicht ganz so selten verlangt, wie man das zur Prüderie neigende Volk gemeinhin glauben machen wollte. Selbst die Vorliebe für das Hintertürchen konnte nicht ganz totgeschwiegen werden. Die Praktik des Analverkehrs war allein schon deshalb sehr beliebt, weil sich auf diese Weise eine Schwangerschaft verhindern ließ. Wollten sie nicht ständig zu Eibenspitzen und Petersilie greifen und den eigenen Tod riskieren, ließen die Huren ihre Freier gern auf diese Weise gewähren. Obgleich Donatien in Madame Gourdans besten Häusern verkehrte und Unsummen für die Dienste der Damen bezahlte, zog es ihn immer wieder zu den Mädchen, die einem ehrbaren Beruf nachgingen, wie etwa Kammerzofen und Gesellschafterinnen. Was er sich von diesen Mädchen erhoffte, hatte sich dem Comte bislang nicht erschlossen. Eines dieser Mädchen hatte ihn nun angezeigt. Sie behauptete, Donatien habe sie gezüchtigt, bis ihre Hinterbacken bluteten. Doch damit nicht genug – soll er sie zu allem Überfluss auch noch verführt haben, Kantharidinbonbons zu naschen. Im Volksmund war die Cantharis vesicatoria auch als Spanische Fliege bekannt, ein starkes Reizgift, welches das geschlechtliche Verlangen steigern sollte.

Der Comte sah auf die goldene Taschenuhr und seufzte. Nichts mehr als Blendwerk und Luftbilder – das schwere Tafelsilber, die Teppiche und Gemälde und all die fein gearbeiteten Möbel hier in der Rue de Condé. Seit Jahren schwand ihr einst stattliches Vermögen zu einem armseligen Taschengeld. Nicht zuletzt, weil er sich selbst außerstande sah, einen Sparkurs einzuhalten, welcher die Familie vielleicht vor ein paar Monaten noch gerettet hätte. Einerlei!, dachte der Comte und rieb sich die schwachen Augen. Was vorbei ist, dem lohnt es nicht nachzutrauern! Nun galt es, Donatien mit einer vermögenden Familie zu verbinden. Dann wäre auch sein eigenes Auskommen wieder gesichert. Sehr zu seinem Bedauern teilte sein starrköpfiger Sohn solche Heiratspläne mitnichten.

Der Comte erhob sich aus seinem Stuhl und trat ans Fenster. Dabei gierte die Familie Montreuil geradezu nach einem gewinnbringenden Namen und den daraus folgenden Verbindungen zum Hochadel. Beides konnten die de Sades mit Leichtigkeit vorweisen, weshalb er bereits mit dem Vater des Mädchens übereingekommen war. Einzig Donatien hatte noch immer nicht in die Ehe eingewilligt. Ganz im Gegenteil! Er bezeichnete Renée-Pélagie als unansehnlich und völlig reizlos. Was im eigentlichen Sinn, leider Gottes, auch stimmte. Sehr zu seinem Leidwesen hatte der Filou dafür einen Narren an Gustaves kleiner Nichte gefressen. Das Mädchen hatte seinen Sohn in einen seltsamen Bann gezogen. Kam sie doch ganz ohne Bewunderungsstürme aus, mit welchen die Damenwelt Donatien für gewöhnlich überhäufte. Ein furchtloses Lächeln, ansonsten zeigte sie ihm die Zähne oder, was ihn wohl noch mehr reizte, die kalte Schulter. Ihr Widerspruchsgeist und ihre starrsinnige Art suchten wahrlich ihresgleichen. In ihrem Ungehorsam stand die kleine Bersperger Donatien sicher in nichts nach. Und deshalb würde sein Sohn auch die kleine Montreuil zur Frau nehmen! Basta!

Bei einem weiteren Blick auf die Taschenuhr rückte der Zeiger bereits auf die neunte Stunde. Draußen erwachte langsam das Leben. Leise ächzend ließ der Comte sich wieder auf dem samtbezogenen Stuhl nieder und blätterte in seinen Aufzeichnungen. Seit Jahren schrieb er nun schon Theaterstücke. Zumeist ein wenig frivole. Manchmal sogar recht schamlose. Daneben versuchte er sich in Gedichten – bislang leider ohne Erfolg. Aber es machte ihm Freude zu sehen, dass er diese literarische Ader, das lobsingende Blut seinem Sohn vererbt hatte.

»Ich erinnere mich nicht, Euch einen Stuhl angeboten zu haben!«, schnarrte Louis Marais gereizt. Bevor der Inspektor die zu Papier gebrachte Aussage überflog, musterte er Sade mit feindseliger Miene. Seitdem der Tunichtgut erst kürzlich für ein paar Tage hinter Gittern gewesen war, hatte Marais die Pflicht, die Schritte des jungen Sade zu überwachen. Seine Majestät selbst hatte es so angeordnet. Eingesperrt hatte er Sade, weil er von einem Mädchen derart gotteslästerliche Handlungen mit einem Kruzifix verlangt hatte, welche sich ein gesunder Mensch nie und nimmer ausdenken konnte. An Einzelheiten wollte Marais in diesem Augenblick nicht denken, aber Sade selbst soll Gott in dieser Nacht mehrmals verflucht haben. Seit der aufsässige Kerl wieder in Paris weilte, schien die Stadt ohnehin in einem Ausnahmezustand. Dazu kamen noch diese neuerlichen Anschuldigungen der Margaret Bonnet und die furchtbaren Morde der letzten Zeit. Nachdenklich fuhr er sich mit den Händen über die Perücke und überlegte. Marais kämpfte die abscheulichen Gedanken zu Boden, die sich ihm aufdrängten, wenn er in Sades Gesicht sah. Ein blasierter Schönling aus gutem Hause, dem die Weiber in Scharen nachliefen. Bei Gott!, dachte er. Über den jungen Marquis erzählte man sich allerhand Dinge. Und wenn er sich die aufgelöste junge Frau ins Gedächtnis rief, die ihm im Morgengrauen diese

Abscheulichkeiten berichtet hatte … Widerwärtigkeiten, welche diese Schreibstube nie zuvor gehört hatte. Marais balancierte eine Bleikugel von der Größe eines Eis in seinen Fingern, um seine Nerven zu beruhigen. Ein winziges Lächeln umspielte seine Lippen. Es erzählte von Härte und Arrest. Louis Marais war das sittliche Auge und Ohr von Paris, und heute hatte er eindeutig den fettesten Fisch am Haken. Nun war hoffentlich die Zeit gekommen, da er diesem elenden Hurenbock selbst zeigen würde, was ein längerer Arrest aus einem verwöhnten Burschen machen konnte. Eine Welle der Genugtuung überlief ihn. Letztlich fiel der Apfel eben selten weit vom Stamm. Auch mit dem Vater hatte er mehrfach einen Disput ausgefochten. Den Sohn aber empfand Marais um ein Vielfaches unheilvoller. Die Tage des Comte waren bereits gezählt – er war ein alter Mann. Donatien aber stand in der Blüte seines Lebens. Nun war es also an ihm, die Stadt von diesem Ungeheuer zu befreien. Marais kratzte sich am Kopf. Dies musste allerdings mit äußerster Vorsicht geschehen. Immerhin war Sade kein Niemand! Ganz im Gegenteil – die de Sades waren über eine Seitenlinie der Bourbonen sogar mit dem Königshaus verwandt. Doch wenn er diesen Bock erst einmal hier im Kerker hatte, wollte er dafür Sorge tragen, dass er keinen Nutzen aus seiner hochkarätigen Verwandtschaft mehr ziehen konnte. Dann sollte ihm weder seine hohe Bildung noch sein Äußeres dienlich sein. Ja, nicht einmal sein unflätiges Verhalten konnte ihn dann noch retten. Adel hin oder her!, dachte Marais. Seit Wochen wartete er schon darauf, doch nun war seine Stunde gekommen. Erwartungsvoll schob er die Aussage der Kleinen beiseite. Nun wurden Männer gebacken und keine Knaben geknetet!

»Mann, steht auf, wenn ich das Wort an Euch richte!«, schnappte Marais. Seine ohnehin kleinen Augen waren zu schmalen Schlitzen verengt, und seine Stimme klang hitzig. Donatien tat, als habe er den Inspektor nicht gehört. Im Gegenteil, nun ließ er noch das letzte Maß an Etikette fahren und lümmelte mit rundem Rücken auf seinem Stuhl. Gerade so, als säße er zum reinen Vergnügen hier. Obgleich sich die Lehne aus grobem Ziegenleder hart zwischen seine Schulterblätter bohrte, begegnete er dem aufgebrachten Staatsdiener mit einem spöttischen Lächeln. Im vollen Bewusstsein, dass ihm nun Marais' Zorn zuteilwurde, schweifte sein Blick gelangweilt durch das düstere Kabinett. Nur hier und da verweilte Sade ein wenig länger in einer besonders hässlichen Ecke. Marais' Schreibstube glich in der Tat einem armseligen Rattenloch. Darüber täuschte selbst das bullige Gebäude auf der Île de la Cité nicht hinweg. Nach außen hin verdeutlichte es zwar die Wehrhaftigkeit des Staatsapparates, doch im Inneren wirkte es gedrungen und schäbig. Außer einem winzigen Schreibtisch, hinter welchem Marais mit kerzengeradem Rücken saß, gab es nicht viel zu entdecken. Entlang der rußgeschwärzten Wände reihten sich ein paar baufällige Regale, gefolgt von einem alten Aktenkasten, dessen Tür sperrangelweit offen stand, und dem armseligen Kamin in der Ecke. Dort glomm lediglich ein winziges Feuerchen, welches den Winkel um den Schreibtisch nur mäßig wärmte. Im Schein einer einzigen Kerze schrieb der Inspektor mühsam den 28. Februar 1763 in die rechte obere Ecke des faserigen Papiers und musterte sein Gegenüber wortlos.

Obgleich Sade den Inspektor höchstens auf Mitte dreißig schätzte, wirkte sein Gesicht verhärmt und mager. Ganz offensichtlich hatte ihn seine Arbeit über die Jahre gezeichnet. Seine an sich vollen Lippen wirkten verkniffen und verliehen seinem Mund einen grausamen Zug. All das berührte Donatien nicht. Der Inspektor war ihm vollkommen gleichgültig. Wenn er aber schon in diesem feuchten kalten Loch ausharren musste, wollte er Marais wenigstens ein wenig aus der Fassung bringen.

»Nun, Monsieur de Sade, was Euch Margaret Bonnet vorwirft, ist wahrlich das Widerlichste, was mir je zu Ohren gekommen ist!« Donatien hob betont gelangweilt seine Augenbrauen. »Schon möglich«, entgegnete er kühl und sah dem Inspektor offen ins Gesicht.

»Laut diesem Protokoll habt Ihr Euch auf dem nackten Gesäß der kleinen Bonnet mit trockenem Besenreisig vergnügt. Die Schläge sollen so hart gewesen, dass ihr das Blut die Beine hinuntergeflossen sei«, las der Inspektor stockend vor. »Kein Mensch tut so etwas!«, schnappte er und presste die Lippen zusammen. »Zudem hat Margaret angegeben, dass Ihr sie gezwungen habt, im Gegenzug Euer nacktes Gesäß mit dem Besen zu bearbeiten.« Marais warf die Akte auf den Schreibtisch und fixierte ihn mit eisigem Blick. Dieser Narr!, dachte Sade amüsiert.

»Nun, durch den Stoff der Hose hindurch wären die Hiebe weit weniger verlockend gewesen. Außerdem wollte ich das teure Kleidungsstück schonen. Blut verdirbt den besten Stoff und gibt wahrlich hässliche Flecke.«

»Ihr antwortet lediglich, wenn ich es Euch erlaube! Habt Ihr das verstanden?« Sade wusste, dass sich der Inspektor weitaus mehr Respekt gewünscht hätte.

»Am Ende seid Ihr gar kein Mensch, sondern die Bestie, die seit Wochen des Nachts durch die Gassen schleicht und mordet. Selbst im *Mercure de France* kann man bereits Andeutungen dieser Art lesen. Und auch die kleine Bonnet hat Euch als reißenden Wolf bezeichnet. Und hier haben wir seitenweise Aussagen, dass es sich bei dem Mörder um einen Mann handelt, der zum Wolf wird.« Marais biss die Zähne zusammen. »Zunächst, und das gebe ich freimütig zu, schenkte ich den überspannten Aussagen der Weiber keinen Glauben. Erst nachdem ich die Wochen gezählt habe, seitdem Ihr wieder in Paris weilt …«, überlegte der Inspektor laut. »Ein weiterer Beweis ist wohl die Tatsache, dass viele dieser grauenvollen Taten um den Vollmond herum geschehen sind.« Schließlich räusperte er sich, zog das Taschentuch aus der Hose und fuhr sich über die Stirn. »Also, was sagt Ihr dazu?«

»Ein verlockender Gedanke!«, entgegnete Sade schmunzelnd und senkte die Stimme. »Immerhin sollen Männer, welche die Macht besitzen, sich in einen ›Mannwolf‹ zu verwandeln, ihre Gabe direkt vom Teufel erhalten. Da ich weder ein Wolf noch der Mörder bin und ihn auch nicht kenne, fürchte ich, werde ich Euch in diesem Punkt keine große Hilfe sein. Aber bedenkt, dass der Mörder in den Vollmondnächten wenigstens keine Laterne mit sich tragen muss. Er hat die Hände – oder wenn Ihr so wollt – die Pfoten frei.«

»Ihr seid ein Ungeheuer! Oder weshalb sonst habt Ihr der Kleinen so etwas angetan?«

»Monsieur l'Inspecteur«, begann Sade galant. »Sicher habt Ihr einen Reisigbesen hier in der Polizeiwache, oder?« Marais schüttelte den Kopf und warf ihm einen unverständigen Blick zu. »Wozu einen Besen?«

Donatien lehnte sich über den Schreibtisch.

»Dann könnte ich Euch hier und jetzt den Beweis erbringen, dass Euch die kleine Bonnet zum Narren gehalten hat.«

»Unsinn, weshalb sollte sie das tun?«

»Um Aufsehen zu erregen. Um Euer Mitleid zu erhaschen. Was weiß ich, weshalb sie gelogen hat.«

»Dann leugnet Ihr also, die Rute benutzt zu haben?«, fragte Marais bissig.

»Haben meine Einwände denn mehr Gewicht als ein wahllos abgeschlagener Fischkopf, den ein Marktweib in den Dreck wirft?«

Marais' Gesicht zeichnete ein listiges Lachen.

»Seht Ihr«, entgegnete Sade amüsiert. »Es ist völlig zwecklos, wenn ich mich angesichts dieser Anschuldigung wie ein Aal winde, um nur ja nicht in Euer Netz zu geraten.«

Marais verschränkte die Arme vor der Brust. »Was habt Ihr dann mit dem Besenreisig getan, wenn es nicht der Züchtigung diente?«

»Nun«, begann er und legte die Fingerspitzen aneinander. »Die Rute soll einzig der Lust dienlich sein. Sie erzeugt lediglich einen kleinen scharfen Schmerz, der mit der Durchwärmung des Popos ausschließlich das Verlangen steigert. Mehr nicht.« Er hob seine Hände. »Wenn Ihr allerdings den Schmerz wünscht, welcher Euch die Tränen in die Augen treibt, müsstet Ihr schon zu frischen, noch biegsamen Weidenruten greifen. Diese schneiden in der Tat durch die Haut, bis weit ins Fleisch hinein, und hinterlassen hässliche Wunden. Dann spricht man allerdings nicht mehr von Verlangen und Begehren, sondern von Folter. Und das ist grundsätzlich etwas anderes.«

Verächtlich schüttelte der Inspektor den Kopf und rückte auf die vorderste Kante seines abgewetzten Stuhls.

»Freilich könntet Ihr auch meine Hinterbacken in Augenschein nehmen. Dann würdet Ihr sehen, dass es auch dort keine Wunden gibt. Doch wer weiß, am Ende findet Ihr noch Gefallen daran.«

»Ihr seid noch weitaus abstoßender, als ich das je für möglich gehalten habe.« Marais sprang aus seinem Stuhl und eilte zur Tür. »Merde!«, fluchte er leise und presste die Bleikugel, bis seine Knöchel weiß hervortraten.

Sade wusste, dass er den Inspektor langsam aus der Fassung brachte. »Demnach habt Ihr die kleine Bonnet also nicht gezwungen, mit Euch so zu verkehren, wie es zutiefst anstößig und verboten ist?«

Sade schlug die Beine übereinander und maß den Inspektor mit amüsiertem Blick. »Freilich habe ich diese zarte Blüte in allen für Euch vorstellbaren und unvorstellbaren Möglichkeiten genommen. Schließlich war die Nacht lang«, bekannte er mit einem vielsagenden Grinsen.

»Dann leugnet Ihr also auch nicht, dass Ihr Margaret genötigt habt, äh … also … nun, wie sagt man doch gleich …« Marais zog wieder das Taschentuch aus der Hose und trocknete seine Stirn. »Also in einer Weise mit ihr verkehrt zu haben, wie es allenfalls Sodomiten praktizieren?«

Sade warf den Kopf in den Nacken und lachte. »Nein, ich leugne nicht. Und ich kann Euch versichern, ihr Arsch«, er untermalte seine Worte mit einer ausladenden Geste, »er war prächtig!«

Er wertete Marais' Schnauben als einen Sieg. »Ihr wisst, dass diese Art von Verkehr sittenwidrig ist. Mehr noch, er ist per Gesetz verboten! Lediglich Tiere verkehren auf diese widerliche Art und Weise. Menschen von Stand, zu welchen Ihr Euch ja gewiss zählt, tun so etwas zutiefst Abstoßendes nicht!« Mit jedem Wort war Marais' Stimme angeschwollen, bis er schließlich die letzten Worte gebrüllt hatte. Seine Augen waren weit aus den Höhlen getreten, und die Bleikugel flog von einer Hand in die andere.

»Das glaube ich weniger«, gab Sade zu bedenken und verschränkte die Arme vor der Brust. Er konnte nicht leugnen, dass er den konfusen Zustand des Beamten genoss. »Im Normalfall paart sich die Tierwelt einzig zum Erhalt ihrer Art. Und das wiederum funktioniert beim Eintreten durch das Hintertürchen ganz und gar nicht. Ich glaube, Ihr bringt da etwas ganz furchtbar durcheinander.« Donatien lehnte sich zurück. »Zugegeben, vielleicht hat sich Margaret Bonnet die Nacht ein wenig anders vorgestellt. Mit Sicherheit wird sie sich noch eine Weile an mich erinnern. Doch abgesehen von ein paar blauen Flecken und einer gewissen Wundheit wird die junge Dame keine bleibenden Schäden von den Stunden mit mir behalten. Zudem hätte sie zu jeder Zeit gehen können. Ich habe es ihr freigestellt. Das wiederum tat sie nicht, weil ihr unser Spielchen gefiel und sie es genossen hat. Darüber hinaus hat sie den Louis d'or, welcher mir ihre Dienste wert waren, mit Freuden genommen.«

»Wenn Ihr mich fragt, so besteht kein Zweifel daran, dass Ihr der Mörder seid. Zumindest tragen die Verbrechen ganz und gar Eure Handschrift.« Marais beugte sich zu ihm hinunter. »Der Schlächter reißt seinen Opfern das Herz heraus. Und ich wette darauf, dass er sich davor in jeder erdenklichen Art und Weise an ihnen vergeht. Seine perversen Vorstellungen von Lust auslebt, genau wie Ihr sie hegt …«

Sex ohne Schmerz ist wie Essen ohne Geschmack.
Marquis de Sade

Unzählige Fackeln sandten ihr Licht über den weitläufigen Vorplatz, welcher zum Palais des Tuileries führte, und belebten den feinen, elfenbeinfarbenen Kalkstein zum Leben. Flammenzungen leckten über den Stein, und Schatten malten bizarre Muster auf die Wege, über welche die Gäste dem weit geöffneten Portal entgegenströmten. Livrierte Diener sorgten für das Wohlergehen der rund fünfzehnhundert Menschen. Sie waren nicht nur den Damen beim Aussteigen aus den Kutschen behilflich, sie nahmen auch die sündhaft teuren Capes, Mäntel und Umhänge aus Zobel, Nerz oder golddurchwirktem Brokat entgegen und wiesen den Ankommenden den Weg zu Europas größtem Konzertsaal – der Salle des Cent-Suisses. Im Inneren des Saals der Hundertschweizer sorgten monumentale Kronleuchter, welche von mehreren hundert Kerzen befeuert wurden, für ein zart schmelzendes Licht. Es schmeichelte dem Teint der Damen und schickte feine Glanzlichter auf ihre gewagten Dekolletés.

Marmorsäulen in strahlendem Weiß trugen die mit Blattgold verzierte hohe Decke, während dicke Läufer in Blutrot jeden Schritt dämpften. Ein monumentales Schachbrett aus schwarzen und weißen Quadraten bildete den Boden. Isabeau schwindelte fast, als sie die vielen Spiegel betrachtete, welche dem Saal ein noch weitläufigeres Ausmaß verliehen, als er ohnehin schon besaß.

»Mademoiselle Bersperger, wie schön, Euch wieder einmal zu sehen! Oh, und in Begleitung der sehr verehrten Tante. Ich grüße Euch, Madame!«, sagte Xavier Bastian salbungsvoll. Er küsste Tante Luise und Isabeau die Hand und begrüßte Onkel Gustave mit einem Handschlag. Während des kurzen Gesprächs mit Monsieur Bastian nickte Isabeau einigen Bekannten zu und erwiderte ein paar Bisous.

»Ich hoffe, wir treffen uns nach dem Konzert alle noch auf ein Glas Champagner!« Tante Luise nickte dem jungen Chevalier du roi erfreut zu, während Isabeau zwischen all den Besuchern Paulette entdeckt hatte. Rasch winkte sie der jungen Frau zu und nickte, als diese mit ein paar Gesten bekundete, sich gleich nach der Darbietung auf dem Vorplatz zu treffen. Paulettes Mutter, Madeleine Bernarde, war als langjährige Freundin des Hauses Lambert gut bekannt mit Luise.

Schließlich dauerte es geraume Zeit, bis Isabeau in Begleitung von Gustave und Luise ihren Platz im vorderen Drittel des Saals eingenommen hatte und endlich Stille eingekehrt war. Sie lauschten einem Konzert von Haydn. Die Streicher und Sänger spielten mit einer Leidenschaft, wie es sie sonst allenfalls in der Oper gab. Isabeau ließ sich mit geschlossenen Augen von der Musik entführen. Sie fand die Komposition des Meisters wunderschön und anrührend. Ein wenig traurig vielleicht. Freilich ließ sich die von Wehmut getragene Musik nicht ganz mit der Oper vergleichen, welche kraftvoll und lebendig die größten Dramen inszenierte. Jedes

Mal rührten die Darbietungen Isabeau zu Tränen. Dann litt sie mit den Gequälten, hoffte mit den Liebenden und starb mit jedem einzelnen Helden einen glanzvollen Tod. Auch jetzt rollten ein paar Tränen über ihre Wangen. Isabeau sah, wie auch Tante Luise ihr Spitzentaschentuch auf die Lippen presste und wenig später ihre Augen betupfte. Zumindest die Musik schien sie zu berühren, stellte Isabeau zufrieden fest. Inzwischen kam es beinahe täglich zu heftigen Auseinandersetzungen zwischen ihr und Tante Luise. Isabeaus einziger Lichtblick war Madame Bernarde. Luises Freundin war es gelungen, ein gutes Wort für sie einzulegen. Seitdem hatte Luise ihre Beaufsichtigungen weitestgehend eingestellt. »Andernfalls treibst du das Mädchen noch in irgendeine Dummheit, und das kann doch sicher nicht in deinem Interesse sein«, waren Madame Bernardes unverblümte Worte gewesen. Isabeau hätte ihr um den Hals fallen mögen. Schließlich wusste Madame Bernarde, wovon sie sprach. Paulette, ihre Tochter, war nur wenig älter als Isabeau.

»Steh gerade!«, vernahm Isabeau die Stimme ihrer Tante, als die letzten Töne verklungen waren. Isabeau richtete sich auf und atmete langsam und vorsichtig ein. Das Korsett, welches sie trug, nahm ihr fast den Atem, und in der Hitze des Saals mit den vielen Menschen wurde ihr die enge Schnürung zum Martyrium.

»Isabeau, wie schön, dass wir dich wieder einmal sehen!« Ganz im Gegensatz zu ihrer Tante versprühte Madame Bernarde geradezu ihre heitere Laune und steckte jeden damit an. »Luise wollte dich uns einfach vorenthalten. Nicht wahr, Luise?«, bemerkte Madame Bernarde mit einem versöhnlichen Lächeln in Luises Richtung. »Konnte Haydn dein Interesse wecken, hat es dir gefallen?«

Isabeau nickte. »Ja, sehr, vielen Dank! Ich hoffe, Euch hat es auch gefallen?«

Madame Bernarde nickte und erklärte Isabeau, dass sie Haydns Musik schon mehrfach gelauscht hatte und sie immer wieder anrührend fand. Sie winkte in Richtung Orchestergraben. »Aber sieh nur, da kommt Paulette.« Madame Bernarde legte den Arm um ihre Schulter, und Isabeau spürte, wie ihre Wangen glühten.

»Isabeau, wie ich mich freue!«, rief Paulette und küsste Isabeau auf beide Wangen.

»Und ich erst«, entgegnete Isabeau und verdrehte die Augen zur Decke. »Wir haben uns seit einer halben Ewigkeit nicht mehr gesehen.«

»Ist es so schlimm?«

Isabeau nickte und zog eine Grimasse. »Schlimmer!«, flüsterte sie und sah sich rasch nach Tante Luise um. Doch diese befand sich bereits in einem angeregten Gespräch mit Madame Bernarde und ein paar weiteren Damen des Pariser Adels. Und Onkel Gustave? Er bekundete seine Sorgen wegen der neuerlichen Leiche, die erst im Morgengrauen aus der Seine gezogen worden war. Als Isabeau jedoch in Begleitung von Paulette an ihm vorüberging, wandte er sich ihr zu. »Komm, meine Liebe, ich möchte dich mit ein paar Freunden bekannt machen.«

Isabeau knickste und gab jedem der ältlichen Herren die Hand. Doch sie spürte, dass die Herren jetzt lieber über den jüngsten Mordfall sprechen wollten. Als sie sich neben Paulette davonschleichen wollte, hielt Gustave sie zurück. »Ein wenig vom Stadtgeschehen zu erfahren, dürfte auch den beiden jungen Damen nicht schaden.«

»Solange wir die beiden liebreizenden Damen nicht erschrecken?«

Gustave schüttelte den Kopf. »Ein wenig Weltklugheit hat noch niemanden erschreckt.«

»Nun gut.« Esteban Baudin wischte sich den Schweiß von der Stirn. »Ich frage Euch, sollten wir uns ernsthafte Sorgen machen? Schließlich handelte es sich zumindest anfangs nur um kleine Dirnen aus der Unterschicht. Die kleinen Huren sollten wissen, worauf sie sich einlassen, wenn sie sich in die Hände einer Kupplerin begeben.«

Gustave schüttelte den Kopf. »Monsieur le Ministre, Ihr wisst ebenso gut wie ich, dass das lange nicht mehr der Fall ist. Inzwischen haben wir Opfer aus allen Schichten zu beklagen.«

»Was mich weitaus mehr interessiert«, fuhr Minister Baudin mit einer salbungsvollen Geste fort. »Stimmt es eigentlich, dass den Frauen die Eingeweide entnommen wurden?«

Gustave verneinte, und Isabeau dachte an das viele Blut in seinem Laboratorium. Am schlimmsten empfand sie die Tatsache, dass sie mit niemandem darüber sprechen konnte.

»So lasst Euch doch nicht alles aus der Nase ziehen! Wir alle beneiden Euch um das Vertrauen, welches Euch Inspektor Marais entgegenbringt.«

Gustave nickte. »Und eben dieses werde ich nicht missbrauchen! Ihr habt es selbst gesagt. Monsieur l'Inspecteur schätzt meinen Sachverstand, wenn er mich bittet, die Leichname der getöteten Frauen zu untersuchen. Schließlich liegt ihm vor allem daran, dass die Mordserie ein baldiges Ende hat.«

»Vielleicht solltet Ihr an einem Eurer Tarotabende die Karten befragen. Am Ende seht Ihr den Mörder und sein nächstes Opfer in den Karten?«, flötete der Minister geschliffen und lächelte herausfordernd.

Gustave schüttelte den Kopf. »Das Tarot ist lediglich ein amüsanter Zeitvertreib, nicht mehr.«

»Ein Zeitvertreib?« Baudin sah in die Runde und hob eine Augenbraue. »Weshalb ladet Ihr dann fast immer dieselben Gäste ein?«

Baron Mathieu nickte bestärkend. Isabeau wusste wohl, dass Minister Baudin ebenso wie Major Ungard und Baron Mathieu beinahe vor Neugierde platzten, weil sie ganz offensichtlich noch nie eine Einladung zum Quai des Grands Augustins erhalten hatten. »Insbesondere die Messieurs des Sades sollen bei keinem Eurer Zeitvertreibe fehlen«, bemerkte der Baron spitz. »Dabei erzählt man sich nicht unbedingt das Allerbeste über den Sohn des Comte.«

Minister Baudin nickte zu Baron Mathieus Bemerkung und übernahm wieder das Wort. Isabeau spitzte ihre Ohren. Immerhin konnte es jetzt interessant werden.

»Ein derart unbeherrschter Flegel! Ohne Manieren, mit einem Hang zur Reizbarkeit, der keinerlei Regeln akzeptiert und sogar den christlichen Glauben als eine bloße Zeitverschwendung abtut. Ja, sie sogar eine alberne Dummheit nennt. Das klingt in meinen Ohren nach schwarzen Messen und Teufelsanbetung.«

»Der Comte kann einem wahrlich leidtun!«, warf Major Ungard ein und verschränkte die Arme hinter dem Rücken. »Ich habe gehört, dass es sich bei diesem Mörder tatsächlich um Donatien de Sade handeln soll.« Ungard schürzte die Lippen. »Augenzeugen wollen es gesehen haben. Und wenn ihr mich fragt, tragen die Morde allesamt seine Handschrift. Die Handschrift des Satans!«

»Und ich habe gehört, Sade soll schon mehrfach schwarze Hähne auf dem Markt gekauft haben.«

»Man schlägt dem Hahn den Kopf ab und besudelt eine nackte Frau mit seinem Blut. Das Blut ist eine Anspielung auf das Blut unseres Erlösers«, erklärte Esteban Baudin.

»Während der schwarzen Messe wird sogar eine Hostie entweiht. Indem der Priester sie in das Geschlecht einer Jungfrau einführt.« Baron Mathieu hob beschwichtigend die Hände. »Das habe ich zumindest so gehört.«

»Ich fürchte, Eure Augenzeugen haben einen allzu ausgedehnten Aufenthalt in einem der Opiumsalons der Stadt genossen, oder täusche ich mich?«, schob Gustave ein und schüttelte den Kopf.

»Lass uns gehen!«, flüsterte Paulette, die sich offensichtlich langweilte.

»Ach, seht nur, da kommt ja Monsieur le Comte«, bekundete der Minister mit einem gewinnenden Lächeln und bat den Comte de Sade mit einer einladenden Geste, sich der amüsanten Herrenrunde anzuschließen. »Wir haben gerade von Euch gesprochen, mein lieber Jean-Baptiste. Dabei ist uns aufgefallen, dass wir heute Euren hochgeschätzten Sohn noch gar nicht zu Gesicht bekommen haben. Er wird doch nicht am Ende das Bett hüten müssen?«

»Danke der Nachfrage, Monsieur le Ministre«, entgegnete der Comte und führte sein Glas zu den Lippen. »Donatien ist wohlauf. Er geht heute wohl einem anderen Amüsement nach.« Der Comte verneigte sich vor Isabeau und Paulette.

»Meine Herren, lasst uns nun lieber über etwas Erfreulicheres sprechen und auf die fabelhafte Darbietung anstoßen. Ansonsten fürchte ich, langweilen sich die beiden jungen Damen zu Tode.«

»Wir wollten ohnehin gerade ein wenig frische Luft schnappen«, erwiderte Isabeau. »Aber ich stimme Euch natürlich völlig zu, Monsieur Haydn ist ein wahrhafter Künstler!«

Der Comte prostete ihnen zu. »*À votre santé*, meine Damen! Meine Herren!« Isabeau und Paulette packten die Gelegenheit beim Schopfe und steuerten Richtung Ausgang, wo überall Gedränge herrschte. Ein kurzer Blick zu Tante Luise sagte Isabeau, dass diese, noch immer umringt von ihren Freundinnen, in ein unterhaltsames Gespräch verwickelt war.

Schon nach wenigen Schritten in der frischen Nachtluft kehrten Isabeaus Lebensgeister zurück.

»Sieh nur!«, sagte Paulette und zeigte zum Himmel. »Ich glaube, das ist der Große Wagen.« Sie rafften ihre Röcke und spazierten aufs Geratewohl über den gepflasterten Platz, der von Laternen erleuchtet wurde. Arm in Arm schlenderten sie zwischen kleinen, zurechtgeschnittenen Bäumchen hindurch. »Du hast mich gerettet!«, hörte Isabeau Paulette sagen. »Die Nachtluft tut wirklich gut.« Isabeau nickte zustimmend.

»Und Monsieur Lestate haben wir auch nicht gesehen.«

»Vermisst du ihn etwa?«, neckte Isabeau. Freilich wusste auch sie, dass sich der humorlose Tanzlehrer gewöhnlich weder eine Oper noch ein Konzert entgehen ließ. Zu ihrem Bedauern, aber auch zu ihrer Belustigung nahm er sich ihrer beider täglich an und quälte sie endlose Stunden mit dem Menuett. »Würde er uns wenigstens gemeinsam unterrichten, dann könnten wir uns ein bisschen amüsieren«, seufzte Isabeau.

»Der Hoftanz dient erst dem Amüsement, wenn er beherrscht wird«, äffte Paulette die nasale Stimme des spröden Junggesellen nach und lachte.

»Mademoiselle sollten bei der nächsten Maskerade lediglich durch ihren untadeligen und auserlesenen Tanzstil auffallen. D'accord? Auch Euer stilles Ressentiment gegen Eure Tante solltet Ihr endlich beilegen«, zitierte Isabeau den faden Tanzlehrer und lachte. Rasch schüttelte sie die Erinnerung an die Stunden voller Langeweile und Verdruss ab. »Einverstanden werden wir mit Lestates Forderungen und seinem Verständnis von höfischem Tanz wohl niemals sein, nicht wahr?«, meinte Paulette. »Wie köstlich es dagegen ist, sich mit dir ein paar Stunden zu stehlen. Der Abend wird sich noch ewig hinziehen.«

»Und später, während des mehrgängigen Dîners, spielen der pikanteste Tratsch und die neueste Mode die Hauptrolle. Keiner wird uns vermissen.« Freilich kannte Isabeau Paulette noch nicht allzu lange, aber die Unterhaltung mit ihr gestaltete sich, wie die Male davor, angenehm und lustig. In Kürze erreichten sie bereits die Seine und querten die Pont Neuf. Dank der Straßenbeleuchtung, mit welcher Seine Majestät Ludwig XV.

nach und nach die ganze Stadt in ein Lichtermeer verwandeln ließ, hatte sich das Bild von Paris grundlegend geändert. Nun galten die Straßen, Gassen und Wege weitestgehend als begehbar und einigermaßen sicher.

»Ich habe gerade an die Bestie von Paris gedacht«, sagte Paulette nach einer Weile.

»Hast du Angst?«, fragte Isabeau. »Dann kehren wir wieder um.« Paulette schüttelte den Kopf.

»Nein, wir sind ja nicht allein, sondern in bester Gesellschaft.« Es stimmt, dachte Isabeau. Auf dem Weg begegneten ihnen Flanierende und zahlreiche Fuhrwerke. Die Helligkeit der Fackeln und Kerzen, die beinahe in jedem Fenster leuchteten, trieb die Menschen auf die Straßen, selbst wenn ein Mörder umging.

»Wäre es nicht schön, wenn du in Paris bleiben könntest?«, fragte Paulette plötzlich. »An Heiratskandidaten würde es dir gewiss nicht fehlen. Schließlich durftest du mittlerweile schon die Bekanntschaft einiger junger Männer machen. Und was soll ich sagen, allein die Tatsache, dass du noch niemals eine Perücke getragen hast, macht dich zu etwas ganz Besonderem. Was bei den einen auf bewundernde Begeisterung stößt, löst bei den anderen Bestürzung aus. Aber sie reden alle über dich«, stellte Paulette entschieden fest. »Und das ist immer das Allerwichtigste!«

»Trägst du deine Perücke denn gern? Oder dieses grauenvolle Mieder etwa?« Isabeau deutete auf Paulettes Taille, die verlegen den Kopf schüttelte. In den nachfolgenden Erklärungen erkannte Isabeau die Worte des Schneiders, welche Paulette gedankenlos wiederholte, weil sie sie schon so oft gehört hatte. Freilich hatte auch ihre Mutter daheim in Lindau großen Wert auf ein tadelloses Erscheinungsbild gelegt, aber in Paris kam die Verweigerung des Korsetts einer todeswürdigen Sünde gleich.

Weil Isabeau aber die zarte Freundschaft nicht trüben wollte, beließ sie es dabei.

»Also, was ist?«, wollte Paulette schließlich wissen. »Bleibst du in Paris? Dann könnten wir weiterhin Freundinnen sein. Ich werde noch in diesem Jahr heiraten, und sicher wirst auch du bald heiraten, oder?«

Isabeau schüttelte den Kopf. Sie verspürte wenig Lust, über Emmerat zu sprechen.

»Aber irgendwann! Schließlich müssen wir achtgeben«, erklärte Paulette entschieden. »Irgendwann nennen sie uns alte Jungfern. Dann bleibt dir nur noch der Schleier.«

»Mach dir keine Sorgen! Das Leben als Braut Christi liegt mir wirklich fern. Unter dem Zwang im Kloster würde ich sehr wahrscheinlich sterben«, sagte Isabeau mehr zu sich selbst und lächelte. »Ja, ich würde wohl sterben … aber mit Sicherheit werde ich niemanden heiraten, den ich nicht einmal liebe. Liebst du denn den Mann, den du heiraten sollst?«

Paulette hob die Schultern. »Ich weiß es nicht«, gab sie nachdenklich zurück. »Solange er mich nicht schlägt …«

»Und wenn er es dann doch tut?«

»Ich weiß nicht, dann wird Gott mir hoffentlich die Kraft verleihen, es auszuhalten«, flüsterte Paulette und sah zu Boden. Eine Weile gingen sie schweigend nebeneinanderher. Ihr Weg führte sie an zahlreichen, gut besuchten Cafés vorbei. Eine Gruppe Nachtschwärmer trat aus einem der Lesesalons und verschwand lachend in der nächsten Brasserie. »Wie wäre es denn zum Beispiel mit Emilian Dubois oder Rouven Moureau?«, nahm Paulette irgendwann das Gespräch wieder auf. »Beide dienen in der königlichen Garde und können, wie man so sagt, mit einem untadeligen Stammbaum aufwarten«, erklärte Paulette und kicherte verlegen.

Isabeau stieß den Atem aus. In diesem Augenblick fehlten selbst ihr die Worte. Nun konnte sie sich also selbst ihrer

Freundin nicht mehr sicher sein, weil auch sie ihr einen scheinbar geeigneten Ehemann antragen wollte.

»Wie kommst du denn darauf?« Isabeau wusste nicht, ob sie Paulette nun grollen oder ob sie das Geplapper der Freundin amüsieren sollte. Sie entschied sich für Letzteres und lachte, bis Paulette plötzlich stehen blieb.

»Oder …«, überlegte sie laut, »wie wäre es mit Michel de Rouin? Er ist sogar mit dem Königshaus verwandt … Vielleicht solltest du am Ende Donatien de Sade nehmen«, kicherte Paulette.

Schon beim Klang des Namens zuckte Isabeau ein wenig zusammen. Die Gänsehaut, welche ihr wuchs, ließ sie frösteln. Sade! Isabeau dachte wieder an den Tarotabend. Und wie froh sie war, dass Tante Luise sich für ein paar Tage ganz in ihre Räume zurückgezogen hatte. Nicht auszudenken, in welche Erklärungsnot sie gekommen wäre, hätte die Tante erst die kleine Wunde auf ihrer Lippe bemerkt …

»Großer Gott! Also wenn er mich fragen würde«, prustete Paulette und kicherte verlegen. »Ich glaube, ich würde vor Furcht erstarren. Maman würde mich wohl eher in ein Kloster sperren, bevor sie mich diesem Sade geben würde. Nicht umsonst hängt ihm der Ruf eines … na, man sagt ihm eine gewisse Hemmungslosigkeit nach, über welche die feine Gesellschaft bereits kräftig die Nase rümpft. Maman behauptet immer, Monsieur le Marquis äußere das, was andere nicht einmal zu denken wagten. Anscheinend ist es ihm völlig gleichgültig, was die Menschen über ihn sagen oder ob sie ihn mögen.«

»Wie mir scheint, trifft es das nicht ganz«, entgegnete Isabeau und lachte. »Monsieur de Sade fordert den Unwillen seiner Mitmenschen geradezu heraus. Ich glaube, bisweilen labt er sich am Missfallen seiner Umgebung und genießt es, wenn sich die Menschen von seinem Verhalten unangenehm berührt fühlen.«

Paulette blieb stehen und nickte. »Stell dir vor, du wirst von Seiner Majestät höchstselbst zu einer kuscheligen und ganz privaten Kutschfahrt eingeladen, und dann kommst du am verabredeten Tag einfach nicht. Du lässt dich nicht einmal entschuldigen! Monsieur de Sade meinte lediglich, er habe es vergessen.« Paulette stemmte die Hände in die Hüften und rollte mit den Augen. »*Vergessen*! Tsss, was sagt man dazu? Niemand vergisst eine Einladung des Königs von Frankreich! Außer, man ist nicht ganz bei Trost! Zu allem Überfluss hat er auch später kein Wort des Bedauerns geäußert.« In einer Ehrfurcht gebietenden Geste führte sie ihre Hände zum Herzen und beteuerte: »Was würde ich dafür geben, mit Seiner Majestät durch die Straßen von Paris zu fahren! Stell dir nur einmal dieses unglaubliche Gefühl vor. Wenn alle sehen, wie du in der Equipage Seiner Majestät eine Spazierfahrt unternimmst!«

Isabeau hob desinteressiert die Schultern. Aber im fahlen Licht konnte sie erkennen, dass Paulettes Gesicht eine erregte Rötung zeigte. »Wenn du nun aber gar keinen ausnehmend großen Wert darauf legst, mit Seiner Majestät gesehen zu werden?«, gab Isabeau ehrlich zu bedenken. Sie selbst wäre zu der Spazierfahrt sehr wahrscheinlich auch nicht erschienen. Im Gegensatz zu Sade hätte sie sich aber mit Sicherheit eine glaubhafte Entschuldigung zurechtgelegt.

»Dann, meine Liebe, bist du noch nicht wirklich in Paris angekommen!«, unterbrach Paulette ihre Gedanken.

Darauf lege ich ebenfalls gar keinen Wert!, dachte Isabeau. Letztlich hatte sie sich Paris ohnehin ganz anders vorgestellt. Einmal ungeachtet ihrer Tante, die ihr das Leben schwer machte, stank es bei Tag und Nacht in sämtlichen Gassen nach Abfall und Kot.

Die beiden Frauen waren so sehr in ihr Gespräch vertieft, dass sie nicht bemerkten, wo der Weg sie hingeführt hatte. Erst als sich die beiden mächtigen Türme der Kirche Saint-Sulpice direkt vor ihnen in den Nachthimmel erhoben, wurde ihnen bewusst, dass sie sich bereits ein ganzes Stück vom Palais des Tuileries entfernt hatten. Mittlerweile war ein scharfer Wind aufgekommen, der mit seinem Eishauch durch die Straßen wehte. Paulette pustete in die Hände und rieb sie.

»Findest du nicht auch, dass es langsam wirklich kalt wird?« Trotz des pelzgefütterten Capes und ihres Zobelmuffs war auch Isabeau bis auf die Knochen durchgefroren. »Komm!«, sagte sie zu Paulette, die ihr bereitwillig über den weitläufigen Platz bis zu dem hohen Kirchenportal folgte. »Wir setzen uns einen Augenblick in die Kirche. Dort ist es sicher wärmer. Dann werden auch unsere Hände wieder warm. Und der Priester hat sicher nichts dagegen.«

»Meinst du?«, fragte Paulette unsicher. »Ist das nicht verboten?«

»Wieso sollte es das? Der Pfarrer sieht uns ja nicht an, ob wir bloß zum Aufwärmen oder zum Beten hergekommen sind.« Paulette hob die Schultern, folgte Isabeau aber zögernd durch die hohe Flügeltür. Das Innere der dreischiffigen Basilika nahm sie mit sanfter Stille in Empfang, und der Duft von Weihrauch kitzelte ihre Nasen. Während die Chapelle de la Vierge von einer Vielzahl von Öllichtern erhellt wurde, lag der Rest des Gotteshauses in völliger Dunkelheit. Fröstelnd ließen sich die beiden Frauen auf einer der Bänke nieder. Isabeau rieb sich die Arme, bevor sie ihre Hände wieder in den pelzgefütterten Muff schob. Erst jetzt fiel ihr auf, dass sie ihre Füße kaum mehr spürte. Schon mit dem Betreten der erhabenen Kirche hatten Isabeau und Paulette ihre Stimmen gesenkt, und seitdem sie den Platz in der Marienkapelle eingenommen hatten, schwiegen sie ganz. Das flackernde Kerzenlicht vermittelte ein Gefühl von Trost und Wärme. Als sich Isabeau kurz darauf wieder erhob, um ihre Hände über den Flammen zu wärmen, fühlte sie Paulettes furchtsamen Blick auf sich ruhen. Eigentlich hätte sie Paulette für sehr viel wagemutiger gehalten.

»Das gehört sich nicht, schließlich handelt es sich hier um ewige Lichter für die Gottesmutter.« Freilich, wenn Isabeau zu den schwach beleuchteten Strebepfeilern des Chorhaupts blickte, empfand auch sie ein Gefühl von Ehrfurcht. Ein zartes Muster aus Licht und Schatten überzog das feine Gesicht der Madonna und verlieh ihm Würde und Anmut. Langsam verstummte das Klappern ihrer Zähne. »Gewiss ist ihr das einerlei«, erwiderte sie.

»Glaubst du? Und wenn uns nun der Mesner entdeckt?« Paulette wirkte ängstlich, als sie sich umsah.

»Dann sagen wir, wir möchten gern ein Gebet sprechen.«

»Mitten in der Nacht?«

»Pssst!«, flüsterte Isabeau plötzlich und starrte gebannt in die undurchdringliche Finsternis, die sich im hohen Gang hinter dem Chor wie ein dunkler Rachen auftat. »Hast du das auch gehört?«

Paulette schüttelte den Kopf und ließ erschrocken ihren Blick durch das weite Kirchenschiff gleiten. »Weißt du, ich glaube, wir sollten nicht hier sein! Nicht um diese Zeit und nicht, wenn wir nicht ernsthafte Absichten hegen.« Isabeau war sicher, dass sie menschliche Stimmen vernommen hatte. Abgehackt und zerrissen waren sie aus der Dunkelheit hinter dem Chor gekommen. Eine Art Stöhnen oder Rufen. Veranstaltete der Priester etwa dort in der Dunkelheit etwas Verbotenes? Oder war er am Ende gestürzt und benötigte gar Hilfe? Sie spürte, wie die Sorge Besitz von ihr ergriff. Freilich war auch ein wenig Neugierde dabei.

»Da war es wieder«, flüsterte sie in die Stille hinein und sah sich nach Paulette um, die ihr Cape vor der Brust zusammenraffte und den Kopf schüttelte. »Ich höre nichts!«

»Lass uns trotzdem nachsehen! Am Ende ist der Priester in der Dunkelheit gestürzt und kann nicht mehr allein aufstehen. Stell dir vor, der Ärmste muss die ganze Nacht dort in der Kälte ausharren.«

»Das ist doch Unsinn!«, entgegnete Paulette gereizt und verschränkte die Arme vor der Brust. »Wenn du das glaubst, musst du schon selbst nachsehen! Oder denkst du etwa, ich stolpere dort in der Dunkelheit herum, um nach einem gestürzten Priester zu sehen, den es nur in deinem störrischen Kopf gibt?« Paulette schob die Unterlippe vor. »Zumindest weiß ich nun, was deine Tante meint, wenn sie deinen Starrsinn beklagt.« Die Worte der Freundin versetzten Isabeau einen Stich.

»Ich begleite dich gewiss nicht! Irgendwer wird dem Priester schon helfen«, maulte Paulette weiter.

»Und wo, um Himmels willen, soll um diese Zeit noch Hilfe herkommen?« Paulette hob die Schultern. »Der Mesner wird schon irgendwann nach dem Rechten sehen.«

»Ich sehe selbst nach! Und wenn du dich fürchtest, musst du eben hier auf mich warten!«, entschied Isabeau scharf. Ein derart selbstsüchtiges Verhalten hätte sie Paulette nicht zugetraut. Isabeau sah den Grund für die Rücksichtslosigkeit der Freundin in deren Angst. Obgleich auch ihr das Herz bis zum Halse schlug, musste sie Gewissheit haben. Andernfalls, das wusste sie, würde sie kein Auge zu tun. Die Vorstellung, dass dort hinten jemand in der kalten Dunkelheit lag, ohne die Hoffnung auf eine helfende Hand, weckte ihr Mitgefühl! Und was sollte ihnen schließlich in einer verlassenen Kirche geschehen? Mulmig war ihr dann freilich schon, als sie die Marienkapelle mit einem flackernden Öllicht in der Hand verließ und Richtung Chorumlauf aufbrach.

»So warte doch! Glaubst du, ich bleibe hier allein zurück? Und wenn du nicht wiederkommst?« Isabeau blieb Paulette die Antwort schuldig. Aber sie wartete, bis die Freundin mit einem Licht in der Hand zu ihr aufschloss. Paulette blieb dicht an ihrer Seite und sah sich immer wieder ängstlich um. Die Flammen der Öllichter huschten unstet über die Wände und malten Schatten und Muster auf den uralten Stein. Langsam schritten sie über ausgetretene Grabplatten der Familien Conti, Condé und Luynes. Sie erstarrten, als ihr Licht auf eine der hohen Säulen traf, welche die wuchtige Decke trugen. Die schaurigen Fratzen, mit welchen sich ein Steinmetz dort in den Pfeilern verewigt hatte, wirkten mit einem Mal lebendig. In der raschen Abfolge von Licht und Schatten schien es ihnen, als bewegten sich die dämonischen Köpfe sogar. Zweifelsohne hatte der Künstler sein Metier aufs Trefflichste verstanden. Zumindest spürten sie, wie ihnen trotz der Kälte der Schweiß ausbrach. Und dann vernahm Isabeau die fremden Stimmen ein weiteres Mal. Diesmal konnte auch Paulette nicht leugnen, dass das Geräusch eindeutig aus der Tiefe der Bodenplatten zu ihnen aufstieg. Entschlossen umfasste Isabeau ihr Öllicht und leuchtete über den Boden. »Hörst du es? Es klingt schaurig, nicht wahr?« Isabeau reichte Paulette ihre Hand. Als eine Maus den Lichtkegel querte, wichen die beiden Frauen vor Schreck zurück.

Paulette stieß einen spitzen Schrei aus und um ein Haar wäre ihr das Öllicht aus der Hand geglitten.

»Es war doch nur eine Maus! Glaub mir, sie fürchtet sich weit mehr vor uns als wir uns vor ihr.«

Erst jetzt bemerkten sie die schmale Treppe, über welche die Maus in die Dunkelheit geflüchtet war. Ausgetretene Stufen aus Kalkstein führten in die Krypta hinunter. Zögernd stiegen sie hinab. Inzwischen herrschte wieder völlige Stille.

»Glaubst du wirklich, der Priester benötigt Hilfe?«

»Ich weiß es nicht«, entgegnete Isabeau ehrlich. »Aber lass uns rasch weitergehen.« Paulettes Furcht schien langsam ein wenig zu weichen. Nahezu keck ging sie neben Isabeau die Stufen hinunter.

»Vielleicht entdecken wir dort unten ja auch ein dunkles Geheimnis.« Isabeau nickte. »Ja, das wäre weitaus erfreulicher als ein verletzter Priester«, kicherte sie nervös. Ihre Hand zitterte, als sie die schwere Tür öffnete, welche sich am Ende der Treppe befand. Das leise Knarren zerschnitt die Stille, und die geöffnete Tür gab die Sicht auf die angrenzende Gruft frei. Warmes Licht umfing die beiden jungen Frauen, als sie zögernd eintraten und sich in einem schmalen Vorraum wiederfanden. Dicke Altarkerzen gossen ihr flackerndes Licht über Boden und Wände und tauchten den Kalkstein in schimmerndes Creme.

»Die müssen ein Vermögen gekostet haben«, flüsterte Isabeau. Die Flammen der Kerzen warfen Schatten, die mit ihrer Fantasie spielten. Was sollte sie tun, wenn Paulette am Ende doch recht behalten würde und hier in den verlassenen Katakomben, weit unter der Kirche, etwas Unrechtes geschah? Dann war es ohnehin zu spät!, beschloss Isabeau kurzerhand. Während Paulette sich dicht an der Wand hielt, drangen sie langsam weiter in die Gruft vor. Plötzlich vernahmen sie das getragene Spiel von Violinen, und Isabeau spürte, wie sich Paulettes Finger schmerzhaft in ihren Arm krallten. Die Melodie war beseelt von Hingabe. Die weichen Klänge keimten behutsam und sacht, bevor sie an Kraft gewannen und immer höher stiegen und sich nach kurzer Stille zu verzehrender Leidenschaft steigerten. Isabeau blieb beinahe das Herz stehen, als die Musik sie wie in einen dunklen Mantel hüllte. Wer um alles in der Welt war in der Lage, ein Violinspiel in dieser Virtuosität zu vollbringen?

Langsam setzten sie einen Fuß vor den anderen, und das Bild, welches sich den jungen Frauen nach der nächsten Biegung bot, raubte ihnen den Atem.

Wie gebannt starrten sie in Richtung der Sarkophage, die mit dunklem Samt verhüllt waren. Kerzen in Kandelabern aus Silber tauchten die Gruft in ein geheimnisvoll anmutendes Zwielicht. Der vierte Steinsarg war unbedeckt. Er zeigte ein morbides Relief aus Knochen und Totenköpfen, das sich im weichen Licht der vielen Kerzen brach. Der Boden schien unter dem leidvollen Violinspiel beinahe zu beben. Als sie sich weiterwagten, sahen sie endlich auch die Musiker. Vier an der Zahl. Ein kleines Orchester, und alle trugen schwarze Augenbinden. Die Männer schienen ganz und gar mit ihren Instrumenten verschmolzen zu sein. Daneben zählte Isabeau sechs Menschen, die in einem Halbkreis standen, als warteten sie auf etwas oder jemanden. In ihren blutroten Umhängen wirkten sie fast ein wenig Furcht einflößend. Und während die Klänge der Musik sie bald umgarnten, bald verführten, glitt die rote Seide zu Boden. Isabeau schluckte, denn nun erkannte sie drei Männer und drei Frauen – allesamt nackt, wie Gott sie geschaffen hatte! Das flackernde Licht tauchte ihre Haut in goldenes Licht, während sich die nackten Menschen fernab von Tugend und Anstand in großer Anmut bewegten. Lediglich die fein gearbeiteten venezianischen Masken in Blutrot wahrten noch eine gewisse Anonymität, als ihre nackten Leiber unter ihren gegenseitigen Berührungen erzitterten. Isabeau stockte der Atem, als plötzlich eine Seitentür aufschwang, die sie bislang noch nicht beachtet hatte, und ein weiterer Mann in die Krypta trat. Bis auf eine Maske in tiefem Schwarz war auch er völlig nackt. Isabeau konnte den Blick nicht abwenden, denn sie wusste, wer sich hinter dieser Maske verbarg. Seine Bewegungen, sein Haar, seine Statur. Vor allem aber seine sinnlichen Lippen – Isabeaus Herz schlug bis zum Hals, und das Blut rauschte ihr durch die Adern. Der nackte Mann war kein anderer als Donatien-Alphonse-François Marquis de Sade!

»Das ist ja ekelhaft! Sieh dir nur dieses widerwärtige Schauspiel an!« Paulette stemmte ihre Hände in die Hüften und warf Isabeau einen herausfordernden Blick zu. »Lass uns sofort gehen! Sofort!« Paulettes Stimme wirkte hysterisch, und Isabeau drückte beschwichtigend ihre Hand.

»Psst!« Isabeau legte den Zeigefinger über ihre Lippen. Sie sah in Richtung der sich wiegenden Menschen und stellte erleichtert fest, dass sie wohl niemand bemerkt hatte.

»Jetzt haben wir unser Geheimnis und ein äußerst pikantes obendrein.«

»Was sie tun, ist widerlich und abstoßend. Vater Étienne wird jeden Einzelnen von ihnen exkommunizieren, auf dass sie in der Hölle schmoren!«, gab Paulette zurück. Ihr Gesicht wirkte, als habe sie Essig geschluckt.

»Mir scheint es fast wie ein geheimes Ritual«, flüsterte Isabeau. »Auf jeden Fall ist es ganz sicher verboten, da hast du recht.« Schon bald fanden sich die Männer und Frauen in immer hemmungsloser werdenden Berührungen wieder. Ungezügelt wie ein Feuer glitten Hände über nackte Haut und fanden jede noch so geheime Stelle. Ein Raunen ging durch die Versammlung, als Sade nach einer Reitgerte griff. Isabeau entdeckte weitere seltsam anmutende Gegenstände. Dinge, die sie noch niemals gesehen hatte, die durchaus aber ihre Fantasie beflügelten. Ihr Blick fiel auf eine zierliche Lederpeitsche und Godemichés aus Leder und Holz – manche zierlich und klein, andere von beängstigendem Umfang und einer ebensolchen Länge. Obwohl ihr die Angst beinahe die Luft nahm, verspürte sie eine ungeheuerliche Neugierde. Sie genoss das dunkle Verlangen, welches aus den Tiefen ihres Schoßes aufstieg.

Wie gebannt starrte sie auf die kleine Gruppe. Die Frauen lagen inzwischen auf dem Steinsarg, und Sade ließ die lange schwarze Rute beinahe zärtlich auf ihre nackte Haut sinken. Erst als er die Gerte achtlos zu Boden fallen ließ, glühten die

Gesäßbacken in warmem Rot, und die Frauen bebten vor Lust und Schmerz. Isabeau war, als könne sie die Hitze auf ihrer eigenen Haut fühlen. Seine Hände fanden Orte, von welchen Isabeau nicht einmal wusste, dass sie der Lust dienlich sein konnten. Drängend tauchten seine Finger in die Dunkelheit des Begehrens, wo sie zum Klang der Violinen ungeahnte Qualen entfachten. Während Sade der Jüngsten schmale Handeisen anlegte, die von der Decke hingen, verstummte die Musik für einen Augenblick. In dem Klicken des feinen Eisens schwang etwas Endgültiges. Etwas Unwiderrufliches! Die junge Frau schrie in ihrer Lust, und Sade legte ihr ein paarmal mahnend den Finger über die Lippen. Bestürzt und zugleich hingerissen von Sades Tun trat Isabeau ein paar Schritte zurück. Als sie gegen einen der schweren Kandelaber stieß, setzte ihr Herz aus. Einmal, zweimal. Und in diesem Moment sah sie in Sades Augen. Sie wirkten dunkel und tief. Isabeau fühlte die eisige Hand, die über ihren Rücken glitt und ihr Sades dunkelste Passion enthüllte. Ein Lächeln teilte seine Lippen. Es schwoll zu einem Lachen an. Die uralten Wände der Krypta warfen es in schauriger Weise zurück. Als sich ihm einer der Männer näherte, wurde Isabeau von panischer Furcht ergriffen. Auf diese Art Liebe stand noch immer der Tod! Hals über Kopf stürzte sie hinaus und ergriff die Flucht.

Der Lebenskünstler und der Feinschmecker wissen, dass man ein Schwein sein muss, um Trüffeln zu finden.
Marquis de Sade

Mit klopfendem Herzen stieß Isabeau das Kirchenportal auf und lief blindlings über den Platz davon. Orientierungslos nahm sie die nächste Querstraße und rannte, als wäre der Leibhaftige hinter ihr her. Jeder Atemzug tauchte ihre Brust in Feuer, und Tränen nahmen ihr die Sicht. Sie spürte, wie der eiskalte Schlamm ihr Cape bespritzte und durch Schuhe und Strümpfe bis zwischen ihre Zehen drang. Mit einem Mal war die Kälte beinahe übermächtig. Längst fühlte Isabeau ihre Zehen nicht mehr, und ihre Beine wurden so schwer, dass sie ins Straucheln geriet. Der Matsch, der beinahe knöcheltief in den Gassen stand, schien ihr ein eisiges Bett bereiten zu wollen.

Isabeau fiel auf die Knie, als aus der Dunkelheit ein schwarzer Sechsspänner auftauchte. Mit letzter Kraft stand sie auf und presste sich hinter einen Mauervorsprung. Ihr Herz raste, und ihr Atem ging stoßweise, denn um ein Haar hätte sie der Wildgang gestreift, bevor er in rasender Geschwindigkeit um die Ecke bog und in der Finsternis verschwand. Wenig später erreichte Isabeau endlich das Haus ihres Onkels. Es war ihr Glück, dass es Camille war, die die Tür öffnete, nachdem Isabeau den Türklopfer betätigt hatte. Mit einem Schluchzen warf sie sich in ihre Arme und weinte.

»Mon dieu!«, stieß die Köchin hervor. Sie machte sich vorsichtig los und schlug die Hände über den Kopf. Der plötzliche Schreck ließ ihre Stimme zittern. »Mademoiselle, wo kommt Ihr denn um diese Zeit her? Ist Euch etwas zugestoßen?« Camille schob sie in die Halle und warf die Tür ins Schloss. »Ich habe es ja gewusst!«, jammerte sie und zog Isabeau mit sich. »Auf mein Gefühl ist eben meistens Verlass! Cédric wollte sich gerade auf den Weg machen, um Euch im Palais des Tuileries abzuholen. Seid Ihr etwa den ganzen Weg zu Fuß gegangen?«

Isabeau nickte. Sie wusste, ihre Stimme hätte versagt. Plötzlich kam ihr Paulette wieder in den Sinn. Ruckartig blieb sie stehen und wollte wieder zur Tür hinaus.

»Und wo möchtet Ihr denn nun hin?«

»Paulette, ich habe sie … verloren«, stotterte Isabeau und wies zur Tür. Sie hätte damit rechnen müssen, dass Paulette die Kirche ohne ein weiteres Wort verlassen würde. Und sie hätte mit ihr gehen sollen – schließlich hatte sich die Freundin schon in der Kirche gefürchtet. Hoffentlich war ihr nichts zugestoßen! Jetzt schämte sich Isabeau für ihre Neugierde und ihr Verhalten. Wie gebannt hatte sie, ohne Rücksicht auf die Freundin, das dramatische Schauspiel verfolgt …

»*Ma petite*, Ihr seid ja völlig durchgefroren und schmutzig wie ein Pferdeknecht. Und Paulette? Was ist mit ihr? Ist sie etwa mit Euch gekommen?« Isabeau schüttelte den Kopf. Schließlich dirigierte Camille sie unter Gemurmel die Stiege hinunter bis in die große Küche und setzte sie auf die Ofenbank. Schuhe und Strümpfe flogen in einen hölzernen Zuber, der von einer Magd in Empfang genommen wurde. Mit flinken Fingern öffnete Camille das verschmutzte Kleid und half Isabeau aus den

Röcken. Sie ahnte bereits, dass die Köchin schon jetzt weitaus mehr wusste, als ihr lieb war. »Sade?«, fragte Camille nur. Ihre Miene sprach Bände. Isabeau nickte und sah zu Boden. Sie fühlte sich ertappt. Hatte Camille ihr doch ins Gewissen geredet und ihr das Versprechen abgerungen, sich von diesem Flegel fernzuhalten. Umso mehr schätzte Isabeau Camilles tatkräftige Unterstützung. Nachdem sie nach Flora rufen lassen hatte, wandte sie sich wieder an Isabeau. »Ihr könnt mir, neben Cédric, als Einziger vertrauen.« Als Flora wenig später in die Küche kam, gelang es ihr allenfalls mäßig, ihre Verwirrung zu verbergen.

»Du wirst Stillschweigen wahren über Mademoiselles Zustand, haben wir uns verstanden?«, sagte Camille in strengem Ton. Flora nickte rasch. Doch Isabeau spürte den betroffenen Blick der Kammerzofe angesichts ihrer halb nackten Gestalt. Hier saß sie nun, nahm von Camille einen Becher heißen Wein entgegen und fühlte sich elend und schuldig. Wortlos und mit gesenktem Blick ließ sie sich von Camille säubern. Plötzlich richtete sich die Köchin auf, stemmte ihre Hände in die Hüften und überlegte. Mit Isabeaus Cape in der Hand eilte sie schließlich zur Tür. »Cédric!«, rief sie hinaus. »Ihr werdet Euch noch einen Augenblick gedulden müssen. Lasst niemanden herein. Sagt, dass ich Gift mische und die Küche für die nächste halbe Stunde ein ganz und gar verbotener Ort ist. Und das Cape hier«, Isabeau sah, wie Camille es zur Tür hinausreichte. »Bitte bürstet es aus und bringt es zurück. Na, was schaut Ihr wie ein Kaninchen, das werdet Ihr doch hinbekommen, oder?« Schweigend nahm Isabeau einen weiteren Becher Wein entgegen. »Trinkt! Sonst holt Ihr Euch am Ende noch den Tod! Und bei Gott, Kindchen, das würde ich mir wohl niemals verzeihen!« Allmählich spürte Isabeau die wohltuende Wärme, die ihre Adern wieder mit Leben füllte. Ohne ein weiteres Wort half ihr Camille in ein anderes Kleid aus roter Seide, welches

Flora gebracht hatte. »Rasch, Flora, steck Mademoiselles Haar wieder auf. So können wir sie auf gar keinen Fall gehen lassen. Sie sieht ja aus wie … wie«, sie winkte ab. »Nun beeil dich schon, Mädchen!« Isabeau fühlte Floras Fingerkuppen und das Kratzen der Haarnadeln auf ihrer Kopfhaut.

»So muss es gehen!«, hörte sie ihre Zofe schließlich murmeln.

»Freilich geht es so!«, entgegnete Camille mit einem zufriedenen Nicken. »Und nun begib dich wieder hinauf und …« Isabeau sah, wie Camille den Finger über die Lippen legte. »Zu keinem ein Wort!«

Mit einem zufriedenen Nicken nahm Camille wenig später das notdürftig gesäuberte Cape aus Cédrics Hand entgegen und half ihr hinein. »Freilich ist das Wolltuch noch immer nass«, sagte sie zu sich selbst. »Wir müssen darauf hoffen, dass es Madame Lambert in der Dunkelheit nicht ins Auge springt. Eine andere Wahl haben wir ohnehin nicht. Sonst, ihr Lieben, werden in dieser Küche noch heute Nacht ein paar Köpfe rollen.« Rasch schob Camille ein paar Strähnen ihres weißen Haars unter die Haube und besah sich ihr Werk noch einmal im Ganzen. Ihre Wangen glühten vor Eifer, als sie Cédric letzte Anweisungen gab: »Ihr habt Mademoiselle Isabeau bereits auf dem Vorplatz zu den Tuilerien angetroffen, wo sie in Begleitung einer Euch unbekannten jungen Dame ein wenig Luft schnappte. Habt Ihr mich verstanden?«

»Freilich!«, entgegnete Cédric verschmitzt. »Jeder Halunke könnte noch viel von Euch lernen, Camille!«

»Sollte das ein Kompliment sein?« Der Kutscher hob die Schultern und bot Isabeau den Arm. »Wenn ich bitten darf, Mademoiselle!«

»Ach, Cédric!«, rief Camille ihnen nach. »Achtet darauf, dass Mademoiselle ihre Kapuze trägt, und lasst Euch ja nichts anmerken, sonst hat unser letztes Stündlein geschlagen!«

Camilles verwegener Plan hatte sich wie durch ein Wunder nahtlos in die Nacht gefügt. Dank ihrer umsichtigen Vorgehensweise hatte Tante Luise nicht einen Moment an Cédrics Erklärung gezweifelt.

Weit mehr Aufregung bereiteten Isabeau allerdings die Zeilen, die Flora ein paar Tage später zusammen mit dem Wasser für die Morgentoilette gebracht hatte. Noch während sie das Kuvert öffnete, erkannte Isabeau Paulettes Schrift und hoffte auf eine gnädige Antwort. Sie hatte sich bereits am Tag nach dem Abenteuer in der Krypta in aller Form mit einem Brief bei Paulette entschuldigt. Ihr seitenlang berichtet, wie leid es ihr tue, dass sie ihr Weggehen nicht bemerkt hatte. Und sie hatte um Paulettes Schweigen gebeten.

Isabeau, las sie nun. Dabei zitterten ihre Hände so sehr, dass ihr das Papier entglitt. Mit untergeschlagenen Beinen setzte sie sich aufs Bett und begann erneut.

Isabeau, ich weiß nicht, ob es mir gelingt, über die abscheulichen Vorkommnisse in der Kirche Stillschweigen zu bewahren. Sade ist in jeder Hinsicht ein Monstrum! Und dich muss man vor diesem Monstrum schützen. Also überlege ich ernsthaft, ob es nicht meine Christenpflicht ist, deine Tante einzuweihen. Dann müsste ich ihnen freilich erzählen, was du von mir verlangt hast. Was ich dort mit ansehen musste. Und mit Sicherheit werde ich ihnen nicht vorenthalten, mit welchem Interesse du selbst dieses Schauspiel verfolgt hast. Die wachsende Begierde in deinen Augen mit anzusehen, empfand ich geradezu ekelerregend! Stell dir nur einmal vor, in welche Gefahr du mich mit deiner Neugierde gebracht hast! Meine unsterbliche Seele ist mein Zeuge – Sade ist der Frauenmörder, nach dem ganz Paris sucht! Ich überlege mir, ob ich Monsieur Marais davon unterrichte. Meinst du nicht auch, Monsieur l'Inspecteur wäre dankbar für einen Hinweis? Wer weiß, vielleicht trage ich auf diese Weise zu Sades Festsetzung bei und werde wie eine zweite Jeanne d'Arc gefeiert. Auf jeden Fall bin ich mir nun sicher, dass dieser Sade wahnsinnig ist und hinter die sicheren Mauern des Hôpital de la Salpêtrière gehört. Dort wissen sie, wie man mit Irren umgeht. Und wer weiß, am Ende wäre dort auch dein Platz. Selbstredend hast du mit deinem unbesonnenen Verhalten unsere Freundschaft auf alle Zeiten zerstört …

Mit einem Anflug von Verzweiflung ließ Isabeau Paulettes Schreiben sinken und schloss ihre Augen. Enttäuschung und Wut stiegen in ihr auf. Isabeau blinzelte die ersten Tränen fort. Das Verhalten der Freundin tat ihr entsetzlich weh. Machte Paulette ihre Drohung am Ende wahr? Zweifelsohne hätte sie Paulettes Drängen, die Kirche zu verlassen, nachgeben müssen. Aber auch Paulette hätte sie nicht ohne ein Wort dort zurücklassen dürfen …

Tante Luise unterbrach ihre Gedanken schließlich, als sie, ohne zu klopfen, die Tür zu ihrem Zimmer aufstieß. Rasch schob Isabeau das graue Briefpapier unter ihr Bettzeug und nestelte an ihren Schuhen.

»Warum sitzt du noch immer hier in deinem Zimmer? Glaubst du, Monsieur Lestate wartet noch ewig?«

Isabeau spürte, dass ihr die Hitze wie eine Flamme in die Wangen schoss. Sie konnte die Röte spüren, die ihr Gesicht bemalte. Über Paulettes Brief hatte sie die langweilige Tanzstunde völlig vergessen.

»Hast du etwa schon wieder deine Sticknadel verloren, oder weshalb kriechst du da am Boden?« Ohne ihren Kopf zu heben, schüttelte Isabeau den Kopf. »Dann komm jetzt hinunter, und bring deine Stickarbeit gleich mit.« Missmutig folgte Isabeau der Tante wenig später in den Salon hinunter. Monsieur Lestate, der Tanzlehrer, wartete bereits. Auch heute hatte er Nicolas, einen Studenten der Musikhochschule, mitgebracht. Isabeau fiel auf, wie sehr sich die beiden Männer glichen. Beide maßen eine gute Handbreit weniger als sie. Sie trugen ihr Haar unter einer ähnlich abgewetzten Perücke und, ja, selbst ihre Kleidung wirkte wie aus einem Guss. Während Monsieur Lestate dort am Fenster stand und auf die Seine hinuntersah, saß Nicolas bereits am Cembalo und blätterte in seinen Noten. Beide wirkten blass und hinfällig, und Isabeau fragte sich, ob sie niemanden hatten, der sich um sie sorgte. Sie wirkten wie zwei einsame Blätter vom vergangenen Herbst, die der Wind durch Zufall in dieses Haus getragen hatte …

»Madame Lambert!«, sagte Lestate galant und verneigte sich.

»Monsieur Lestate, wie freundlich von Euch, auf meine Nichte zu warten. Wo Eure Zeit doch so kostbar ist. Aber sagt, gibt es Neuigkeiten in unserer Stadt?« Der Tanzlehrer hob die Schultern und erzählte von der verzweifelten Suche nach dem Mörder, der Paris derzeit in Atem hielt.

»Ja, das ist furchtbar!«, bekundete Luise und legte ihre Hand über die Lippen. »Aber man wird ihn finden. Dessen bin ich mir sicher. Und nun überlasse ich Euch Eurer bitteren Pflicht, meiner lieben Nichte das Tanzen beizubringen.«

»Enchanté, Mademoiselle Bersperger«, sagte Lestate und musterte Isabeau mit farblosen Augen. »Wie schön, dass Ihr unsere Tanzstunde doch nicht versäumen möchtet!« Isabeau fühlte seine verschwitzte Hand. »Lasst uns sogleich mit dem Unterricht beginnen. Mademoiselle erinnern sich an die letzte Stunde?«

»Freilich, Monsieur Lestate«, versicherte Isabeau mit einem Augenzwinkern. Sie nickte Nicolas zu und wartete, bis Tante Luise den Salon endlich verlassen hatte. »Vielleicht könntet Ihr mir heute einmal etwas anderes beibringen. Etwas Spannendes. Die Ecossaise etwa?«

Monsieur Lestate errötete bis in die Haarspitzen und nestelte umständlich sein Taschentuch aus der Rocktasche. Nachdem er sich geziert den Schweiß von der Stirn getupft hatte, räusperte er sich. »Nein, Mademoiselle! Wenn Mademoiselle erlauben, aber die Ecossaise kann ich Euch beim besten Willen nicht beibringen.«

»Aber wieso denn nicht?«, wollte Isabeau wissen.

»Nun … wie soll ich sagen, die Ecossaise ist ein recht lebhafter Rundtanz, der, äh, sagen wir es einmal so …« Lestate betupfte seine Nase, bevor er Isabeau über seinen Zwicker hinweg ansah. Isabeau konnte die Entrüstung im Gesicht des Tanzlehrers deutlich erkennen. »Nun, also, die Ecossaise pflegt man eher in einer anderen Gesellschaft zu tanzen.« Lestate sah sich hilfesuchend um. »Außerdem wird er traditionell von einem Dudelsack begleitet. Anglaise, wenn Ihr versteht, was ich meine.«

»Aber Monsieur Lestate«, begann Isabeau und drehte sich im Kreis. »Meiner Tante würde ich gewiss nichts verraten.« Als Nicolas auf dem Cembalo eine Melodie im 2/4-Takt anschlug und Isabeau ihm ein Lächeln schenkte, warf ihm Monsieur Lestate einen vernichtenden Blick zu. »Bravo! Bravissimo!«, rief Isabeau begeistert und klatschte in die Hände.

»Ruhe, Nicolas!«, brummte Monsieur Lestate ärgerlich, als Nicolas ein paar Töne nachlegte, um die Ecossaise zu begleiten.

»Es würde auch für alle Zeiten unser Geheimnis bleiben.« Der Tanzlehrer schüttelte entschlossen den Kopf und sah den Cembalisten mahnend an. Schließlich verbeugte sich Lestate und begann mit den ersten gestreckten Tanzschritten. Isabeau gab sich nicht besonders viel Mühe, das Menuett zu lernen. Jenem französischen Hoftanz, welchen Tante Luise unerlässlich fand, konnte sie nichts abgewinnen. So war es dann auch kein Wunder, dass Monsieur Lestate sie rügte. »Entfesselte Leidenschaft! Wo ist Eure entfesselte Leidenschaft? Euer Tanz gleicht einer zarten, unnützen Liebelei.« Isabeau fragte sich, wo Monsieur Lestate in einem Menuett auch nur den Hauch von ungezügelter Leidenschaft erkennen konnte. Aber sie schwieg.

Die restliche Zeit des nicht enden wollenden Unterrichts tröstete sie sich mit dem Gedanken an die Teestunde. Bereits am Morgen hatte sie von Flora erfahren, dass Onkel Gustave Gäste geladen hatte. Unter anderem erwartete er den Comte de Sade. Freilich hoffte Isabeau weniger auf den Vater als auf den Sohn. Hoffte sie wirklich darauf? Ein wenig fürchtete sie sich auch vor dem Wiedersehen mit ihm. Erst gegen Ende des zähen Unterrichts gesellte sich Tante Luise wieder zu ihnen. Sie erkundigte sich nach Isabeaus Fortschritten und entließ den Lehrer samt dem Musikstudenten mit einem aufmunternden Lächeln. »Monsieur, Ihr müsst ein wahrer Ritter sein. Andernfalls wäre es Euch völlig unmöglich, die Geduld aufzubringen, meine wenig talentierte Nichte an fünf Tagen in der Woche zu unterrichten. Habt vielen Dank! Bis morgen, um die gleiche Zeit.«

Als Isabeau wenig später die Stickarbeit aufnahm, die Tante Luise liebte und sie selbst hasste, wusste Isabeau nicht, welches das kleinere Übel war. Freilich blieben Monsieur Lestates Unterweisungen fade und langweilig, doch Tante Luises tadelnder Blick entlockte ihr auch nicht gerade einen Freudentaumel. Zumal sie unter ihrer Aufsicht Stich um Stich reihen musste, bis sie ihre Finger nicht mehr fühlte. Dazu kam die Stille, welche lediglich vom Ticken der Standuhr unterbrochen wurde. Stich an Stich im Takt der Uhr, dachte Isabeau und bezwang ein kleines Lächeln, welches sich auf ihre Lippen stahl. Irgendwann mussten die Zeiger die Teestunde ankündigen. Spätestens dann …

»Du hast dich noch gar nicht zum Konzert geäußert. Hat dir Haydns Musik denn zugesagt? Konntest du ihr folgen?« Isabeau fühlte, wie ihr Herz aussetzte. Hatte Paulette sie am Ende bereits verraten? Paulettes Brief!, dachte Isabeau bitter, und die Enttäuschung über die Freundin gewann abermals Raum in ihrer Brust.

»Nun? Hast du dich bei Monsieur Lestate so verausgabt, dass du nicht mehr antworten kannst?«

»Es war sehr unterhaltsam. Nein«, verbesserte sich Isabeau und wich dem Blick der Tante geschickt aus. »Das Konzert war wunderschön. Der ganze Abend war ein Traum.« Tante Luise nickte.

»Und das Dîner?« Das Dîner!, dachte Isabeau. Sie spürte, wie ihr der Schweiß ausbrach. Vom Dîner hatten weder Paulette noch sie gekostet.

»Das Dîner ebenfalls. Paulette und ich haben uns bestens unterhalten und den Abend genossen«, log Isabeau mühsam und versetzte dem Stoff einen weiteren Nadelstich.

»Seltsam, ich habe dich nach der Darbietung nicht mehr gesehen. Dabei habe ich mehrfach nach dir gesucht«, entgegnete Luise langsam. Isabeau spürte den prüfenden Blick der Tante deutlich auf sich ruhen. Die Nadel entglitt ihr und fiel zu Boden. Während sie sich danach bückte, hoffte Isabeau im Stillen, Tante Luise möge nichts wissen. Nichts wissen von ihrem wunderbar abenteuerlichen und gleichsam entsetzlich verstörenden Ausflug.

»Aber das ist ja vielleicht auch nicht weiter verwunderlich.« Isabeau atmete hörbar aus. Doch noch konnte sie nicht von einer Entwarnung sprechen. Schließlich wäre es nicht das erste Mal, dass Tante Luise sie in Sicherheit wiegte, um sie ohne Übergang auf ein Glatteis zu führen, auf welchem Isabeau unweigerlich ins Rutschen kam. Zwischen den einzelnen Stichen blieb Isabeaus Blick immer wieder an der hohen Standuhr hängen. Er verfing sich in den hellen Orientteppichen, den zierlichen Stühlen mit den hellen Brokatstoffen und den sandfarbenen Vorhängen aus Samt. Schließlich blieb er, wie so oft schon, an einem Gemälde hängen. Die Zartheit der Farben und die Leichtigkeit, mit welcher der Künstler das Liebespaar nach der Schule von Watteau auf die Leinwand gebannt hatte, berührte

Isabeau immer wieder. Die feine Röte ihrer Wangen schien Zeuge ihrer Zuneigung. Sie liebte die Magie der Pinselstriche und die empfindsame Tonfolge der Farben. Isabeau dachte an Sade. An die Krypta und an die Röte, welche er auf ihren Wangen hinterlassen hatte …

»Was schaust du unentwegt auf die Uhr? Erwartest du jemanden?« Isabeau schüttelte schnell den Kopf und reihte ein paar Stiche aneinander.

»Dann widme dich deiner Arbeit. Oder ist es bei euch nicht üblich, dass den jungen Frauen ein Beweis für ihr Geschick mit der Nadel abverlangt wird?« Isabeau zog die Schultern hoch. »Freilich sticken die Frauen bei uns daheim. Initialen in die Laken der Mitgift oder in ein paar Servietten. Meistens haben sie dafür allerdings nur wenig Zeit, weil sie Hemden und Hosen stopfen und die tägliche Arbeit verrichten müssen.«

»Das wundert mich nicht …«, murmelte Luise wohl mehr zu sich selbst. Sie verdrehte die Augen, aber Isabeau hatte ihre diskreditierenden Worte wohl vernommen. »Bei uns daheim müssen alle ihre Arbeit tun, sonst wird es nichts. Auch Maman bleibt nicht der ganze Tag, um Tee zu trinken und zu sticken.« Sie spürte Luises Blicke wie die Nadelstiche, mit welchen sie den Stoff traktierte.

»Aber eine Köchin und ein paar Mägde gibt es in eurem Haushalt doch?« Manchmal konnte sie nicht glauben, wie sehr Tante Luises Worte sie noch immer verletzten. Dabei kannte sie Luise doch inzwischen. Sie war fest davon überzeugt, dass die Stadt der einzige Ort war, an welchem es sich zu leben lohnte. Und ein Haushalt mit viel Aufwand geführt werden musste. Zugegeben, dachte Isabeau, für die Arbeit auf dem Lande schien Luise nicht sonderlich geeignet. Selbst wenn Paris sie noch heute jeden Tag überraschte, mochte sie die Stadt nicht sonderlich. Isabeau dachte an die Ratten, die groß wurden wie Hunde. Oder das fehlende Blau des Himmels. Unzählige Schornsteine bemalten alles mit Grau. Dazu stank es in jeder Gasse, selbst wenn sie sich Prachtstraße nannte. Mit einem milden Lächeln auf den Lippen stach sie mit der Nadel ein weiteres Mal in den Stoff. Zwischen endlosen Platt- und Stielstichen kehrten ihre Gedanken zur Teestunde zurück. Isabeau wusste nicht, ob sie hoffte, Sade wiederzusehen, oder ob sie ein Zusammentreffen mit ihm eher fürchten sollte. Schließlich hatte sie ihn dort in der Krypta gesehen. Isabeau fühlte die Furcht, wenn sie sich an die Hiebe erinnerte. Und wohl zum hundertsten Mal fragte sie sich, wie sich Lust und Schmerz vertrugen, ja, sich offenbar sogar ergänzten, um auf unvergleichliche Weise zu explodieren. Schutzlos und fremd war sie sich dort unten in der Krypta vorgekommen.

Auf der anderen Seite hatte sie sich unfähig gefühlt, ihren Blick abzuwenden. Noch heute empfand sie die prickelnde Neugierde und das Verlangen, wenn sie nur an die Menschen dachte, die sich in beinahe ekstatischer Weise ihrer Lust hingegeben hatten. »Aua!« Isabeau betrachtete ihren Finger. Die Sticknadel hatte sich tief in ihr Fleisch gebohrt und eine winzige Vertiefung auf ihrer Fingerbeere hinterlassen, aus welcher nun Blut quoll.

»Nun pass doch auf!«, rügte Tante Luise und schüttelte den Kopf. Mit saurer Miene reichte sie ihr ein Taschentuch. »Sieh zu, dass du den wertvollen Stoff nicht ruinierst.« Isabeau nickte. Rasch umwickelte sie ihren Finger mit dem Taschentuch und schluckte den Ärger über ihre eigene Unachtsamkeit hinunter.

Als es dann nach einer gefühlten Ewigkeit endlich auf fünf Uhr zuging, sah sich Isabeau endlich von ihrer unliebsamen Stickarbeit erlöst. Nebenan hörte sie bereits, wie das Mädchen mit dem Teeporzellan hantierte. Mit einem erwartungsvollen Lächeln legte Isabeau den Stickrahmen auf den kleinen runden Tisch und streckte Arme und Rücken.

»Lass mich einen Blick auf deine Arbeit tun, bevor du dich zum Tee umziehst.« Die Tante hatte ihre eigene Arbeit abgelegt und sah Isabeau erwartungsvoll an. Nur widerwillig leistete sie den Anweisungen der Tante Folge. »Du bist schon wieder so blass um die Nase«, bemerkte Tante Luise am Rande, während sie das roséfarbene Garn mithilfe einer zierlichen Schere wieder auftrennte. »Wen wundert es da, dass deine Arbeit mehr als dürftig ausgefallen ist. Bist du etwa unpässlich?« Isabeau schüttelte den Kopf. »Dann gibt es vielleicht einen anderen Grund für deine Nachlässigkeit?« Isabeau schüttelte abermals den Kopf. Rasch nahm sie das schwere Leinen mit ihrer zunichtegemachten Arbeit entgegen, welches ihr die Tante reichte. »Nun, heute wird es keine Teegesellschaft für dich geben.« Zunächst dachte Isabeau, sie habe die Worte der Tante nicht richtig verstanden. Ihre Hände zitterten ein wenig. »Aber weshalb?«, entgegnete sie betroffen und verschränkte die Arme vor der Brust.

»Weil ich es so möchte«, gab Luise ruhig zurück und widmete sich wieder ihrer eigenen Stickerei.

»Das kann nicht Euer Ernst sein«, empörte sich Isabeau. Diesmal fielen ihre Worte weitaus schärfer aus als beabsichtigt. »Dann nennt mir wenigstens den Grund für Eure Entscheidung.« Isabeau spürte, wie sich tiefe Enttäuschung in ihr Herz schlich und sie zum Weinen reizte. Doch weinen wollte sie jetzt gewiss nicht. »Du hast heute sehr nachlässig gearbeitet. Glaub mir, so macht das Altartuch Vater Étienne keine Freude. Deshalb wirst du es noch einmal versuchen. Diesmal wird es sicher besser, und alle sind zufrieden.« Wie konnte Tante Luise gerade heute von ihr verlangen, dass sie die Teestunde verstreichen ließ?

»Nanette wird uns hier eine Tasse Tee servieren.« Geräuschvoll stieß Isabeau ihren Atem aus.

Die Vorstellung, Sade könnte bereits in einer halben Stunde nebenan beim Tee sitzen, raubte ihr beinahe den Verstand.

Doch letztlich musste sie den Anordnungen ihrer Tante nachkommen, ihr blieb nichts anderes übrig.

Als Isabeau sehr viel später die Tür ihres Zimmers endlich schloss, stieß sie erschöpft den Atem aus. Seufzend ließ sie sich auf das Bett fallen, streifte die Schuhe von den Füßen und schloss ihre Augen. Auf dem Rücken liegend, lauschte sie eine Weile ihrem eigenen Atem. Sie sehnte sich nach dem Alleinsein. Letztlich hatte Tante Luise sie so lange im Kleinen Salon festgehalten, bis auch der letzte Gast das Haus am Quai des Grands Augustins wieder verlassen hatte. Isabeau hatte die Stimmen der Gäste vernommen und ihr Lachen gehört. Nun fühlte sie nichts als die bleierne Leere in ihrem Kopf. Und endlich konnte sie ihren Tränen freien Lauf lassen. Irgendwann war sie über ihrer Verzagtheit wohl eingenickt. Denn erst als Flora leise die Tür öffnete, erwachte sie aus einem wirren Traum.

»Camille hat Euch etwas vom Dîner zurückbehalten«, flötete die Zofe und stellte das mitgebrachte Tablett neben Isabeaus Nachtkommode. »Und zum Dessert vielleicht ein Stück Tarte?« Isabeau schüttelte den Kopf. »Ich bin nicht hungrig, aber danke«, gab sie müde zur Antwort.

»Dann benötigt Ihr vielleicht Hilfe beim Auskleiden?« Isabeau schüttelte abermals den Kopf. »Und auch kein Wasser«, murmelte sie leise. »Ich werde mich heute nicht waschen. Vielleicht wasche ich mich nie mehr.« Isabeau ließ es aber dann doch geschehen, dass ihr Flora aus dem Kleid half und ein Nachthemd über den Kopf zog. Erst als die Kammerzofe die Tür hinter sich zugezogen hatte, fiel ihr Blick auf die Nachtkommode, wo sie neben dem Tablett einen weißen Umschlag aus feinstem Papier entdeckte. Obwohl sich Isabeau noch immer bleiern fühlte, war ihre Neugierde doch ein ganz klein wenig geweckt. Das Papier, welches dort zum Kuvert gefaltet lag, war von ausgesuchter Qualität. Als Isabeau es in die

Hand nahm, entsendete es ein geheimnisvolles Knistern in die Stille ihres Zimmers.

Pour Mademoiselle Isabeau, las sie. Für mich?, dachte Isabeau und ließ ihre Fingerspitzen langsam über die Lettern aus blutroter Tinte gleiten. Das Rot der fein geschwungenen Schrift untermalte die Besonderheit dieses Briefes. Wer ihn wohl gebracht hatte? Und wer wohl der Absender der Zeilen sein mochte? Wer verfasste seine Nachricht in blutroter Tinte? Als sie das Kuvert schließlich umdrehte, blieb ihr Blick an einem außergewöhnlichen Siegel hängen. Sanft folgten ihre Fingerspitzen dem Adler mit den ausgebreiteten Schwingen, bevor sie ganz kurz auf dem achtstrahligen Stern verweilten. Isabeau vergaß, Atem zu holen, als ihre Finger zuerst das Siegel brachen und gleich darauf über kühlen glatten Stoff glitten. Rein und blütenweiß fiel die zierliche Maske aus schimmernder Seide in ihre Hand. Also hatte Sade ihre Anwesenheit tatsächlich bemerkt! Diese erschreckende Erkenntnis traf sie wie ein Pfeil. Sie fühlte, wie sich ihr Atem beschleunigte. Mein Gott!, dachte sie und presste die Hand auf die Lippen. Sade hat mich gesehen! Oh, wie hatte sie nur annehmen können, dass ihre Anwesenheit in der Krypta unbemerkt bleiben würde? Scham ließ ihre Wangen erröten. Schweiß brach ihr aus und streichelte mit salzigen Fingern ihre Brüste. Als Isabeau an die Stunde in der Krypta zurückdachte, sah sie wieder all die Frauen und Männer vor sich. Und plötzlich kamen ihr Sades Worte wieder in den Sinn. Er hatte sie Isabeau während des Tarotabends ins Ohr geflüstert. Sinnlich verlockend, aber auch herausfordernd und über alle Maßen frech: *Eure Haut wurde noch nie von jenem Feuer berührt, nach welchem Ihr Euch schon bald verzehren werdet. Nie habt Ihr die sündige Lust gekostet, die Euch verbrennen kann. Doch Ihr ahnt bereits, wie die Flammen über die zarte Haut Eurer Schenkel lecken, bevor sie den verbotenen Ort kosten …*

Die Maske, welche sie in dem Umschlag vorgefunden hatte, glich jenen Masken, welche die Frauen und Männer in der Krypta getragen hatten – mit einem feinen Unterschied: Ihre schimmerte blütenweiß! Unberührt wie frisch gefallener Schnee. Jungfräulich und rein …

Mit zitternden Fingern entfaltete Isabeau schließlich den Brief und las:

Chère Mademoiselle Isabeau,
Euer nächtlicher Ausflug ist nicht unbemerkt geblieben. Doch freilich hoffe ich, dass der Streifzug Euch auch gut bekommen ist. Euer unerlaubtes Eindringen hat mich berührt. Und noch jetzt erinnere ich mich an jede Einzelheit. Eure Überraschung. Eure Begierde. Aber auch Euer Entsetzen! Und glaubt mir, ich habe jede Minute genossen, in welcher ich mir Eurer Nähe bewusst war. Und nun dürstet Ihr danach, eingeweiht zu werden, nicht wahr? Nun, ich werde Euch die hohe Kunst des lustvollen Schmerzes lehren! Morgen Nacht werde ich Eure Neugierde befriedigen und jeden Eurer Sinne reizen. Doch als Unterpfand werde ich Eure Unschuld nehmen. Betrachtet es als Tausch, denn danach werdet Ihr frei sein. Vergesst nie, es ist die Tugend, die uns gefangen hält und uns verbietet, so zu sein, wie die Natur uns will – losgelöst von jedweder Schuld.

Ma chérie, ich versichere Euch, Euer Leib ist ein Tempel der Lust, und Ihr seid die Göttin darin!

Latour, mein Diener, wird Euch gegen Mitternacht abholen. Ein Nein lasse ich nicht gelten, und bitte, lasst Eure blasse Freundin zu Hause. Mit ihr solltet Ihr Euch allenfalls über Handarbeit und Teekonfekt beraten. Ich erwarte Euch …

Donatien

Großer Gott!, dachte Isabeau und führte ihre Hand zu den Lippen. Fast verspürte sie so etwas wie Dank dafür, dass sie die heutige Teestunde versäumt hatte. Nicht auszudenken, wenn sie Sade im Blauen Salon begegnet wäre! Sie hielt den Atem an, während sie die glatte, kühle Seide durch ihre Hände gleiten ließ. Ein Hauch von Verbene haftete daran. Rasch eilte sie zum Spiegel, zog das Nachthemd aus und legte die zierliche Maske an. Ein Beben ging durch ihren Körper. Im eigentlichen Sinne vermochte die Maske nichts zu verbergen und doch war sie eine andere, wenn sie sie trug. Als Isabeau sich nackt und mit offenem Haar im Kreis drehte, fühlte sie die Freiheit. Sie fühlte, wie die Maske ihr ein Gefühl von Unverwundbarkeit schenkte. Sie fühlte sich wie eine uralte Göttin aus einer griechischen Sage …

Mit einem Mal hielt Isabeau inne. Mit zitternden Händen öffnete sie die Schleife der Maske und ließ sie zu Boden fallen. Nachdenklich betrachtete sich Isabeau im Spiegel. Nun fühlte sie sich schutzlos und völlig nackt. Durfte sie Sade wirklich in die Krypta folgen? Für eine junge Frau von Stand ziemte es sich nun einmal nicht, unbegleitet einen Mann zu treffen. Sie biss sich auf die Unterlippe. Im eigentlichen Sinn erübrigte sich jede weitere Überlegung, denn was sie dort unten gesehen hatte, verbot sich für jede Frau. Isabeau dachte an ihre Mutter. Was, wenn sie davon erfuhr? Und erst der Vater! Unsicherheit stieg in ihr auf. Schließlich war sie eine ehrbare junge Frau! Sie musste die Maske verbrennen. Rasch zog sie ihr Nachthemd wieder an und hob die Maske auf. Isabeau trat an den Kamin und hielt sie über die leckenden Flammen. Ihr war, als schmiegte sich der glatte Stoff an ihre Hand. »Trau dich!«, schien die Maske ihr zuzuflüstern. »Trage mich! Ein Abenteuer jenseits jeder Vorstellungskraft wartet auf dich! Ein Abenteuer, welches dir die Sinne raubt und dein Leben für immer verändert!« Isabeau spürte die Hitze, die sich heiß und unerträglich ihrer Hand bemächtigte, während sie die Maske noch immer über das Feuer hielt. Nur wenige Zentimeter trennten sie nun noch von den leckenden Flammen, als sie die Hand plötzlich zurückzog. Freilich wäre es vernünftig, die Einladung einfach zu ignorieren und die Maske zu verbrennen …

Isabeaus Herz klopfte in einem wilden, ungestümen Rhythmus.

Isabeau hielt den Atem an und horchte einen Augenblick in die Schwärze des Stiegenhauses hinaus. Alles blieb still. Leise verließ sie ihr Zimmer kurz vor Mitternacht und stahl sich auf Zehenspitzen die dunklen Treppen hinunter. Bis zuletzt hatte sie mit sich gehadert, denn ganz ohne Zweifel war dies die unanständigste Einladung, welcher sie je gefolgt war. Ihr Weg führte sie am Schlafgemach der Tante vorbei, und Isabeau hoffte, sie möge tief schlafen. Mit den Schuhen in der Hand schlich sie bis zur Hintertür. Ihre Hand zitterte, während sie den Schlüssel im Schloss drehte. Das Schaben des Schlüssels schien ihr überlaut. Herrgott, dachte sie, macht das Schloss denn auch bei Tage so viel Lärm? Sie wusste es nicht, aber sie stieß den Atem aus, als die Tür endlich aufsprang. Würde Onkel Gustave gerade jetzt heimkommen, wäre alles verloren. Wäre sie verloren! Aber alles blieb ruhig, und als sie endlich hinaustrat und sich nach der Kutsche umsah, prickelte die kalte Nachtluft in ihren Lungen, und ihr Mund entließ kleine Atemwölkchen in die Dunkelheit.

Der Nachthimmel wirkte düster und wolkenverhangen. Und als sich wenig später endlich ein fahler Mond hervorwagte, erkannte Isabeau auf der gegenüberliegenden Straßenseite einen dunklen Einspänner. Der Rappe stand dort bewegungslos und verschmolz mit der Nacht. Irgendwo in den Gassen trippelten ein paar Ratten, und der letzte Regen gluckerte noch in den Sickergruben. Rasch fuhr Isabeau in die Schuhe, trat auf die Gasse hinaus und schloss die Tür. Das gewachste Dach des Fuhrwerks schimmerte feucht. Vereinzelt glitzerten Regentropfen, die das matte Schwarz in glänzendes Silber tauchten.

»Bonsoir, Mademoiselle Bersperger«, flüsterte der junge Mann, welchen Sade bereits angekündigt hatte. Mit dem Dreispitz in der Hand verneigte er sich tief, bevor er Isabeau seine Hand reichte. An seinen Namen konnte sie sich beim besten Willen nicht mehr erinnern, deshalb bedankte sie sich mit einem Nicken. Als habe der junge Mann ihre Gedanken geahnt, stellte er sich vor. »Latour«, sagte er, »Monsieur le Marquis hat mich geschickt.«

»Kein Monsieur?« Der Kutscher schüttelte den Kopf, und Isabeau ahnte ein Lächeln.

»Wenn Ihr erlaubt, Demoiselle, einfach Latour.«

Im Inneren der geschlossenen Kutsche fand Isabeau entgegen ihren Erwartungen eine bequeme Bank und eine Decke aus Fuchsfell. Doch allein die Aufregung sorgte schon dafür, dass sie nicht fror. Als sie den Pelz dennoch locker über ihre Knie zog, stieg ihr eine Mischung aus Leder und Verbene in die Nase. Es war die gleiche Mischung, welche Sade stets umgab, wenn er zum Tarotspiel zum Quai des Grands Augustins kam.

Einzig der Mond folgte ihnen mit seinem fahlen Licht, während der Kutscher die Droschke wenig später durch die nächtlichen Gassen von Paris lenkte.

»Monsieur le Marquis erwartet Euch bereits«, sagte Latour vom Kutschbock aus, während das glitzernde Band der regennassen Gassen an ihnen vorüberzog.

Als das Gespann nach kurzer Fahrt vor den Zwillingstürmen von Saint-Sulpice zum Stehen kam, regten sich in Isabeau doch Zweifel. Im Mondschein wirkte die Kirche wie eine düstere Festung. Ein dunkler, verlassener Ort. Nur das beständige Rauschen, welches vom Brunnen der vier Bischöfe erklang, durchdrang die gespenstische Stille.

Mit einem Lächeln, welches Isabeau mehr ahnte als sah, half ihr Latour herunter und führte sie durch einen kleinen Seiteneingang in die Kirche. Auch heute lag ein schwerer Duft von Weihrauch und schmelzendem Bienenwachs über dem Inneren des Gotteshauses. Die nachtschwarzen Fenster erschienen ihr wie Augen, die sie beobachteten. Bis auf den leisen Widerhall ihrer eigenen Schritte blieb alles völlig still. Latour hob die Laterne und leuchtete den Weg aus. Das Licht huschte wie ein Tier über den ausgetretenen Steinboden. Versteckte sich hinter Säulen und Bänken, bis es mit einem hellen Blinken den Mittagsweiser zum Leben erweckte. Das Messingband teilte den düsteren Raum wie eine glänzende Schlange, die auf den meterhohen Obelisken zukroch. Durch ein Loch in der Südwand fiel hier bei Tag das Sonnenlicht ein, sodass man auf dem Messingband sowohl die Mittagszeit als auch die Sonnwenden im Verlauf des Jahres ablesen konnte.

Latour schien etwa im selben Alter wie Sade selbst zu sein. Sein glattes Gesicht wirkte offen und freundlich, als er ihr den Arm reichte und sie die Treppe zur Krypta hinunterführte.

»Mademoiselle, ich möchte nicht unhöflich erscheinen, aber wenn Ihr Euch nicht sicher seid, wenn Ihr umkehren möchtet, fahre ich Euch umgehend zurück.« Isabeau sah zu Boden. Zugegeben, ihr Herz klopfte, als wollte es jeden Augenblick aus der Brust springen. Und die Furcht vor dem Unbekannten stürzte sie in eine Gegensätzlichkeit aus hemmungsloser Neugierde und blankem Entsetzen. Schließlich befanden sie sich hier in einer Kirche! In einem Gotteshaus!

Entschlossen schob Isabeau alle Bedenken beiseite. »Ich möchte bleiben!«, flüsterte sie so leise, als fürchtete sie, die Mauern zu erschrecken. Der Leibdiener nickte und öffnete die Tür, welche mit einem leisen Knarren aufsprang. Genau wie beim letzten Mal wurde Isabeau von einem Meer aus flackernden Kerzen empfangen. Der Duft von weichem Bienenwachs lag warm und anheimelnd über dem kurzen Gang. Die Klänge von Violinen erhoben sich aus der Stille und trugen sie auf sanften Schwingen bis in die Krypta hinein. Wiesen ihr den Weg in eine fremde Welt. Eine Frau in Rot nahm sie in Empfang. Grüßte sie kühl und nahm ihren Mantel. Die Unbekannte trug nichts als ein blutrotes Cape und eine Maske in derselben Farbe. Ihr Haar konnte Isabeau nicht sehen. Es war unter einer kunstvollen Perücke versteckt, die ihr in kleinen, gepuderten Löckchen bis zur Mitte des Rückens reichte.

»Um die Anonymität zu wahren, tragen wir alle eine Perücke«, erklärte sie. Alle außer einem!, dachte Isabeau mit einem nervösen Lächeln. »Sicher möchtet auch Ihr eine tragen.« Die Worte der Roten klangen eher nach einem Befehl denn einer Frage. Isabeau schluckte, schüttelte aber entschieden den Kopf. Sie hielt den Atem an, als ihr die Fremde mit kühlen Fingern eine blütenweiße Maske umlegte. Isabeau konnte die Spannung kaum ertragen, während ihr die Frau in Rot aus dem Kleid half und es achtlos zu Boden gleiten ließ. Sie legte ihr ein weißes Cape über die Schultern und forderte sie auf mitzukommen.

»Gab es schon einmal eine weiße Maske?« Isabeau presste ihre Lippen aufeinander, als sie den ungläubigen Blick der anderen auf sich spürte. »Ich dachte nur«, flüsterte sie und sah zu Boden. »Rot und Schwarz …«

»Rot!«, entgegnete die Fremde knapp. »Es gibt ausschließlich Rot! Schwarz ist einzig dem Meister vorbehalten.«

»Dann bin ich die Erste?«, murmelte Isabeau mehr zu sich selbst und suchte ihr flatterndes Herz zu beruhigen. Trotz der roten Maske konnte sie erkennen, wie sich die Augen der Fremden feindselig verengten.

»Kürzlich beehrte uns eine Dame in Purpur.« Klang ihre Stimme etwa schnippisch?

»Und«, fragte Isabeau weitaus mutiger, als sie sich fühlte. »Welche Rolle hatte Sade ihr zugedacht?«

»Der Meister!«, berichtigte die Rotgekleidete sie scharf und schlug ihr auf die Wange.

»Seid Ihr etwa verrückt geworden?«

»So verletzlich?«

»Sagt mir lieber, was mit ihr geschah«, schnappte Isabeau. Ein feines Lächeln teilte die vollen Lippen der Unbekannten.

»Man hat sie tot aus der Seine gefischt«, gab die Schöne ungerührt zur Antwort.

»Aus der Seine?« Isabeau dachte an Onkel Gustaves Worte. Er hatte etwas von den Frauen erzählt, die tot aus der Seine geborgen worden waren. Inspektor Marais selbst hatte ihn um eine Untersuchung der Leichname gebeten. Und im *Mercure de France* hatte sie gelesen, dass diese jungen Frauen dem Monster von Paris zum Opfer gefallen waren. Den hysterischen Berichten zufolge soll sich der Mörder in ein Fell gehüllt haben. Manche wollten gar einen Wolfspelz gesehen haben. Isabeau fühlte, wie die Furcht ihre Kehle zuschnürte. Obwohl ihre Zunge wie ein ausgedörrter Schwamm am Gaumen klebte, fühlte sie sich unfähig zu schlucken. Waren die Frauen etwa alle hier gewesen, bevor sie den Tod fanden? Ein eisiger Schauer kroch ihr über den Rücken.

Es ist amüsant, ein wenig Angst zu haben, ohne sich wirklichen Gefahren auszusetzen.
Marquis de Sade

Ein paarmal zerrte Isabeau an den Handeisen, die sich kalt und eng um ihre Handgelenke schlossen. Die Mienen der beiden Herren, die sie ihr umgelegt hatten, konnte sie nur schwer deuten, denn auch sie trugen Masken. Isabeau fand sich stehend und mit ausgebreiteten Armen inmitten einer verblassten Zeichnung. Ein verwaschener Kreis? Ein fünfzackiger Stern? Sie schätzte das Bildnis jahrhundertealt. Unzählige Kerzen verbreiteten wie beim letzten Mal ihr zart schmelzendes Licht. Aus einer Schale kräuselte feiner Rauch. Er schwebte hinauf bis in das Kreuzrippengewölbe der Krypta und erfüllte den ganzen Raum mit einem eigentümlich scharfen, ja beinahe brennenden Duft. Suchend glitt ihr Blick umher, bis er schließlich an der Decke hängen blieb. Decke und Wände zeigten beinahe plastische Darstellungen vom immerwährenden Ringen zwischen Gut und Böse. Isabeau erkannte eine Heerschar von Engeln im Kampf gegen Luzifer, angeführt von einem, der ein Flammenschwert trug. Ihre Gesichter wirkten überaus lebendig, gerade so, als stiegen sie jeden Augenblick herab, um Isabeau in das ewige Höllenfeuer zu stoßen.

Wenigstens haben sie mir noch das Cape gelassen!, dachte sie und wunderte sich, wie wenig ihr genügte. Schließlich wagte sie endlich, in die Runde der Menschen zu sehen, und zählte viel mehr als bei ihrem Besuch an Paulettes Seite. Und heute trugen sie neben ihren blutroten Capes und den zierlichen Masken Kapuzen in derselben Farbe. Während Isabeau den Blick unzähliger Augenpaare aus namenlosen Gesichtern auf ihrer Haut spürte, stieg leise Furcht in ihr auf. Die Kapuzen tauchten sie in eine schaurige Anonymität. In peinigender Langsamkeit bildeten sie einen Kreis um sie. Kamen näher und immer näher! Bis Isabeau ihren Atem auf ihren Armen fühlte. Die Luft flirrte bereits vor ihren Augen. Sie empfand das Schauspiel noch weitaus verstörender als beim letzten Mal. Denn diesmal schien sie selbst der Mittelpunkt zu sein.

Bedächtig und langsam atmete Isabeau gegen den Schwindel an, als sie erste Berührungen erlebte. Kleine Blitze trafen ihre Haut. Klar und hitzig durchzuckten sie sie wie viel zu schrille Klänge. Andere berührten sie lediglich mit dem zarten Hauch einer Feder. Sie spürte, wie fremde Hände ihr Gesicht streiften. Einem Lufthauch gleich betasteten sie ihre Wangen. Bald ihr Haar. Er raubte ihr beinahe den Atem. Die Violinen kündeten mit schneller werdenden Bogenstrichen von etwas Großem. Männer und Frauen reihten sich wie ein Netz um sie. Zwei legten ihre Hände auf Isabeaus Arme. Diesen folgten weitere. Und so ging es, bis alle mit ihr verbunden schienen. Trotz ihrer Furcht spürte Isabeau auch den Rhythmus der Menschen. Sie fühlte ihren Atem als ihren eigenen und deren Herzschlag in ihrer Brust. Wie selbst das winzigste Bächlein irgendwann in ein Meer mündet und Anfang und Ende miteinander verschmelzen. Grenzen überwinden und zu einem Ganzen werden. Ein ganzes Meer von Möglichkeiten – ein Meer von Eindrücken. Ein Meer aus Lust?

Urplötzlich schwiegen die Violinen, und die darauffolgende Stille schien kein Ende zu nehmen. Als ein schwarz gekleideter Mann aus der gegenüberliegenden Tür trat, erkannte Isabeau in ihm Sade! Bei seinem Anblick setzte ihr Herz fast aus. Sie wagte kaum noch zu atmen. Wie auf Geheiß teilte sich das Geflecht der Leiber und gab sie frei. Mit unendlich langsamen Schritten steuerte er auf sie zu, während die Rotgekleideten demütig ihren Blick senkten. Unweigerlich dachte Isabeau an einen Jäger. An einen Wolf? War es nicht ein wölfisches Lächeln, welches Sades Lippen teilte?

Isabeau wuchs eine Gänsehaut. Genau wie alle anderen trug auch Sade lediglich einen Umhang. Und wie beim letzten Mal schimmerte der seine in tiefem Nachtschwarz. Aus der Nähe wirkte seine Erscheinung noch weitaus furchterregender, denn die Maske, die er trug, besaß Hörner. Widdergehörn? Teufelshörner? Der Abend des allerersten Tarotspiels kam ihr in den Sinn. Damals hatte es dem Schicksal gefallen, dass Monsieur de Gébelin für Sade *le diable* – die Karte des Teufels – zog. Ihr Herz raste, als würde es bereits beim nächsten Atemzug aus der Brust springen.

»Bonsoir, Demoiselle!«, begrüßte sie Sade und verbeugte sich tief. Seine Stimme klang dunkel und sanft. Fast wie ein Schnurren. »Ich freue mich sehr, dass Ihr meiner Einladung gefolgt seid.« Isabeau blieb ihm die Antwort schuldig. Was hätte sie auch erwidern sollen? Dass sie nun fürchtete, in diesen Mauern den Tod zu finden? Letztlich war sie aus freien Stücken hergekommen. Ihre Neugierde hatte sie hergetrieben.

Sie hielt den Atem an, als Sade ihr Haar berührte. Sanft ließ er seine Hand über die blonden Locken gleiten und nickte. Sie nahm den frischen Duft von Verbene wahr.

»Ihr seid wunderschön, *ma chérie*«, flüsterte Sade und küsste ihren Hals. Isabeau fühlte den scharfen, kleinen Biss wie eine Explosion. Der leichte Schmerz pulsierte in winzigen Wellen über ihre Haut und belebte jeden ihrer Sinne. Sie zuckte zusammen, als er sich abrupt von ihr löste und sich die Rotgekleideten langsam in einen Halbkreis zurückzogen. Die Frauen und Männer setzten ihre Kapuzen ab und senkten demütig ihre Köpfe. In der Luft lag ein erwartungsvolles Knistern, als Sade mit einem Nicken zwei Damen wählte. Die glatte, rote Seide glitt zu Boden, nachdem er die Bänder ihrer Capes geöffnet hatte. Nackt folgten die Frauen ihm zum ersten Sarkophag, wo sie sich bereitwillig die Hände binden ließen. Sade befestigte die Handeisen an einem Ring in der Decke. Das Kerzenlicht legte sich schimmernd über ihre Brüste, streichelte jede Rundung und küsste schließlich ihre glatte Scham. Während die Streicher ihren Violinen bittersüße Klänge entlockten, glaubte Isabeau sogar den Trillo del Diavolo aus Pietro Locatellis *Capriccio* zu erkennen. Von irgendwo kam ein Luftzug. Die Kühle prickelte wie Perlen über ihre erhitze Haut und ließ sie schaudern. Als sie sah, wie Sade die beiden Frauen abwechselnd mit einem Rohrstock züchtigte, keimte abermals Bangigkeit in ihr auf. Langsam, als hätte er alle Zeit der Welt, brachte er die Hinterbacken der Frauen unter seinen Hieben zum Glühen. Sie wanden sich unter seinen Händen. War es Schmerz? War es Lust? Schreie drangen aus ihren Kehlen. Isabeau hörte sie nicht, denn das Violinspiel schwoll an und ließ die Krypta beben. Aus Lust war schon lange Schmerz geworden. Und als Sade den beiden nebeneinanderstehenden Frauen den Stock zwischen die Zähne klemmte, überfiel Isabeau heftige Furcht. Es war nur ein Moment. Ein einziger Herzschlag. Ein winziger Augenblick, in welchem sie Angst in den Augen der Jüngeren gesehen hatte. Sade drehte die Frauen, und das Seil grub sich in ihre Handgelenke. Was hatte er vor? Isabeau stockte der Atem, als ihr Blick erneut auf die Hinterbacken fiel. Die Male schimmerten in tiefem Lila! Isabeau schluckte. Stand ihr etwa das Gleiche bevor? Ein Mann im Cape reichte Sade eine brennende Kerze. Isabeau rauschte das Blut in den Ohren. Ihr Herz raste unter der stetig zunehmenden Angst, die ihr wie eine eisige Hand im Nacken saß. Sade ließ das heiße Wachs in einem wirren Muster auf die Hinterbacken der beiden jungen Frauen tropfen! Isabeau musste ihre Augen schließen. Sie glaubte, jeden Augenblick das Bewusstsein zu verlieren.

»Nein! Aufhören!«, schrie sie plötzlich gegen das teuflische Violinspiel an, welches ihr mit einem Mal ohrenbetäubend und grausam schien. »Ihr tut ihnen doch weh!« Niemand schien ihren Worten Beachtung zu schenken. Gerade als sie dachte, es könnte schlimmer nicht werden, drehte Sade die Frauen abermals und ließ das heiße Wachs auf die empfindlichen Brustwarzen spritzen. Die unerträgliche Hitze, die teuflischen Klänge der Violinen. Dazu die Taubheit ihrer Arme – all das lullte sie ein und entführte ihre Sinne in eine fremde, dunkle Welt, die sich ihr zu Füßen legte. Irgendwann schien der Boden unter ihren Füßen verschwunden. Sie fühlte sich beinahe leicht und frei, fast schwebend. Schwebte sie? Erst als sie die Kühle an ihren Lippen spürte, spähte sie vorsichtig durch die halb geschlossenen Lider. Sade war es, der neben ihr stand und ihr zu trinken gab. Die Frauen und Männer folgten einem eigenen Rhythmus und schienen miteinander zu verschmelzen.

»Ist es nicht amüsant, ein wenig Angst zu haben, ohne sich wirklichen Gefahren auszusetzen?«, flüsterte Sade und lächelte.

»Nein, das ist es ganz und gar nicht!«, herrschte Isabeau ihn an.

»So zornig?«, entgegnete er und streichelte ihre Wange. In seiner Stimme lag Anerkennung. »Verratet mir lieber, wie Euch der Kelch des Schmerzes mundet.«

»Er schmeckt sauer!«, gab Isabeau wütend zurück, obwohl ihre Worte nicht ganz der Wahrheit entsprachen. Lächelnd berührte er ihr Haar. Ließ die weizenblonden Wellen durch seine Finger gleiten und führte sie zu seinen Lippen.

»Wieder keine Perücke!«, bemerkte er tadelnd. »Wahrlich, Ihr seid ein ungezogenes Mädchen!« Sade vergrub seine Hand in Isabeaus Haar. Er bog ihren Kopf zurück, bis ihre Kehle frei lag. Die Finger der anderen Hand zeichneten eine glühende Spur von der Schläfe über ihre Wange bis zu ihrem Mund. Während sein Daumen sanft die Kontur ihrer Lippen nachzeichnete, erschauderte sie. Er folgte der feinen Linie ihres Halses bis zu ihrem Dekolleté. »Zauberhaft!«, flüsterte er mit einem Nicken. »Demoiselle, Ihr seid noch weitaus begehrenswerter, als ich es mir erhofft hatte.« Er streichelte über den seidigen Stoff, der ihre Brüste umspannte, und Isabeau hätte am liebsten geweint. Die Spannung raubte ihr beinahe die Besinnung. Ihre Beine drohten endgültig nachzugeben, als sie seine kühlen Lippen auf ihrem Mund spürte. Diesmal war es sie, die seinen unverschämten Kuss mit ihren Zähnen beantwortete. Wie eine kleine Perle quoll das Blut aus der winzigen Wunde, während Sade ihren Angriff mit einem Lächeln parierte.

Für einen Augenblick genoss Isabeau den kleinen Triumph. Ohne ein Wort benetzte Sade seinen Finger mit dem Lebensrot und schob ihn zwischen ihre Lippen. »Demoiselle, nun gehöre ich Euch mit allem, was ich bin!«, flüsterte er in ihr Ohr. »Einen Pakt, der mit Blut gezeichnet wurde, vermag nicht einmal der Teufel zu lösen. Euch, meine Liebe, gehört mein ganzes Begehren!« Er öffnete das Band, welches ihren Umhang zusammenhielt. Der weiche fließende Stoff teilte sich und gab ihre Nacktheit preis. Isabeau spürte seine Blicke auf ihrer Haut. Sie fühlte sich in diesem Moment begehrt. Sie wusste, dass dieses Gefühl zutiefst anstößig war, und doch liebte sie es. Die Hitze, das Brennen, welches seine Berührung in ihr entfachte, versengten sie. Sie empfand eine Mischung aus Schmerz und Verlangen, die sie zutiefst verstörte.

Sades Lippen fanden abermals ihren Mund, und diesmal erwartete sie ihn. Warm und feucht glitt seine Zunge in ihren Mund und verführte sie zu einem verbotenen Spiel.

Das erste Klatschen seiner Hand erschreckte sie und ließ sie zusammenfahren.

»Schh!«, gebot er leise und legte ihr den Finger über die Lippen. »Habt keine Angst!« Er strich sanft über ihre Lider und schloss Isabeaus Augen. Als seine Hand zum zweiten Mal auf ihre Hinterbacken traf, klang es fast wie eine Melodie. Die Melodie des Schmerzes? Sie erwartete Pein und empfing Leidenschaft. Prickelnde Wärme breitete sich nach und nach über ihr Gesäß und kleidete sie bis zu den Knien in eine Hülle aus Lust. Jedes weitere Klatschen verstärkte die Wärme nur. Ihre Haut stand in Flammen, und der leise Schmerz steigerte ihr Begehren mehr und mehr, bis es beinahe unerträglich wurde.

»Lasst Euch fallen!«, raunte er dicht neben ihrem Ohr. Seine Stimme klang rau. Isabeau schloss die Augen und stieß den Atem aus, den sie schon eine Weile zurückgehalten hatte. Sie gab sich seinem langsamen Rhythmus hin, während sie die Violinenklänge aus dem angrenzenden Raum davontrugen.

Lasst sie ihre Erbärmlichkeit wiederkauen, sie sind es nicht wert, dass wir ihnen die Wahrheit verkünden.
Marquis de Sade

Viermal läutete die Stundenglocke im Nordturm der Kathedrale Notre-Dame, während Inspektor Marais den schlanken Einspänner bis zur Westspitze der Île de la Cité scheuchte. Den Menschen gebot die Glocke von Notre-Dame die Einhaltung der Nachtruhe. Doch im eigentlichen Sinn schlief die Stadt der Lichter nie ganz. Selbst jetzt, inmitten der Nacht, entstieg den Schornsteinen dichter Qualm, der lautlos auf die Gassen niedersank und die Fassaden der Häuser mit einem unansehnlichen Grau bedeckte. Selbst zu dieser späten Stunde, die eigentlich schon wieder eine frühe war, torkelten noch ein paar Betrunkene durch die Straßen. Sie alle befanden sich auf der Suche nach einem Platz zum Schlafen und hofften auf ein wenig Wärme in den Armen einer Frau. Über die Pont Neuf erreichte Marais schließlich das linke Ufer. Schon bald folgten ihm ein paar kläffende Köter, die irgendwo nach etwas Fressbarem suchten. Inspektor Marais hatte sich nicht die Zeit genommen, den Kutscher der Polizeiwache zu bemühen. Unter keinen Umständen wollte er riskieren, dass auch nur eine einzige Stunde der kostbaren Zeit vertan wurde, die ihn noch von der Verhaftung Sades trennte. Und komme, was da wolle! Diesmal würde er ihn festsetzen. Vor weniger als einer Stunde hatten zwei Schiffsführer abermals die Leiche einer jungen Frau aus der schwarzen Seine gefischt. Bis auf ein Cape war sie völlig unbekleidet gewesen. Nackt und jung wie der Frühling selbst lag das Mädchen nun im Keller der Polizeiwache. Das lange ährenfarbene Haar klebte ihr in nassen Strähnen am Kopf, während die blutleeren Lippen noch zu einem stummen Schrei geöffnet waren. Freilich hatte der Inspektor in den zahlreichen Jahren seiner Arbeit schon allerhand Leichen gesehen, doch wenn er sich nun den Zustand der jungen Frau ins Gedächtnis rief, fröstelte er. Unleidlich dachte er an die weit aufgerissenen Augen des Mädchens, welche von einem intensiven Grau gewesen waren. Trotzdem der Tod sie vor Stunden gebrochen hatte, schienen sie Marais fast lebendig. Gerade so, als würden sie ihrem Mörder einen letzten anklagenden Blick schenken. *Verdammenden* passte besser, berichtigte sich Marais in Gedanken und nahm den schwarzen Dreispitz vom Kopf. Diesmal würde Sade der Verdammnis nicht entkommen – der Verdammnis eines Kerkers, in welchem man leicht in Vergessenheit geraten konnte.

Als er die Pferde nun am Quai des Grands Augustins Nummer sieben zum Stehen brachte, sich vom Kutschbock schwang und mit raschen Schritten die wenigen Stufen hinaufeilte, hoffte er inständig, die Dienerschaft im Hause der Lamberts möge sein Klopfen vernehmen und ihm rasch öffnen. Nachdem er den Türklopfer betätigt hatte, öffnete die vierschrötige Köchin und ließ ihn nun mit dem Hut in der Hand in der Halle warten.

»Monsieur l'Inspecteur«, erklärte die Köchin, nachdem sie den Kammerdiener mit dem Wecken Lamberts beauftragt hatte, »Ihr werdet Euch schon gedulden müssen, bis sich

Monsieur le Docteur angekleidet hat.« Marais blieb ihr die Antwort schuldig, denn der Tonfall der renitenten Frau gefiel ihm nicht. Stattdessen presste er die Lippen zusammen. Marais gestand sich ein, dass er ein klein wenig Neid empfand, wenn er den polierten Boden aus Marmor und die aufwendig gestalteten Wände der Halle betrachtete. So residierte man also als Anatom und Stadtphysikus.

»Bonsoir, Monsieur Lambert, bitte seht mir meinen späten Besuch nach!«, rief Marais und ging dem Stadtphysikus auf halbem Weg entgegen, als dieser endlich über die breite Stiege herunterkam.

»Monsieur l'Inspecteur, was kann ich für Euch tun?«, fragte Gustave Lambert und bat Marais mit einem Nicken in sein Laboratorium.

»Bitte«, sagte er, »nehmt doch einen Augenblick Platz.« Marais schüttelte den Kopf.

»Bitte verzeiht, dass ich Eure Einladung ausschlagen muss. Vielmehr muss ich Euch bitten, mich umgehend zur Polizeiwache zu begleiten. Man hat erneut einen Leichnam aus der Seine geborgen. Wieder eine junge Frau. Nun würde ich Euch bitten, dass Ihr es seid, den ich abermals mit der Untersuchung der Leiche betrauen darf. Schließlich habt Ihr schon die vorhergehenden Frauen gesehen und kennt das Vorgehen des Täters.« Lambert nickte und nahm den Rock vom Haken.

»Dann lasst uns keine Zeit verlieren«, erklärte er knapp. Im Gehen griff er nach seinem Lederköfferchen und schob die Stielbrille in die Tasche seines Mantelrocks. Seine Perücke saß zu tief im Nacken, was ihm ein sonderbares Aussehen verlieh. Marais verbot sich aber, den Physikus darüber in Kenntnis zu setzen, schließlich war er erleichtert, ihn nicht lange bitten zu müssen. Freilich hätte er notfalls darüber verfügen können, dass ihn Lambert begleitete. Doch ein derartiger Anfang nahm selten ein gutes Ende. Und der Inspektor wusste wohl, dass Gustave Lambert ebenso daran lag, den Wolf von Paris in Ketten zu legen, wie er selbst das Ende der Mordserien herbeisehnte. Als kleinen Wermutstropfen betrachtete er dabei lediglich, dass Lambert, was den Hauptverdächtigen betraf, nicht seine Meinung teilte. Das aber konnte nur noch eine Frage der Zeit sein. Sade mordete die Frauen – daran bestand für Marais kein Zweifel!

»Dann hat der Meuchler also wieder zugeschlagen?«

»Die gleichen Verletzungen wie beim letzten Mal. Der Mörder bezweckt wohl etwas Spezielles. Schwarze Messen werden gern mit Blutopfern gefeiert. Gestern genügten noch Hähne – heute müssen es Menschen sein!« Der Stadtphysikus hob die Schultern und folgte Marais in die Nacht hinaus.

Wenig später erreichten sie die Polizeiwache auf der Île de la Cité. Gustave Lambert kannte den Weg, welcher ihn in den düsteren Keller der Polizeistation hinabführte. Die steile Treppe mündete in einen schlecht beleuchteten kleinen Raum, der kaum höher war als ein groß gewachsener Mann. Ein paar wenige Ölfunzeln verbreiteten ein trübes flackerndes Licht, welches sich auf die grauen Wände legte. Der Boden zeigte überall Spuren von Feuchtigkeit, und der leichte Modergeruch ließ die Nähe zum Wasser ahnen. Inspektor Marais half Lambert in den langen Mantel aus ungefärbtem Leinen, den dieser zum Schutz seiner Kleidung trug, wenn er die Leichname untersuchte. Obgleich die Leiche der jungen Frau sorgfältig zugedeckt auf einer aufgebockten Arrestliege lag, blieb Lamberts Blick zuerst an ein paar langen Strähnen hängen, welche über den Rand des Tisches gefallen waren. Mittlerweile war das Haar trocken und leuchtete satt und weizenfarben. In der Kammer herrschte völlige Stille, welche nur hier und da vom Fallen eines Wassertropfens unterbrochen wurde.

»Als die Schiffsführer sie gefunden haben, trug sie nichts. Sie war völlig nackt, lediglich ihre Beine hatten sich in einem Cape verfangen.« Vor ihnen lag eine junge Frau, deren zwanzigster Geburtstag noch nicht lange zurücklag. Einst war sie sicher eine Schönheit gewesen, doch das Wasser hatte schon mit seiner vernichtenden Arbeit begonnen und dem Leichnam ein wächsernes Aussehen verliehen. Gustave kannte die Verletzungen von den Malen davor. Die Frauenleiche befand sich in einem nahezu blutleeren Zustand, was seine Arbeit ungemein erleichterte. Mithilfe des Inspektors drehte er den Leichnam zuerst auf den Bauch. Der Rücken wies eine Menge kleiner oberflächlicher Verletzungen auf. Winzige Narben, welche ganz offenkundig seit Langem verheilt waren, ansonsten schien die Haut dort unverletzt. Am Gesäß hingegen waren blaurote Hämatome zu erkennen, welche sich die junge Frau mit großer Wahrscheinlichkeit erst kürzlich zugezogen hatte. Lambert zupfte ein wenig Scharpie und zog die Augengläser aus der Tasche. Dann bückte er sich mit der Stielbrille in der Hand, um in Nasenlöcher und Ohren zu sehen. Mit der freien Hand tupfte er den schwarzen Schlamm fort und brummte vor sich hin. Gemeinsam drehten sie den Leichnam wieder auf den Rücken, und Lambert wandte sich der Verletzung zu, die genau wie bei den beiden letzten Frauenleichen im eigentlichen Sinn die Brust betraf. Er wusste, dass der Höhle hinter dem Brustbein auch diesmal das Herz entnommen worden war. Einmal davon abgesehen, dass das Herz ein muskuläres Hohlorgan darstellte, welches das Blut bis hin zu den entlegensten Winkeln des menschlichen Leibes beförderte, deutete man das Herz als eines der ältesten Menschheitssymbole. Es galt seit jeher als Sitz der Seele und des Mutes und stand für Liebe und ewige Treue. Mitunter verbarg sich dahinter aber auch das Symbol für den Verstand. Ein herzloser Mensch, so wussten die alten Lehren, bedeutete gleichsam auch, dass der Betreffende arm an Verstand war. Herzen wurden mitunter an ungewöhnlichen Orten zur letzten Ruhe gebettet, welche der Verstorbene bereits zu Lebzeiten liebgewonnen hatte. *Les amis de la science*, die Freunde der Wissenschaft, gelobten, ihre Herzen weit zu öffnen, um sich selbst und ihre Umwelt besser zu erkennen. Jede Einweihung erfolgte über ein Ritual, in welchem vor allem dem Herzen eine tragende Rolle zukam. Und am Ende einer jeden Zusammenkunft entließen sich die Brüder zwar aus der Kette der Hände, niemals aber aus der Kette der Herzen …

»Und, Monsieur le Docteur, was ist Euer erster Eindruck?«, wollte Inspektor Marais nach einer Weile des Schweigens wissen.

»Nun, auch diesmal kam eine äußerst scharfe Waffe zum Einsatz«, begann Gustave leise. Gerade so, als fürchtete er, die Tote zu wecken. »An den Wundrändern erkennt Ihr deutlich, dass es sich um eine scharfe Klinge handelte.« Er deutete auf den glatten Schnitt, welcher das Gewebe ohne jedes Ausfransen getrennt hatte. Mit einem Skalpell aus seinem Köfferchen hatte er den Leichnam vom Brustbein bis zur Schamhaargrenze mit einem tiefen Schnitt geöffnet. Mithilfe eiserner Haken zog er die ledrige Haut und die darunterliegenden Muskeln auseinander, bis der knöchernen Brustkorb frei lag. Er räusperte sich. »Und auch diesmal fehlt das Herz.«

»Schon wieder das Herz!«, stieß Marais aus und fuhr herum. »Aber der Brustkorb ist doch geschlossen, oder seht Ihr etwa mehr als ich?« Lambert schüttelte den Kopf.

»Mit der Gabe des Hellsehens kann auch ich nicht dienen, aber seht hier.« Er deutete auf einen Teil der Rippen, welche dicht am Brustbein durchtrennt worden waren.

»Ich dachte, die Rippen sind knöchern?«, murmelte Marais. Aber dann legte er die Hand über die Stirn. »Das hatte ich ja schon beim letzten Mal angenommen.« Lambert nickte. Auch er erinnerte sich an die Worte des Inspektors.

»Seht her, ich zeige es Euch noch einmal«, begann Gustave geduldig. »Die Rippen sind, wie Ihr ganz recht bemerktet, von knöcherner Natur. Aber hier«, sagte er und deutete auf ein paar Stellen im Brustkorb. »Hier seht Ihr das kleine Verbindungsstück, welches zum Brustbein führt. Bei jungen Menschen laufen diese Nahtstellen zunächst noch knorpelig aus und verknöchern erst mit fortschreitendem Alter. Nachdem also die Rippen durchtrennt wurden, war es ein leichtes, das Brustbein zu heben, um das Herz zu entnehmen. Im Anschluss wurde das Brustbein wieder an seinen Platz geschoben, weshalb das Fehlen des Herzens erst auf den zweiten Blick sichtbar wird.«

»Aber weshalb gerade das Herz?«, wollte Marais wissen und rieb sich das Kinn. Gustave hob die Schultern und sah den Inspektor über den Rand seiner Brille hinweg an.

»Nun, das kann ich Euch leider auch nicht sagen.«

»Wer weiß? Vielleicht, um es bei einer schwarzen Messe oder während noch weitaus schlimmeren Riten zu verzehren?« Lambert wusste sehr genau, worauf der Inspektor hinauswollte.

»Das Herz«, wiederholte Marais mehr für sich selbst. »Immer wieder das Herz!«

»Monsieur l'Inspecteur, ich möchte Euch bitten, verrennt Euch nicht in Hypothesen, die sich bereits die letzten Male als völlig haltlos erwiesen haben. Gehe ich recht in der Annahme, dass es Euch nicht möglich war, irgendjemandem etwas nachzuweisen, oder sollte ich mich in diesem Punkt getäuscht haben?« Marais sah ihn lange an. Seine Hände waren zu Fäusten geballt, und seine Kiefer mahlten. Der Inspektor führte einen Kampf gegen sich selbst.

»Seid gewiss, Monsieur le Docteur, all das ist nur eine Frage der Zeit! Und wenn ich Euch ganz nebenbei einen guten Rat geben darf, haltet Euch von der Familie de Sade fern! Sie hat bislang nie etwas Gutes im Schilde geführt.«

»Monsieur le Comte ist ein langjähriger Freund, und auch sein Sohn Donatien ist mir wohlbekannt. Freilich ist er alles andere als bequem, was allem voran an seinem vorlauten Mundwerk und seinem gut ausgebildeten Verstand liegt. Aber ein Mörder? Vielleicht solltet Ihr in Erwägung ziehen, den Täter in einem gänzlich anderen Umfeld anzusiedeln?«

»Nein, das glaube ich nicht!«, gab Marais zurück. Mit wachsender Ungeduld klangen seine Worte schärfer. »Ich bin davon überzeugt, dass dieser Bluthund die Frauen auf dem Gewissen hat. Erst kürzlich wurde mir aus einer glaubhaften Quelle zugetragen, dass Sade mit weiteren Vertretern des Pariser Hochadels schwarze Messen in einer Krypta feiern soll. Nackt, wie Gott sie schuf, opfern sie dabei wohl auch schon einmal eine Frau. Oder besser gesagt, deren Herz!« Gustave schüttelte den Kopf.

»Wenn ich es Euch doch sage«, bellte Marais. »Während Paris schläft, feiert dieser sittenlose Unflat bis zum Morgengrauen unziemliche Orgien, wie man sie noch nie gesehen hat. Dagegen sollen selbst Sodom und Gomorra tugendhafte Orte gewesen sein. Sämtliche Bauten, in welchen sich geheime, unter der Erde liegende Gewölbe befinden, habe ich abklappern lassen, bislang leider ohne jeden Erfolg! Sade ist mir stets eine Nasenlänge voraus!«

Isabeau schlug die warme Daunendecke zurück. Ihre Kehle war trocken und fühlte sich an, als habe sie seit Ewigkeiten nichts mehr getrunken. Nachdem sie die kleine Kerze auf ihrer Nachtkommode entzündet hatte, musste sie feststellen, dass die Karaffe leer war. Sie seufzte, denn gerade jetzt wollte sie die warme Behaglichkeit des Bettes nicht verlassen. Viel lieber mochte sie sich jetzt, da sie schon einmal wach lag, ihrer Erinnerung hingeben und die Abenteuer der vergangenen Nächte noch einmal in der Wärme ihres Bettes genießen. Seit ihrer Feuertaufe war sie Latour nun schon mehrmals in die

Krypta hinunter gefolgt. Hinter der Anonymität der Masken feierte Sade dort in unregelmäßigen Abständen die Lust und das Leben. Jedes Mal erfolgte die Einladung nur wenige Stunden, bevor das Fest begann. Isabeau wusste, sie spielten ein gefährliches Spiel, denn Inspektor Marais suchte nach Sade. Einmal war er ihnen schon so dicht auf den Fersen, dass sie ihm nur mit knapper Not entkamen. Doch die unterirdischen Gewölbe sämtlicher Gebäude waren über ein weitverzweigtes Röhrensystem mit den Katakomben verbunden. Einmal links und zweimal rechts abgebogen – und schon tappte Marais im Dunkeln!

Isabeau lächelte still in sich hinein. Denn jedes Mal schienen ihr die Stunden in der Krypta abseits jeglicher Realität. Allein die leichte Wundheit ihres Schoßes und die empfindliche Hitze ihrer Hinterbacken ließen keinen Zweifel daran, dass sie dort gewesen war. Der bloße Gedanke daran ließ ihr die Glut abermals in die Wangen schießen. Isabeau wusste, sie hätte die Krypta schon beim ersten Mal verlassen müssen, als es noch nicht zu spät war. Und doch bereute sie nicht einen einzigen Atemzug dort. Nicht eine Stunde und nicht einen einzigen Hieb, welcher auf ihre Haut niedergegangen war.

Zunächst glaubte sie stets, sie würde in einem Meer aus Schmerz ertrinken, welches sich wie ein schweres Tuch über ihren Körper breitete. Ihre Haut schien zu brennen. Doch immer, wenn sie dachte, sie würde den glühenden Schmerz des Rohrstocks nicht einen Augenblick länger ertragen, fiel plötzlich jede Schwere von ihr ab und gebar die Leichtigkeit. Vertrauen und Hingabe wurden zur Lust – eine Lust, für welche Isabeau noch immer keine Worte fand. Ihr war, als schwebe sie, wenn sie Sade auf die dunkle Seite der Lust folgte. Freilich folgte sein Tun einem wohldurchdachten Muster. Fernab jeglicher Rohheit, war er ein Meister der dunklen Kunst. Unter der glimmenden und alles verzehrenden Hitze, welche seine Hand auf ihrer Haut entfachte, wuchs das Wissen, alles zu überwinden und über sich selbst hinauszuwachsen. Und die Vorstellung, Tante Luise würde davon erfahren, ließ ihr Abenteuer noch weitaus gewagter werden. Isabeau war davon überzeugt, Luise wäre dem Tod nahe, wüsste sie von diesen Stunden. Sades Worte kamen ihr in den Sinn: *Jede Art der Frömmigkeit, die Tugend und der Glaube an einen gütigen Gott gleichen einem Gefängnis! Während die Lust und jede Ausschweifung mit all ihren Hemmungslosigkeiten die vollkommene Freiheit bedeuten!* Ein wenig stimmte Isabeau ihm durchaus zu. Sie bewunderte seinen Mut, nicht auf den bequemen Chaiselounges der verlogenen Pariser Gesellschaft Platz zu nehmen. Sade liebte die Gefahr, die Inszenierung und die Dramatik. Sonst hätte er keinen Spaß daran, sich über die Herren Richter und Minister lustig zu machen, welche sich geißelten, um bei Hofe Speichel zu lecken. Für seine gefährlichen Äußerungen, so schien es Isabeau, war er bereit, alles in Kauf zu nehmen.

Isabeau grub ihre Nase in die Kissen. Ein leiser Duft von Verbene und Bienenwachs haftete dem Leinen an. Nachdem Latour sie am Ende der vergangenen Nacht wieder zurück zum Quai des Grands Augustins gebracht hatte, war es Isabeau nur noch mit knapper Mühe gelungen, in ihr Zimmer zu gelangen. Sie erinnerte sich nicht einmal mehr, wie sie die Decke über sich gebreitet hatte, so tief hatte sie die Erschöpfung in ihren Gliedern gefühlt. Die Müdigkeit hatte sie in einen tiefen traumlosen Schlaf gezogen, aus welchem sie erst jetzt erwacht war. Entschlossen schlug sie nun endgültig die Daunendecke zurück und tapste mit nackten Füßen zum Schreibtisch. Draußen war alles still. Nur der Regen, der an die Fensterscheibe klopfte, war zu hören. Die nachtschwarze Seine lag wie ein düsterer Abgrund hinter einem Band aus Öllichtern, die in ihren Glaskolben schmauchten. Im Zimmer war es empfindlich kalt, deshalb schob sie die letzten Glutreste mit dem Schürhaken zusammen und legte ein paar Späne in den Feuerraum. Wenig später erwachte das Feuer zu neuem Leben. Nachdem Isabeau ein paar dicke Scheite nachgelegt hatte, leckten die Flammen am Buchenholz und erzeugten ein warmes Knistern. Mit einem Licht in der Hand trat sie in das stille Stiegenhaus hinaus und nahm die Treppe zur Küche hinunter. Trotz der sehr späten Stunde vernahm Isabeau ein leises Geräusch. Als sie an Onkel Gustaves Räumen vorbeikam, sah sie, dass die Tür zu seinem Laboratorium nicht eingeklinkt war. Obwohl es weit nach Mitternacht war, empfing Onkel Gustave noch jetzt einen Besucher? Isabeau vernahm ein hysterisches Weinen. Onkel Gustave sprach leise und beruhigend. Doch was genau er sagte, konnte Isabeau nicht verstehen. Was wohl der Grund für die Aufregung der nächtlichen Besucherin war? Isabeau wusste es nicht, und obwohl sie spürte, dass sie nicht hier sein sollte, schob sie die Tür ein ganz klein wenig weiter auf, um besser zu hören.

»Wenn Ihr nicht glaubt, dass diese grauenvolle Tat die Handschrift dieses … Bastards trägt, wer um Himmels willen soll es dann getan haben?« Isabeau wusste, dass sie die Stimme schon einmal gehört hatte. Vom vielen Weinen klang sie jetzt völlig aufgelöst. Doch sie war sich sicher.

»Madame, glaubt mir, hätte ich auch nur den leisesten Verdacht, würde ich Euch selbstredend an meinem Wissen teilhaben lassen. Doch jeder könnte der Täter gewesen sein.«

Jeder könnte der Täter gewesen sein? Die Worte hallten in Isabeaus Ohren. Hatte die Polizei etwa einen weiteren Leichnam entdeckt? Isabeau erschrak. Jeder hatte von den furchtbaren Frauenmorden gehört. Die Schreiberlinge der Presse verbreiteten ihre Mutmaßungen wie giftigen Nebel. Dabei wussten sie ebenso wenig wie die Leser ihrer Schmierblätter.

»Inspektor Marais versicherte mir, er observiere de Sade schon eine ganze Weile.«

»Das ist mir durchaus bekannt. Und doch halte ich seine Art der Aufklärung, gelinde gesagt, für puren Unsinn. Freilich habe ich keinerlei Erfahrung, was die Überwachung eines Verdächtigen angeht. Dennoch bin ich der Meinung, dass diesbezüglich alle Möglichkeiten in Betracht gezogen werden sollten, und genau davon möchte Inspektor Marais überhaupt nichts wissen.«

»Wie meint Ihr das?« Isabeau vernahm ein leises Schnäuzen.

»Stellt Euch vor, Ihr würdet unter Bauchschmerzen leiden und ich würde, anstatt Euch eingehend zu untersuchen, eine Verstopfung für Euer Leiden verantwortlich machen. Würde ich Euch darüber hinaus noch zu einem Klistier raten, anstatt Euch vorher gründlich zu befragen, hätte man jedes Recht, mich einen Quacksalber zu nennen.«

»Dennoch glaube ich nicht mehr an Sades Unschuld. Auch Ihr seid darüber wohl im Bilde, dass sich Sade im *Château* von Madame Gourdan schon häufig mit Schauspielerinnen und Kurtisanen vergnügt hat. Nur allzu häufig hinterlässt er dabei in der Rue des Deux Portes seine blutige Spur. Mehrfach soll er die Frauen dort unter der Androhung, sie ohne Beichte zu töten, zu gotteslästerlichen Handlungen gezwungen haben. Und das sogar in der heiligen Osternacht! Anstelle einer Osterbeichte und der heiligen Kommunion gab er sich seinen hemmungslosen Trieben hin.«

Inzwischen hatte Isabeau die Tür so weit aufgeschoben, dass sie beinahe in der Lage war zu sehen, wer dort mit ihrem Onkel am Schreibtisch saß. Als Onkel Gustave unerwartet aufstand, war sie gezwungen, die Flucht zu ergreifen. Erst in der Küche lehnte sie sich einen Augenblick gegen die Tür und atmete tief. Als sie noch einmal über das Gehörte nachdachte, spürte sie die Angst, die wie eine giftige Schlange über ihren Rücken kroch. War Sade am Ende doch der Mörder?

Nicht im Genuss besteht das Glück, sondern im Zerbrechen der Schranken, die man gegen das Verlangen errichtet hat.
Marquis de Sade

»Vater, wenn Ihr ernsthaft glaubt, dass ich zum Regiment der Cheveau-légers zurückkehre, seid Ihr auf dem Holzweg!«, bellte Donatien aufgebracht und schlug mit der Faust auf den Tisch. Die silberne Kanne sprang vor Schreck in die Höhe, und die Tassen aus feinstem Porzellan klirrten vor Empörung, während der heiße Kaffee nach allen Seiten spritzte. Jahrelang hatte er im Krieg als Offizier im Karabinerregiment gedient. Keine zehn Streitrösser brachten ihn nun zu den Cheveau-légers de la Garde du Roi, um womöglich als Unterfeldscher seinen Dienst zu versehen. Die leichte Kavallerie war eine Kompanie der königlichen Haustruppe, welcher Seine Majestät Ludwig XV. selbst als Hauptmann vorstand. Und *leicht* ist alles, was diese rot berockte Bande ausmacht!, dachte Donatien missmutig. Feiglinge, wie sie im Buche standen, und weich wie ein Stück Butter in der Sonne. Zaghaftigkeit gehörte in seinen Augen zu den größten Charakterschwächen überhaupt. Für Hasenherzen gab es in seiner Welt keinen Platz! Mit großen Schritten durchmaß er den Salon, legte beide Hände auf den Kaminsims und starrte mit ausgestreckten Armen in den großen Feuerraum. Selbst jetzt glommen noch ein paar Buchenscheite, um dem Vater das Gliederreißen erträglicher zu machen. Donatien legte ein paar Scheite nach, bedachte den Vater mit einem gereizten Blick und verschränkte die Arme vor der Brust. Obgleich er dem Vater in diesem Augenblick die Lustseuche der verdammten Engländer an den Hals wünschte, hielt er den alten Mann doch in Ehren.

»Du musst endlich begreifen, dass es weder dein Karabinerregiment noch die schwere Kavallerie mehr gibt. Beide wurden mit dem Frieden von Paris dem Zerfall anheimgegeben. Und ein anderes freies Regiment steht derzeit einfach nicht zur Verfügung. Und selbst wenn«, der Comte hob seine Arme, »fehlte uns das nötige Kleingeld, um eine Einheit zu erwerben.«

»Daran müsst Ihr mich nicht unentwegt erinnern!«, knurrte Donatien gereizt. Mit geräuschvollen Schritten trat er an den Tisch, um sich Kaffee einzugießen. Ständig lag ihm der Vater mit den leeren Kassen in den Ohren. Aus diesem Grund ließ sich der alte Mann auch nicht davon abbringen, eine Ehe nach der anderen für ihn anzubahnen. Während er die Tasse an die Lippen führte, kräuselte ein amüsiertes Lächeln seinen Mund. Bislang war jede Anstrengung seines Vaters bereits nach den ersten Verhandlungen wieder gescheitert. Dabei hatte der namhafteste Eheanbahner von Paris durchaus wohlhabende Familien aufgetan. Doch keine dieser Töchter des Geldadels hatte ihn bisher so sehr gereizt, dass er den Bund der Ehe mit ihr eingegangen wäre. Freilich hätte er sich mit ihnen eine Weile vergnügt. Auf seine Weise. Für etwas anderes taugten diese Püppchen nicht! Zwar waren sie in ihren Rüschenkleidchen hübsch anzusehen – doch fehlte ihnen die Leidenschaft. Die Leidenschaft, für etwas zu brennen! Zu dieser Erkenntnis war er stets gekommen, bevor er auch nur ein einziges Wort mit ihnen gewechselt hatte.

Donatien machte sich nichts vor, in jeder dieser gläubigen jungen Frauen schlug ein Herz, welches den Sturm fürchtete und die Wellen hasste. Und Wellen schlug sein Begehren immer. Die Frau, mit welcher er das Schlafgemach einmal teilen würde, durfte sich nicht vor dem Schmerz fürchten. »Diesen wird sie ertragen müssen, oder sie wird nicht die Meine!«, murmelte er. Sie musste tief im Inneren seiner Lust zusprechen …

»Letztlich ist es auch gut, dass du das Leben als Soldat aufgegeben hast«, entgegnete der Vater nach einer Weile mürrisch. »So bald wird sich Seine Majestät in keinen Krieg mehr verwickeln lassen. Immerhin sind auch seine Kassen leer, und die Unterhaltung einer ganzen Kriegsmaschinerie ist kostspielig. In Zeiten, in denen keine Schlachten geschlagen werden und weder Mut noch Tapferkeit eine Rolle spielen, kommt man lediglich durch eine größere Geldsumme zu einer eigenen Einheit«, gab der Comte zu bedenken und schlug die Beine übereinander. »Freilich wäre es auch möglich, an den rechten Stellen zu scharwenzeln. Öfter einen Bückling zu machen und mit den passenden Nettigkeiten nicht zu geizen.« Donatien spürte den gereizten Blick seines Vaters. »Aber all das ist ja noch niemals nach deinem Geschmack gewesen.«

Donatien presste seine Lippen aufeinander. »Vater, Ihr wisst genauso gut wie ich, dass mir diese Art Schöntuerei nicht besonders liegt. Schmeicheleien, die einzig zum Zweck geäußert werden, dass sie der Karriere dienlich sind, bereiten mir Übelkeit«, parierte er und beförderte seine Tasse schwungvoll auf den Tisch zurück. Was das Porzellan mit lautem Klirren beantwortete.

»Nun, vielleicht solltest du einmal darüber nachdenken, ob dies der Grund ist, weshalb die Zahl deiner Freundschaften geringer ist, als die Woche Tage zählt.«

»In solch einer einfältigen Rolle werdet Ihr mich mit ziemlicher Sicherheit niemals sehen. Höflichkeit und Edelmut, Ehrlichkeit und Hilfsbereitschaft – all diese Wesenszüge stehen einem Mann gut zu Gesicht. Dagegen ist es ratsam, sich, was die Freundschaften angeht, vornehm zurückzuhalten. Wahre Freunde gibt es nicht! Weil dich selbst der ehrlichste Freund bereits für den geringsten Vorteil ein Dutzend Mal verrät. Einen oder zwei solcher Freunde dennoch nennen zu können, ohne auf sie bauen zu müssen, das sind meine Tugenden. Danach strebe ich!«

Der Comte schüttelte tadelnd den Kopf. Freilich wusste Donatien, dass der Vater die Sache völlig anders sah. In seinen Augen musste ein Mann, der etwas auf sich hielt, mit jedem bekannt sein, der durch Rang und Namen glänzte, und stets die gewinnbringendsten Freundschaften pflegen. Schließlich wusste man nie, was der Tag brachte. Während der Vater Zeit und ein Vermögen in Beziehungen und Bekanntschaften investierte, hatte er selbst die Louis d'or haufenweise zu seinen Zerstreuungen verschleudert und tat es noch.

»Es gibt noch einen weiteren Grund, warum ich deinem Soldatenleben keine Träne nachweine. Schließlich hast du während deines Garnisonslebens beinahe jeden Tag einen Louis d'or verspielt und bist einzig deinen Vergnügungen nachgegangen!«

»Dann nennt Ihr also das Kriegshandwerk ein Vergnügen?«, warf Donatien aufbrausend ein und bedachte seinen Vater mit abschätzigen Blicken. Er fühlte den Zorn über seine Rede bis unter die Schädeldecke. Seine Hand zitterte, während er erneut die Tasse zu den Lippen führte. Mit geschlossenen Augen fühlte Donatien, wie die bittere Hitze seinen Gaumen kitzelte und seine überreizten Nerven beruhigte. Nach ein paar Atemzügen fühlte er sich gefasster. »Ich stimme Euch in vollem Umfang zu«, begann er. In seiner Stimme lag Ironie. »Denn auch ich könnte mir kein reizvolleres Amüsement vorstellen, als mir der Krieg bereitet hat. Nichts ist schließlich amüsanter, als über ein verwüstetes Schlachtfeld zu reiten. Begleitet von dem Wehklagen der Sterbenden, die Euch mit ihrem Stöhnen in den Ohren liegen. Mit dem Sinn eines Künstlers eröffnet sich freilich noch die Möglichkeit, ihr Gewinsel und Gejammere als eine Art Symphonie des Todes auszulegen.« Hohnlächelnd verschränkte Donatien seine Arme hinter dem Rücken und schritt durch den Raum. »Und, ach ja, ehe ich es vergesse: Wohin Eure Augen auch blicken, Ihr werdet nur Blut sehen. Blut und Eingeweide. Nicht zu reden von dem Gestank, welchen Ihr nicht mehr loswerdet, solange Ihr Euch auf der Bühne des Krieges vergnügt. Neben der Verpestung durch das Schießpulver stinkt es nach Pisse, nach Scheiße und nach dem Ausgekotzten der Soldaten!«

Der Comte schwieg. Donatien fühlte lediglich seinen zornigen Blick auf sich ruhen. »In dem Fall wird dir nichts anderes bleiben, als dich in die Heirat zu fügen, welche ich unter Aufbietung meiner gesamten Kraft und mit Engelszungen für dich arrangiert habe.«

Donatien wusste, dass dem Vater allmählich die Argumente ausgingen. Aber er wusste auch, dass seine Augen Tag für Tag ein klein wenig mehr Licht verloren. Dass seine Hände zitterten, wenn er den Türkentrank aus der zierlichen Silberkanne in die Tasse gießen wollte, und dass er vor lauter Gliederreißen im Winter beinahe umkam, weil Brennholz immer teurer wurde.

»Wie Ihr wollt«, knurrte Donatien auffahrend und wirbelte herum. »Liebend gern werde ich Euch mit meiner Vermählung aufheitern. Holt Papier und Tinte, und bittet Monsieur Bersperger zu Lindau am Lac de Constance in meinem Namen um die Hand seiner Tochter Isabeau! Sie ist die Einzige, die ich vielleicht heiraten werde. Hingegen werde ich niemals diese fette unförmige Henne zur Frau nehmen, welche Ihr mir ausgesucht habt.«

Der Comte seufzte. In den blauen Augen seines Sohnes glomm ein leidenschaftliches Feuer, welches ihn mitunter verzagen ließ. Was das Schicksal wohl mit diesem Burschen noch vorhatte? In aller Stille hatte er das Geburtshoroskop seines Sohnes erstellen lassen. Beim Allmächtigen – bei diesen Anlagen gab es nur zwei Möglichkeiten: ein Heiliger, was Donatien ganz sicher niemals sein würde – außer der August brachte Schnee in Paris – oder das Gegenteil davon. Und Donatien war jetzt schon ein Frevler vor dem Herrn!

»Seht Euch nur einmal das Haar dieses Weibes an!«, blaffte Donatien und breitete seine Arme aus. »Es hat die Farbe eines streunenden Straßenköters. Das Weib, welches Ihr mir zugedacht habt, ist hässlich und unbeholfen. Ja, es besitzt die Grazie eines Elefanten! Diese Frau reizt mich nicht im Geringsten, und mit Sicherheit wird sie weder Bett noch Tisch mit mir teilen!«

Langsam erhob sich der Comte aus seinem Sessel und schritt ohne Eile auf seinen Sohn zu. »Nun pass einmal auf!«, begann er langsam, ohne den Zorn in seiner Stimme zu zügeln. »Du hältst nun ausnahmsweise einmal deinen vorlauten Mund und tust wenigstens ein einziges Mal in deinem Leben, was ich dir sage! Hast du mich verstanden?« Es störte ihn nicht, dass Donatien ihm die Antwort schuldig blieb. »Ich habe die Hochzeit für den Mai anberaumt. Die Verträge sind bereits unterzeichnet, und ob es dir nun passt oder nicht – du wirst Renée-Pélagie zur Frau nehmen, und verdammt, du wirst die Ehe mit ihr vollziehen! Schließlich habe ich ein Vermögen in deine Erziehung investiert, und nun ist es an dir, einen Teil davon zurückzuzahlen. Die Familie Montreuil ist mehr als wohlhabend, und die Mitgift deiner zukünftigen Gattin beläuft sich auf ein stattliches Vermögen. Darüber hinaus werden die Schwiegereltern für die ersten drei Jahre eurer Ehe Kost und Logis stellen und jedes Kind mit einem Beutel Louis d'or finanzieren.« Der Comte machte eine Pause und musterte seinen Sohn. »Und nun kommt das

Erfreulichste: Seine Majestät Ludwig XV. hat eurer Ehe bereits seinen Segen erteilt. Seine Königliche Hoheit wird der Trauung höchstselbst beiwohnen und das Fest zu einem Ereignis werden lassen, von welchem Paris noch lange sprechen wird. Sehen und gesehen werden, mein Lieber – darum geht es, um nichts anderes!«

»Und ich nehme sie nicht!«, donnerte Donatien, fegte mit einer einzigen Armbewegung Porzellan und Silberkanne vom Tisch und stürmte zur Tür hinaus.

Noch versteckte sich der Frühling die meiste Zeit hinter den Tagen, die Paris mit kühler Luft überzogen. Aber gerade eben hatte Isabeau ihn hinter einer alten Buche entdeckt. Dort wuchsen bereits Schlüsselblumen und wilde Narzissen. Und nun malten Sonnenstrahlen winzige Muster hinter ihre geschlossenen Lider und wärmten sie. Eine schüchterne Wildbiene summte neben ihrem Kopf, bevor sie sich auf der goldgelben Blüte einer Trollblume niederließ. Isabeau lag neben Sade auf einer Decke und verspeiste all die Köstlichkeiten, welche Latour aus einem Korb hervorgezaubert hatte. Wenn sie daran dachte, unter welchem Vorwand sie heute das Haus verlassen hatte, um hier auf der Lichtung eines kleinen Buchenwäldchens zu picknicken, wurde ihr himmelangst. Tante Luise wähnte sie mehrmals in der Woche einen halben Tag lang bei Madame Morel. Diese unterhielt auf der anderen Seite der Seine ein Atelier, in dem sie den heiratsfähigen Töchtern des Großbürgertums und des Adels das Sticken näherbrachte. Mit unsäglicher Geduld fertigten sie in stundenlanger Arbeit Altartücher oder Stickmustertücher, welche vorzugsweise mit christlichen Symbolen versehen waren. Darüber hinaus wurde großen Wert auf Etikette und angemessene Konversation gelegt. Tante Luise hatte also nichts dagegen, wenn Cédric sie zu dem stattlichen Herrenhaus aus grauem Stein brachte und erst kurz vor dem Dîner wieder abholte.

»Lacht lauter und seht mich dabei an! Oder muss ich Euch erst übers Knie legen? Ich möchte Euer Gesicht sehen. Den Bronzeton Eurer wunderschönen Haut betrachten!« Isabeau schüttelte den Kopf und lachte.

»Monsieur, Ihr seid so unglaublich albern, aber ich tue Euch den Gefallen. Ich glaube fast, Ihr habt zu viel Sonne abbekommen«, kicherte Isabeau und tippte Sade gegen die Stirn. »Sonst würdet Ihr sehen, dass meine Haut nicht das Geringste mit Bronze zu tun hat. Eine Frau von Sitte und Anstand spannt beizeiten den Schirm auf!« Sade küsste sie und schob ihr ein Stück Pastete in den Mund. »Ich liebe Eure Haut. Und Eure Tante täte gut daran, ihre Zunge zu hüten. Aber was erwartet Ihr? Sie ist ein weißer Mehlwurm und geht ihren Mitmenschen mit ihrem gezierten Verhalten und ihren stumpfsinnigen Reden auf die Nerven.«

»Monsieur, Ihr seid unverschämt!«, entgegnete Isabeau und zog, wie ihre Tante es zu tun pflegte, die schmalen Augenbrauen in die Höhe und streckte den Zeigefinger. Laut glucksend ließ sie ihren Kopf auf Donatiens Brust fallen und sah in den blauen Himmel über ihnen. Eine zarte weiße Wolke glitt auf dem blauen Himmelsmeer vorüber und setzte Segel in eine unbekannte Zeit.

»Euer Lachen …« Donatien legte die Hände hinter den Kopf und überlegte. »Es klingt so leicht und zwanglos …«

»Nun, genauso ist es auch«, schnitt Isabeau ihm kauend das Wort ab, erhob sich lachend von der Picknickdecke und rannte davon.

Liebes Tagebuch, schrieb Isabeau am Abend. *Wenn Tante Luise wüsste, dass ich mich in Paris schon besser auskenne, als sie es tut, würde sie mich bis zu meiner Heimreise im Herbst einsperren. Sade führt mich auf immer neuen Wegen durch die Stadt. Und Madame Morels Unterricht ist einfach weitaus weniger interessant als all die spannenden Verlockungen, die er mir bisher am Ufer der Seine gezeigt hat. Wenn dort am späten Nachmittag die Ladungen der Flusskähne von den Lohnarbeitern gelöscht werden, herrscht rund um die Kaufmannsgilden ein so reger Betrieb, dass es eine wahre Freude ist. Freilich weiß ich, dass es sich für eine unverheiratete Frau ganz und gar nicht schickt, eines der Lokale und Bistros entlang des Ufers zu betreten. Wir waren aber dort und haben billigen, sauren Wein aus zerbeulten Bechern getrunken. Er schmeckte herrlich! Dort habe ich auch ein Cassoulet gegessen. Kein feines aus weißen Bohnen, Lamm und Ente. Dort in den zwielichtigen Schenken am Ufer der Seine wird es aus Innereinen zubereitet. Vor allem aus Kutteln. In den Gaststuben geht es hoch her. Unten am Quai wird gesungen, gelacht und getanzt! Bisweilen bieten hier Huren ihre Dienste an. Auch junge Burschen lassen sich gegen entsprechende Entlohnung auf einen suchenden Freier ein.*

Inzwischen habe ich schon so viele Briefe an Anna geschickt und sie hat noch immer nicht geantwortet! Ich mache mir große Sorgen um sie. Und Maman, sie weicht jeder meiner Fragen, die Anna betreffen, aus. Weilt Anna am Ende gar nicht mehr im Kloster? Ach, wenn sie mir doch endlich antworten würde!

Ein Zittern ging durch seinen Leib. Er fühlte sein Herz, wie es schlug. Mit dem warmen, roten Lebensfluss spürte er auch ein unstillbares Verlangen. Es war die uralte Sehnsucht nach Wissen! Nie fühlte er sich dem Leben näher wie in dem einen Augenblick, in welchem er es nahm. Jener kostbare Augenblick, wenn sich ihm das Herz darbot und er es in seinen Händen hielt. Warm und lebendig erzitterte es in seinen Händen unter seinem allerletzten Schlag. Er spürte, dass sich das Herz danach verzehrte, von ihm erforscht zu werden. Nach nichts strebte er mehr als nach dem wohl ältesten und bestgehüteten Geheimnis der Menschheit. Längst hatte er die Rippen entlang des Brustbeins durchtrennt und den Brustkorb ein wenig angehoben. Nur in der Jugend war es noch möglich, die Knorpelverbindungen zum Brustbein hin ohne großen Aufwand zu durchtrennen. Er zitterte ein wenig, als er die Hand hinter das Brustbein schob. Er spürte das Pumpen der großen Gefäße als ein Beben. Nun kam der besondere Augenblick. Der Moment, für den er lebte und atmete. Auch dieses Mal hatte das Opium seinen Zweck auf wunderbare Weise erfüllt. Er verabscheute es, die Frauen leiden zu sehen, während er ihnen den Brustkorb öffnete und das Herz aus seiner beschützenden Höhle hob. Er spürte die Wärme, während sich der Duft des Blutes, metallisch und schwer, über den mit Öllichtern erhellten Raum legte. Das Herz – eines der ältesten Symbole der Menschheit. Sinnbild für Menschlichkeit. Das Zeichen für Liebe. Gleichnis für Reinheit und Bildnis für die Seele. Und doch hatte er diese bislang noch immer nicht gefunden. Dabei schien ihm die Vermutung sicher. Der Sitz der unsterblichen Seele musste das Herz sein!

Vorbei war der letzte Augenblick. Der Moment, in welchem das Leben schwand und das Licht schließlich im Auge brach. Verstummt der allerletzte Atemzug. Nun vernahm er nichts als endlose Stille, die sich fast heilig über den leblosen Leib legte und ihn in Ewigkeit hüllte. Was er tat, war kein Verbrechen! Vielmehr glich sein Tun einer heiligen Handlung. Nicht Mordlust trieb ihn an, sondern die Forschung. Die Stimme der Wissenschaft kannte keine Sensationsgier, nur Erwartungen und Ergebnisse. Seine Aufgabe war es, dieses große Rätsel zu lösen. Wenn er das Herz erst entnommen hatte, rückte er den Brustkorb in seine ursprüngliche Lage. Er legte um Rippenbogen und Brustbein einen feinen Ring, der den Bund mit der Wissenschaft besiegelte. Erst dann fügte er sämtliche Hautschichten mit einer sauberen chirurgischen Naht wieder zusammen. Schließlich wusch er die Frauen und kämmte sie. Es war ihm ein Graus, dass die leblosen Leiber in das trübe Wasser glitten, und doch passierte es jedes Mal. Schuld waren die kleinen Wellen, welche in der

Dunkelheit ihre Finger nach allem ausstreckten, was am Rande des Ufers lag. Letztlich befand sich alles, was den Menschen ausmachte, was er einst gewesen war, in diesem einen göttlichen Hauch, welcher ihm bislang noch nie begegnet war. Angesichts dessen wurde der Rest geradezu unwichtig. In der Stille öffnete er dann das Herz. Betrachtete die vier Kammern, die ihm wie die Hallen einer Kathedrale erschienen, und folgte mit Fingern und Augen den Gefäßen, den Öffnungen und Klappen, bis hin zu den winzigen Verbindungen. Er nahm lediglich die Herzen jener Frauen, die ihm lange bekannt waren. Zum Zeitpunkt des Todes kannte er ihr Lachen und konnte jede ihrer Gesten deuten. Wusste um ihre Vorlieben und hatte lange, bevor er sie der Wissenschaft opferte, ihre Schwächen verstanden. Begonnen hatte er mit den Frauen, welche ihr Leben am Rande der Gesellschaft führten und deren Verschwinden niemandem aufgefallen war. Gefallene Mädchen, Schauspielerinnen und Kurtisanen. Später folgten junge Frauen aus dem Bürgertum und des niederen Adels. Doch bislang war es jeder Einzelnen gelungen, das Mysterium zu wahren, welches er ihnen zu entlocken suchte. Nicht einmal Madame Lisanne Fournier hatte ihm Klarheit beschert. Und doch hatte er sich seinem Ziel ungewöhnlich nahe gefühlt …

Das Wetter meinte es nun gut mit Paris. Das Grün wuchs und wurde lebendig, als hätte ein berufener Maler zum Pinsel gegriffen und grüne Tupfen auf seine Leinwand gesetzt. Es war an einem jener späten Frühlingstage, an welchen sich die Luft lau und leicht anfühlte und es nach Sonne roch. An diesem Nachmittag hatte Isabeau darauf bestanden, die letzten Schritte, welche sie zu Madame Morel führten, zu Fuß zurückzulegen. Offiziell besuchte sie Madame Morels Unterricht nun dreimal in der Woche. Isabeau sollte es recht sein. Und Cédric ließ sie nun, ohne zu murren, einige Fuß vor dem mehrgeschossigen Kalksteingebäude aus der Droschke steigen und folgte ihr nicht mehr. Mittlerweile fand sich Isabeau in Paris allein zurecht, denn die wichtigsten Straßen und Plätze waren ihr geläufig. Entlang der Straße drängten sich kleine Cafés. Hier trafen sich die Hommes de lettres, die Schriftsteller von Paris, um sich den ganzen Tag über den Sinn des Lebens und ihre geflügelten Worte auszutauschen. Zunehmend wiesen aber auch sie auf die Missstände hin, welche die Stadt mehr und mehr spaltete. Die Steuern, die Brotpreise und die unverschämten Kurswerte für Papier und Tinte. Rousseau, Mercier, d'Holbach und zahlreiche andere tranken Kaffee aus kleinen Tassen und schrieben. Manchmal, so wusste Isabeau, kam auch Sade hierher. Als die Tür zu einem der Cafés aufschwang und sie einen Blick ins Innere werfen konnte, glaubte sie, ihn zu sehen. Das Herz schlug ihr bis zum Hals, während sie rasch weiterging. Ein paar fliegende Händler, welche ihr mit ihren mit Kram gefüllten Bauchläden entgegenkamen, ließen ihr keine Zeit für weitere Überlegungen. Obwohl Isabeau ihnen keine Beachtung schenkte, priesen sie ihr Katzenfelle für den Winter an, Hasenpfoten, die den Kopfschmerz vertreiben, und pulverisierte Mumienzähne, welche den Gedächtnisschwund in die Flucht schlagen sollten. Isabeau kaufte nichts, fand sich aber sogleich in einem Pulk jammernder Bauchladenverkäufer wieder und kam nur mit Mühe weiter. Ein Vorleser, der vor einem der zahlreichen Lesesalons aus *Candide ou l'optimisme* aus der Feder Voltaires las, zwinkerte ihr im Vorbeigehen zu. Einen Augenblick lang blieb sie stehen, lauschte den Worten des großen Meisters und ließ sich von der Wortgewalt seines Werkes entführen. Erst eine Reihe bunt gekleideter Musikanten lenkte sie ab. Isabeau warf ihnen eine kleine Münze in den verbeulten Hut und ging weiter. Etliche Damen kamen ihr in Begleitung ihrer Mamsellen entgegen. Mit aufgespannten Sonnenschirmen suchten sie, sich vor den ersten warmen Sonnenstrahlen zu schützen, um ihren hellen Teint zu bewahren. Eine von ihnen hielt sich ein Spitzentaschentuch vor Mund und Nase und schritt eilig davon. Der Gestank von Pferdemist und allerlei Unrat schien in der Wärme beinahe übermächtig. Auch Isabeau versuchte, den Ekel niederzukämpfen. Jetzt, im bodennahen Dampf der Straße, wurde sie von einem Brechreiz überfallen, welcher in einer sauren Welle aus ihrem Magen aufstieg. Rasch presste sie den Ärmel ihres Mantels über Mund und Nase.

In der Rue Saint-Antoine herrschte an diesem Nachmittag noch immer dichter Verkehr. Fuhrwerke und Kutschen mit fast ausnahmslos geöffnetem Verdeck verstopften die Straße. Dazwischen verkehrten berittene Soldaten in ihren auffallenden Uniformen. Die Rue Saint-Antoine stellte seit jeher eine der Hauptverkehrsstraßen von Paris dar. Tagsüber wirkte sie stets bunt wie ein farbenfroher Flickenteppich und belebt wie die Markthallen neben dem Friedhof. Daneben eröffnete sich dem Betrachter aber noch eine andere Welt. In geschützten Ecken trafen sich, aus den Vorstädten kommend, die Tagelöhner und Handlanger, die einfachen Handwerker, und fanden sich in kleinen Gruppen zusammen. Ganz am Rand rotteten sich im Schatten der Gesellschaft die Bettler zusammen. Sie schimpften und hofften dennoch auf eine gute Seele, die ihnen ein Almosen zuwarf. Aufgrund der prekären Lage, in der sich Frankreich infolge der Niederlage im Krieg gegen die Preußen wiedergefunden hatte, waren die Brotpreise innerhalb weniger Monate von zwei auf über acht Sols gestiegen. Das Land hatte vernichtende Verluste und unvorstellbare Staatsverschuldungen einstecken müssen. Und doch wollte Paris nach wie vor nicht auf seinen dekadenten Lebensstil verzichten. Obwohl der König 1763 mit dem Frieden von Paris fast seine gesamten Kolonien in Nordamerika und Indien an Großbritannien abtreten musste, war der Staat nicht bereit, Einschränkungen hinzunehmen. Während sich das einfache Volk das tägliche Leben nicht mehr leisten konnte, erhöhte Seine Majestät Ludwig XV. die Steuern mehrfach. Und auch Jean-Baptiste Camus de Pontcarré erhob in seiner Eigenschaft als Vogt ständig neue, noch nie da gewesene Zölle und verlangte immer dreistere Sonderabgaben. Freilich betraf all das allen voran jene, die ohnehin schon wenig besaßen. Umso respektloser erschien dagegen die Lebensweise derer, die sich aufgrund ihres Geburtsrechts, durch geschickte Eheschließungen oder aufgrund ihrer lukrativen Posten und Pöstchen ein sorgloses Leben gestatteten. Sie lebten im Überfluss. Genossen Wildbret und Enten, welche bei den noblen Jagdgesellschaften des Königs erlegt wurden. Während für die, die Hunger litten, der Tod auf das Wildern in den königlichen Wäldern stand. Aber es war der Großteil der Bevölkerung von Paris, der hungerte. Selbst das graue, mit zahlreichen Schalen versetzte Musmehl war für die meisten zu teuer, um sich mehr als einmal am Tag den Bauch damit zu füllen. Obwohl die Zahl der Bettler beinahe täglich stieg, wurden selbst an einem gewöhnlichen Tag inmitten der Woche die erlesensten Kleider ausgefahren. Feinste Tuche, verziert mit Borten, Spitzen und Knöpfen, welche ein Vermögen kosteten, wurden ohne jede Scham zur Schau getragen. In den prächtigsten Equipagen fuhren seltene Pelze und elegante Hüte, welche der Hutmacher in tagelanger Arbeit mit Federn und allerlei Putz geschmückt hatte.

Selbst nach den Monaten, welche Isabeau nun schon in Paris weilte, tat sie sich an jedem einzelnen Tag mit diesem verheerenden Ungleichgewicht schwer. Wohl deshalb trug sie stets ein paar Sols bei sich und verteilte sie an die Ärmsten. Während sie eine der silbernen Münzen in eine offene Kinderhand legte, fühlte sie eine Hand auf ihrem Rücken.

»Bonjour, Mademoiselle, Latour wird Euch heute Abend zur gewohnten Stunde abholen!« Bevor sie sich umdrehen konnte, war Sade schon wieder in der Masse der Menschen verschwunden, und Isabeau hielt ein zusammengefaltetes Briefchen in ihrer Hand. Die Hitze schoss ihr in die Wangen, während sie sich rasch aufrichtete und in den kühlen Hauseingang von Madame Morel trat. Im Schein der einzigen Öllampe entfaltete sie das Kuvert.

Chère Mademoiselle Isabeau,
nach den pikanten Amouren der vergangenen Wochen sehne ich mich jeden Tag ein wenig mehr nach dem Duft Eurer Haut. Ich verzehre mich nach Eurer Stimme, wenn sie in der Erregung dunkel und weich klingt. Ich möchte Eure Schreie! Ich will Euch hören, wenn Ihr nicht wisst, wohin Euch die Lust trägt. Ich möchte die zarte Haut Eurer wohlgeformten Hinterbacken sehen, wenn sie unter meiner Hand errötet. Das leichte Zittern Eures Fleisches in der Erwartung des Schmerzes – es gibt nichts Köstlicheres für mich! Ich will in Eure Augen sehen, wenn Ihr den Schmerz willkommen heißt und auf den Schwingen der Lust davonfliegt. Wenn Ihr vor mir kniet und mich in Euch aufnehmt. Eure Lippen beben, wenn sie sich seidig und weich um mich schließen und mir das Letzte abfordern. Ich möchte Euch schmecken und Euch züchtigen, bis Ihr vor Begehren zerspringt. Seht es als Erlass, Euch bleibt keine Wahl!

Während der Schlacht in Eurer Heimat habe ich im Felde gehört, wie ein Landsmann von einem Paar sprach. Er sagte: »Die hat ein Braumeister zusammengeführt wie Hopfen und Malz.« Nun hat Bier in meiner Heimat nicht dieselbe Bedeutung, wie es das in der Euren hat. Aber sooft ich an diesen seltsamen Vergleich denke, gefällt er mir gut.

Ich erwarte Euch!

Donatien

PS: Wie oft habe ich Euch schon gesagt, Ihr sollt Euch vor den Bettlern in Acht nehmen?

»Isabeau, du hier?«, rief Paulette ausgelassen.

»Paulette!«, entgegnete Isabeau verstört und versuchte ein Lächeln. Mehr wollte ihr in diesem Augenblick beim besten Willen nicht einfallen, so sehr hatte sie die andere überrumpelt. Paulette eilte geradewegs auf sie zu und küsste sie auf beide Wangen.

»Sehr zu meinem Bedauern haben wir uns ja schon seit einer Ewigkeit nicht mehr getroffen«, flötete sie und zog eine leidvolle Grimasse. »Aber vielleicht sitzt ja auch dir noch das schaurige Erlebnis in der Krypta in den Gliedern? Mich kostet es noch immer den Schlaf. Aber lass uns nicht mehr davon sprechen«, schwatzte sie, machte eine wegwerfende Handbewegung und schenkte Isabeau ein gnädiges Lächeln. »Verrate mir lieber, ob du heute auch zum ersten Mal bei Madame Morel bist?«

Isabeau schüttelte ihren Kopf. Sie fühlte sich noch immer überfahren und wollte in jedem Fall auf der Hut sein. Schließlich durfte Paulette nicht erfahren, dass sie häufig nur vorgab, hier zu sein, und die Stunden mit Sade verbrachte.

»Aber ich«, plapperte Paulette aufgeregt weiter. »Ich nehme heute zum ersten Mal an Madames Unterricht teil, und ich freue mich, wenn wir gleich nebeneinandersitzen werden.«

Obwohl die schwere Eichentür stets mit einem lauten Quietschen aufschwang, hatte Isabeau Paulettes Ankunft wirklich nicht bemerkt. Tief in Gedanken hatten sie Donatiens Zeilen wie immer gefesselt. Nun stand sie mit erwartungsvoller Miene vor ihr, und Isabeau befürchtete, Paulette könne den kleinen Brief entdecken, welcher ihr vor Schreck aus der Hand geglitten war. Während sie sich alle Mühe gab, das Papier unter ihre Röcke zu schieben, plauderte Paulette munter weiter, als wäre nie etwas zwischen ihnen gestanden.

»Werde ich dich morgen Abend in der Oper sehen?« Isabeau nickte zögernd. »Die Inszenierung wird dir gefallen. *Tolomeo* ist großartig!«, kicherte Paulette, »und wie alles von Händel auch ein wenig skandalträchtig. Immerhin löste dein Landsmann mit seiner *Alcina* schon einmal einen heftigen Theaterskandal aus.« Isabeau hob die Schultern. Tante Luise hatte sie mehr als einmal darauf hingewiesen, dass es sich ausgerechnet um einen Komponisten handelte, dessen Heimat das Heilige Römische Reich war, der mit seiner Oper öffentlich ausgepfiffen wurde. Weil Marie Sallé unanständig leicht bekleidet den Cupido tanzte, empörte sich ganz Paris über die schamlose Darbietung.

»Ich werde auf jeden Fall dort sein.« Onkel Gustave hatte sie bereits vor einer Woche für diesen Abend eingeladen. Für Isabeau besaß die Oper stets etwas Magisches. Im Zauber der Melodie konnte sie alles um sich herum vergessen.

Paulette nickte zufrieden. »Gefällt es dir bei Madame Morel?«

Isabeau hob die Schultern. Noch immer war es ihr nicht gelungen, Donatiens Zeilen unter ihrem Rock zu verstecken. Beim bloßen Gedanken, Paulette könnte den Brief entdecken, brach ihr der Schweiß aus. Nicht auszudenken, wenn sie das Schreiben in die Finger bekäme …

»Wer weiß, am Ende lernst du vielleicht doch noch, mit der Nadel umzugehen«, schwatzte Paulette weiter und trat einen Schritt zurück. »Doch dazu müsste Madame wohl zuerst noch ein Wunder bewirken. Und wenn du gern herkommst, ist sie sicher nicht besonders streng, nicht wahr?« Paulette berührte Isabeaus Unterarm. »Hast du etwa die Sprache verloren, oder warum antwortest du nicht?«

Isabeau schüttelte ihren Kopf. »Nein, natürlich nicht. Ich dachte nur …«

»Bist du etwa in Unrat getreten?«, unterbrach Paulette sie plötzlich. »Oder weshalb scharrst du mit dem Fuß? Aber sieh nur, dort liegt ja etwas!«, rief Paulette und bückte sich. Ihre Köpfe trafen sich auf schmerzhafte Weise, während beide nach dem elfenbeinfarbenen Papier griffen, um es aufzuheben. Letztlich war Paulette aber ein klein wenig schneller.

»Bitte gib mir den Brief. Er gehört mir!«, hörte sich Isabeau sagen. Zornig über ihre schrille Stimme rieb sie sich die schmerzende Stelle über der Augenbraue. Was blieb ihr? Letztlich machte sie alles nur schlimmer, wenn sie sich jetzt echauffierte. Dabei brachte sie die eigene Hilflosigkeit fast um den Verstand. Zorn stieg in ihr auf. Mit Schrecken sah Isabeau, wie Paulette das Papier mit den eleganten Lettern in Karmesinrot entfaltete.

»Chère Mademoiselle Isabeau«, las sie laut. Sie schürzte ihre Lippen und lachte. »Wie spannend!«

Ungehalten biss Isabeau ihre Zähne aufeinander. »Paulette findest du es nicht reichlich dreist, deine Nase in Briefe zu stecken, die dir nicht gehören?« Paulette lachte ungehalten und presste die Zeilen gegen ihre Brust.

»Etwa ein verbotener Liebesbrief? Von wem ist er denn?« Als Isabeau ein weiteres Mal nach dem Schriftstück griff, riss das Papier in der Mitte auseinander. Das Geräusch ließ sie erstarren. Es klang kalt und hässlich. Während sie selbst nun den oberen Teil besaß, hielt Paulette den unteren Teil des Briefes in der Hand und schwenkte ihn einer Trophäe gleich in die Höhe.

»Ich möchte die zarte Haut Eurer wohlgeformten Hinterbacken sehen … Das leichte Zittern Eures Fleisches, in der Erwartung des Schmerzes … Eure Lippen beben, wenn sie sich seidig und weich um mich schließen … Ich möchte Euch schmecken und Euch züchtigen, bis Ihr vor Begehren zerspringt. In Liebe … Donatien?«

Isabeau sah Paulettes entrüstetes Gesicht. Fassungslosigkeit lag darin. Ihr Gefühl sagte ihr, dass sie sich fürchten sollte.

»Was soll das?«, wollte Paulette mit zusammengekniffenen Augen wissen. Ihr Gesicht zeigte tiefen Abscheu. »Hast du denn noch immer nicht genug von diesem … diesem Satan? Er ist ein grober Wüstling, und er führt ein zutiefst liederliches Leben. Ob du es glaubst oder nicht, er kann auch dir gefährlich werden. Deine Courage wird dir dann nichts nutzen. Was ich dort unten in der Krypta erlebt habe …«, Paulette führte ihre Hand zum Herzen und stieß den Atem aus, »war das Schlimmste, das ich je gesehen habe.« Sie umfasste Isabeaus Schultern und schüttelte sie. »Er zwingt die Frauen zu diesen furchtbaren Handlungen. Er schlägt sie blutig und wirft sie danach wie Unrat in den Fluss! In der vergangenen Nacht haben die Bootsführer abermals die Leiche einer Frau aus der Seine gefischt. Und das schwöre ich bei Gott, diesmal wird Inspektor Marais Sade endgültig festsetzen.« Isabeau spürte, wie der Boden unter ihren Füßen ins Wanken geriet. Rasch stützte sie sich an der Wand ab und atmete tief. Alle Farbe war aus ihrem Gesicht gewichen.

»Die Bedauernswerte ist keine Geringere als Madame Lisanne Fournier. Du kanntest doch die Schwägerin des höchsten Steuerpräsidenten, oder etwa nicht?« Isabeau nickte abwesend. Paulettes Worte schienen aus weiter Ferne an ihr Ohr zu dringen. Nun wusste sie auch, wem die Stimme gehörte, welche sie in jener Nacht in Onkel Gustaves Laboratorium vernommen hatte. Madame Legrande war es, die um ihre Schwester Lisanne geweint hatte! Freilich hatte sie Lisanne gekannt. Sie und Madame Legrande waren bisweilen Gäste bei Onkel Gustaves Tarotabenden gewesen. Und Lisanne war es auch, die Sade fortwährend mit den glühendsten Avancen überschüttet hatte. Aber Sade ein Mörder?

Isabeau schloss ihre Augen. Ihr Herz klopfte, als wolle es über den grauenvollen Verdächtigungen zerspringen. Das Blut rauschte in ihren Ohren, bis sie nichts anderes mehr vernahm.

»… doch gesehen, wie er die Frauen geschlagen hat, oder bist du etwa blind?«, herrschte Paulette sie an.

Bin ich tatsächlich blind?, fragte sich Isabeau beklommen. Sie spürte ihre Beine nicht mehr, und hinter ihren Lidern tanzten grelle Blitze. Die Worte der anderen wirbelten wie dunkle Prophezeiungen durch ihren Kopf. Rasch krochen sie näher. Kicherten böse und berührten ihr Herz mit eisigen Fingern. Mühsam zwang sich Isabeau zur Ruhe. Sie sammelte sich und nahm ein paar tiefe Atemzüge. »Gepeitscht wird in fast jedem Bordell. Flagellationen werden beinahe überall für ein paar Sols angeboten. Und das, obwohl es laut Gesetz nicht eine einzige Hure in Paris geben dürfte!« Isabeaus Stimme klang noch immer brüchig. Aber sie würde jetzt nicht klein beigeben. »Weißt du, Paulette«, hob Isabeau erneut an. »Genau genommen ist schon der Besuch bei einer Mätresse streng verboten. Aber selbst dir dürfte bekannt sein, dass es gerade in den höchsten Kreisen absolut en vogue ist, eine dieser Damen aufzusuchen und sich bisweilen geißeln zu lassen. Unzählige Herren schleichen sich allein für dieses Vergnügen in die Rue des Deux Portes. Oder glaubst du etwa, sie kaufen bei Madame Gourdan Tee oder Konfekt? Madame betreibt nicht nur das größte Bordell der Stadt, darüber hinaus bietet sie den Herren die willigsten und schönsten Frauen von Paris und eine schalldichte Kammer für Unterhaltung der besonderen Art. Ein jeder in Paris weiß, dass Madame darüber hinaus Handel mit fein gearbeiteten Godemichés aus Elfenbein, Holz und Leder betreibt«, krächzte Isabeau und legte ihre Hand über die Stirn. Sie fürchtete, ihre Stimme würde jeden Augenblick versagen.

»So einen Unsinn habe ich noch nie gehört. Hältst du dich etwa für scharfsinniger als die Polizei?« Wie schon so oft troff

Paulettes Stimme vor Überheblichkeit. Doch am Rande zitterte sie ein wenig. Genug für Isabeau, um zu wissen, dass Paulette durchaus im Bilde war. Weshalb sie ihr die Antwort auch schuldig blieb. Doch die Behauptung, Sade habe die Morde begangen, hing wie Gift in ihren Adern. Dann besann sie sich darauf, dass die Schmierblätter, schon seitdem die erste Frauenleiche aus der Seine geborgen wurde, voll der abscheulichsten Beschuldigungen waren. Viele davon blieben ohne genaueres Ziel und galten einfach nur dem *Monstrum von Paris*. Dem Satan, dem Wolf, der des Nachts umherschlich und den Frauen das Herz herausschnitt. Aber einige, und es wurden immer mehr, zielten tatsächlich auf Sade ab. Freilich nicht explizit, aber doch auf eine Art und Weise, dass die Pariser Gesellschaft die schwerwiegenden Anklagen gegen den Marquis erkennen konnte. Isabeau stieß den Atem aus. Was wusste Paulette denn schon über Sade? Als sie ihren Rücken straffte, kehrte langsam ihre Kampflust zurück.

»Meine Verbundenheit zu Donatien geht dich überhaupt nichts an!«

»Nun steht ihr beiden also schon in einer Verbindung zueinander? Am Ende läuten schon bald die Hochzeitsglocken, und du wirst eine Madame de Sade!« Paulettes Worte klangen spöttisch. »Aber diese Bürde nimmt ja schon eine andere auf sich.« Zunächst glaubte Isabeau, sich verhört zu haben. »Ja, du kannst es ruhig glauben!«, plapperte Paulette hinterhältig weiter. »Sade wird heiraten! Bereits in wenigen Tagen wird Mademoiselle Montreuil Madame la Marquise de Sade werden.«

Obgleich Isabeau den Schmerz wie einen glühenden Dolch in ihrem Herzen spürte und saure Übelkeit in ihr aufstieg, durfte sie sich unter keinen Umständen diese Blöße geben. »Warum auch nicht?«, gab Isabeau mit betonter Gelassenheit zurück. »Schließlich ist er eine einträgliche Partie. Du warst es, die ihn als möglichen Heiratskandidaten vorgeschlagen hat, oder hast du das vergessen?«

Paulette hob gelangweilt ihre Schultern. »Ein dummer Scherz, nicht mehr«, spottete sie und trat einen Schritt zurück. »Hast du ernsthaft geglaubt, dass dich dieser Sade heiraten wird?«

Paulettes Worte schmerzten. Dennoch verschränkte Isabeau ihre Arme vor der Brust und schürzte die Lippen. »Weißt du, ich glaube, du bist einfach nur neidisch!«

»Neidisch?«, entgegnete Paulette und presste ihre Lippen aufeinander. »Sag mir einen Grund, weshalb ich ausgerechnet dich beneiden sollte.« Isabeau spürte Paulettes abschätzenden Blick. »Letztlich bist du lediglich ein dummes, kleines Bauernmädchen von einem Fleckchen Erde, das niemand kennt und niemand findet. Und sieh dich doch einmal an!«, fauchte sie und stemmte die Hände in die Hüften. »Die Haut einer Frau sollte weiß sein. Weiß wie Porzellan. Du hingegen gleichst sehr viel eher einer Arbeiterin vom Lande, welche noch nie in ihrem Leben einen Sonnenschirm besessen hat. Dein Verhalten gleicht dem einer Küchenmagd. Ebenso dein viel zu lautes Lachen. Es klingt geradezu ungezügelt. Darüber hinaus durfte wohl schon die halbe Stadt einen Blick auf deine entblößten Knöchel werfen. Glaubst du wirklich, so will dich noch ein ehrbarer Mann? Eine Dame rafft ihre Röcke nicht! Und sie rennt nicht. Niemals!« Paulette tippte sie mit dem Finger an. »Kein Korsett – keine Figur, keine Perücke – keine Frisur! Und dein Benehmen gegenüber deiner Tante ist geradezu beschämend.«

Isabeau spürte die Enttäuschung, welche in ihr aufstieg, wie einen alles erstickenden Sumpf. Dies war also Paulettes wahre Meinung! Tränen brannten in ihren Augen und nahmen ihr die Sicht. Mühsam schluckte Isabeau sie hinunter.

Als schließlich Madame Morel in der Tür erschien, fuhren Paulette und sie auseinander. Madame Morel musterte sie mit strenger Miene. »Mesdames, ich darf doch sehr bitten! Nun aber rasch, oder möchten Sie, dass ich Ihr unziemliches Verhalten Ihren Erziehern mitteile?«

Paulette ließ das Papier in ihrer Tasche verschwinden und folgte Madame Morel wortlos. Auf dem Weg zur Treppe schenkte sie Isabeau ein feines Lächeln und legte die Hand auf ihren Arm.

»Isabeau, ich verzeihe dir! Und nun komm, sonst versäumen wir auch noch den Rest der Stunde.«

Zornig entwand sich Isabeau Paulettes Griff und rannte zur Tür. Die Vorstellung, Paulettes Nähe zu ertragen, ihr Geschwätz zu hören und ihren Atem neben sich zu wissen, überstieg, was sie bereit war zu erdulden. Wenn sie allerdings daran dachte, dass Paulette einen beträchtlichen Teil von Donatiens Zeilen bei sich trug, gefror ihr das Blut in den Adern.

Fast alle keuschen Frauen sterben jung oder werden verrückt, gelähmt, geschwächt … Sie haben daher alle einen bitteren, herrschsüchtigen Charakter.

Marquis de Sade

Anna stolperte rückwärts, bis sie das Küchenbüfett im Rücken spürte. Sie fühlte die Blicke des Vaters, die sich wie Giftpfeile in ihren Leib bohrten. Das Geschirr klapperte und wankte gefährlich. Bis ein paar Becher mit lautem Krachen zu Boden fielen und in unzählige Scherben zersprangen.

»Du elendes Weib!«, schrie der Vater außer sich vor Zorn. Er drohte mit dem Gürtel in der Hand und kam näher. Sein Gesicht glich einer wutverzerrten Maske. »Schau nur einmal in den Spiegel, die Begehrlichkeit steht dir ins Gesicht geschrieben!« Anna zog den Kopf ein, als der lederne Riemen auf sie niedersauste.

»Auf die Knie mit dir! Eine wie du hat es nicht anders verdient!« Sie stürzte zu Boden. Die Haut ihrer Knie riss auf. Anna spürte, wie sich kleine Holzsplitter unter die Haut bohrten.

»Vater, bitte!« Weiter kam sie nicht, denn der Vater hieb erneut auf sie ein. Diesmal traf das Leder auf ihren Rücken, und der glühende Schmerz raste bis in ihre Zehenspitzen hinunter.

»Weißt du, was die ganze Stadt über dich tratscht, weißt du das?« Anna schüttelte den Kopf und erwartete den nächsten Schlag.

»So, dann will ich es dir sagen. Gesehen haben sie dich mit dem Lorentz! Und das nicht zum ersten Mal!« Vater packte sie an den Haaren und zwang sie, ihm ins Gesicht zu sehen. »Ich frage dich, ist es wahr? Triffst du dich wieder mit dem Lorentzschen?«

Anna spürte ihren Mund trocken werden. Sie zitterte. Schließlich nickte sie und bedachte ihren Vater mit einem flehenden Blick.

»Ein so dummes Weib, wie du es bist, hat die Welt bei Gott noch nicht gesehen!« Vaters Gürtel streifte ihre Wange und sauste auf ihre Schulter nieder.

»Du machst deine Mutter und mich zum Gespött der ganzen Insel! Wie lange geht das schon? Am Ende bekommst du wieder ein Kind!«

»Noch nicht so lange«, antwortete Anna stockend.

»Noch nicht so lange!«, brüllte der Vater außer sich und schlug erneut auf sie ein. »Du dumme Gans!« Der Lederriemen fuhr auf ihren Rücken nieder und hinterließ einen Pfad aus Feuer, als bereits der nächste Hieb auf sie niedersauste. Vaters Zorn tat entsetzlich weh.

»Die Wollust wird dir vergehen, das verspreche ich dir!« Hilflos sah sich Anna in der Küche um. Hoffte auf Vaters Einsehen oder die Mutter, die hoffentlich bald aus der Stadt zurückkam. Allmählich drehten sich Bank und Tisch vor ihren Augen. Die Stühle schienen zu wackeln. Ihr schwindelte, als sie sich mühsam auf dem Boden abstützte.

»Geh mir aus den Augen!«, befahl der Vater und schleuderte den Gürtel auf den Boden. Als Anna sich mühsam erhob, spürte sie ihre Beine nicht mehr. Hände und Finger schienen ebenfalls ohne Gefühl, während sie wortlos zur Tür wankte. Ihr Rücken und die Schultern brannten, als habe der Vater kochendes Wasser darübergegossen. Wenn sie abermals ein Kind von Emmerat bekam, gnade ihr Gott! Dann blieb ihr nur noch ein einziger Weg. Aber in diesem Augenblick dachte sie an den Vater. Ein vergrämter, alter Mann war aus ihm geworden. War es etwa ihre Schuld, dass Emmerat nicht zu seinem Wort stand und sie nicht zur Frau genommen hatte? Wenn sie nun einfach davonliefen …

»Du wirst mit dem Beginn des nächsten Monats in das Kanonissenstift zu Lindau eintreten. Und dann ist ein für alle Mal Schluss! Bis dahin wirst du das Haus nur noch in Begleitung deiner Mutter verlassen.«

Tränen benetzten Isabeaus Wangen und trübten ihre Sicht. Taubheit lähmte all ihre Gedanken. Die Welt kam ihr mit einem Mal farblos und grau vor, und sie achtete nicht mehr darauf, wohin ihre Füße sie trugen. Isabeau wollte die Rue Saint-Antoine rasch hinter sich lassen und allein sein, um sich endlich ausweinen zu können. Doch mit jedem Schritt, der sie von dem grauen Kalksteingebäude trennte, fühlte sie sich ein wenig mehr wie ein herrenloses Boot auf offener See. Sade würde diese Mademoiselle Montreuil heiraten! Wie hatte er ihr das nur verschweigen können? Dieser elende Schuft! Freilich wären sie ohnehin nie ein Paar geworden. Standesunterschiede dieser Größe duldete in Sades Welt niemand. Nicht einmal daheim in Lindau hätten sie Mann und Frau werden können. Dann war diese Montreuil also von adeligem Blute und vornehm? Isabeau wusste es nicht, sie hetzte nur blindlings weiter und fühlte ihre Beine bald hölzern und schwer. Irgendwann ließ sie sich auf einen Mauervorsprung fallen und weinte, bis sie keine Tränen mehr hatte. Sie fühlte ihr Gesicht gerötet und ihre

Augen geschwollen. Müde schöpfte sie eine Handvoll Wasser aus einem der öffentlichen Brunnen und kühlte ihr Gesicht. Manche, die vorübergingen, maßen sie mit verwirrten Blicken. Für andere schien sie unsichtbar. Bald bog sie rechts ab, bald führte sie ihr Weg nach links. Als sich Isabeau irgendwann umsah, befand sie sich unweit der weitläufigen Lagerhallen am Ufer der Seine. Allein hatte sie sich noch nie so weit hinausgewagt. Inzwischen trennten sie sicher viele Meilen von der Stadtinsel, denn in der Ferne erhoben sich die Umrisse der feinen Herrenhäuser wie ein Scherenschnitt. Obwohl sie schon seit geraumer Zeit dem Flusslauf folgte, schien sie der Île de la Cité keinen Schritt näher zu kommen. Die dunklen Silhouetten der Häuser waren noch immer in endloser Ferne, und der Weg zog sich beständig in die Länge. Nur ein paar einsame Lagerhäuser säumten ihren Weg. Stumme, baufällige Bretterverschläge, die schon bessere Tage gesehen hatten. Isabeau war, als glotzten sie die nackten Fensterluken wie schwarze leblose Augen an, während der kühle Wind mit einer baufälligen Tür spielte und ihr ein einsames Schluchzen abrang. Mit einem Mal wurde ihr furchtbar kalt. Suchend sah sich Isabeau nach den Schenken um. Als sie mit Sade hier gewesen war, lagen die Kaschemmen dicht bei den Anlegestegen, die dem Löschen der Ladungen dienten. Doch jetzt schienen sie auf gespenstische Weise verschwunden. Sie merkte, dass sie sich endgültig verlaufen hatte. Und herrje, wo war nur die Zeit geblieben? Den Nachmittagstee hatte man sicher schon vor Stunden gereicht, und langsam versickerte der Tag im grauen Zwielicht der Abenddämmerung. Hier, weit draußen vor der Stadt, schien die Stille so laut, dass sie Isabeau in den Ohren schmerzte. Weit und breit war keine Menschenseele, die sie hätte nach dem Weg fragen können. Aber letztlich, sagte sich Isabeau, musste sie lediglich dem Fluss folgen. Weiter vorne, unter der nächsten Brücke, machte sie eine Gruppe Bettler aus. Sie fühlte die argwöhnischen Blicke, mit welchen sie zu ihr herübersahen. Zwei der zerlumpten Gestalten steckten ihre Köpfe zusammen. Eine dunkle Vorahnung kroch mit aller Macht über ihren Rücken und richtete jedes noch so kleine Härchen auf. Isabeau vermied es, zu den Männern hinüberzusehen. Dennoch spürte sie ihre begehrlichen Blicke auf sich ruhen. Blicke, mit welchen sie jeden ihrer Schritte beobachteten. Während Isabeau über den schmatzenden Morast weitereilte, schaute sie sich immer wieder um. In der Nähe der Stadtinsel, am Quai des Grands Augustins, fanden sich zahlreiche Treppen, die vom Flussbett auf die Straße hinaufführten. Hier draußen hatte Isabeau noch keine einzige Möglichkeit entdeckt, wie sie die steil abfallende Böschung überwinden konnte. Hier draußen kam das Flussbett einem Gefängnis gleich.

Ihr Atem ging rasch, und als sich Isabeau das nächste Mal nach den Männern umsah, hatte sich die Distanz verringert. Folgten sie ihr etwa? Die Angst überfiel sie wie ein Raubtier. Trotz der abendlichen Kühle brach ihr der Schweiß aus. Das salzige Rinnsal kitzelte zwischen ihren Schulterblättern. Ihr Herz hämmerte bis zum Hals hinauf. Es stank nach Unrat und Schlachtabfällen, und außer dem leisen Schmatzen des Wassers vernahm sie nur ihren eigenen Herzschlag. Sie musste sich ausruhen. Wenigstens einen Augenblick! Schwer atmend blieb sie stehen und blickte in die trübe Seine. Hier direkt am Ufer lag ein übler Dunst über dem Wasser. Einer der Fremden folgte ihr noch immer! Das Blut schwoll in ihren Ohren zu einem reißenden Fluss, und die Furcht mahnte sie zur Eile. Nicht mehr lange, und die Nacht würde über die Stadt hereinbrechen.

Isabeau dachte an Lisanne. Erst vor wenigen Stunden hatte man sie tot aus dieser stinkenden Kloake gezogen. Ein junger Kahnführer hatte sie gefunden. Über den Gedanken an die furchtbare Tat glaubte Isabeau, den Verstand zu verlieren. Und dann spürte sie, dass der Fremde immer näher kam. Auf der linken Seite entdeckte Isabeau eine baufällige Baracke. Aus den schwarzen Öffnungen unterhalb der Dachkanten stürzten ein paar Fledermäuse und schossen über ihren Kopf hinweg. In der Dämmerung wirkten ihre Flügel wie geschwungene Klingen. Der Atem brannte in ihren Lungen, und als sie sich umsah, glaubte Isabeau, ein kurzes Aufblitzen zu sehen. Trug der Fremde etwa eine Waffe bei sich? Bang sah sie sich nochmals um und erkannte ein Messer in seiner Hand! Von Panik ergriffen wandte sie sich um und begann wieder zu laufen. Ihre Röcke bauschten sich unter jedem Schritt und hinderten sie am Fortkommen. Treibholz, bleich wie verwitterte Knochen, lag ihr im Weg. Sie vernahm den schweren Atem ihres Jägers dicht an ihrem Ohr. Obwohl Isabeau in rascher Folge einen Fuß vor den anderen setzte, kam sie kaum vom Fleck. Sie hatte das Gefühl, im Morast der Fahrspuren zu versinken. Überall stand Wasser und Matsch in tiefen Gräben. An den Seiten türmten sich Berge von Mist und Abfällen auf. Als sich schließlich der Saum ihrer Röcke an einem Ast verfing, geriet sie ins Stolpern. Wie ein glühender Dolch fuhr ihr der Schreck durch die Glieder. Isabeau wusste, wenn sie jetzt fiel, folgte sie Lisanne in den Tod. Dann würde man schon morgen ihre Leiche aus der Seine ziehen. Sie spürte, wie sich ihre Kraft dem Ende zuneigte. In der Hoffnung auf Rettung ließ sie ihren Blick erneut über das Ufer wandern. Tastete jeden Winkel ab. Endlich kam eine flach ansteigende Treppe in Sichtweite. Keuchend hetzte sie auf die rettenden Stufen zu, raffte ihre Röcke ein letztes Mal auf Kniehöhe und eilte hinauf. Gejagt von ihrer eigenen Angst, irrte sie völlig kopflos durch die schmale Gasse.

»Mademoiselle Bersperger!« Die Worte, die Stimme! Beides klang so vertraut und nahm sie wie ein Kind an die Hand. Latour!, dachte Isabeau, als sie Sades Leibdiener auf der anderen Straßenseite erblickte. Mit raschen Schritten steuerte er auf sie zu.

»Mon dieu!«, rief er und hob die Hände über den Kopf. »Mademoiselle, seid Ihr einem Gespenst begegnet?«

»Ich glaube, das ist der richtige Ausdruck«, gab sie atemlos zu.

»Das Lagerviertel ist sehr gefährlich. Ein Treffpunkt für Gesindel und Halsabschneider und gewiss kein Ort für eine Dame.« Sie spürte Latours tadelnden Blick und schämte sich ein wenig für ihre Unachtsamkeit.

»Ihr wirkt so erschöpft, als wärt Ihr schon seit Stunden unterwegs! Darf ich fragen, was Euch um diese Zeit allein hierherführt?«

»Ich glaube, ich habe mich einfach verlaufen«, entgegnete Isabeau kleinlaut und hob die Schultern. In ihrer Erleichterung hätte sie fast geweint. Rasch blinzelte sie die Tränen weg, die ihr bereits die Sicht nahmen, und überließ sich dankbar der Freundlichkeit des Kammerdieners.

»Seid Ihr allein, oder ist …« Latour schüttelte den Kopf.

»Monsieur le Marquis wartet dort in der Kutsche.« Obwohl sich Isabeau nach dem Wildgang umsah, konnte sie den Sechsspänner in der Dunkelheit nicht erkennen.

»Seht, dort!«, sagte Latour und wies auf einen schlichten, geschlossenen Reisewagen in der Ferne. »Eine weitere Frauenleiche wurde aus der Seine geborgen. Diesmal ist es die Schwägerin des höchsten Steuerpräsidenten – Madame Fournier. Seitdem scheint Inspektor Marais mit seinen Reitern überall zu sein«, flüsterte er, während er sich lauernd umsah. »Angesichts dieser grausamen Tatsache ist es sicherer, kein Aufsehen zu erregen. Monsieur le Marquis wird einer Verhaftung nur entgehen, wenn wir den Gendarmes de la garde stets einen Schritt voraus sind«, erklärte Latour mit einem gerissenen Lächeln, welches Isabeau bislang noch nie in seinem jungen Gesicht gesehen hatte.

Seit einer gefühlten Ewigkeit ertrug er nun schon, wie das zerlumpte Weib ihre Zunge über das Fenster seines Wagens bewegte. Die Gier in den Augen der Alten ekelte ihn. Sade hieb an die Scheibe des Wagens. »Verschwinde!«, knurrte er so laut, dass die Alte gleich darauf mit eingezogenem Kopf davonschlich. Wenig später brachte ein weiterer Bettler den Reisewagen beträchtlich ins Wanken. Zornig riss Sade die Türe auf. »Fort mit dir!«, rief er hinaus. »Oder soll ich dich totschlagen?« Immer war es das Gleiche mit diesem Lumpengesindel. Faul und arbeitsscheu hauste es unten an der Seine und lebte von Diebstählen, dem Abfall und den Ratten. Nur ein paar Hungerleider, nichts weiter!, dachte Sade, der eigentlich mit Marais' Häschern gerechnet hatte. Vielleicht unterschätzte er die Gefahr, die von diesem verrückten Inspektor ausging, und Latour machte sich berechtigte Sorgen? Zumindest hatte Marais seine Jagd auf ihn nochmals verschärft. Und er musste zugeben, dass ihn das Katz- und Mausspiel des Inspektors ein klein wenig erheiterte. Obwohl sich Marais große Mühe gab, ihn einzuschüchtern. Zumindest hatte er gegenüber dem *Mercure de France* geäußert, er warte lediglich auf eine günstige Gelegenheit, Sade in flagranti zu erwischen. Und wenn Sade sich die neueste Meldung ins Gedächtnis rief, blieb ihm lediglich ein Schmunzeln. Mit fetten Lettern warnte das Blatt: **Inspektor Marais lässt den Marquis de S. nun bei Tage und in der Nacht überwachen!**

Sade lächelte in sich hinein. Sämtliche Bemühungen des Inspektors änderten nichts daran, dass er die Willigen mit Vorliebe im schauspielenden Gewerbe suchte. Die Armut zwang die bedauernswerten Geschöpfe zumeist, das Leben einer armseligen Kirchenmaus zu führen. Während er sie für ihre Dienste stets ausreichend entlohnte. Mit einem edlen Lächeln auf den Lippen dachte er an die Dienstmagd, welche ihn auf offener Straße nach Arbeit gefragt hatte. Er hatte die junge Frau großzügig bezahlt, weil sie seine Wohnung gekehrt und die Wäsche gewaschen hatte. Freilich zeterte auch diese, als er sie mit einer Rute gezüchtigt und, wie sie sagte, widernatürliche Praktiken von ihr verlangt hatte. Dabei war sich Sade völlig sicher, dass die Magd die Sünde ohne Namen ausschließlich deshalb abgelehnt hatte, weil ihre Angst vor dem Tod größer war als der Louis d'or in ihrer Hand. Laut Gesetzestext freilich wurde die Sünde, über welche ein guter Christenmensch nicht sprach, noch immer mit dem Feuertod bestraft. Obgleich diese drakonische Strafe nur noch selten vollstreckt wurde, diente sie bis heute der Abschreckung. Besonders der Abschreckung einfacherer Gemüter!, dachte Sade.

»Aber wo bleibt denn dieser verdammte Latour nur?«, schimpfte Sade ungeduldig. Ein weiterer Blick aus dem Fensterchen sagte ihm, dass die Gasse bis auf ein paar Ratten verlassen vor ihm lag. Als er den Reisewagen wenig später mit einem ungehörigen Fluch auf den Lippen verließ, war ein kühles Lüftchen aufgekommen. Wie ein Hausierer schlich es durch die Gasse und trieb ein paar trockene Blätter vor sich her. Eine magere Katze sprang dicht an Sades Füßen vorbei. Immerhin hatte ihr Leben noch nicht in einem Kochtopf der Bettler geendet.

In Richtung des Seine-Ufers erhoben sich nun zwei Umrisse in der Dunkelheit, die rasch näher kamen. Er erkannte Latour und ... aber was zum Henker hatte Mademoiselle Isabeau um diese Zeit allein in dieser gottverlassenen Gegend zu suchen? Was hatte eine Dame überhaupt in dieser Gegend verloren? Zornig beschleunigte er seinen Schritt und rannte den beiden entgegen.

»Monsieur le Marquis, das ist viel zu gefährlich!« Selbst aus der Ferne klang Latours Stimme aufgebracht, und Sade entging nicht, wie sein Kammerdiener aufgeregt durch die Luft fuchtelte. »Monsieur, ich dachte, wir waren uns einig, dass es keine ...«

»Kümmert Euch um Eure eigenen Angelegenheiten!«, knurrte Sade und wandte sich an Isabeau. »Und Ihr, was habt Ihr hier draußen allein zu suchen?«

Weiter kam er nicht, denn Isabeau stemmte die Hände in die Hüften und herrschte ihn an. »Das geht Euch überhaupt nichts an! Euch am allerwenigsten, denn Ihr seid ein elender Schuft!« Mit diesen Worten drehte sie sich um und ließ ihn stehen. Isabeau würdigte ihn keines Blickes mehr, sondern eilte allein die Straße hinunter.

Was bildete sich dieses Weib überhaupt ein? Zornige Hitze erfasste ihn. Ungestüm wirbelte er herum. Beinahe hätte ihn die abrupte Bewegung von den Füßen gerissen. Er spürte, wie die Wut nach ihm griff. Was brachte dieses halsstarrige Frauenzimmer dazu, sich in derartige Gefahr zu bringen?

»Mademoiselle!«, bellte Sade laut und folgte ihr aufgebracht. Seine Stimme zitterte vor Heftigkeit. »Ich verlange eine sofortige Antwort von Euch!«

Isabeau blieb abrupt stehen, wandte sich um und maß ihn mit abfälligen Blicken. »Ich fürchte, da werdet Ihr noch lange warten! Und untersteht Euch ja, mich aufzuhalten!«, fauchte sie wieder und rannte davon. Selbst Latour erhielt keine Antwort mehr, als er ihr mit ersuchender Stimme nachrief, sie möge sich doch von ihnen nach Hause fahren lassen.

Sade fragte sich, was der Anlass für ihren Zorn wohl sein mochte. »Ach, zum Teufel mit den Weibern!«, fluchte er, während er sah, wie Isabeau langsam in der Dunkelheit verschwand. Letztlich machte er sich zum Narren, wenn er ihr wie ein Schoßhündchen folgte. Aber was blieb ihm anderes übrig? Wollte er Mademoiselle Isabeaus Leben in dieser unseligen Gegend nicht noch weiter in Gefahr bringen, musste er ihr nachgehen. Und zwar bevor die Finsternis sie endgültig verschluckte. Zornig schritt er aus. »Mademoiselle Isabeau, so bleibt doch stehen!«, rief er aufgebracht. Kruzitürken! Dieses störrische Weib brachte ihn noch vollends um den Verstand! Ohne weiter auf die Gegend zu achten, beschleunigte er seinen Schritt, bis er Isabeau eingeholt hatte. Er versperrte ihr den Weg und packte ihren Arm. »Nun seid nicht kindisch!«, polterte er ungehalten. »Ihr bringt uns beide in Gefahr!«

»Von Euch lasse ich mir sicher keine Befehle erteilen!«, schnappte Isabeau, machte sich los und lief weiter. Mit zwei großen Schritten hatte er sie abermals eingeholt. »Spart Euch Eure Widerworte, und steigt unverzüglich in den Wagen!«, knurrte er mit unbewegter Miene und schloss seine Hände um ihre Handgelenke. Diesmal würde sie ihm nicht wieder entkommen, obwohl Mademoiselle sich wie eine Furie zur Wehr setzte.

»Spart Euch Eure echauffierte Rede, und heiratet Eure Mademoiselle Montreuil, oder wie immer ihr Name ist. Schert Euch verdammt noch mal zum Teufel!« Trotz lag in ihrer Stimme. Doch Sade vernahm auch Gram. Und dieser hatte ihr schönes Gesicht in eine eisige Maske der Ablehnung verwandelt.

»Genug der Raserei!«, knurrte er schließlich. »Denkt Ihr etwa, dass es mein Wunsch ist, diese Ehe einzugehen? Ihr habt ja keine Ahnung!« Müde brach er ab und fuhr sich mit den Händen über Gesicht und Haar. »Ach, zum Henker, glaubt doch, was Ihr wollt!«

»Ihr seid ein Feigling, jawohl! Hättet Ihr doch wenigstens den Mut gehabt, mir von Eurer bevorstehenden Eheschließung zu erzählen!« Er sah Tränen in ihren Augen.

»Auch das hätte nichts geändert! Ihr hättet Euch lediglich noch früher von mir abgewandt!«

»Nichts geändert!«, schnaubte Isabeau verächtlich. »Vielleicht nicht, aber …« Sie funkelte ihn aus zusammengekniffenen Augen an. »Dann sagt mir wenigstens jetzt die Wahrheit!«, entgegnete sie scharf, blieb stehen und stemmte ihre Hände in die Hüften.

Sade rieb sich, nach Worten ringend, die Stirn. Was tat er hier überhaupt? Weshalb suchte er nach Erklärungen oder gar nach Worten einer Entschuldigung? Er kannte sich selbst nicht mehr! Schließlich legte er sein Gesicht in die Hände und gab einen gequälten Laut von sich, bevor er erneut Isabeaus Blick suchte.

»Glaubt Ihr etwa, ich wurde gefragt, ob es mir gefällt, Mademoiselle Montreuil zur Frau zu nehmen?« Nach kurzer Pause fuhr er fort: »Vater hat die Ehe über meinen Kopf hinweg beschlossen und zu allem Überfluss die Verträge bereits unterzeichnet. Und das, lange bevor er auch nur ein einziges Wort mit mir gewechselt hatte.« Er ballte seine Hände zu Fäusten, bis die Knöchel weiß hervortraten und die Finger knackten.

»Sie ist … von unvorstellbarer Langeweile! Ohne jeden Esprit! Davon abgesehen habe ich bereits die Furcht in ihren Augen gesehen.« Es war jene Bangigkeit, die ihn rasend machte. Sie hatte ihn mit den Augen eines Hundes angesehen. Eines Hundes, der sich vor seinem Herrn fürchtet. Sade kannte diese Sorte Frauen gut. Und ebendieser Wesenszug erfüllte ihn bisweilen mit tiefem Ekel. Er hasste ihn, weil dieses Verhalten unbändige Rohheit in ihm hervorbrachte. Die Weiber gaben sich schwach und furchtsam … und dann hasste er sie, wie er seine Mutter hasste, die ihn als kleinen Jungen zurückgelassen hatte, um fortan in einem abgelegenen Kloster zu beten!

»Vielleicht ist Euch diesmal Euer Ruf vorausgeeilt«, gab Isabeau zurück. Ihre Stimme klang scharf.

»Sie wird mich zu Tode langweilen. Und dennoch werde ich Renée-Pélagie das Heiratsversprechen geben müssen.« Nach einem fast scheuen Blick fügte er hinzu: »Doch lieben werde ich sie nie. Verdammt!« Er schlug sich gegen die Brust. »Ich fürchte, ich werde Euch lieben, bis dieses elende Herz schweigt und mich der Teufel holt! Es wird, solange ich lebe, Euch gehören! Und nun steigt augenblicklich in diese verdammte Kutsche, und lasst

Euch von Latour nach Hause bringen.« Aus der Ferne drang das laute Gebimmel mehrerer Glocken an sei Ohr. Er ignorierte es, obgleich er wusste, dass es die Gefahr im Gepäck trug.

»Monsieur le Marquis!« Latours Stimme überschlug sich vor Sorge, als er plötzlich mit dem Wagen aus der Dunkelheit auftauchte. »Die Zeit wird knapp. Bitte, dort hinten biegt bereits der erste Wagen der Gendarmes de la garde um die Ecke, und das ist sicher lediglich die Vorhut. Weitere werden folgen! Bitte, so steigt doch ein, rasch!«

Das Gebimmel schwoll an, und ein einziger Blick sagte Sade, dass sein Kammerdiener recht behalten sollte. Der ersten Kutsche folgte eine zweite und kurz darauf eine dritte. Darüber erklang das ohrenbetäubende Geläute der schrillen Glocken, mit welcher jeder der Kutschwagen der Gendarmen ausgestattet war, um die Bevölkerung in Alarmbereitschaft zu versetzen. Zwischen dem Geläut drangen nun schon vereinzelt die lauten Stimmen der Wagenlenker bis zu ihnen heran. Sade sah Marais' Bluthunde bereits vor sich. Nun war es tatsächlich an der Zeit zu fliehen. Ohne ein weiteres Wort riss er Isabeau von den Füßen, warf sie sich über die Schulter und setzte sie in die Kutsche. Schon wenige Herzschläge später jagte sein Reisewagen durch die Straßen von Paris davon.

»Rasch, rasch! Lasst die Pferde fliegen!«, rief er zu Latour hinauf. »Nicht einmal die besten und einfallsreichsten Ausreden vermögen Mademoiselle Isabeau noch zu retten, wenn sie allein in der Gesellschaft zweier Männer angetroffen wird. Wenn Marais' Ratten sie erst zu fassen bekommen, ist ihr Ruf auf alle Zeiten ruiniert.«

Isabeaus Empörung steigerte sich ins Unermessliche, als Sade sie in das rote Samtpolster presste.

»Was fällt Euch ein?«, fauchte sie. »Glaubt Ihr, ich lasse mich von einem wie Euch entführen? Anhalten! Haltet augenblicklich diese verdammte Kutsche an, oder ich springe aus dem fahrenden Wagen! Was Euch dann blüht, wisst Ihr sehr wohl!«

»Euch bleibt keine Wahl, wenn Ihr nicht an meiner Seite gesehen werden möchtet. Stellt Euch nur einmal das Gesicht Eurer Tante vor, wenn sie morgen früh im *Mercure* liest, dass die Stadt wieder aufatmen darf.« Sade hob seine Hände. »Inspektor Marais ist es endlich gelungen, das Monster von Paris zur Strecke zu bringen. Allerdings war es nicht allein, denn an seiner Seite befand sich die Nichte des Monsieur le Docteur Lambert!« Isabeau fühlte, wie sich seine Hände um ihre Schultern schlossen. »Könnt Ihr Euch vorstellen, wie sich die Schmierfinken sämtlicher Zeitungen auf Euch stürzen? Keine ruhige Minute wäre Euch mehr vergönnt! Ist das etwa Euer Wunsch?«

Isabeau wusste, dass Sade die Wahrheit sprach, und doch wollte sie sich nicht versöhnlich zeigen. Die Tatsache, dass er ihr nichts von der Eheschließung mit dieser Mademoiselle Montreuil gesagt hatte, riss ihr ein Loch in die Brust. Freilich wusste sie, dass sie und Sade niemals zusammenfinden konnten. Aber ganz tief in ihrem Inneren hegte sie doch eine eigentümliche Sehnsucht. Eine einsame Hoffnung.

»Antwortet! Ist es das, was Ihr wollt?«

»Lasst mich auf der Stelle los, oder ich schreie!«

»Tut das!«, entgegnete Sade scharf. »Dann dichten Euch diese Zeitungshyänen umgehend eine Schwangerschaft an! Ich rate Euch, überlegt Euch gut, was Ihr wirklich möchtet!«

»Lasst mich in Ruhe! Nie und nimmer würde ich Euer Kind bekommen!«

»Oh, das habe ich auch nicht von Euch verlangt! Kinder sind Blagen. Und wenn es nach mir ginge, gäbe es sie nicht! Sie lassen aus Weibern Matronen werden, deren einzige Lust darin besteht, ihre Brut zu nähren.«

»Ihr seid noch weitaus widerlicher, als ich dachte!«

»So widerlich, dass Ihr Euren Blick nicht abwenden konntet, als Ihr ungefragt in die Krypta gekommen seid? Weshalb seid Ihr meiner Einladung gefolgt, wenn Ihr lediglich Abscheu empfindet? Keine Antwort?«

Isabeau wusste nicht, wie ihre Hand Sades Wange gefunden hatte. Aber sie genoss das Gefühl, es getan zu haben. Sades' Lachen klang dunkel und rau, als es von den Wänden der Kutsche widerhallte.

»Zeigt mir, wie sehr Ihr mich verabscheut!«, befahl er hart und presste seinen Mund auf ihre Lippen. Sein Kuss schmeckte nach Schmerz und Verlangen. Isabeau leistete keinen Widerstand, sondern fühlte den Sturm, der sich ihrer bemächtigte. Rot wie das Blut, das ihr durch die Ohren rauschte, raubte ihr das Begehren die Sinne. Abrupt beendete Sade seinen leidenschaftlichen Kuss. Sein Blick wirkte herausfordernd und streitbar.

»Wollt Ihr nun aussteigen?« Isabeau sah zu Boden. Sie dachte nicht an ihren Ruf, welchen sie ohnehin schon seit Monaten gefährdet wusste. Sie wollte ihn, Sade, und das Feuer, das sie verbrennen würde. Genau, wie er es an ihrem ersten Tarotabend vorhergesagt hatte. Sie spürte die hitzige Wärme und glaubte zu schmelzen, als er ihre Hand an seine Lippen führte und einen Kuss darauf hauchte. Er küsste jeden ihrer Finger, und Isabeau glaubte, in Flammen zu stehen. Wie aus der Ferne vernahm sie, dass Sade seinen Diener aufforderte, die Rue du Temple zu nehmen, um von dort in die Sümpfe zu gelangen.

Sein warmer Atem prickelte in ihrem Nacken und ließ sie erschaudern. Jedes noch so kleine Härchen richtete sich unter seinen Händen auf, während Sade die Schnürung ihrer Bluse mit beiden Händen zerriss und ihre Brüste befreite. Der vertraute Duft nach Verbene kitzelte ihre Nase, und der unerwartete Biss ließ sie zittern. In einer Mischung aus Schmerz und Überraschung krallte Isabeau ihre Finger in Sades Haar.

»Du willst es doch auch«, keuchte Sade und bahnte sich einen Weg zu ihrem Nabel. »Du liebst die Gefahr, ich kann es in deinen Augen sehen.«

Ein Lächeln stahl sich auf ihre Lippen, als Sade gegen jede Etikette zum unschicklichen Du wechselte. Leiser Schmerz brach sich auf ihrer Haut. Sie wusste, dass er recht hatte. Das Karussell aus Begehren und Schmerz begann sich zu drehen, und sie überließ sich ihrem eigenen Verlangen. Der scharfe Riss, mit welchem Sade ihre Röcke teilte und ihren Schoß freilegte, klang nach seinem Gebot. Anders als die Male davor bereiteten in dem schwankenden Gefährt weder Musik noch unzählige Kerzen eine Bühne für ihre Lust. Hier, in der Enge der Kutsche, gab es nur sie beide und das flackernde Licht der Kutschleuchte, welches über die blutroten Sitze zuckte.

Isabeau fühlte seinen Atem als kühlen Lufthauch an der Innenseite ihrer Oberschenkel. Sie sehnte sich nach der Glut, mit welcher er ihre Hinterbacken in ein flammendes Meer verwandelte. Isabeau hieß den brennenden Schmerz willkommen. Es war der winzige Augenblick der Erwartung, welcher sie jedes Mal in Atem hielt. Sie wieder und wieder bangen ließ. Vergleichbar mit der vollkommenen Stille zwischen zwei Tönen. In der Erwartung des Schmerzes lag die vollkommene Lust. Jene verbotene Lust, auf welche sie sehnsüchtig hoffte. Erst auf den Gipfeln der Pein gab sie sich ihm hin und genoss das übermächtige Gefühl, begehrt zu werden.

Latour lenkte das Gefährt über geheime Pfade durch die Stadt, als wäre der Teufel selbst hinter ihnen her. Immer wieder gerieten die Räder in die tiefen Löcher, welche der Regen aus den unbefestigten Straßen gewaschen hatte. Morast, der sich über den Tag auf den Straßen gebildet hatte, spritzte bis zu dem kleinen Fenster und beschmierte die Scheibe mit Schmutz. Der Wagen ächzte unter dem Zug der Tiere, die das Fuhrwerk jedes

Mal mit erstaunlicher Kraft befreiten. Isabeau fühlte den weichen Samt unter ihren Fingern. Und während ihre Hände in der Weichheit der blutroten Oberfläche versanken, sandte sie unzählige Stoßgebete zum Himmel. Obwohl sie hoffte, Latour möge es gelungen sein, ihre Verfolger auf Abstand zu halten, empfand sie plötzlich eine alles überschattende Gefahr. Ein eisiger Schauer überlief sie. Es war nur ein Augenblick. Ein ungünstiger Winkel, in welchem die Kerze der Kutschleuchte in ihrem Glaszylinder gerade so viel Licht im Innenraum der Kutsche verbreitete, dass sie Sades Gesicht für einen Moment erkennen konnten. Sorgenvoll betrachtete sie sein Mienenspiel. Die steile Falte, welche sich zwischen seinen Augenbrauen erhob und ihm ein grimmiges Aussehen verlieh, warf tiefe Schatten.

»Macht Euch keine Sorgen, Mademoiselle.« Isabeau fiel auf, dass seine Stimme fast weich klang und er nun wieder zum schicklichen Ihr gewechselt hatte. »Sehr zu meinem Bedauern wird dies unsere letzte Begegnung sein. Denn obwohl Latour ein äußerst geschickter Fahrer ist, werden wir Marais und seinen Bluthunden wohl nicht mehr entkommen.«

Obgleich Isabeau die Wahrheit seiner Worte fühlte, wollte sie ihnen keinen Glauben schenken. »Aber Latour ist erfinderisch. Er wird Haken schlagen, und hier in den Sümpfen werden uns die Reiter des Inspektors sicher nicht finden.« Er sah sie lange an. Sein Blick schien umwölkt, als er ihre Hand nahm und zögernd weitersprach. »Versprecht mir, dass Ihr schreien werdet.«

Isabeau fühlte Empörung in sich aufsteigen. Wortlos schüttelte sie den Kopf. »Dann beschimpft mich wenigstens, wie vorhin. Vielleicht legt Ihr noch ein wenig mehr Dramatik hinein.« Er lachte. Es war jenes Lachen, welches stets eine Spur zu unanständig und eine Idee zu schlau klang. Sie hatte es über die Wochen und Monate oft gehört. Und gegen jede Vernunft liebte sie es. Dunkel und rätselhaft erzählte es von einem Leben abseits aller Konventionen. Es sprach von Lust und Schmerz. Es klang, als wüsste es von den unbekannten Tiefen all jener Seelen, welche Sade unentwegt ein wenig gründlicher auslotete, als sie es gerade ertrugen.

»Und gebt Euch gefälligst Mühe! Kratzt meinetwegen, beißt oder schlagt mich. Es muss Euch gelingen, Marais zu überzeugen«, erklärte er mit einem Ernst, den Isabeau noch nie bei ihm erlebt hatte. »All das dürfte Euch nach dem Zornesausbruch von vorhin sicherlich nicht allzu schwerfallen. Im Gegenzug werde ich behaupten, dass ich Euch entführt habe und gegen Euren Willen festhalte.«

Das schrille Gebimmel, welches sie schon eine Weile begleitete, wurde beständig lauter. »Hört Ihr sie?« Isabeau blieb ihm die Antwort schuldig. Was dachte sich Sade nur bei dieser ungeheuerlichen Forderung? Glaubte er ernsthaft, sie würde Klage gegen ihn erheben? »Niemals!«, erklärte sie. »Nie im Leben werde ich behaupten, dass Ihr mir Gewalt antatet!«

»Ihr werdet tun, was ich Euch sage!«, entschied er knapp. »Louis Marais ist ein Dämon! Und wenn er sich erst einmal an Euch festgebissen hat, lässt er nie mehr von Euch ab. Ohne mit der Wimper zu zucken, wird er zuerst Euer Ansehen zerstören und Euch im Anschluss den Hyänen von Paris zum Fraß vorwerfen. Spätestens dann seid Ihr verloren, und wenn ich erst in der Bastille sitze, werde ich Euch nicht mehr helfen können.« Er sah sie mit einer Aufrichtigkeit an, die sie zu Tränen rührte. »Versprecht mir das eine Mal, dass Ihr tun werdet, was ich Euch sage!«

Der Ruf ist ein wertloses Gut – er entschädigt uns niemals für die Opfer, die wir ihm bringen.
Marquis de Sade

»Los vorwärts, oder wir machen dir Beine!« Grelle Blitze zuckten vor Isabeaus Augen, als ihr ein rot berockter Reiter der königlichen Garde die Arme auf den Rücken riss. Der Schmerz in den Schultergelenken zwang sie fast auf die Knie und führte sie an den Rand eines gähnenden Abgrunds. Mit unverhohlener Gier glotzten die Gardisten auf ihre entblößten Brüste. Hilflos wie eine Gliederpuppe, den zotigen Reden und den Blicken der ganzen Truppe ausgeliefert, musste sich Isabeau abführen lassen. Erschüttert musste sie zusehen, wie Sade in sich zusammensackte, während derbe Schläge mit dem Gewehrkolben seinen Bauch trafen. Isabeau konnte nicht glauben, dass es Männer der königlichen Garde waren, die eine solch feige Tat verübten.

»Aufhören! Hört Ihr, Ihr Feiglinge! Monsieur le Marquis hat sich keines Verbrechens schuldig gemacht!« Ein klein gewachsener Mann mit gepuderter Perücke schien die johlende Truppe anzuführen. Zumindest wies seine Uniform zahlreiche Abzeichen an Brust und Schultern auf. Wortlos löste er sich aus den Umstehenden, musterte sie aus tief liegenden Augen und trat auf sie zu. Als er ihr Kinn hob, erkannte Isabeau in seinem Gesichtsausdruck nichts als Abscheu.

»Putain!«, spie er ihr ins Gesicht. »Auf die Wache mit ihr!«, wies er seine Truppe an. »Für Huren gibt es in Paris keinen Platz! Zumindest solange ich diesen Abschaum kontrolliere!«

»Ich dachte, Ihr reitet unter dem Banner des Königs, dabei seid Ihr einfach nur ein Haufen wild gewordener Barbaren!« Isabeau wusste nicht, woher sie den Mut nahm. Doch die Worte waren ungefragt über ihre Lippen gekommen. Und nun war es ohnehin zu spät.

»Auf die Knie mit dir!« Während der Jüngere seinen Gewehrkolben in ihre Kniekehlen rammte, zwang sie der Ältere in den Morast. »Was fällt dir ein, dem Inspektor nicht die nötige Ehre zu erweisen!« Stechender Schmerz schoss durch ihre Beine, und der Boden unter ihr wankte. Durch den Nebel der Ohnmacht erkannte Isabeau das Gesicht des Inspektors. Mit unbewegter Miene nahm er den Dreispitz vom Kopf und trat dicht an ihr Ohr. »Für all jene, die es verdienen, von der Krone geschützt zu werden, reiten wir selbstredend unter dem Banner Seiner Majestät.« Er fuhr sich mit dem Handrücken über Gesicht und Mund. »Aber ich kann dir versichern, dass Huren wie du nicht auf dieses Privileg hoffen dürfen!« Er nickte den beiden Gendarmen zu, und Isabeau spürte, wie sie grob auf die Beine gestellt wurde. Vorwärtsstolpernd sah sie, wie die Gardisten noch immer ihre Gewehrkolben in Sades Bauch rammten und nach ihm traten. Die Menge johlte wie besessen, während Sade sich auf dem Boden krümmte und seinen Kopf zu schützen suchte. Übelkeit stieg in ihr auf. Ein Schluck saure Bitterkeit, der tief in ihrer Kehle gelauert hatte.

»Abführen!«, befahl Marais seinen Männern knapp. Als Isabeau an der laut grölenden Menge vorbeigeschleift wurde, vernahm sie kaum hörbar Sades von Schmerz gezeichnete

Stimme: »Gebt Mademoiselle … Bersperger auf … der Stelle frei. Ich … ich habe sie ge… gegen ihren Willen fest… festgehalten.« Obwohl er bereits am Boden lag, wurde er von einer ganzen Handvoll Gendarmen in Schach gehalten. Wäre die Situation nicht so dramatisch gewesen, hätte sie Isabeau zum Lachen gereizt. Während sie selbst und Latour zu getrennten Gefährten geschleppt wurden, blieb ihr angesichts der derben Rohheit der Männer, die eigentlich königstreu sein sollten, geradewegs die Luft weg. Sade hatte nicht übertrieben, als er von einer blutrünstigen Meute sprach. Obgleich sie mehrfach versuchte, sich zu erklären, waren ihre Worte ungehört geblieben. Alles war genauso gekommen, wie Sade es vorhergesagt hatte: Draußen in den düsteren Sümpfen vor Paris war es der berittenen Garde mit den roten Waffenröcken gelungen, ihre Kutsche einzukesseln. Dann war alles ganz schnell gegangen. Die Tür wurde aufgerissen, Sade, Latour und sie selbst wurden von groben Händen gepackt und ohne Erklärungen abgeführt.

Inzwischen hatte das Fuhrwerk der Gendarmen die Île de la Cité erreicht und war vor dem bulligen Gebäude der Polizeiwache zum Stehen gekommen. Isabeau fühlte die groben Hände, welche sie aus der Kutsche zerrten und durch düstere Gänge schleppten. In einem elenden Kämmerchen zwang sie einer der Soldaten auf den einzigen Stuhl. »Hier wartest du auf deine Befragung!«

»Das kann dauern!«, mischte sich der andere ein und grinste. »Vielleicht sollten wir dir solange die Zeit vertreiben!«, höhnte der erste, der auch der jüngere der beiden war. Isabeau lief es eiskalt über den Rücken. »Ein feines Täubchen hat sich Sade da ausgesucht!«, schnarrte er und berührte ihr Haar. Saurer Schweißgeruch lag in der Luft. Angewidert wich sie zurück. Letztlich konnte sie aber nicht verhindern, dass der Gendarm blöde lachte und an ihre entblößte Brust griff.

»Wagt es nicht!«, herrschte sie die beiden an und schlug die Hand, die noch immer auf ihrer Brust lag, weg. Der andere, ein Mann mit hohlen Wangen und farblosen Augen, riss sie in die Höhe und zwang ihr die Arme auf den Rücken. Sein Atem roch nach schlechten Zähnen, und Isabeau kostete es jegliche Beherrschung, sich nicht zu übergeben.

»Komm«, entschied der Jüngere barsch und schlug seinem Kameraden auf die Schulter. »Wir zeigen ihr, wie man mit Sades Huren verfährt. Niemand wird etwas erfahren. Inspektor Marais wird sich erst einmal Sade vornehmen, wie ich ihn kenne.« Der hohlwangige Gendarm stieß sie zu Boden, während der Jüngere an seinem Hosenlatz nestelte und sich mit roher Gewalt zwischen ihre Schenkel drängte. Während Speichel aus seinem geöffneten Mund auf ihre Brust tropfte, erkannte Isabeau die Gier in seinen Augen. Angst stieg in ihr auf. Mit aller Kraft hieb sie ihre Hand in das Gesicht des jüngeren Gendarmen. Sein Lachen klang schmutzig. »Halt die Wildkatze fest, sonst kratzt sie mir noch die Augen aus.« Isabeau spürte, wie ihr die Angst einer eiskalten Schlange gleich über den Leib kroch. Was, wenn tatsächlich niemand kam? Nicht einmal der Kommandant, dieser Inspektor Marais? Todesangst griff nach ihr, als der Ältere ihre Arme über den Kopf riss und ihr den Mund zuhielt. Seine schwielige Hand presste sich schwer auf ihre Lippen. Etwas Endgültiges lag darin. Isabeau fürchtete sich so sehr wie noch nie in ihrem Leben. Sie spürte, wie ihr Rock hinaufgeschoben wurde. »Nun bekommst du, was du verdienst!« Das Blut gefror ihr in den Adern. Sie schloss die Augen und empfahl ihre Seele dem Allmächtigen.

Anna hielt ihre Augen geschlossen. Sie fühlte den wissenden Blick der Oberin auf sich ruhen. Freilich hatte Mutter Felicitas Vater eine hohe Summe als Mitgift abverlangt, obgleich sie wusste, dass es nicht Annas Wunsch war, bei den

Franziskanerinnen zu leben. Nie hätte sich Anna für ein Leben hinter Klostermauern entschieden. Niemals! Doch letztlich wurde sie nicht gefragt. Vater hatte sie vor ein paar Wochen mit all ihren Habseligkeiten den Terziarinnen zu Lindau übergeben. Ein Sonntag war es gewesen. Nach einem kurzen Gespräch hatte die Mutter Oberin zu einem gemeinsamen Gottesdienst eingeladen. Danach hatte Anna ihre Eltern verabschiedet und ihre Zelle bezogen. Seitdem bestand ihr Leben, oder das, was davon noch übrig war, aus beten, schlafen und Verzicht. Ihre drei auf drei Meter gemessene Zelle kam einem Gefängnis gleich. Einem Gefängnis, dem sie, solange sie atmete, nicht mehr entrinnen konnte. Freilich sprach sie die Worte des Luthersegens. Sie murmelte die Stundengebete zur Laudes, Sext, Vesper und zur Komplet in der Nacht, aber ihr Herz blieb davon unberührt. Während Anna die immer gleichbleibende Küchenarbeit verrichtete oder an einem Altartuch stickte, während des Gebets und zu jeder anderen Zeit am Tag oder in der Nacht, ließ sie ihre Gedanken fliegen. Immer und ausnahmslos fanden sie ihren Weg nach draußen. Dort spazierte sie mit Emmerat am See. Fühlte seine Lippen auf den ihren. Sie lachten und tanzten und bewunderten den Mond, der voll und rund und hell auf seiner nachtblauen Bühne stand und zu ihnen hinunterblickte. Nur ihr Körper lag hier in der Apsis der kleinen Klosterkirche. Auf dem Bauch liegend, die Arme ausgebreitet und weit von sich gestreckt, wie der gekreuzigte Christus. Ihr schwellender Leib berührte den kalten, harten Boden und rief ihr das ganze Ausmaß ihrer Sünden ins Gedächtnis. Sie wusste nicht, wie lange das schmucklose Ordenskleid ihren Zustand noch verbergen konnte. Und danach? Anna wusste es nicht. Sie wusste nur, dass sie hier nicht leben konnte. Arbeiten, essen, schlafen – aber nicht leben. Und immer wieder dachte sie an Emmerat. »Du kannst jetzt aufstehen, Anna«, hörte sie die Stimme der Oberin.

»Für heute hast du genug Buße getan. Morgen ist auch wieder ein Tag.« Vielleicht für mich nicht!, dachte Anna.

Was ist dieser Kerl nur für eine Ausgeburt der Hölle!, dachte Marais, während er zu Sade hinübersah. Ein Gefühl des Sieges erfasste ihn. Während er Sade beobachtete, wie der mit dem Zorn eines Höllenhundes an seinen Handfesseln zerrte, fühlte er sich seinem Ziel nahe. Nie war er einem Übeltäter begegnet, dessen Gesicht zu einer derart hasserfüllten Maske verzerrt wurde. Obwohl seine Männer ihn gebunden hatten, war es ihnen lediglich durch den Einsatz bedingungsloser Gewalt gelungen, Sade auf die Wache zu befördern. Dort saß er nun wie ein verwundeter Wolf und ließ ihn nicht aus den Augen. Marais atmete tief. Glaubte Sade am Ende, damit ließe er sich einschüchtern?

»Ich sage es Euch nicht noch einmal!« Marais begegnete Sades zu Schlitzen verengten Augen mit Gleichmut. Obgleich ihm die eng zusammengezogenen Brauen und das kalte, stechende Blau etwas Dämonisches verlieh, ließ sich der Inspektor davon nicht beeindrucken. »Mademoiselle Bersperger ist frei von jedweder Schuld! Ihr blieb keine andere Wahl. Ich habe sie entführt und sie gegen ihren Willen festgehalten. Sie war meine Geisel.«

»Nun, bislang behauptet sie etwas anderes. Aber das werden wir noch sehen«, sagte der Inspektor. »Glaubt mir, die Kur, welche Eure Mätresse gerade erfährt, hat schon immer zu einem raschen Erfolg geführt. Gewiss wird sie ihre Wirkung auch diesmal nicht verfehlen.«

»Vielleicht verratet Ihr mir, wie es ein elender Feigling bis an die Spitze des Polizeiapparates Seiner Majestät schaffen konnte?« Sades Stimme klang provokativ, während er weiter an seinen Fesseln zerrte. »Wie fühlt Ihr Euch, wenn die Speichellecker, ohne die Ihr nicht einmal den Abort aufsucht, außer Hörweite sind? Traut Ihr Euch, wenn ich die Wache erst wieder verlassen habe, allein hinaus, oder begleiten Euch Eure Lakaien dann sogar bis vor die Haustüre? Vielleicht lasst Ihr Euch dann auch noch ordentlich in den Arsch ficken?« Er schüttelte den Kopf und lachte. »Oder fickt Ihr sie?« Sades herausforderndes Lachen machte Marais nervös und schürte seinen Zorn. Endlich wollte er Sade am Boden sehen. Sehen, wie die Selbstsicherheit dieser Bestie zu Staub zerfiel. Marais spürte seine Mundwinkel zittern.

»Wie ich Euch kenne, fickt Ihr sie, allerdings ohne Pomade und nicht zu Eurem Vergnügen.« Sade warf den Kopf in den Nacken und lachte. »Wie ich Euch kenne, lechzt Ihr geradezu danach, die Regeln zu befolgen. Unsinnige Regeln! Welche sich die Pfaffen in ihren Weiberröcken ausgedacht haben und an die sie sich doch selbst nie halten.«

»Wagt noch einmal, die heilige Kirche zu beleidigen. Dann bringe ich Euch aufs Schafott.« Marais ballte seine Hände zu Fäusten, bis sie schmerzten. Wie er sich dort auf seinem Stuhl fläzte. Ohne Anstand, ohne Haltung und ohne jeden Respekt!

»Glaubt mir, ich weiß, wovon ich spreche. Immerhin wurde ich bei den Jesuiten erzogen. Und gerade die frommen Brüder waren nicht immer frei von dieser Lust. Selbst beim ausgiebigen Gebrauch des Rohrstocks, welcher bei den gottesfürchtigen Betbrüdern wahrhaft fleißig zum Einsatz kam, war mitunter ein sündiger Trieb zu spüren. Und der Abbé de Sade, mein Onkel, selbst Abt der Zisterzienser, war alles andere als ein Heiliger. Mitunter teilte er sein Bett mit zwei und mehr Frauen zur gleichen Zeit. Nicht zu reden von all den Schriften, welche er in seiner Bibliothek hortete«, erklärte Sade und schlug die Beine übereinander. »Eurem Blick nach zu urteilen, empfehle ich Euch allerdings mit der Lektüre des *Don Quixote* zu beginnen. Dort könnt Ihr lesen, wie es Euch ergehen wird. Denn auch Ihr werdet gegen Windmühlen reiten, wenn Ihr dem Glauben aufsitzt, dass mich Eure Strafe zu einem gottesfürchtigen Menschen werden lässt. Ich unterwerfe mich Eurer Herrschaft nicht! Noch erteile ich irgendjemandem die Macht, mich zu manipulieren oder meinen Geist zu verändern. Nehmt mich, wie ich bin – oder verbrennt mich!«

Marais spürte, wie ihm die Zornesröte in den Kopf schoss. Sade, er hasste ihn! Sein ungebührliches Lachen! Er hätte es ihm gern aus der Kehle geschnitten, wie dieser Schlächter die Herzen der jungen Frauen herausschnitt! »Ihr seid das widerlichste Insekt, welches mir jemals unter die Augen gekommen ist!« Marais' Hände zitterten. Die Vernehmung dieses Bastards forderte ihm mehr ab, als er je für möglich gehalten hatte.

»He!«, schrie Sade plötzlich und rutschte auf die vorderste Kante der Sitzfläche. »Habe ich Euch etwa erschreckt?«

Marais nahm ein paar tiefe Atemzüge. Als sein Blick auf das dickwandige Glas fiel, unter welchem er seit ein paar Stunden eine große schwarze Spinne gefangen hielt, kam ihm ein Gedanke. Er hatte das schwarze Getier gefangen, als es über seinen Schreibtisch gekrabbelt war. Ein einziger Schlag mit einer Akte hätte genügt. Aber einer Eingebung folgend hatte er sie festgesetzt. Genau wie er es heute mit Sade getan hatte. Nun bewachte Marais die verzweifelten Fluchtversuche der Spinne mit Genugtuung. Und schon bald wollte er dafür sorgen, dass auch diesem Hurensohn das Lachen verging! Sein Gleichmut schien tatsächlich zurückzukehren. Er dachte an die morastigen Sümpfe, in welchen Sade ihnen ins Netz gegangen war. Bis zum heutigen Tag bot die Gegend lichtscheuen Gestalten wie Zigeunern und Andersgläubigen, Mohren und Bettlern ein verborgenes Versteck. Marais nahm einen Schluck Wasser, bevor er das Glas kippte und die Spinne beobachtete, wie sie über die Tischplatte flüchtete.

»Gebt acht! Am Ende verschlingt sie Euch mit Haut und Haar, wenn Ihr Eure Lakaien nicht zu Hilfe ruft. Schließlich trägt die Spinne keine Handeisen.«

»Wisst Ihr«, entgegnete Marais in einem Anflug von Überlegenheit. »Ich hasse Spinnen. Und doch üben sie eine gewisse Faszination auf uns Menschen aus. In dieser Weise ähnelt Euch die Spinne wohl.« Mit einem feinen Lächeln auf den Lippen riss Marais der Spinne das erste Bein aus. Noch schien seine Folter nicht von durchschlagender Kraft, denn das Getier flüchtete augenblicklich. Mit einer Mischung aus Abscheu und Faszination riss er ihr das zweite und dritte Bein aus. Und jedes Mal gestaltete sich ihr Rückzug ein klein wenig mühsamer. Mit dem verbliebenen letzten Bein drehte sie sich dann in einem endlosen Kreis, ohne nennenswert von der Stelle zu kommen. Ob sie wusste, dass ihr Ende nahte? Ihr Fluchtverhalten verriet ihm etwas anderes. Und in ihrer Zähigkeit glich sie Sade wahrhaftig.

»Eure Tage sind gezählt! Das verspreche ich Euch, Monsieur de Sade! Ich werdet hängen, so wahr mir Gott helfe!«

»Monsieur le Marquis, wenn ich bitten darf! Und falls es Euch entfallen ist, Edelmänner sind nicht gezwungen, ihr Leben zappelnd am Strang zu beenden. Sie dürfen es durch das Schwert aushauchen. So elendig ihr Dasein auch gewesen sein mag.«

»Dann wird Euch der Henker eben den Kopf abschlagen. Und diesen werde ich auf einen Spieß stecken und öffentlich zur Schau stellen lassen!«

Sade zeigte ihm eine Reihe makelloser Zähne. »Wisst Ihr, ich habe schon immer geahnt, dass Ihr ein unbedeutender Wicht seid und ein Feigling obendrein. Eure Uniform ist es, die Euch scheinbare Macht verleiht. Legt sie ab, und Ihr seid ein Niemand!«

Marais spürte, wie die dicke Ader über seiner Schläfe pulsierte. Sein Gleichmut bröckelte wie alter Putz. Die Wut auf diesen elenden Hurensohn schnürte ihm den Atem ab. Verdammt!, dachte er und sprang auf. Seine Hände zitterten, als er eine Flasche Armagnac und zwei Gläser aus der Tiefe des geöffneten Aktenschranks zutage förderte. Mit einem gequälten Lächeln füllte er die Gläser mit dem goldbraunen Branntwein und leerte ein Glas in einem Zug. Der Gebrannte weckte seine Lebensgeister. »Welch ein Jammer, dass Eure Hände in den Handeisen stecken«, verkündete Marais mit unverhohlener Schadenfreude.

Sade hob die Schultern. »*À votre santé* – auf Eure Gesundheit!«, entgegnete er gelangweilt und nickte.

Marais leerte auch das zweite Glas in einem Zug. Im Anschluss rief er nach Yves. »Ich will hören, wie dieser Hundsfott um Gnade winselt. Bringt ihn in die Folterkammer!«

»Aber der Nachrichter ist bereits nach Hause gegangen und ohne ihn …«

»Einerlei! Dann zeige ich ihm, wie es sich anfühlt, wenn die Haut in Fetzen vom Leibe fliegt.«

»Aber zuvor müssen wir ihm wenigstens die Werkzeuge zeigen …«

»Unsinn! Holt drei Kameraden und bindet ihn an die Decke.« Marais senkte seine Stimme. »Und ich befrage Eure Mätresse.«

»Was geht hier vor?«, wollte der Inspektor wissen, als er die Tür aufstieß. Seine Worte klangen kalt und ungehalten, aber Isabeau schöpfte Hoffnung. »Auseinander!«, befahl er knapp. »Setzt die Hure auf den Stuhl und macht, dass ihr hinauskommt.«

Isabeau atmete schwer. Ihr Herz schlug laut wie eine Trommel, und der Schweiß stand ihr auf der Stirn. »Seht Ihr denn nicht, dass mir Eure Leute Gewalt antun wollten?«

»Ich habe gesehen, wie du meinen braven Männern den Kopf verdreht und sie zu unkeuschen Handlungen verleitet hast.« Isabeau glaubte, sich verhört zu haben. Die unverfrorene Lüge, mit welcher dieser Inspektor das Verhalten seiner

Schergen rechtfertigte, verschlug ihr die Sprache. »Dann verlange ich nun augenblicklich, Monsieur de Sade zu sprechen! Sofort!«

»Du hältst deinen Mund und redest ausschließlich, wenn du gefragt wirst«, erwiderte Marais tonlos. Er zog die Tür endgültig hinter sich zu, ging um den speckigen Schreibtisch herum und setzte sich ihr gegenüber. Isabeau betrachtete die abgegriffene Tischplatte und die unzähligen Tintenflecke. Schwarze Tinte – schwarz wie die Nacht! Oder der Tod, dachte sie.

»Nach allem, was Sade in der letzten halben Stunde gestanden hat, wirst du ihn wohl lange nicht mehr wiedersehen. Er wird noch heute in die Bastille überstellt und dort schmoren, bis Paris ihn vergessen hat. Und nun empfehle ich dir dringend, die Wahrheit zu sagen!« Marais nahm ein Blatt Papier aus einer Schublade seines Schreibtischs und tunkte die Feder in die Tinte. »Wie ist dein Name, Weib?«

»Isabeau Bersperger«, gab sie zur Antwort.

»Eine Ausländerin also. Eine Fahrende, nehme ich an. So dunkel, wie deine Haut ist!«

»Wie … nein! Ich komme aus Lindau am Bodensee. Aus dem Heiligen Römischen Reich deutscher Natio…«

»Dann stimmt es also, dass Sade dich mit einem Louis d'or für deine anstößigen Handlungen bezahlt hat?«

»Nein, natürlich nicht!«, gab Isabeau zurück. »Er und Monsieur Latour haben mich aus großer Not gerettet, als ich einen Spaziergang an der Seine gemacht und mich verlaufen habe. Als es langsam dämmerte, bin ich völlig kopflos umhergeirrt. Wären die beiden Herren nicht gewesen …« Isabeau legte ihre Hände in den Schoß und sah zu Boden. »Ein Bettler ist mir unten an der Seine mit einem Messer gefolgt.« Isabeau stockte. »Und er wollte mir Gewalt antun, was Ihr an meiner zerrissenen Kleidung unschwer erkennt.«

Marais machte auf sie den Eindruck, als überlasse er niemals etwas dem Zufall. Er musterte sie aus zusammengekniffenen Augen. Seine tadellos gepflegte Uniform passte wie angegossen, und auf seiner Perücke reihte sich ein gepudertes Löckchen an das andere. Dabei wirkte sein graues Gesicht hart und unnachgiebig. Isabeau gab sich alle Mühe, seinem Blick standzuhalten, der ihr eine Gänsehaut bereitete. Aber letztlich konnte sie allein durch diese Lüge den desolaten Zustand ihrer Kleidung erklären und Sade entlasten.

»Unsinn! Aber da du schon zugegeben hast, dass du dich zuweilen bei den Docks herumtreibst, um nach Freiern Ausschau zu halten, kommen wir der Sache langsam näher. Keine Frau mit Anstand begibt sich dorthin, wo der Abschaum nach Zerstreuung sucht. Einzig die Huren!« Isabeau schüttelte verzweifelt den Kopf. »Ich habe Euch doch gesagt, dass ich mich verlaufen habe und gewiss nicht freiwillig in dieser düsteren Gegend spaziert bin. Ich habe mich in größter Not befunden, als die beiden Herren meine Schreie hörten und den Fremden in die Flucht schlugen.« Isabeau sah Marais fest in die Augen und versuchte, ihre flatternden Hände zu besänftigen. »Dem ist nichts hinzuzufügen. Ich möchte jetzt gehen. Andernfalls verlange ich, dass Ihr nach Monsieur Gustave Lambert schicken lasst. Ihr kennt ihn doch. Er ist mein Onkel. In seinem Haus am Quai des Grands Augustins Nummer sieben wohne ich auch, solange ich in Paris weile.« Sie war sich nicht sicher, ob es ein Fehler war, nach Onkel Gustave schicken zu lassen. Dennoch schien ihr Gustave momentan die einzige Rettung zu sein. Marais schüttelte den Kopf und presste seine Finger auf die Tischplatte, bis seine Nägel weiß erschienen. Schließlich öffnete er die Tür und rief die beiden Gendarmen zurück. Isabeau konnte nur geschehen lassen, dass die rot berockten Männer sie packten und abführten. Abermals wurde sie durch den Flur gezerrt, wo zwei Treppen in die Tiefe hinunterführten. Dort zogen die Gendarmen einen Riegel zurück und öffneten eine niedrige Tür. Isabeau gefror das Blut in den Adern.

Mühsam, als wären ihre Lider aus Stein, öffnete Isabeau ihre Augen. In ihrem Kopf tobte die Angst, und die feuchte Kälte, welche sie von allen Seiten umgab, grub sich mit jedem Atemzug ein klein wenig tiefer in ihr Fleisch. Dazu kam der rasende Durst, der ihr fast die Besinnung raubte. Die beiden Gendarmen hatten sie in diese entsetzliche Finsternis gestoßen. Seither saß sie in diesem fensterlosen Loch, welches allenfalls die Ausmaße eines großen Schrankes aufwies. Nur durch die winzige Flamme, die hinter einem rußigen Glaskolben um ihr Leben kämpfte, konnte sie überhaupt erkennen, wie es im Inneren ihres Gefängnisses aussah. Die Polizeiwache befand sich nahe der Seine, auf der Île de la Cité. Und durch die Nähe zum Wasser schimmerte der Boden schwarz und feucht. Bis auf das wenige Stroh, auf dem sie saß, war der Raum völlig leer. Noch immer klafften Bluse und Rock weit auf und gaben den Blick auf ihre entblößte Brust frei. Alle Versuche, die zerrissene Kleidung notdürftig zu richten, waren misslungen. Hier halfen lediglich noch Nadel und Faden. Eine Hure hatte Marais sie genannt. Wie Säure ätzte sich das Gefühl von Scham in ihre Gedanken und schnürte ihr die Kehle zu. Bis auf das unentwegte Tropfen von der Decke herrschte eine unerträgliche Stille, die das Gefühl der völligen Isolation zusätzlich verstärkte. Wie ein Dämon schlich sich die Beklemmung in Isabeaus Herz. Die Wassertropfen, welche in einer endlosen Reihe neben ihr in eine Pfütze fielen, hatten ihr Gewand nass und klamm werden lassen. Sie fror jämmerlich. Doch jeder Versuch, sich aus der eisigen Feuchtigkeit zu erheben, war bislang gescheitert, denn sie konnte in ihrem Gefängnis nicht einmal stehen. In der Luft lag ein Gestank von Schimmel und Fäulnis, der ihr fast den Atem nahm, während von draußen nicht ein einziger Laut hereindrang. »Ist da denn niemand?«, rief sie immer wieder aus Leibeskräften. Doch alles blieb still. Irgendwann schien der Durst übermächtig, und sie sammelte die Tropfen, die von der Decke fielen, mit der Zunge. Das Wasser schmeckte faulig, aber wenigstens befeuchtete es ihre aufgesprungenen Lippen. Ließ der Inspektor sie am Ende hier verdursten? Wie viele Stunden wohl inzwischen vergangen sein mochten? Und ob Tante Luise und Onkel Gustave inzwischen nach ihr suchten? Schließlich hätte Cédric sie nach dem Unterricht wieder bei Madame Morel abholen sollen. Welche Sorgen er sich machte, wollte sie sich gar nicht vorstellen. Und wie es Sade wohl ergangen war? Hatte der Inspektor auch ihm die Worte im Mund verdreht und ihn eines Verbrechens bezichtigt, dessen er sich gewiss nicht schuldig gemacht hatte?

Als Marais für kurze Zeit mit seinen Gedanken allein war, kehrten seine Überlegungen rasch zu Isabeau Bersperger zurück. Selbstredend musste er Lamberts kleine Nichte in angemessener Zeit wieder auf freien Fuß setzen. Aber nun sollte sie erst einmal in aller Ruhe über ihre hanebüchene Aussage nachdenken. Sade hatte sie entführt und ihr Gewalt angetan und – Marais rieb sich das Gesicht – Sade hätte der kleinen Bersperger das Herz aus dem Leib geschnitten, hätten er und seine Reiter ihn nicht zur rechten Zeit gestellt. Daran bestand kein Zweifel. Allein dieses vermaledeite Weib wollte es anders sehen! Seine Hände zitterten, er benötigte dringend einen Schluck zur Beruhigung, aber die Flasche aus seinem Kasten war leer. Yves hatte sie noch nicht ersetzt. Während er mit großen Schritten die kleine Schreibstube durchmaß und die Tür aufriss, ärgerte er sich. »Yves, wo treibt Ihr Euch schon wieder herum? Ich brauche mehr Armagnac! Viel Armagnac! Und rasch, wenn ich bitten darf! Die Flasche ist schon seit Stunden leer!«

Der scheue Gendarm stellte die Flasche wenig später auf seinem Schreibtisch ab, und Marais entging nicht, dass er seinem Blick auswich. Zufrieden genehmigte er sich einen großen Schluck aus der Branntweinflasche und stellte sie in den Aktenkasten. Das Zittern hatte aufgehört. Herr Jesus! Er setzte sich in seinen unbequemen Stuhl und überlegte. Allein die zerrissene Kleidung der kleinen Bersperger lieferte doch den Beweis für Sades abscheuliche Gewalttat. Notzucht etwa oder das gewaltsame Einführen eines Kunstpenis' aus dem Hause Gourdan. Am besten freilich in den Anus!, dachte Marais und warf einen Blick auf den Aktenstapel vor sich. Irgendwo in diesen Papieren musste sich das Protokoll mit der Aussage der Margaret Bonnet befinden! Und eben diese Aussage benötigte er nun. Denn die kleine Bersperger wollte nicht einmal eine Rute in Sades Händen gesehen haben. Mit einem Fluch auf den Lippen trat Marais zum Aktenschrank. Nach einem weiteren Schluck aus der Branntweinflasche durchsuchte er weitere Stapel der eng beschriebenen Blätter. Seine Hände durchpflügten den halben Schrank, als er endlich auf die Akte Margaret Bonnets stieß. Die Dienstmagd Margaret Bonnet war es, die Sade vor ein paar Wochen schwer belastet hatte.

Mit lautem Schnauben riss Sade an seinen Fesseln. Doch der schwere Ring, mit welchem die Handeisen über seinem Kopf befestigt waren, klirrten nur und schienen ihn zu verhöhnen. Sein Blick blieb an den Folterwerkzeugen hängen, die ihn das Fürchten lehren sollten. Die Rechtsprechung hielt noch immer an dieser Art der Wahrheitsfindung fest. Doch die Warterei zermürbte ihn. Gelangweilt folgte er einem fingerlangen Drahtwurm, der mit flinken Bewegungen die raue Wand aus unbehauenem Stein eroberte und in einer Ritze verschwand. Allein die Tatsache, dass Marais vier Männer abgestellt hatte, ihn zu binden und in diese Folterkammer zu schleppen, amüsierte ihn. Dabei schien seine Lage alles andere als günstig oder gar bequem. Er ahnte, dass ihm der Inspektor keine weitere Aussage abringen wollte. Schließlich hatte er, was er wollte: ein ordentliches Schuldeingeständnis! Er selbst war lediglich zu weit gegangen, indem er Marais gereizt hatte, bis dieser seinen Zorn nicht mehr hatte zügeln können. Sade rechnete nicht mit einem gnädigen Vorgehen. Doch solange sich der Inspektor mit ihm beschäftigte, wusste er Isabeau in Sicherheit.

Mit großer Freude und bereits zum zweiten Mal las der Comte de Sade das Schreiben Seiner Majestät. Noch immer fiel es ihm schwer zu glauben, dass der König von Frankreich der Verbindung seines Sohnes tatsächlich den Segen erteilt hatte. Zufrieden mit sich und der Welt wog er nun das schwere Briefpapier in seinen Händen. Dies war der Beweis! Ein königlicher Beweis! Wer konnte diesen schon sein Eigen nennen? Von nun an würde es in seinem Leben wieder aufwärtsgehen, dessen war er sich sicher. Endlich musste er weder bei der Anschaffung von Brennholz noch von Kaffee Sparsamkeit walten lassen. Selbst das Laudanum, welches ihm die schmerzenden Gelenke erträglicher machte, durfte nun wieder in ausreichenden Mengen fließen. Voller Vorfreude auf das prachtvolle Hochzeitsspektakel, welches sie gemeinsam für den Mai angesetzt hatten, tunkte er die Gänsefeder in das Tintenfass und überlegte, was er den Eltern von Renée-Pélagie übermitteln sollte. Diese Nachricht würde die de Montreuils völlig aus dem Häuschen bringen. Die Anwesenheit Ludwigs XV. …

»Monsieur le Comte, bitte seht mir die Störung nach!« Er hatte das Klopfen nicht wahrgenommen. Erst die erregte Stimme seines Kammerdieners riss ihn aus seinen Gedanken. Etwas Unerfreuliches musste geschehen sein. Andernfalls würde Frédéric nicht mit sorgenvoller Miene in der Tür zum Salon stehen. »In der Halle befindet sich ein Clochard. Und er, nun, er behauptet, dass Euer Sohn von Inspektor Marais festgesetzt wurde.« Der Comte fühlte, wie das Glück, welches seine alte Brust gerade eben noch geweitet und mit großem Stolz erfüllt hatte, zu Staub zerfiel. Wie konnte ihm sein Sohn so kurz vor seiner Eheschließung so etwas antun? Dieser missratene Bengel!, dachte er und fasste sich an die Brust. Auf der anderen Seite hatte er schon lange auf so eine Nachricht gewartet! »Und Latour? Wurde der treue Latour ebenfalls verhaftet?« Frédéric nickte betrübt. »Ich fürchte, dem ist leider so. Die beiden Herren befanden sich außerdem in der Gesellschaft einer jungen Dame, welche nun ebenfalls auf der Polizeiwache festgehalten wird.«

»Sicher handelt es sich dabei um Isabeau Bersperger. Von ihr hat er in letzter Zeit oft gesprochen. Dieser unbelehrbare Hitzkopf, zum Henker mit ihm!« Der Comte legte die Feder neben dem Papier ab und erhob sich mühsam von seinem Stuhl. Wenigstens konnte er sich auf das Nachrichtennetz der Obdachlosen verlassen. Die regelmäßigen Zahlungen hatten sich schon mehrfach gelohnt. »Und nun, nehme ich an, möchte der Stadtstreicher eine angemessene Entlohnung für seinen Nachrichtendienst?«

Frédéric nickte. »Ich habe mir erlaubt, etwas aus der Küche zusammenpacken zu lassen.«

Der Comte nickte, öffnete die oberste Schublade des Sekretärs und entnahm der Schatulle einen blinkenden Louis d'or. »Dann überlasst ihm auch noch diesen hier. Die Obdachlosen sind ihr Geld allemal wert. Bisher hat die Übermittlung sämtlicher Neuigkeiten immer reibungslos funktioniert. Und das lange, bevor die Schmierfinken des *Mercure de France* Wind davon bekommen haben.«

Nachdem Frédéric den Salon verlassen hatte, überlegte er. Er musste augenblicklich zur Polizeiwache. Nur auf diese Weise konnte es ihm gelingen, den Kopf seines Sohnes aus Marais' geknüpfter Schlinge zu befreien. Aber was sollte er im Fall der kleinen Bersperger unternehmen? War es nicht seine Pflicht, Gustave über das Unglück zu unterrichten? Aber noch wusste er nicht mit Sicherheit, dass es sich bei der Begleitung seines Sohnes tatsächlich um Mademoiselle Isabeau handelte. Er riss die Tür auf. »Rasch, Frédéric, bestellt mir eine Kutsche, und helft mir in den Rock!«

»Das Lachen wird Euch vergehen!«, versprach Marais. Er fühlte sich Sade überlegen, während Yves die Tür zur Folterkammer schloss. Allein die düstere Umgebung sorgte in der Regel dafür, dass sich die Delinquenten geständig zeigten. Doch im Fall von Sade ging es nicht mehr um ein Geständnis, sondern um Rache!

»Legt seinen Rücken frei!«

»Aber ich kann doch nicht …«, entgegnete Yves verstört, während er die ersten Knöpfe des Hemdes öffnete, welches Sades Brust umspannte. Freilich bedurfte es eigentlich eines Kerkermeisters oder wenigstens eines Nachrichters. Gewöhnlich kam die Folter auch in der Bastille zur Anwendung. Aber für eine Überstellung fehlten Marais einfach die Zeit und die ausreichenden Gründe. Nun musste er schnell handeln und das Schicksal ein wenig herausfordern.

»Mann, wollt Ihr mich für dumm verkaufen? Reißt den Lappen auseinander!« Ungeduldig schob er Yves beiseite und riss Sades Hemd entzwei. Sade schürzte die Lippen. Oh, das sollte er nur. Gespannt wartete Marais auf die Furcht in den Augen dieses Schurken. Jeden überkam in diesem Keller die Furcht!

»Das Hemd war das Geschenk einer Dame und von hohem ideellen Wert. Also gewissermaßen unersetzlich! Die Kosten für das Leinen werde ich Euch in Rechnung stellen.«

»Haltet Euer vorlautes Maul, oder ich stopfe es Euch!«, presste Marais zwischen zusammengebissenen Zähnen hervor.

Jeder andere Gefangene wäre bereits angesichts seiner verzweifelten Lage und der Werkzeuge kleinlaut.

»Oh, das werdet Ihr gewiss nicht tun. Schließlich kenne ich Euren größten Wunsch. Und wenn Ihr mir das Maul stopft, werdet Ihr meine Schreie nicht hören. Es sei denn, Ihr möchtet mich die Peitsche nicht spüren lassen, die dort in der Ecke hängt. Aber genau danach dürstet Euch, nicht wahr?«

Marais' Hände begannen zu zittern. Er nahm das spitzenbesetzte Taschentuch aus seiner Rocktasche und trat nah an Sade heran. Welch ein unnatürliches Blau Sades Augen besaßen. Das Blau erinnerte ihn an einen Saphir. Aber irgendwo musste sich die Angst verstecken. Irgendwo hinter diesem tiefen Blau musste es auch bei Sade eine Empfindlichkeit geben. Aber Marais entdeckte in Sades Augen kein Fünkchen Angst, sondern nichts als Hohn.

»Oder möchtet Ihr am Ende, dass ich Euch in die Kunst der Flagellation einweihe? Dazu müsstet Ihr mir allerdings die Handeisen abnehmen, und wer weiß …«, Sade machte eine geheimnisvolle Pause, »… vielleicht wächst mir dann das Wolfsfell, welches Ihr einerseits fürchtet und andererseits schon seit Stunden herbeisehnt. Dann, mein Lieber, würde Euch der Handlanger, den Ihr zu Eurem eigenen Schutz dabeihabt, auch nichts mehr nützen.«

Marais musterte Sade lange. Da war es wieder, dieses Lachen! Sade zeigte nicht einmal angesichts seiner verzweifelten Lage ein klein wenig Demut. Er konnte seinen Spott nicht mehr ertragen. »Wisst Ihr«, sagte Marais langsam und spuckte aus, »was Euch fehlt, ist ganz einfach Respekt! Aber ich verspreche Euch, an die folgende Stunde werdet Ihr Euch für alle Zeiten erinnern. Ich werde Euch zeichnen, auf dass Ihr bis zu Eurem Lebensende meine Handschrift tragen müsst.«

»Und warum setzen wir das Verhör dann nicht unter vier Augen fort? Durch den Begleiter an Eurer Seite bringt Ihr Euch um all die Spielchen, welche Ihr hier in dieser Folterkammer mit mir treiben könntet.«

»Oh, es wird keine weitere Befragung mehr geben, denn Euer Geständnis genügt für ein paar Jahre in der Bastille. Und auf Yves kann ich mich verlassen. Er wird …« Marais zögerte und warf dem Gendarmen einen ermahnenden Blick zu. »Yves wird schweigen, dessen seid Euch sicher.« Dabei dachte er an die vielen Gefälligkeiten, welche Yves ihm gegenüber noch abzutragen hatte.

»Ihr habt ihn also dabei erwischt, als er während der Pflicht eingenickt ist? Oder kam er etwa ein einziges Mal zu spät zum Dienst? Vielleicht ist Euch aber auch aufgefallen, dass er es schon mehrfach versäumte, die Messe zu besuchen?«

Wieso durfte er diesen Bastard nicht einfach töten? Marais spuckte ein weiteres Mal aus und packte Sade an den Fetzen seines Hemdes. »Haltet Euer durchtriebenes Maul! Andernfalls verlasst Ihr die Île mit den Füßen voraus!«

»Glaubt mir«, wandte sich Sade nun auch noch an den Gendarmen, »es wird die Zeit kommen, da Ihr den Wünschen des Inspektors nicht mehr gerecht werdet. Spätestens dann wird er Euch ohne jedes Schuldbewusstsein verraten. Sucht Euch beizeiten ein anderes Auskommen und leckt nicht den Speichel dieses Feiglings.«

Marais presste die Kiefer aufeinander und ballte die Hände zu Fäusten. Als das Zittern nachließ, rückt er seine Perücke gerade. Zahltag!, dachte er. Freilich musste er vorsichtig sein, denn Sades Familienzugehörigkeit zum Haus Bourbon erleichterte die Sache mit der Folter auch nicht unbedingt. Im eigentlichen Sinn durfte diese Bagage lediglich befragt werden und je nach dem Urteil, welches der Richter fällte, eine Kerkerhaft abbüßen oder den Tod durch das Schwert empfangen.

All das war Marais in diesem Augenblick vollkommen egal! Entschlossen ließ er die geknoteten Schnüre der neunschwänzigen Katze auf den Boden fallen. Ein feines Lächeln kräuselte seine Lippen. Wie gern er Sade nun die Haut vom Leib peitschen würde, wusste Gott allein. Marais gelobte sich selbst, nach drei Hieben aufzuhören. Drei Hiebe!, dachte er. Und Yves ließ er geflissentlich dabei zusehen, um die Loyalität des Gendarmen ein wenig aufzufrischen. Yves würde bezeugen, dass er, Marais, Sade lediglich scharf befragt hatte. Und dass er ihm zuvor die Werkzeuge gezeigt und ihm die Verwundungen durch diese erläutert hatte.

»Ich verspreche Euch, Ihr werdet Euch die Seele aus dem Leib schreien. Selbst wenn Ihr keine besitzt, werdet Ihr schon bald so laut schreien, dass sich der Teufel erbarmt und Euch eine aus der Hölle schickt.« Rasch entledigte sich Marais der Uniformjacke. Ein Zittern ging durch seinen Arm, als der erste Peitschenhieb auf Sades Rücken traf. Ächzend schlug er ein weiteres Mal zu. Schweiß trat auf seine Stirn, und er öffnete die Knöpfe seiner Weste. Obgleich Marais seine Zähne zusammenbiss und mit sich rang, war es ihm unmöglich, die Peitsche wegzulegen. Er fühlte die Genugtuung wie eine fremde Macht, die ihm keine andere Wahl ließ. Zunächst wirkten die Striemen wie rote Fäden, doch schon nach weiteren Hieben quoll Blut aus den offenen Wunden. Aber nichts geschah – kein Jammern, kein Klagen oder gar ein Winseln – nicht einmal ein leises Stöhnen ließ Sade von sich hören. Sade beantwortete jeden verdammten Hieb mit seinem verfluchten Schweigen. Sein Tun empfand Marais plötzlich wie ein seltsames Kräftemessen. Ein Tauziehen, welches der Teufel selbst veranstaltete. Hätte Sade doch wenigstens geheult wie ein Wolf oder sich, ihm drohend, auf seine adlige Herkunft berufen. Niemals hatte er mehr Verachtung für einen Inhaftierten empfunden. Nie größeren Abscheu. Warum, zum Teufel, schrie dieser Hurensohn nicht unter seinen Schlägen? Nach sieben Peitschenhieben schmerzte

Marais' Arm, und seine Hände zitterten vor Anstrengung. Und noch immer drang nicht der leiseste Laut über Sades Lippen.

Im Osten wurde der Himmel bereits heller. Ärgerlich verfolgte Marais, wie langsam die Morgenröte aufzog. Wieder einmal hatte Paris seinem Namen alle Ehre gemacht. Die Stadt glich einem geschwätzigen Waschweib. Zwischen Adel und Armut verbreiteten sich die Nachrichten wie der Wind in der Stadt, und wie durch ein Wunder klopften die Botschaften stets an den richtigen Türen. Erschöpft rieb er sich die Stirn und rückte die Perücke gerade. Freilich hatte es nicht lange gedauert, bis der alte Comte de Sade selbst auf der Wache erschienen war. Wie und über welche Wege ihn die Kunde von der Inhaftierung seines gottverdammten Sohnes erreicht hatte, wusste Marais nicht. Er durchschritt die nur wenige Fuß große Schreibstube mit nervösen Schritten. Wie ein Prügelknabe hatte er sich gefühlt, als der Comte mit einem Erlass Ludwigs XV. erschienen war, um die sofortige Freilassung seines Sohnes zu erwirken. Das Schreiben Seiner Majestät erklärte, dass Donatien-Alphonse-François Marquis de Sade am 17. Mai einem Ehegelübde mit Mademoiselle Renée-Pélagie de Montreuil zugeführt werden solle. Er selbst, Ludwig XV., habe dieser Verbindung seinen Segen erteilt und verleihe den Hochzeitsfeierlichkeiten durch seine persönliche Anwesenheit eine besondere Hochachtung. Aus diesem Grund müsse gewährleistet sein, dass der Filius umgehend auf freien Fuß gesetzt werde. Marais' Niederlage schmeckte bitter, und doch war er gezwungen gewesen, Sade und seine Begleitung aus dem Arrest zu entlassen. Freilich, die kleine Bersperger hätte er ohnehin freigeben müssen. Sie hatte er, nur um ein wenig Aufsehen zu erregen, mit einer Kutsche der Gendarmes de la garde samt Gebimmel zum Haus ihres Onkels bringen lassen. Nun stand Marais wieder ganz am Anfang!

Ein Hustenanfall raubte Isabeau den Atem. Sie presste ihre Hand gegen die Brust und nahm einen Schluck Wasser. Ihr Blick fiel auf das Sammelsurium der Medizinflaschen. Wie Soldaten standen sie in Reih und Glied auf ihrer Nachtkommode. Eine Weile starrte sie zur Decke und horchte in die Stille, bevor sie es wagte, auf nackten Füßen zu ihrem Schreibtisch zu tappen. Wenigstens hatten sie ihr das ledergebundene Buch gelassen, welches sie stets in der untersten Schublade verwahrte. Bis auf ein paar wenige Aufsätze zu den Pflichten einer Ehefrau hatten sie ihr alle Romane genommen. Sie würden ihren ohnehin verstörten Geist nur zusätzlich verwirren, hatte es geheißen. Zudem hatte man sie, seitdem sie ihrer Gefangenschaft im Kerker der Polizeiwache entgangen war, auch nur selten allein gelassen. Isabeau erinnerte sich noch an das furchtbare Schwanken der Kutsche, mit welcher die Gendarmen sie in den Quai des Grands Augustins gebracht hatten. Das schrille Bimmeln dröhnte noch immer in ihren Ohren. Es hatte ausnahmslos alle Nachbarn auf die Straße getrieben. Nie würde sie das Gesicht ihrer Tante und das Entsetzen ihres Onkels vergessen. An die darauffolgende Zeit, ihrer Schätzung nach sollten es etwas über vier Wochen sein, fehlte ihr beinahe jede Erinnerung. Ihre Hände zitterten ein wenig, als sie das Tintenfass nahm und zurück zum Bett stolperte.

Liebes Tagebuch,

was ist nur mit mir geschehen? Aber wie durch ein Wunder fühle ich mich heute zum ersten Mal etwas besser! Eine ganze Nacht und einen halben Tag musste ich in diesem eisigen Verlies ausharren. Ich konnte nicht einmal mehr aus eigener Kraft gehen! Als hysterisch hat mich der Inspektor bezeichnet. Als hysterisches Frauenzimmer! Seitdem sprechen nun alle von Hysterie. Und ich glaube, dass es eine eitrige Brusthitze ist, welche ich durch die Stunden in der Kälte davongetragen habe! Wäre der alte Comte de Sade nicht gewesen, hätte ich hinter den dicken Mauern der Polizeiwache womöglich den Tod gefunden. Am Ende wäre das vielleicht die bessere Lösung gewesen. Doch mit seinem Erscheinen auf der Wache haben sich die Türen wie von Zauberhand geöffnet. Welche Macht ein einflussreicher Name doch besitzt! Ein weiteres Verhör hatte es nicht mehr gegeben. Hätte ich wenigstens Sade noch einmal gesehen. Wie es ihm wohl ergangen ist? Dafür erinnere ich mich an die Irrenanstalt. Onkel Gustave hatte verfügt, dass ich einige Tage im Hôpital de la Salpêtrière untersucht und behandelt wurde. Dort musste ich in Eiswasser liegen. Und festgeschnallt auf einem Stuhl, haben mich die Wärter gedreht, bis meine Nase blutete. Seit meiner Entlassung wird mir ein seltsamer Gesundheitswein aufgedrängt. Onkel Gustave hat ihn mir verordnet, um die Hysterie zu heilen, welche angeblich meinen Geist seit jenen Stunden gefangen hält. Er schmeckt süß, taucht meine Glieder in Blei und lässt mich alles vergessen. Weil mir schwindelte, habe ich das Gebräu anfangs aus dem Fenster gekippt. Seitdem wacht Flora oder Onkel Gustave selbst darüber, bis ich alles geschluckt habe. Ich erinnere mich dunkel an einen Brief von Maman. Ach Maman, wie sehr ich dich vermisse! Ich möchte heim nach Lindau! Vielleicht war der Brief auch von Anna. Auch sie vermisse ich. Ich durfte ihn nicht lesen. Sie haben ihn mir weggenommen, weil auch er wie die Romane meinen Geist verwirren könnte …

Sade verzog sein Gesicht vor Schmerz. Jede Bewegung entfachte ein Feuer auf seinem Rücken und brachte ihn an den Rand des Erträglichen. Marais hatte ihm tiefe Wunden zugefügt, von welchen er sich nur zögernd erholte. Tagelang durfte er das Bett nicht verlassen und musste die Zeit, in welcher er wachte, liegend auf dem Bauche zubringen. Diese einem Mann völlig unwürdige Haltung hatte dafür gesorgt, dass seine Laune etwas unter dem Gefrierpunkt anzusiedeln war. Als sein Vater einen Arzt bestellte, hatte Donatien ihn hinausgeworfen. Er hielt nicht viel von den bornierten Gockeln, die sich als Wundärzte aufspielten. In seinen Augen waren sie allesamt Quacksalber, die, ohne selbst etwas zu wissen, im Dunkeln stocherten und dabei den Leuten das Geld aus der Tasche zogen. Laudanum hatte der Quacksalber verordnet. Welch eine Offenbarung!, dachte Sade und knüllte ein paar Seiten des *Mercure de France* zusammen. Darauf wäre er selbst wohl niemals gekommen! Was sonst würde er schlucken, wenn der Leib von Schmerz gepeinigt wurde? Für diese Erkenntnis benötigte er beileibe keinen dieser Beutelschneider! Stattdessen hatte Latour darauf bestanden, die Huren von Madame Gourdan nach einem Heilmittel zu befragen. In diesem Punkt, so hatte Latour gesagt, wollte er sich lieber auf das alte Hurenwissen verlassen. Und so hatte sein Kammerdiener schon ein paar Salben auf seinem Rücken verteilt. Bislang allerdings ohne durchschlagenden Erfolg.

»Schon wieder etwas Neues? Ihr wollt mich umbringen! Wahrscheinlich steckt Ihr mit meinem Vater unter einer Decke.« Latour zog den Kopf ein, als er mit einem Salbentopf aus der Rue des Deux Portes zurückkam.

»Beinwell und Calendula, gelöst in Entenfett. Madame Gourdans Mädchen schwören darauf.« Latour stellte den Topf auf den Tisch.

»Und das soll helfen?« Latour nickte.

»Nachdem alles andere keine Wirkung gezeigt hat, meinten die Mädchen, dass wir es hiermit versuchen sollen. Schließlich kennen sie Euch.«

»Meinetwegen«, knurrte Sade. Unwillig drehte er sich wieder auf den Bauch und ließ sich von Latour mit der Salbe behandeln. »Das Zeug stinkt, als hätte es bereits den Wunden Karls des Kahlen gute Dienste geleistet.« Er hasste dieses hilflose und unwürdige Leben! Fürwahr, er hasste es! Und er musste an sich halten, dass er seinem Diener nicht den Salbentopf an den Kopf warf. Jedes Mal, wenn Latour einen Batzen der Schmiere auf die nur mäßig verheilten Wunden strich, biss Sade die Zähne zusammen. Wie sehr er diesen ganzen Mist hasste! Wenigstens hatten die Spatzen von Paris ganze Arbeit geleistet. Und so hatte sich schon wenige Stunden nach Isabeaus Entlassung herumgesprochen, dass die unschuldige und blutjunge Nichte des Monsieur le Docteur Opfer einer skandalösen und gleichsam delikaten Entführung geworden war. Allein die Tatsache, dass Monsieur Lambert Inspektor Marais Glauben geschenkt hatte, was den Verbleib seiner Nichte betraf, sollte ihn eigentlich zufriedenstellen. Doch dem war nicht so! Die Vorstellung, nie mehr wieder in das Haus am Quai des Grands Augustins geladen zu werden, um Mademoiselle Isabeau nahe zu sein, war einfach unerträglich. Aufgebracht nahm er einen Schluck Kaffee.

»Latour!«, knurrte er mürrisch und stellte die Tasse mit lautem Klappern auf den kleinen Tisch zurück. »Was zum Teufel ist das? Willst du mich etwa vergiften? Rasch, bring mir etwas Stärkeres. Oder willst du mich gleich in die Salpêtrière sperren lassen? Mach schon, lass die Bohnen in der Küche frisch rösten.«

Latour stellte den Salbentopf ab, rieb sich die Hände mit einem Leinen sauber und eilte zum Schrank in der Ecke. Dort öffnete er den Eckschrank aus Palisander und förderte eine Flasche Branntwein zutage.

»Vielleicht nehmt Ihr einstweilen mit dem Cognac vorlieb?«

Nachdem Sade die halbe Tasse des mit Cognac gemischten Türkentranks geleert hatte, fühlte er sich besser. Doch schon wenig später fiel ihm wieder ein, dass er in Kürze diese Renée-Pélagie zum Traualtar führen musste. Er verabscheute diese Eheschließung wie nichts auf der Welt, und er bedauerte dieses völlig reizlose Wesen schon heute. Eine gute Ehe hatte sie bei ihm nicht zu erwarten. Was seine Vorlieben betraf, würde sie sich in jeder Hinsicht fügen müssen. Das war in seinen Augen das Einzige, was diese unselige Verbindung halbwegs annehmbar machte. Selbst heute erwachte er manchmal aus einem Traum, der seine Fantasie in ein Meer aus Schmerz tauchte. Bisweilen hatte er seine Ideen zu Papier gebracht. Und irgendwann wollte er einen ganzen Roman darüber schreiben. Er stellte sich das blanke Entsetzen in den Gesichtern all jener vor, welche vergiftet von der Pestilenz der Verlogenheit ihre Köpfe schüttelten. Wie sehr er die Heuchelei dieses Packs verabscheute! Wusste er doch von den Huren selbst, dass gerade die obersten Ministerialen ihre Abenteuer ausnehmend gern mit Schmerz krönten. Und schließlich war es sein Onkel, welcher ohne Rücksicht auf seine Ämter mit Vorliebe den Huren die Haut vom Leib gepeitscht hatte. Wütend warf er den Rest der Zeitung in die Ecke und sprang aus dem Bett. Seine Gedanken wanderten zu Mademoiselle Isabeau. Die Sorge um sie bereitete ihm ein unbehagliches Gefühl. Keinen seiner Briefe hatte sie beantwortet. Nicht eine einzige Nachricht hatte er von ihr.

»Genug der Salben!«, fauchte er entschlossen und stampfte auf nackten Füßen durch den Salon. »Ich brauche Papier und Tinte. Ich möchte Mademoiselle einen weiteren Brief schreiben. Irgendwann wird sie mir auf all meine Fragen eine Antwort geben.«

»Aber Monsieur le Marquis, ich bitte Euch!«, flehte Latour und legte seine Hände wie zum Gebet aneinander. »Ihr müsst ruhen. Sonst fürchte ich, wird Euer Vater noch einmal den Physikus bestellen.«

»Das soll er wagen!«, knurrte Donatien und warf seinem Diener einen finsteren Blick zu. »Dann werfe ich alle beide hinaus.«

»Wenn ich Euch bitten darf«, empfahl Latour und presste die Handflächen zusammen, »so übt Euch doch um Gottes willen ein wenig in Geduld!«

»Gottes Wille, papperlapapp! Gott? Gäbe es ihn, hätte er dieses Unglück verhindert«, entgegnete Donatien und musterte seinen Leibdiener gereizt. »Du kennst mich gut genug, um zu wissen, dass Geduld nicht unbedingt zu meinen Tugenden gehört.«

»Aber Euer Rücken! Denkt an Euren Rücken«, klagte Latour weiter. »Die tieferen Wunden haben sich schon wieder geöffnet, und in ein paar Tagen müsst Ihr ein neues Hemd tragen.« Latour griff sich an die Stirn. »Und der Schneider wartet auch schon draußen. Er möchte die letzte Anprobe …«

»Meinetwegen kann der Schneider zur Hölle fahren! Ich werde ihn nicht empfangen. Nicht heute! Nicht morgen! Nie mehr!«

»Aber Monsieur le Marquis, was soll ich ihm sagen?« Sade hob die Schultern und bedachte Latour mit einem diebischen Lächeln.

»Sagt ihm meinetwegen, dass ich bisweilen zu Gewaltausbrüchen neige, oder dass ich gestorben bin. Er soll sein Hemd wieder mitnehmen.« Latour schüttelte tadelnd den Kopf und bückte sich nach der Bonbondose, die Sade in seiner Raserei auf den Boden geschleudert hatte.

»Und nun bring mir Papier und die Gänsefeder von meinem Sekretär. Du wirst mir assistieren, indem du die Feder in das Blut auf meinen Rücken tauchst.« Sade wusste, was er von seinem Leibdiener verlangte, denn Latour wich bei seinen Worten alle Farbe aus dem Gesicht.

»Monsieur de Sade, ich beschwöre Euch!«, stammelte Latour und faltete die Hände vor der Brust. »Hierbei kann es sich doch sicher nur um einen üblen Scherz handeln!«

»Du solltest mich kennen. Ich beliebe nicht zu scherzen, und nun rasch, bevor das Blut wieder trocknet.« Sade beachtete die weiteren Einwände seines Dieners nicht. Er setzte sich an den kleinen Tisch, auf welchem noch immer die Kaffeekanne stand. Obwohl er das feine Rinnsal auf seinem Rücken spürte, empfand er keinen Schmerz mehr. Der war mit dem Gedanken an die Zeilen für Isabeau verflogen. Aufgebracht erhob er sich wieder aus seinem Stuhl, wirbelte durch den Raum und suchte nach einer Unterlage für das Briefpapier. »Meine Worte bedürfen einer würdigen Bühne – diesmal genügt die rote Tinte nicht, diesmal muss es Blut sein!«

Während die Stundenglocke von Notre-Dame die zwölfte Stunde verkündete, erklärte Gustave die Zusammenkunft von *Les amis de la science* – den Freunden der Wissenschaft – für eröffnet. Die wenigen Öllichter erhellten den fensterlosen Raum nur spärlich und tauchten den runden Tisch in ein flackerndes Zwielicht. Tiefe Schatten lagen auf den Gesichtern der Bruderschaft, welche hier zu jedem ersten Neumond des Monats am Quai des Grands Augustins Nummer sieben zusammentraf. Dreizehn Männer zählten sie. Dreizehn Brüder im Herzen, die nach einer strengen Rangfolge bekundeten, für die Wissenschaft zu wirken und zu forschen, solange sie lebten. Der *salon secret* konnte einzig durch eine schwenkbare Bücherwand in Gustaves Laboratorium betreten werden. Niemand außer ihm und seinen Brüdern wusste davon, und er allein besaß den einzigen Schlüssel zu dem kleinen Saal unter der Erde. Auf den Regalen, welche die Wände vom Boden bis zur Decke bekleideten, fanden sich uralte Zeichnungen und Abschriften von Johannes Kepler, Nikolaus Kopernikus und Anders Celsius. Von den Augen der Öffentlichkeit abgeschirmt, ruhten sie neben den Werken von Andreas Vesalius, Edme Mariotte, Ambroise Paré und anderen bedeutenden wissenschaftlichen Abhandlungen. Über die Jahrhunderte hatte sich im *salon secret* ein unbezahlbarer Wissensschatz angesammelt. Mit dem Eintritt in die Bruderschaft trug jedes Mitglied seinen Brüdern einen von ihm gewählten Leitgedanken vor. Ein wissenschaftliches Thema, welches ihn berührte und dem er seine Forschungen bis zu seinem Tod widmen wollte. Mit einer Reihe aus Glaubens- und Initiationsriten verpflichtete sich jeder Bruder, alle Ergebnisse seiner Untersuchungen mit der Gemeinschaft der Brüder zu teilen. Den *salon secret* hatte Gustave bereits von seinem Vater übernommen, der in diesem Raum stets – *à huis clos* – seine geheimen Sitzungen abgehalten hatte. Bevor er starb, hatte er ihn, seinen einzigen Sohn, in den Geheimbund der Wissenschaftsfreunde eingeweiht und ihm den Schlüssel überreicht.

Die Interessen der Brüder unterschieden sich, wie die Männer es selbst taten. So widmete Bruder Ambrois Bastien seine Forschungen etwa der Flugkunst. Während Bruder Dioniz Sablés Untersuchungen das menschliche Auge, die Sehkraft und deren Verlust betrafen. Gustaves Beobachtungen dienten seit jeher der Erkundung des menschlichen Herzens.

»Nun, Gustave, wann werdet Ihr die Ergebnisse der letzten Jahre endlich mit uns teilen?«, wollte Dioniz wissen und schob die Ärmel seines schwarzen Talars zurück. Der wohlbeleibte Mann mit dem grauen Haar lachte und nahm einen Schluck Wein, bevor er weitersprach. »Wenn ich es mir recht überlege, haltet Ihr uns schon seit Jahren hin. Dabei verfügt Ihr bei Eurer täglichen Arbeit über ganz besondere Möglichkeiten zur Untersuchung des Herzens.«

»Nun, das Herz ist ja auch nicht unbedingt die Schwierigkeit.« Bruder Dioniz Sablé nickte verstehend.

»Ja, ich erinnere mich an ein ausgezeichnetes Referat über das Herz. Aber was ist nun mit dem Sitz der Seele? Seid Ihr in Eurem Bestreben weitergekommen?« Gustave schüttelte den Kopf. Er litt unter seinem schlechten Gewissen, weil er die Geduld seiner Brüder bereits über die Maßen beansprucht hatte und noch immer zu keinem Ergebnis gelangt war.

»Ich vermute, dass ich auf dem richtigen Weg bin. Bislang ist es allerdings noch zu früh, von einem Durchbruch zu sprechen. Doch zürnt mir nicht. Dafür möchte unser ehrenwerter

Bruder Joseph Michel Montgolfier heute über seine ersten Versuche mit der Luftfahrt sprechen.«

»Nun, Bruder Joseph, dann berichtet uns doch einmal über Eure Erfahrungen. Seid Ihr etwa tatsächlich schon geflogen?«, wandte sich Sablé an diesen.

»Aber nein!«, wehrte Montgolfier ab. »Dennoch stehe ich kurz vor dem ersten Erfolg mit einem Luftschirm. Bislang ist jedoch nur ein sanftes Abwärtsgleiten möglich. Aber in diesem Falle trägt er. Kleinere Versuche, welche ich von einer Leiter aus unternommen habe, sind bislang alle geglückt.« Er hob seine Arme. »Ich lebe noch!« Die zwölf anderen Brüder lachten. »Meine nächste Erprobung werde ich vom Dach meines Hauses vornehmen. Aber meine Vision ist es, eine luftdichte Hülle zu entwickeln, welche ich mit *leichter Luft* befüllen möchte.« Bruder Joseph hob die Hände zu einer beschreibenden Geste. »Diese Hülle wird, so mir der Allmächtige hilft, in den Äther aufsteigen. Zur Thematik der *leichten Luft* möchte ich an dieser Stelle auf die äußerst umfangreiche Schrift von Joseph Priestley hinweisen.« Montgolfier reichte die Seiten seinen Brüdern. »Eine äußerst interessante Abhandlung über die Wirkung von Sauerstoff und Lachgas.«

Bevor die Männer viele Stunden später am Ende ihres Symposiums den Salon wieder verließen, wählten sie aus zahlreichen Büchern das *Commentariolus*. Feierlich schworen sie ihre treue Zugehörigkeit auf den *Kleinen Kommentar* von Kopernikus und bekräftigten wie immer die Geheimhaltung ihrer Bruderschaft.

»Unser Vater, der Du bist im Himmel, geheiligt werde Dein Name …« Die Truchnerin spürte die Hand des Pfarrers schwer wie Blei. Nach dem Gebet, welches sie gemeinsam am Küchentisch gesprochen hatten, lag sie noch eine ganze Weile auf der ihren. Seinem tadelnden Blick über den Rand seines

Zwickers hinweg konnte sie sich nicht entziehen. Die Hölle! Nach Auffassung der Kirche schmorte Anna nun in der Hölle. Alle, die selbst Hand an sich legten, waren dazu verdammt, auf ewig dort auszuharren, wo das Licht für immer erloschen war.

Und ihre Hölle auf Erden? Die Hölle in Lindau? Wenn sie durch die Straßen und Gassen eilte oder am Sonntag zum Kirchgang über den Platz ging, bekam auch sie die Hölle zu spüren. Die Anna, die hatten sie heute zu Grabe getragen. Von einem Leichenschmaus hatte der Herr Pfarrer abgeraten. Deshalb saßen sie nun hier in der Küche und beteten für Annas verlorene Seele.

Mädchen, warum hast du uns das nur angetan?, dachte die Truchnerin und richtete ihren Blick auf die abgenutzte Tischplatte. Jede Kerbe hatte eine Bedeutung. So wie die tiefe Kerbe, die der Freitod ihrer Tochter bei ihr und ihrem Mann hinterlassen hatte. Ihr Blick wanderte zu Anselm hinüber. Zusammengefallen wie ein Häufchen Asche saß er dort auf der Küchenbank. Asche zu Asche – Staub zu Staub! Im Staub werden wir bis in alle Zeiten kriechen!, dachte die Truchnerin. Dabei hätte alles noch gut werden können. Schließlich war Anna mit einem flachen Bauch und somit ohne Schimpf und Schande aus Mailand heimgekommen. Freilich hatte Anselm, ohne die Anna zu fragen, bei den Terziarinnen vorgesprochen. Die ganze Mitgift hatte er den Schwestern überlassen. Und die Terziarinnen hatten sie so feierlich in ihre Mitte aufgenommen. Sie erinnerte sich noch so gut an den Festgottesdienst.

Die Truchnerin schnäuzte sich geräuschvoll in das Taschentuch, welches sie aus ihrer Schürzentasche kramte. Warum Anna dann vor ein paar Tagen in den See gegangen war, um dort zu ertrinken, wusste niemand. Im Netz des Fischers hatte sich ihre Anna verfangen. Dieser Anblick hatte sich wohl auf alle Zeiten in ihr Herz eingebrannt. Das Kind leblos und bleich und kalt …

»Ihr werdet schon über den Schmerz hinwegkommen. Die Zeit heilt alle Wunden!«, hörte sie die Worte des Pfarrers, bevor er Hut und Mantel nahm und grußlos ging.

Die Nacht hatte ihren Vorhang schon vor langer Zeit über Paris gebreitet. Kerzenlicht flackerte unstet durch den Kleinen Salon und tauchte die blassen Puderfarben der Brokatstoffe in einen warmen Schein. Das Licht brach sich im Weinglas, welches Gustave in der Hand drehte. Besonnen nahm er einen Schluck, schloss die Augen und spürte der erdigen Wärme nach. Der Geschmack von Brombeeren und Trüffeln legte sich über seinen Gaumen. Die saftige Würze des guten Weins bereitete ihm Freude. Mit einem Blick auf das changierende Rot lehnte er sich in seinem Stuhl zurück. Im Zwielicht schien es fast, als genieße hier ein Ehepaar den wohlverdienten Frieden des Abends. Aber das Bild täuschte! Als sein Blick auf Luise traf, kamen ihm die vielen hässlichen Auseinandersetzungen wieder in den Sinn. Freilich, im Lauf der Jahre hatte sie sich zu einer verdrießlichen Frau entwickelt. Doch seit dieser Geschichte mit Sade hatte ihre Bitterkeit deutlich zugenommen. Bisweilen überlegte er, ob es nicht besser gewesen wäre, Luise in der Salpêtrière behandeln zu lassen. Auf ihr Drängen hin hatte er Isabeau für einige Zeit der Obhut der Nervenheilanstalt überlassen. Ihr Zustand hatte sich dadurch nicht gebessert. Noch immer hielt sie daran fest, Sade habe ihr Leben gerettet, während Marais sie stundenlang in einem winzigen eiskalten Kellerloch festgehalten habe. Nachdenklich zog er seine Augenbrauen zusammen. Gustave versuchte, seine Schultern zu lockern. Dann lehnte er sich zurück und massierte seine Schläfen. Nicht einmal die gestrige Zusammenkunft der *amis de la science* hatte ihn mit Freude erfüllt. Obgleich das Treffen erst mit den frühen Morgenstunden ein Ende gefunden hatte, war er es, der versagt hatte. Wäre Bruder Joseph nicht gewesen … Mit Freude dachte er an den detailreichen Vortrag Montgolfiers. Ihm war fast, als wäre er selbst dabei gewesen, als Bruder Joseph seinen halsbrecherischen Sprung von der Leiter wagte. Wahre Forschung setzt eben Mut und Entschlossenheit voraus!, dachte er. Manchmal musste diese Unerschrockenheit auch Grenzen überwinden. Grenzen, die sich jeder Wissenschaftler bisweilen selbst steckte. Seine Brüder brannten genau wie er selbst auf einen Durchbruch. Sie alle. Das hatte er wohl gemerkt. Er spürte deutlich, dass die Zeit drängte. Selbst wenn er als Großmeister ein paar Privilegien genoss – irgendwann, spätestens vor der nächsten Wahl für dieses Amt, musste er etwas vorweisen. Die Bruderschaft erwartet einen Meilenstein!, dachte Gustave. Doch wenn ich diesen präsentiere, gibt es nur noch Himmel oder Hölle. Dann werde ich erleuchtet oder erfahre die Vernichtung durch die Bruderschaft. Gustave fuhr sich mit der flachen Hand über die Stirn. Er nahm einen tiefen Schluck. Letztlich war ihm auch das einerlei! Die Ehe mit dieser kalten, zu Stein gewordenen Frau hatte ihn schon längst ausgehöhlt.

»Wir müssen Isabeau so rasch als möglich an den Lac de Constance zurückschicken. Ich will sie nicht länger im Haus haben. Sie bringt nichts als Unglück über uns. Unglück und Verderben«, durchbrach Luise seine Überlegungen und führte ihre Tasse zum Mund. Er sah, dass ihre Hand leicht zitterte. »Hörst du? Ich will sie nicht länger hier haben. Mit ihrer unbesonnenen Jugend raubt sie mir den Atem und lässt mich welken wie eine verdorrende Rose.«

»Das ist doch Unsinn!«, erwiderte Gustave schroffer als beabsichtigt. Er konnte Isabeau nicht heimschicken. Nicht in diesem Zustand. Was hatte Luise sich nur dabei gedacht, als sie von Isabeau verlangte, sich auf eine baldige Rückkehr einzustellen? Er schnellte aus dem Sessel, stellte sich dahinter und umklammerte die Lehne, bis seine Knöchel weiß hervortraten.

Wie sehr er den Geruch von Kamillentee hasste! Und seit der unglücklichen Entführung Isabeaus, wenn es denn überhaupt eine war, nahm Luise Unmengen davon zu sich. »Außerdem habe ich bereits einen langen Brief an Sophie und Friedrich vorbereitet, in welchem ich ausführlich von einem Übergriff durch einen Unbekannten berichte. Ich habe ihnen geschrieben, dass Isabeau seitdem zur Hysterie neigt, sich aber bereits auf dem Weg der Besserung befindet. Dass somit auch keine Dringlichkeit besteht, ihren Besuch vorzeitig abzubrechen, und die lange Reise momentan sowieso nicht das Richtige für ihre Tochter wäre.«

»Bist du denn von Sinnen?«, fauchte Luise. Sie sprang von ihrem Stuhl und stieß ihren Zeigefinger durch die Luft auf seine Brust zu. »Dieser unselige Zwischenfall wird uns für alle Zeiten an den Rand der Gesellschaft drängen. Du weißt, dass uns dieses Mädchen jegliches Ansehen nimmt. Und nun zieht sie unseren Namen auch noch in den Schmutz, indem sie sich von diesem Sade entführen, die Kleider vom Leib reißen und womöglich schwängern lässt! Ich habe dir schon immer gesagt, dass die de Sades uns irgendwann in Verruf bringen werden. Selbst der Comte ist kein geeigneter Umgang für dich. Du weißt, wie empfindlich das gesellschaftliche Gefüge von Paris ist. Wenn du schon nicht den richtigen Namen trägst, musst du dich wenigstens um einen untadeligen Ruf bemühen, um zu den einflussreichen Kreisen zu gehören. Aber was rede ich«, stöhnte Luise und führte den Handrücken zur Stirn. Ein Lächeln umspielte Gustaves Lippen.

»Nun, was diesen Punkt anbelangt, scheint mir der Name de Sade geradezu ein Entreebillet zu diesen *einflussreichen Kreisen*, wie wir am Beispiel der Familie Montreuil deutlich sehen konnten.« Gustave verschränkte die Arme vor der Brust, als könnte ihn das vor den hasserfüllten Blicken seiner Frau bewahren.

Schließlich hatte sich Jean-Baptiste bereits am nächsten Tag in aller Form für das Verhalten seines Sohnes entschuldigt. Und er, Gustave, ahnte ohnehin, dass die Entführung durchaus in gegenseitigem Einverständnis vonstattengegangen war. Die Hysterie, welche Isabeau davongetragen hatte, schien sehr viel eher im Verlust Sades begründet denn in einer möglicherweise verlorenen Jungfernschaft. Wie dem auch sein mochte, er konnte Isabeau unmöglich in diesem Zustand nach Hause schicken. Er malte sich gerade aus, welche Schuld er auf sich geladen hatte, wenn Isabeau tatsächlich nicht mehr unberührt in die Ehe gehen konnte. Schimpf und Schande über ihn! In diesen Zeiten schien alles möglich. Daneben kam es immer häufiger zu Auseinandersetzungen auf den Gassen. Beinahe täglich bewarfen Tagelöhner und Lohnarbeiter, die sich nicht einmal mehr ihr Brot leisten konnten, das Regierungsgebäude mit Mist und Unrat. Freilich wurden etliche der Aufsässigen festgenommen. Doch die Zahl derer, die Feuer legten, häuften sich mit jedem Sonnenaufgang. Immer mehr Menschen lehnten sich gegen die unverschämten Brotpreise auf. Immer mehr prangerten den prunksüchtigen Haushalt Ludwigs XV. an. Zu allem Überfluss äußerte sich inzwischen sogar Donatien in unbequemen Bemerkungen über die Staatsführung des Königshauses. Nicht einmal die Eheschließung mit Renée-Pélagie de Montreuil hatte ihn besänftigt. Die Tatsache, dass Sade seit der Hochzeit wieder häufiger in Madame Gourdans Etablissement gesehen wurde, echauffierte die feine Pariser Gesellschaft und Luise über alle Maßen.

»Denk nur einmal«, bellte Luise ungehalten, »wenn sie ein Kind bekommt! Einen Bastard von diesem Sade!« Er fühlte Luise wie einen bösen Alb auf der Brust sitzen. Er ertrug ihren Anblick nicht mehr. Als Gustave ans Fenster trat, wanderten seine Überlegungen zu Isabeau. Als er sie heute in ihrem Zimmer aufgesucht hatte, hatte er ein merkwürdiges Flackern in den Augen seiner Nichte gesehen. Gustave seufzte, als er zum Tisch zurückkehrte. Die Hysterie hatte Isabeau noch immer fest im Griff. Er leerte sein Glas in einem Zug. In einem Punkt gab er seiner Frau recht – er betete dafür, dass Isabeau kein Kind bekam!

»Das ist Gottes Strafe!«, fauchte Luise aufgebracht. Sie presste ihre Lippen zusammen und krallte ihre Hände ineinander. »Er straft uns wegen deiner Sünden! Oder dachtest du etwa, deine nächtlichen Sprechstunden würden auf ewig ungesühnt bleiben? Glaubst du, ich hätte keine Ahnung von alldem, was du dort in deinem Laboratorium treibst?«

Gustave brach der Schweiß aus. Er fühlte ihn entlang seiner Wirbelsäule. Luise erhob sich und ging langsam zur Tür. Ein letztes Mal drehte sie sich um. »Und nun werde ich veranlassen, dass Isabeaus Koffer gepackt werden. Und Cédric werde ich damit betrauen, den Platz in einer passenden Postkutsche zu arrangieren. Mit dem Ende des Monats wird sie Paris verlassen. Oder glaubst du ernsthaft, dass ich die Verantwortung für diesen Bastard übernehme? Auf der anderen Seite«, Luises Stimme klang inzwischen gefährlich leise, »sollte sie ein Kind erwarten, wirst du es töten! Schließlich bist du ja geübt darin!«

Seit acht Wochen und einem Tag harrte Isabeau nun schon in diesem Haus aus, ohne die Mauern ihres Gefängnisses auch nur ein einziges Mal verlassen zu haben. Seit sieben Wochen und einem Tag war es ihr strengstens untersagt, ihre Kleidung selbst in die Waschküche zu bringen. Indessen holte Tante Luise persönlich die Wäsche in ihrem Zimmer ab. Isabeau wusste, worauf Luise wartete. Freilich, bisher hegte auch sie selbst lediglich eine Vermutung. Aber sie wusste, ja, sie spürte, dass sie mit ihrem Verdacht richtiglag. Das Herz blieb ihr stehen, wenn sie an Maman und Papa dachte. Sie legte den Kopf in die Hände und sah aus dem Fenster. Ein kurzer Blick sagte ihr, dass heute Montag war. Das schmutzige Grau der Seine war einem blassen

Blau gewichen. An Montagen wurde blau gefärbt. Dann verwendeten die Färbereien für ihre Stoffe den Färberwaid aus dem Lauragais. Eine Weile sah sie den Lastkähnen nach, die auf dem trägen Fluss dahindümpelten. Die Sonne spiegelte sich auf dem Wasser und bildete glitzernde Muster. Isabeau rückte ihren Stuhl vor dem Sekretär zurecht und schlug die Beine unter. Ein paar Sonnenstrahlen kitzelten ihr Gesicht. Sie schloss die Augen und genoss die Wärme. Als sie sie blinzelnd wieder öffnete, fiel ihr Blick auf die Kathedrale Notre-Dame.

Wusstest du, dass die Drolerie, sobald die Sonne untergeht, zum Leben erwacht? Sades Worte schienen ihr, als habe er sie vor einer halben Ewigkeit gesagt. Ich möchte es so gern glauben, dachte Isabeau. Die Vorstellung, die grimmigen Kalksteindrachen erwachten mit dem Einbruch der Nacht, kam ihr so märchenhaft und wunderbar vor. *Als Himmelswächter überbringen sie dann eine Liebesbotschaft …*

Ein ungewohntes Geräusch drang an Isabeaus Ohr, und ihr Blick fiel auf das Papier, welches in diesem Augenblick unter ihrer Tür hindurchgeschoben wurde. Sie wartete, bis sich die Schritte entfernten und wieder Stille vor der Tür eingekehrt war. Camille hatte ihr schon einmal einen Brief von Sade zwischen die Wäsche gelegt. Rasch eilte sie zur Tür und bückte sich danach. Ihr Blick fiel auf den Stern mit den acht hoheitsvollen Strahlen – die Zeilen konnten nur von ihm sein! Seit ihrer Gefangennahme hatte sie Sade nicht mehr gesehen. Aufgeregt ließ sie jetzt das Papier durch ihre Hände gleiten und spürte, wie ihr das Blut in die Wangen stieg. Ob er sie glücklich gemacht hätte? Mit gekreuzten Beinen ließ sie sich auf dem Stuhl nieder. Letztlich würde sie die Wahrheit wohl nie herausfinden, denn Sade war nun mit dieser Renée-Pélagie verheiratet. Ein Umstand, der sich nicht einfach vergessen ließ und der ihr das Herz aus der Brust riss, sooft sie daran dachte.

Liebste,
könnt Ihr Euch vorstellen, wie sehr ich mich nach Euch sehne? Ich verspreche feierlich, Ihr seid mein Untergang! Und keine Macht der Erde wird mich dazu bringen, Euch nicht mehr zu treffen! Ihr seid es, die den Muskel in meiner Brust zu einem Herzen geformt hat. Erst an Eurer Seite, liebste Isabeau, fühlte ich mich für ein paar Stunden lebendig. Genau wie der Tag, der mit dem Sonnenuntergang stirbt … Lange vorbei der Glanz, welchen Ihr jeder Stunde verliehen …

Ich habe die Ehe mit dem mir angetrauten Weib vollzogen, wie es sogar der König von Frankreich von mir verlangt hat. Und doch empfinde ich nichts als Abscheu für sie. Renée langweilt mich zu Tode! Jeder andere Mann freilich würde sie lieben. Weil sich diese Art der sanftmütigen Unterwerfung für ein braves Eheweib schickt. Mich hat sie noch vor unserer ersten Nacht gelangweilt! Mehr noch, ich verachte sie für ihre Ergebenheit. Tag und Nacht martere ich meinen Verstand, wie ich diese unselige Ehe beenden könnte. Doch Renée führt das Leben einer gläubigen Katholikin und ist wohl ein braves Christenkind.

Ich bekenne, ich habe sie gegen ihren Willen gezüchtigt, sie gepeitscht! Und schließlich habe ich sie genommen. Ich weiß, ich bin ein Scheusal, und doch bereue ich es nicht!

Isabeau ließ den Brief sinken. Sie wusste, dass sie sich jetzt eigentlich schämen müsste! Dass sie Sades Beichte mit Ekel erfüllen sollte, und doch tat sie es nicht.

Hat der Mensch sich einmal seiner Würde begeben ..., so hat er auch seiner Seele eine Art Wendung zum Verdorbenen mitgeteilt ...
Marquis de Sade

»Madame Bernarde und ihre Tochter Paulette«, verkündete Nanette. Madeleine?, dachte Luise und stellte ihre Tasse auf den Tisch zurück. Was sie zu dieser frühen Stunde zu ihr führte, wusste sie beileibe nicht. Zumal sie ihr Verhältnis seit der Geschichte mit Isabeaus Entführung geradezu als frostig bezeichnen würde.

»Was führt Euch so zeitig am Tag hierher?« Luise gab sich nicht besonders viel Mühe, ihre Verwunderung zu verbergen, und reichte Madeleine die Hand. Eigentlich hatte sich Luise den Vormittag anders vorgestellt. Die Schneiderin sollte ein paar Stoffe vorbeibringen und Maß nehmen. Und für den Nachmittag hatte sie den Hutmacher bestellt. Seit der prekären Lage, in welche Isabeau sie und Gustave gebracht hatte, wollte sie keinen der gesellschaftlichen Anlässe auslassen, zu welchen sie noch geladen wurde. Und die Einladungen dazu wurden lange nicht mehr so zahlreich ausgesprochen, wie es früher einmal der Fall gewesen war. In der Vergangenheit hatte

Madeleine sie stets zu ihrem Picknick eingeladen. In diesem Jahr hatte das frühsommerliche Damenvergnügen dann einfach ohne sie stattgefunden. Schließlich schluckte sie ihren Missmut hinunter und versuchte ein Lächeln. »Ich bitte Euch, setzt Euch und macht es Euch bequem! Nanette wird uns gleich noch einmal Tee und frische Brioches bringen. Oder möchtet Ihr lieber Kaffee?«

Madeleine schob ihre Tochter zu einem der Stühle und schüttelte den Kopf. Etwas Hölzernes lag in ihren Bewegungen, fand Luise.

»Bitte, keine Umstände, meine Liebe! Wir sind nicht zum Essen gekommen, sondern weil mein Gewissen mich plagt. Ich weiß, dass es schon viel früher meine Pflicht gewesen wäre, dich von dieser Geschichte in Kenntnis zu setzen.« Mit betroffener Miene knetete Madeleine ihre Hände.

Luise entging nicht, dass sich die Freundin sichtlich unwohl fühlte. Ganz nebenbei fragte sie sich, ob Nanette schon immer diesen Lärm mit dem Teeservice gemacht hatte. Ihre Kopfschmerzen brachten sie fast um den Verstand. Weshalb war ihr nicht das Leben vergönnt, welches sie eigentlich verdient hätte? Wie gern sie eine solch wohlerzogene Tochter an ihrer Seite wüsste, dachte sie, als Paulette ihr die Hand reichte und tief knickste. »Setz dich, mein Kind!«, sagte sie auffordernd und rückte Paulette den Stuhl zurecht.

»Luise, du kannst dir gar nicht vorstellen, wie sehr ich mit mir gerungen habe«, bekundete Madeleine betroffen und führte die Hand zu ihrem Herzen. Was wohl der Grund für ihre Betroffenheit sein mochte? Luise nickte, während Madeleine mit viel zu schriller Stimme von einem Abend erzählte, der bereits einige Monate zurücklag. Paulette war es schließlich, die der Mutter die Hand auf den Arm legte, um sie zu beschwichtigen. Wie aufmerksam Paulette doch ist, dachte Luise.

»Ihr erinnert Euch sicher an das vorletzte Konzert im Palais des Tuileries. Wir hörten Haydn«, erklärte Paulette mit leiser Stimme. Ihr Blick wanderte zu ihrer Mutter, die ihre Hände wie zum Gebet gefaltet hielt und mit starrem Blick zu ihr herübersah. »Haydn gehört zu meinen liebsten Komponisten – ich liebe seine Musik über alles!«

Luise nickte. »Ja, ich auch, mein Kind!« Sie erinnerte sich gut an die wunderschöne Darbietung. Es war jener Abend, an dem Gustave Isabeau der Pariser Gesellschaft vorgestellt hatte. Paulette erzählte, wie sie an Isabeaus Seite die Tuilerien verlassen hatte, weil die Freundin die Enge ihres Kleides und die Enge der Gesellschaft nicht mehr länger ertrug.

»Glaubt mir, Madame, ich hatte keine Ahnung, was Isabeau vorhatte«, versicherte Paulette, nach Worten ringend. »Zunächst sind wir ein wenig durch die Gegend spaziert. Ohne Ziel, und obgleich ich ihr nach einiger Zeit bedeutete, dass ich lieber umkehren würde, wollte Isabeau nichts davon hören. Wind war aufgekommen, und irgendwann fanden wir uns vor der Kirche Saint-Sulpice wieder.« Paulettes Stimme war kaum noch ein Flüstern, während sie nun in düsteren Farben ein grauenvolles Schauspiel heraufbeschwor.

»Wie eine Bestie ist Monsieur le Marquis über die Frauen und Männer hergefallen. Gepeitscht hat er sie! Bis aufs Blut gepeitscht! Und erst die Musik!« Paulette bedeckte ihren Mund, als müsste sie einen Aufschrei unterdrücken. »Diese Höllenmusik! Allein der Teufel ist wohl imstande, den Violinen derartige Töne zu entlocken. Ich werde mich wohl für alle Zeiten an den ohrenbetäubenden Widerhall in der Krypta erinnern. Was ich gesehen habe, schien mir wie ein grausiger Ritus. Vielleicht eine schwarze Messe? Die Zeitungen vermuteten derartige Abscheulichkeiten ja schon länger. Was in Sades verwerflichem Leben kein Wunder wäre. Ich hatte jedenfalls furchtbare Angst«, beteuerte Paulette und senkte ihren Blick. »Und ich ängstigte mich um Isabeau. Sie schien wie besessen von dem, was sie dort unten sah. Mehr noch …«, erklärte Paulette und schluckte, »… in ihren Augen glomm ein abartiges Feuer.«

Zunächst fiel es Luise schwer, das Gehörte zu glauben. Aber Paulette saß ihr mit ernsthafter Miene gegenüber. Es gab keinen Zweifel, die junge Frau hatte die Wahrheit gesagt! Luise spürte den furchtbaren Worten nach. Sie bereiteten ihr Übelkeit, denn sie wusste um den geschickten Schachzug. Schließlich gab es keinen offensichtlichen Grund, weshalb ihr Madeleine und ihre Tochter diese schreckliche Geschichte erst jetzt erzählten.

Luise presste ihre Lippen aufeinander. Mit Sicherheit waren bereits sämtliche Damen des Sommerpicknicks eingeweiht. Luise konnte ihre diffamierenden Reden beinahe hören. Mit dieser unseligen Stunde würde sie nun endgültig Luft für die feine Pariser Gesellschaft sein. Ein Todesstoß in den Augen all derer, die die Regeln festlegten.

»Oh, Luise, ich bin untröstlich!«, bekundete Madeleine über den Tisch hinweg. »Denn das war noch nicht alles. Ich hoffe sehr, du verkraftest, was hier in diesem Brief steht. Den Brief hat Paulette von einem Besuch bei Madame Morel mitgebracht.« Madeleine bedachte ihre Tochter mit einem auffordernden Nicken.

»Bitte verzeiht!«, sagte Paulette und reichte Luise das Papier. »Es handelt sich leider nur um die untere Hälfte des Schriftstücks«, flüsterte sie betroffen. »Die obere Hälfte befindet sich in Isabeaus Besitz. Ihr könnt sie danach fragen.« Als sie sich ein wenig gefangen hatte, schien sie nach Worten zu suchen. »Madame Lambert, ich bitte Euch, haltet mich nicht für respektlos. Niemals würde ich mich in Isabeaus Obliegenheiten einmischen, aber der Sachverhalt lässt mir leider keine andere Wahl. Schließlich habe ich befunden, dass Isabeau sich in Gefahr bringt. Und nach den fürchterlichen Gerüchten …« Sie geriet ins Stocken. »Ich dachte nur, was man sich über diese schreckliche Entführung erzählt.«

Luise ergriff Paulettes Hand. »Hab keine Furcht, mein Kind, berichte mir einfach, was geschehen ist.« Um Fassung bemüht, nippte Luise an ihrer Teetasse. Camille hatte die Blätter ein wenig zu lange in der silbernen Kanne belassen. Nun hinterließ der Tee ein stumpfes Gefühl auf ihrer Zunge und schmeckte bitter. Bitter wie das Leben, zu welchem sie fortan verdammt sein würden. Ein Leben ohne Ansehen und Würde. Das Dasein einer Magd …

Paulette setzte sich auf die vorderste Kante ihres Stuhls und räusperte sich umständlich. »Nun«, begann sie, »an jenem Tag haben wir uns zufällig bei Madame Morel getroffen. Isabeau hatte diesen Brief allem Anschein nach gerade erst erhalten. Jedenfalls las sie ihn wie im Fieber! Sie schien mir beinahe besessen zu sein.« Paulette zögerte. Luise schluckte und zwang sich zu einem ermunternden Nicken. Paulette erzählte ihr von jenem Nachmittag bei Madame Morel.

Luise spürte, wie ihr Gesicht zu Stein wurde, als sie die ersten Worte mühsam las: »*Ich möchte die zarte Haut Eurer wohlgeformten … Hinter… Hinterbacken sehen, wenn sie unter meiner Hand errötet*«, sie stockte und legte ihre Hand über den Mund, als müsste sie einen Aufschrei bezwingen. Um Fassung ringend, las sie weiter. »*Das leichte Zittern Eures Fleisches, in der Erwartung des Schmerzes … Wenn Ihr vor mir kniet und mich … mich …*«, flüsterte Luise und griff sich an die Brust. Sie fühlte den Boden wanken. Alles drehte sich im Kreis, während Ekel in ihr aufstieg. Trotz ihrer Leibesfülle sprang Madame Bernarde behände an ihre Seite und stützte sie. »Rasch, das Riechsalz!«, wies sie Paulette an. Luise atmete tief, während Paulette ihr das Gemisch aus Ammoniumcarbonat und Bergamotte unter die Nase hielt. Am liebsten würde sie sterben. Die Vorstellung, dass die gesamte Pariser Gesellschaft bereits von dieser Widerlichkeit wusste, ließ ihr Herz zu Eis werden.

»Mademoiselle Isabeau …« Das Räuspern kam von der Tür. Isabeau fuhr zusammen und schob Sades Brief in Windeseile zwischen die Seiten des Buches.

»Nanette! Ich habe dich gar nicht gehört!« Obgleich Isabeau fühlte, wie ihr das Blut in die Wangen schoss, versuchte sie, ihren Schrecken zu verbergen. Sie spürte Nanettes Blick, wie er sich voller Neugierde auf das Buch in ihrer Hand heftete.

»Madame erwartet Euch augenblicklich im Blauen Salon. Und ich soll Euch ausrichten, dass Ihr Euch nicht umziehen müsst.« Isabeau schürzte die Lippen.

»Im Nachthemd? Das hat sie gesagt?« Die Kammerzofe hob die Schultern. »Ja, dann geh, und richte ihr aus, dass ich schon auf dem Weg bin.« Isabeau wollte unter allen Umständen vermeiden, dass Nanette sah, wo sie ihr Tagebuch verbarg. Sie wartete, bis die Zofe die Tür hinter sich geschlossen hatte, bevor sie das Buch einschloss und sich auf den Weg nach unten machte. Dabei konnte sie sich nicht vorstellen, was Tante Luise von ihr wollte. Seit ihrem Aufenthalt in der Polizeiwache hatte sie nicht mehr mit ihr gesprochen.

Es war die furchtbare Kälte im Blauen Salon, die Isabeau zurückweichen ließ, als sie die Tür öffnete. Sie fühlte Seelenkälte. Seelenkälte gepaart mit den Blicken eines Scharfrichters. Und genau wie die Scharfrichter standen sie in einer Reihe vor dem Fenster: Tante Luise, deren auffällige Blässe beinahe wächsern wirkte. Ihre Lippen bildeten eine harte Linie, und in ihren Augen loderte ein Feuer, welches Isabeau das Blut in den Adern gefrieren ließ. Daneben Madame Bernarde. Ihr Gesicht spiegelte Bestürzung wider. Sie wirkte, als habe sie ein Gespenst gesehen. Mit Abstand am schlimmsten empfand Isabeau aber das selbstgefällige Lächeln von Paulette. Es wirkte beinahe dreist. In diesem Augenblick wusste sie, dass Paulette ihr in den Rücken gefallen war. Paulette hatte sie verraten. Zorn und Enttäuschung überkamen sie wie eine eiskalte Welle und rissen sie in die Tiefe.

Als Luise wenige Augenblicke später ihre Stimme wiederfand, schien ihre Schwäche verschwunden. Doch Isabeau spürte ihr Herz nicht mehr. Ihr war, als habe es aufgehört zu schlagen, weil es sich weigerte zu glauben, was sich dort vor ihren Augen abspielte.

»Was hat das zu bedeuten?« Wie ein Messer durchschnitt Luises Stimme die Luft, als sie ein Stück Papier vor ihrem Gesicht schwenkte. Isabeau blickte zu Boden. Selbst im Dunkeln hätte sie Sades Brief erkannt. Die großen, geschwungenen Lettern. Jeder einzelne schien Ausdruck seines Ungehorsams, seiner Auflehnung, ja, seiner Heftigkeit zu sein. All diese Worte hatten ihr gehört! Waren allein für sie bestimmt gewesen. Bis Paulette, Tante Luise und Madame Bernarde das aus Tinte geborene Glück ans Licht gezerrt und mit ihren Blicken getötet hatten. Nie hatte sich Isabeau schutzloser gefühlt. Nicht einmal Inspektor Marais war es gelungen, ihr das letzte Fünkchen Würde und jeglichen Stolz zu nehmen. Die Intimität, welche Sade mit seinen Worten geschaffen hatte, war längst in tausend Scherben zerbrochen. Die Splitter zerschnitten ihr Herz. Und das darauffolgende Schweigen machte alles noch viel schlimmer. Es wollte kein Ende nehmen, und Isabeau erschien es wie ein gähnender Abgrund, der sie in die Tiefe zog.

»Du bist seine Hure!« Luises Stimme zerriss die Stille wie ein Donnerschlag. Sie klang schrill und überreizt. »Eine Hure, wie sie bei jeder Kupplerin zu finden ist! Was fällt dir ein, Onkel Gustave und mich auf diese Weise zu kompromittieren?« Isabeau sagte nichts. Was hätte sie auch sagen sollen?

»Was um Gottes willen hast du getan?«, klagte Tante Luise, ohne wohl tatsächlich eine Antwort zu erwarten.

»Dieser Schmierfink!«, schimpfte sie. »Er hat dir eine Ansammlung von Scheußlichkeiten geschickt. Und ich weigere mich zu glauben, dass es menschliche Wesen gibt, die derartige Dinge tun. Für mich sind diese Widerwärtigkeiten ein eindeutiger Beweis dafür, dass Sade kein Mensch ist! Er ist das Scheusal, nach dem ganz Paris sucht. Er ist ein Teufelsanbeter! Und du bist seine Gespielin.«

»Luise!«, flüsterte Madeleine beschwichtigend. Tante Luise schoss auf Isabeau zu. »Ich möchte dich in diesem Haus nicht mehr sehen! Du wirst augenblicklich deine Koffer packen und mit der nächsten Postkutsche nach Hause fahren! Deinen Vater werde ich noch heute davon in Kenntnis setzen, welch ein missratenes Mädchen er in die Welt gesetzt hat.«

Gustave wusste, dass nun eine äußerst behutsame Vorgehensweise vonnöten sein würde. Luise hatte bereits ein paar Tropfen Laudanum zum Tee erhalten. Sie war zu Bett gegangen und schlief seit einer guten Stunde.

Die Luft in seinen Lungen vibrierte, wenn er an die nächsten Stunden dachte. Das Laboratorium stand schon seit der letzten Nacht bereit. Nun warteten auf dem kleinen Tisch neben der Liege ein sehr scharfes Chirurgenmesser und eine kleine Knochenschere. Eine silberne Schale diente der Aufnahme des göttlichen Organs. Inzwischen waren die Fenster sorgfältig mit Tüchern verhängt. Unter der Liege befand sich eine alte Pferdedecke, die nicht einmal Cédric vermissen würde, wenn Gustave sie später in die Seine warf. Der unterirdische Gang, welcher direkt zum Flussufer hinunterführte, lag nun frei und unverschlossen vor ihm. Ein leichter Luftzug wehte durch die Schwärze, welche sich mit modriger Kühle vor ihm auftat. Rasch zog er den schweren Samtvorhang vor den düsteren Eingang und betätigte die Glocke, welche im Gesindetrakt und in der Küche erklang und nach Flora rief. Gustave goss roten

Wein in ein Kelchglas und schlug den Dotter eines Hühnereis darunter. Einem Porzellanbehälter entnahm er eine Prise pulverisierte Angelika und rührte um. Ihm war, als versuche ihn die Lieblichkeit der Blüte umzustimmen. Letzte Zweifel wischte er weg, indem er sich noch einmal klarmachte, dass er einzig im Dienste der Wissenschaft handelte. War es etwa verwerflich, nach einer Antwort zu suchen? »Nein!«, flüsterte er zu sich selbst. Letztlich konnte er Isabeau in ihrem Zustand nicht nach Hause schicken. Friedrich hatte ihm seine Tochter überlassen, und nun bekam sie ein Kind! Wie viel besser würde sein Schwager damit leben, dass seine Tochter einem Verbrechen zum Opfer gefallen war. Isabeaus Andenken würde weiß wie die Lilie der Gottesmutter sein.

Er atmete tief. Den Rekonvaleszenztrank hatte er von langer Hand vorbereitet. Isabeau hatte ihn seit jenen Wochen in der Salpêtrière täglich erhalten. Freilich nur mit wenigen Tropfen Laudanum. Nun gab er eine ausreichende Menge der Opiumtinktur hinein und verrührte das Schlafmittel sorgfältig in dem Getränk. Wein, Eigelb und eine Mischung aus Angelika, Veilchenwurzel und Habichtskraut übertünchten die Bitterkeit des Opiums problemlos.

Als Flora eintrat, klopfte Gustaves Herz bis zum Halse.

»Ihr habt nach mir geschickt?«, fragte das Mädchen und knickste. Gustave nickte und reichte ihr das Glas.

»Isabeaus Gesundheitswein. Sei so gut, und bring ihn ihr hinauf. Schließlich wollen wir sie ja so schnell wie möglich wieder ganz gesund sehen. Ah, bevor ich es vergesse«, sagte er mit einem milden Lächeln auf den Lippen. »Ich gebe euch allen den heutigen Abend frei. Luise fühlte sich ohnehin nicht wohl und schläft bereits. Ich selbst werde wohl noch für ein paar Stunden ausgehen.« Gustave nahm die Überraschung auf dem Gesicht des Mädchens wahr.

»Oh, das ist wirklich sehr freundlich!«, freute sich Flora und knickste erneut.

Als Flora gegangen war, warf er einen letzten Blick in den hinteren Teil seines Laboratoriums. Seine Hände zitterten ein wenig. Friedrichs und Sophies Zorn würde ihn auf alle Zeiten verfolgen, wenn er jetzt nicht handelte. Schließlich wäre es seine Aufgabe gewesen, Isabeau vor ebendiesen Umständen zu bewahren. Vielleicht spielte ihm hier aber auch die Vorsehung in die Hände? Ohne diese verhängnisvolle Schwangerschaft wäre ihm nie der Gedanke gekommen, das Herz seiner eigenen Nichte in Betracht zu ziehen. Schließlich waren sie Blutsverwandte! Darüber hinaus war ihm die junge Frau über die Monate, welche sie nun schon in seinem Haus weilte, ans Herz gewachsen. Voller Anspannung rieb er seine Hände, als ließen sich damit noch die letzten Zweifel vertreiben. Die Wissenschaft forderte nun einmal ihre Opfer – alles andere musste man als sentimentales Gewäsch abtun!

Inzwischen lag Isabeau sicher schon in tiefem Schlaf. Gleich wollte er sie in sein Laboratorium bringen. Fast wehmütig glitten seine Finger über ein dickes Buch. *De humani corporis fabrica libri septem* stand in geprägten Lettern auf dem abgegriffenen Leder. Zielsicher schlug er die Seite siebenhundert auf. *Le cœur* – das Herz! Was Andreas Vesalius für die Anatomie des sichtbaren Leibes war, wollte er für den Nachweis der Seele sein. Mit langsamen Schritten durchmaß Gustave sein Laboratorium, wo er aus der Abgeschiedenheit des hinteren Schrankes einen Stapel Papier zutage förderte. Jede der feinen Federzeichnungen zeigte ein menschliches Herz. Aus allen erdenklichen Blickwinkeln hatte er es für die Nachwelt auf Papier gebannt. Während seine Finger über eine der Zeichnungen fuhren, schloss er die Augen. Blind fand er die Herzkammern, den linken und den rechten Vorhof und schließlich die großen, Blut führenden Gefäße. *Le cœur* – das Herz! Fast etwas Magisches umgab das wohl edelste Organ des menschlichen Leibes. Und hier irgendwo musste sich ihm doch irgendwann das Geheimnis der unsterblichen Seele erschließen! Schließlich hatte sich die Annahme René Descartes', der die menschliche Seele in der Zirbeldrüse vermutete, als haltlos erwiesen. Dennoch teilte Gustave die Meinung Descartes', wonach Leib und Seele rein zufällig miteinander verbunden waren. Obwohl sie einander im eigentlichen Sinne nicht unbedingt bedurften und von unterschiedlicher Natur waren. Der Leib – materiell, teilbar und teilweise paarig angelegt – bestimmte die Gestalt des Menschen und alle seine Bewegungen. Die Seele dagegen musste unteilbar sein. War sie doch einheitlich und vollkommen immateriell. Nur die Annahme, die Seele im einzig nicht paarigen Organ des Kopfes anzusiedeln, verstand Gustave bis auf den heutigen Tag nicht. Freilich befand sich die Zirbeldrüse durch ihre Nähe zum Gehirn und zu den Augen wesentlich näher am Fühlen, am Wollen, am Urteilen und am Begehren. Aber für ihn stand schon immer außer Frage, dass nur das Herz, jenes göttliche Organ, sie beherbergen konnte! Er erinnerte sich noch gut an den Moment, als er in seinem Leben als Anatom zum ersten Mal eine Herzklappe zwischen seinen Fingern gefühlt hatte. Ein Wunder – dünn wie das samtene Blütenblatt einer Rose, glich das Herz mit ungefähr hunderttausend Schlägen am Tag in seiner Präzision einem göttlichen Uhrwerk. Wenn er bedachte, wie oft es in einem Monat, in einem Jahr oder im Laufe des menschlichen Lebens schlug, lag für Gustave die Besonderheit des Herzens auf der Hand. Ein wenig berauscht stellte er sich den Ruhm vor, welchen er erlangte, wenn er das Rätsel löste und das Mysterium der Seele als eine anatomische Natürlichkeit, kurzum als ein weiteres *Organ* erklärte. Noch in der heutigen Nacht würde ihm dies gelingen, dessen war er sich nun völlig sicher!

»Ein freier Abend?«, wiederholte Camille überrascht, als Flora in die Küche zurückkehrte. »Das hätte Monsieur wahrhaftig auch schon früher einfallen können! Wie gern ich wieder einmal meine Schwester besucht hätte.« Camille seufzte und warf einen Blick auf die Uhr. Nun war es eigentlich schon zu spät für den langen Weg. Nachdem Nanette mit Flora das Haus verlassen hatte, gab sie sich aber schließlich doch einen Ruck. Rasch packte Camille ein paar Leckereien aus der Speisekammer zusammen und verstaute sie in einem Henkelkorb. Vielleicht hätte Cédric sie fahren können? Aber der Kutscher war bereits zu Bett gegangen. Er musste den ganzen Tag im strömenden Regen auf dem Kutschbock zubringen und hatte sich einen Katarrh zugezogen.

Hin- und hergerissen zwischen der Freude über ein Wiedersehen mit ihrer Schwester und dem Gefühl, dass es für einen Besuch eigentlich bereits zu spät war, schlüpfte sie dann doch in die Schuhe und zog ihren Mantel an. Als lang gediente Angestellte im Hause am Quai des Grands Augustins hatte sie bereits bei Monsieur Lamberts Vater gekocht. Sie hatte Gustave Lambert schon gekannt, als dieser noch Streiche gespielt und ein paar saftige Ohrfeigen dafür bekommen hatte. Und sie fühlte sich schon seit jeher als das Auge und das Ohr des Hauses Lambert. Obgleich Monsieur Lambert schon immer ein ruheloser Forschergeist gewesen war, hatte er sich in den letzten Wochen verändert. Wie Camille fand, nicht unbedingt zu seinem Besten! Und Madame verbrachte seit dem Vorfall auf der Polizeiwache die meiste Zeit in ihren Räumen. Nicht einmal die Mahlzeiten nahmen sie noch gemeinsam ein. Letztlich schob Camille aber die Auswüchse ihrer Fantasie auf die Seite und verließ das Haus. In Gedanken lobpreiste sie die Straßenbeleuchtungen Ludwigs XV., welche es möglich machten, das Haus nach Einbruch der Dunkelheit noch zu verlassen.

Camille schritt kräftig aus und überquerte im Osten schon bald die Pont Neuf. Ein laues Lüftchen wehte über die Seine heran und strich durch die Gassen. Unterwegs begegnete sie Liebenden, die sich in enger Umarmung fanden. Zahlreiche

Bettler kreuzten ihren Weg. Sie alle suchten noch ein trockenes Plätzchen für die Nacht. Freilich blieben auch die zwielichtigen Gestalten nicht aus. Camille wechselte dann jedes Mal die Straßenseite und überließ sie der Abgeschiedenheit ihrer dunklen Geschäfte. Den ganzen Tag über hatte es geregnet, und die Gassen waren voller Morast. Ein garstiger Fluch entfuhr ihr, als sie zum wiederholten Male in einen vom Regen aufgeweichten Pferdeapfel trat. Augenblicklich fand der Gestank ihre Nase, während sie spürte, dass der Mist in ihren Schuh drang. Wie so oft ärgerte sich Camille, dass sie sich von ihrem mageren Lohn keine Trippen kaufen konnte. Die hölzernen Sohlen hätten sie trockenen Fußes durch die ganze Stadt gebracht.

In der Rue de la Tannerie gesellte sich zu dem widerwärtigen Dunst, welcher in Paris überall anzutreffen war, der Gestank nach faulendem Fleisch und Eichenrinde. Hier, nahe am Elend, bewohnten die Gerber ihre winzigen Häuser. Magere Katzen und streunende Hunde schlichen durch die Gasse. Sie glichen in ihrem Jammer den Menschen, die hier arbeiteten und lebten. Das verfallene Haus, in welchem ihre Schwester eine winzige Mietkammer bewohnte, stand klein und zusammengedrängt in einer Seitengasse nahe dem Gerberviertel. Camille gab sich alle Mühe, ihre Schuhe vom Morast zu befreien, indem sie sie über eine scharfkantige Eisenschwelle streifte, bevor sie das baufällige Haus betrat. Die fetten Ratten, welche ihr im Treppenhaus begegneten, verschwanden im Dunkel einer Nische. Nachdem sie an der Tür geklopft hatte, schien die Zeit wie mit Zuckersirup getränkt. Camille klopfte ein weiteres Mal. Wo Odette um diese Zeit nur sein konnte? Camille wunderte sich, dass sie ihre Schwester nicht antraf. Aber schließlich stieg sie die steile Treppe unverrichteter Dinge wieder hinab. Camille seufzte. All die guten Leckerbissen, die sie für Odette dabeihatte, musste sie nun wieder mühsam heimschleppen. Mit den ständig steigenden Mehlpreisen war es Odette schon lange nicht mehr möglich, sich satt zu essen. Freilich hätte Camille den Korb einfach vor die Türe stellen können, doch die Armut zwang die Leute zu stehlen, was immer sich bot. Nicht nur Brot wurde stetig teurer. Die anderen Nahrungsmittel zogen dank der unverschämten Besteuerungen nach. Es hieß, Ludwig XV. würde allein durch diese Steuern mehr als dreißig Millionen Livres im Jahr einnehmen. Mon dieu!, dachte Camille und schleppte ihren Korb weiter. Sie wusste nicht einmal, wie viele Nullen eine Million hatte, wie viele Ziffern man auf ein Blatt Papier malen musste, um eine Million zu erhalten. Kein Wunder, dass niemand mehr Respekt vor anderer Leute Eigentum hatte. Und die Ratten hielten sich ohnehin an kein Gesetz.

Isabeau blinzelte. Sie fühlte eine bleierne Müdigkeit, welche ihre Glieder lähmte und sie gefangen hielt. Nur ganz am Rand ihres Bewusstseins spürte sie, dass etwas nicht stimmte. Eine kleine, kaum wahrnehmbare Ahnung war es, welche sich durch ihre trägen Gedanken kämpfte wie der Schein einer Kerze durch die finstere Nacht. Die Augen fielen ihr zu, und als sie sie widerwillig öffnete, wirkte die Welt um sie wie in einen dichten Nebel getaucht. Ihre Lider waren wie mit Blei beschwert, und es kostete sie unendliche Mühe, sie nicht einfach wieder zufallen zu lassen. Ihr Rücken schmerzte, und die Unterlage, auf welcher sie lag, schien ihr ungewöhnlich hart und unbequem. Isabeau wollte sich umdrehen und die Welt um sich einfach vergessen, bis sie sich wieder etwas besser fühlte. Aber sie konnte sich nicht bewegen. Ihre Glieder, alles, ihr ganzer Körper schienen wie gelähmt. Eingeschlafen war sie in ihrem Bett, doch nun befand sie sich nicht einmal mehr in ihrem Zimmer. Isabeau blinzelte. Obwohl die Erschöpfung übermächtig schien, glaubte sie, entlang der Wände im schwachen Lichtschein ein paar Schränke und ein Regal zu erkennen. Wo war sie? Und weshalb lag sie nicht mehr in ihrem Bett? Sie sah die Umrisse einiger Bücher und einen klobigen Mörser aus Stein. Die dunklen Regalbretter und die Porzellangefäße. Isabeau wusste, sie war schon einmal hier gewesen … Als ihr Blick schließlich auf den Knochenmann fiel, wusste sie, dass sie sich in Onkel Gustaves Laboratorium befand. Aber weshalb lag sie hier auf der Behandlungsliege?

Düstere Erinnerungen an das Hôpital de la Salpêtrière stiegen in ihrem Inneren auf. Die Bäder in Eiswasser. Die glühend heißen Stäbe auf der Mitte ihres Kopfes. Und die ledernen Riemen, mit welchen sie tagelang auf ihrem Bett gefesselt liegen musste. Die Peinlichkeit, abermals in ihren eigenen Ausscheidungen liegen zu müssen, versetzte sie in Panik. Trotz der Schwäche, die sie niederdrückte, machte sie einen Versuch, aufzustehen. Aber sie konnte sich nicht rühren. Mühsam gelang es ihr schließlich, wenigstens den Kopf zu heben. Entsetzen breitete sich in ihr aus. Von der Höhe ihres Bauches kommend, erfasste sie eine eisige Welle der Angst – Todesangst!

Isabeau zerrte an den dunklen Gurten, aber sie gaben nicht einmal um Haaresbreite nach. Bewegten sich dort nicht Schatten entlang der Wand? Sie wirkten wie schwarze Zungen. Krochen die Wand hinauf und kicherten böse. Am Ende hatten Einbrecher sie hier in Onkel Gustaves Laboratorium geschleppt und die übrigen Bewohner des Hauses getötet? Aber die Schatten, welche sie über die Wände huschen sah, glichen weit mehr ihrem Onkel denn einem fremden Eindringling.

»Ist da jemand? Kann mich jemand hören? Hilfe! Bitte, ich brauche Hilfe!« Isabeau glaubte, ihr Herz müsse jeden Augenblick aus der Brust springen, als plötzlich Onkel Gustave in der Tür erschien. Sein Gesicht wirkte bleich und starr. Beinahe wie der Tod selbst. All die Befürchtungen, welche sie im Lauf der Monate bereits gehegt hatte, drängten sich ihr nun schlagartig wieder auf. Das Weinen. Das nächtliche Weinen und die Strenge, mit welcher Gustave darauf achtete, dass kein Unbefugter diese Räume hier betrat.

»Onkel Gustave, weshalb habt Ihr mich hier gefesselt? Bitte, macht mich los, ich habe furchtbare Angst!«

Gustave schien sie nicht zu hören, oder wollte er nicht? Abermals zerrte sie an ihren Fesseln, die sich bereits mit scharfen Zähnen in ihr Fleisch gruben. Die Angst schnürte ihr die Kehle zu. Unfähig zu schlucken, klebte ihr die Zunge wie ein trockener Schwamm am Gaumen. Die einzelnen Herzschläge pulsierten in ihren Schläfen. »Onkel Gustave!«, schrie sie nochmals. Ihre Stimme drohte zu versagen. Wozu hatte Gustave sie hierhergebracht und gefesselt? Ihr war, als habe sich ihr Blut in Eiswasser verwandelt.

»Onkel Gustave! Seid Ihr denn von Sinnen? Macht mich augenblicklich los!« Ihre Blicke trafen sich. In seinen Augen tanzte ein bedrohliches Feuer. Und sie erkannte etwas, das ihre Angst übermächtig werden ließ. War es Blutdurst? War es Mordlust? Musste sie am Ende hier auf dieser Liege sterben? »Onkel Gustave!«, rief sie nochmals. »Ihr macht mir Angst. Bindet mich auf der Stelle los!«

»Still!«, mahnte er nur und legte den Zeigefinger über ihre Lippen. Seine Berührung schien Isabeau wie Säure, die sich in ihre Haut fraß. Ekel stieg in ihr auf.

»Du darfst Teil eines Großen werden. Vielleicht verstehst du es nicht!« Die Arme zu einer ausladenden Geste ausgebreitet, sprach er langsam weiter. »Was wir spüren, ist der Atem Gottes! Das Unsterbliche! Das Zeitlose! Es gibt keinen erhebenderen Moment als diesen winzigen Augenblick, in welchem wir sehen dürfen, wo das Unvergängliche seinen Ursprung hat. Dort, wo sich Anfang und Ende treffen und eins werden, dort beginnt ein heiliger Akt der Schöpfung.«

Isabeau war sich nun sicher, dass Gustave den Verstand verloren hatte. Die furchtbare Gewissheit schloss sich wie eine eiserne Faust um ihr Herz. Gerade als Isabeau glaubte, ohnmächtig zu werden, hob er ihren Kopf und flößte ihr etwas zu trinken ein. Sie schluckte, und der Geschmack legte sich lähmend und bitter auf ihren Gaumen.

»Nicht gut«, murmelte er. »Gar nicht gut!« Er streichelte ihr Haar beinahe liebevoll. »Schmerz ist nicht gut für unser Vorhaben. Gar nicht gut!« Wie der Zuschauer eines grausigen Theaterstücks sah sie, wie Gustave ihr Hemd über der Brust öffnete. Fast andächtig glitten seine Finger über die Stelle, unter welcher das Herz schlug. Ihr Herz! Dort, wo das beständige Beben zu Hause war und sich die Angst in der Dunkelheit versteckte. Eine Ewigkeit beließ er seine Hand dort.

»Ein heiliger Moment!«, flüsterte er ergriffen und schloss die Augen. Isabeau glaubte gar, etwas Seelenvolles in seiner Stimme zu hören. »Wieso bindet Ihr mich nicht einfach los? Bitte, Onkel Gustave!« Ihre Worte verklangen ungehört. Sie erreichte ihn nicht.

»Ich verspreche dir, dein Opfer wird heilig sein. Der Allmächtige segnet dich dafür.« Isabeau fühlte die dumpfe Schwere, welche sich erneut über ihre Glieder legte und sie in einen Mantel aus Blei hüllte. Ihre Lider flatterten, und allein die Angst, hier zu sterben, hielt sie noch am Rande ihres Bewusstseins wach. Sie wollte nicht sterben und schon gar nicht hier in diesen einsamen Räumen, wo niemand sie finden würde. Mit jedem weiteren Atemzug wurde die Angst in ihrer Brust gewaltiger. Das Blut dröhnte in ihren Ohren, und für einen Moment fielen ihr die Augen zu. Als sie sich zwang, ihre Augen wieder zu öffnen, hielt Gustave ein Skalpell in seiner Hand. Im Schein der Kerzen blitzte der Stahl gefährlich. Isabeau glaubte, ohnmächtig zu werden, als Gustave die Klinge auf ihre Brust senkte. In Erwartung eines letzten Schmerzes schloss sie ihre Lider.

Es ist nicht schlimm, wenn man missverstanden wird, schlimmer ist es, wenn man verstanden wird.
Marquis de Sade

Der dumpfe Schlag. Er klang nach Endlichkeit. Nach Verderben. Und nach Tod. Er hallte wie ein fremdes, gefährliches Geräusch in Isabeaus Ohren, und doch wagte sie nicht, ihre Augen wieder zu öffnen. Zu groß war die grausige Befürchtung, die sie in dem kleinen Raum ihrer eigenen Angst gefangen hielt. Erst Camilles viel zu schrille Stimme riss sie aus ihrer starren Betäubung. Aus ihrer Furcht vor Schmerz und ihrer Angst vor dem Tod. Isabeau schlug die Augen auf. Aber zuerst war es ihr unmöglich, etwas zu erkennen. Die Welt um sie war im dichten Nebel des Opiums versunken. Erst ganz allmählich, als sie ihren Blick unendlich langsam schweifen ließ, erkannte sie die Köchin. Während Camille mit weit aufgerissenen Augen zu ihr hinuntersah, wirkte sie wie eine Rachegöttin. Ihre Hand umklammerte noch immer den Schürhaken. Drohend. Bereit zum nächsten Schlag. Erst allmählich zeichnete sich die Unfassbarkeit dessen, was sich hier in diesem Raum zugetragen hatte, auf ihrem Gesicht ab. Mit einem Mal wirkten Camilles Wangen wächsern. Beinahe leblos. Mit einem Aufschrei ließ Camille schließlich das Eisen zu Boden fallen. Und plötzlich kam Leben in die Köchin.

»Mon dieu! Isabeau! Kindchen!«, beschwor Camille sie und machte sich sofort daran, sie von den Lederriemen zu befreien. »Was hat Euch dieser Wahnsinnige nur angetan?« Camille half ihr beim Aufstehen und zog sie in ihre Arme. Isabeau spürte ihre Glieder nicht mehr und wäre wohl gestürzt. Ihre Beine gaben nach, und der Boden unter ihr wankte gefährlich. Doch in Camilles schützenden Armen zog die Angst ganz langsam ihre scharfen Krallen ein.

»Oh, ich habe es gespürt«, seufzte Camille und streichelte ihr Haar. »Wieso habe ich nur das Haus verlassen? Vielleicht wäre Euch das erspart geblieben, wenn ich aufgepasst hätte, wie ich es schon tue, seitdem Ihr hier seid! Dieses Scheusal, dieses furchtbare Scheusal! Ich habe es schon seit einer ganzen Weile geahnt! All diese Frauen! Das viele Blut! Mon dieu!« Wie ein verstimmtes Instrument drang Camilles tiefe Stimme an ihr Ohr. Isabeau zitterte so sehr, dass ihre Zähne aufeinanderschlugen.

»Ach, Kindchen!«, hörte sie Camilles mitfühlende Worte. »Alles ist gut! Er wird dir nichts mehr tun. Er wird nie wieder irgendjemandem etwas zuleide tun!« In der Aufregung hatte Camille jegliche Etikette vergessen und presste sie an ihren weichen, mütterlichen Leib. »Aber das Wichtigste ist, dass du unverletzt bist! Niemals könnte ich mir verzeihen, wenn dieser Wahnsinnige dir ein Leid zugefügt hätte. Ich sag's ja, das wahrhaft Böse verbirgt sich nur allzu oft hinter dem offenkundig Ehrenhaften. Aber nun ist alles vorbei!«

Obgleich Isabeau ein eiskalter Schauer über den Rücken lief, sah sie zu Gustave hinab. Er lag seitlich auf dem Boden. Seine Glieder weit von sich gestreckt. Eigentlich wirkte es beinahe, als schliefe er. Allein die kleine, blutende Wunde an seinem Hinterkopf erzählte von dem tragischen Unglück, welches diese Mauern gesehen hatten. »Dann ist er also wirklich …?«

Camille nickte. Isabeau sah, wie sich die Köchin bückte und nach einem Lebenszeichen suchte.

»Mausetot!« Camilles Worte klangen hart und ließen jede Spur eines Mitgefühls vermissen.

»Hast du etwa gewusst, dass er die Frauen tötet?«

Camille schüttelte den Kopf. »Sagen wir lieber geahnt.« Sie hielt kurz inne. »Leider erst seit Kurzem«, setzte sie nach. »Was ich mir niemals verzeihe, ansonsten wäre Madame Lisanne Fournier vielleicht noch am Leben!«

In Isabeaus Kopf überschlugen sich die Gedanken. Gustave hatte sie töten wollen! Mehr noch – ihr Onkel hatte ihr das Herz herausschneiden wollen! Und Camille, nun, Camille hatte ihr Leben gerettet, indem sie Gustave mit dem Schürhaken erschlug.

»Was sollen wir denn jetzt nur tun? Die Gendarmes de la garde werden jeden Augenblick hier auftauchen. Sie werden uns mitnehmen … und uns wieder in dieses Verlies auf der Île stecken, oder …« Isabeau stockte der Atem, bevor sie fortfuhr: »Womöglich überstellen sie uns in die Bastille, wo sie uns dann bis zu unserem Lebensende einsperren.« Die Erinnerung an die furchtbaren Stunden im Keller der Polizeiwache ließ ungeahntes Entsetzen in ihr aufsteigen. Camille hatte Gustave getötet – um sie zu retten! Tränen flossen über ihre Wangen und netzten ihr Hemd.

»Schh, schhh … alles ist gut!« Ohne Widerstand ließ sich Isabeau von Camille durch die schwere Tür in die Küche führen. Sie fühlte Camilles Hände, die sie sanft auf die große Küchenbank pressten.

»Oh Camille, was haben wir nur getan?« Isabeaus Stimme bebte. Mit zitternden Händen nahm sie ein Glas entgegen. Der Anis brannte in ihrem Hals.

»Zuerst einmal habe ich Gustave Lambert allein erschlagen. Dich, mein Kind, trifft nun wirklich keine Schuld! Du hättest um ein Haar dein Leben gelassen.« Isabeau ließ geschehen, dass Camille ihre Hand nahm und sie streichelte. »Und solange niemand davon erfährt, wird auch niemand kommen.« Camille machte eine Pause. »Außer freilich, du zeigst mich bei der königlichen Garde an. Dann werden mich die Gendarmes de la garde festnehmen. Ein Prozess wird ans Licht bringen, dass ich den ehrenwerten Monsieur le Docteur erschlagen habe, und im Anschluss werden sie mich wohl aufhängen.«

»Andernfalls hätte er mir das Herz aus dem Leib geschnitten«, flüsterte Isabeau. In ihrer Stimme schwang Entsetzen.

Camille nickte. »Ja, das wäre wohl geschehen!«

»Stell dir nur vor, die Frauen lebten noch, als er das getan hat. Ist das nicht grauenvoll?« Sie fühlte, wie Camille ihre Hand drückte.

»Ja, das ist es. Es ist das Grauenvollste, was ich jemals gehört habe!« Eine Weile schwiegen sie. Nur das Feuer fauchte leise im Ofen. Und vor den Fenstern hörten sie die Bassstimme des Nachtwächters beim Absingen des Stundenliedes.

»Ich könnte erzählen, wie es sich wirklich zugetragen hat, und dann würde dich die ganze Stadt als Heldin feiern. Gustave Lambert tot! – Dem Herzensammler von Paris konnte endlich das Handwerk gelegt werden!«, trug Isabeau die mögliche Schlagzeile sämtlicher Pariser Zeitungen vor. »Ich könnte glaubhaft machen, dass er auch mir das Herz herausschneiden wollte. Ganz nebenbei wäre auch Sade entlastet.«

Camille schüttelte den Kopf und sah sie lange an. »Niemand würde uns glauben! All die Richter und Ministerialen würden keinen Deut auf unsere Geschichte geben. Schließlich sah zeit seines Lebens ein jeder in Monsieur Gustave Lambert einen ehrenwerten Mann. Einen Physikus, der sich stets zum Wohle seiner Mitmenschen einsetzte. Nie würde auch nur ein Einziger all diese grauenvollen Verbrechen hinter Gustave Lambert vermuten. Nicht einmal Inspektor Marais. Im Gegenteil, er zählte sogar auf seine Mithilfe bei der Aufklärung der Morde. Freilich könnte ich verstehen, wenn du mich verrätst, weil du Monsieur de Sade vor weiteren Verdächtigungen bewahren möchtest. Schließlich liebst du ihn.« Camille lächelte milde. »Aber glauben werden sie uns trotz alledem nicht. Lass dir das von einer alten Frau gesagt sein! Die obersten Richter würden mich für schuldig am Tode Gustave Lamberts befinden und Sade weiterhin verfolgen.«

Isabeau nahm einen weiteren Schluck und fühlte dem Brennen in ihrer Kehle nach, das sich bis in ihren Bauch ausbreitete und ein warmes Gefühl hinterließ. Wahrscheinlich hatte Camille recht. Sie beide waren viel zu gering, und Tante Luise würde alles unternehmen, um ihren geachteten Ehemann noch im Tode davon abzuhalten, ihrem Ruf zu schaden. Im Zweifelsfall schenkten die Richter einer Dame von Ansehen und Stand wohl weitaus mehr Glauben als einer einfachen Köchin und einer jungen Frau aus dem Heiligen Römischen Reich.

»Zuerst einmal werde ich nun Cédric wecken«, unterbrach Camille ihre Gedanken. »Hierfür wird er mich sicher nicht lieben. Aber ohne ihn wird es nicht gehen. Wir brauchen seine Hilfe.« Camille legte ihre Hände auf die Hüften. Ihr Gesicht zeigte nun wilde Entschlossenheit. »Doch zuerst bringe ich Euch rasch zu Bett. Ihr könnt Euch ja nicht einmal mehr auf den Füßen halten, so müde seid Ihr.«

»Aber was habt Ihr vor?«

»Lasst das meine Sorge sein, Kindchen. Ich sage nur …«, Camille hob entschuldigend ihre Schultern, »… zu viel Wein … und vielleicht die Nachwirkungen eines Opiumrausches. Da stolpert es sich rasch auf der Treppe.«

»Aber das Blut!«

»Ich werde es aufwischen. Es ist nicht viel, und der Boden ist ohnehin fast schwarz.«

Isabeau dachte an das Blut der anderen Frauen und an ihre Herzen. »Und er ist wirklich tot?« Camille nickte.

»Ja, mein Kind, das ist er.« Isabeau schluckte schwer. Sie konnte nicht glauben, was sich in der letzten Stunde zugetragen hatte. Ihr eigener Onkel ein Mörder!

»Ein schreckliches Unglück ist geschehen!«, rief Flora aufgeregt. »Bitte, Mademoiselle Isabeau, rasch, so wacht doch auf! Mon dieu, mon dieu!« Isabeau blinzelte. Sie fühlte die Erschöpfung der vergangenen Nacht wie einen bösen Traum. Es dauerte geraume Zeit, bis sie ihre Augen öffnen konnte und sie wirklich verstand, was Flora in ihrer Aufregung von ihr verlangte. Nachdem Camille sie ins Bett gesteckt hatte, war sie in einen tiefen, traumlosen Schlaf gefallen. Selbst jetzt fühlte sie ihre Glieder wie gelähmt, und in ihrem Kopf summte ein ganzer Bienenstock. Erst nach und nach sickerte das ganze Grauen der vergangenen Nacht in ihr Bewusstsein zurück.

»Mademoiselle, ein furchtbares Unglück ist geschehen. Monsieur Lambert«, Flora fuchtelte aufgeregt durch die Luft. »Stellt Euch vor, er ist tot! Er liegt unten in der Halle und atmet nicht mehr! Mon dieu, der arme Mann!«

Mein Gott!, dachte Isabeau. Ich muss mich zusammenreißen! Schließlich darf niemand erfahren, dass ich von Gustaves Tod weiß. Mehr noch, dass ich selbst dabei war, als Camille ihn erschlagen hat! Sie spürte die Gänsehaut, welche ihr angesichts dieser furchtbaren Nacht wuchs, beinahe schmerzhaft.

»Monsieur ist tot, und Madame, sie schließt nicht aus, dass er ermordet wurde! Stellt Euch nur einmal vor, ein Mord hier bei uns im Haus! Ist das nicht schrecklich?«

Isabeau nickte, während sie sich von Flora in den Morgenmantel helfen ließ. Die Stimme der Kammerzofe schrillte wie eine viel zu helle Glocke an ihr Ohr, während ihr Flora aufgeregt berichtete. »Monsieur Lambert lag leblos am

Fuße der Treppe, und ich wusste nicht, was ich tun sollte! Also habe ich aus Leibeskräften geschrien«, sagte sie und presste ihre Hand über ihr Herz. »Wäre Camille nicht gewesen«, Flora faltete ihre Hände, »ich weiß nicht, was ich getan hätte. Madame hat bei der Nachricht vom Tod von Monsieur einen Schwächeanfall erlitten. Nun sitzt sie unten in der Halle. Docteur Martin ist bei ihr. Sie hat angeordnet, dass sich alle unten in der Halle einfinden sollen, weil sie davon überzeugt ist, dass ihr Mann einem heimtückischen Mord zum Opfer fiel.« Floras Worte erfassten sie mit der Wucht eines Erdbebens. Isabeau blieb auf der Treppe stehen und umfasste das Geländer, bis ihre Knöchel weiß hervortraten. Sie atmete tief und wusste dennoch nicht, ob sie dem, was nun kommen würde, entgegentreten konnte.

»Mademoiselle!«, rief Flora besorgt und stützte sie. »Uns allen geht der Tod von Monsieur sehr nahe. Möchtet Ihr Euch einen Augenblick auf die Treppe setzen?« Isabeau schüttelte den Kopf.

Als sie die restlichen Stufen schließlich an Floras Seite hinunterging, fühlte sie ihre Beine hölzern, als würden sie ihr augenblicklich den Dienst versagen. Sämtliche Hausbewohner hatten sich bereits versammelt. Cédric, Nanette, Onkel Gustaves Kammerdiener, die beiden Knechte, die Mägde und Camille. In ihren weißen Nachthemden, mit Hauben und Schlafmützen auf dem Kopf, wirkten sie wie Gespenster. Durch die großen bleiverglasten Fenster fiel das erste graue Morgenlicht. Niemand sprach ein Wort. Die Stille schien greifbar. Sie wirkte mörderisch.

Isabeau ließ sich von Camille stützen. Wie es aussah, hatte die Köchin sogar geweint. Neben ihr stand Cédric. Auch sein Gesicht wirkte versteinert. Sie alle schauten zu, wie Docteur Martin, ein ergrauter Mann mit geröteten Wangen, neben Gustave kniete und ihm ein Hörrohr auf die Brust presste.

»Nichts!«, murmelte er nach einer Weile. Er hob Gustaves Lider und tat einen raschen Blick in seine Augen. Nur vereinzelt durchbrachen die lauten Atemgeräusche des Arztes die bedrückende Stille, welche sich über die Halle gelegt hatte. Als der Physikus weitere Untersuchungen vornehmen wollte und die Knechte bat, den Toten auf den Rücken zu drehte, hielt Isabeau den Atem an. Ob sich auf Gustaves Gesicht zeigte, dass er erschlagen worden war?

»Man kann nie wissen«, murmelte Docteur Martin und nickte Luise zu. Hoch konzentriert tastete er jeden Zentimeter des Leichnams ab. »Ich habe schon erlebt, dass das Messer noch im Bauch steckte.«

Isabeau erschrak, als sich Tante Luise von ihrem Stuhl erhob und neben sie trat. Luises Hand schloss sich wie ein Schraubstock um ihren Arm.

»Hast du ihn am Ende auf dem Gewissen?« Isabeaus Beine drohten nachzugeben. Was dachte sich Tante Luise nur dabei, sie öffentlich eines Mordes zu beschuldigen?

»Vielleicht sollte Monsieur le Docteur erfahren, dass du keinen Tag hast verstreichen lassen, an welchem du mir und Gustave zuleid gelebt hast. Um seine Untersuchungen abzuschließen, sollte er vielleicht auch wissen, dass du dich über jede Regel hinweggesetzt hast. Und zu guter Letzt hatten wir auch noch mit der Polizei zu tun, weil du dich mit diesem Sade eingelassen hast. Du hast keine Gelegenheit ausgelassen, Gustave und mich in der Gesellschaft lächerlich zu machen. Eine wie du …« Der Rest von Luises Rede ging in ihrem Schluchzen unter. Sie schnäuzte sich in ihr Taschentuch. Ihre Stimme bebte. »Am Ende … ist das der Grund für … seinen überaus plötzlichen und ungewöhnlichen Tod.« Isabeau spürte sämtliche Augenpaare auf sich geheftet. Die stumme Anklage ließ sie zittern. Sie presste ihre Zähne aufeinander und suchte der Wut, die in ihr aufstieg, Herr zu werden. Sie musste sich beruhigen! Wenn sie sich jetzt verriet, würde Camille hängen! Ihre liebe Camille, die ihr Leben aufs Spiel gesetzt hatte, um das ihre zu retten.

»Wer weiß das schon«, begann Luise erneut. Inzwischen hatte sie sich wieder ein wenig gefangen und musterte Isabeau aus geröteten Augen. »Schließlich wäre es nicht unmöglich, dass du ihn auf der Treppe gestoßen hast.« Isabeau spürte den Schweiß. Eine feine Spur kitzelte zwischen ihren Brüsten und eine weitere entlang ihrer Wirbelsäule. Nichts durfte sie sich anmerken lassen, ansonsten wäre Camilles Opfer umsonst gewesen ...

»Du hast meine Güte leichtfertig ausgenutzt! Da ist es bis zu einem Mord nur ein kleiner Schritt ...« Ein hysterisches Schluchzen beendete ihren Satz, bevor sie in sich zusammensackte. Obgleich Isabeau in diesem Augenblick so viel Empörung empfand, fing sie Tante Luise auf und führte sie mit Nanette zu ihrem Stuhl zurück, wo sie still zu weinen begann.

Der Physikus erhob sich und packte sein Hörrohr in die mitgebrachte Tasche. Er trat zu Luise und räusperte sich. »Bitte verzeiht«, begann er langsam, seine Worte sorgfältig abwägend. »In diesem hier vorliegenden Fall Eures ehrenwerten Gatten liegt mit großer Wahrscheinlichkeit kein Tötungsdelikt vor.« Docteur Martin rückte seine weiße Perücke gerade und klemmte sich das Monokel wieder vor das rechte Auge. »Ich fürchte, Euer werter Gatte ist einfach gestolpert und auf diese schreckliche Art zu Tode gekommen.«

Luise schüttelte energisch den Kopf und presste ihr Taschentuch über Mund und Nase. »Unsinn!«, flüsterte sie durch den Stoff. »Gustave ist niemals gestolpert. Er war ja bei Sinnen. Diese da ...«, dabei deutete sie mit dem Finger auf Isabeau, »... diese da hat ihn auf dem Gewissen. Ich möchte, dass Ihr augenblicklich den Inspektor und die Gendarmes de la garde verständigt.«

Isabeau fühlte, wie die Angst zurückkam. Die Angst, noch einmal in die kalte, dunkle Zelle der Polizeiwache geschlossen zu werden. Diesmal könnte es für sehr lange sein – am Ende sogar für immer!

Als ihr Blick auf Gustave fiel, fühlte sie die Entrüstung übermächtig. Nun lag er stumm und kreidebleich vor ihr auf dem Boden. Dabei hatte er ihr das Herz aus dem Leib schneiden wollen! So wie er es schon viele Male bei vielen anderen Frauen getan hatte. Und doch war sie zum Schweigen verdammt! Vielleicht machte sie allein die Tatsache hochverdächtig, dass sie zu keiner Rührung fähig war, einfach dastand und den Aufruhr in ihrem Inneren unterdrückte? Isabeau blickte in entsetzte Gesichter. Fragende Gesichter. Sie wissen es!, dachte sie plötzlich. Vielleicht sollte ich einfach die Wahrheit gestehen und auf die Einsicht des Richters hoffen? Dass Gustave sie um ein Haar umgebracht hätte und sie sich hier nun eines Mordverdachts erwehren musste, grenzte an Wahnsinn. Wäre ihre Situation nicht derart prekär gewesen, hätte sie wohl gelacht. Schließlich war es Camille, die ihr mit einem aufmunternden Nicken versicherte, dass sie zu ihr stand, egal, was sie sagte. Camille war es dann auch, die das Wort ergriff. »Madame, vielleicht sollten wir alle uns zuerst einmal beruhigen. Ich setze Wasser auf und koche uns eine Tasse Tee.« Luise nickte abwesend und entließ sie mit einer Handbewegung in die Küche.

»Bitte, Madame, Eure Köchin scheint eine weise Frau zu sein!« Die volle Stimme des Physikus riss Isabeau wieder aus ihren Gedanken. »Euer werter Gatte ist eindeutig durch einen tragischen Unfall zu Tode gekommen.« Er deutete zur Treppe hinauf und berührte Luises Arm. »Das ist in der Tat wirklich sehr bedauerlich, aber dort oben scheint er gestolpert zu sein. Seht Ihr, dort hat sich der Läufer gelöst.« Sämtliche Augenpaare folgten dem Arzt, der zuerst zur Treppe hinaufdeutete, um sich dann der Wunde an Gustaves Kopf zuzuwenden. »Hier diese Wunde … sehr wahrscheinlich hat er sich überschlagen, bevor der Aufprall auf der Treppe erfolgte. Mit großer Wahrscheinlichkeit war er augenblicklich tot.« Docteur Martin bückte sich abermals nach Gustaves Leichnam. »Und bitte, seht hier«, er wies auf den Blutfleck auf dem Teppich neben Gustaves Kopf. »Der Blutfleck ist ein eindeutiger Hinweis auf den Sturz.« Die beiden Kammerzofen flüsterten miteinander, und Luise nickte zögernd. Doch Isabeau sah, dass sie keinesfalls überzeugt war.

Der Physikus setzte sein Monokel wieder vor das rechte Auge und räusperte sich. »Selbstredend fehlt mir das kriminalistische Gespür des Monsieur l'Inspecteur zur Gänze. Aber ich verfüge über einen gut ausgeprägten gesunden Menschenverstand. Und nach meinem Gutdünken wird es keine weiteren Untersuchungen mehr geben.« Inzwischen stützte er Luises Arm. »Madame, darf ich Euch mein tiefes Mitgefühl aussprechen!« Luise schenkte dem Medicus ein wohlwollendes Nicken. »Und als Euer Arzt muss ich Euch nun dringend zu Ruhe und Schonung raten. Denkt an Eure Nerven, und lasst Euch nun von einer Zofe in Eure Räume begleiten. Selbstverständlich werde ich dort zu Euren Diensten sein, solange Ihr meine Hilfe benötigt. Darf ich nun in Eurem Namen die Totenfrauen verständigen, um Euren Gatten in der seinem Stand angemessenen Weise aufbahren zu lassen?«

»Ich danke Euch, Monsieur le Docteur!«, flüsterte Luise und überließ sich Nanettes Obhut.

»Ich kann Paris jetzt doch nicht einfach verlassen! Zumindest nicht, solange ich nicht weiß, wie es Sade ergangen ist.« Isabeau schob die Kartoffelschalen zusammen mit Kohlblättern und Karottengrün in den Eimer für das Schweinefutter. Seit ihre Tante ihr Zimmer nicht mehr verließ, setzte sich Isabeau jeden Tag über deren Verbot hinweg, sich bei Camille in der Küche aufzuhalten. Luise hatte ihr bislang untersagt, dass sie ihre Zeit ohne zwingenden Grund mit den Dienstboten verbrachte. Nur Luises Gebot, wonach Isabeau das Haus bis zu ihrer Abreise nicht mehr verlassen durfte, achtete sogar Camille. Isabeau liebte es, Camille bei der Küchenarbeit zu helfen. Daheim in Lindau waren es stets die schönsten Stunden gewesen, wenn sie mit Maman und Vreni das Essen vorbereitete und dabei ein wenig plauderte.

»Für den heutigen Tag sollten wir uns lediglich vornehmen, die Beerdigung gut zu überstehen, oder seid Ihr anderer Meinung?« Isabeau nickte. Und als sie wenige Stunden später neben sämtlichen dienstbaren Geistern aus dem Haus am Quai des Grands Augustins Nummer sieben auf dem Friedhof stand und ihrem Onkel die letzte Ehre erwies, drehte sich ihr fast der Magen um. Dort zwischen all den steinernen Monumenten wurde sie Zeuge eines Trauerzugs, der seinesgleichen suchte. Selbst hohe Richter, Ministerialen und Magistrate fanden sich unter den Trauernden. Selbstredend ließen es sich Inspektor Marais und der Comte de Sade ebenfalls nicht nehmen, Monsieur le Docteur auf seinem letzten Weg zu begleiten. Sehr wahrscheinlich wurde nie zuvor einem Mörder eine derart prachtvolle Beisetzung zuteil, dachte Isabeau. Es schien, als nehme die ganze Stadt Abschied von Gustave. Einzig Luise konnte ihr Bett nicht verlassen, sie hatte einen Nervenzusammenbruch erlitten, und Docteur Martin hatte ihr Laudanum verabreicht, sodass sie endlich schlafen konnte. Isabeau hielt ihren Blick gesenkt, während sich die Menschen von Gustave verabschiedeten. Als der Trauerzug endlich sein Ziel erreicht hatte und die beiden Totengräber begannen, Erde in Gustaves Grab zu schaufeln, atmete Isabeau auf. Mit Sicherheit glichen sie einem Rabenschwarm, als sie mit hölzernen Schritten, gefolgt von der gesamten Dienerschaft, den Friedhof endlich verließen.

Flora legte letzte Hand an die Gepäckstücke und den schweren Reisekorb, welcher schon neben der Tür zur Abholung bereitstand. Und Isabeau zählte ihre letzten Stunden in Paris. Ihr Herz wog schwer, doch die unausweichliche Tatsache, dass es ihr offensichtlich nicht mehr vergönnt war, Sade Lebewohl zu sagen, schien ihr die Grausamste aller Widrigkeiten. Nachdem ihr Versuch, über die Hintertür zu entkommen, zur Gänze misslungen war, blieb ihr nun allenfalls noch ein Brief. Gedankenverloren ließ sich Isabeau auf den Stuhl mit der geschwungenen Lehne fallen und stützte ihre Arme auf den Sekretär. Regen fiel in einem dichten Vorhang aus Grau vor ihrem Fenster hinab. Seit Tagen regnete es nun schon ohne Unterlass. Der Himmel über Paris weinte und ließ nicht einmal das winzigste Fleckchen Blau erahnen. Alles schien trüb und ohne jede Hoffnung. Sie legte den Kopf in ihre Hände und schloss die Augen. Wenig später öffnete Isabeau ein letztes Mal die Schublade ihres Sekretärs und nahm ein Blatt Papier heraus. Sie ergriff die Schwanenfeder und strich sich damit leicht über den Arm. Seidig und weich spürte sie sie auf ihrer Haut … Ein Tag im zeitigen Frühling kam ihr in den Sinn. Ein Tag, wie Gott ihn geschaffen hatte. Ein Tag, der den Menschen versicherte, dass nach jedem noch so langen Winter der Frühling wiederkehrte. Die ersten sonnengelben Trollblumen streckten ihre kleinen Köpfe neugierig aus der Erde … Sie hatte Camille auf dem Weg zu einem Flickschuster begleitet, und während die Köchin im Anschluss wie so oft das Grab ihrer Mutter besuchte, war Sade urplötzlich aus dem Nichts aufgetaucht. Minuten voller Verwirrung und von atemloser Magie. Herzschläge voller Überraschungen. Pulsierende Lebensader. Und zum Abschied die Schwanenfeder. Weiß wie Schnee. Zart und kraftvoll zugleich. Schön wie das majestätische Tier selbst …

Für Donatien schrieb sie ganz oben auf den schweren, grauen Briefbogen.

Dies ist das Ende einer wunderbaren Geschichte. Vielleicht war es sogar eine Liebesgeschichte, aber das müsst Ihr selbst entscheiden! Ich erinnere mich noch ausgesprochen gut an unsere allererste Begegnung. Selbst wenn es verrückt klingt, aber es waren Eure Dreistigkeit, Eure Arroganz und Eure Unbeherrschtheit, die mich in einen eigentümlichen Bann gezogen haben! Waren wir doch beinahe wie Feuer und Wasser, die mit einem lauten Zischen aufeinandertrafen. Ich werde mich für immer an die besonderen Stunden mit Euch erinnern, die wohl gleichzeitig zu den misslichsten zählen, welche ich je erlebt habe. Nie hatte ich das Gefühl, deplatzierter zu sein, und doch habe ich mich nie glücklicher gefühlt.

Ich weiß, Euch blieb keine Wahl, aber mit Eurer Heirat habt Ihr mein Herz gebrochen. Ein Teil wird für alle Zeit hier bei Euch bleiben. Denkt daran, sobald die Nacht über Paris hereinbricht. Denn dann wird sich der gebrochene Teil meines Herzens mit der Drolerie in die Lüfte erheben. Vielleicht begegnet Ihr ihm einmal …

Zu meinem Leidwesen werde auch ich schon bald die Frau eines Mannes werden, den ich niemals lieben werde. Wenn Euch mein Brief erreicht, weile ich bereits in der Heimat, aber ich denke an Euch, solange ich bin.

Isabeau

Der warme Geruch von Siegellack lag noch in der Luft, als es an der Tür klopfte. Eilends schob Isabeau den Brief zwischen die Seiten ihres Tagebuchs.

»Seid Ihr so weit?«, fragte Flora freundlich. »Die Postkutsche wird in etwa einer Stunde auf der Place Vendôme erwartet. Cédric wird Euch begleiten.«

Als Isabeau wenig später wieder allein ihrem Zimmer war, ließ sie ihren Blick ein letztes Mal durch den Raum schweifen.

Sie dachte an all die furchtbaren und all die glücklichen Stunden, die sie in diesem Haus erlebt hatte. Ein letztes Mal spürte sie die Weichheit des Läufers unter ihren Füßen. Und das Knarren des einzelnen Dielenbretts, welches neben vielen anderen den Boden aus dunkler Eiche bildete. All das ließ Isabeau mit der schmerzhaften Sehnsucht nach Sade in diesem Zimmer zurück.

»Ach, Kindchen, nun verlasst Ihr uns also endgültig!« Camilles Stimme klang brüchig, und ihre Augen wirkten, als habe sie geweint. »Kommt, setzt Euch noch einen Augenblick zu mir! Ich möchte Euch noch etwas sagen.« Sie legte ihre Hände auf die Hüften und deutete auf die Küchenbank. »Und ihr drei habt sicher noch genug anderes zu tun!«, sagte sie an Flora und die beiden Mägde gewandt. Isabeau setzte sich und schloss ihre Augen. Wie immer erinnerte sie der Geruch in der großen rußgeschwärzten Küche an ihre Kindheit. Es duftete nach vielerlei Gewürzen. Nach Honig, Wein und Vanille. Mit einem Lächeln reichte ihr Camille ein gut verschnürtes Proviantpäckchen.

»Damit Ihr nicht verhungert«, erklärte sie mit einem Zwinkern. »Gibt es sonst noch etwas, das ich für Euch tun kann, bevor Ihr den Heimweg antretet?« Isabeau schob ihr den Brief entgegen.

»Er ist für Sade.« Camille nickte verstehend.

»Keine Sorge, er wird ihn bekommen. Und wenn ich selbst in die Rue de Condé fahren muss.« Das Lächeln der Köchin tat gut. Und als Isabeau spürte, wie Camille ihre Hand streichelte, war sie den Tränen nahe.

»Bitte seht mir meine Offenheit nach. Aber ich fürchte, für falsche Scham bleibt uns jetzt keine Zeit. Von mir könnt Ihr zwar nur den Rat einer alten Frau erwarten, doch hört mich an und entscheidet danach selbst, was zu tun ist.« Isabeau nickte, ohne recht zu wissen, worauf Camille hinauswollte.

»Morgenübelkeit und das Ausbleiben der monatlichen Blutung sind ein recht eindeutiger Nachweis für eine Schwangerschaft.« Isabeau biss sich auf ihre Unterlippe. Nun ahnte also auch Camille von ihren Umständen.

»Ich sehe, Ihr wisst es bereits selbst.« Isabeau nickte. Die Vorstellung, dass selbst Camille davon wusste, beschämte sie, und gleichzeitig war sie der Köchin dankbar für ihre Geradlinigkeit. Schließlich verließ sie Paris in völliger Ratlosigkeit. Freilich, irgendwann musste sie sich daheim in Lindau offenbaren.

»Habt Ihr denn schon einen Plan?« Isabeau schüttelte den Kopf. »Fein, nun, umso wichtiger ist dann wohl mein nächster Rat. Ihr werdet diesen Lorentz wohl heiraten müssen?«

»Aber ich will ihn nicht! Eine Ehe mit ihm kann ich mir beim besten Willen nicht vorstellen.«

»Ich verstehe Euch gut. Ehen werden aber nun einmal nicht der Liebe halber geschlossen. Ihr könnt allenfalls das Beste daraus machen!« Isabeau hob erstaunt den Kopf. Camille bedachte sie mit einem wissenden Lächeln. »Deshalb hier mein Rat: Seid recht lieblich zu Eurem zukünftigen Ehemann, und gebt Euch ihm noch vor der Eheschließung hin. Sicher wäre es von Vorteil, die Hochzeit nach vorne zu verlegen. Wenn beide Väter diese Vermählung so sehr wünschen, werden sie sich sicher darauf einlassen. Und mit ein wenig weiblichem Geschick wird er Wachs in Euren Händen werden.« Camille berührte ihren Arm. »Glaubt mir, er wird keinen Verdacht schöpfen. Schließlich ist viel Zeit vergangen. Und könnte es nicht sein, dass Ihr Euren Widerstand aufgegeben habt?«

»Ganz bestimmt nicht!«, gab Isabeau energischer als beabsichtigt zurück und presste ihre Lippen aufeinander.

»Dann möchtet Ihr lieber als Bittstellerin in eine Ehe gehen, in die Ihr ohnehin einwilligen müsst?«

»Ich verstehe nicht …«

»Euer zukünftiger Ehemann muss annehmen, dass Ihr sein Kind bekommt. Das wird er aber nur tun, wenn Ihr Euch nicht wie ein kleiner Trotzkopf aufführt. Bedenkt das, bevor Ihr Euch weiterhin mit aller Kraft gegen etwas zur Wehr setzt, das Ihr ohnehin nicht ändern könnt.« Isabeau ahnte, wie recht Camille hatte.

»Ein Kuckuckskind?« Camille nickte. »Glaubt mir, von diesen gibt es unzählige. Nur die Mütter selbst kennen die Wahrheit.«

»Und Ihr rechnet damit, dass er mir glaubt?«

»Wieso nicht?«, entgegnete Camille mit einem Schulterzucken. »Eine Wahlmöglichkeit gibt es für Euch ohnehin nicht. Außer, Ihr vertraut Euch der Obhut eines abgeschiedenen Klosters an. Ich bezweifle allerdings, dass Ihr Sades Kind dort behalten dürft. Man wird es Euch wegnehmen, sobald es geboren ist.« Vielleicht hatte Camille recht! Ihre Ehe mit Emmerat schien beschlossene Sache. Schon zu allen Zeiten waren Vaters Entscheidungen unverrückbar gewesen. Zumal es laut Maman nicht gerade zum Besten um die Bersperger-Werft stand. Sie würde also diese Ehe eingehen müssen!

Trotz der frühen Stunde war die Place Vendôme schon sehr belebt. Isabeau musste vorsichtig sein, um nicht von einem der Fuhrwerke oder Karren überrollt zu werden, die um die königliche Reiterstatue rollten. Es war Ludwig XIV., der die Mitte des Platzes beherrschte und aus luftiger Höhe auf die prachtvollen Häuser herabblickte. Während die Erdgeschosse der vornehmen Gebäude, die den Platz umgaben, von Bogengängen beherrscht wurden, bildeten Buckelquader die oberen Geschosse. Steile Knickdächer und großzügige Dachgauben vollendeten die Häuser in ihrem himmelwärtigen Streben. Minister, Richter und das Haus Bourbon-Condé residierten hier in luxuriösen Wohnungen mit Blick auf die Oper und den Jardin des Tuileries.

Doch nicht einmal all dieser Prunk täuschte über die zerlumpten Gestalten, die Bettler und armen Teufel hinweg. Ein Bild, welches sich wohl für alle Zeiten in Isabeaus Gedanken halten würde. Mit schmutzstarrenden Händen griffen sie nach jeder Münze und belegten all jene, die achtlos an ihnen vorbeigingen, mit einem leisen Fluch. So auch die junge Zigeunerin, die ihr mit freudiger Miene eine rote Stoffrose vor die Füße warf. Obgleich sich Isabeau nicht danach bückte, packte die Fahrende mit den Glutaugen ihre Hand.

»*L'avenir, l'avenir*!«, krächzte sie.

»Was wisst Ihr schon von meiner Zukunft?«

»*Il est noir!*«

»Schwarz soll sie also sein?«, entgegnete Isabeau gereizt. »Halt den Mund und verschwinde!« Sie entzog ihr die Hand. Doch die Glutäugige fasste nach ihrem Bauch und murmelte etwas Unverständliches.

»Verschwinde, du alte Hexe, oder ich verrate Zoltán, dass du dich in seinem Revier herumtreibst. Dann gnade dir Gott!«, hörte Isabeau jemanden dicht neben sich. Sie fuhr herum. Obwohl sie ihn nicht sehen konnte, wusste sie, dass sie Sades Stimme vernommen hatte. Zumindest ließ die Alte augenblicklich von ihr ab und verschwand in der Menge.

Obgleich Isabeau ihre Blicke suchend über die Place Vendôme schweifen ließ, fehlte jede Spur von ihm. Sie hätte alles gegeben, um ihn ein letztes Mal zu sehen.

Als die Postkutsche einfuhr, blickte sich Isabeau noch einmal sorgenvoll um. Nun gab es keinen Aufschub mehr! Und Sade? Ihn würde sie wohl nie mehr wiedersehen. Wenig später, als das Gepäck verladen war und der Postillion zur Abfahrt rief, fühlte Isabeau ihr Herz. Vor Aufregung flatterte es wie die Flügel eines kleinen Vogels und sie hoffte so sehr auf einen letzten Blick. Ein letztes Wort vor einem Abschied, der für immer sein würde. Während sie Camille Lebewohl sagte und Cédric ihr eine gute Reise wünschte, wurde ihr das Herz schwer. Beide hatte sie in all den Monaten lieb gewonnen. Mehr noch – mit ihnen verband sie auf alle Zeiten das Wissen um Gustaves Treiben und Tod!

Als die Postkutsche wenig später über die Place Vendôme davonfuhr, saß Isabeau an der schmutzigen Scheibe und winkte zum Abschied. Die beiden wirkten in ihren regennassen Mänteln ebenso trist und traurig wie sie und der Himmel über Paris. Und dann sah sie ihn! Wie schon so häufig war er auch dieses allerletzte Mal wie aus dem Nichts aufgetaucht. Er wirkte beinahe wie ein Phantom, als er vollkommen unbeweglich am Rand des Platzes unter einer Buche stand und zu ihr herübersah. Das scharfe Stahlblau seiner Augen schmerzte fast, als sich ihre Blicke ein allerletztes Mal trafen. Und dann war er fort. Gleich darauf erkannte Isabeau, dass ihnen sechs rabenschwarze Rappen folgten. Der Wildgang begleitete sie entlang der Stadtachse von Paris, über die Rue Saint-Jacques, bis er kurz vor dem Jakobustor in einer Seitengasse verschwand.

Ich freue mich über Verleumdungen, denn sie lenken von der Wahrheit ab.

Marquis de Sade

Die Heimfahrt zog sich endlos hin und gestaltete sich noch weitaus unangenehmer, als Isabeau es zunächst erwartet hatte. Bis Nancy wechselten beinahe bei jedem Halt die Mitreisenden. Ein Handelsreisender und ein Prediger blieben Isabeau unter all den Namenlosen besonders unangenehm im Gedächtnis. Der Klinkenputzer war bestrebt, ihr in höchst aufdringlicher Weise Niespulver aus Ratanhiawurzel, Riechsalz und eine zwielichtige Paste gegen den Verlust ihrer Zähne anzudrehen. Während ihr der Prediger versicherte, dass die Logik ein Werk des Teufels sei. Wann immer es Isabeau gelang, vergrub sie ihre Nase tief in einem wundervollen Roman, welchen sie in Montmartre, einem Künstlerdorf nördlich von Paris, erstanden hatte. Mit Sade hatte sie mehrmals einen der zahlreichen literarischen Salons besucht. Sie liebte *La Princesse de Clèves* von Madame de La Fayette. Aber meistens reichte das trübe Licht nicht lange, oder die Buchstaben verschwammen ihr in dem schwankenden Gefährt vor den Augen. Die Gasthäuser, in welchen sie die kurzen Nächte verbrachten, waren heillos überlaufen und von blutsaugenden Mitbewohnern wie Flöhen, Läusen und Bettwanzen bevölkert. Dazu mangelte es ständig an frischem Wasser und der Möglichkeit, sich auszuziehen, ohne von neugierigen Blicken verfolgt zu werden.

Und was erwartete sie daheim? Vielleicht war es klug, zuerst mit Maman zu sprechen und sich ihr anzuvertrauen? Vielleicht sollte sie Papa bitten, noch am Tag ihrer Heimkehr ein Treffen mit Emmerat zu arrangieren? Isabeau fühlte ihren Mund, der sich beim bloßen Gedanken an Emmerats Lippen zusammenzog, als habe sie Essig getrunken. Wenn sie den Schatz in ihrem Leib bewahren wollte, musste sie Emmerat eine Gattin sein. Fortan sollte sie allein dieser Gedanke antreiben. Er sollte ihr Gebet sein!

Auf der Höhe von Freiburg wusste sie, dass es nicht mehr weit war. In zwei Tagen würde sie die Heimat erreichen. Nach dem Halt in Geisingen musste Isabeau allerdings ihren Fensterplatz einem Handelsreisenden überlassen. Der spindeldürre Mann machte sich mit Töpfen und Pfannen aus Kupfer in der Kutsche breit und riss ein paar derbe Witze über seine Mitreisenden. Als die Postkutsche in Radolfzell schließlich an den Bodensee kam, versuchte sie dennoch, durch das Fenster zu spähen, um einen Blick auf den See zu erhaschen. Aber sosehr sich Isabeau auch mühte, sie sah nur Schilf und Weiden, deren Äste einen undurchsichtigen Vorhang bildeten. Dazwischen waren es dichte Wälder, die ihr den Blick auf das glitzernde Blau verwehrten. Erst mit Überlingen, der alten Reichsstadt am westlichen Bodensee, verlief die Fahrstraße neben dem Wasser. Jetzt im Spätsommer schimmerte der See in einem silbrigen Hellblau, und das gegenüberliegende Ufer lag unter einem Mantel aus feinem Dunst. Das Grün der Obstbäume wirkte kraftvoll und saftig und beinahe so, als hätte es ein idealistischer Maler mit seinem Pinsel erschaffen. Frühes Sonnenlicht verfing sich in wogenden Kornfeldern, welche ihren Weg säumten. Während der laue Morgenwind die Ähren mit sanfter Hand durchkämmte, schimmerten rote Tupfen zwischen dem Sonnengold. Das satte Rot erinnerte an Blutstropfen. Bis die Nähe blühende Mohnblumen daraus malte. Vereinzelt arbeiteten Bauern inmitten ihrer Kornfelder oder mähten hohes Gras mit einer Sense. Zum Schutz vor der Sonne trugen sie Strohhüte oder einfache Kappen aus Leinen. Die Luft war erfüllt vom Reichtum der Jahreszeit. Nie wirkte das Leben praller und satter, als es der Sommer mit seinem hellen Licht und den warmen Tagen vermochte. Jetzt versprach das Füllhorn der Demeter Unendlichkeit, und die Menschen waren geneigt, ihr zu glauben.

Mit dem rumpelnden Gepolter über die schwere alte Holzbrücke kehrte bei Isabeau ein Gefühl von Heimat zurück. Die Brücke endete noch immer in einer lichten Allee von uralten Linden – Lindau hatte sie wieder! In einem entfernten Winkel ihres Herzens verspürte sie nun doch eine leise Freude. Selbst wenn sie es nicht wahrhaben wollte, freute sie sich auf ein Wiedersehen mit Maman. Und wie sehr sie sich auf Anna freute! Doch augenblicklich beschlich sie ein mulmiges Gefühl. Ob es Anna gut ging? Und dem Kind?

Die Ratsuhr schlug zur dritten Nachmittagsstunde, als die Postkutsche davonrollte. Isabeau beschirmte ihre Augen und sah ihr eine Weile nach. Sicher erwarteten Maman und Papa sie erst gegen Abend, andernfalls hätte Vater sie allein schon wegen des Gepäcks abgeholt. Isabeau sah sich auf dem von Linden gesäumten Marktplatz um. Selbst die angrenzenden Gassen wirkten in der Nachmittagshitze völlig verlassen. Nicht einmal die herrschaftlichen Kaufhäuser rings um den Platz hatten nach der Mittagsruhe wieder geöffnet. Nur aus einem einzigen Gasthaus wehte noch der Duft von Brotsuppe herüber. Ihr Magen knurrte, und Isabeau spürte, dass sie fast am Verhungern war. Doch mit ihrem Reisekorb und der großen Tasche würde der Weg erst einmal recht mühselig werden. Ein schmaler Mann im blauen Kittel der Marketender stieß in diesem Augenblick die großen, knarrenden Tore der Brotlaube auf. Der Gedanke, das unhandliche Gepäck bei der Bäckersfrau unterzustellen und einen süßen Wecken zu kaufen, schien Isabeau verlockend. Sie zögerte, denn seit jeher hatte die Bäckersfrau den Ruf, eine geschwätzige Zunge zu besitzen. Schließlich betrat sie das stattliche Kaufhaus in hellem Scharlachrot dann aber doch.

»Grüß Euch Gott!« Mit dem Eintreten durch den hohen Bogen stellte Isabeau die Gepäckstücke neben sich ab und sah sich um.

»Ja Isabeau, bist du es wirklich? Ja, dass du wieder daheim bist!« Die dralle Bäckersfrau kam um die Theke herum geradewegs auf sie zu. Ihre hellen Augen blitzten vor Eifer, während sie ihr die Hand zum Gruß reichte. Isabeau knickste. Sie kannte die Bäckerin bereits, seitdem sie ein Kind gewesen war. »Und«, wollte sie wissen, »wie hat dir die große Stadt gefallen? Sicher war es furchtbar aufregend, oder? Und das Lumpengesindel? Davon gibt es dort doch sicher allerhand?« Isabeau wusste, die liebenswürdige, aber recht redselige Frau würde sie erst gehen lassen, wenn sie zumindest einen Teil ihrer Neugierde gestillt hatte. Also gab sie sich Mühe und berichtete in schillernden Farben von Paris und dem Leben der letzten Monate.

»Ich würde wohl auf der Stelle sterben, müsste ich für eine Weile ins Frankenreich hinüber«, beteuerte die Bäckersfrau und legte ihre Hand über den weit ausladenden Busen. »Weißt du, der Bruder von meinem Mann, der hat einmal eine Wallfahrt in die Ardennen unternommen. Diese Tortur nimmt ja kaum noch jemand auf sich. Na ja, er wird schon einen Grund dafür gehabt haben. Jedenfalls hat es ihm dort drüben überhaupt nicht gefallen. Schlangenfänger, Mausfallenhändler und

Maiskolbenfresser, so weit das Auge reiche, meinte er, nachdem er wieder daheim war.« Isabeau zog die Schultern hoch.

»Ja, das Leben ist dort eben ganz anders, als es hier bei uns in Lindau ist.«

»Oh, da hast du sicher recht!« Ohne abweisend zu wirken, versuchte sich Isabeau weiteren neugierigen Fragen zu entziehen. »Ich bitte Euch, seid nicht bös, aber ich würde jetzt gern nach Hause gehen. Ist es vielleicht möglich, dass ich einstweilen mein Gepäck hier bei Euch unterstelle, damit es der Vater später mit dem Wagen holen kann?«

»Ja freilich, stell es nur da her.« Isabeau schob den Reisekorb samt der Tasche in einen Winkel neben der Theke. Sie bedankte sich angemessen, verabschiedete sich mit einem Nicken und wandte sich zur Tür.

»Sag einmal, waren die Truchner Anna und du nicht einmal recht gute Freundinnen?« Ein eisiges Gefühl beschlich Isabeau. Sie schob es beiseite und nickte.

»Na, dann weißt du am Ende noch gar nicht, was geschehen ist? Es hat nämlich ein Unglück gegeben. Ein schreckliches Unglück!«

Bei den Worten der Bäckerin fühlte Isabeau erneut den eisigen Hauch. Und schlagartig wusste sie, dass sie immer geahnt hatte, dass mit Anna etwas nicht stimmte. War sie am Ende bei der Geburt ihres Kindes gestorben? Freilich durfte sie sich nichts anmerken lassen, was auf Annas Schwangerschaft deuten konnte. »Was ist denn geschehen?« Obwohl sich Isabeau Mühe gab, vernahm sie ihre eigene Stimme plötzlich als viel zu grell.

»Na, ertrunken ist sie, die Anna. Am frühen Morgen im kalten See. Du weißt ja sicher, dass sie zur Kur im Bregenzerwald war, oder?« Isabeau nickte. Ihr entging nicht, wie die Bäckersfrau mit sich rang. »Und dann ist dieses Unglück geschehen.« Die Bäckerin verschränkte ihre Arme vor der Brust. »Also, wenn du mich fragst, hat sie sich das Leben genommen.«

Die Worte der Bäckerin klangen in ihren Ohren blechern. Fast wie eine falsche Melodie. »Das Leben genommen?«, echote Isabeau.

Die Bäckerin nickte betroffen. »Ist das nicht ein Elend?«

Isabeau fühlte, wie sich ihr Magen zusammenzog.

»Mädle, du bist ja ganz blass. Komm, setz dich einen Moment!« Die warmen Hände der Bäckerin drückten sie behutsam auf einen Stuhl.

»Aber wieso?«, flüsterte Isabeau mehr zu sich selbst.

Doch irgendwie ergab nun doch alles einen Sinn. Die vielen unbeantworteten Briefe, obgleich ich Anna beinahe jede Woche geschrieben habe, dachte Isabeau.

»Das arme Ding!« Die Bäckersfrau schlug die Hände vor der Brust zusammen. Plötzlich wurde ihre Stimme laut. »Besoffene Säue waren's! Der Renzinger Michel und der Lorentz Emmerat. Zusammen haben sie dafür gesorgt, dass ganz Lindau von Annas Malheur erfahren hat. Als sie wieder nüchtern waren, hätte sich der Renzinger ihrer dann sogar noch erbarmt. Er hätte die Anna mitsamt dem Kind genommen. Mit einer entsprechenden Mitgift, versteht sich! Nie und nimmer hätte der alte Truchner so viel bezahlen können.« Sie hob die Schultern. »Aber wer nimmt schon gern ein Kuckuckskind? Und dann auch noch umsonst. Annas Kind ist dann ja ohnehin viel zu früh auf die Welt gekommen und gleich zu seinem Schöpfer heimgekehrt.« Isabeau lief es eiskalt über den Rücken. Hätte Emmerat dem Vater wenigstens einmal in seinem Leben widersprochen und sich zu Anna und seinem Kind bekannt. Dieser Feigling!, dachte Isabeau. Wenn sie daran dachte, wie viel er Anna bedeutet hatte. Beim Gedanken daran wurde sie von blinder Wut gepackt!

»Wann?«, wollte Isabeau wissen. »Wann ist das passiert?«

»Oh, das ist noch nicht lange her«, gab die Bäckerin zur Antwort und überlegte. »Kühl war es noch einmal geworden, und tagelang gestürmt hat es.« Die Vorstellung, wie verzweifelt Anna gewesen sein musste, als sie sich für den Tod in den dunklen, kalten Wellen entschied, bereitete Isabeau eine Gänsehaut. Der sturmgepeitschte Bodensee war unberechenbar, und in jedem Jahr kamen Menschen in seinen Fluten zu Tode. Meist, weil sie unvorsichtig waren oder nicht schwimmen konnten. Aber bei Anna war es anderes gewesen – sie hatte den See als ihr nasses Grab gewählt, um in einer letzten Umarmung der Wellen ihre Ruhe zu finden. Die Vorstellung, wie sehr sie sich nach Emmerats Umarmung gesehnt hatte, machte Isabeau noch wütender. Wieso nur hatte Vater ausgerechnet ihn zu ihrem Ehemann bestimmt?

Als Isabeau die Brotlaube verließ und sich auf den Weg durch die engen Gassen in Richtung Bersperger-Werft machte, begegneten ihr nur wenige. Alle grüßten, gingen dann aber rasch ihrer Wege. In Lindau wusste jeder, welch tiefe Freundschaft sie mit Anna verbunden hatte und dass es nun an ihr war, Emmerat Lorenz zu heiraten.

Als Isabeau schließlich, über die Schiffswerfte kommend, auf ihr Elternhaus zuging, vernahm sie eine wütende Stimme. »Augustin! Augustin, verdammt! Wo treibt sich dieser Krüppel bloß wieder rum?« Isabeau hätte es nicht für möglich gehalten, dass es Michel sein würde, der ihr zuerst begegnete.

»Augustin! Verflucht! Der alte Bersperger verlangt nach dir! Komm sofort raus! Ich weiß, dass du dich hier irgendwo rumtreibst. Weit wirst du ja ohnehin nicht kommen!« Leises Gelächter beendete den Satz. Isabeau sah, wie sich Augustin hinter einem Stapel Bretter duckte. Nichts hat sich verändert!, dachte sie. Der Michel lebt noch immer allen zuleid. Isabeau spürte erneut Wut in sich aufsteigen. »Komm raus, Augustin!«, sagte sie und bückte sich zu dem Bretterstapel. »Der Michel wird dir nichts tun.« Zögernd kroch der Junge aus seinem Versteck und trat verlegen von einem Fuß auf den anderen. »Ja, grüß dich Gott. Ich freue mich, dass ich dich wieder einmal sehe. Dann arbeitest du also noch für den Vater?«

»Ja, der Meister ist gut zu mir. Und das Schiffebauen liegt mir im Blut, meinte Euer Vater.« Ein schüchternes Lächeln erhellte sein mit vielen Sommersprossen durchwirktes Bubengesicht für einen Moment. »Und die Lehrjahre sind auch noch nicht ganz vorbei.« Er sah zu Boden. »Ich muss mich jetzt beeilen, sonst wird der Michel noch wütender«, erklärte er knapp und lief davon.

»Augustin! Verdammt noch mal, immer ist es dasselbe mit diesem Krüppel!« Obwohl sich Isabeau beeilte, war es zu spät. Michel kam schon den Weg in Richtung Wohnhaus hinauf. Augustin lief ihm geradewegs in die Arme und erntete eine schallende Backpfeife. Dann packte Michel ihn grob am Kragen und schleifte ihn mit sich. Der Junge hatte Mühe, Schritt zu halten. Isabeau raffte ihre Röcke und rannte den Weg hinauf. »Lass den Buben los! Sofort!«, verlangte sie. »Oder ist das der Umgang, den du von meinem Vater gelernt hast?«

»Ja, wen haben wir denn da?«, fragte Michel und maß sie mit herausfordernden Blicken. »Dass du dich noch einmal heimtraust, nach all dem, was geschehen ist! Hat dich die Sehnsucht nach deinem Bräutigam hergetrieben? Oder nimmst du ihn am Ende wieder nicht?« Isabeau presste die Lippen aufeinander. »Lass ihn in Ruhe!«, mahnte sie, als Michel erneut die Hand gegen Augustin erhob. »Du bist eben noch immer ein richtiger Held! Daran hat sich wohl auch nichts geändert, wie?«, spottete sie.

»Mach, dass du fortkommst!« Michel versetzte dem Buben einen groben Stoß, und Augustin verschwand sofort den Weg hinunter.

»Und du hältst deinen vorlauten Rand! Sonst zeige ich dir, dass ein Weib zu schweigen hat!«

»Das wagst du nicht!«, entgegnete Isabeau und eilte weiter. Sie wusste, dass ihr Michel nun folgte. Aber sie wusste auch, dass sie jetzt nicht mit ihm sprechen durfte – schon gar nicht über Anna!

»Weißt du, der Emmerat ist recht wütend auf dich«, feixte er, während er neben ihr herrannte. »Und das wohl zu Recht! Schließlich hatte der alte Lorentz eine Hochzeit geplant, wie sie Lindau noch nicht gesehen hat. Aber nun weiß jeder, dass du ihn nicht nehmen wolltest, den Emmerat. Du bist eine ganz Unverfrorene. Eine, der man erst einmal den Marsch blasen muss!«

Isabeau achtete nicht weiter auf Michels Geschwätz, sondern ging raschen Schritts weiter über das Werftgelände. Das große Wohnhaus tauchte vor ihr auf. Es wirkte beinahe wie eine Festung. Die Sonne spiegelte sich in den Fensterscheiben und brachte die roten Dachziegel zum Leuchten. Endlich blieb Michel zurück, und Isabeau betätigte den polierten Türklopfer. Das Messing blitzte, und es verging eine Ewigkeit, bis sich die Tür öffnete.

»Isabeau, großer Gott, wir haben erst viel später mit dir gerechnet!« Vreni stand in der Tür und sah sie eine Weile ungläubig an.

»Mein Gott, wie dünn du geworden bist! Und so bleich! Haben sie dir in Paris nichts zu essen gegeben, oder bist du etwa krank? Das Kind halb verhungert, und wie es aussieht, siech noch dazu!« Isabeau fiel Vreni in die ausgebreiteten Arme. Am liebsten hätte sie geweint. Hätte Tränen vergossen über Annas unfassbaren Tod. Über die Tatsache, dass sie mit Sades Kind schwanger war und ihn selbst wohl für alle Zeiten verloren hatte und sie zu allem Überfluss Emmerat heiraten musste. »Aber nun komm erst einmal herein!«, sagte Vreni nach einer weiteren stillen Umarmung. »Und dann musst du uns alles erzählen. Ich bin ja so gespannt«, bekundete sie aufgeregt. »Nun sag schon, Isabeau, was tragen die feinen Damen in Paris wirklich? Sind sie tatsächlich so herausgeputzt, wie sie die Zeichnungen im *Mercure de France* zeigen?«

Isabeau nickte mit einem Lächeln und nahm Vrenis Hände. »Auf jeden Fall! In Wahrheit sind sie sogar noch ein bisschen eleganter.« Während ihres Aufenthalts in Paris hatte sie einige besonders unterhaltsame Ausgaben der Zeitung nach Lindau geschickt.

»Dann haben dir die Zeitungen also auch gefallen?«

»Und wie!«, beteuerte Vreni. »Deine Maman hat sie mir alle überlassen. Inzwischen habe ich die Seiten so oft durchgeblättert. Sie sind schon völlig zerfleddert.« Vreni lachte. »Und wie sind die Männer? Sind sie tatsächlich so vornehm, wie man sich immer erzählt?«

»Dann habe ich mich also nicht getäuscht!« Mamans Stimme kam von der Treppe her. Erst in diesem Moment fiel Isabeau auf, wie sehr sich ihre Mutter von Tante Luise unterschied. Es war das warme Strahlen von innen heraus, welches Tante Luise zur Gänze fehlte. Wie sehr sie diese Wärme vermisst hatte.

»Wie schön, dass du wieder daheim bist! Und Papa wird sich erst freuen.« Isabeau nickte stumm und rieb ihre Augen. Mit kritischem Blick musterte sie die Mutter. »Aber du bist so bleich. Du bist doch am Ende nicht krank?«

»Ich bin nur müde von der langen Reise«, log sie und folgte der Mutter in die Wohnhalle. Wie anders der Salon am Quai des Grands Augustins gewirkt hatte. Solide Möbel aus Eiche beherrschten hier den Raum. Die Stühle und der Tisch wirkten stabil und bequem. Gerade so, als hätte der Schreiner sie für die Ewigkeit gefertigt. Vreni brachte starken schwarzen Tee und kleine süße Kuchen und versuchte so viel wie möglich von dem Gespräch zwischen ihr und Maman aufzuschnappen. Geduldig antwortete Isabeau auf sämtliche Fragen, die Maman ihr stellte. Obwohl Maman dunkle Kirschen in die Küchlein gebacken und ihnen eine Haube aus Eischnee und Honig aufgesetzt hatte, verspürte Isabeau keinen Appetit. Die Trauer über Annas Tod füllte ihren Bauch mit eisigen Steinen und Schmerz.

»Sicher hast du noch sehr viel zu erzählen«, bemerkte Maman irgendwann und streichelte ihre Wange. »Insbesondere Vreni ist gespannt und hat ganz viele Fragen. Doch dazu bleibt in den nächsten Tagen noch ausreichend Zeit. Jetzt musst du dich erst einmal ausruhen. Obwohl ich mir von Luise einen ausführlicheren Brief gewünscht hätte, habe ich ihrem Schreiben entnommen, dass du in Paris nicht allzu viel erlebt hast.« Isabeau schwieg. »Sicher ist Luise untröstlich und kommt nur schwer über den unerwarteten Verlust Gustaves hinweg. Unter diesen Umständen war es wohl tatsächlich das Beste, dich zurückzuschicken. Ein so tragischer Unfall! Der arme Gustave …« Isabeau lief es eiskalt über den Rücken. Maman hatte sie bereits ausführlich zu dem Unfallhergang befragt. Und nie durfte sie die Wahrheit erfahren! Niemals!

»Vreni soll zu Papa hinüberlaufen und ihn bitten, ein wenig früher heimzukommen. Und dann sehen wir erst einmal, was unsere Speisekammer alles hergibt.«

Isabeau schob den Stuhl zurück. »Wenn es dir recht ist, möchte ich gleich selbst hinübergehen. Ich bin schon so lange nicht mehr in der Werft gewesen. Und es ist Ewigkeiten her, seit ich den Bodensee aus der Nähe gesehen habe …«

Maman nickte verstehend. »Na, dann lauf! Dein Vater wird sich freuen.« Isabeau stellte die Teetasse zurück. »Ja, das mache ich gleich, aber zuerst möchte ich wissen, was mit Anna geschehen ist.« Sie hatte das Gefühl, die darauffolgende Stille würde niemals enden. Selbst die Vögel hatten ihr Zwitschern eingestellt. Warteten auch sie auf eine Antwort?

Erst als Bartholomäus' harte Ballen über die glatten Eichendielen tapsten und nach einer ganzen Armee klangen, kehrte das Leben in die Wohnhalle zurück. »Bartholomäus!«, flüsterte Isabeau und wischte sich die Tränen von ihren Wangen.

Augenblicklich fand sie sich in einer freudigen Begrüßung des großen Jagdhundes wieder.

»Was genau der Grund für Annas Unglück war, wissen wir nicht«, begann Maman zögernd und setzte sich auf die äußerste Kante ihres Sessels. Sie presste die Lippen aufeinander. Isabeau merkte, dass sie ihrem Blick auswich. »Die Truchners sprechen nicht viel darüber. Ein Kind soll sie bekommen haben, als sie zur Kur war. Aber all das sind nichts als Gerüchte, die der Renzinger Michel in die Welt gesetzt hat.« Maman sah auf ihre Hände hinunter. »Isabeau, du weißt, wie das hier bei uns ist. Irgendwann erzählen sich die Leute die abenteuerlichsten Geschichten. Selbst wenn sie frei erfunden sind.« Isabeau ahnte, dass die Mutter weit mehr wusste, als sie bereit war preiszugeben. Und dass sie bewusst verschwieg, wie Emmerat in der Schenke über Anna geredet hatte.

»Und Annas Eltern?«, fragte Isabeau leise und rieb sich erneut die Augen.

»Die Truchners selber sagen, dass Anna schon lange an der Schwermut gelitten habe.«

»Und was sagt Emmerat?« Maman seufzte. Sie legte den Kopf in den Nacken und sah zur Decke.

»Man munkelt ja, Emmerat soll der Vater des Kindes gewesen sein. Er und Bertram Lorentz bestreiten diese Behauptung allerdings vehement und bezeichnen das Gerücht gar als üble Nachrede.« Maman berührte ihren Arm. »Lass dich nicht von diesen Geschichten verunsichern. Emmerat ist ein rechtschaffener Mann. Er hatte es, nachdem wir dich Hals über Kopf nach Paris geschickt haben, gewiss auch nicht leicht. Die ganze Stadt hat ihn ausgelacht. Wenn schon einem Geldsack wie dem Lorentz die Braut davonlaufe, sei es in Lindau schon weit gekommen. Und allerlei anderen Unfug haben sie verbreitet.« Maman stützte die Ellbogen auf den Tisch und legte das

Gesicht in ihre Hände. »All das haben wir nicht bedacht, als wir dich nach Paris geschickt haben.«

»Die Gerüchte sind wahr«, entgegnete Isabeau mit steinerner Miene. »Anna hat mir selbst erzählt, dass Emmerat der Vater ihres Kindes ist.« Maman schüttelte den Kopf.

»Und wieso wusste außer Anna selbst niemand von dieser Beziehung?«

»Weil Emmerat sich nicht zu Anna bekannte. Er ist ein feiger Schuft.« Mamans Miene sagte ihr, dass sie ihr auch heute keinen Glauben schenken wollte.

»Versetz dich einmal in Annas Lage. Ist es nicht weitaus lohnender, einen Kindsvater zu benennen, der sein Auskommen in einem großen Unternehmen hat?« Isabeau ballte ihre Hände zu Fäusten. Tränen brannten in ihren Augen. »So dachte Anna nicht! Und das weißt du genau! Anna hat Emmerat geliebt, und was du und die ganze Stadt erzählen, will und kann ich nicht glauben.«

»Ich weiß«, erwiderte Maman und drückte ihre Hand. Isabeau wusste, dass für Maman das Thema damit beendet war. Nach einer Weile räusperte sie sich.

»Papa sollte wohl bald zu den Lorentzschen gehen und ihnen einen Besuch abstatten. Sicher wird sich Emmerat über deine zeitige Rückkehr freuen. Ihr habt euch doch manchmal geschrieben, oder?« Maman legte die Hände wie zum Gebet aneinander. »Einerlei, nun bleibt euch ja noch ein wenig Zeit, bevor du Emmerat dein Jawort gibst.« Für einen winzigen Augenblick kamen Isabeau Emmerats unbeholfene Briefe in den Sinn. Genau drei an der Zahl waren es gewesen. Schriftbild und Wortwahl hätten allenfalls einem Schüler gut zu Gesicht gestanden. Von dem künftigen Leiter eines Schifffahrtsunternehmens hätte sie sich schon etwas mehr erwartet. Zugegebenermaßen musste sie sich eingestehen, dass sie nie auch nur eine seiner Fragen beantwortet hatte. Seine plumpen Worte waren ihr ein Gräuel gewesen. Rasch schob sie den Gedanken an seine leidenschaftslosen Zeilen beiseite und überlegte. Nun war der Augenblick gekommen, jetzt musste es ihr gelingen, Maman davon zu überzeugen, dass ein früherer Hochzeitstermin die bessere Wahl wäre.

»Eigentlich wäre eine Sommerhochzeit schön«, begann Isabeau vorsichtig. Mamans Augen weiteten sich vor offenkundiger Freude, bevor Isabeau Wachsamkeit darin las.

»Gibt es etwas, das ich wissen sollte?«, fragte sie misstrauisch. Isabeau fühlte ihre Hände feucht werden. Ein dicker Kloß saß in ihrem Hals, als sie langsam den Kopf schüttelte.

»Dann hast du in Paris also noch einmal in Ruhe nachgedacht?« Isabeau nickte. Nun galt es, den eindringlichen Blicken der Mutter standzuhalten. »Und du bist nun mit Papas Entscheidung einverstanden?«

»Bleibt mir denn eine Wahl?«, fragte Isabeau leise und wagte kaum noch zu atmen. Maman stand auf, nahm sie in den Arm und sah sie lange an, bevor sie langsam ihren Kopf schüttelte.

»Wenn ich mich nun schon bereit erkläre, Emmerat ohne Widerspruch zu heiraten, könnte uns die Familie Lorentz wenigstens mit einer Hochzeit im Sommer entgegenkommen.« Maman nickte. »Das würden sie sicher tun. Doch eine Winterhochzeit kommt nicht von ungefähr. Vergiss nicht, zu Martini wird zum ersten Mal geschlachtet und vor den Weihnachtstagen ein weiteres Mal.«

»Sicher gibt es noch eine andere Lösung.« Maman nickte.

»Wir werden sehen«, überlegte sie laut. »Wenn dir so viel daran liegt, sollte Papa wohl bald zu Bertram hinübergehen.«

Isabeau verließ das Elternhaus und ging über die Schiffswerfte zum Werftgelände hinunter. Entlang der festgetretenen Wege stand neben blutroten Mohnblumen und ein paar wenigen Kornblumen das Johanniskraut noch immer in voller Blüte.

Vorsichtig pflückte Isabeau eine der Blüten und hielt sie gegen die tief stehende Sonne. Der rote Blütensaft war ein Sinnbild für das Blut Christi. Seit jeher lobten es die Menschen als Wetterkraut, selbst der Blitz sollte es fürchten. Wohl deshalb fand sich auch heute noch an jedem Haus ein gewundener Johanniskranz. Bei der Schwermut sollte Johanniskraut wahre Wunder wirken und der dunklen Seele Licht bringen. Die Alten sagten noch heute, der Teufel habe die Schwermütigen gepackt und ihnen das Licht aus der Seele gestohlen. Und so soll es der Teufel selbst gewesen sein, der die Blütenblätter des Johanniskrauts durchstochen hat, weil er die armen Seelen nicht verlieren wollte. Isabeau seufzte. Ob es auch Anna geholfen hätte, das Johanniskraut? Gedankenverloren trat Isabeau nach einem Stein. Plötzlich blieb sie stehen und atmete tief. Der herbe, fast schwere Geruch von Wasser und Seegras lag in der Luft. Erst jetzt fiel ihr auf, wie sehr sie diese besondere Mischung vermisst hatte. Wenige Augenblicke später tauchte der Bodensee zwischen einer dichten Reihe Pappeln auf. Jetzt, im blaugrauen Dunst des frühen Abends, schien er wie ein tiefblauer Spiegel. Feine Nebelschleier zogen über die Bergkämme und legten sich über das ferne Ufer. Sie vernahm das leise Gluckern des Wassers wie einen stillen Willkommensgruß. Eine Zeit lang stand sie einfach da und verfolgte die Bewegung des Wassers, wie es ans Ufer schwappte und sich wieder zurückzog. Ein und aus – klang das stetige Vor und Zurück wie der Atem der Ewigkeit. Eilig warf Isabeau die Schuhe von sich, raffte ihre Röcke und machte ein paar Schritte ins Wasser hinein. Die klare Frische umschloss ihre Füße wie ein weicher kühler Schuh. Die mit Seegras bewachsenen Steine kitzelten unter ihren Sohlen. Dort, wo Fische dicht unter der Wasseroberfläche vorbeizogen, kräuselten sich kleine Wellen. Aber das Wasser blieb friedlich und still, wie es lediglich früh am Morgen und am Abend vorkam. Im Morgengrauen, wenn das Grau langsam dem Blau wich, bezauberte der See in seiner unberührten Reinheit und wirkte wie ein junges Mädchen.

Wenn es langsam Abend wurde, wenn die Stimmen leiser wurden, das Licht sanfter und das Blau wieder in Grau überging, schien der Bodensee wie ein uralter Mann, dessen Lebenszeit dem Ende zuging. Weise und wissend, das Leben kennend, heftete er seinen Blick auf den Horizont dem letzten Abendschiff entgegen.

Als Isabeau wenig später das weitläufige Werftgelände betrat, hielt sie gleich Ausschau nach dem Vater. Sicher sah er noch einmal nach dem Holzfeuer und schritt durch alle Hallen, wie er es an jedem Abend tat. Das große Tor hieß sie mit seinem dunklen Knarren willkommen, als sie das schwere Türblatt heranzog und rasch hindurchschlüpfte. Eine fast heilige Stille empfing sie dahinter. Nur das Knacken des Holzes war zu hören. Von klein auf hatte der Vater sie hier spielen lassen und ihr gezeigt, wie man Boote baut. Obgleich der Schiffsbau kein Handwerk für Mädchen und Frauen war. Ja, es ihnen sogar verboten war, den Schiffsbau zu erlernen. Weiber brachten nun einmal Unglück auf ein jedes Schiff! Und so abwegig es auch klang: Jeder Schiffsbauer glaubte ein ganz klein wenig an die Klabautermänner, gleichgültig ob er in Hamburg oder am Bodensee daheim war. In der Zwischenzeit hatte Isabeau das Ende der großen Werfthalle erreicht. Noch ruhte die unfertige Lädine auf etlichen Stützen, welche den schweren Rumpf in der Schwebe hielten. Beinahe zärtlich folgten ihre Fingerspitzen dem geheimnisvollen Verlauf der Jahresringe. Schon sehr bald würde sich das fertige Schiff der Melodie des Wassers hingeben und in die Wellen eintauchen. Eine duftende Mischung aus Holz, Bienenwachs und Pech lag in der Luft. Aber vom Vater fehlte jede Spur. In diesem Fall konnte er nur noch in der Trockenhalle sein, überlegte sie. Mit einem letzten Blick auf den majestätischen Segler schloss sie die Tür und nahm den Weg zum Lager hinüber.

Trockene Hitze und der Geruch von grünem, frisch geschlagenem Holz umfing sie in der hohen Halle. Ein paar

Pechfackeln schmauchten in ihren Halterungen. Zwischen den vielen Trockengestellen malte das flackernde Licht ein paar Muster auf Boden und Wände. Früher hatte sich Isabeau hier immer ein wenig gefürchtet. Selbst jetzt überkam sie ein mulmiges Gefühl, während sie zwischen all den deckenhohen Ablagen durch die Halle ging. Vater sah sie sofort. In seinem Blick erkannte sie die gleiche Sorge, die sie bereits in Mamans Augen und bei Vreni gesehen hatte.

»Du bist viel zu mager! Haben sie in Paris nichts zu essen?«, sagte Isabeau lachend und kam ihm damit zuvor. Er nickte und streichelte ihr Haar.

»Wenigstens hat sich das nicht verändert!«, murmelte er gedankenverloren. Täuschte sie sich, oder entdeckte sie tatsächlich ein feuchtes Glitzern in seinen Augen?

»Schön, dass du wieder daheim bist!« Isabeau nickte. »Ich habe gewusst, dass du es nicht bis zum Herbst bei diesem Drachen in Paris aushältst«, sagte er und drehte die Augen zur Decke. »Ein paarmal bin ich deiner Tante ja auch schon selbst begegnet.«

»Aber Maman …« Vater schüttelte den Kopf und legte den Zeigefinger über die Lippen. »Deine Mutter habe ich lieber in dem Glauben gelassen, dass ich Luise nicht besonders gut kenne, aber dennoch als ihre Schwester schätze.« Isabeau verstand. Die vielen Fragen zu Onkel Gustaves plötzlichem Tod hatten auch sie in ein Meer aus Unwahrheiten geworfen, und weitere würden folgen. Sie fühlte Vaters Blick. Er ahnte, dass ihr Leben in Paris nicht einfach gewesen war.

»Weißt du«, hörte sich Isabeau sagen. Ihre eigene Stimme klang fremd und von weit her. »Luise führt ein völlig anderes Leben als wir hier in Lindau. Abgesehen vom Besticken einiger Altartücher und anderen Nadelarbeiten gibt sie sich vollkommen ihrer Langeweile hin. Zwischen nachmittäglichen Teeveranstaltungen, literarischen Symposien und abendlichen Opernbesuchen sucht sie etwas, das es nicht gibt.« Wütend wischte Isabeau sich eine Träne von der Wange. Vater sollte sie nicht weinen sehen.

»Ich hätte deiner Mutter ausreden müssen, dass sie dich zu dieser Furie schickt.« Er rieb sich das glatte Kinn, bevor er zögernd weitersprach. »Weißt du, es steht nicht besonders gut um die Werft …« Isabeau spürte Vaters Blick. Etwas Beschwörendes lag darin. »Die Werft ist doch euer Erbe. Alles, was ich euch beiden hinterlassen kann. Albert wird einen Teil der Geschäfte übernehmen, sobald er aus dem Norden heimkehrt. Und du bekommst einen stattlichen Teil mit in die Ehe. Das Schreiben liegt bereits bei Notar Neuburger. Darin verfüge ich, dass Emmerat dieses Geld nicht ohne deine Einwilligung aufwenden kann.« Vater nickte ihr aufmunternd zu. Und in diesem Nicken lag ein großes Verstehen. Vielleicht konnte sie ihm irgendwann eine Geschichte erzählen, die der Wahrheit sehr nahekam.

»Komm!«, sagte er schließlich in die Stille hinein und führte sie zu einem Stapel abgelagerter Dielen. »Oder hast du über die Zeit in Paris verlernt, was einen guten von einem begnadeten Bootstischler unterscheidet?«

Isabeau schüttelte den Kopf und legte die Hand auf das Holz vor ihr. »Fühle ihm nach und schenke ihm dein Ohr. Hör, was die alte Eiche dir zu sagen hat. Erst dann solltest du zum Hobel greifen und die Unebenheiten der Säge glätten. Die Eiche gibt dir ihre Zustimmung. Du wirst wissen, wann es so weit ist. Wenn sie dir ihre ganze Kraft schenkt, damit du ihr mithilfe von Feuer und Eisen Gestalt verleihst. Lass dich von ihr führen und sprich mit ihr. Dann ist auch der Klabautermann zufrieden.«

Isabeau nickte. Sie fühlte die Wärme unter ihrer Hand und vernahm das leise Knacken des Eichenbaums.

»Ich sehe dich schon vor mir«, flüsterte sie. »Du wirst eine Wellenbraut werden.«

Der Vater nickte.

»Dann lass uns ein Schiff daraus bauen.«

Die Wahrheit verletzt tiefer als jede Beleidigung.
Marquis de Sade

Zerfahren blätterte Emmerat die Zeitung um. Er hatte Mühe, einen klaren Gedanken zu fassen. Michel hatte ihm gestern auf die Nacht bei einem Krüglein Wein erzählt, er habe Isabeau getroffen. Dass sie bereits vor Ablauf des Jahres wieder hier in Lindau weilte, überraschte Emmerat. Dieses Weibsstück! Augenblicklich kamen ihm wieder all die unzähligen Scherze in den Sinn, welche die Lindauer auf seine Kosten gemacht hatten. Zum Henker!, dachte er plötzlich und hieb mit der flachen Hand auf den Tisch. Einem Lorentz lief das Weib nicht einfach davon! Zum Gespött hatte ihn dieses Miststück gemacht! Emmerat legte die Finger an seine Schläfen und suchte den pochenden Schmerz zu lindern. Obwohl die Zeit drängte, gönnte er sich diese Minuten. Er schloss die Augen und atmete ein paarmal tief ein und aus. Solange ihn Vater bereits am Ufer glaubte, musste er nicht fürchten, dass er plötzlich in der Tür stand und ihn einen Faulpelz nannte. Das leise Klopfen kam von der Tür, die in diesem Moment geöffnet wurde.

»Herr Emmerat«, Rosel knickste ordentlich, bevor sie weitersprach, »Euer Vater bittet Euch, das Morgenmahl zu beenden und gleich in sein Kontor hinüberzukommen.« Emmerat spürte, wie das Schuldbewusstsein in ihm aufstieg. Nichts, aber auch gar nichts schien Vater zu entgehen. Eilends erhob er sich von seinem Stuhl und schloss die Knöpfe seiner Seidenweste. Den Rock nahm er mit. In ihn wollte er erst vor der Tür des Kontors schlüpfen.

»Also, Sohn, was hältst du vom Vorschlag der Berspergers?«, wollte Vater wissen, nachdem er geendet hatte. Er lehnte sich in seinem Stuhl zurück, legte die gefalteten Hände über den Bauch und wartete ganz offensichtlich auf seine Antwort. Emmerat zog die Schultern hoch. Schließlich nickte er langsam.

»Obwohl mich Isabeau zum Gespött gemacht hat.«

»Papperlapapp! Gib jetzt ja nur nicht den eingeschnappten Trottel. Denn nun ist es an dir, dass sie ihre Lehre daraus zieht und es nie wieder tut! Hast du mich verstanden?« Emmerat sah zu Boden. Hier im Kontor seines Vaters hatte er sich schon zu allen Zeiten unbedeutend und klein gefühlt. Die Höhe des Raums glich beinahe der einer Kathedrale. Die weiß getünchten Wände wirkten unantastbar und mächtig. In ihrer reinen Stille strahlten sie Einfluss und Geltung aus. Dabei handelte es sich um die gleiche Furcht einflößende Stille, wie sie ein Gerichtssaal ausstrahlte. Und wenn er den Vater so hinter seinem feinen Schreibtisch sitzen sah, kamen Emmerat oft quälende Stunden in den Sinn. Stunden, in welchen der Vater ihn mit Stockhieben auf die Hände gestraft hatte, weil er in seinen Augen ein Feigling gewesen war. Daran hatte sich über die Jahre nicht viel verändert. Lediglich die Stockhiebe ersparte er ihm, seit er erwachsen war. Sie waren Vaters unentwegten Maßregelungen gewichen. Nun saß er vor dem Wappen der Familie Lorentz, welches mit Wellen und Schiff auf eine endlos lange Tradition in der Schifffahrt am Bodensee schließen ließ. Das überlebensgroße, in Blau- und Rottönen gehaltene Wandbild verlieh ihm die Erhabenheit eines Herrschers. Das kostspielige Mobiliar, allem voran der Schreibtisch, dessen feine Intarsienarbeit eine Lädine auf dem stürmischen See zeigte, unterstrich diesen Eindruck zusätzlich. »Dann würde die Hochzeit also zu Sankt Bartolomäi am 24. August stattfinden?« Vater nickte.

»Aber das wäre ja schon in gut vierzehn Tagen.«

»So ist es.«

»Und die Hochzeitsvorbereitungen?«

»Waren ohnehin schon in vollem Gange und sind zum Ende der Woche in jedem Fall abgeschlossen.« Emmerat sah zu Boden. Bevor er zögernd nickte.

»Sieh es so«, begann Vater ohne Umschweife. »Auf diese Weise brauchst du der kleinen Bersperger wenigstens keinen Honig mehr um den Mund zu schmieren. Schließlich kam der Wunsch, die Hochzeit vorzuziehen, aus ihrem eigenen Haus.«

»Wieso ist sie eigentlich schon wieder aus Paris zurück? Ich dachte, vor Jahresende kommt sie nicht wieder.«

Vater hob die Hände in die Höhe, und Emmerat wusste, dass seine Geduld zur Neige ging. Alle fügten sich und das Lorentzsche Unternehmen bekam, was Vater beschlossen hatte. Jedes weitere Wort war überflüssig und die Unterredung somit beendet.

»Ja, was weiß ich denn? Am Ende hatte sie Heimweh. Jedenfalls kommt uns dieser Umstand mehr als gelegen. Auf diese Weise werden die Leute endlich ihre Mäuler halten. Glaub mir, Sohn, nach dieser Hochzeit wird dich niemand mehr auslachen. Ganz Lindau soll essen, trinken und feiern. An diesem Tag soll mich nichts reuen. Lediglich die Tatsache, dass noch nicht ausreichend Gras über die Sache mit der kleinen Truchnerin gewachsen ist, bereitet mir noch Kopfzerbrechen. Dass die dumme Gans auch gleich ins Wasser geht … Für die kleine Truchnerin gab es nie die Aussicht, eine von uns zu werden. Wer bereits in mehreren Betten verkehrt hat, wird niemals eine Lorentz werden.« Bertram Lorentz verließ seinen Platz am Schreibtisch. »Hab ich recht, mein Sohn?«, wollte er wissen und klopfte Emmerat beinahe freundschaftlich auf die Schulter.

Emmerat zögerte, doch dann nickte er. Letztlich musste er sich dem Willen seines Vaters sowieso unterwerfen. Andernfalls blieb ihm nichts weiter, als das elende Leben einer armseligen Kirchenmaus zu führen. Nicht einmal das Hemd auf dem Leib, der Rock über dem Stuhl oder das Bett, in dem er schlief, gehörte ihm.

»Unsere Stammhalter zeugen wir selber. Und zwar nachdem der Pfarrer den Ehesegen gesprochen hat. Damit wir über jeden Zweifel erhaben sind.« Dass Vater Anna schon mehr als einmal der Hurerei bezichtigt und ihr Geld geboten hatte, damit sie fortan über den Kindsvater schweigen sollte, schob Emmerat wie schon so häufig beiseite. Wohl war ihm dabei freilich nicht, aber letztlich konnte er ohnehin nichts mehr ändern. Nur hin und wieder, wenn er Meister Truchner auf der Gasse begegnete, spürte er seinen anklagenden Blick. Letztlich hätte Anna eben auch nicht alles auf die Goldwaage legen dürfen. Was ein Mann in der Trunkenheit seiner Gefühle beteuerte, entsprach eben nicht immer der Wahrheit. Letztlich wäre es an ihr gewesen, sich ihm zu verweigern. Außerdem hatte sie Vater ja nicht gezwungen, ins Wasser zu gehen. Vor allem, nachdem Gott sie bereits von ihrem Malheur befreit hatte. Wenn er es genau betrachtete, sollte sein Vater wieder einmal recht behalten. Anna wäre den Aufgaben im Kontor niemals gewachsen gewesen. Und nachdem Isabeau nun ganz offensichtlich zur Einsicht gelangt war, sollte es ein Leichtes sein, sie zu ziehen, wie er sie haben wollte.

»Da ist ja unsere Kleine!«, rief Albert fröhlich und steckte den Kopf zur Tür der Mädchenkammer herein. Isabeau hatte ihren Bruder bereits erwartet, denn von Maman wusste sie, dass Albert die erste Postkutsche des Tages hatte nehmen wollen. Lachend stellte er die Reisetasche ab und breitete seine Arme aus. Kurz darauf fand sich Isabeau in der Umarmung ihres Bruders wieder. Sie freute sich aufrichtig, ihn zu sehen.

»Lass dich anschauen!«, sagte sie und schob ihn um Armeslänge von sich. Albert besaß das gleiche weizenblonde Haar wie sie selbst. Und sein Teint schimmerte genau wie der ihre in jenem goldenen Oliv, welches häufig die Bewohner des Mittelmeerraumes kennzeichnete. Dazu besaß er Vaters breiten Körperbau und überragte sie um mehr als eine Haupteslänge.

»Wie es aussieht, geht es dir gut! Und ich hoffe, du hast meinen selbst gestrickten Schal wenigstens bei dir, wenn du ihn schon nicht trägst! Die Finger sind mir fast abgebrochen, bis ich ihn endlich fertig hatte.« Mit einem schelmischen Lächeln zog Albert den leichten Schal ein Stück weit aus der Rocktasche, sodass die wilde Mischung aus schwarzer, grauer und royalblauer Wolle zu sehen war.

»Freilich trage ich deinen Schal, nur nicht gerade im August.«

Isabeau nickte lachend und hakte sich bei ihm unter. Die alte Ordnung schien noch Bestand zu haben. Zumindest schlug Albert wie selbstverständlich den vertrauten Weg zum Werftgelände ein.

»Komm!«, sagte er. »Lass uns wie früher zum See hinuntergehen, und dann erzählst du mir alles, ja?« Selten hatte sich Isabeau so sehr über Alberts Besuch gefreut wie heute. Ein Hauch von Kindheit streifte ihre Wange, und das Herz wog in dieser Stunde nicht mehr so schwer. Seit Tagen dachte sie einmal nicht unentwegt an Sade und an das Kind in ihrem Leib. Selbst die Trauer um Anna schien durch Alberts Besuch leichter zu werden. Freilich waren sie sich früher oft in den Haaren gelegen, und Albert hatte sie unentwegt geärgert. Und sie hatte ihrem Bruder stets geneidet, dass er sich als Junge und Erbe der Bersperger-Werft beinahe unbegrenzt in den Bootshallen und am Seeufer aufhalten durfte.

Die Vögel zwitscherten in fröhlichen Sommerchören, als die Geschwister nebeneinander an den Werfthallen vorbeischlenderten. Ihre vielstimmigen Lieder erzählten von der Leichtigkeit des Lebens. Von Liebe und von lichten hellen Tagen. Doch Isabeau wusste, dass es sich lediglich um einen vorübergehenden Zustand handelte. Ein paar Stunden Licht und Freude, bevor die Sonne für alle Zeiten unterging. Einerlei, jetzt wollte sie einfach nur den Duft des jungen Morgens genießen und sich über die unzähligen Tautropfen freuen, die noch immer auf den Spitzen der Grashalme wie Diamanten glitzerten. Sie fühlte die Luft noch kühl auf ihren Wangen, während sie neben ihrem Bruder zum See hinunterging.

»Geht es dir gut? Du bist so still. Dabei müsstest du doch eigentlich vor Glück strahlen. Immerhin wirst du in zwei Tagen heiraten.«

Isabeau schluckte und sah zu Boden. Mittlerweile hatten sie das Ufer erreicht, und Albert ließ ein paar Steine übers Wasser schnellen. Auf der Wasseroberfläche bildeten sich feine Kreise, die sich immer weiter ausbreiteten, bis sie schließlich ineinanderflossen und der See wieder still und spiegelglatt vor ihnen lag. Isabeau dachte an die letzten Monate, die seit ihrem Geburtstag vergangen waren. Auch ihr Leben war bis dahin ein stiller, tiefer See gewesen.

»Wollen wir wetten, dass ich über zehn schaffe?«, grinste Albert und bückte sich nach dem nächsten Stein. »Was ist nur? Du wirkst so bekümmert«, sagte er plötzlich und ließ den Stein achtlos fallen. »Willst du am Ende den Lorentz gar nicht heiraten?«

Isabeau wusste nicht, was sie sagen sollte. Schließlich konnte sie Albert auf keinen Fall von Sade erzählen. Aber von Annas Tod und davon, dass sie Emmerat weder kannte noch mochte. Davon konnte sie vielleicht erzählen. Zumindest wollte sie es versuchen. »Vater hat mich vor vollendete Tatsachen gestellt. Letztlich wird kaum ein Mädchen gefragt, aber dass es ausgerechnet Emmerat sein muss …« Isabeau geriet ins Stocken und sah zu Boden. »Wenn der vornehme und wohlhabende Schifffahrtslinien-Erbe nicht auch noch Anna versichert hätte, dass er sie bis ans Ende aller Tage lieben werde.« Isabeau blickte weit hinaus in die Ferne. Dorthin, wo die Berge beinahe den Bodensee berührten. Feiner Dunst umgab die Alpenkämme mit einem zarten Schleier. »Die Ehe hatte er ihr versprochen, und nun liegt sie auf dem Friedhof.« Albert riss die Augen auf.

»Anna ist tot? Wieso? Meister Truchner hat kein Wort gesagt«, wunderte sich Albert. »Ich habe ihn eben erst getroffen, als ich aus der Postkutsche gestiegen bin.«

»Das glaube ich gern«, entgegnete Isabeau bitter. »Anna ist ins Wasser gegangen, weil sie das Gespött der Leute nicht mehr ertragen konnte.«

»Welches Gespött?«

»Na, dass sie ein Mädchen ohne Mitgift ist, welches offensichtlich dumm genug war, sich Hoffnungen zu machen, einen Lorentz zu bekommen. Dazu hat sie ein Kind von ihm erwartet.«

»Woher weißt du das?«

»Anna hat es mir selbst erzählt.« Albert nickte betroffen. »Doch Emmerat ist der wahre Schuldige. Er hat Michel und Gott weiß wem davon erzählt. Er war es, der sie letztlich verraten und in den Tod getrieben hat.«

»Und nun musst du den Lorentz heiraten, damit Schiffsbau und Schifffahrt zusammenkommen?« Isabeau nickte stumm. Letztlich musste auch Albert den Weg gehen, welchen Vater für ihn bestimmt hatte, und der hieß: die Bersperger-Werft möglichst gewinnbringend weiterzuführen. In ein paar Jahren musste der Ertrag Albert, eine mögliche Familie und die Eltern versorgen, die dann in den Alterssitz hinüberziehen wollten, während Albert das stattliche Haus bewohnen durfte.

»Weißt du«, begann Albert zögernd, »ich weiß nicht einmal, ob ich in absehbarer Zeit heimkehre. Vater will davon freilich nichts wissen. Wenn es nach ihm ginge, müsste ich schon morgen wieder nach Lindau zurückkehren. Aber das ungezwungene Leben ist gerade so leicht und … ich habe noch nicht genug davon.« Isabeau biss sich auf die Unterlippe und dachte an Sade. Das ungezwungene Leben! Ein dicker Kloß saß in ihrem Hals und hinderte sie am Schlucken. »Lass uns endlich über etwas anderes sprechen«, bat sie mit belegter Stimme. »Über mich und meine Eheschließung haben wir nun wahrlich genug geredet.« Albert nickte verstehend und legte ihr die Hände auf die Schultern. »Wenn er dir jemals wehtut, erschlage ich Emmerat mit der bloßen Hand!« Alberts Worte klangen scharf und berührten sie tief. Allerdings war Isabeau heilfroh, dass ihr Bruder nichts von Sade wusste. *Wenn er dir jemals wehtut* … Aber wenn ich es liebe? Wenn ich mich erst im Schmerz finde? Wenn ich erst durch den Schmerz lebe? Oder zumindest das Leben spüre? »Dein Angebot ehrt mich«, sagte sie schließlich und setzte sich auf einen großen Stein, der seit Urzeiten unverrückbar nahe am Ufer lag. »Und nun setz dich und verrate mir, wie es dort oben ist, wo der Regen unentwegt auf das platte Land bladdert«, neckte sie ihn und versuchte ein Lächeln. Albert zog die Schultern hoch. »Es lässt sich ganz gut leben.«

»Ist es denn nicht völlig egal, wo man Schiffe baut?«

Er legte den Kopf in den Nacken und sah in den Himmel. »Auf gar keinen Fall! Weißt du, das Schiffsbauunternehmen Sietas ist etwas Besonderes. Die Segler, die wir dort bauen, sind für unsere Verhältnisse unvorstellbar groß. Groß und schnell. Sie dienen nicht nur dem Lastenverkehr, sondern besitzen Tiefgang und Kiel.« Albert machte eine ausladende Handbewegung. »Schoner und Bark nennt man sie. Gewaltige Segelschiffe mit drei Masten, die dank ihrer Takelung allesamt hoch am Wind segeln und pfeilschnell sind. Dagegen wirken Einmastkähne wie Lädinen und Segmer, die, mit nur einem riesigen Rahsegel ausgestattet, einzig vor dem Wind segeln, geradezu schwerfällig und langsam.« Er vollführte ein gelangweiltes Gähnen. »Mit einem Schoner könnte die Strecke von Lindau nach Konstanz in weniger als drei Stunden zurückgelegt werden. Selbst Wendemanöver stellen einen Schoner vor kein Problem. Und das bei jedem Wind.« Alberts Hand schoss durch die Luft. »Schhh … schnell wie der Wind und wendig wie ein Derwisch. Gebaut für die Fahrt auf dem offenen Meer. Geboren für das Abenteuer.« Isabeau verdrehte die Augen.

»Der Bodensee ist auch groß und abenteuerlich. Du merkst es, wenn dich ein plötzlich aufkommender Sturm überrascht.«

»Das stimmt freilich. Doch Schoner und Bark sind weitaus weniger ein Spielball der Elemente.« Isabeau wusste, dass es zwecklos war, weiter in ihn zu dringen. Albert war schon immer ein Abenteurer gewesen. Sie presste die Lippen aufeinander. Wie gern sie mit ihm getauscht hätte.

»Freilich ist es nicht daheim, aber Hamburg ist eine wohlhabende Stadt, und der Jungfernstieg würde selbst dir gefallen. Dort lässt es sich ganz wunderbar flanieren. Aber was erzähle ich«, sagte Albert und fasste sich an die Stirn. »Du bist aus Paris zurück. Paris!«, sagte er aufgeregt, ging ein paar Schritte und breitete die Arme aus. »Paris ist neben London die größte Stadt in Europa, und soviel ich weiß, zählt Paris eine dreiviertel Million Menschen …«

»Und mindestens hundertmal so viele Ratten. Und selbst das ist noch zu wenig. Die ganze Stadt scheint aus Ratten, Abfall und Leichen zu bestehen.« Isabeau beschirmte ihre Augen mit der Hand und blinzelte. »Während Seine Majestät Ludwig XV. und die Adelsgeschlechter, die es sich leisten können, beinahe an ihrer Dekadenz ersticken, frisst die große Menge den Dreck von der Straße. Kinder verhungern mitten auf der Gasse oder im Schatten der Markthallen. Nur ein Steinwurf trennt den Überfluss vom Tod. In diesen Markthallen gibt es Dinge, die ich in meinem ganzen Leben noch nicht gesehen habe. Kokosnüsse, Bananen und Ananas aus Afrika. Feinste Seide aus China.« Und Godemichés!, dachte Isabeau. Die gab es zwar nicht auf dem Markt, dennoch hatte sie bis zu jenem Tag in Saint-Sulpice nicht einmal gewusst, dass derartige Objekte existierten. Geschweige denn, welche Lust sie bereiteten, wenn eine erfahrene Hand mit ihnen spielte …

Isabeau spürte, wie ihr die Röte in die Wangen schoss.

»In Hamburg sind die Zustände nicht viel besser.« Albert hielt inne. »Vielleicht ist es aber dort nicht ganz so elend wie in Paris. Was du erzählst, ist fast unglaublich.«

»Ja, das Elend ist unvorstellbar. Und daran ändern auch die Armenhäuser nichts, in welchen Aristokratie und Bürgertum die sogenannten Arbeitsunwilligen gern zusammenpferchen. In diesen Häusern muss es schaurig zugehen, aber das ist der Obrigkeit einerlei. Ihnen geht es nur darum, die Mittellosen aus dem Stadtbild zu verbannen und sie zu vergessen. Ganze Straßenzüge, Stadtteile und umliegende Dörfer werden ausschließlich von Spielleuten, Schaustellern und Umherziehenden bewohnt, obwohl das Betteln verboten ist. In Paris gehören Taschendiebe zum Alltag. Am schlimmsten aber ist die Unsitte, Entstellte und bis zur Unkenntlichkeit verunstaltete Menschen auf den Jahrmärkten wie eine Attraktion auszustellen.« Isabeau rollte die Ärmel ihres Kleides nach oben und folgte den kleinen Wellen, die fast zärtlich über das leicht ansteigende Ufer leckten. »Aber wo es große Schatten wirft, findet sich freilich auch immer ein besonders helles Licht. So gewährt Paris den Künsten eine besondere Aufmerksamkeit. Überall laden Galerien zum Besuch ein. In diesen ausgesuchten Räumen präsentieren Künstler wie Boucher, Chardin und Maurice-Quentin de La Tour ihre Gemälde. Eine regelmäßige Kunstausstellung findet im Salon de Paris statt. Darüber hinaus werden in Lesesalons Werke von Rousseau, Voltaire und anderen bedeutenden Schriftstellern öffentlich vorgetragen. Adelige Damen, deren Langeweile allzu groß ist, laden ausgewählte Besucher zu einem Jour fixe. Nicht selten lesen während der wöchentlichen Treffen die Künstler selbst vor. Oh, es gäbe noch so viel zu erzählen.« Isabeau sah nach dem Sonnenstand. »Aber ich glaube, wir sollten langsam heimgehen. Maman verlässt sich darauf, dass ich Vreni bei der Zubereitung des Mittagessens helfe.«

Isabeau erwachte lange vor dem ersten Hahnenschrei. Sie lag mit offenen Augen in ihrem Bett und beobachtete das heller werdende Licht. Trotz der frühen Morgenstunde schien das Haus an der Schiffswerfte bereits erwacht. Isabeau hörte Vreni in der Küche mit Töpfen und Pfannen hantieren. Dies war also die letzte Nacht im Hause ihrer Eltern gewesen! In ihrer mädchenhaften Vorstellung hatte sie stets etwas Magisches in dieser allerletzten Nacht vor der Hochzeit gesehen. Doch damals war sie Sade noch nicht begegnet. Mit ihm hatte sich alles verändert. Sie zog das Nachthemd eng um ihren flachen Bauch. Zärtlich legte sie ihre Hand darüber und dachte an Sade. Nun musste sie darauf vertrauen, dass die Rezepte, welche sie in Onkel Gustaves geheimnisvollen Büchern gefunden hatte, Wirkung zeigten. Nur wenn es ihr gelang, Emmerat davon zu überzeugen, sie gehe unberührt in die Ehe mit ihm, konnte sie Sades Kind schützen! Sie dachte an Apotheker Öwler, den sie nach Vitriol und Alaun gefragt hatte. Silbermantel und Fetthenne befanden sich schon länger in ihrem Besitz. Jeden Abend, wenn das gesamte Haus schlief, hatte sie den Aufguss nach Vorschrift bereitet und in einer großen Schüssel gebadet. Isabeau hoffte, die Mühe, welche ihr das endlose Ausschöpfen des Wassers jede Nacht bereitet hatte, möge sich nun lohnen. Irgendwann schob sie die Decke zurück, stand auf und trat ans Fenster. Der Morgen war noch kühl und königsblau. Doch im Osten glühten die Alpen, dort kündete ein Streifen Gold und Aprikose von einem kommenden herrlichen Sommertag. Heute strahlte der Himmel für eine Hochzeit, wie sie Lindau noch nie zuvor gesehen hatte. Im eigentlichen Sinn wird es die Hochzeit der Familie Lorentz werden, dachte Isabeau. In ihrer kindlichen Vorstellung war sie am Tag ihrer Hochzeit stets glücklich gewesen und hatte sich auf die Jahre, die nun vor ihr lagen, gefreut. Nun aber lag sie hier, wohl zum allerletzten Mal allein in einem Bett, und konnte an nichts anderes denken als an Sade. Ihn wollte sie! Ihrer Hochzeitsnacht mit Emmerat hingegen sah sie mit Grauen entgegen. Wäre Anna noch am Leben und nicht Emmerat ihr Bräutigam, hätte die Freundin ihr bereits gestern eine dicke, grüne Girlande aus Buchsbaum gewunden und sie über dem Eingang ihres Elternhauses befestigt. Buchsbaum oder Myrte. Mit schneeweißen Blüten aus Seide oder Papier als Zeichen ihrer Jungfernschaft. Ein winziges Lächeln umspielte Isabeaus Lippen. Wenigstens bekommen die Lorentzschen diese nicht auch noch von mir, dachte sie grimmig und tapste zur Waschkommode. Anna lebte nicht mehr, und dem, der die Schuld am Tod der Freundin trug, musste sie heute ihr Jawort geben.

Der Tag begann, als hätte ihn ein berufener Maler aus seinem Farbkasten gezaubert. Während er für den wolkenlosen Himmel über Lindau ein strahlendes Azur gewählt hatte, tauchte er Bäume, Wiesen und Wälder in sattes, saftiges Grün. Dazwischen tupfte er leuchtendes Gold für den Sommerweizen, der kurz vor der Ernte stand. Die ganze Schöpferkraft des

Spätsommers wetteiferte mit der bunten Fülle der Blüten, welche die Gärten schmückten. Eine leichte Sommerbrise kräuselte die Wasseroberfläche des Bodensees und brachte ein laues Lüftchen über das Land. Weithin trugen die Glocken zu Sankt Stephan ihre Botschaft über die Insel Lindau. »Seht her«, wollten sie sagen, »seht alle her! Heute trägt die Familie Lorentz ihren Besitz für alle sichtbar zu Markte: diese Pracht! Dieser Reichtum! Dieses Paar!« Isabeau selbst nahm nichts von alldem wahr, während sie an der Seite ihres Vaters über den Kirchplatz schritt. Auf dem offenen Platz hatte sich eine große Menschenmenge versammelt. Neugierige Augenpaare verfolgten ihren Brautweg. Einige lächelten, andere wirkten entrüstet. Ganz Lindau schien auf den Beinen. Viele hatten keinen ordentlichen Platz mehr in der Kirche gefunden. Ihre Namen hatten einfach nicht auf der ellenlangen Gästeliste gestanden. Obwohl der von Bertram Lorentz beauftragte Hochzeitsbitter mit Wein und gereimten Sprüchen jeden geladen hatte, der in Lindau von Rang und Würden war. Sie alle steckten nun die Köpfe zusammen und tratschten. Im Vorbeigehen fielen Isabeau die Trütschin und die alte Kreichgartin auf.

»Diesmal hat ihr der Dickkopf halt nichts genutzt. Jetzt wird's halt doch eine Lorentz.« Ihre Mienen trugen Spott zur Schau. Isabeau fühlte den Arm des Vaters. Väterlicher Stolz und Zuversicht strahlte der Vater aus. Für diesen Weg war er ihr Halt und Stütze. Ohne ihn an ihrer Seite wäre sie wohl ganz einfach geflohen. Das Gefühl, nackt und schutzlos zu sein, grub sich so tief in ihre Haut, dass sie fror, während anderen der Schweiß in Strömen über das Gesicht lief. Isabeau trug ein Brautkleid, wie es schöner nicht hätte sein können. Niemand sonst hatte in Lindau jemals in einem Brautkleid geheiratet. Vielleicht im neuen Sonntagsstaat. Nicht aber in einem elfenbeinfarbenen Kleid aus allerfeinstem Atlas, welches das Dekolleté in beinahe anstößiger Weise zur Geltung brachte. In Paris freilich wäre sie damit nicht aufgefallen. Dort pflegten die Damen noch weitaus gewagtere Ausschnitte zu tragen. In Lindau erregte ein derart verderbtes Gewand, welches zu allem Überfluss auch noch in einer Schleppe endete, leichten Unmut. Würde sie nicht einem Lorentz das Jawort geben, wären die Leute über sie hergefallen wie die Hyänen. Bei einem Lorentz aber wurden die Bedenken ausschließlich hinter vorgehaltener Hand geflüstert. Niemand wollte sich die Lorentzschen zum Feind machen. Als sie endlich das Kirchenportal erreichten, glaubte Isabeau, das Schlimmste wäre vorüber. Doch nun fing der Spießrutenlauf erst an. Streng nach Frauen- und Männerseite getrennt, warteten die Gäste in Trachten oder ihrem besten Sonntagsstaat auf ihre Ankunft. Etliche kannte sie ausschließlich vom Sehen, weil sie in Weißensberg, Nonnenhorn oder Wasserburg wohnten.

»… du den Ausschnitt gesehen?«, hörte Isabeau im Vorbeigehen. »Da weinen die Engel …«, vernahm sie einige Bankreihen weiter vorne.

»Die Lorentzschen haben schon immer bekommen, was sie wollten. Da hilft nicht einmal, dass die Bersperger störrisch und dickköpfig wie ein Esel ist. So ist es wohl …«

»Geld muss eben alleweil wieder zu Geld! Abhauen hätt's dazu nicht müssen.«

Als Isabeaus Blick auf Emmerat fiel, spürte sie eine seltsame Gewissheit. Beinahe war ihr, als fiele die Unruhe der letzten Tage in einem einzigen Atemzug von ihr ab. Dafür fühlte sie nun den Reifen aus Eisen, der sich um ihr Herz wand. Isabeau war froh gewesen, dass Emmerat ihr in den Wochen, seitdem sie wieder in Lindau weilte, nicht einmal einen Besuch abgestattet hatte. Im Rathaus hatten sich lediglich die Väter getroffen, um den Ehevertrag zu unterzeichnen. Einen Ehevertrag, den Vater aufgesetzt und Bertram Lorentz vervollständigt hatte. Dieser hatte zwei Punkte hinzugefügt. Zwei Punkte, die Isabeaus Leben aus den Angeln gehoben hatte: die Garantie für Isabeaus

Jungfräulichkeit und die Gebundenheit, was die Kinder betraf, welche aus dieser Ehe hervorgingen. Sie atmete tief, denn das verhasste Mieder drohte ihr die Luft abzuschnüren. Ihr Blick fiel auf Emmerat, der mit aufgesetztem Lächeln in Frack und Kniehose auf sie wartete. Beides schien ohne Zweifel aus bestem Tuch, und die Schnallenschuhe waren nagelneu. Sie dachte an Sade. Ob er sich ähnlich gefühlt haben mochte, als er die Ehe mit Renée-Pélagie de Montreuil eingegangen war? Als ihr Blick abermals auf Emmerat fiel, schienen seine Augen in die Ferne gerichtet. Isabeau glaubte, nicht die kleinste Regung in seinem Gesicht zu erkennen. Oder doch! Vielleicht war da doch ein Anflug von Hohn.

Schließlich war es der eine Moment, der winzige Augenblick, in welchem ihr Herz fast aussetzte – Vater legte ihre Hand in die von Emmerat und bedeutete seine Zustimmung mit einem Nicken. Losgelöst aus der Vormundschaft des Vaters und noch nicht im einengenden Gefängnis der Ehe, tat Isabeau ein paar letzte freie Atemzüge. Freiheit – wie ich dich vermisse!

Der Pfarrer eröffnete den Gottesdienst mit sonorer Stimme. Isabeau folgte seinen Worten lediglich am Rande. Er sprach vom Segen Gottes, mit dessen Hilfe Emmerat und ihr eine gute Ehe bevorstand. Er sprach von dem Gebot, sich ihrem Ehemann unterzuordnen. Von den Pflichten der Eheleute und von den gemeinsamen Kindern, welche eine gute Ehe stets in ausreichender Zahl hervorbringen sollte. Wie hatte sie nur so blauäugig sein können? Seitdem Isabeau von diesem Ehevertrag wusste, verspürte sie Furcht. Die Furcht, dass ihr Geheimnis nicht unentdeckt bliebe, kroch ihr den Rücken hinauf und schnürte ihr die Kehle zu. Gestärkt von Camilles Worten, hatte sie sich bis zum gestrigen Tag noch mutig gefühlt. Nun beherrschte die Angst ihr Herz. Schließlich war sie gerade im Begriff, Emmerat zu betrügen, und auf diese Art Betrug stand noch immer eine Ehrenstrafe. Laut Vertrag hatte Emmerat den

Anspruch auf eine Braut, welche jungfräulich in die Ehe ging. Und er hatte einen Anspruch auf Kinder, welche er selbst gezeugt hatte! Beidem konnte sie heute nicht entsprechen, wenn sie ihm gleich ihr Jawort gab. Isabeau dachte wieder an den Ehevertrag. Vater hatte ihn unterzeichnet, ohne auch nur einen winzigen Augenblick daran zu zweifeln, dass sie unberührt in diese Ehe ging. Dabei trug sie bereits neues Leben in sich – gezeugt von einem anderen Mann. Bei jeglicher Zuwiderhandlung sah das Abkommen eine Wiedergutmachung vor. In diesem Fall wäre Vater gezwungen, die Familie Lorentz durch die Zahlung einer hohen Geldsumme zu entschädigen. Isabeau hielt den Atem an. Ihr schwindelte. Eine solche Zahlung konnte sich Vater nicht leisten! Für die Bersperger-Werft wäre eine derart hohe Summe der Todesstoß! Beim Anblick des Eherings, der vor ihr auf einem blutroten Kissen aus Samt ruhte, spürte sie, wie Übelkeit in einer sauren Welle aus ihrem Magen emporstieg. Eine Ehrenstrafe hatte der Vertrag vorgesehen! Noch immer wurden Mädchen und Frauen öffentlich auf dem Marktplatz an den Pranger gestellt, wenn sich herausstellte, dass sie sich vor der Ehe bereits einem anderen Mann hingegeben hatten. Stundenlang mussten sie sich dort den Blicken des Ortes stellen und den Spottgesang hinnehmen. Mitunter flogen faule Äpfel oder Schlimmeres. Zu allem Überfluss musste die Beschuldigte während dieser Stunden einen gelben Strohkranz auf dem Kopf tragen. Für jedermann sichtbar, trug sie die Schande des trockenen Strohs, welches das Zeichen für voreheliche Befleckung war. Der Himmel möge verhindern, dass Emmerat heute Nacht ihre fehlende Jungfernschaft bemerkte. Die Vorstellung, was dann geschah, ließ Isabeau eine Gänsehaut wachsen. Denn sie ahnte, dass die Lorentzschen sich nicht allein durch die Zahlung einer hohen Summe zufriedengeben würden. Sollte ihre Täuschung auffliegen, verlangten sie die Leibstrafe, wie der Vertrag es vorgesehen hatte.

»… Gelobst du, Isabeau Aurélie Bersperger, dem hier anwesenden Emmerat Joseph Lorentz die Treue in guten wie in schlechten Tagen? Schwörst du, ihn zu ehren und ihm zu gehorchen und ihn als deinen Vormund anzunehmen, bis der Tod euch scheidet?« Die Worte des Pfarrers rissen Isabeau aus ihren sorgenvollen Gedanken. Nichts von alldem wollte sie und musste es doch versprechen. Der Augenblick wurde zur Ewigkeit.

»Hast du meine Frage verstanden, meine Tochter?« Jemand nickte für sie, während sie die verwirrten Blicke des Pfarrers spürte.

»Dann antworte mir, auf dass die ganze Gemeinde Zeuge deines Gelöbnisses sein wird.«

»Ja«, gab Isabeau leise zur Antwort, sah zu Boden und dachte unentwegt an die schreckliche Prüfung, welche ihr noch bevorstand.

»Emmerat Joseph Lorentz, gelobst du, die hier anwesende Isabeau Aurélie Bersperger als deine Ehefrau anzunehmen? Sie in guten wie in schlechten Tagen zu achten, sie zu führen und zu schützen, bis der Tod euch scheidet?«

»Ja, das will ich!«

Die sanfte Kühle der Sommernacht hatte sich wie ein feiner Hauch über die Gassen und Plätze von Lindau gelegt. Nachtschmetterlinge tanzten um die Feuer, welche der Nachtwächter während seines Rundgangs entzündet hatte. Manch einer kam den Flammen dabei so nah, dass er sich die Flügel verbrannte und in den spiegelglatten dunklen Bodensee stürzte. Stille lag über der Insel, die bereits seit vielen Stunden in Dunkelheit gehüllt war. Einzig das Haus der Sünfzengesellschaft war noch hell erleuchtet und voller Leben. Fast schien es, als habe sich die ganze Insel hier im Haus der Patriziergesellschaft zu Lindau versammelt. Hier trafen sich all jene, die von Rang und

Namen waren. Die Hochzeitsgesellschaft hatte schon etliche Fässchen Bier und unzählige Krüge an Wein geleert. So war es Sitte und Brauch, wenn ein Mitglied der Sünfzengesellschaft Hochzeit feierte. Heute wirkte das aus Rorschacher Sandstein erbaute Haus mit dem prachtvollen Arkadengang in seinem festlichen Glanz vornehm und beinahe hoffähig. Während die offenen Feuerkörbe das Gemäuer draußen in honiggelbes Licht tauchten, bildeten die Ratstische im Inneren des Sitzungssaals lange Tafeln mit schneeweißen Tischdecken aus teurem Damast. Kerzen sorgten für ein nahezu taghelles Licht, und in der Ecke spielten ein paar Musikanten zum Tanz auf. Stuhl an Stuhl saßen Bürgermeister, Rechtsgelehrte, Stadtschreiber, Ratsmitglieder und Kaufmänner neben den Handwerkern. Diese hatten sich in Zünften zusammengefunden und trugen neben ihrer Tracht Fahnen mit dem jeweiligen Zunftwappen bei sich. Bierbrauer und Winzer. Metzger, Fischer und Bäcker. Schneider und Schmiede. Steinmetze und Zimmerer. Bootstischler und Seiler. Frauen wie Männer in ihrem besten Sonntagsstaat. Bestes Tuch, seidene Westen und Biberhüte. Blinkende Schnallenschuhe und nagelneue, mit Stickereien verzierte Gürtel. Üppige Dekolletés, Rüschen und Borten aus Brüsseler Spitze zierten die aufwendig gearbeiteten Kleider der Frauen. Nachdenklich betrachtete Isabeau die große Zahl der Gäste und dachte an all die Reden, welche gehalten worden waren. Manche Worte hatten gutgetan, während die meisten lediglich dahergesagt und andere schlichtweg gelogen waren. Einzelne Gäste hatten zu tief ins Glas geschaut und torkelten gefährlich wankend Richtung Ausgang. Aus den Ecken drangen Wortgefechte und vereinzelt ein paar Flüche. Obwohl die schwer beladenen Platten mit Fleisch und Soßen, die gut gefüllten Suppenschüsseln und Käsebretter schon seit Stunden abgetragen waren, hing noch immer schwerer Bratenduft in der Luft. Er mischte sich mit den Ausdünstungen von Schweiß, Lampenruß und Feuchtigkeit.

Wie es Sitte war, saß sie neben Emmerat an der Spitze der Hochzeitstafel. Bleischwer fühlte sie seine Hand auf ihrem Arm. »Für uns ist das Fest nun zu Ende, wir gehen jetzt heim! Schließlich soll nicht die ganze Insel über uns tratschen!« Emmerats Atem roch nach Branntwein, als er das Wort an sie richtete und sein Blick den ihren traf. Isabeaus Erleichterung, dass Emmerat außer dem Hochzeitstanz den ganzen Abend nicht mit ihr getanzt hatte, schrumpfte auf die Größe eines Stecknadelkopfes zusammen. Sie presste die Zähne aufeinander. Jedes noch so kleine Härchen richtete sich auf und hinterließ beinahe das Gefühl von Schmerz. Schon seit Monaten fürchtete sie diese Stunde, und nun war sie da! Vergangen, die leichte Zeit – die Zeit des freien Atmens. Die Tage des fessellosen und zwanglosen Lebens. Aber Isabeau wusste: Für das Kind in ihrem Leib, für Sades Kind, konnte sie die Ehe mit Emmerat durchstehen – musste sie ein Leben mit den Lorentzschen aushalten. Ein Nicken, und sie folgte Emmerat auf die Gasse hinunter. Den kurzen Weg vom Sünfzenhaus bis zum Hafen hinunter legten sie mit einem Fuhrwerk zurück. Isabeau öffnete die Tür der Kutsche. Offensichtlich dachte Emmerat nicht daran, ihr beim Aussteigen zu helfen. Er betätigte bereits den Türklopfer, während ihm Isabeau, mit den vielen Röcken kämpfend, wortlos folgte.

»Muss die ganze Insel deine Beine sehen?«, fragte er kühl. Sein Gesicht wirkte abweisend, ja fast versteinert. Isabeau schwieg, ließ aber augenblicklich die vielen Lagen Stoff fallen, die sich nun wieder üppig um ihre Beine bauschten. Die junge Frau, die ihnen die Tür öffnete, schien eine der Bediensteten des Hauses Lorentz zu sein. Haube und Schürze schimmerten blütenweiß. Ein Lächeln glitt über ihr junges Gesicht. Als Emmerat ihr gestattete, in ihre Kammer zu gehen, nickte sie und war kurz darauf verschwunden. Die restlichen Bewohner des Hauses schliefen bereits oder feierten noch Hochzeit.

Die nur schwach beleuchtete Eingangshalle wirkte fast ein wenig unheimlich, als sie den weitläufigen Raum an Emmerats Seite durchquerte. Isabeau erkannte Schemen eines großen Kamins. Ein paar zierliche Sessel standen davor, und links davon befand sich, wie sie von ihren beiden Besuchen im Hause Lorentz wusste, ein Tisch, dessen Beine in aufwendig gearbeiteten Löwenpranken endeten. Besonders die Krallen aus Elfenbein waren ihr in Erinnerung geblieben. Die Stühle dazu wirkten im trüben Licht zweier Tranfunzeln wie kleine Kobolde, die ihrem Meister huldigten. Sie fühlte einen unheimlichen Schauer über ihren Rücken prickeln, als Emmerat vor ihr die Stiegen hinaufging. Hier oben war sie noch nie gewesen. Etliche Türen säumten ihren Weg, und Isabeau fragte sich bang, hinter welcher wohl ihr Ehebett stand. Hinter welcher Tür wollte Emmerat die Ehe mit ihr besiegeln? Schließlich galt das Sakrament erst als rechtskräftig, nachdem die Ehe vollzogen worden war. Der schwache Schein seiner Kerze malte ein paar umherirrende Schatten an die Wände. Isabeau erkannte Porträts, welche Bertram zeigten. Auf anderen Bildern lächelte ihr die gesamte Familie Lorentz entgegen. Isabeaus Herz klopfte bis zum Hals, als Emmerat am Ende des Flurs stehen blieb, die Zimmertür öffnete und sie eintreten ließ. Schwärze umfing sie, bis Emmerat die erste Kerze eines mehrarmigen Leuchters entzündete, welcher auf einer Kommode stand. Isabeau stieß den Atem aus. Ganz entgegen ihren Befürchtungen wirkte die Schlafkammer in den gedeckten Cremetönen und mit den hellen Möbeln freundlich, eigentlich sogar anheimelnd. Ein behagliches Himmelbett beherrschte den hohen, hellen Raum mit den Sprossenfenstern. Die schweren Leinenvorhänge konnten geschlossen werden, gaben aber nun den Blick auf dicke, helle Kissen frei. Der kleine Kamin zur Linken versprach auch in den Wintermonaten Wärme, was beileibe keine Selbstverständlichkeit war. Zwischen den beiden Fenstern stand ein fein gearbeiteter Sekretär mit geschwungenen Füßen, und auf dem großen Teppich vor dem Kamin warteten zwei bequeme Stühle und ein kleiner, aber erlesener Tisch. Emmerats Bewegungen wirkten eckig und schwerfällig, als er mit unbewegter Miene Branntwein aus einer geschliffenen Karaffe einschenkte und ihr wortlos ein Glas reichte. Bislang hatte Isabeau nur wenig getrunken, deshalb ergriff sie das Glas wortlos und nahm auf einem der Stühle Platz. Ihr Blick wanderte zu ihrem Ehemann, der am geöffneten Fenster lehnte, ihr den Rücken kehrte und den Inhalt seines Glases hinunterstürzte. Ein zweites und ein drittes Glas folgten. Mit jedem Glas wurden seine Bewegungen ungeschickter, und bald empfand Isabeau leichten Ekel. Die Vorstellung, seine Hände berührten ihre Haut gleich ebenso unachtsam, jagte ihr eisige Schauer über den Leib. Als er sich Minuten später umdrehte, wirkte er unbeholfen.

»Du kannst dich hinter dem Paravent auskleiden«, sagte er leise und sah zu Boden. »Dort findest du auch ein Nachtkleid und eine Haube.« Er räusperte sich. »Ich schicke eine Zofe, die dir behilflich sein wird. Ich werde …«, er sah sie an, »… ich bin bald zurück.«

»Danke, aber ich benötige keine Hilfe beim Auskleiden.« Isabeau fühlte fast so etwas wie Erleichterung, als die Tür ins Schloss fiel und sie mit ihren Gedanken allein zurückblieb. Schon den Gedanken, zuerst von einer ihr fremden Zofe und im Anschluss von ihrem Ehemann berührt zu werden, empfand sie unerträglich. Als sie hinter den Paravent trat, fand sie dort einen schön gearbeiteten Spiegel und einen Stuhl vor, auf dem das besagte Nachtkleid samt Haube wartete. Es dauerte eine ganze Weile, bis sie sich ohne Hilfe von den vielen Lagen Stoff, den Reifröcken und dem Korsett befreit hatte. Mit einem Seufzen löste sie ihr Haar, welches nun in satten goldenen Wellen bis weit über den Rücken fiel.

Das neue bodenlange Hemd kratzte am Hals. Isabeau mochte es schon jetzt nicht. Und die Haube drehte sie in ihren Händen und legte sie wieder zurück. Als sie mit nackten Füßen zum Bett schlich, schickte sie ein letztes Stoßgebet zum Himmel. Gestern Abend, als das ganze Haus schon schlief, hatte sie die geheimnisvolle Rezeptur aus Onkel Gustaves Buch noch einmal angewendet. Die Mischung aus Kupfervitriol, rohem Alaun und Wasser hatte wie Feuer gebrannt. Immerhin versprach Onkel Gustaves Buch die Wiederherstellung der Jungfräulichkeit. Isabeau hoffte inständig, dass sich ihre Mühe gelohnt hatte und ihr im rechten Augenblick eine Blutung bescherte. Ein paar Tropfen Blut genügten – zu viel wäre verdächtig und gar keines vernichtend! Kein Blut kam einer lebenslangen Verachtung gleich und bedeutete auch für Sades Kind das Ende. Eine Abschiebung in eines der armseligen Waisenhäuser wäre die Folge, wenn das Kind erst auf der Welt wäre. Nach Bertrams geschwollener Hochzeitsrede traute Isabeau den Lorentzschen ein derart hässliches Verhalten in jedem Fall zu. Isabeau schlug die Decke zurück, setzte sich auf die Matratze, zog die Beine dicht an den Leib und die Decke bis zur Nasenspitze. Reglos saß sie nun in dem fremden Bett und wartete auf Emmerat. Das Leinen roch nach Asche, Lauge und Sonne. Sicher kam es geradewegs von den Bleichwiesen am See. In der Stille schwoll jeder Laut zu einem ohrenbetäubenden Geräusch an. Sie hörte das Knacken der Balken, die dieses stattliche Haus aufrecht hielten, und lauschte den Mäusen, die sich im Dinkelspelz der Zwischenböden verfolgten. Am lautesten vernahm sie aber ihr eigenes Herz, welches ihre Brust einengte und beinahe schmerzhaft bis zu den Schläfen pochte. Isabeau biss sich auf die Unterlippe, denn draußen näherten sich Schritte. Auf den Eichendielen hallten sie laut durch die Nacht. Isabeau hielt den Atem an, zog die Decke noch ein wenig höher und starrte zur Tür. Als Emmerat eintrat, war er ebenfalls mit einem bodenlangen Hemd bekleidet und auf seinem Kopf saß eine Schlafmütze. Daneben war er in einen geckenhaften Morgenmantel aus Seide gehüllt, dessen Gürtel in burgunderroten Troddeln endeten. Emmerat wirkte geradezu komisch, als er sich des seidenen Mantels entledigte.

»Gibt es einen Grund, weshalb du deine Haube nicht trägst?« Emmerats Worte teilten die Stille. Isabeau setzte sich kerzengerade auf.

»Aus dem gleichen Grund, der mich um jede Perücke einen großen Bogen machen lässt. Ich mag sie nicht sonderlich. Sie schränkt meine Gedanken ein, und deshalb werde ich sie wohl auch nicht tragen.«

»Von nun an wirst du dich daran gewöhnen!« Isabeau erschrak über die Entschlossenheit, die sie in Emmerats Stimme vernahm. »Und dein Haar, warum ist es nicht ordentlich zu einem Zopf geflochten?«

»Weshalb sollte ich mein Haar in der Nacht flechten?«

»Weil es sich für eine verheiratete Frau nicht anders schickt«, entgegnete Emmerat hart. Isabeau zog die Decke ein wenig höher, denn plötzlich fühlte sie sich in Emmerats Gegenwart schutzlos.

»Auch die Straße wirst du in Zukunft nicht mehr ohne Kopfbedeckung betreten. Vater sagt, allenfalls leichte Mädchen und Schauspielerinnen gehen ohne Haube oder Hut.« Isabeau schürzte die Lippen.

»So, sagt er das?«

Emmerat schloss die Hände zu Fäusten und schnaubte. »Bei Gott, mein Eheweib wird nicht wie eine Hure durch Lindau flanieren. Haben wir uns verstanden?« Isabeau blieb ihm die Antwort schuldig und zog die Beine noch näher an den Leib, während Emmerat ein weiteres Glas Branntwein mit einem Schluck leerte.

»Ich bin dein Ehemann, und du wirst meinen Wünschen nachkommen!« Mit großen Schritten kam er auf das Bett zu und schlug ihre Decke zurück. »Leg dich jetzt auf den Rücken, damit wir Vater morgen in der Frühe den Beweis deiner Jungfräulichkeit erbringen können. Ich habe dich verteidigt! Deinen Ruf geschützt! Selbst dann, als er meinte, dass man schließlich nie wissen kann, wenn eine in Paris gewohnt hat. Und all das habe ich getan, obwohl du aus mir einen Narren gemacht hast!« Isabeau spürte, wie ihr eine wilde Mischung aus Furcht und Zorn die Glieder lähmte.

Als sich Emmerat neben sie legte und ihr Nachthemd hochschob, presste Isabeau die Lippen aufeinander. Sie musste an sich halten, um nicht zu schreien.

»Was hast du?«, fragte er gereizt. »So macht man das, also zier dich nicht, und lieg nicht steif da wie ein Brett. Andernfalls vergeht mir die Laune gleich.« Trotz des Zorns, den Isabeau fühlte und der ihr wie ein glühender Dolch ins Herz stach, gab sie sich Mühe. Sie ließ ihn gewähren, als er sich auf sie rollte und unbeholfen zwischen ihre Schenkel drängte. Für das Kind in ihrem Leib hielt sie still, als es Emmerat auch nach etlichen Versuchen nicht gelang, in sie einzudringen. Sie schloss die Augen und stellte sich vor, wie sich Sades Hände auf ihrer Haut anfühlten. Stets waren sie fordernd über ihren Leib geglitten, wo sie Flammen der Begierde entfacht und ein loderndes Feuer heraufbeschworen hatten …

»Kruzitürken!«, schimpfte Emmerat und presste seinen Unterleib mit aller Kraft zwischen ihre Schenkel. Isabeau sah, wie er schwitzte und sich mühte. Jetzt tat er ihr fast ein wenig leid. So vorsichtig es ging, zog sie das Hemd nach oben und streichelte seinen Rücken vom Nacken bis zum Ansatz seiner Hinterbacken, während ihre Lippen seinen Mund suchten. Emmerat schnaubte und drehte seinen Kopf weg.

»Verdammt!«, schrie er in ihr Ohr. »Du bist kalt wie ein toter Fisch!« Schließlich rollte er von Isabeau herunter, drehte ihr den Rücken zu und murmelte ein paar unverständliche

Dinge. Isabeau wusste nicht, was sie tun sollte, bis sie endlich den Mut fasste, ihn anzusprechen.

»Wenn dein Vater das Blut der ersten Nacht sehen will, steche mir in den Finger.« Alles blieb still, nur Emmerats gepresster Atem hing wie das Schwert des Damokles in der Stille. Dazwischen vernahm sie ihren eigenen Herzschlag. »Wenn es sein muss, auch mehrmals.«

»Sei still! Es ist allein deine Schuld! Hörst du?«, schrie er und wandte sich ihr zu. Seine Augen wirkten schwarz vor Zorn. »Du bist schuld! Die Wollust steht dir im Gesicht! Dein lüsterner Blick und dein offenes Haar …« Emmerat riss ihr die Decke fort, sprang aus dem Bett und eilte zum Tisch. Dort schenkte er sich abermals Branntwein ein und leerte das Glas in einem weiteren Zug. Isabeau spürte, wie die Verachtung über Emmerats Verhalten in ihr aufloderte. Wie eine Flamme schoss der Widerwille durch ihren Leib. Was bildete sich Emmerat eigentlich ein? Sie zog die Decke wieder heran, während er leise fluchend durch den Raum stampfte.

»Weißt du«, begann sie kaum hörbar, »auch ich habe diese Ehe nicht gewollt, und ich weiß, wie gern du Anna geheiratet hättest, wenn dein Vater es erlaubt hätte. Für Anna ist es zu spät, und darüber bin ich unendlich traurig. Aber wenn wir uns achten, können wir es schaffen und Ruhe in unsere Familien bringen. Letztlich haben sich unsere Väter entschieden und wir uns ein gemeinsames Leben versprochen.«

»Schweig!«, fuhr er sie an. Seine Augen waren zu Schlitzen verengt, als er die Schranktür aufriss und einen kurzen Rohrstock herausnahm. »Anna war eine Hure!«, schrie er, als er mit dem erhobenen Stock auf sie zukam und ihn zischend auf ihrer Schulter niedersausen ließ. »Sie hat halb Lindau das Bett gewärmt, bevor sie mir ihr Balg unterjubeln wollte!« Der zweite Schlag traf Isabeau am Hals. Der Schmerz brannte sich glühend durch ihre Haut. Sie drehte sich auf die Seite, zog die

Beine an den Leib und riss die Decke schützend über ihren Kopf. Die Decke flog in hohem Bogen davon, und Emmerat schlug wahllos auf sie ein. Bald fühlte sie den Schmerz wie einen Messerstich durch ihren Leib fahren. Weitere Hiebe folgten und trafen neben ihrem Rücken ihre Beine und schließlich ihren Nacken. Beim Betasten der Stelle fühlte sie, dass die Haut aufgeplatzt war und die Wunde im Nacken blutete. Obwohl sich Isabeau benommen fühlte, kletterte sie auf die andere Seite der Matratze und sprang davon. Bei dem Versuch zu flüchten, riss sie Emmerat den Stock aus der Hand.

Mit einem Aufschrei von Wut versetzte er ihr einen heftigen Stoß und warf sie auf die Matratze zurück. Isabeau fühlte sich wie eine wehrlose Puppe. Emmerats Handrücken traf schmerzhaft auf ihre Wange. Winzige Lichter blitzten vor ihren Augen. Schwer atmend schlug er ein zweites Mal zu. Isabeau fühlte ihren Kopf zur Seite fliegen.

»Ihr Tod … war … das beste Schuldeingeständnis!«, presste er schwer atmend hervor. Isabeau fühlte, wie eine Woge aus Schmerz und Entsetzen über ihr zusammenschlug und sie in einen schwarzen Abgrund riss.

Schlechtigkeit ist ein bedeutender Charakterzug … Von jeher war sie die Waffe des Schwachen.

Marquis de Sade

Die ersten schüchternen Sonnenstrahlen blinzelten durch das geöffnete Sprossenfenster und streichelten über Isabeaus Gesicht. Fröhliches Vogelgezwitscher drang an ihr Ohr. Zunächst wusste sie nicht, wo sie sich befand. Panik stieg in ihr auf. Die Tage und Nächte in der Salpêtrière und im Keller der Polizeiwache kamen ihr in den Sinn. Erst als sie ihre Augen öffnete, kam das ganze Drama der vergangenen Nacht zurück. Ein kurzer Blick sagte ihr, dass sie sich wenigstens allein in der Schlafkammer befand. Nicht auszudenken, wenn sie Emmerat in diesem Moment in die Augen sehen müsste. Ein wenig erleichtert schlug sie die Decke zurück. Doch allein beim Versuch, sich auf die Seite zu drehen, schoss ein scharfer Schmerz durch ihren Leib. Schwindel und Übelkeit kamen hinzu, als sie ihren Kopf hob. Das Bett, nein, das Zimmer drehte sich vor ihren Augen. Jede Bewegung kostete sie unendlich viel Mühe, aber irgendwann quälte sie sich mühsam aus dem Bett und trat hinter den Paravent. Ihr Spiegelbild zeigte ihr das gesamte Ausmaß ihrer Hochzeitsnacht. Es spiegelte ihre Verzweiflung und den ganzen Schmerz der letzten Nacht. Sie sah das linke Auge dick und blau und die Wange stark gerötet. Dort, wo Emmerats Stock sie getroffen hatte, war die Haut aufgeschwollen und schimmerte fast schwarz. Wütend betastete sie die dicken Striemen. Das Haar in ihrem Nacken fühlte sie blutverklebt, und ihr Kopf schmerzte entsetzlich. Isabeau tauchte das zusammengefaltete Leinen in den Waschkrug, der am Abend davor noch nicht dort gestanden hatte. Vorsichtig betupfte sie die Schwellung über ihrem Auge und versuchte, das Blut aus ihrem Haar zu reiben. Eine Mischung aus Fassungslosigkeit und Entrüstung machte sich in ihrer Brust breit. Entschlossen goss sie Wasser aus dem Krug in die Schüssel und wusch ihr Haar. Später saß sie am geöffneten Fenster und trocknete die goldenen Wellen in der warmen Morgenluft. Ihr Blick wanderte zum gegenüberliegenden Ufer. Jetzt, im Spätsommer, schimmerte das sanft ansteigende Land unterhalb der Alpen in verwaschenem Grün. Ausgedehnte Waldstücke wechselten mit ein paar wenigen Wiesen. Heller Morgendunst lag noch über Land und Bergen. Nur die weiße Spitze des Säntis ragte aus dem milchigen Schleier. Wie lange man wohl gehen musste, um seinen Gipfel zu erreichen? Dort oben schien die Zeit stillzustehen. Ob das Leid im ewigen Schnee wohl zu einem Kristall wurde? Sie barg ihr Gesicht in den Händen. Was sollte sie jetzt tun? Jeden Augenblick musste unten das Morgenmahl beginnen. Schon gestern hatte ihnen der alte Lorentz unmissverständlich zu verstehen gegeben, dass er die jungen Brautleute pünktlich erwarte. War es überhaupt möglich, Emmerat jemals wieder erhobenen Hauptes unter die Augen zu treten? »*Solange er mich nicht schlägt …*«, vernahm sie Paulettes Stimme in ihren Ohren. Sie erinnerte sich gut an das Gespräch. *Und wenn er es doch tut, wird mir Gott hoffentlich die Kraft verleihen, es auszuhalten.* Würde es ihr gelingen, diese Kraft aufbringen? War sie bereit, auf Gott zu vertrauen? Isabeau dachte an Sade, der Gott jegliche Existenz absprach und all jene, die dennoch an ihn glaubten, für töricht und einfältig hielt. Isabeau vergrub ihre Hände im Handtuch. Welche Wahl hatte sie? Letztlich hing ihrer aller Zukunft von ihr ab! Mit einem zornigen Aufschrei warf sie das raue Leinenhandtuch in die Ecke. Sie erhob sich, kleidete sich sorgfältig und legte die Kette an, welche Emmerat ihr zum Geschenk gemacht hatte.

Die Glocken mahnten zur Arbeit! Weil heute jedoch Sonntag war und am siebten Tag der Woche nur die nötigsten Lädinen ausliefen, lag noch eine träge Ruhe über dem Hause Lorentz. Als Isabeau das Speisezimmer betrat, ließ sie ihren Blick schweifen. Mit Ausnahme der großen Wohnhalle und ihrem Schlafzimmer kannte sie das Lorentzhaus noch nicht. Jedes einzelne Möbelstück zeugte vom Reichtum und der Macht der Familie Lorentz. Golddurchwirkte Kissen und Läufer aus bunter Wolle ergänzten die wertvollen und mit großer Sorgfalt gearbeiteten Möbel. Der Tisch für das Morgenmahl war bereits sorgfältig gedeckt. Dicker Morgenbrei und Apfelmus dampften in großen Schüsseln. Nur der Geruch von viel zu stark gerösteten Eicheln und Bucheckern störte das Ganze. Offensichtlich wurde im Hause Lorentz der Kaffee damit gestreckt. Bequeme Stühle mit dicken roten Kissen umrundeten den Tisch. Lediglich ein einziger Platz hob sich von den anderen ab. Er wirkte beinahe wie ein Thron und besaß breite, weit ausladende Armlehnen und einen hohen Rücken. Davor hatte die Magd einen Korb mit süßen Wecken aufgestellt. Dazu gab es bernsteinfarbenen Honig und dicke Butterflocken. Dies ist also der Platz von Bertram Lorentz, dachte Isabeau. Die Aussicht, fortan den Tisch mit Emmerats Vater zu teilen, versetzte sie in helle Panik. Dass sein Sohn sie misshandelt hatte, war offensichtlich. Doch wie würde der alte Lorentz darauf reagieren?

Eine ganze Weile lang sagte niemand ein Wort. Lediglich die Geräusche, welche die Löffel auf dem Steingut hinterließen, erfüllten das Speisezimmer. Isabeau spürte lediglich die Blicke. Emmerat strahlte eine Gleichgültigkeit aus, die sie frösteln ließ. Die Schwiegermutter sah betroffen auf die Tischplatte, wann immer sich ihre Blicke trafen. Isabeau konnte ihr Mitgefühl fast greifen. Sie besaß ein gutes Herz, schien aber viel zu schwach für diese Familie. Isabeau ahnte, dass sie ihr Schicksal in Zukunft teilen würde. Der alte Lorentz hingegen wirkte geradezu beschwingt. Genüsslich leckte er sich den süßen Rahm von den Lippen und biss in den letzten Wecken, den er mit Honig bestrichen hatte, der ihm in goldenen Fäden von der Hand tropfte.

»Und die Eheleute, wie fühlen die sich nach ihrer ersten Nacht?«, fragte er und nahm einen Schluck Kaffee. »Die erste Nacht gibt lediglich die Richtung vor. Nicht mehr, aber auch nicht weniger! Und nun iss, Mädchen, sonst wird es nichts mit einem Erben.« Er bedeutete der Magd, Isabeaus Schüssel mit Morgenbrei zu füllen, und goss selbst Rahm und braune Butter darüber. Isabeau fühlte den Ekel, der in ihr aufstieg, während sie den Löffel zum Mund führte. Der dicke Milchbrei haftete wie Pech an ihrem Gaumen und reizte sie zum Würgen. Wütend schluckte sie den Brei hinunter.

»Wenn das die Richtung unserer Ehe sein wird, wird sie gewiss nicht lange halten. Oder meint Ihr etwa, dass so ein glückliches Paar aussieht?«

Der alte Lorentz lachte. »Darauf kommt es in einer Ehe nicht an!«, sagte er und ließ sich Kaffee nachschenken. »Ihr werdet euch aneinander gewöhnen. Und auf dich, mein Junge«, rief Bertram Lorentz über den Tisch hinweg, »bin ich heute einmal stolz!« Er legte die Arme über den Bauch und grinste. Sein Lachen klang siegessicher, während er sich in seinem Stuhl zurücklehnte und in die Runde sah. »Muss schon sagen, das hätte ich dir beim besten Willen nicht zugetraut!«

Der Hohn des Alten schmerzte nicht weniger als die Schläge des Jungen. In Isabeaus Kopf pochte noch immer ein hässlicher Schmerz, und ihre Glieder fühlten sich völlig zerschlagen an. Weder die kalten Kompressen noch die Salbe aus Arnikablüten hatten bislang eine Wirkung gezeigt.

»Alle Achtung, Sohn! Bei den Weibern ist es wie bei den jungen Pferden – man muss sie beizeiten ziehen, sonst wachsen ihnen Flausen im Kopf, und sie gehen durch!« Isabeau spürte, wie ihr die Empörung gleich einer roten, heißen Welle in die Wangen schoss.

»Ja, die Kleine! Die hat ordentlich Temperament!«

»Bitte, Bertram«, flüsterte Agnes Lorentz. Sie suchte die Hand ihres Mannes. Er entzog sie ihr mit einem Blick, der sie zum Schweigen brachte.

»Sieh nur, sie wird sogar ordentlich rot!«, prustete er und schlug Emmerat auf die Schulter. »Mit der wirst du viel Freude haben.« Emmerat nickte, ohne den Vater anzusehen.

»Wenn Ihr das so seht, werde ich den Eltern erzählen, was Ihr in Eurem Haus duldet, ja, geradezu verlangt! Glaubt Ihr, Vater heißt es gut, dass mich Euer Sohn schlägt?« Isabeau wusste nicht, woher sie den Mut für ihre Worte nahm. Sie waren ihr einfach über die Lippen gekommen. Bertram sah sie an, als habe er sich verhört. Es dauerte geraume Zeit, bis er sich wieder gefangen hatte.

»Das vielleicht nicht«, gab er wieder einigermaßen gelassen zurück. »Aber selbst das Gesetz gesteht jedem Mann das Recht zu, seine Frau in angemessener Weise in die Schranken zu weisen.«

»Dann haltet Ihr das also für eine angemessene Weise?«, wollte Isabeau wissen und deutete auf ihr Auge. »Oder dieses hier!« Sie senkte den Kopf, um die Wunde in ihrem Nacken offenzulegen.

»Letztlich liegt es an dir. Ein braves Eheweib weiß, wann es an der Zeit ist, ihre Zunge zu zügeln und sich zurückzuhalten.« Isabeau spürte den Zorn in sich aufsteigen. Heiß und rot bemächtigte er sich ihrer. Sie sprang von ihrem Stuhl auf und eilte zur Tür. Die Lorentzschen sollten sie nicht weinen sehen. Keiner von ihnen!

Die Blätter leuchteten bereits in Ocker, Rostrot und warmer Kastanie, und in der Luft lag der herbe Duft von feuchtem Moos und reifen Äpfeln. Isabeau saß hinter ihrem Schreibtisch am geöffneten Fenster des Kontors der Schifffahrtsgesellschaft Lorentz und sah hinaus. Die Tage wurden nun schon spürbar kürzer, verloren rasch an Licht und Wärme. Nachdem der morgendliche Nebel den ersten Sonnenstrahlen gewichen war, glitzerten die letzten Spinnweben im hellen Morgenlicht. Zart und glänzend wie Feenhaar wirkten die seidenen Fäden, die sich zwischen den stacheligen Zweigen der Essig-Rose spannten. Isabeau streckte die Arme über den Kopf und gähnte. Obgleich sie schon viele Stunden über ihrer Arbeit saß, verirrte sich in das kleine Kontor selten einmal jemand. Während Bertram in seinem Tempel residierte und Emmerat seine Zeit bei den Schiffen verbrachte, fühlte sie sich oft allein. Bereits mit dem Beginn des nächsten Jahres wollten sie die Routen auf dem Bodensee weiter ausdehnen. Vaters Lädinen eröffneten dem Schifffahrtsunternehmen ungeahnte Möglichkeiten. Immenstaad, Uhldingen und Romanshorn begrüßten den Anschluss sehr und hatten ihnen ihr Interesse bereits bekundet. Nun galt es, den Gemeinden in einer wohlwollenden Antwort eine Zusage zu erteilen. Freilich hatte Isabeau solche Arbeit im Kontor schon daheim bei den Eltern erledigt. Doch die Stunden schienen bei den Lorentzschen unendlich viel langsamer zu vergehen. Während sie daheim über die Einfuhr der Holzlieferungen und den Verkauf der Lädinen und Segmer gewacht hatte, bestand ihre Aufgabe nun in der Aneinanderreihung salbungsvoller Worte. Diese mussten in Form ellenlanger Briefe an die Bürgermeister rund um den Bodensee gelangen. Achtsam tauchte Isabeau nun die Schwanenfeder in die Tinte und setzte die Spitze auf das Papier. Sooft sie mit der schneeweißen Feder schrieb, dachte sie an Sade. Wie es ihm wohl bislang ergangen war? Ob er sich in der Ehe mit Renée-Pélagie ebenso unglücklich fühlte wie sie sich mit Emmerat? Hin und wieder war ihr, als höre sie auch heute noch manchmal sein Lachen, wie es schamlos und dunkel aus seiner Kehle drang. Erst das zaghafte Klopfen an der Tür riss sie aus ihren grüblerischen Gedanken. Rasch ging sie und öffnete. Augustin streckte ihr mit einem schüchternen Gruß einen Brief entgegen.

»Augustin!«, sagte Isabeau überrascht und erwiderte den Gruß des Jungen. »Geht es dir gut? Wir haben uns ja eine Ewigkeit nicht mehr gesehen.« Ein Lächeln huschte über das Gesicht des Lehrbuben, als er nickte.

»Der ist für Euch. Eure Mutter meinte, ich soll ihn gleich bringen und nur Euch selbst übergeben.« Isabeau nickte, bedankte sich und bat den Buben auf einen Becher süßen Most herein.

»Lieber nicht«, gab er zur Antwort. »Euer Vater sieht es nicht gern, wenn ich nicht bei der Arbeit bin.« Er lachte. »Und gerade heute darf ich gewiss nicht trödeln, denn ich darf helfen, wenn gleich ein Mast gesetzt wird. Ein von mir gefertigter Mast«, setzte Augustin stolz nach. Rasch verabschiedete er sich, und Isabeau blieb mit dem Brief in der Hand allein zurück. Erst jetzt warf sie einen Blick auf den Umschlag aus feinstem Papier. Beim Anblick der geschwungenen Lettern hielt sie den Atem an. Ihre Hände zitterten, als sie das Schreiben drehte und fand, was sie erwartet hatte: das blutrote Siegel, in dessen Mitte der achtstrahlige Stern prangte – der Stern der Heiligen Drei Könige! Der Stern der de Sades!

Seit der Eheschließung mit Emmerat hatte sich Isabeaus Leben völlig verändert. Obwohl sie mit ihrem Ehemann das großzügige Schlafzimmer und einen kleinen Salon bewohnte, nahmen sie sämtliche Mahlzeiten gemeinsam mit den Schwiegereltern ein. Selbst die Abende verbrachten sie mit Bertram und Agnes in der großen Wohnhalle. Dort wurde der Hausherr nicht müde, von den ruhmreichen Errungenschaften der Familie Lorentz zu berichten. Während Agnes stumm einer Stickarbeit nachging, vermied Emmerat nach wie vor jedes Widerwort gegen seinen Vater. Trotzdem sich Isabeau Emmerats wehleidigen, bisweilen aber auch händelsüchtigen Launen ausgesetzt sah, gab sie sich die größtmögliche Mühe, das Leben im Hause Lorentz zu ertragen. Agnes, Emmerats Mutter, schätzte sie als stille, ruhige Frau, die durch den erlittenen Tod mehrerer Kinder des Lebens überdrüssig und letztendlich verblüht war. Auch wenn Agnes die meiste Zeit schwieg, mochte Isabeau sie gern leiden. Wusste sie doch, dass sie einfach nicht die Kraft besaß, sich gegen Bertram zu stellen. An manchen Tagen wünschte sich Isabeau aber so sehr in das Haus ihrer Eltern zurück, dass sie hinüberrannte. Dann schloss sie die schwere Eichentür hinter sich, lehnte sich gegen die kühle Wand und tat ein paar tiefe Atemzüge. Obwohl die beiden Häuser kaum einen Steinwurf voneinander entfernt lagen, trennten sie doch Welten. Und in dieser tristen Ödnis hatte sie nun Sades Brief erreicht. Obwohl Isabeau vor Neugierde keinen klaren Gedanken mehr fassen konnte, verweilte er noch immer ungeöffnet in ihrer Rocktasche. Hier im Kontor schien es viel zu gefährlich, ihn zu lesen. Jeden Augenblick konnte Emmerat oder Bertram in der Tür erscheinen. Aber wann immer ihre Hand zuerst zu ihrer Rocktasche und anschließend zu der leichten Wölbung ihres Bauches wanderte, lächelte sie.

Später, als Isabeau die Arbeit im Kontor verrichtet hatte, machte sie sich auf den Weg zum mittleren Kirchhof. Auf der

Brücke blieb sie einen Augenblick stehen und sah ins dunkle Wasser hinab. Sie dachte an Anna, deren Grab sie gleich wieder einmal besuchen wollte. Die Blätter der Linden leuchteten rostrot. Sie bewegten sich im leichten Wind, und Isabeau kam es beinahe wie ein Flüstern vor. Ein paar Karren und Fuhrwagen kreuzten ihren Weg. Isabeau beachtete sie nicht. Erst als ihr Bauer Freisinger begegnete, der den Weg von der Insel zurück aufs Festland mit seinem Pferdegespann tat, löste sie sich von den Gedanken an Anna und den Brief in ihrer Tasche. Er stieß einen schrillen Pfiff aus und ließ seinen Braunen zum Stehen kommen.

»Magst du aufs Festland?« Isabeau nickte. »Soll ich dich ein Stück mitnehmen, oder gehst du lieber zu Fuß?« Isabeau kannte den Bauern schon seit ihrer Kindheit und nahm das Angebot gern an. Er bot ihr den Platz neben sich und seiner Magd auf dem Kutschbock an. Isabeau nickte verstehend, während der alte Freisinger ihr von den Kartoffeln und Äpfeln erzählte, welche er im Hause Hopf auf der Insel hatte abliefern müssen.

»Ich möchte zum Friedhof.«

»Ist am Ende jemand gestorben, den ich kannte?« Isabeau schüttelte den Kopf.

»Nein, ich möchte die Anna wieder einmal besuchen«, entgegnete Isabeau leise. Freisinger nickte und lachte verächtlich. »Welche Anna?«, wagte die Magd irgendwann zu fragen.

»Die von den Truchners. Die kanntest du ohnehin nicht. Und jetzt gib Ruhe!«

»Wieso sagt Ihr das so verächtlich? Für die Anna muss sich niemand schämen. Auch wenn ganz Lindau so tut, als hätte es sie nie gegeben.«

»Als Frau des Emmerat Lorentz lässt sich's gut stinken, nicht wahr?« Isabeau blieb ihm die Antwort schuldig. Was hätte sie auch sagen sollen? Sie war froh, dass der mittlere Kirchhof schon in der Ferne auftauchte. Den restlichen Weg legte sie zu Fuß zurück. Sie hörte, wie der alte Freisinger noch etwas von überspannten

Weibern murmelte und mit seiner Magd davonfuhr. Auf dem Friedhof, im Schutz der vielen alten Bäume, hoffte Isabeau dann auch auf die nötige Ruhe, um Sades Brief zu lesen. Neben der friedlichen Stille, welche die abgeernteten Felder vermittelten, hörten sie nur noch das weit entfernte Rumpeln der Räder und das Klappern der Hufe. Eine dicke Hummel brummte an ihr vorüber, und ein Pfauenauge flatterte eine Weile dicht neben ihr her. In der Ferne am Waldrand entdeckte Isabeau ein paar Rehe. Als sie sie bemerkten, suchten sie rasch den Schutz der Bäume. Der lichte Waldrand lag bereits im Schatten einer Senke. Ein paar Nebelschleier erhoben sich aus den Nadelbäumen und stiegen höher. Die frische Luft des frühen Abends trug den Duft der ersten Kartoffelfeuer heran. Isabeau sah in den Himmel. Was wohl in dem Brief stand? Bald würde sie es erfahren, denn dort hinten erkannte sie bereits die ersten Gräber.

Annas Grab lag auf dem Armesünderplatz. Ein Gräberfeld nahe der im römischen Stil errichteten Kapelle, außerhalb der Friedhofsmauer. Dort, auf diesem traurigen Acker, fanden alle *Unseligen* ihre letzte Ruhe. In Wahrheit wurden dort Selbstmörder, Verbrecher und ungetaufte Kinder ohne jedes Gebet verscharrt. Auf dass sie von der Gemeinde auf alle Zeiten vergessen wurden. Der kurze Fußweg dorthin führte sie über eine Wiese. Und obwohl der Bauer sehr wahrscheinlich schimpfen würde, wenn sie das kniehohe Gras niederdrückte, konnte sie nicht umhin, aus Wegwarte und Goldrute einen Strauß zu pflücken. Isabeau sah das traurige Fleckchen Erde bereits aus der Ferne. Die vertrockneten Wicken und der Kranz aus Gänseblümchen von ihrem letzten Besuch lagen noch immer auf der angehäuften Erde. Sie legte den Strauß aus Herbstblumen nieder und sprach ein Gebet. Auch heute wurde ihr schmerzlich bewusst, wie sehr sie Anna vermisste und wie traurig es sie stimmte, dass nicht einmal ihre Eltern gegen das Vergessen ihrer einzigen Tochter ankämpften. »Ach Anna«, flüsterte Isabeau. »Wenn du doch nur hier wärst! Ich bin so furchtbar aufgeregt. Was, meinst du, steht wohl in dem Brief? Bestimmt bist du genauso gespannt wie ich. Lass ihn uns gemeinsam lesen.« Sie setzte sich auf den schmalen Wiesenstreifen, der die Gräber umschloss, und öffnete den Brief.

Isabeau, Liebste!
Ich hoffe so sehr, dass Euch dieser Brief erreicht, denn ich vermisse Euch so sehr, dass meine Brust zu jeder Stunde schmerzt, als stünde sie in Flammen! Die verzehrenden Flammen der Leidenschaft! Gebt Ihr Euch ihnen gelegentlich hin? Oder ist Eure Ehe ebenso trist und trostlos wie ein grauer Wintertag in Paris?

Ich hoffe sehr, Ihr seid wohlauf und gesund! Solange ich Euch in Paris wusste, hatte mein Verlangen eine Heimat. Nun seid Ihr fort, und ich harre in einer Ehe aus, die der Hölle auf Erden schon sehr nahekommt! Am schlimmsten empfinde ich wohl Madame Montreuil, die Schwiegermutter – ich habe ihr den Spottnamen die Präsidentin *erteilt. Sie wacht wie eine Hyäne über mich und mein Tun. Ihren Augen entgeht nichts, und keinen noch so geringen Fehltritt sieht sie mir nach. Sie macht nicht einmal vor meiner Post halt und entwendet bisweilen meine Briefe! Dabei wurde ihrem sehnlichsten Wunsch doch entsprochen und die Familie Montreuil endlich offiziell bei Hofe eingeführt. Aber nun, diese Ehe ist und bleibt einfach ein widerliches Geschachere um Geld und Namen! Ein mehr als ekelhafter Vertrag, der uns aneinanderfesselt und lediglich meinen stetig steigenden Unmut heraufbeschwört!*

Renée lebt das Leben eines strenggläubigen Christenkindes. Jedes Begehren stößt bei ihr auf Unverständnis, und meine Art der Lust bereitet ihr gar tiefste Übelkeit. Und dennoch nehme ich sie, wie es mir beliebt. Ich hasse ihre treue Unterwürfigkeit und die stille Demut in ihren Augen. Wahrlich, ich weiß, ich bin ein Monster, und doch schäme ich mich nicht! Sie werden mich verbrennen müssen, denn ändern werde ich mich nicht! Renée steht es frei zu gehen. Jederzeit nehme ich die Schuld des Scheiterns auf mich. Allein um des Namens Sade willen bleibt sie. Und als Katholikin vermag für sie lediglich der Tod uns einmal voneinander zu trennen. Sagt mir, wie ist es möglich, dass das Menschengeschlecht über so wenig Verstand verfügt, dass es den Lügen dieser Pfaffen aufsitzt? Den alten Tattergreisen huldigt, ihr Geschwätz über das Fegefeuer und die Höllenqualen glaubt und ihnen gleichsam erlaubt, sie in die schlimmsten Abgründe zu stürzen? Wieso lassen sich die Leute ihre Lust am Leben vergällen? Habt Ihr Euch nie gefragt, was die Pfaffen unter ihren weiten Röcken verstecken? Es sind die Lügen und die Scheinheiligkeit!

Bitte verzeiht, ich verliere mich in meinem Zorn über die Einfalt der Menschen und die Demut meines Eheweibes. Solange sie bleibt, gebe ich das Geld der Montreuils aus. Und auch dessen schäme ich mich nicht!

Bis zum 15. Oktober haben wir die Zeit, stets unter den wachsamen Augen der Präsidentin, in Échauffour zugebracht. Um der Tyrannei der Alten zu entkommen, bin ich allein für ein paar

Tage nach Lacoste gereist. Und nun sitze ich hier im Donjon von Vincennes im Gefängnis! Mit Sicherheit hatte Madame Montreuil andere Pläne. In ihrer Tyrannei hat sie nicht einmal davor zurückgeschreckt, den König von Frankreich zu umgarnen, auf dass dieser meiner Inhaftierung zustimmte.

Liebste, ich vermisse Euch an jedem Tag und in jeder Stunde, und ich gelobe, sobald ich diesen Kerker wieder verlassen habe, werde ich Euch treffen! Wir werden das Leben feiern, und ich verspreche Euch, dass ich Euch vögeln werde, bis Euch Hören und Sehen vergeht!

Isabeau spürte, wie ihr die Röte in die Wangen schoss. Rasch sah sie sich um, doch sie war allein auf dem Gottesacker. Nur die Vögel zwitscherten in den Zweigen und pickten ein paar Käfer von einem der frisch angehäuften Grabhügel.

Sobald es mir gestattet wird, diesen trostlosen und unwürdigen Ort zu verlassen, werde ich für eine Weile nach Italien reisen. Und dann werde ich Euch in Lindau besuchen …

Gott bewahre, dachte Isabeau und presste Sades Zeilen an ihre Brust.

Wie Ihr seht, lasse ich Euch keine Wahl! Und ich bitte Euch, denkt bisweilen an mich, und haltet Euch stets von den Bettlern fern!

Donatien

Mit dem November bezogen die Nebel Quartier am Bodensee. Tagelang bildeten Himmel und Wasser eine undurchdringliche

Wand aus tristem Grau. Feucht und schwer waberten die Schwaden durch die Gassen, machten die Gehwege schlüpfrig und begleiteten jeden, der zum Hafen hinunterwollte, wie ein stummer Wanderer.

Isabeau verließ das Anwesen der Lorentz' und machte sich auf den Weg zur anderen Seite der Insel in die Schafgasse, wo sich die Schneiderei von Meister Ziebartel befand. Ihre Schwangerschaft bedurfte einer Abänderung der Kleidung. Schließlich begannen mit dem Martinimarkt in der nächsten Woche die Feierlichkeiten der bevorstehenden Weihnachtszeit. Und kein hochgestelltes Sünfzenmitglied ließ seine Ehefrau daheim, während alle Brüder in den Wirtshäusern der Stadt feierten. Auch Emmerat bestand darauf, dass Isabeau ihn begleitete und das Spiel spielte, welches sie mit dem ersten Tag ihrer Ehe aufgenommen hatte. Bislang hatte Emmerat noch nie auch nur ein einziges Wort über das Kind in ihrem Leib verloren. Wären die ersten zaghaften Glückwünsche der Lindauer zu der raschen Schwangerschaft nicht gewesen, hätte sich Isabeau fragen müssen, ob Emmerat ihren Zustand überhaupt schon bemerkt hatte. Abends betrat er die gemeinsame Schlafkammer meistens erst weit nach Mitternacht. Während er morgens lange vor ihr aus dem Bett wieder floh.

Inzwischen hatte sie den Marktplatz erreicht, wo heute der Tiermarkt abgehalten wurde. Ein paar Gänse schnatterten in ihren Verschlägen. Und wie immer gab es im Herbst für alle Kaufwilligen auch Hühner, Kühe und Schweine. Selbst ein paar Pferde warteten auf ein neues Zuhause und wieherten leise, als Isabeau an ihnen vorüberging.

»Grüß Euch Gott, Frau Lorentz!«, riss Isabeau eine Stimme aus ihren Gedanken. Isabeau erschrak und legte schützend die Hand über ihren Leib.

»Ihr seht aus wie das blühende Leben! Ganz offensichtlich bekommt Euch die Schwangerschaft ganz ausgezeichnet.«

Isabeau erkannte in der anderen die Frau des Notars Neuburger und grüßte sie freundlich. Katharina Neuburger kam aus dem nah gelegenen Bregenzerwald und hatte selbst acht Kinder bekommen. Vier Mädchen hatten überlebt. Und Rosa, ihre Älteste, kam selbst in ein paar Wochen nieder.

»Wann ist es denn so weit?«, wollte die Neuburgerin wissen.

»Bis in den Februar hinein werde ich mich wohl noch gedulden müssen.« Katharina Neuburger nickte verstehend.

»Sicher seid Ihr froh, dass es mit der ersten Schwangerschaft gleich geklappt hat. Letztlich liegt die gesamte Last auf unseren Schultern, wenn eine Ehe kinderlos bleibt oder lange kein Erbe ins Haus steht.« Isabeau wusste, dass Katharina aus Erfahrung sprach.

»Wenn Ihr mich fragt, wird es in jedem Fall ein Bub werden«, bekundete die Frau des Notars mit einem wissenden Lächeln. »Oder sagen wir, ich wünsche es Euch in jedem Fall.«

»Das habe ich schon öfter gehört. Mir soll's recht sein!« Und wenn er dann noch gesund ist …, dachte Isabeau.

»Dem werten Gatten geht es ebenfalls gut?« Isabeau nickte und verabschiedete sich nach einem kurzen Gespräch über das Wetter und die bevorstehenden Feierlichkeiten.

»Ich muss sehen, dass ich zu Meister Ziebartel komme, bevor es dunkel wird.«

»Seid vorsichtig! In diesem Nebel sind die Gassen oft glatt, lange bevor es friert. Ah, und bevor ich es vergesse, mein Mann möchte die Fenstersimse erneuern lassen. Werden die Steine aus Rorschach denn auch in den Wintermonaten geliefert?« Isabeau nickte. »Die Route Lindau–Rorschach wird den ganzen Winter über mehrmals in der Woche gefahren.«

»Dann auf bald! Und alles Gute für Euch und das Kind! Aber vielleicht sehen wir uns ja nächste Woche beim Schlachtfest der Weißgerbers.«

An das Schlachtfest bei den Weißgerbers im Felsgässele schlossen sich den gesamten Dezember und den Januar über die Schlachtfeste bei den Magerls, den Haimerls, den Ortwins und einigen anderen an. In der zweiten Februarwoche luden dann die Hackls zum Schlachten und feiern in die Grub. Diesmal bestand Isabeau darauf, daheimzubleiben, weil sie sich nicht wohlfühlte. Obwohl Emmerat ihre Entschuldigung nicht gelten lassen wollte, hatte er das Haus irgendwann überreizt und zornig allein verlassen, während Isabeau früh zu Bett gegangen war. Die fortgeschrittene Schwangerschaft und ein polterndes Geräusch hatten sie aber schon bald wieder geweckt. Seither lag sie wach und dachte an das Kind, welches nun bald auf die Welt kommen würde. Würde Sade je erfahren, dass er der Vater war? Isabeau wusste es nicht. Nach seinem Brief im frühen Herbst hatten sie noch weitere Briefe, alle ebenfalls aus dem Stadtgefängnis, erreicht. Jedes Mal starb sie einen kleinen Tod. Schließlich ahnte sie, wie es in den Kerkern zuweilen zuging. Die Stunden im Keller der Polizeiwache hatten ihr bereits so viel Angst beschert, dass sie kaum wagte, an die Zustände in einem weitläufigen Gefängnis zu denken. Sie hoffte, Sade bekäme zu essen und bliebe von todbringenden Krankheiten verschont. Dort, in der Enge der Verliese, wurde man entweder von der eigenen Familie verpflegt, oder man starb den Hungertod. Nicht einmal der Versorgung mit Wasser kamen die Städte nach.

Inzwischen war es weit nach Mitternacht. Der Nachtwächter hatte vor wenigen Augenblicken sein Stundenlied zur dritten Stunde unweit des Hauses abgesungen. Mit dem Anflug eines Lächelns dachte Isabeau an die Befriedigung, die sie in Bertram Lorentz' Augen gesehen hatte, nachdem ihm ihr Zustand aufgefallen war.

Irgendwann stand sie auf, entzündete eine Wachskerze und setzte sich an ihren Sekretär. Zum ersten Mal seit langer Zeit holte sie ihr Tagebuch aus der untersten Schublade hervor und blätterte darin. Lange las sie die Einträge aus Paris und die aus den ersten Monaten ihrer Ehe. Eine Weile blickte sie in die stille Nacht hinaus. Leichter Wind war aufgekommen. Er vertrieb die Wolken und trug das leise Rufen eines Käuzchens heran. Langsam tunkte sie die Feder in die Tinte und schrieb:

Liebes Tagebuch,

ich habe dir lange nicht geschrieben. Heute Nacht finde ich endlich Zeit dafür. Emmerat hat mich immer noch nicht nach dem Kind in meinem Bauch gefragt. Es scheint ihm vollkommen gleichgültig zu sein. Nur der alte Lorentz freut sich ganz offensichtlich auf seinen ersten Erben. Im Grunde ist es ja egal, was wahr ist, solange die Leute das sehen, was sie sehen wollen.

Emmerat trinkt zu viel! Und immer, wenn er gesoffen hat, fordert er sein Eherecht. Und das geht selten gut. Jedes Mal bringt ihn sein Versagen dann zur Raserei. Wenn er mich in seinem Zorn schlägt, ekelt mich vor ihm. Am nächsten Morgen redet er kein Wort und verschwindet, bis es wieder Nacht wird. Inzwischen verstehe ich sogar seinen Vater, der ihn einen Nichtsnutz schimpft. Emmerat ist schwach und kraftlos, wenn es um seinen Vater geht. Er ist unfähig, selbst eine Entscheidung zu treffen. Nur wenn es gegen mich geht, ist er ein anderer. Dann verhält er sich grob und ohne jede Rücksicht.

Der alte Lorentz hingegen ist zu allen Zeiten ein herrischer und selbstsüchtiger Mann. Doch mit meiner fortschreitenden Schwangerschaft erkenne ich zunehmend eine Hoffnung in seinen Augen, die mich wundert und mir doch guttut. Freilich hofft er auf einen Buben. Dann muss der Alte sein Unternehmen nicht einzig auf den Schultern seines Sohnes bauen. Ist es mir angesichts dieser Aussicht zu verdenken, dass sich ein wohlwollendes Lächeln auf meinem Gesicht zeigt?

Ob Sade sein Kind je sehen wird? Ob ich ihm je davon erzähle? Ich kann es nicht sagen. Aber ich hätte mir niemals träumen lassen, dass ich ihn einmal so sehr vermissen würde. Oft bin ich in meinen Träumen wieder in der Kirche Saint-Sulpice oder in Rahuls verbotenem Rauchsalon. Welch köstliche Abenteuer! Während mir hier in Lindau kaum noch das Atmen gestattet wird! Eine brave Frau senkt ihren Blick, wenn ihr auf der Gasse ein ihr unbekannter Herr begegnet. Sie antwortet ausschließlich, wenn sie nach ihrer Meinung gefragt wird. Was eigentlich nie der Fall ist. Oh, wäre es nur möglich, die Zeit zurückzudrehen. Hätte ich gewusst, wie furchtbar meine Ehe mit Emmerat werden wird, wäre ich niemals nach Lindau zurückgekommen. Lieber wäre ich in Paris geblieben und hätte mich Madame Gourdans Huren angeschlossen, als dieses trostlose Dasein zu ertragen. Für mich ist es die Hölle auf Erden, und der einzige Trost ist Sades Kind. Dieses Kind ist alles, was mir bleibt und wofür es sich zu leben lohnt …

War da nicht gerade ein Geräusch gewesen? Isabeau lehnte sich für einen Augenblick zurück. Rasch legte sie die Feder auf den Sekretär und schlug das Buch zu. Sie hielt den Atem an und lauschte. Ein paar Mäuse verfolgten sich trippelnd in den Zwischenböden. Sonst blieb alles ruhig. Erleichtert schlug Isabeau das Buch wieder auf, tauchte die Feder in die Tinte und schrieb weiter:

In gewisser Weise teilen Emmerat und ich dasselbe Schicksal, genau wie es so viele andere Ehepaare tun. Ich denke nur immer wieder, ob es nicht wenigstens möglich wäre, einen Funken Achtung füreinander zu empfinden. Aber solange mich Emmerat so behandelt, ist es mir beim besten Willen nicht möglich …

Da war wieder ein Geräusch! Diesmal erstarrte Isabeau, denn was sie hörte, war das knarrende Eichenbrett direkt hinter ihrem Stuhl! Hastig schlug sie das Buch zu. Emmerat war urplötzlich hinter ihrem Rücken aufgetaucht, und gerade in dem Moment, als sie das Buch unter einen Stapel Papier schieben wollte, entriss er es ihr. Isabeau lief es eiskalt über den Rücken. Sie wollte sich nicht ausmalen, was nun geschah! Ihr

Blut wurde zu Eis, als sie sein Gesicht sah. »Emmerat, bitte gib mir das Buch, es gehört dir nicht, also gib es mir zurück!« Er nahm eine Kerze und ließ sich mit dem Buch auf den Sessel fallen. Er wirkte, als habe er eine Trophäe errungen.

»Einem Weib steht es nicht zu, Geheimnisse vor seinem Ehemann zu haben«, sagte er und schwenkte das Buch.

»Ich habe keine Geheimnisse. Und nun gibst du mir augenblicklich das Buch zurück!« Emmerat lachte. Isabeau wusste, dass er im Haus der Weißgerbers getrunken hatte. Nicht annähernd so viel wie sonst, dennoch täte sie gut daran, sich vor ihrem Mann zu fürchten. Sie wusste es, und doch empfand sie in diesem Augenblick nichts als Abscheu und Zorn für ihn. Er las, und Isabeau empfand die Stille so grausam wie noch nie zuvor. Was dachte sich dieser ungehobelte Klotz nur? Weshalb begegnete er seinem Vater nicht einmal auf diese herrische Weise?

»Was ist das für ein Geschmiere?«, brüllte er nach einer Weile aufgebracht. »Los, sag es mir!« Zornig presste Isabeau ihre Lippen aufeinander und blieb ihm die Antwort schuldig. Sie versuchte, ihm das Buch zu entreißen, doch er griff mit roher Gewalt nach ihrem Arm. »Was ist das für ein Dreck, den du da hineingeschmiert hast?« Noch immer fühlte Isabeau Bestürzung darüber, dass sie Emmerats Schritte nicht gehört hatte.

»Lass mich auf der Stelle los, du tust mir weh!« Jeder Versuch, sich aus seinem Griff zu befreien, kommentierte Emmerat mit seinem aufgebrachten Gebrüll. Schließlich stieß er sie von sich, und Isabeau eilte zur Tür. Obwohl ihr die Flucht im Augenblick die einzige Möglichkeit schien, dem gewalttätigen Ausbruch ihres Mannes zu entkommen, konnte sie das Zimmer nicht verlassen. Ihr Tagebuch! Sie konnte Emmerat unmöglich ihr Tagebuch überlassen! Das Kind in ihrem Leib! Ihr Zögern verschaffte Emmerat einen winzigen Vorsprung. Mit eisiger Miene erreichte er die Tür, drehte den Schlüssel im

Schloss und zog ihn ab. Sein Gebrüll war einem fast wahnsinnigen Lachen gewichen. Es durchdrang den Raum wie Gift. Wie eine kalte Schlange wand es sich um ihr Herz. Sie sah das gefährliche Glitzern in seinen Augen und wusste, er würde ihr Gewalt antun. Isabeau flüchtete zum Fenster. Vielleicht sollte sie es öffnen und nach Hilfe rufen? Aber wer würde ihr mitten in der Nacht schon Gehör schenken? Ganz Lindau schlief, und den Nachtwächter hatte sie erst vor einer Viertelstunde unter ihrem Fenster gehört. Als Emmerat fluchend auf sie zukam, legte Isabeau ihre Hände schützend über ihren Leib. Wie eine Keule schwebte seine Faust nun über ihrem Kopf.

»Du bist eine gottverdammte Hure, und ich habe es immer gewusst! Betrogen hast du uns! Vater und mich, betrogen. Aber glaub mir, ich werde dafür sorgen, dass er es erfährt! Ganz Lindau soll erfahren, was hier drinsteht! Und dann bleibt vielleicht auch dir nur noch der Ausweg ins Wasser! Du verderbtes Weib!« Isabeau wich zurück, bis sie den Sekretär im Rücken spürte. Emmerats Handrücken traf ihre linke Wange. Isabeau taumelte zur Seite. Mühsam stützte sie sich auf dem Sekretär ab und atmete schwer. Der Schmerz gellte durch ihren Kopf. Helle Blitze tanzten hinter ihren Lidern. Es dauerte eine Weile, bis die Erde wieder stillstand und sie ihre Stimme wiederfand.

»Ist das alles?«, flüsterte sie und bedachte ihn mit einem herausfordernden Blick. »Wenn du mein Gesicht erst grün und blau geschlagen hast, fühlst du dich dann wie ein Mann?« Der Geschmack von Blut in ihrem Mund verstärkte ihren Ekel. »Du wirst deinem Vater niemals die Stirn bieten können! Und du wirst auch niemals ein Mann sein! Du allein trägst die Schuld an Annas Tod! Dabei hat sie dich geliebt, und du bist lediglich ein armseliger Feigling, der das Vermögen seines Vaters ausgibt!« Der nächste Schlag traf ihr linkes Auge. Eine Welle aus grellem Schmerz wütete durch ihren Kopf. Ein naher Abgrund tat sich vor ihr auf und lockte sie in die Tiefe. Isabeau stolperte zur Seite und stürzte neben dem Bett zu Boden. Rasend wie ein wild gewordener Stier stampfte Emmerat heran. Isabeau schien er nun groß wie ein Riese, während sein Gesicht wie eine hasserfüllte Maske wirkte. Mit letzter Kraft drehte sie sich auf die Seite. Glühender Schmerz überzog ihre Wange, als Emmerat sich zur hinabbeugte und ihr schwer atmend abermals ins Gesicht schlug.

»Halt dein dreckiges Maul! Oder ich schlage dich zusammen mit deinem Bastard tot!« Isabeau presste die Hände gegen ihren Leib. Ein roter Schleier nahm ihr teilweise die Sicht und ließ alles unwirklich erscheinen. Ganz am Rand sah sie Emmerat. Seine Faust schwebte drohend über ihrer Mitte. Isabeaus letzter Gedanke gehörte ihrem Ungeborenen, als sich der schwarze Vorhang teilte und sie gnädig einließ.

Man erlebt immer wieder Enttäuschungen, aber man lernt auch immer besser, damit umzugehen.

Marquis de Sade

Es dämmerte bereits, als sich dichter Nebel aus dem breiten Schilfgürtel erhob, der das Ufer neben dem Leuchtturm säumte. Schwer und feucht krochen seine weißen Finger langsam über die Böschung hinauf und den schmalen Weg entlang. Der kleine, zottige Hund des alten Leuchtturmwärters machte gerade seinen ersten Morgengang. Neugierig beschnüffelte er sämtliche Bäume und Sträucher in der Nähe. Als die dichten, weißen Schwaden näher kamen, hob er nur rasch das Bein und stimmte dann ein wütendes Gebell an.

»Still da draußen!«, wies ihn der alte Max mit seiner Bassstimme zurecht, während er gemächlich die steile Treppe hinabstieg, um wie jeden Morgen nach dem Rechten zu sehen. Ein letztes wütendes Kläffen schallte über den Platz, bevor ihm der Hund schon wieder auf der Stiege entgegenkam und sich auf seinen Platz neben dem Ofen zurückzog. Max rieb sich die Augen und gähnte. Ein rascher Blick auf die nahen Alpenkämme sagte ihm, dass es später am Tag noch Regen geben könnte.

Vielleicht auch Schnee. Aber zuerst musste er sehen, wie dicht der Nebel werden würde, der sich gerade aus dem Ufersaum erhob. Er ging ein paar Schritte und erleichterte sich mit einem zufriedenen Brummen in das stille Hafenbecken.

Als er wenig später zu seinem Leuchtturm zurückkehrte, hatte der Nebel schon einen Teil des Hafens verschluckt. Dichte Schwaden schwebten wie ein dichter Vorhang um den Turm, von dem lediglich noch die Feueranlage herausragte. Ächzend stieg Max die Treppe wieder hinauf. Die Knochen taten ihm schon länger weh, und nun war ihm auch klar, warum. Von seinem Aussichtspunkt aus sah er, wie der Nebel dicht über dem Wasser auf den Bodensee hinauszüngelte. Der Leuchtturmwärter wusste, dass er den See schon bald zu einer tückischen Falle werden ließ. Nachdenklich schnäuzte er sich in ein Taschentuch und schob es in die Hosentasche zurück. Obwohl es für ein Leuchtfeuer fast schon zu hell war, schürte Max wenig später noch einmal die Glut in der Feuerblüse und legte ein paar dicke Holzscheite nach. Geduldig wartete er, bis das Feuer wieder lichterloh brannte. Dann ging er auf der Reling um den Turm herum und blies in das große Horn. Der jammernde Ruf dröhnte weit über den See hinweg. Er klang nach Gefahr und ein klein wenig nach der Einsamkeit dort draußen.

»Nebel, der vom Land kommt, verheißt nie etwas Gutes!«, murmelte er in seinen dichten, grauen Bart und betätigte abermals das Horn.

Emmerat stand an Bord der *Seemöwe* und starrte in die hellen Nebelschwaden. Das ledergebundene Buch, welches er unter seinem Mantel trug, presste er fest gegen seine Brust. Mürrisch nahm er eine Laterne vom Haken, steckte sie an und zog sich auf die Passagierbank zurück. Das erste schwache Tageslicht verschwand in den Nebelschwaden wie in einem geöffneten Schlund. Zumindest konnte er seiner Neugierde jetzt nachgeben.

Wie ein gieriges Tier war sie in seine Gedanken gekrochen und hatte ihm keine Ruhe mehr gelassen. Seitdem er Isabeau in der vergangenen Nacht dieses vermaledeite Buch abgenommen und die ganze Nacht darin gelesen hatte, verlangte es ihn nach dem Rest. Die Rede war immer wieder von einem Sade gewesen. Der Name widerte ihn an! Und die Vorstellung, dass es das Kind dieses Sade war, das Isabeau erwartete, brachte ihn um den Verstand! Was ging nur in diesem elenden Weib vor, welches ihn unentwegt zum Narren hielt? Gierig sog er Wort für Wort und Seite um Seite in sich auf, obgleich Isabeaus Schrift ihm Mühe bereitete. Ein paarmal hielt er inne und nahm einen großen Schluck von dem doppeltstarken Bodenseegrog, den ihm ein Matrose brachte. Mit dem Grog und der Pelzdecke, die über seinen Knien lag, ließ sich die Kälte einigermaßen aushalten. Von Zeit zu Zeit schob er die freie Hand in einen Muff aus Zobelpelz, welchen er an einer goldenen Brokatkordel um den Hals trug. Er nahm einen weiteren Schluck und blätterte um. Was er las, konnte er nicht glauben! Unvorstellbares stand dort in feinen aneinandergereihten Buchstaben. Eine Geschichte aus Sünde und Schuld war es, die ihn lautstark verhöhnte. Nach weiteren Seiten riss er die Hand aus dem Muff, ballte sie zu einer Faust und schlug auf die Sitzbank ein. Bald fluchte er leise vor sich hin. Die Bank erzitterte bereits unter einem erneuten Schlag, als der heiße Grog über den Rand des Bechers schwappte, seinen Mantel tränkte und ihm die Hand verbrühte.

»Verflucht!« Er sprang auf und starrte auf die rote Stelle, die sich auf seinem Handrücken bildete. Wellen von Schmerz schossen durch seine Hand. Er presste die Zähne aufeinander, bis es wehtat. Was er gelesen hatte, widerte ihn! Nie mehr würde er das Bett – sein Bett in seinem Haus – mit diesem verderbten Weib teilen! Es gab nur einen Weg: Er musste sie verstoßen! Aber wenn irgendjemand erfuhr, dass ihm dieses Miststück Hörner aufgesetzt hatte, drohte ihm das Gespött über den ganzen See hinweg! Nicht auszudenken, was dann geschah! Auf einmal fröstelte er. Mit klammen Fingern zog er die Pelzkappe tiefer in die Stirn und las weiter. Oder ich schlage sie tot!, dachte er plötzlich. Der Gedanke kam ihm wie ein Blitz. Vielleicht war das sogar die allerbeste Lösung!

»Herr, der Nebel wird immer dichter! Was sollen wir machen?« Was behelligte ihn dieser Dummkopf ausgerechnet jetzt mit etwas derart Bedeutungslosem? Waren sie etwa zum ersten Mal bei Nebel auf dem See unterwegs? »Dann gebt endlich Signal!«, befahl Emmerat mürrisch. Er hasste es, gestört zu werden. Und noch dazu in einer Angelegenheit wie dieser. Gleich darauf ertönte das Nebelhorn. Mit tiefer, dunkler Stimme sang es seinen Warnruf über das stille Wasser hinweg. Feucht und schwer hüllten die Schwaden bald das Schiff und seine Besatzung ein. All das ließ ihn in diesem Moment völlig gleichgültig. Er wollte einzig die Geheimnisse seines verderbten Eheweibes lüften. Jedem ihrer Gedanken folgen und sich ekeln, wenn sie von Lust und Schmerz schrieb.

»Meister Lorentz …«

»Was?«, entgegnete er scharf und bedachte den Matrosen mit einem vernichtenden Blick. Zornig schlug er das Buch zu und erhob sich. »Ja, seid ihr Hornochsen denn außerstande, diese verdammte Nussschale nach Romanshorn zu fahren?« Emmerat fluchte leise vor sich hin. Er hatte gehofft, der helle Goldstreif und das satte Purpur, welches die Berge schon zur halben Nacht in Flammen getaucht hatten, mögen nicht die Oberhand gewinnen. Morgenrot bringt Dreck im Hof! So sagten es die Alten nicht ohne Grund voraus. Als er schließlich bis zum Bug des kleinen Lastenseglers ging, traute Emmerat seinen Augen kaum. Er rieb sie, als ließe sich damit die Sicht bessern. Letztlich sah er aber nicht einmal einen halben Meter weit und hörte lediglich, wie sich die kleinen Wellen am Bug des Segmers brachen. Der schwache, fast eingeschlafene Wind blähte das kleine Segel nicht einmal mehr mäßig. Abgesehen davon wurde der See von einer eigentümlichen Stille beherrscht. Täglich kreuzten viele Schiffe den See. Und sie alle waren nun gezwungen, mit Horn zu fahren, welches sie im Abstand einiger Minuten erklingen ließen. Doch abgesehen vom Klang ihres eigenen Signals vernahm er nicht viel, und das schien ihm gut. Dafür dünkte ihn der Nebel um sie so dicht wie eine weiße, undurchdringliche Wand. Die tückische Mischung aus Nebelfeuchte und Kälte hatte bereits einen spiegelglatten Reif auf die Schiffsplanken gelegt. Während Emmerat nun das Deck vom Bug bis zum Heck einmal abschritt, achtete er darauf, seine Schritte achtsam zu setzen.

»Meister Lorentz, sollen wir nicht besser wieder umkehren?« Das wäre auch keine Lösung. Schließlich sahen sie nirgends auch nur den Umriss eines Ufers. Und der Segmer befand sich schon viel zu weit auf dem offenen Wasser.

»Meister Lorentz, sollen wir …«

»Ja, glaubt Ihr denn, dass ich Wachs in den Ohren habe?«, rief Emmerat und drehte sich zu dem Matrosen um. Auf den nebelfeuchten Planken kam er ins Rutschen, und als er mit den Armen ruderte, entglitt ihm das Buch. »Kruzitürken!«, brüllte er und sah dem Buch nach, wie es davonschlitterte. »Rasch, Loris, heb dieses verteufelte Buch auf!« Wie befohlen, rannte der junge Matrose dem Buch nach. Er musste das Buch wiederhaben! Emmerat hielt den Atem an, während der Junge auf den Knien liegend nach dem Buch griff. Noch zwei weitere Male entglitt es dem Matrosen, bis er es endlich zu fassen bekam. Mit einem Nicken bedankte sich Emmerat, als er das Tagebuch wenig später wieder in den Händen hielt. »Und nun gebt endlich Signal, ihr blöden Ochsen! Schließlich wollen wir Romanshorn heil erreichen.« Jeder Schiffer fürchtete den Nebel und hoffte auf eine gesunde Heimkehr. Sein Herz pochte bis in seine Schläfen, als er sich mit zitternden Knien auf der Bank niederließ und weiterlas.

Einmal im Jahr bestand Vater darauf, dass er jedes Schiff auf einer Fahrt über den See begleitete. Früher hatte er diese Arbeit selbst erledigt. Heute musste Emmerat nach dem Rechten sehen. Das neue Jahr zählte zwar erst wenige Wochen, doch Vater hatte jetzt, Anfang Februar, darauf bestanden, mit der *Seemöwe* zu beginnen. Die *Seemöwe* war das kleinste Schiff der Lorentz'schen Flotte. Emmerat hätte sich weiß Gott etwas Besseres vorstellen können, als den Tag bei diesem nasskalten Wetter auf dem Bodensee zu verbringen. Andererseits war er ganz froh. Zumindest blieb er auf dem Wasser weitestgehend ungestört und konnte in Ruhe das Tagebuch zu Ende lesen. Die vergangene Nacht saß ihm ohnehin noch im Nacken und ließ ihn nicht zur Ruhe kommen. Das Schlimmste war die Wut! Die rasende Wut, die ihn beinahe um den Verstand brachte, sobald er an dieses Miststück dachte. Wenn er an die erste Nacht dachte, schnürte es ihm die Luft ab. Sein kläglicher Versuch, seine Rechte als Ehemann einzufordern – nun wusste er wenigstens, weshalb ihm bei seinem eigenen Eheweib das Stehvermögen fehlte. Die alte Ausbäuerin hielt allerlei Mittelchen gegen den Verlust der Manneskraft bereit. Aber wenn dieser durch die Hurerei des eigenen Weibes zustande kam, halfen derartige Tränke sehr wahrscheinlich nichts. Aus dem Leib prügeln musste man den Weibern ihre Verderbtheit! Auf dass ihnen die Lüsternheit nicht in den Kopf stieg. Der Gedanke daran, dass er schon bald den Bastard eines anderen durchfüttern musste, ließ seinen Zorn erneut auflodern. Aufgebracht trat er nach dem Mast und kickte eine Kiste quer über das Deck. Dieses Weib hatte ihn von Anfang an getäuscht! Hatte ihm die Narrenkappe aufgesetzt und ihn vorgeführt. Die Vorstellung, dass seine Familie nun dieses Balg aufziehen musste, welches letztlich am Ende dann auch noch das Erbe der Lorentz antrat, raubte ihm fast den Verstand. Als er heute Morgen das Haus verlassen hatte, war ihm die alte Minna auf der Treppe begegnet. Die Hebamme kam immer vom Festland herüber. Und beim Klabauter, die alte Vettel hatte ihn mit einem Blick bedacht, welchen er schlecht deuten konnte. Fröstelnd vergrub er die Hand im Muff. Er hoffte inständig, das Kind überlebte die Geburt nicht! Und sein Weib? Hoffentlich holte der Teufel auch sie!

Emmerat zog die Schultern in die Höhe. Erst das dumpfe Dröhnen eines Nebelhorns riss ihn aus seinen versprengten Gedanken. Da ertönte es abermals! Und bei Gott, das Horn klang beinahe, als hielt das Schiff direkt auf die *Seemöwe* zu. Mehr noch, das Signal erweckte den Eindruck, als befände es sich keine zwei Meter Backbord voraus von der *Seemöwe* entfernt!

»Signal!«, brüllte er in Richtung des Steuermanns. »Verdammt, betätigt endlich das Horn, oder wollt ihr, dass uns das fremde Schiff havari…?« Emmerat verstummte und riss die Augen auf. Im dichten Nebel sah er das fremde Schiff, und es wirkte gewaltig! Allein der Bug des Schiffes überragte den Mast der *Seemöwe* um ein paar Fuß. Er stand einer Wand gegenüber, die sein Verderben sein würde. Sie hätten einfach öfter Signal geben müssen! Das Bersten des Rumpfes erhob sich in ohrenbetäubendem Lärm. Emmerat stürzte zu Boden. Der Aufprall hatte ihn von den Füßen gerissen. Nun lag er auf dem schlüpfrigen Deck und riss die Augen auf. Das Buch! Wo war das Buch? Erst als ihm das Geräusch von splitterndem Holz in den Ohren dröhnte, versuchte er aufzustehen.

»Donner und Doria! Wir haben ein kleines Boot gerammt!«, vernahm er die aufgeregte Stimme an seinem Ohr. »Ein sehr kleines sogar! Aber verflixt, ich sehe es nicht einmal! Zum Teufel, dieser elende Nebel kommt doch geradewegs aus der Hölle! Auf die Beine, Männer! Rasch, setzt der Besatzung ein paar Rettungsringe aufs Wasser!

»Hey, ihr da, lebt noch jemand, oder seid ihr schon ersoffen?«

»Ich bin hier!«, schrie Emmerat aus Leibeskräften.

»Hier sind wir!«, hörte er die Stimme des Kapitäns. Die Matrosen riefen durcheinander, wenngleich Emmerat nicht alles verstand, weil die Planken knirschten und fauchten, als der Rumpf der *Seemöwe* unter lautem Ächzen aufriss. Die Wucht des Aufpralls und der Schub des großen Schiffes sorgten dafür, dass sich die *Seemöwe* auf die Seite legte. Eisig und grau leckte bereits das Wasser an Emmerats Füßen. Das todbringende Nass kam ihm wie ein seelenhungriges Ungeheuer vor.

Das zerberstende Schiff, es klang beinahe menschlich, während es in seiner Not jammerte und klagte. Oder klang es wie ein hässliches Kichern? Die Erinnerung an Isabeaus Worte traf ihn wie ein Blitz: *Der Schiffskobold verlässt sein Boot erst, wenn es dem Untergang geweiht ist! Der weise Kapitän hört auf ihn, denn auf den Klabautermann kann man sich immer verlassen!* Schon im nächsten Moment verlor Emmerat den Halt und kam ins Rutschen. Immer schneller rutschte er in Richtung der dunkelgrauen Wellen, die ihm nun wie ein geöffnetes Maul erschienen. Er sah, wie neben ihm der Schiffsführer ins Wasser glitt.

»Hier sind wir!«

»Wo seid ihr denn? Zur Hölle, ich kann euch nicht sehen! Wir haben euch ein paar Rettungsringe aufs Wasser gesetzt!« Wenig später konnte sich auch Emmerat nicht mehr halten. Das Wasser ächzte, als es ihn eisig und grau empfing und sich um seinen Leib schloss. Sein schwerer Wollmantel zog ihn augenblicklich unter die Wasseroberfläche. Emmerat prustete und schlug mit Armen und Beinen um sich. Er paddelte verzweifelt gegen das Wasser an, das ihm in Mund und Nase fuhr. Wo zum Henker befanden sich diese Rettungsringe?

»… Meister Lorentz …«, vernahm er, als ihn das Wasser einen Augenblick lang wieder freigab.

»Dort, dort muss er doch irgendwo sein …«

Verzweifelt versuchte Emmerat, um Hilfe zu rufen, aber sein Ruf ging in einem erstickten Gurgeln unter. Das Wasser schlug erneut über seinem Kopf zusammen. Er hustete und riss die Augen auf. Und die Kälte des Wassers ließ seine Glieder erstarren und versetzte ihn in eine schmerzhafte Taubheit. Große Mengen von Luftblasen stiegen hinauf in ein helleres Grau. Aneinandergereiht wie Perlen auf einer Kette stiegen sie in Richtung Himmel. Er ruderte verzweifelt und sank doch immer tiefer. Holzsplitter schwebten an ihm vorüber und verloren sich in der Weite. Er ruderte mit Armen und Beinen, aber bald schien oben und unten dunkel und grau. Das Buch! Um Armeslänge verfehlte er es, bevor es in der Tiefe verschwand.

Der nächste Atemzug setzte seine Lungen in Brand. Heiß und brennend füllte das Feuer seine Brust und dehnte sich aus. Mit einem weiteren Atemzug zog ein roter Schleier an seinen Augen vorüber. Der Schmerz schien ihm unerträglich, als er ein letztes Mal den Mund zum Schrei öffnete.

Isabeau blinzelte und warf einen ersten Blick auf das Kind in ihrem Arm. Liebevoll streichelte sie den zarten Flaum, der den Kopf des Neugeborenen bedeckte. Als es die Augen für einen Moment öffnete, sah sie in tiefes Blau – Sades Blau! Dieses schöne Kind hatte sie geboren? Als es zu weinen begann, schob sie ihm ihre Fingerkuppe zwischen die Lippen. Winzige Fingerchen griffen nach ihr, und der kleine Mund saugte begierig daran.

»Der Bub ist vierzehn Tage zu früh gekommen«, hörte sie Minna sagen. »Aber er ist gesund und scheint kräftig zu sein. Er wird schon überleben.« Ein Gefühl von tiefer Dankbarkeit durchströmte Isabeau. Sie nickte und ließ es geschehen, dass die Hebamme sie wusch. Das warme Wasser nahm die Angst und den Schmerz der letzten Stunden mit sich. Ihr Blut färbte das Wasser rot. Obwohl das linke Auge noch immer so stark geschwollen war, dass sie es kaum öffnen konnte, fühlte sie die Frische, die das Wasser hinterließ, als ein Gefühl von Glück. Das Glück des ersten Duftes. So rein und zart – das Wunder des ersten Augenblicks. Der Schatz in ihrem Arm. Nichts und niemand würde ihr dieses Glück zerstören! Die alte Minna, welche sie in den frühen Morgenstunden hatte rufen lassen, konnte auch jetzt ihr Entsetzen kaum verbergen.

»Hat er Euch das schon öfter angetan?«

»Schon viel zu oft!« Die Hebamme nickte stumm.

Aber das Schlimmste war, dass er noch immer im Besitz ihres Tagebuchs war! Wie sie Emmerat kannte, wusste er bereits, dass nicht er der Vater ihres Kindes war, sondern ein anderer. Ein Fremder. Einer, der nicht einmal im Heiligen Römischen Reich daheim war. Seite um Seite hatte sie dort ihr Leben, ihre Ängste und Hoffnungen, ihre Stunden mit Sade und alles, was sie je bewegt und ihr Innerstes berührt hatte, festgehalten. Gedanken und Gefühle. Himmel und Hölle. Freude, Ängste und verbotene Lust. Diese Aufzeichnungen würden nun ihr Urteil sein! Nie und nimmer nahm Emmerat die Tatsache hin, dass es nicht sein Sohn war, dem sie heute das Leben geschenkt hatte!

In der großen Wohnhalle schien alles still. Nur der alte Lorentz saß dort in seinem Lehnstuhl und schlief. Der Kopf war ihm in den Nacken gesunken und sein Mund leicht geöffnet. Isabeau vernahm lediglich die Atemgeräusche ihres Schwiegervaters. Obwohl sie versucht hatte, keinen Lärm zu machen, wurde sein Schlaf unruhiger, und schließlich öffnete er seine Augen und sah sie an.

»Komm und setz dich einen Augenblick zu mir.« Isabeau presste ihr Kind gegen ihre Brust und zog den Stuhl heran. »Habt ihr es warm genug in eurer Kammer?«

Sie nickte. »Und die Nachmittage verbringen wir ja inzwischen schon hier unten.«

»Ja, ich weiß«, gab Bertram zurück. Er zog die Wiege heran, die neben seinem Sessel stand. Isabeau war das mit großem Aufwand geschnitzte Möbel bislang gar nicht aufgefallen. Erst jetzt betrachtete sie es genau. Das dunkle Holz zeigte eine lebhafte Maserung, und die schwungvollen Kufen versprachen ein sanftes Schaukeln. Decke und Kissen schimmerten in blütenweißem Leinen. »Gefällt dir die Wiege?« Sie nickte. Der alte Lorentz schlug die Decke zurück, und sie legte das Kind hinein. Es öffnete die Augen und begann zu greinen. »Schh, schhh!«, machte der Alte leise.

»Ist sie von … ich meine, lag Emmerat …« Der Alte schüttelte den Kopf. »Ich habe sie eigens für den Kleinen in Auftrag gegeben. Der Eichenbaum ist von deinem Vater. Den Jahresringen nach zu urteilen, zählte er viele hundert Jahre. Ein Baum, wie er nur alle Jahrhunderte einmal vorkommt – aufrecht und willensstark. Genau wie der Kleine hier.« Er machte eine lange Pause. »Weißt du, wir alle trauern um Emmerat, aber du musst jetzt an das Kind denken. An den ersten und einzigen Lorentz-Erben! An Alexander«, sagte Bertram mit einem Nicken.

Isabeau spürte seinen eindringlichen Blick auf sich ruhen. Alexander sollte ihr Kind also heißen. Ein wohlklingender Name. In Gedanken fügte sie nur noch Donatien hinzu, und bei der Taufe in vierzehn Tagen wollte sie auf Donatien an zweiter Stelle bestehen. Vor zehn Tagen, einen Tag, bevor ihr Sohn zur Welt gekommen war, hatte sie Emmerat zum letzten Mal gesehen. Und während sie dem kleinen Donatien das Leben geschenkt hatte, war die *Seemöwe* in eine Nebelbank geraten, wo sie schließlich nach der verheerenden Kollision mit einer großen, voll beladenen Lädine aus Überlingen im Bodensee untergegangen war. Was im tiefen, breiten Becken des Obersees versank, blieb auf alle Zeiten verschwunden. Dort, in der Mitte des Sees, wusste man das Wasser schwarz und viele Hundert Meter tief. Der Steuermann, der das Unglück gemeinsam mit seinen beiden Matrosen überlebt hatte, konnte sich Emmerats Tod beim besten Willen nicht erklären. Doch der alte Lorentz versicherte ihr, dass die Mannschaft der *Seemöwe* und die Leute der *Gunzo*, der Lädine aus Überlingen, lange nach ihrem Ehemann gesucht hatten. Zunächst vermochte Isabeau der Nachricht von Emmerats Tod keinen rechten Glauben schenken. Schließlich konnte man nie wissen, was in ihm vorgegangen war. Manchmal, wenn sie in der Nacht erwachte, weil der kleine Donatien Hunger hatte, glaubte sie noch immer, Emmerats schwere Schritte zu hören. Dann fürchtete sie um ihr Leben und um das ihres Kindes. Aber nach und nach kam ihr Herz zur Ruhe. Isabeau sah in das friedliche Gesicht ihres Kindes, und mit einem Lächeln auf den Lippen schob sie ihre Hand in die Rocktasche. Dort fühlte sie den Umschlag, welchen Augustin heute schon vor der Morgensuppe gebracht hatte. Er lag dort in der verborgenen Tiefe und wartete auf sie. Isabeau folgte dem achtstrahligen Stern mit den Fingerspitzen und sah die ausgebreiteten Flügel des Adlers vor sich. Der Adler, dachte sie, vielleicht konnte er ja bald heimfliegen!

»So, und nun muss ich mich sputen!«, entschuldigte sich Bertram fast, als er sich aus seinem Sessel erhob. »Jeden Augenblick werden ein paar Räte von Langenargen und Immenstaad eintreffen. Vielleicht kommen wir ins Geschäft, und es gibt schon bald weitere Anlegestellen.« Er trat an den Sessel, in welchem Isabeau saß, und nickte ihr zu. »Gib acht auf meinen Enkel!« Dann beugte sich der alte Lorentz über die geschnitzte Wiege und segnete das Kind mit einem kleinen Kreuz, welches er ihm auf die Stirn zeichnete. In seinem Gesicht erkannte Isabeau eine neue und eigentümliche Milde, welche beinahe einem Lächeln gleichkam. »Du kannst stolz sein!«, sagte er und bekräftigte seine Worte mit einem Nicken. »Ich weiß, dass er ein mutiger, kleiner Bursche wird. Ein würdiger Nachfolger für die Schifffahrtsgesellschaft!«

Nachwort

Als mir Donatien-Alphonse-François Marquis de Sade zum ersten Mal begegnete, stand ich mitten in Paris. In Begleitung meines Mannes schlenderte ich an den unzähligen Bouquinisten vorüber. Es sind Künstler, manchmal wohl auch Lebenskünstler, welche ihre großen grünen Schrankläden an den Ufermauern der Seine haben und antiquarische Bücher, Bilder und vergilbte Postkarten verkaufen. Dort fand ich ein schmales, zerschlissenes Büchlein, welches meine Aufmerksamkeit erregte. *Marquis de Sade* stand in verwaschenen Lettern auf dem Buchdeckel. Meine Neugierde war geweckt! Als ich Wochen später durch Zufall die Kirche Saint-Sulpice besuchte und erfuhr, dass es sich hierbei um die Taufkirche des Marquis de Sade handelte, wusste ich, dass er es ist, über den ich in meinem nächsten Roman schreiben wollte.

Noch heute, über zweihundert Jahre nach seinem Tod am 2. Dezember 1814, ranken sich um den Marquis de Sade unzählige Mythen. Was wohl auch kein Wunder ist. Immerhin verbrachte Sade insgesamt 31 Jahre seines Lebens in Gefängnissen und Irrenanstalten. Zweimal wurde er in Abwesenheit zum Tode verurteilt. Davon einmal wegen seiner sexuellen Exzesse *in effigie*, also symbolisch, auf dem Scheiterhaufen verbrannt. Den damals vorherrschenden gesellschaftlichen Normen wie auch den moralischen Konventionen entsprach Sade mit Sicherheit nicht.

Letztlich wurden sogar seine Aufsätze, Schriften und Bücher bis ins letzte Jahrhundert hinein zensiert und deren Besitz verboten. Ich aber war neugierig auf den Marquis, der bis heute in dem Wort Sadismus weiterlebt, und habe mich ihm über viele Monate hinweg vorsichtig genähert.

Obwohl de Sade selbst Deutsch sprach, er Deutschland und sogar den Bodenseeraum bereist hatte, ist die Geschichte, also das Drama zwischen Isabeau Bersperger und dem Marquis de Sade, meiner Fantasie entsprungen.

Die Eckpunkte seines Lebens entsprechen aber, bis auf die Begebenheiten in der Krypta Saint-Sulpice, der Wahrheit. Sie haben sich in Paris, im Zeitalter des Ancien Régime, tatsächlich so ereignet. De Sade selbst wurde am 2. Juni 1740 in der Rue de Condé geboren. Das Adelsprädikat der Familie, welche weitläufig mit dem Haus Bourbon verwandt war, ermöglichte ihm von Anfang an ein privilegiertes Leben und eine hohe schulische Bildung. Er besuchte zunächst das renommierte Collège Louis-le-grand. Zur weiteren Erziehung überstellte ihn der Vater zu seinem Onkel, dem Abbé de Sade, in das Bergdörfchen Lacoste im Luberongebirge. Sade schrieb später, Schloss Saumane habe einem Bordell geglichen. Ich selbst habe das Schloss, besser gesagt, was davon noch übrig ist, aufgesucht und einen fast bilderbuchhaften Ort mit magischem Licht inmitten sanfter, grüner Hügel vorgefunden.

Nachdem Sade aus dem Siebenjährigen Krieg heimgekehrt war, wurde Inspektor Marais wirklich zu einer Art Nemesis für ihn. Er überwachte Sade mit einer *Sittenpolizei*, nachdem dieser von einer Prostituierten blasphemische Handlungen verlangt und sie mit einer Peitsche geschlagen hatte. Doch gerade in den Kreisen des dekadenten Hochadels wurden die Praktiken der Flagellation gern und oft verlangt. Selbstredend ausschließlich hinter vorgehaltener Hand. Offiziell durfte es nicht einmal das *Château* der Madame Gourdan geben, obwohl ihre Bordelle in Paris ganze Straßenzüge einnahmen und ihre Dildos reißenden Absatz fanden.

Während der Lektüre von *Die 120 Tage von Sodom* und Sades anderen Werken ist man vielleicht versucht, in dem Marquis einen Unmenschen zu sehen. Aber gerade hier muss wohl jeder selbst zu seiner eigenen Wahrheit finden. Dennoch ist es sehr wahrscheinlich, dass Sade letztlich vor allem deshalb in den Fokus der Gendarmes de la garde und Inspektor Marais kam, weil er sich öffentlich zu seinem leidenschaftlichen Atheismus bekannte und all jene für Dummköpfe erklärte, die an die Existenz Gottes glaubten. Im streng katholischen Frankreich genügte allein schon dieses Bekenntnis zur Verbüßung einer längeren Haft oder gar zur Vollstreckung der Todesstrafe. Dass er sich darüber hinaus in der Öffentlichkeit zu seinen sexuellen Vorlieben bekannte, machte ihn nicht unbedingt bequemer. Ein paar geheimnisvolle Mordfälle, welche in einer Stadt wie Paris damals sicher keine Seltenheit darstellten, beflügelten die Fantasie der Menschen zusätzlich. So entspricht es tatsächlich der Wahrheit, dass die Presse in Sade zeitweilig einen Werwolf sehen wollte. Auch das Zelebrieren schwarzer Messen wurde ihm vorgeworfen, bei denen er angeblich sogar das Blut seiner Opfer trank. Weil der vorliegende Roman lediglich etwas mehr als ein Jahr umfasst, habe ich mir erlaubt, die Begebenheiten in Sades Leben ein wenig zu straffen und in ihrer Chronologie zu verändern. Letztlich war es mir wieder ein ausgesprochenes Vergnügen, die Tatsachen der Geschichte mit den Fäden der Fantasie zu verweben und diesen Roman zu schreiben.

Cornelia Haller

Bibliografie

Becker, Susanne/Franz, Andreas/Gjurin, Vivien/Bammert, Bastian/Wakup, Annika. *Marquis de Sade. Philosoph oder Sadist?* Copyright 2014 Science Factory. Ein Imprint der Grin Verlag GmbH.

De Beauvoir, Simone. *Soll man de Sade verbrennen? Drei Essays zur Moral des Existenzialismus.* Reinbek bei Hamburg: Rowohlt Taschenbuch Verlag, 6. Auflage, 2007.

Dühren, Eugen. *Der Marquis de Sade und seine Zeit. Ein Beitrag zur Kultur- und Sittengeschichte des 18. Jahrhunderts. Mit besonderer Beziehung auf die Lehre der Psychopathia Sexualis.* Berlin: Verlag von H. Barsdorf, 3. Auflage, 1901.

Jauch, Ursula Pia. *Sade – Stationen einer Rezeption.* Herausgegeben mit einem Essay von Ursula Pia Jauch. Berlin: Suhrkamp Verlag, 1. Auflage, 2014.

Junge, Carina/Schumann, Odett/Niederkofler, Julia/Stark, Jana. *Der Wandel von Freundschaft und Liebe in der Moderne.* Dozent: Prof. Dr. Michael von Engelhardt. Friedrich-Alexander-Universität Erlangen-Nürnberg, 2013.

Lever, Maurice. *Marquis de Sade. Die Biographie.* München: dtv, 1998.

Marquis de Sade. *Die 120 Tage von Sodom.* Köln: Anaconda Verlag GmbH, 2006. Titel der französischen Originalausgabe:

Les Cent-vingt Journées de Sodom ou L'École du Libertinage. Berlin, 1904.

Marquis de Sade. *Die Philosophie im Boudoir oder Die lasterhaften Lehrmeister.* Titel der französischen Originalausgabe: *La philosophie dans le boudoir ou Les instituteurs immoraux.* London 1795. Übersetzung aus dem Französischen von A. Schwarz. Köln: Anaconda Verlag GmbH, 2010.

Marquis de Sade. *Juliette oder die Vorteile des Lasters.* Mit einem Nachwort von Hermann Krauß. Berlin: Neuausgabe im Ullstein Taschenbuchverlag, 3. Auflage, 2012.

Papst, G. *Köhler's Atlas der Medizinalpflanzen.* Gera-Untermhaus: Verlag Eugen Köhler, 1887.

Rattner, Josef/Danzer, Gerhard/Fuchs, Irmgard. *Glanz und Größe der französischen Kultur im 18. Jahrhundert.* Würzburg: Verlag Königshausen und Neumann GmbH, 2001.

Reinhardt, Volker. *De Sade oder die Vermessung des Bösen.* München: Verlag C.H. Beck, 2014.

Sobotta, J. *Atlas der Anatomie.* München: Urban & Schwarzenberg, 1988.

Stattmann, Karolina. *Eheversprechen und voreheliche Sexualität. Klagen vor dem Wiener Konsistorialgericht 1782 und 1783.* Diplomarbeit an der Universität Wien, 2013.

Weiss, Rudolf Fritz. *Lehrbuch der Phytotherapie.* Stuttgart: Hippokrates Verlag, 1990.

FSC
www.fsc.org
MIX
Papier aus verantwortungsvollen Quellen
Paper from responsible sources
FSC® C141904

Druck:
Customized Business Services GmbH
im Auftrag der KNV-Gruppe
Ferdinand-Jühlke-Str. 7
99095 Erfurt